江苏高校优势学科建设工程资助项目
南京大学"985工程"建设项目

日本文学经典
与民族文化研究

叶琳 等 著

人民出版社

总 序

哈罗德·布鲁姆在其大作《西方经典》中列出了一千两百多部外国文学经典之作，但他仍以书目中缺少东方文学经典而深感遗憾。我们这套"世界文学经典与民族文化研究系列丛书"虽然也无法尽揽东西方名著于内，但却力图在若干国别文学经典与民族文化认同等方面做出一些深入的研究与论述。我们这套丛书的出版是外国文学研究领域内一批学者集体努力和辛勤耕耘的结果，其意图不仅在于把外国文学研究与民族文化研究相结合而进行一次跨学科的学术探索，而且在于从全球化的视野中对若干国家的文学经典建构进程做一次跨文化的学术研究，进而在外国文学研究和民族文化认同等方面的跨学科和跨文化研究中取得观念的突破和方法的创新。

文学创作是通过文字书写的方式来塑造各种艺术形象，从中表达人类的思想感情，再现历史的风霜雪月，传承民族的精神血脉。从各民族的文学史和文化史的发展历程来看，文学经典历来具有民族书写和文化认同的重大意义。例如，中国的《诗经》和《楚辞》等先秦典籍既是中华民族的文学经典之作，也是中国人文化认同的标志性创作，其文化影响力和文学传承性至今不衰。古希腊的《荷马史诗》和古印度的《摩诃婆罗多》等巨著既是民族文学的开创之作，也是民族历史的辉煌叙述。可以说，一个民族的文学经典常常代表了该民族的独特文化传统，保存了该民族的持久集体记忆，展示了该民族的审美创造成就，传承了该民族的价值观念体系。同时，各民族的文学创作都会反映出人类的共同理想追求，表现出人类共同的思想情感，从而在世界各民族之间架设起一座沟通心灵的桥梁。在全球化时代各民族之间文化交流日趋频繁之际，各民族的文学经典作品已经成为民族文化的重要象征，并且在各国的文化交往中成为各自文化实力的生动展示。从文学经典与民族文化的相互关系来看，文学经典作品对于维护一个民族的身份认同、增强民族的文化活力和建构民族的文化传统等方面具有重大的历史意义和现实意义。所以，文学创作和民族文化之间具有密不可分的血脉联系，正如钱穆先生在《民族与文化》一书中指出的："民族创造了文化，但民族亦由文化融成。"这种"互相建构"的机制就是霍米·巴巴在其论著《民族与叙述》中一再强调的民族身份的文化建构性和文学叙述性，而文学叙述，特别是经典作家作品中传达的民族叙述与本土风情对于民族身份建构和民族国家认同具有极为重大的意义。

在全球化时代的世界文学地图上，西方国家的文学经典在域外传播的时空范围随着其海外资本的扩张不断地延伸着，东方国家的文学经典也随着经济的崛起而不断地进入西方国家的文化时空。各国、各民族和各地区的文化交流与人员往来日益频繁，因此各民族文学经典对于文化认同和文化融合更加具有指标性的意义。在世界文化的舞台上，各民族文学经典作品正在各种新媒体如影视与网络等媒介上被不断地再现、改编和传播，世界文学地图也变得更加斑斓交错、壮景迭现。高雅与通俗、语言与图像、个人与民族、东方与西方——这些不同领域里的各种文化差异正在被新的文学创造所消解，而全球性想象和文学书写也在文化全球化与文化民族化的双向进程中不断得到更新和发展。文学经典与民族文化正在比肩前行、交融壮大，而全人类的创造性艺术才能和超民族文化融合也在这一进程中不断地得到生动展示。本套丛书既是见证此进程的一幅集锦地图，也是跨学科、跨文化研究的一项重要工程，其学术创新性和文化影响力必将在日后的岁月中不断地彰显出来。

江宁康

2014 年 1 月

目　录

前　言

　　文化是伴随人类社会的产生而出现的特有的现象。它是人们在一定的历史时期从事社会实践的产物。文化是由人创造出来的，是指一个国家或民族的历史、地理、风土人情、传统习俗、生活方式、文学艺术、行为规范、思维方式、价值观念等。文学是通过语言文字以其独特的形式反映人类客观社会、表达作者思想感情的一种艺术。作为文化的一部分，文学作品（小说）自然会体现一定时代外在的文化现象和内在的文化实质。因此，文学是文化的重要表现形式，是文化的载体。如果不了解一个国度的文化，不清楚一部文学作品的文化背景，就无从真正把握和理解该文学作品的深意。同样，对日本文学作品进行解读之前，需要对日本文化的整体性有深入的了解。而日本文化的特征恰恰又突出反映在了日本文学的主要特点上。

　　众所周知，日本是一个四面环海的岛国。日本人自古以来就是以村落为单位，齐心协力以种植水稻为生。长期以来的共同劳作、共同发展、共同生存使日本人形成了一种共同体或群体意识，人与人之间重视的是"水浓于血"的关系。在群体结构中，人们将集团的利益和意志放在首位，将个人的利益和意志放置一边，或深藏不露，或尽量压抑，彼此相互依赖，相互协同，同甘共苦。同样的风俗习惯、审美意识、道德标准和行为方式导致整个日本形成了一种群体性的、均一化的文化特征。在这样的文化背景下，日本人很难体现自己的鲜明个性和主张。因此，在日本文学中表现的突出特征之一就是非个性化占主导。正如日本国文学家伊藤正雄（1902—1978）所指出的那样："自歌论《古今和歌集》问世以来，诗情、题材和用语都几乎没有明显的发展，直至 1000 年之久，（作家们）不知疲倦地反复创作千篇一律的作品。"①

---

① ［日］伊藤正雄、足立卷一：《日本文学史要说》，社会思想社 1984 年版，第 311 页。

再纵观日本历史，可以发现由日本本土人、大陆渡来人经归化后，日本几乎是一个单一性民族（大和民族）的国家，没有受到过其他国家和外来民族的侵略，作为国家与民族统一象征的天皇自古至今都是世袭，由同一血统的皇族人来继承皇位，历史朝代更迭也不频繁。尽管皇族内部也曾发生过无数次争夺皇权的斗争，但是杀父弑子之类的事件极为罕见。因此，在日本文学中找不到，也看不见关于描写民族仇、阶级恨、国家分裂、内忧外患、战争连绵不断的主题作品，即"激烈的怒吼……雄壮而崇高的风物和人事，不从所见。"[1]日本现代著名文学评论家加藤周一（1919—2008）也曾指出：日本"对于社会风俗的批判，在和歌中不曾所见，在假名书写的物语中也极其少有"，"谁也不会想象唐朝诗人那样吟咏战争的悲哀和贫穷的痛苦，吟咏对于腐败政治的愤怒。"[2]即使有，也可谓凤毛麟角。较为稳定的政治、平和的社会发展使得日本人在日常生活中更关心与自己密切相关的自然环境。咏叹自然、纤细敏感的心理感受成了日本民族的一大特性。因此，这样的文化土壤造就了日本文学自诞生起就显得比任何一个国家格外亲近、得天独厚的自然风光，善于挖掘人物内心的细腻感受，远离政治社会，具有较浓郁的"超政治性"色彩。

日本著名中国文学研究学者铃木修次（1923—1989）先生曾在其专著《中国文学与日本文学》（1971）里这样说过："日本人一直是生活在过于超政治性的土壤之中。"对日本人来说，"文学本来就与政治无关。对文学而言，政治是无缘的存在。"[3]在日本，文学家认为把文学同社会政治联系起来并大谈其思想性是极其庸俗的。伊藤正雄在论及日本文学的特征时也指出过："在日本，文学家不是政治家。同样，政治家也非文学家。文学家不关心政治，政治家对文学缺乏一定的造诣"。"文学家向来把政治家视为俗物，政治家把文学家看作无用之物"[4]。因此，"主情"或"重抒情"是日本文学的一大特色，这在世界文学中也是极为罕见的。我们不仅能从日本古代具有代表性的文学

---

① 《万有大百科事典》第一卷，小学馆1977年版，第675页。
② 转引自李芒：《采玉集》，译林出版社2000年版，第53页。
③ ［日］铃木修次：《中国文学与日本文学》，东京书籍株式会社1991年版，第52页。
④ ［日］伊藤正雄、足立卷一：《日本文学史要说》，社会思想社1984年版，第314页。

作品里如《万叶集》《源氏物语》《枕草子》《徒然草》《古今和歌集》等领略一斑，而且也能从日本近现代具有相当影响力的文学作品里如《灰色的月亮》(志贺直哉)、《细雪》(谷崎润一郎)、《雪国》(川端康成)、《挪威的森林》(村上春树)等了解一些。

可以说，这样的文化性格使代表日本纯文学的"私小说"在日本文学史上独具特色。所谓"私小说"就是作家将写作的重心放在自己切身的体验或自己身边出现的人或琐碎的事情上，客观描述自己的个人感受，注重人物心理活动的描写。纯文学追求为艺术而艺术，努力将政治色彩从文学中剔除掉。

另外，由于日本人长期生活在小巧自然的环境中，养成了一种重纤小、简洁，轻烦琐的民族性格，从而使日本文学家在形式上喜欢创作洗练的文学作品，古代文坛以"和歌""俳句"为优，近现代文坛则多以短篇小说胜出。即使是长篇小说也是多缺乏整体的统一性和严密的逻辑性，结构比较松散。有些长篇小说基本上就是短篇的连缀。像川端康成(1899—1972)本人就明确表示过，自己在"二战"期间写就的长篇小说《雪国》就是由一个个短篇组合而成的。另外，被日本近代文坛誉为"短篇小说之神"的大文豪志贺直哉(1883—1971)在他有生之年创作的唯一长篇小说《暗夜行路》也是如此。他们的小说随处均可告一段落，随处也都可以完结。同样，像《源氏物语》这样的浩瀚长卷，尽管不是短篇的连缀，但它的结构也是缺乏统一性，故事情节都是呈并列的直线形展开。它看上去如同画卷一般。正如日本文学评论家吉田精一(1908—1984)先生指出的："散文物语具有明显的画卷式的性质"，"画卷不宜一次全部看完，而应一部分一部分展开卷起，欣赏其每个局部的美，因为它的中心分散在每个局部，每个场面相互之间的联系未必严密"。①

日本文化中还有一个不容忽视的整体特征就是兼容并蓄，呈多元性。加藤周一自 1955 年就提出了"日本文化杂种"理论。古代是中国文化滋养了日本文化的根须，明治维新以后西欧文化又滋润了日本文化的根部。"这一切都早已以一种不可挽回的形式深入到日本人的日常

---

① 　[日]吉田精一：《日本文学的特点》，《日语学习与研究》1985 年第 2 期，第 48 页。

生活中"①，这就使日本文化无论怎样想剔除来自外来文化的枝叶都是不可能的，这种烙印永远相随。但有一点需要注意，无论中国文化还是西方文化如何对日本文化加以浇灌，日本人向来不是全盘接受和全盘西化，而是根据日本人长期养成的审美意识，将外来的文化加以日本化，兼收并蓄。正如日本著名学者上山春平所说，"在日本文化的发展中，从层次上看，旧物为深层，新物为表层，旧物不断为新物覆盖而由表层下沉为深层"②，而且深层的物质又不断生成"新质"的内容。这就说明，日本文化是不断同外来文化相互融合、共生共存的。它不是新的替代旧的，更不是旧的被新的所淘汰，而是"和魂"加"汉风"再加"西风"，像宗教在日本就是一个很典型的事例。

日本的宗教主要是神道、佛教和基督教。其中，神道是日本民族最原始的、最基本的自然宗教。它是基于对自然的一种独特的感受，在日本这块土地上自然生成的民族宗教。既没有特定的教祖，也没有传世经典。作为祭祀的神名称繁多，号称"八百万神"，无形无影，却又随处可在。可以说，在日本祭祀各类诸神的神社比比皆是。神教本身从诞生起就是多神教。到了中世纪（12世纪末至17世纪初），以自然本位、现世本位、敬神崇神等根本的本土神道受到了外来儒学、佛教、禅宗的影响，慢慢形成现在"新质"的日本神道。根据日本的《古事记》所载，日本儒学家王仁（生卒年不详）经百济将《论语》和《千字文》等儒家经典最先带到日本，继体天皇在位时（507—531），积极推动儒学思想在日本的传授。圣德太子（673—622）在制定《冠位十二阶》和《十七条宪法》时特别强调"以和为贵""上下和睦"的儒家道德规范。6世纪佛教经中国、朝鲜半岛传到日本之后，日本民族又开始接受了来世主义的思想，把对来世极乐世界的祈祷转化为对现世安宁世界的祈福。佛、神道的融合在丰富了原始神道教的同时，也使外来佛教趋于日本化。佛教主张游于四方、因果报应、"清静无为""远离政治"等思想深受日本贵族的欢迎，大大超过了儒家的思想在日本的传播。到中世纪，由于战乱，政权交替不断，无常思想便

---

① 转引自卞崇道：《关于岛国日本文化论的思考》，《浙江海洋学院学报》2005年第4期，第6页。

② 转引自杨薇：《日本文化模式论》，《南开学报》（哲学社会科学版）2002年第4期，第73页。

大行其道，佛教成了日本人心中的精神寄托。此时，具有中国特质、视"生死一如"的禅宗作为佛教的一派，于12世纪传入日本后，立刻受到武士阶层的支持和欢迎。这一切外来文化经过日本人的长期融合后，形成日本的民族性格，构成日本文化的"和魂"。基督教在16世纪传入日本后，虽曾受到过统治阶级的多次阻挠和迫害，但到了19世纪随着西方文明的大量涌入，基督教再次在日本盛传。于是，神道、佛教、基督教至今都存在于日本人的生活中。日本人出生时参拜神社，结婚时举办基督教式婚礼，死后举行佛教仪式。因此，无论是外域的佛教还是基督教，到了日本都没有取代日本本土的神教，而是彼此相容并存，互不排斥。正如日本民族学家冈正雄（1898—1982）所说："日本民族及其文化的构成不是单一文化、同一体系文化的分化和发展，而是由不同体系多元化的种族和文化混合累积而成的异质异体系构造。"①

日本这种多元文化的特征在文学上也突出表现为多样化。在古代，平安时代（794—1192）物语文学的"感悟兴叹"、中世时期连歌的"幽玄"、近世时期（1568—1867）俳谐的"风雅"等文学理念一直贯穿整个日本文学，它们彼此并非毫无关联。最初的"感物兴叹"本身的含义是当感情的主体触及客观事物的对象时，会自然产生各种情绪要素的感动。它代表了日本文学的一种精神。在此基础上，"幽玄"把人们对自然、对客观世界的各种情感表达纳入到一种"言之不尽""深奥莫测"的境界。随之而来的"风雅"又将"感悟兴叹"升华到与自然一体化，远离政治的心境，与神秘主义相同的"幽玄"相融合，成为贯穿整个日本文学艺术与文化的最高审美理念。无论哪一种理念，在日本文学的发展史上都没有消亡，而是呈现一种多维、立体的态势。因此，在日本古代文学表现的手法上，总是带有一种"你"中有"我"，"我"中有"你"的混合质。

不仅古代文学如此，在日本的近代文学和现代文学中，也依旧是呈多元化的表现。无论写作手法如何变化，如何翻新，如何吸收外来文艺创作理念，甚至在后现代的语境下如何解构，几乎都是将日本传

---

① 转引自郭海红：《坪井洋文"民俗文化多元论"思想研究》，《云南民族大学学报》（哲学社会科学版）2012年第1期，第23页。

统文学的根基不断加以丰厚,将日本文学创作主题不断扩大化。尽管在无产阶级文学占领文坛、军国主义统治者把持天下,突出政治和国家政策的时期,日本文学也曾一度出现"一片红"和"一片黑",但它并没有成为主流文学。特别是"二战"战败以后,在西方的各种文艺理论与思潮不断涌入日本的情况下,日本文坛一方面新的文学流派层出不穷,另一方面很多不属于任何流派、打破原有学科界限的个性作家大量涌现,可谓百花齐放。因此,在日本近现代文学中,占主流的日本文学很难用"××主义的文学取代了××主义的文学"来套用,总是呈现多姿多彩的风貌。

本书主要选取了日本古代和近现代著名作家的代表作品进行解读。其中古代以万叶诗歌、深受中国文学影响的《日本灵异记》、紫式部的《源氏物语》为主,近代以夏目漱石、志贺直哉、芥川龙之介、谷崎润一郎、田村俊子等作家的经典文学作品为核心,现代以井上靖、野间宏、安部公房、川端康成、三岛由纪夫等作家的重要文学作品为蓝本,从语言、社会、历史、文化、美学等视角进行多维剖析和研究。希望能给日本文学爱好者和学界研究者提供一个值得参考的文学研究和文学批评的平台。同时,由于水平、资料有限,在论述的过程中,难免会出现不尽如人意的地方,敬请各位读者和研究者给予批评指正。

叶 琳

于镰仓市雪之下

2013 年 3 月 24 日

上篇

日本古代民族文化与文学经典形成

民族是文学的主体，是文化的创造者。文学是"文化"的一部分。日本的文化自古就同日本人的日常生活密切相连。日本的文学从诞生起就在很大程度上代表着日本人的思想和感受性。这是因为一方面日本人在各个时代的文学作品中，缺乏抽象的思辨哲学思想的表现，相对于理性思维而言，更趋于感性认识。另一方面在日本人的感觉世界里，更擅长于捕捉眼前所能触及的自然风景中的雪、月、花和日常生活中的各种人物。日本文化在民族形成的摇篮时代起就没有形成独创性的语言秩序和抽象、完整的哲学体系。用加藤周一的话来说："日本文化不可争辩的倾向一直以来都是切合具体的、非体系的、感性的人生特殊场面来使用语言的，而非建设抽象的、体系的、理性的语言秩序。"①

究其原因，在于日本文化的形成是依靠中国文化长久影响、长期浸润点滴完成的。据日本考古学发现，在属于周代文化系统的铜铎和代表汉代文化的镜鉴这两种中国文化最初传到日本岛国时，过着部落生活的日本民族还没有形成自己的统一国家。距今公元一万年前至公元前3世纪以后的绳纹时代，日本社会处于母系阶段，来自周边地区的绳纹人在不断的演变中基本上形成单一性的民族，过着以聚落为中心的采集生活。在绳纹晚期，来自亚洲的大陆移民带着大陆的新文化要素——水稻的耕种和金属工具的使用——集聚在日本生息。至3世纪弥生时代，他们将大陆水稻的农耕技术和铁器工具的冶炼技术传遍岛国，并和当地的原住民不断混血，直至邪马台国时代的4世纪末叶，形成了统一的"大和民族"。同时，日本也出现了统一列岛的大和朝廷。日本真正成为制度完备、统一的大和国家，应是在公元7世纪以后。据《隋书·倭国传》记载，600年推古朝首次派遣隋

---

① ［日］加藤周一:《日本文学史序说》上卷，筑摩学艺文库1999年版，第11页。

唐使。又据《日本书纪》记载，607 年圣德太子派遣小野妹子使随①。
从这一时期起，中日之间的交往十分频繁。日本是在推古天皇和圣德
太子多次派"遣隋使"后又派"遣唐使"和大量的留学生、留学僧到
中国大陆全面地学习并吸取先进的中国文化和汉文字，特别是盛唐时
期的大陆文化源源不断被传入到日本，推动了"大化革新"（645）之
后，国家意识和民族意识才不断觉醒和自觉。根据 701 年日本的《续
日本纪》和中国的《旧唐书·日本传》中所记载，在同中国大陆的交
往中，日本国使从唐朝的角度认为"日出之处"——自称国名为"日
本"，模仿唐高宗改称皇帝为天皇的做法，采用中国语称国王为"天
皇"②。在唐风的熏陶下，日本开始仿照唐朝的"律令"制定日本的
"律令"，不断推进各项有效的改革举措，兼收并蓄中国先进的生产技
术、政治制度、儒家经典、法·儒·墨及佛教等思想和文化的精髓，
把自身文明推向了成熟。可见，中国文化滋养了日本原始文化的根
须，催生了日本文化的成长，使日本文化从形成起就具有双重（或多
重）的结构特点。

文化的双重性（或多重性）必然给日本文学的产生和发展也带
来了双重性（或多样性）。在古代，中国的汉字没有传入日本之前，
日本民族只有自己的语言却没有自己的文字。在中国大陆文化长期的
熏染和教化下，在公元 5 世纪中叶以后，日本民族才开始使用中国的
汉字记事。在此基础上，借用中国的汉字作为表音符号来书写日语，
如：日语的"さくら"（樱花），就用汉字"散久良"来书写。同时，
并借用汉字的意来标记日语的声。从此，日本告别了没有文字的时
代。在太安万侣编写《古事记》③（712）时，借用汉字，音义并用。后
来为了更能准确地表达日本语的口语，符合当时日语口语的语法，就
舍掉了汉字的字义，仅把它作为音标文字来使用。例如日本最早的诗
集、8 世纪末编辑完成的《万叶集》，其原文全部都是借用汉字拼成日

---

① 浙江大学日本文化研究所编著：《日本历史》，高等教育出版社 2003 年版，第 29 页。

② 转引自李均祥：《日本文学的发生和起点——日本文学史研究序说》，《外国文学评论》
1999 年第 1 期，第 94 页。

③《古事记》：全书分上、中、下三卷，记载着日本古代神话、传说和歌谣，是日本现存最
古老的史书。

语音节文字写成的。这类借用汉字的日本文字被称为"万叶假名"。①由于汉字笔画繁杂，长期使用它表音不利于理解和记忆，极为不便。它只限于极少数有相当高水准的贵族掌握，不利于在民众中普及。到了公元9世纪，他们学会了在汉字的基础上简化作为表音文字的汉字，继而又创造了日本的文字——平假名和片假名。至此，日语由"汉字"和"假名"组成。如此复杂的语言，在世界上都属罕见。随着日本假名文字的出现，日本文学开始迅速发展，文字的复杂性必将显示出日本本民族性格的多重性和文化的多样性。

文字是文化传播的一个重要载体。有了文字，就表明日本文学的发生和起点也就具备了双重性，即口传性文学和记载性文学。口传性文学是日本固有的、纯日本式口语语言思维，如神话、传说、歌谣、祈祷词等。而记载性文学在7世纪至19世纪的明治时代也至少存在两种语言：日本语的文学和中国语的汉文学（或诗文），这在世界文学史上都是极为罕见的现象。用"万叶假名"书写、被称为"日本人心灵的故乡""日本文化的伟大遗产"②的第一部和歌总集《万叶集》是日本语文学的源头，里面所收集的和歌全都是民族之歌，其作者群相当广泛，上至天皇，下至弄潮的海女、乞丐，都怀着同样认真的心情创作和歌。无独有偶，在中国大陆文化的影响下，汉诗文的创作在贵族阶层十分盛行。使用汉语创造的第一部古汉诗集《怀风藻》（751）则是中国语文学的源头。其中的五言诗和七言诗都深受中国六朝时代至初唐诗风的影响，其创作者全是日本贵族。可以说在此后的1200年，用中国语书写的汉文学和用日本语书写的日本语文学始终平分秋色，共同构成日本古代文学的双翼。因此，论及日本古代文学，绝不能只顾及"日本语"创作的文学而忽视了"中国语"创作的文学。可以说记载性文学既富有日本语言的思维，又多了一层中国汉字的思维。传入日本之后的中国语在丰富了日本语音韵的同时，也改变了日本文学的创作形式。由于日本语言的特殊体系，从而促使日本人一方面对外来优秀的文化抱有强烈好学的心理加以吸收，另一方面又积极

---

① 王长新：《日本文学史》，吉林大学出版社1990年版，第12—13页。

② ［日］品田悦一：《万叶集的发明》，邓庆真译，香港教育出版社2004年版，第4页。

创造本民族的文化，并对其加以保护。像日本僧人景戒（生卒年不详）编写的《日本灵异记》（9 世纪初）就使用"变体汉文"效仿中国的原典《冥报记》，用本民族的世界观消解从中国大陆传来的佛教思想，并使之"日本化"。

如果说日本语言体系的形成直接影响着日本人的思维模式，那么日本特殊的地理环境也是构成日本民族特性不可忽视的原因。日本是一个土地面积很小的岛国。它四面环海，内陆多山地、少平原，河流纵横却短浅，最高的富士山海拔也仅仅只有 3776 米。整体的自然景观显得十分小巧、清雅、秀丽。而且，来自亚洲大陆的季风使日本一年四季的自然景色富有多变性。海洋性的气候使岛国的空气更加湿润，且带有丝丝清醇的甘美。蒙蒙的雾气笼罩着大自然，使自然界增添了无穷魅力。这就使日本人养成了一种敏感、纤细、缜密的感受性。人们喜好、善于抒发内心对自然的种种感受。再加之，受与农耕实际生活密切相关的自然崇拜神道思想的影响，相信"万物有灵"论而与自然共生。因此，咏叹自然、崇尚自然就成了文学家表达情感的一大主题。这一思想不仅构筑了日本民族的精神，而且还形成了日本文化、文学艺术的脊柱。

长期与自然的和谐、共生，也就导致了日本人具有如下独特的国民性。第一，追求调和，崇尚中庸。当儒家的"中庸"道德观和"中和"美学观传到日本后，深受日本人的推崇。因为它与日本人的精神世界是极为相吻合的。第二，情感敏锐、纤细、质朴。由于日本国土面积很小，日本人所接触到的景致中都是小规模、雅丽、精细、小巧的自然，他们缺乏拥有壮美崇高气派的山岳、气势磅礴的大江大河等雄伟壮观的景色。再加上四季变化的分明，使日本人养成了一种对物对人极其纤细、敏锐的感觉和一种质朴的情怀。第三，主张简约、洗练，看重淡泊。小巧清雅、不张扬的自然环境使日本人形成了一种重简洁、素雅而轻繁杂、华丽，重恬淡、枯寂而轻热烈、喧闹的性格。第四，富有感性和直觉。在日本人看来，他们的生活方式是与自然紧密相连的。生活方式又左右了他们的思想行为。他们善于直线形、平面形认识事物。外在的感官直觉尤为发达。第五，喜欢含蓄和暧昧。

日本人的感性认识常表现为主观的内在感情，而内在感情的表达又往往带有很大的含蓄和暧昧。我们从反映他们民族性格和文化特征的语言上就可以看到这种特性。日本人在使用语言进行交流时，喜欢选用模棱两可、含混不清的表达方式。他们很少使用明确的肯定和否定表达，而且常常省略句中的主、谓、宾语等主要成分。听者只有靠对方的语气、语感、选词造句或上下文脉的意思去领会和把握。作为语言艺术的文学也就必然会反映这一特征。可以说，含蓄和暧昧是直接影响日本民族思维模式的定式。这在他们的文学中都极具表现。

日本文学具有浓郁的感情色彩，是咏叹"自然"的"玩味文学"。这里所说的自然，除了指自然景色之外，还应包括世态人情，总之是一切客观存在。比如，流贯日本整个文学理念的"感物兴叹"就是要求文学家将现实中最容易让人们感动、最能够打动人们心弦的东西（即"物"）采取写实的手法把它如实地记录下来。在记叙的过程中，当然不是为"物"而写"物"，而是把情融合在里面。这情就是心之感动和感叹，即感伤、忧思、同情、怜悯、悲哀、哀婉、婉约、怜爱、可怜、可爱、亲和、恬适、静寂、赞叹、愉悦，等等。物是客观存在的一切事实，感动和感叹是主体发自内心的一种主观情绪，两者合二为一，就达到了物与心的交融和一体化，实现了主观和客观的统一。这种思想和情感的表达又集中体现在日本第一部长篇巨著《源氏物语》中。

《源氏物语》成书于11世纪，出自女性作家紫式部之手。作者出身于一个书香门第的贵族家庭，从小就受家庭熏陶，深谙中国古典文学和佛教思想，精通音律，才华横溢。《源氏物语》表面上描绘了上层宫廷社会男欢女爱的故事，但实际上表现了日本国民特有的性格：以崇尚正直、崇尚本来面目作为自己的特色。他们发现了这部描写男女间放荡关系的小说所蕴含的深意，把它视为一种文化①。加藤周一认为《源氏物语》给人最强烈印象的是"表现时代流逝的现实感，表现所有人必然在相对时期的活动和喜怒哀乐的存在感以及表现作为人在其

---

① [日]内藤湖南：《日本文化史研究》，储元熹、卞铁坚译，商务印书馆1997年版，第190页。

人生今世走一回的感情。"①显然，他的观点也是在表明时间的自然流失同人性、人情的自然流露能给日本人产生心灵的震撼。对日常的时间流动、季节变化的敏感性和对现实生活中的人、事等各种情感的率性抒发是日本人的真诚的、正直的性格，也是日本特有的文化要素。因此，《源氏物语》的问世，不仅仅对日本后世的文学产生了很大的影响，而且还为后人更好地了解日本人和日本文化提供了十分宝贵的材料。

---

① [日]加藤周一:《日本文学史序说》上卷,筑摩学艺文库1999年版,第245—246页。

《万叶集》的万叶假名

　　在日本古代文学中，最为重要的表记手段就是汉字。众所周知，在日本没有文字的历史时期，日本民族书写本国的文学是借用中华文明的文化产物而完成的。《万叶集》就是靠中国的汉字铸就的一部历史文化画卷，是中日文化交流的历史见证。用《万叶集》的中方资深译者赵乐甡先生的话说："要想了解日本，研究日本的社会与文学（尤其是古代的），要了解他们创造和建立自己民族传统的诗歌及文化，要了解中日交流的历史，学习日本人民的智慧和艰苦奋斗精神，不妨读读《万叶集》"①。

　　《万叶集》是日本第一部诗歌集大成②。由于当时日本没有文字，只能完全借用中国汉字来记录日本古老文学创作。然而，在借用汉字的过程中，日本把作为文字符号的汉字的表音功能与表意功能进行了最大限度的扩充，结果出现了万叶假名不同于其他文字符号的特殊性。作为文字符号的表音功能与表意功能，万叶假名出现了音读与训读两大类，然而由于传入日本的历史时期不同，在万叶假名的音读中又出现了上古音、吴音和汉音三大读音。在训读体系中，字词意思相近时又出现多个汉字同一读法的复杂训读形式，这种多种读音体系与其他语言文字的表音功能与表意功能有着截然不同的性质特征。在考证《万叶集》时，至今还出现不同的诗歌诠释，这一切源于对汉字的能指层面的不同认识。本书主要探讨在万叶假名中它所特有的能指特点，以便为理解万叶文学提供比较科学合理的解读路径。

　　在索绪尔的符号学理论中，最有代表性的理论之一就是能指和所指相关的理论。"能指即语符的音响或书写形式，所指则是该语符意义

① [日]佚名：《万叶集》，赵乐甡译，译林出版社2009年版，第5页。
② [日]新村出编：《广辞苑》，岩波书店1955年版，第2102页。

或概念上的对应物"①。

至于这个能指与所指的诠释，皮鸿鸣指出：必须注意，索绪尔的符号并非通常所说的所指、能指"二元对立"。而是所指、能指、符号三位一体。②

本书主要对《万叶集》的万叶假名的能指层面进行探讨。一般认为汉字是表意文字，然而，在《万叶集》中，从能指层面上看，它时而作为表音文字出现，时而作为表意文字出现，形成了与原来的汉字符号不相同的能指特征。

分析和探讨《万叶集》中的万叶假名时，我们将面对的是与汉语的汉字有所不同的符号特点。其中作为符号的能指层面，呈现出奇特的色彩。这一点不仅仅是文学研究的对象，而且也是文学与语言等跨学科研究的研究对象。

一、万叶假名的功能

仅从符号学的角度看，万叶假名具有哪些功能？这些符号的能指层面到底有何特点？我们应该怎样去把握这些符号的能指特性，以便更好地解读《万叶集》？在探讨上述问题之前，必须对万叶假名的渊源以及功能有一个简单的了解。

万叶假名指的是日本上代（710—794）记录日语的借用文字，即，汉字。由于在日本第一部诗歌总集《万叶集》中变得最为完善，统称为万叶假名，也叫作真假名。

《万叶集》是日本现存最早的诗歌总集。所收诗歌自 4 世纪至 8 世纪中叶的长短和歌，其成书年代和编者历来众说纷纭，但多数被认为是奈良年间（710—784）的作品。

---

① 赵蓉晖编：《索绪尔研究在中国》，商务印书馆 2005 年版，第 39 页。参照 [瑞士] 费尔迪南·德·索绪尔：《普通语言学教程》，高明凯译，商务印书馆 2004 年版，第 81 页。参照 [日] 风间喜代三、上野善道、松村一登、町田健：《语言学》，东京大学出版会 1993 年版，第 2 页。转引自任裕海：《能指与所指：诗歌语言的符号学特性初探》，载于吴国华主编：《符号语言学》，上海外语教育出版社 2005 年版，第 467 页。

② 皮鸿鸣：《索绪尔语言学的根本原则》，载于《索绪尔研究在中国》，商务印书馆 2005 年版，第 306 页。

　　万叶假名是记录当时万叶文学的一种特殊文字。在日本出现平假名和片假名之前，万叶假名是唯一的文字手段。万叶假名影响深远，不管是现实生活中还是文学作品中，今天在日本地名和人名中可以看到很多万叶假名的残留。如果不去掌握万叶假名的读音，就很难读懂日本诗歌史上最伟大的作品。以下的"万叶假名"是在《万叶集》中最常用的万叶假名①。

　　　あ：〔阿安婀鞅英吾〕·〈足〉

　　　い：〔韋爲位威謂萎委偉〕·〈井猪居〉

　　　う：〔有宇于羽烏紆禹雲菟鶵〕·〈卯得〉

　　　え：（ア行）〔衣依愛亜哀埃榎荏得〕

　　　え：（ヤ行）〔延叡曳遙要兄江枝吉〕

　　　ゑ：〔惠廻慧衞限穢画〕·〈咲〉

　　　お：〔意憶於隠飫淤応乙〕

　　　を：〔乎袁遠怨呼烏鳴塢越男雄緒〕

　　　か：〔加架賀迦嘉可何河哥珂柯訶舸歌軻甲汗箇介蚊香鹿〕

　　　が：〔奇宜我俄峨蛾餓鵝何河賀〕

　　　き：（甲類）〔支伎岐吉企枳棄耆祇妓寸來杵〕

　　　き：（乙類）〔貴紀幾帰奇寄綺騎己記機基気歸忌癸木城樹〕·〈黄〉

　　　ぎ：（甲類）〔芸藝伎岐祇儀蟻〕

　　　ぎ：（乙類）〔疑宜義擬〕

　　　く：〔久玖九鳩口句群苦丘倶区勾矩衢寠君訓〕·〈来〉

　　　ぐ：〔具遇隅求愚虞〕

　　　け：（甲類）〔家計奚谿鶏価啓稽結稽價賈介〕·〈異〉

　　　け：（乙類）〔気居希挙既戒開階凱概該慨擧〕·〈毛食消笥飼〉

　　　げ：（甲類）〔下牙雅夏霓〕

　　　げ：（乙類）〔義宜礙皚偈碍〕·〈削〉

　　　こ：（甲類）〔古故姑高庫狐固顧胡枯〕·〈子児粉籠小兒〉

　　　こ：（乙類）〔己許巨去居忌虚挙渠拠擧據興〕·〈木〉

---

　　① 参照[日]大野晋：《假名拼写和上代语》，岩波书店1982年版，第153—158页。括号〔〕中的汉字表示音读文字，括号〈〉中的汉字表示训读文字。

ご：（甲類）〔呉胡吾後虞悟誤娯五候〕

ご：（乙類）〔其期碁凝語御馭〕

さ：〔沙佐左作散紗草者柴積姿舎差瑳磋〕・〈狭〉

ざ：〔社射謝邪奢装奘蔵〕

し：〔之志斯子芝次思偲寺侍詩師四此紫旨指死司詞事時資矢尸伺嗣試始施璽辞色式信新〕・〈磯為僧石〉

じ：〔自士仕司時尽緇慈耳茸珥餌児弐爾兒〕

す：〔須周州洲酒珠数寸主秀素蒭輸殊〕・〈栖渚酢〉

ず：〔受授殊聚儒孺〕

せ：〔世勢西栖齊剤細制是〕・〈瀬背脊湍迫狭〉

ぜ：〔是笹噬〕

そ：（甲類）〔蘇祖素泝宗嗽巷〕・〈十麻磯〉

そ：（乙類）〔思曾曽僧増贈層所諸則憎賊〕・〈衣背其苑襲彼〉

ぞ：（甲類）〔俗〕

ぞ：（乙類）〔序叙存賊茹鋤敍〕

た：〔多侈太大他駄党〕・〈田手〉

だ：〔太大騨娜嚢〕

ち：〔知智至陳致笞池馳〕・〈千道乳路血茅〉

ぢ：〔治遅地膩尼泥〕

つ：〔都豆頭川州通追途菟屠突徒覩図闘鬪〕・〈津〉

づ：〔豆頭逗図弩〕

て：〔弖天提帝諦底堤題〕・〈手代価直〉

で：〔提泥代伝田殿低耐弟涅〕

と：（甲類）〔刀斗土杜度渡都覩図屠徒塗妬圖〕・〈戸門利聡砥礪速疾鋭外聰〉

と：（乙類）〔止登等騰台苔縢藤鄧臺苫澄得〕・〈十鳥跡迹常與飛〉

ど：（甲類）〔度渡土奴怒〕

ど：（乙類）〔杼騰縢藤特耐廼〕

な：〔奈那難儺寧乃南娜〕・〈名魚七菜中莫〉

に：〔爾邇仁二人日尼而弐耳珥〕・〈丹荷煮似瓊〉

ぬ：〔奴農濃〕·〈沼寐渟〉

ね：〔尼泥年涅〕·〈根宿〉

の：（甲類）〔努怒弩奴〕·〈野〉

の：（乙類）〔乃能廼〕·〈筲荷笑箆〉

は：〔波破婆八半方房防播幡薄泊巴簸伴絆〕·〈羽葉歯者〉

ば：〔婆伐麼魔磨縻〕

ひ：（甲類）〔比卑必臂賓嬪避譬毘辟〕·〈日檜氷負飯〉

ひ：（乙類）〔非斐悲肥飛被彼秘妃費祕〕·〈火樋干乾簸〉

び：（甲類）〔妣鼻婢彌弭寐毘〕

び：（乙類）〔備肥眉媚縻傍〕

ふ：〔不布敷富負府符甫輔赴浮否賦〕·〈経歴乾〉

ぶ：〔夫父部扶歩矛〕

へ：（甲類）〔俾敝弊幣蔽覇遍陛平反返弁辨〕·〈部辺重隔伯方邊畔家〉

へ：（乙類）〔問倍陪拝沛杯背俳珮閉拜〕·〈戸経綜瓫缶甕經〉

べ：（甲類）〔弁辨便別謎婢〕

べ：（乙類）〔倍陪毎謎〕

ほ：〔保富菩宝寶本番蕃朋倍陪抱袍方報褒譜〕·〈火穂帆ぼ煩菩〉

ま：〔万馬末麻磨摩魔麼満莽〕·〈真間目信鬼〉

み：（甲類）〔美彌民弭寐瀰敏〕·〈三見御水参視眷〉

み：（乙類）未味尾微身実箕實

む：〔牟武无無模務謀鵡霧夢茂〕·〈六〉

め：（甲類）〔売馬面迷謎綿賣〕·〈女婦〉

め：（乙類）〔米迷梅昧妹毎未晩〕·〈目眼海藻〉

も：〔毛母茂望文蒙忘畝門問聞悶勿木暮謀慕模謨梅墓莽裳藻哭喪裙〕

や：〔夜移也耶野楊陽益椰揶屋〕·〈八矢箭〉

ゆ：〔由遊喩踰愈臾油〕·〈弓湯〉

よ：（甲類）〔用容欲庸遙遥夜〕

よ：（乙類）〔余与己予餘預誉與譽〕·〈世代四吉〉

ら：〔良浪羅邏楽樂〕

り：〔利里理隣梨離釐〕、

る：〔留流琉類瑠婁楼漏盧〕

れ：〔礼列例烈連黎戻〕

ろ：（甲類）〔路漏盧魯露楼婁樓〕

ろ：（乙類）〔呂里侶慮廬稜閭勒〕

わ：〔和宛倭〕・〈丸輪〉

在《万叶集》《日本书纪》以及《古事记》中所使用的万叶假名，是这些日本古典中唯一的文字符号。当面临只有一种文字手段来记录诗歌时，当时的文人最大限度地拓展了表音功能与表意功能，使汉字符号变得复杂化。

在日本古代文学与历史作品中，汉字作为表记手段起了极其重要的作用。可以说，如果没有汉字，就很难像今天这样通过文字手段将日本文学和历史事实能够井然有序地展现给日本的后一代，因为口头传承还是无法替代文字记录[①]。

从万叶假名这一能指角度看，《万叶集》有效利用汉字，充分调动了汉字这一古老符号的能指层面（"译文 1"是原文翻译成古日语的句子，而"译文 2"是翻译成现代日语的句子）。如《万叶集》第一卷第二首〈天皇登香具山忘国之时御制歌〉：

〈原文〉山常庭　村山有等　取與呂布　天乃香具山　騰立　國見乎為者　國原波　煙立龍　海原波加萬目立多　都怜可国曽　蜻嶋　八間跡能国者

〈译文 1〉大和には郡山あれどとりよろふ天の香具山登り立ち国見をすれば国原は煙立ち立つ海原は鷗立ち立つうまし国ぞあきづ島　大和の国は

---

① 日语原文主要参照 [日] 鹤久、森山隆：《万叶集》，樱枫社 1974 年版。现存最早的诗歌总集《万叶集》成书于公元 714 年，日本留传至今最早之正史《日本书纪》撰于公元 720 年，《古事记》记载日本开天辟地至推古天皇（约 592—628 年在位）间的传说与史事，亦为日本最古老的文学作品。

〈译文2〉山常には、たくさんの山並の優れた山々があるけれど、とりわけ美しいのは天の香具山である。その山の頂上に立って国見をしてみると、その野原には（温泉の源泉の）煙があっちこっちから立ち上がって、途切れることはない。その先の（真青な）海原には白いカゴメが次から次に飛び立っているのが見える。美しい国であるな。この私が支配する、八間跡の国は!

〈中文〉顾我大和国，群山紧相连，惟有香具山，秀美非一般，登上高山顶，放眼国内览，平原炊烟绕，海洋鸥鸟欢，美哉秋津岛，大和多壮观。

在《万叶集》第一卷第二首〈天皇登香具山忘国之时御制歌〉中，既有利用表音功能的"等（ど）""乃（の）""具（ぐ）"，也有利用表意功能的"為（すれ）""者（ば）"等汉字符号。

毫无疑问，汉字作为记录文学的符号的作用是巨大无比的。万叶假名比较复杂，既有借音的，也有借用字训的。仅从音节对应关系上来看，尽管很多汉字大都以一个汉字对应一个日语假名，但是也有不一一对应的比较复杂的对应关系。如：

（1）借字音

1）一个汉字对应一个日语假名。例如："以（い）""安（あ）"等。

2）一个汉字对应两个日语假名。例如："信（しな）""覧（らむ）"等。

这一用法说明，万叶假名把汉字作为表音文字使用，换言之，扩大了文字符号的能指层面。

（2）借字训

1）一个汉字对应一个日语假名。例如："女（め）""跡（と）"等。

2）一个汉字对应两个日语假名。例如："鴨（かも）""蟻（あり）"等。

3）一个汉字对应三个日语假名。例如："下（おろし）""炊（かしき）"等。

4）两个汉字对应一个日语假名。例如："嗚呼（あ）""五十（い）"等。

5）三个汉字对应两个日语假名。例如："八十一（くく）""神楽声（ささ）"等。

这一用法说明，万叶假名也作为表意文字得到使用，文字符号的表意功能层面得到扩展。

在万叶诗歌中使用的汉字，又不同于中国本土所使用的文字。日本借用汉字的时候，汉字作为一种文字记录的符号，它的功能提高了，它的用途变得多样化了。也可以说，从索绪尔的能指层面看，在本土使用的符号传入日本后，历经精心改造，能指的形态多样化，最终注定日本文学中的汉字不同于中国原来的汉字最大特征。

仅就汉字的形音义而言，在日本文学作品中，汉字出现了另外一种绚丽多彩的形象。

仅就词汇系统角度看，一个客观实体可能拥有能指符号，即多个同义词。如，表示"鹤"时，有"鹤（ツル）"读成"鹤（タズ）"，后者属于"诗歌词汇（歌語）"。

另外，在日本文学世界里，如果从字词的角度审视能指这一符号（层面）时，会发现它与其他语言的能指层面有着较大的差异。换言之，日语汉字的能指比其语言的能指复杂得多。

日语能指的复杂性体现在以下几点：

第一，从古至今，日语从借用汉字符号开始，已经从汉字中繁衍出平假名、片假名，符号的种类比较多。其中，至今还在表示地名或人名时作为表音文字使用，但是它基本上属于表意文字。其他的平假名、片假名，则表音文字的性格更强烈一些。这一倾向跟《万叶集》的万叶假名的能指的多层结构有着必然的联系。

第二，能指要素多，汉字作为文学载体的主要符号手段，在《万叶集》中，不仅仅是表音符号，有时又是表意符号。

第三，在日本文学中，汉字位于极其重要的位置，具有特殊性，即，汉字作为能指符号具有形象性，传递信息的速度比其他文字，如假名快而且准确性也很高①。

二、万叶假名的能指特征

作为符号，汉字的形音义在万叶假名中有不同程度的发展。显而易见，各个部分之间有着密不可分的必然联系，有时很难把这三者切割②。

利用汉字的音来表示外来音，这一用法在中国古代也曾有过。《魏志倭人传》中的"卑弥呼"也是利用汉字的音来记载特殊名词的一个用法。

从本质上讲，能指的音层面，有社会约定俗成性质，其读音稳定不变③。

但是在日本万叶文学中的万叶假名读音复杂，有时遵循音读，有时遵循训读，如果不对其能指部分的特殊性有全面的把握，就很难读准其正确意义。

1. 万叶假名的形音义

万叶假名中，音读是一个最为重要的内容，这一点从大量使用音读假名这一事实中得到证明。从能指层面看，有偏旁部首的组合体组成的视觉部分预示着每一个文字的音响层面，看到一个字能读出它所固有的一个读音，可以说作为符号的万叶假名的形音有着紧密相连的关系。一般认为假名文字在表达日本人特有的感情和感觉方面有得天独厚的功效。

无论是学习还是研究万叶文学，如果不懂得万叶假名这文学的符号的形音义，尤其是对其音的独特性以及规律性没有一定的了解，就很难去把握其文学内涵，更不用说细致入微的研究了。

---

① 申小龙：《普通语言学教程》，复旦大学出版社 2005 年版，第 206 页。

② ［日］大岛正二：《中国语言学史》，汲古书院 1997 年版，第 81 页。

③ ［瑞士］费尔迪南·德·索绪尔：《普通语言学讲义》，小松英辅译，岩波书店 1999 年版，第 95 页；［日］风间喜代三、上野善道、松村一登、町田健：《语言学》，东京大学出版会 1993 年版，第 2 页；费尔迪南·德·索绪尔：《普通语言学教程》，高明凯译，商务印书馆 2004 年版，第 81 页。

这一点从赵乐甡先生那里可以得到充分证明。他在中译本序言中指出："《万叶集》产生在'假名'文字出现之前，记录作品全靠汉字。由于民族语言不通，确实费了一番功夫。……这些被称'万叶假名'的文字，也给万叶学带来极大难题，研究《万叶集》的书可谓汗牛充栋，至今还遗留一些未读懂的'难训'原文，学者间只能揣测，见仁见智，其说难一。因此，我们读《万叶集》，只能依据日本学者的研究成果。翻译起来，不懂的也只好盲从或跟着瞎子摸象了。"①

上述内容是，赵乐甡先生在谈到《万叶集》翻译之难度时论述的内容去解读《万叶集》。我们可以参考前辈学者的研究成果，但是如果要去研究《万叶集》以及万叶假名，还不得不面对以下问题点，那就是必须懂得汉语音韵学以及汉语音韵史的基本知识。如果不具备这一方面的知识，我们就无法对万叶假名这一特殊符号中所具有的复杂而特殊的能指层面的诸多问题得出一个满意的答案。

国内日本研究包括语言、文化、文学以及教育等各个内容，但是，其研究比较集中在近现代的课题，而一到古代文学语言等内容，成果之少，研究者之寡，令人触目惊心。这就是因为无论是万叶文学的研究还是万叶假名的研究，都离不开其基础知识和基本理论，即，汉语音韵学知识。这一点就是万叶文学的学习与研究的难点之一。那么，我们在学习和研究万叶文学、万叶假名的时候，应该如何对万叶假名的表音功能与表意功能进行科学的理解？

首先是对万叶假名的形音义有一个比较客观而清晰的了解，其次对它的义给万叶假名赋予的表意功能也应该有一个大致的了解。这样才能正确理解，在日本文学中作为一种符号的汉字之所以持有如此坚强生命力的原因和理由。

2. 万叶假名的表音性

在《万叶集》中，根据其音训形式，万叶假名分为多种形式。一般认为它的读音体系大致分为五大类型②。如果从符号的能指，即音响

---

① [日]佚名：《万叶集》，赵乐甡译，译林出版社 2009 年版，第 3 页。
② [日]鹤久：《万叶假名》，《岩波讲座　日语 8 文字》，岩波书店 1977 年版，第 209 页。

形象书写形式看，可以分为表音性和表意性。所谓表音性就是主要作为表音文字使用的能指特征，而所谓表意性就是主要作为表意文字使用的能指特征。

万叶假名表音性文字有以下两种类型。

一是，音读（音読），也叫作"正音文字"（正音文字）。例如：

〈原文〉三八三一　池神　力土儛可母　白鷺乃　桙啄持而　飛渡良武

〈译文1〉池神の力土まひかもしら鷺のほこくひもちて飛渡るらん

〈译文2〉池の神様の御使いである白鷺がまるで力士舞を演じておられる

〈中文〉池畔作伎乐？金刚力士舞；白鹭衔柔树，飞过。

〈原文〉三八二八　香塗流　塔尓莫依　川隈乃　屎鮒喫有　痛女奴

〈译文1〉香塗れる塔にな寄りそ川隈の屎鮒食めるいたき女奴意訳香を塗った塔には近寄るな

〈译文2〉香を塗ったくりに匂う、（あそこの）塔には近寄るな。厠の、糞尿を喰ったフナを食する、とても汚い女が住んでいるぞ

〈中文〉莫依涂香塔，厕在河湾；吃的是臭鲋，女奴脏不堪。

"三八三一"首的"力土"与"三八二八"首中的"塔"是直接移植音读字词。

二是，音假名。例如：

下面"四二三一"首中的"奈泥之故"则属于完全脱离文字符号意义，而只使用符号能指的音韵层面的实例。

〈原文〉四二三一　奈泥之故波　秋咲物乎　君宅之　雪巖

尔　左家理家流可母

〈译文1〉なでしこは秋咲くものを君が家の雪の巖（いはほ）に
咲けりけるかも

〈译文2〉ナデシコは秋に咲くものなのに、あなたの家では雪の
巖（いわお）に時ならずに咲いていますね

〈中文〉瞿麦季节，君家却在雪岩上，花开呈芳彩。

这是用汉字的音来记录一个名词的具体实例。然而，与上述例子
不同，在这里文字的能指层面的表音性起着作用，其他的表意性完全
彻底被忽视。

在汉字的原产地，一般作为形音义的统一体来使用的汉字，在万
叶集却呈现出奇特的现象。换言之，在汉语中原有的文字符号的表音
性与表意性，在日语万叶假名中却人为地分割开来。这样大大扩大了
汉字原有的能指层面。

3. 万叶假名的表意性

万叶假名表意性文字，有以下三种类型。

一是，训读（訓読），也叫作"正训文字"（正訓文字）。例如：

〈原文〉一〇四一　吾屋戸乃　君松樹尔　零雪乃　行者不
去　待西将待

〈译文1〉我がやどの、君松の木に、降る雪の、行きには行か
じ、待にし待たむ

〈译文2〉私の家の、君を待つ松の木に降る雪、のように行きは
しない、待つことにしましょう

〈中文〉君家待君松，树上雪飘零；行不得，将君等。

〈原文〉一一七　大夫哉　片戀将為跡　嘆友　鬼乃益卜雄　尚
戀二家里

〈译文1〉大夫や片恋せむと嘆けども鬼の大夫なほ恋ひにけり

〈译文2〉丈夫（ますらお）たる自分が片恋などするはずがない
のに…と嘆いても、おろかな俺だなあ、やっぱり恋をしてしま
ったよ
〈中文〉大丈夫耶。竟单相思，叹息又不止，无奈仍恋之。

以上"松""人""恋"就是完全利用汉字的形音义的实例。

二是，训假名。例如：

也有将汉字的训读为基础而采用固定训读的实例。这也是训读的
一种扩展。

〈原文〉二三一一　皮为酢寸　穂庭開不出　恋乎吾為　玉
蜻　直一目耳　視之人故尓
〈译文1〉はだ薄穂には咲き出ぬ恋をぞ吾がする玉かぎるただ一
目のみ見し人ゆゑに
〈译文2〉旗薄がまだ穂を咲き出していないような、ほのかの
恋を私はしている。美しい玉が、瞬間、きらめきを見せるよう
な、そんなほのかに一目遇った人のゆえに
〈中文〉莫让穂出现，我要避人眼目恋，这人只看一眼，见过一
面。

这个义训看似属于第二类，但是又不同于第二类。义训（義
訓），也叫作"正音文字"（義訓文字）。

这是有效地利用汉字符号的表音性与表意性的典型实例。以下
"霰（丸雪）"也叫"义训"，就是对能指表意功能的扩大应用。例如：

〈原文〉一二九三　丸雪降　遠江　吾跡川楊　雖苅　亦生
云　余跡川楊
〈译文1〉霰降（あられふ）り　遠つ淡海（あふみ）の　吾跡川
楊（あとかはやなぎ）　刈れども　またも生ふといふ　吾跡川楊
〈译文2〉遠江（とおとうみ）の吾跡川あどがわの猫柳（ねこや

なぎ）は、刈っても刈っても、また 生えてくるといいます

〈中文〉吾迹川杨柳，虽遭砍伐；重又发芽，吾迹川杨柳。

换言之，在万叶集中，有时扩大表音功能有时扩大表意功能，伸缩自如，最大限度地利用再生产符号的体系系统。

三是，"戏书（戯書）"。"戏书（戯書）"是极其特殊的文字手段。例如：

〈原文〉二三九 …獦路乃小野爾 十六社者 伊波比拝目 鶉己曽 伊波比廻礼 四時自物 伊波比拝…

〈译文1〉獦路の小野に猪鹿こそはい匍ひ拝がめ鶉こそい匍ひ廻ほれ猪鹿じものい匍 ひ拝がみ

〈译文2〉若い薦を刈る猟路の野には、猪や鹿たちは御子に狩られて腹ばい拝みなさい、鶉たちは捕らえられ腹ばいまわりなさい。猪や鹿のように待ち伏せの地に伏しておがみ、鶉のように狩りの大地をはい廻って、恐れ多いこととしてお使え申し上げよう

〈中文〉猎路小野场，豕鹿屈膝拝，鶉伏环绕忙，豕鹿拝，鶉伏绕。

在这里"十六"读成"四四（しし）"，这是基于简单算术原理的约定俗成。

〈原文〉三二四二 百岐年 三野之國之 高北之 八十一隣之宮尔 日向尔 行靡闕矣 有登聞而吾通道之 奥十山 三野之山 靡得 人雖跡 如此依等 人雖衝 無意山之 奥礒山 三野之山

〈译文1〉ももきねの美濃の国の高北の八十一隣の宮に日向ひに行き靡び闕かふありと聞きて吾が通ひ道の奥十山野の山 靡けと人は踏めども かく寄れと人は突けども心なき山の 奥十山 美濃

の山

〈译文2〉沢山の年を経た立派な木が根を生やす美濃の国の高北
の泳宮（くくりのみや）のある場所に、日に向きあう処に人が
行き靡びく大門を欠いた大宮があると聞いて、私が通って行く
道の山奥の多くの山、その野の山よ。優しく招き寄せよと、人
は山路を踏み行くが、このようにやって来いと、人は山路に胸
を衝くように行くのだが、歩くのに優しさがない険しい山たる
山奥の多くの山よ、美濃の山は

〈中文〉美浓过地方，山北有泳宫。闻说东方路，关隘实难行。
我取两山走，奥十与美浓。人来反复踏，愿其速低平。人来突力
排，愿其两边倾。怎奈此二山，无心不动情。

"八十一隣之宮爾"读成"くくりのみやに"来自上述原理。

一般认为，汉字的音读是属于直接借用，所以不把它看成是符号
的变体，其他的"训读（訓読）""音假名（音仮名）""训假名（訓仮
名）""戏书（戯書）"才看成是符号的变体，即汉字的变用。上述类型
中所谓的万叶假名通常指的是音假名和训假名。

相对而言，在汉语里汉字的能指有限，但是在万叶假名的能指被
扩大，万叶文学中的万叶假名作为一个符号，具有表音功能和表意功
能，从而出现了能指层面的多彩性。这是万叶文学中最为值得关注的
内容之一。

三、万叶假名能指的多层性

从现代日本文学作品中看，作为符号，主要使用汉字和平假名，
当然也有使用片假名的场合，但是符号的主角是汉字和平假名。尽管
因为有时候文体不同，汉语词汇以及汉字的使用出现不同的比率，但
是无论是日常生活还是文学作品中，汉字的使用是符号的能指层面的
特殊规律所起的作用，而且解释日本文学作品的时候，不能忽视这一
古老的符号手段至今还有顽强生命力的具体背景以及隐藏在现象背后

的本质。

1. 万叶假名源于假借

万叶假名的本质简单而言就是一种假借。但是这个假借并不完全等同于汉字六书中的假借。万叶假名的发展就是非常复杂的文字演变过程。在《万叶集》中，时而采用伸展文字符号的表音功能，时而采用伸展文字符号的表意功能，其变化规律比较复杂。

汉字的特点注定了万叶假名的总的发展倾向，但是如果用"六书"的假借这一概念简单总结万叶假名的特点未免有把问题过于简单化之嫌。

汉字根据造字方法分为六种，总称"六书"，即所谓"象形、指事、会意、形声、转注、假借"[①]。

一般认为，只有前面的象形、指事、会意、形声是造字法，后面的转注和假借是用字之法。

"象形"是比照事物的形体，描写事物的形状的造字法；"指事"用抽象的符号组成，或者在象形符号上加指示性符号的造字法；"形声"一个表义成分和一个表音成分合起来组合成新字的造字法；"会意"是把两个或两个以上的独体象形字或指事字结合起来的造字法。

在从"象形、指事、形声"中，很容易看出除了索绪尔所讲的"任意性"之外，在汉字里面还存在一些原始的类似性[②]。

从这里可以看出，在汉字的造字原则理论中，假借的手段起着很重要的作用。无论是侧重利用汉字这一符号的表音功能还是表意功能，在万叶假名中它比原有的文字使用简便许多。在这一点上不容忽视的是汉字不像其他欧美表音文字凸显线条性，除了这一线条性之外还隐含着与线条性相对应的一次性多层形象信息。

2. 万叶假名能指层面的表音符号

在记录"东歌"，即东北方言的诗歌中，很多都采用了调动能指

① 胡裕树：《现代汉语》重订本，上海教育出版社2004年版，第154—157页。

② 赵蓉晖编：《索绪尔研究在中国》，商务印书馆2005年版，第39页。

部分的方法，如果不懂得上述万叶假名，就不可能对万叶集这一部有一个真正的解读。例如：

〈原文〉三三六三　和我世古乎　夜麻登敝夜利弖　麻都之太須　安思我良夜麻乃　須疑乃木能未可

〈译文１〉吾が背子を大和へ遣りて待つしだす足柄山の杉の木の間か

〈译文２〉私の愛しい貴方を大和の国に行かせて、私が貴方の帰りを待つことをしだす、その言葉のひびきのような、羊歯を出す足柄山の杉の木の間です

〈中文〉夫出差役，遣大和；足柄山中，杉间待望日多。

〈原文〉三三六六　麻可奈思美　佐祢尔和波由久 可麻久良能 美奈能瀬河泊尔 思保美都奈武賀

〈译文１〉真愛しみさ寝に吾は行く鎌倉の水無の瀬川に潮満つなむか

〈译文２〉心から愛しく思ってお前との共寝に私は出かけて行く、その鎌倉の水無の瀬川に潮が満ちているだろうか

〈中文〉〉为爱去共寝；镰仓水无濑川，潮水可涨满。

以上都是"东歌"的实例。

3. 万叶假名能指层面的表意符号

在万叶集中，有的诗歌完全是训假名化的作品。例如：

〈原文〉二〇六一　天河　白浪高　吾戀　公之舟出者　今為下

〈译文１〉天の川白波高し吾が恋ふる公が舟出は今し為らしも

〈译文２〉天の川は白波が高い。私の恋い慕う貴方の船出は、今、この時になされるようです

〈中文〉天河白浪翻；我所思恋君，似才出船。

然而由于充分调动了汉字符号能指层面的表意功能，在同一个汉字文化圈的人都能看懂其基本含义。

有的诗歌是在关键词当中，充分调动了汉字符号的表意功能，例如：

〈原文〉二一〇三　秋風　冷成奴　馬並而　去来於野行奈　芽子花見尓

〈译文1〉秋風は涼しくなりぬうま並めていざ野に行かな萩の花見に

〈译文2〉秋風（あきかぜ）が涼しくなりました。さあ、馬を並べて野に萩（はぎ）の花を見に行きましょう

〈中文〉秋风凉；并马且去郊外行，观赏胡枝子花。

〈原文〉二一三六　秋風尓　山飛越　鴈鳴之　聲遠離　雲隠良思

〈译文1〉秋風に山飛び越ゆる雁がねの声遠ざかる雲隠るらし

〈译文2〉秋風に乗って山を飛び越える雁の鳴き声が遠く離れて行く。雲に姿を隠れているようだ

〈中文〉秋风吹，越山飞；雁声渐远，似隐入云堆。

〈原文〉二一三八　多頭我鳴乃　今朝鳴奈倍尓　鴈鳴者　何處指香　雲隠良武

〈译文1〉鶴の今朝鳴くなへに臨はいづくさしてか雲隠るらむ

〈译文2〉ツル（の群れ）が、朝鳴きながら（空を飛んでいきました

〈中文〉今朝闻鹤啼；雁声更向何处，隐入云里。

〈原文〉二一五八　秋風之　寒吹奈倍　吾屋前之　淺茅之本尓　蟋蟀鳴毛

〈译文1〉秋風の寒く吹くなへ吾が屋前の浅茅が本に蟋蟀鳴くも

〈译文2〉秋風が寒く吹く中で、私家の前の浅茅の根元でコオロギが鳴いている

〈中文〉秋风吹，寒意送；我家庭院浅茅下，蟋蟀鸣。

在"二一〇三"首、"二一三六""二一三八"与"二一五八"首中，名词"秋（あき）風（かぜ）""馬（うま）""山（やま）""鴈（かり）"以及动词"並（なめ）""飛（とび）""隠（がくる）""吹（ふく）"等观念词都采用了充分调动表意功能的方法。

从整体上看，一首诗的关键词基本上由名词、动词等观念词体现，而助词、助动词等关系词，有时则采用调动汉字符号的表音功能的方法，有时调动汉字符号的表意功能的方法。

另外，关系词中的表音功能与表意功能的使用也很有特色。例如：

〈原文〉一八一五 子等我手乎 巻向山丹 春去者 木葉凌而 霞霏微

〈译文1〉（若い）娘たちが手（枕）を向けた、巻向山に、春が来た。木の葉を押し分けて、霞がたなびく

〈译文2〉子らが手を巻向山に春されば木の葉しのぎて霞たなびく

〈中文〉卷向山，春来到；霞缭绕，将树叶笼罩。

〈原文〉一八二六 春去在者 妻乎求等 鴬之 木末乎傳 鳴乍本名

〈译文1〉春しさば妻を求むと鴬の木末を伝ひ鳴きつつもとな

〈译文2〉いつも春がやって来ると妻を乞い求めようと鴬が木々の梢を飛び伝い鳴き渡る、それがむなしい

〈中文〉春至将妻求；黄莺沿枝走，恣意。

在"一八一五"首与"一八二六"首中，关系词"乎（を）""者

（ば）""而（て）""之（の）"用来汉字符号的表意功能，这首诗的整体结构依赖这四个"乎（を）""者（ば）""而（て）""之（の）"来体现。

4. 表音功能与表意功能的交叉体现

同样使用关系词，有的诗歌不仅采用借用表音功能的办法，同时也使用了上述借用表意功能的方法。例如：

〈原文〉一九四二　霍公鳥　鳴音聞哉　宇能花乃　開落岳尓　田葛引（女＋感）嬬

〈译文1〉霍公鳥鳴く声聞くや卯の花の咲き散る岳に田草引く官女

〈译文2〉ホトトギスのその「カツコヒ（片恋）」と鳴く声を聞きましたか、卯の花（有の花）の咲き散る丘で薬玉を作る萱の穂を引く抜く宮人よ

〈中文〉杜鹃啼，可曾闻；疏开落山冈上，采葛姑娘。

〈原文〉一九四〇　朝霞　棚引野邊　足檜木乃　山霍公鳥　何時来将鳴

〈译文1〉朝霞たなびく野辺にあしひきの山霍公鳥いつか来鳴かむ

〈译文2〉朝霞が棚引くこの野辺に、葦や桧の生える山に棲むホトトギスよ、いつになれば来て鳴くのだろうか

〈中文〉山野朝霞缭绕；杜鹃，将于何时来啼叫。

〈原文〉二一四六　山近　家哉可居　左小壮鹿乃　音乎聞乍　宿不勝鴨

〈译文1〉山近く家や居るべきさ牡鹿の声を聞きつつ寝ねかてぬかも

〈译文2〉山の近くに家を構えて住むべきでしょうか。妻を呼ぶ

雄鹿の啼き声を聞きながら、寝ることが出来ないでしょう

〈中文〉家非近山居；闻听雄鹿鸣，梦不成。山野朝霞缭绕；杜鹃，将于何时来啼叫。

在"一九四二"首中的"哉（や）"使用了上述借用表意功能的方法，而"一九四〇""一九四二""二一四六"首中"乃（の）"采用了借用符号表音功能的办法。

同一个字有时只采用表音功能，有时又采用表意功能。如，

〈原文〉二〇四一　秋風　吹漂蕩　白雲者　織女之　天津領巾毳

〈译文1〉秋風の吹きただよはす白雲は織女の天つ領巾かも

〈译文2〉秋風が吹き漂わせる白雲は、織姫の天つ領巾なのでしょうか

〈中文〉秋风吹，飘飘白云；应是织女，天上领巾。

〈原义〉一〇五三　天漢　八十瀬霧合　男星之　時待船　今滂良之

〈译文1〉天の川八十瀬霧きらへり男星の時待つ舟は今し滂ぐらし

〈译文2〉天の川のたくさんの瀬が霧に包まれている。彦星が織姫と出会う時を待ち焦がれていた舟は、今から漕ぎ出すようだ。

〈中文〉银汉排摊雾弥漫；牛郎待时机，正欲出船。

在"二〇四一"与"二〇五三"首中出现使用"之（し）"的现象，而且均作为关系词使用，然而，在"二〇四一"首中却作为训假名使用，而在"二〇五三"首中却作为音假名使用，即，前者是活用符号表意功能，而后者则使用了符号的表音功能。

还有一种特殊情况是同一汉字符号根据词汇也出现一些读音，即表音功能的差异。如，

〈原文〉二六七二　此山之　嶺尔近跡　吾見鶴　月之空有　戀毛為鴨

〈译文1〉この山の嶺（みね）に近しと吾（あ）が見つる月の空なる恋もするかも

〈译文2〉この山の嶺（みね）に近しと吾（あ）が見つる月の空なる恋もするかも 私訳この山の峰に近いと私が眺めている月が大空にあるように、とらえどころのない恋をしたのでしょうか

〈中文〉临近山峰月当空；恋心如此月，空自一片情。

〈原文〉二八五二　人言　繁時　吾妹　衣有　裏服矣

〈译文1〉人言の繁き時には吾妹子し衣にありせば下に着ましを

〈译文2〉人の噂がうるさいときには、貴女が衣でしたら人目が付かないように、上着の下に着けるのに

〈中文〉人言盛起时；妹若是衣裳，贴身穿上。

在"二六七二"首与"二八五二"首中的"吾"字，读音根据后部接续词有一些差异。"吾"在"二六七二"首中读成"わが"，而在"二八五二"首中读成"わぎ"。

四、结　语

索绪尔所阐述的语言符号的性质中，除了上述能指与所指之外，还有任意性与线条性是语言符号的两条最基本、最典型的特征。

本文主要探讨《万叶集》中的万叶假名中出现的能指层面。因为万叶假名不同于汉字，有时把汉字作为表音文字使用，而有时则作为表意文字使用，很显然这一用法在很大程度上决定了日语后期的汉字变体假名，即平假名与片假名带有浓烈的表意文字色彩，而汉字则逐渐失去表音功能多充当表意文字的必然结果。

另外，还必须指出，万叶文学中的万叶假名作为一个符号，对汉字这一符号的能指层面增添了色彩，从而出现了汉字特有的能指层面的多彩性。

这是我们学习与研究万叶文学时，最为值得关注的内容之一。如

果不懂得这一倾向性，我们就无从掌握纷繁复杂的万叶假名规律，反言之，如果对万叶假名的能指特点有一定的了解，对其表音性与表意性有大致的了解，我们就能找到一把开启闪烁着东方色彩的文学宝库的大门。

《日本灵异记》与中国的《冥报记》

从 8 世纪末到 12 世纪末约 400 年间是日本的平安时代。平安初期到 10 世纪约一百年间是日本民族按照自己的喜好，在政治、经济、社会、文学等各领域将吸收的大陆文化全面进行"日本化"的时期。其结果，促使中国文化同日本文化不断相糅合，为日后日本文化的发展起到了决定性的作用。

《日本灵异记》反映了 9 世纪整个日本精神全貌的佛教思想。我们从景戒效仿中国的《冥报记》而撰写的《日本灵异记》中，就可以领略到中国文化的元素被日本人接受、消化和"日本化"的倾向。

一、《日本灵异记》与《冥报记》

1.《日本灵异记》概述

《日本灵异记》由药师寺的僧侣景戒编纂，成书于平安时代初期，常被简称为《灵异记》，是日本最古老的佛教说话集。分上、中、下三卷，各卷卷头带有序文，部分故事末尾附有赞。上卷 35 缘、中卷 42 缘、下卷 39 缘，共收录了 116 缘故事。这些故事基本上按照年代顺序来排列。

《日本灵异记》全文由汉文书写，但是其用字用法却屡屡出现和正规汉文不一致之处。例如，受日语影响而出现的语序错乱问题、"有"和"在"的混用问题、语助词错用问题，等等。为了与正规汉文相区别，这种汉文又被称为"变体汉文"。而且，受到佛教典籍的影响，《日本灵异记》的文章还带有一个显著特征，即文章中"四字句"居多。

《日本灵异记》虽然是一部佛教说话集，但是开篇的几个故事却描写了一些与佛教基本无关的故事，例如第一缘的"捉雷"故事和第二缘的"狐妻"故事 ①。这些故事的内容倒是比较符合书名中的"灵

---

① 出云路修在其校注的新大系本《日本灵异记》的上卷开篇处，提出将这些故事理解为佛教前史的说法可以消除大部分读者的这一困惑。

异"二字。《日本灵异记》全名《日本国现报 [①] 善恶灵异记》，本应全部收录"现报"故事的，但却又收录了一些"生报"故事。例如上卷第10缘中讲述的故事，一个父亲前世偷用了自己儿子的稻子，至死未还，最终转世为牛来偿还儿子。这个故事就属于生报故事而非现报故事。为何会出现这样的情况？其中的缘由尚不清楚，还有待于进一步研究。至于编者景戒的生平情况，从下卷第38缘故事中的一些类似自传的文字中可以了解到一些零散的信息，诸如他出身于纪伊国名草郡，曾经担任"传灯从位"一职，曾经历丧子之痛，还曾经拥有两匹马，等等。《本朝高僧传》中虽然记载着景戒的事迹，但是内容与《日本灵异记》所载内容相似，没有其他新信息 [②]。

现存的《日本灵异记》古抄本虽然有五种，但是却没有一部是完整的抄本 [③]。这五种抄本分别是：

兴福寺本　藏于奈良市兴福寺国宝馆。卷轴本，仅剩上卷，卷头有内题和书名，无目录，收录了序文和35缘故事。卷末题有"延喜四年五月十九日午时许写已毕"，是现存最早的抄本。自大正11年（1922）9月被发现之后一直受到众人的关注，从武田祐吉的校注本开始，一直被校注者们当做上卷底本来使用。在奈良女子大学和各位研究者的努力之下，此抄本的电子影像得以公布，以便学者们研究使用 [④]。

真福寺本　藏于名古屋市宝生院的善本。卷轴本，剩中、下卷，卷首破损，序文从中途开始，有目录，共收录了中卷42缘、下卷39缘故事。虽然没有注明抄写年份，但是可以推定书写于院政时代末期或镰仓时代前期。狩谷棭斋的《校本日本霊異記》就是使用此本校注完成的。

---

①　至于"报"的解释，《冥报记》序文中有如下明确说明：

然其说报，亦有三种，一者现报，于此身中，作善恶业，有于此身而受报者，皆名现报；二者生报，谓此身作业，不即受之，随业善恶，生于诸道，皆名生报；三者后报，谓过去身，作善恶业，能得果报，应多身受，是以现在作业，未便受报，或次后后生受，或五生十生，方始受之，是皆名后报。

②　[日]师蛮：《本朝高僧传》上卷，长井真琴校订，宽永寺1916年版。第六部分中的"和州药师寺的沙门景戒传"。

③　各抄本的具体情况可参考[日]小泉道：《日本灵异记诸本研究》，清文堂1989年版。

④　[日]兴福寺本《日本灵异记》，奈良女子大学图书馆，http : //mahoroba.lib.nara-wu.ac.jp/y14/y14/index.html（2012年1月20日）。

来迎院本 藏于京都市大原来迎院。册子本，中、下两卷。中卷目录中虽然有序文和 42 则故事，但正文部分却从第 14 缘故事的中途开始缺失。下卷的目录上虽然有序文和 39 则故事，但正文部分记载着第 12—14 缘故事的四页以及第 39 缘故事的中途开始的部分缺失。研究者们从书写风格等判断它大约书写于 12 世纪初叶。年代虽然比真福寺本久远，但是损伤较为严重，可信度不及真福寺本。

前田家本 藏于尊经阁文库。册子本，仅有下卷。内有序文及 39 缘故事。尾题的第二行写着"嘉祯 2 年丙申三月三日书写毕"。昭和 6 年（1931）9 月，照原尺寸影印出版。

高野本 原藏于和歌山县高野山金刚三昧院。卷轴本，上、中、下三卷俱在，然而各卷存在不少缺失部分，记载了共计 79 缘故事。由水户彰考馆的史官书写，广为流传。原抄本的文末注有"建保贰年甲戌六月一日酉刻计书写了"，接下来又用其他笔写着：

> 延宝八年岁次庚申闰八月奉我相公之命登金刚峰借出金刚三昧院所藏之本写之者 彰考馆藏 佐宗清

狩谷棭斋在将此本作为底本校注上卷时将此本称为"高野本"。而在高野本的模本中最好的就是国立国会图书馆的藏本。

2.《冥报记》概述

《冥报记》成书于唐永徽 4 年[①]（653）左右，由吏部尚书唐临编纂，收录了编者唐临直接见闻的一些因果报应和灵验谭。关于此书的最早记录在《法苑珠林》中可以找到，其后新旧唐书的唐临传、艺文

---

① 岑仲勉在《唐唐临冥报记之复原》（《历史语言研究集刊》第十七册 1948 年）的第 190 页有如下论述：临书成於永徽，已如珠林所说，究永徽何年，尚有可进一步实求之者，例如（三）条"永徽 2 年正月，……至今三载，"古人计年不必足数，则"今"当指永徽四年。又（十二）、（五一）两条均称崔尚书敦礼，据新表六一，敦礼於永徽四年十一月癸丑自兵尚为侍中。又（五三）条称光禄卿柳亨，而永徽五年五月十五日建之万年宫铭，其碑阴题名，亨之结衔为太常卿，临之结衔为守兵部尚书，盖临于四年自更尚代敦礼为兵尚。合此观之，临书实成于永徽四年，且在是年十一月丑已前。

志等也记载了此书，且都为二卷①。宋朝陈振孙的《直斋书录解题》②中也有其名，但之后由于佛教的衰退，此书在中国成为佚书，而在邻国日本却保存了下来。

《冥报记》的文章如其序文所述，"具陈所受及闻见由缘，言不饰文，事专杨确"，没有太多华丽的辞藻，比较平实，而且所收录的每一个故事后面都有一句传闻注释标明故事的来源，其中有许多故事的传播者还是唐临的亲戚。这些特征都使得《冥报记》的文章更具有口传文学的趣味性和真实感。

编者唐临与《日本灵异记》的编者景戒不同，终身仕宦，新旧唐书的唐临传里记载了唐临的事迹。他年少成名，仕随太子李建成，虽因玄武门之变一度左迁河东，但之后又重返京城并接连升官直至吏部尚书。晚年时因受长孙无忌谋反牵连再度贬职，不久后辞世。作为一个优秀的官吏，他留下了不少逸闻美谈。例如，唐临被贬职河东时，他在农忙季节曾自担责任将管辖范围内的轻囚放回务农；而那些犯人们也感念他的恩德，都在约定的时间回监狱复命。又如，唐临担任大理寺卿时，遇高宗皇帝亲审死囚。高宗发现唐临前任收监的犯人喊冤而唐临经手的犯人则毫无怨言，就奇怪地问犯人缘由。犯人回答说因为唐临断案公正有度，所以甘心受罚，令高宗不禁为之叹服。这些都描绘出唐临作为一个优秀官吏的一面，而从《冥报记》的序文以及家族关系还可以看到他笃信佛教的另一面。

关于此书的卷数尚存在分歧，上述书籍中的记载为二卷，而《日本国见在书目录》③中则记载着"冥报计十卷"。而现存于日本的抄本则均为三卷。因此，争议也围绕着这三种意见展开。主要有杨守敬的十卷说，内藤湖南的三卷说以及以岑仲勉为首的中国学者的

---

① ［日］道世：《法苑珠林》第一一九卷："冥报记二卷 右唐朝永徽年内吏部尚书唐临撰"《旧唐书》第八十五卷："……所撰冥报记二卷，大行于世"《旧唐书》经籍志／杂传："冥报记二卷唐临撰"《新唐书》艺文志三／小说家类：《唐临冥报记》二卷其他如《册府元龟》等书籍中也记载着冥报记二卷唐临撰，在此不一一列举。

② 陈振孙的《直斋书录解题》第十一卷小说家类中记载着："冥报记二卷 唐吏部尚书京兆唐临本德撰"，中华书局 1985 年版。

③ ［日］藤原佐世：《日本国见在书目录》廿，杂传家中记载着：《冥报计十卷》，中华书局 1991 年版。

二卷说 ①。

现存的抄本主要有以下五种 ②：

高山寺本三卷　京都高山寺藏。乃现存最早的抄本，据传出自唐人之手。收录了唐临自序和上卷 11 条、中卷 19 条（1 条重复，实为 18 条）、下卷 24 条，共 54 条故事。此本最为出名，常被当作底本使用。

古写本（传为三缘山本）**三卷**　清末杨守敬在日访书时得到。有唐临自序、上卷 11 条、中卷 11 条、下卷 16 条。

前田家本三卷　尊经阁文库藏。书写于长治 2 年（1105），含唐临自序、上卷 11 条、中卷 20 条、下卷 26 条。

知恩院本三卷　京都知恩院藏。收录了唐临自序、上卷 11 条、中卷 12 条、下卷 17 条。

续藏本三卷　收录于明治 45 年（1912）刊行的《大日本续藏经》中。序文、各卷条数及排列与高山寺本相同。

3.《日本灵异记》与《冥报记》的关系

《日本灵异记》的上卷序文中有这么一段文字 ③：

昔漢地造冥報記、大唐國作般若驗記 ④、何唯慎乎他國伝録、

---

① 杨守敬在《日本访书志》卷八中论述道："……今合古钞珠林广记所引用辑为一书计冥报记八十四条釐为六卷冥报拾遗四十二条釐为四卷以合现在书目之数盖以唐卷子本计之必非二卷所能容知见在书目为得其实"，辽宁教育出版社 2003 年版。

内藤湖南在 1910 年油屋博文堂的《冥报记》跋文中论述道："按弘仁中，药师寺僧景戒撰日本灵异记，寔以此书为蓝本，亦止三卷，岂非有所效焉而然耶。"

岑仲勉在上引"唐唐临冥报记之复原"中有以下意见：

余按法苑珠林一一九杂集部云："冥报记二卷，右唐朝永徽年内吏部尚书唐临撰"又云："冥报拾遗二卷，右唐朝中山郎朗余令字元休龙朔年中撰。"是两书各有撰人，非同与临著。各位二卷，无十卷之多。（中略）夫杨氏搜辑珠林、广记，不可谓不勤，顾于珠林中最重要之两条，竟然漏网，非所谓明察秋毫之末而不见舆薪者耶。内藤虎（内藤湖南之讹）说未检得，然观其主张三卷，显亦未见及珠林所著录，可不必再辩矣。

另，李铭敬在以下论文中早已归纳出了这三种意见。参照李铭敬：《冥报记的古抄本与传承》，《文献》2000 年 7 月第 3 期。

② 关于各写本的具体情况参考论文：[日] 鹤岛俊一郎：《冥报记小考》，《驹泽大学外国语部论集》1983 年 18 卷；[日] 三田明弘：《解读〈冥报记〉和作者唐临》，说话研究会编：《冥报记的研究》，勉诚出版 1999 年版；李铭敬：《冥报记的古抄本与传承》，《文献》2000 年 7 月第 3 期。

③ 引用《日本灵异记》的原文时一律使用日文汉字，以下同。

④ 唐开元年间，孟献忠撰的《金刚般若经》的灵验记。

弗信恐乎自土奇事、粤起目矖之、不得忍寝、居心思之、不能黙然、故聊注側聞、号曰日本国现报善恶灵异記

　　正如众多前辈学者指出的那样，从这段文字中可以看出《日本灵异记》是景戒怀着对《冥报记》和《般若验记》等外来佛教故事集的对抗意识而编纂的，其成立受到了这些汉文献的很大影响。翻看《日本灵异记》可以发现许多故事与这些汉文献中所载故事相似。也许正因为如此，当初芳贺矢一①会认为"平安朝初期的延历年间，甚至出现了与冥报记、冥报记拾遗等文献中所载故事同一形式的故事，在将地名和人名日本化之后以日本灵异记的形式出现的情况"。这种直接翻版说近年通过研究基本被否定，现在较为日本学术界认同的是通过佛教唱导这一环节的间接接受（或者说间接翻案）说。

　　藤森贤一曾将两书具体故事间的关系分成"全盘接受型、部分借鉴型、构思借鉴型、主题思想部分借鉴型"四类②。窃以为这种分类方法比较妥当，值得借鉴。总之，两书间的紧密联系是不可否定的。本稿将以食卵恶报谭为例将两书作一比较研究。

二、食卵恶报谭

　　《日本灵异记》全名《日本国现报善恶灵异记》，如其全称所示，当中收录了许多宣扬善恶当世报的"现报"故事。中卷第十缘（以下称「下痛脚村の中男」）就是一个典型的现报故事，它讲述了一个生性邪恶、不信因果的年轻人（原文为中男③）因经常煮食鸟卵而于现世坠入地狱，和鸟卵承受了同样的痛苦之后悲惨死去的故事。类似的因杀

---

　　①　［日］芳贺矢一：《芳贺矢一集》（考证今昔物语集序论），筑摩书房1968年版。
　　②　［日］藤森贤一：《灵异记和冥报记》，《高野山大学论丛》1971年6卷。
　　③　根据日本古典文学大系《日本灵异记》的注解，在《令义解》卷二中有「凡男女3歳以下为黄、16以下为少、20以下为中、其男21为丁、61为老、66为耆」这一关于年龄的界定，在天平宝字元年（757）4月4日以后，《续日本纪》中记载着「宜以18为中男22已上成正丁」。两书关于中男的年龄界定不同。本故事是天平胜宝年间（743—757）的故事，所以将故事中的中男看成是17岁至20岁的年轻人应该是比较妥当的。

生而遭现世报应的故事还有许多。例如，上卷 11 缘描写了一个渔夫因常年捕鱼而于现世遭地狱业火焚身的恶报；上卷 16 缘讲述了一个生性邪恶的男子因残忍地剥去兔子的皮致兔子惨死的恶因而遭到全身发毒疮致死的恶报；上卷 22 缘描写了一个卖瓜人在过度驱使拉瓜的马之后又杀马，因而遭到恶报，双目落入釜中被煮的故事。

　　而本书将着重探讨的《日本灵异记》中卷第十缘的这则食卵恶报谭正如各校注书中所示，与《冥报记》下卷的"隋冀州小儿"（以下称"冀州小儿"）故事相似。"冀州小儿"也是一则食卵恶报谭，描写了一个经常偷盗邻家鸡卵吃的小儿被冥界使者带入火城，于现世体验地狱折磨的现报故事。

1.「下痛脚村の中男」与"冀州小儿"的研究现状

　　关于这两个故事，佐藤谦三 [①] 认为以中卷第十缘为代表的《日本灵异记》的故事受到《冥报记》的影响。后藤良雄 [②] 则将受到《冥报记》影响的《日本灵异记》的故事按地域进行了划分并作了相应的考察，认为《日本灵异记》上卷第 11 缘、中卷第 10 缘受到了《冥报记》下卷第八则故事的很大影响就是因为《冥报记》在日本各地传播时发展成独特的形态，之后作为当地的灵验谭收入《日本灵异记》。曾田文雄 [③] 认为两者的关系属于原故事与翻版故事。原田行造 [④] 在其论文中指出，"中卷第 10 缘的故事原型与冥报记相近，在各地流传后终于在和泉国和泉郡下痛脚村盛传"。

　　此外，著名日本文学研究家藤森贤一 [⑤] 认为中卷第 10 缘是直接、整体借用《冥报记》的故事梗概，并对故事加以适当改编而成的。而黑泽幸三 [⑥] 对此提出了自己的见解，"从中卷十缘我们可以知道，在笔录《灵异记》之前景戒是个说教师，还有即使是翻版故事景戒也煞费

---

① [日]佐藤谦三：《校本日本灵异记》解说，明世堂 1943 年版。

② [日]后藤良雄：《冥报记的倡导性和灵异记》，《国文学研究》1962 年 25 集。

③ [日]曾田文雄：《追寻灵异记先踪传说的踪迹》，《训点语和训点资料》1966 年 12 月 34 卷。

④ [日]原田行造：《围绕灵异记传说成立的诸种问题——关于类话的产生、继承与传播的研究》，《金泽大学教育学部纪要》1969 年 18 卷。

⑤ [日]藤森贤一：《灵异记和冥报记》，《高野山大学论丛》1971 年 6 卷。

⑥ [日]黑泽幸三：《〈灵异记〉的编者景戒》，《日本古代传承文学的研究》墒书房 1976 年刊。

苦心将之组织得像篇真实事件"。小泉道则在其校注的新潮日本古典集成的《日本灵异记》附录中作了如下叙述，"《冥报记》下卷第八则冀州小儿的故事（《今昔》卷九第二十四收录了此故事）在构思和内容上都相同，与本故事应该有紧密联系"。可见，外来故事被翻版、"日本化"，在宣扬佛教时被当作说教材料来使用。

旧文学大系的《日本灵异记》和松浦贞俊的校注本也指出了两个故事间的相似，但是都未讨论两者之间的具体关系。中田祝夫[1]也指出这两个故事极其相似，并且还指出从中卷 10 缘可以一窥"说话故事日本化的途径和流传的契机"。而京都大学文学博士、著名国文学家出云路修则在校注的新文学大系的《日本灵异记》中提出不同意见，"《冥报记》下卷冀州小儿在描写主人公受苦时是将其作为现世的受苦来描写的，而非作为在冥界受苦来描写的。这与本故事的前提不同，反而与本故事相距甚远"。因此否定了两者间的密切联系。

整理上述意见后发现大致可以分为三种：（1）像藤森贤一和曾田文雄一样将其视为直接翻版的意见；（2）像后藤良雄、原田行造、黑洋幸三以及小泉道这样，认为是经过唱导和说教等媒介的间接翻版的意见；（3）像出云路修这样认为两者关系很远的意见。

是直接翻版抑或间接翻版？是书面传承抑或口头传承？"冀州小儿"从中国传到日本后被接受、消化的过程并不明朗。但不管如何，应该可以认为"冀州小儿"在传到日本后经过点点滴滴的变化之后，最终演变成收录于《日本灵异记》的「下痛脚村の中男」的形式，两者的关系是中间经过几个阶段变化的间接翻版关系。从《日本灵异记》上卷序文中那句"昔汉地造冥报记，大唐国作般若验记，何唯慎乎他国传录而弗恐自土奇事也"可以看出当时《冥报记》在日本广为流传。佛教东渐日本后逐渐在日本扎下根，而《日本灵异记》可以看作是佛教在日本扎根的一个形式[2]。《日本灵异记》所收录的故事是经

---

[1] [日]中田祝夫校注・译：《日本灵异记》日本古典文学全集，小学馆 1975 年版。

[2] [日]多田伊织：《日本灵异记和佛教东渐》，法藏馆 2001 年版。

大伴氏之手传到景戒那儿的[①]还是经过僧侣或是寺院相关人物传到景戒那儿的[②]？暂且撇开这些争议不提，一个基本可以确定的事实是，此故事在传至景戒之前，曾经过两次不同传承者之手。

此外，比《日本灵异记》稍晚一些时候成立的《东大寺讽诵文稿》中有如下记载："此国见地狱者，纪国有文寺佃人走，其寺田之稻茎作刀云。又冥报记、灵异记云々"[③]。这是一则现世见地狱的故事，并在其相似故事中举出《灵异记》和《冥报记》为例。估计指的就是「下痛脚村の中男」与"冀州小儿"。然而中田祝夫却在解说中认为此处的《灵异记》并非《日本灵异记》，而是中国的作品[④]。这种说法很难令人信服，但本书暂不就此展开讨论，只是将此处的《灵异记》理解成《日本灵异记》，并在此基础上继续讨论。从《东大寺讽诵文稿》的记叙可以窥见当时这类故事被以各种方式书写、流传。

以下拟将这两则故事的具体条件设定做一细致比较，从而考察其接受关系、存在的异同以及这些异同蕴含的意义和因异同而引起的文学成就的不同。

2. 故事正文的比较

「下痛脚村の中男」和"冀州小儿"都由以下五个情节构成：

1）杀卵
2）冥界使者传唤
3）遭地狱之火折磨
4）为第三者救出
5）第三者确认其现世见地狱的事实以及主人公的悲惨结局

---

① ［日］鹿苑大慈：《日本灵异记的成立过程》，《龙谷史坦》1957 年 42 号；志田淳一：《日本灵异记和景戒》，《茨城基督教短期大学研究纪要》1966 年 6 卷；原田行造：《围绕灵异记传说成立的诸种问题——关于类话的产生、继承与传播的研究》，《金泽大学教育学部纪要》1969 年 18 卷。

② ［日］植松茂：《论日本灵异记的传承者问题》，《国语和国文学》1956 年 33 卷。

③ ［日］中田祝夫解说：《东大寺讽咏文稿》，勉诚社文库 1976 年版，第 201 页。

④《东大寺讽咏文稿》解说及释文中，中田祝夫认为「右の冥報記は唐・唐臨撰、恐らく電異記（霊異記のミスプリントであろう）も海彼のそれであって、薬師寺景戒の撰に成った日本国現報善悪霊異記（延暦 6 年、787 に一部成立。弘仁 13 年・822 ごろ追加）とは関係なきもののようである。」

以下将两则故事的正文按这五个情节分开——对比。至于引用的文本，则使用笔者自行校订的文本。「下痛脚村の中男」以真福寺本为底本，"冀州小儿"以前田家本为底本，对照其他写本和校注本等相关资料校订而成。

表1　「下痛脚村の中男」和"冀州小儿"的分情节比较

	下痛脚村の中男	冀州小儿
1	和泉国和泉郡下痛脚村、有一中男、姓名未詳也。天年邪見、不信因果、常求鳥卵、煮食為業。	隋开皇初，冀州外邑中有小儿，年十三，常盗邻家鸡卵，烧而食之。
2	天平勝宝六年甲午春三月、不知兵士来告中男言：「国司召也。」見兵士腰負四尺札、即副共往。	后早朝，村人未起，其父闻外有人叩门呼此儿声。父令儿出应之，见一人云："官唤汝役"。儿曰："唤我役者，入取衣粮"。使者曰："不须也"。因引儿出村门。
3	纔至郡内於山直里、押入麦畠、々一町余、麦生二尺許。眼見爛火、践足無間、走廻畠内、而叫哭曰：「熱哉々々。」	村南旧是桑田，耕讫未下种。是旦，此儿忽见道右有一小城，四面门楼，丹素甚丽。儿怪曰在："何时有此"？使者呵之，令勿言，因引至城北门，令儿前入。儿入度阈，城门忽闭，不见一人，唯是空城。地皆热灰碎火，深才没踝，儿忽呼叫，走趣南门，垂至而闭。又走东西北门，亦皆如是，未到则开，既至便阖。
4	時有当村人、入山拾薪、見於走转哭叫之人、自山下来、執之而引。拒不所引、猶強追捉、乃従籬之外、牽之而出。蹴地而臥、嘿然不曰、良久蘇起、然病叫言：「痛足矣。」云々。山人問言：「何故然也？」答曰：「有一兵士、召我将来、押入爛火、燒足如煮、見四方者、皆衛火山、無間所出、故叫走廻。」	时村人出田採桑，男女大小皆见此儿在耕田中，口似啼声，四方驰走，皆相谓曰："此儿狂耶？且来如此，游戏不息"。至日食时，採桑者皆饭，儿父问曰："见吾儿不"？桑人答曰："在村南走戏，唤不肯来"。父出村，遥见儿走，大呼其名，一声便住，城灰忽不见。见父而倒，号泣言之。
5	山人聞之、褰袴見脾、々肉爛銷、其骨璤在。唯逕之一日而死也。	视其足，半胫已上，血肉焦干，其膝已下，洪烂如炙，抱归养疗之，髀已上肉合如故，膝下遂为枯骨。邻里闻之，共往视其走处，足迹通利了无灰火。于是邑人男女大小，皆持戒练行。

将这两则故事放在一起对比之后可以发现两个故事在情节设定上有几点不同之处。例如，"冀州小儿"带有浓厚的冥界访问谭中的"冥界偿罪型"色彩[①]，与此相对，「下痛脚村の中男」则像松浦贞俊[②]所指出的那样，景戒将中男被烧后喊的"痛足"和地名"下痛脚村"相合，赋予了「下痛脚村の中男」以很强的地名起源谭的性格。此外，作为故事的关键词，同时也是地狱的惩罚方法，"冀州小儿"中使用了"地皆热灰碎火，深才没踝"，与此相对，「下痛脚村の中男」中则使用了"爝火"[③]。

虽然有以上不同之处，但是两者的故事梗概大致相似，不可否认两者间存在着密切的亲缘关系。"冀州小儿"的五个情节设定中有一个贯穿前后的要点，即"为何小儿遭受地狱之苦折磨时众多村人都在场，小儿却没有得救？"此外，小儿之父在故事中所承担的角色也引人注目。这部分在「下痛脚村の中男」中又是如何得以表现的呢？接下来将一边对这两个要点加以特别的注意，一边分情节展开故事设定的比较，探讨两者的接受关系和不同点所蕴含的意义。

3. 分情节比较

1）杀卵

"冀州小儿"按先时间后地点的顺序展开叙述，而「下痛脚村の中男」则是从地点开始叙述故事。这恐怕是受到景戒将这个故事作为地名起源谭来讲述的意图的影响。在这个情节中，两个故事在主人公和所犯的罪行上所作的设定有所不同。

首先，是主人公的不同。"冀州小儿"的主人公是个 13 岁的小儿。这一设定中包含了深刻的意义。正因为主人公是个小儿，所以尽管当时是村民们男女大小都出村采桑的农忙季节，在看到主人公长时间在田中奔走的情景时，村民们虽然稍觉不可思议，但也只是将这一

---

① ［日］丸山显德：《日本灵异记传说的研究》，樱枫社 1992 年版。

② ［日］松浦贞俊：《日本国现报善恶灵异记注释》（中卷十缘附录），大东文化大学东洋研究所 1973 年版。

③ 关于爝火的训读，请参照徐志红《〈日本灵异记〉爝火考——以中卷十缘为中心》，《奈良女子大学人间文化研究科年报》2005 年 3 月第 20 号，第 71—78 页。

举动看作小儿的"游戏"。如果主人公是个大人的话，估计村民们一定会对他长时间在田中驰走感到奇怪，而前去妨碍地狱的惩罚了吧。

与此相对，「下痛脚村の中男」中主人公则是相对年长的中男（17岁至20岁），而且此人生性邪恶，不信因果报应。

在故事中写明主人公性格的手法在《日本灵异记》中很常见。这也许只是其中的一例而已，但是出云路修在新文学大系《日本灵异记》的脚注中如是写道：

> 本文叙述的前提是：吃了卵的人被火烧折磨这一刑罚是在"地狱"受的刑罚。综合考虑文章前面的"天午邪见、不信因果"，我认为本故事应该这么解释，即本来应该在死后入地狱再受苦的，可是因为当事者不信因果，所以才将受苦的时期提前至现世①。

这段话指出了主人公的性格，印证了他在现世受地狱苦的因。

其次，主人公所犯的罪行不同。"冀州小儿"中虽然没有明说小儿是因犯何罪而被带至地狱的，但是故事一开始时说小儿"常盗邻家鸡卵，烧而食之"，从这处叙述可以看出小儿应当是犯了偷盗与食卵两样罪行。

中国最古老的译经——东汉安世高的译经中有一部《罪业应报教化地狱经》。是将地狱、饿鬼、畜生等各种受罪的众生分成二十种来详细描绘其形态、叙述其前因的一部经。其中第九中有这么一段话：

> 复有众生，常在火城中，搪煨齐心。四门俱开，若欲趣向，门即闭之。四门俱开，若欲趣向，门即闭之。东西驰走，不能自免，为火烧尽。何罪所致。佛言："以前世时，坐焚烧山泽，火煨鸡子，烧他村陌，烧煮众生，身烂皮剥，故获斯罪。"

---

① [日]出云路修：《日本灵异记》（新日本古典文学大系）中卷十缘注十七，岩波书店1996年版。

这段话清楚地记载着前世火煨鸡子的人要在火城受罪。冀州小儿因烧食鸡子而于火城受罚这一主题与此段经文高度一致。

但是，一般来说很少有人意识到吃鸡蛋是杀生。《古小说钩沉》中支遁的故事①也可以作为一个例证：

> 晋沙门支遁，字道林，陈留人也。神宇隽发，为老释风流之宗。常与其师辩论物类，谓鸡卵生用未足，杀之与诸蜎动不得同罚。师寻亡。忽见形来，至遁前，手执鸡卵投地，破之，见有鸡雏，出壳而行。遁即惟悟，悔其本言。俄而师及鸡雏，并灭不见。

连支遁这样的优秀沙门一开始也认为杀鸡卵和其他杀生行为不该同样处罚并且还常常就此与其师父辩论。由此可以推测"冀州小儿"这个故事的出现正是为了劝诫人们不要犯食卵这一杀生行为②。也正因此，在得知小儿的事情后，才会出现"于是邑人男女大小，皆持戒练行"的情况。本应在死后才会体验的地狱提前到在现世体验，而且被处罚的对象还是个小儿，通过这两点向读者传达了偷盗和食卵罪行的严重性。

"冀州小儿"中小儿犯了偷盗和食卵之罪。与此相对，「下痛脚村

---

① 引文摘自鲁迅：《古小说钩沈、冥祥记》，http：//www.guoxue123.com/new/0001/gxsgs/034.htm（2011 年 12 月 29 日）。

②《冥报记》下卷周武帝的故事也是一则与食卵相关的恶报谭。周武帝贵为皇帝，死后也要入地狱受罚，更说明食卵罪行之大。故事具体如下：

周武帝好食鸡卵，一食数枚。有监膳仪同名拔虎，常进御食，有宠。隋文帝即位，犹监膳进食。开皇中暴死，而心尚暖，家人不忍瘗之。三日乃苏，能语，先云："举我见王，为周武帝传语。"既而请见，文帝引问，言曰："始忽见人唤，随至一处，有大地穴，所行之道，径入穴中，才到穴口，遥见西方有百余骑来，仪卫如王者。俄至穴口，乃周武帝也。仪同拜，帝曰：'王唤汝证我事了，汝身无所罪。'言讫，即入穴中。使者亦引仪同人，便见宫门，引入庭，见武帝共一人同坐，而有加敬之容。使者令仪同拜王，王问：'汝为帝作食，前后进白团几枚？'仪同不识'白团'，顾左右，左右教曰'名鸡卵为白团也。'仪同即答帝食白团实不记数。王谓帝曰：'此人不记，当须出之。'帝惨然不悦而起。急命庭前有一铁床，并狱卒数十人，皆牛头人身，帝已卧床上，狱卒以铁梁押之。帝两胁剖裂，裂处鸡子全出，俄与床齐，可十余斤，乃命数之。讫，床及狱卒忽皆不见，帝又已在王坐。王谓仪同：'还去。'有人引出，至穴口中，又见武帝出来，语仪同云："为闻大隋天子昔曾与我共事，仓库玉帛亦我储之。我今身为白帝，为灭佛法，极受大苦，可为吾作功德也，"于是文帝敕天下人出一钱为追福焉。（临外祖齐公亲见，时饭家具说云尔）

の中男」则"常求鸟卵，煮食为业"，也是犯了食卵的罪行，这点基本与"冀州小儿"相对应。但是，正如前面出云路修指出的那样，也可以看成是通过在现世体验地狱来强调不信因果的罪行。

2）冥界侍者的传唤

两个故事中冥界使者均是以官府传唤的形式出场的。在这个相似的大框架下有一些不同的设定。

首先，时间设定不同。"冀州小儿"中冥土的使者是在村人尚未起床的"早朝"来的。尚未天明的拂晓自古以来就被认为是人间和冥界相通的时间段。有不少关于这个时间段内生者和冥土接触的故事。其中，和《冥报记》同时代的"定婚店"① 就是个典型的故事。主人公

① "定婚店"收录于李复言的《续玄怪录》卷四中，以下引文摘自2006年版中华书局古体小说丛刊本：

杜陵韦固，少孤，思早娶妇，多歧求婚，必无成而罢。元和2年，将游清河，旅次宋城南店，客有以前清河司马潘昉女见议者，来日先明，期于店西龙兴寺门。固以求之意切，且往焉。斜月尚明，有老人倚布囊坐于阶上，向月检书。固步觇之，不识其字，既非虫隶八分科斗之势，又非梵书，因曰："老父所寻者何书？固少小苦学，世间之字，自谓无不识者。西国梵字，亦能读之。唯此书目所未觏，如何？"老人笑曰："此非世间书，君因何得见？"固曰："非世间书，则何也？"曰："幽冥之书。"固曰："幽冥之人，何以到此？"曰："君行自早，非某不当来也。凡幽吏皆掌人生之事，掌人可不行冥中乎？今道途之行，人鬼各半，自不辨尔。"固曰："然则君又何掌？"曰："天下之婚牍耳。"固喜曰："固少孤，尝愿早娶以广后嗣。尔来十年，多方求之，竟不遂意。今者，人有期此，与议潘司马女，可以成乎？"曰："未也，命布未合，虽降衣缨而求屠博，尚不可得。况郡佐乎？君之妇适三岁矣，年十七当入君门。"因问："囊中何物？"曰："赤绳子耳，以系夫妻之足。及其生则潜用相系，虽仇敌之家，贵贱悬隔，天涯从宦，吴楚异乡，此绳一系，终不可逭。君之脚已系于彼矣，他求何益。"曰："固妻安在？其家何为？"曰："此店北卖菜陈婆女耳。"固曰："可见乎？"曰："陈尝抱来鬻菜于市，能随我行，当即示君。"及明，所期不至，老人卷书揭囊而行。固逐之入菜市。有眇妪抱三岁女来，弊陋亦甚。老人指曰："此君之妻也。"固怒曰："杀之可乎？"老人曰："此人命当食天禄，因子而食邑，庸可杀乎？"老人遂隐。固骂曰："老鬼妖妄如此！吾士大夫之家，娶妇必敌。苟不能娶，即声妓之美者，或援立之，奈何婚眇妪之陋女。"磨一小刀，付其奴曰："汝素干事，能为我杀彼女，赐予万钱。"奴曰："诺。"明日，袖刀入菜行中，于众中刺之而走。一市纷扰，固与奴奔走获免。问奴曰："所刺中否？"曰："初刺其心，不幸才中眉间尔。"后固屡求婚，终无所遂。又十四年，以父荫参相州军。刺史王泰俾摄司户掾，专鞫词狱，以为能，因妻以其女。可年十六七，容色华丽。固称惬之极。然其眉间常贴一花钿，虽沐浴间处，未尝暂去。岁余，固讶之，忽忆昔日奴刀中眉间之说，因逼问之，妻潸然曰："妾郡守之犹子也，非其女也。畴昔父曾宰宋城，终其官时，妾在襁褓，母兄次没。唯一庄在宋城南，与乳母陈氏居，去店近，鬻蔬以给朝夕。陈氏怜小，不忍暂弃。三岁时，抱行市中，为狂贼所刺，刀痕尚在，故以花子覆之。七八年前，叔从事卢龙，遂得在左右，仁念以为女嫁君耳。"固曰："陈氏眇乎？"曰："然。何以知之？"固曰："所刺者固也。"乃曰："奇也！命也！"因尽言之，相敬逾极。后生男鲲，为雁门太守，封太原郡太夫人。乃知阴骘之定，不可变也。宋城宰闻之，题其店曰"定婚店"。

韦固在斜月尚明的拂晓出门，遇见了一个老人，通过与老人的攀谈，韦固得知老人是掌管人间姻缘的冥界官吏。面对韦固的质问："幽冥之人，何以到此？"老人回答道："君行自早，非某不当来也。……今道途之行，人鬼各半，自不辨尔。"老人的这一回答说明了拂晓这一时间带的特殊性，行走途中的有人也有鬼，而且还不好区分。"冀州小儿"将故事发生的时间设在这个特殊的时间带，为来人的冥界使者身份埋下了伏笔。此外，这个时间带村人尚未起床，这对使者来说也提供了一个带小儿出去时不受任何阻碍的机会。

相对于"冀州小儿"设定含有特定意义的拂晓为故事发生的时间，「下痛脚村の中男」中则未言及兵士来的具体时间段。但是却很清楚地点出了故事发生在天平胜宝六年甲午春三月[①]。通过在故事中加入具体时间，将故事当作在日本发生过的真实事情来写，这也可以说是《日本灵异记》的一个特点。

3）遭地狱之火折磨

这一节中，"冀州小儿"从"村南旧是桑田，耕讫未下种"一句开始。其设定非常缜密。首先，"耕讫未下种"说明当时是冬末春初，农耕结束只待播种的时期。这一时期是养蚕人最忙的季节，村人男女老幼皆出采桑（时村人出田採桑，男女大小皆见此儿在耕田中）。这一时间设定一方面为故事提供了大量的目击证人，另一方面又如之前所述，因为是农忙季节，村人即使看到了小儿如同疯了似的在耕田中驰走游戏也没有空闲去阻止。与"冀州小儿"绵密的时间设定相对，「下痛脚村の中男」中设定的时间为"春三月"和"麦生二尺许"。这一设定说明故事并非发生在大批村民们到田里劳作的农忙期。因此，自然不会像"冀州小儿"那样出现许多目击者，后面只出现一个目击者也不奇怪了。

其次，地狱出现的场所的设定也大不相同。"冀州小儿"中设定的是旧为桑田，现在已经耕耘完毕但尚未播种的一块田。作为冥界使者选定的惩罚场所，这一设定意义深刻。因为是在村外，一来可以防

---

① 黒澤幸三在前面所引论文中还提出《灵异记》的故事时间特别详细是由于景戒出身于吉士集团。

止惩罚行为立刻被村人妨碍，二来还能让之后下地干活的村人们目击主人公受地狱折磨的情景。此外，使者选择还未播种的田地恐怕还有下列原因。主人公小儿在什么都没有种的田中四方驰走，不会因此糟蹋农作物，所以大人们尽管看到小儿疯了似的乱跑也不会来阻止。这也是保证惩罚行为不受妨碍顺利进行的一个因素。

「下痛脚村の中男」中，中男遭受地狱之苦的地点是在离下痛脚村约 10 公里地的同一个郡的山直里的麦地。这一设定中最引人注目的是地点不是和"冀州小儿"一样的"桑田"而是"麦地"。为何有此不同？这也许与事发当地的地理条件相关。编纂于 10 世纪的《延喜式》的"交易杂物"中记载着和泉国"小麦廿五石"[①]。由此可知，麦地比起桑田来说更为符合当时和泉国的风土，对当地人来说更熟悉。这也是故事成功日本化的一个痕迹。但是，这一设定中的"山直里"虽然和下痛脚村同属一个郡，但是毕竟是不同的村庄。如此一来，恐怕知道中男为人的村民就没几个了。而之后救下中男的村民恐怕也并不清楚中男平时的所作所为。如果不知道中男活着堕地狱的原因，那么训诫的意义也就不大了。藤森贤一认为《冥报记》和《日本灵异记》属于直接影响关系，并指出在「下痛脚村の中男」中变成"麦地"的"桑田"在和「下痛脚村の中男」有相似关系的上卷十一缘中作为渔夫在现世遭受地狱之苦惩罚的场所——"桑林"复活了[②]。

最后，映入主人公眼中的冥界形态也大不相同。在"冀州小儿"中，小儿印象中应该是耕完尚未播种的桑田却在那天早晨幻化成一座四面门楼，丹素甚丽的小城。对小儿来说，在一个熟悉的地点出现了不熟悉的景物。起了疑心的小儿不禁问道："什么时候有这座城的？"对此，使者不予任何解释，只是呵斥他不让他说话。

在中国，人们自古以来一般都从南门出入。然而，使者却带着小儿走到城的北门，让他从北门进去。不从南门，而是从和幽冥联系紧密的鬼门所在的城的北边让小儿进去。其中的意思，即使无知的农家

---

① 《延喜式》23 卷，民部下。

② ［日］藤森贤一：《灵异记和冥报记》，《高野山大学论丛》1971 年 6 卷。

小儿不明白，后来听小儿述说这一切的大人听到这儿估计也会惊出一身冷汗。冥界的方向和现实世界的方向相反，这在《冥报记》的其他故事里也有涉及①。

　　小儿进入城的那一瞬间，城门关闭了。从那一瞬间开始，小儿眼中出现了另外一个世界。本应热闹的城中除小儿之外一个人也没有，是座空城。而且整个城的地面上铺着一层厚至脚踝的热灰碎火。仿佛将小儿用于煨食鸡蛋时使用的灰和火聚起铺在城中的地面上似的。这或许是基于因果应报的佛理，让小儿感受鸡蛋所受过的痛苦。而且，从热灰碎火的高度设定来看另一个理由恐怕是为了不让小儿即刻死去，而让他长时间遭受这一惩罚。不但如此，当小儿看到南门开着，飞奔过去，快到时南门又关了。其他几个门也是同样的情况（走趣南门，垂至而闭。又走东西北门，亦皆如是，未到则开，既至便阖）。前面提及的《罪业应报教化地狱经》中的"四门俱开，若欲趣向，门即闭之。东西驰走，不能自免②"，与"冀州小儿"中出现的描写城门开闭的一段话不但韵味相同，连语言表达方式都很相似，估计"冀州小儿"是受到了这部经的影响。

　　"冀州小儿"中关于这一虚幻之城的描写在「下痛脚村の中男」中找不到类似叙述。对此，内田道夫③给出了如下见解：

　　思考一下会发现在中国，以大都市为代表，直到小村落，一般来说聚居地的周围都围着城墙。而日本与大陆的情况不同，城并不是普遍性的存在，很难（在分享本故事的人们脑中）形成鲜明的印象。或许是出于这一理由，《日本灵异记》的作者将设定改成"皆衛火山、無間所出"。

　　他认为当时的日本不像中国那样常常可以看到城，所以景戒才将此处改成四方"皆衛火山、無間所出"，这一见解值得借鉴。

---

①《冥报记》下卷的"唐王獭"中对方向的描写尤为详细。其中有这么一句："入一大门，见有厅事甚壮，向北为之"。冥界的厅向北，与现实世界的方向相反。

② 引自《大正新修大藏经》第十七卷中收录的《罪业应报教化地狱经》，但是句读做了重新修改。该经中有这段文字得自松尾良树先生的赐教。

③ [日] 内田道夫：《日本的传说和中国的传说》，《东北大学日本文化研究所研究报告》1971 年 5、6 卷。

4）为第三者救出

在这部分中，最初注意到的是画线部分的语言表达方式的雷同。景戒既然在《日本灵异记》上卷序文中有针对性地举出《冥报记》，那么他一定读过《冥报记》。另外，《日本灵异记》的故事文末常从佛经中引用文句加以注释，文章构成又有四字句倾向，从这两点也可以猜测景戒在编纂《日本灵异记》时对故事做过加工。综合起来考虑的话，或许景戒在编纂《日本灵异记》时再度参照过《冥报记》。

关于目击状况和救出活动这两项，两个故事的设定存在差别。

首先，目击状况。在"冀州小儿"中，村上的男女老幼目击了主人公在耕田中一边发出像哭一样的声音，一边四处奔跑的情景。众人对此的反应是："这孩子是不是疯了？一大早开始就这么玩个不停。"这句话中包含了好几层意思。首先，目击者是到田地里劳作的全体村民。让这么多人知道现世也有地狱具有重要意义。而且这些目击者中还有孩子。孩子们看到了与他们年纪相仿的主人公因为偷邻居家的鸡蛋煨着吃而堕地狱的情景。只要如此活生生的经历不从记忆中消失，这些孩子肯定不敢做同样的事。

其次，村人们目击了主人公遭地狱之苦，可是没有一个人准备前去解救。就算再忙，就算事发地是未播种的耕田，一般想来，村人们应该去解救才对。可是村人们并没有去。这是有缘由的。关键就在于设定在主人公和村人们之间那绝妙的距离。村人们听到主人公"口似啼声"，而并非"口出啼声"。"似"字显示主人公在离村人较远的，声音听得不是很清的距离处。而且从村人们的反应也可以知道，主人公为地狱所苦的情景在村人们看来只是游戏。这个不近不远的距离使得刑罚既为村人们所目击，又不会被妨碍能够顺利进行。

救小儿出地狱的是其父亲。其父在整个故事中担任着重要的角色。首先，如情节2中所述，在冥界使者来传唤小儿时，让小儿出去应答的正是其父，在这里其父担任了证明小儿被传唤的证人。此后发现儿子到了午饭时间还未返回，担心儿子安危的父亲又出门寻找，从采桑回来的村人口中得知儿子在耕田中狂奔、停不下来的情形，于是乎火速赶往村人说的地方，果然远远地看见狂奔中的儿子，并立刻大声地叫儿子的名字。不可思议的是一直如同疯了一般在田中狂奔的孩子立刻就停了下来。而且，那一直折磨着小儿的城、灰、火一瞬间就离开了小儿的视线。

此处引人深思的是，为何村人叫了小儿不肯来，而其父的一声呼唤却能让小儿立刻停下？这或许与前面提及的设定在小儿与村人之间那绝妙的距离有关。但是很明显其父在故事中担任着特殊的角色。送小儿踏上去往地狱之路的是其父，将小儿从地狱中叫回的也是其父。这一角色贯穿整个故事。而在「下痛脚村の中男」中没有一个与小儿之父对应的贯穿整个故事的角色。

再次，被救出地狱之后的主人公的行为也不相同。"冀州小儿"中，小儿一见到父亲就立刻倒在了地上，大哭着讲述了事情的来龙去脉。这一叙述简洁地描写出了小儿从地狱脱身后见到父亲安心的样子以及希望尽快向父亲传达自己这一早上所受苦楚的迫切心情。在「下痛脚村の中男」中，被救出后的中男一下子瘫倒在地说不出话来，过了好久才苏醒过来，呻吟道："脚痛啊脚痛。"让人联想到主人公被地狱之火烧后的悲惨情景。

最后，在「下痛脚村の中男」中没有一个像"冀州小儿"中的父亲那样可以证明中男被兵士传唤的证人。从地狱中将主人公召回的角色也甩给了一个完全偶然的人物，即入山拾薪的村人。在两则故事中，父亲和村人将主人公带回人间的动机也不相同。"冀州小儿"中父亲是因为儿子一大早被使者叫走后一直不回，由于担心而出门寻找。而「下痛脚村の中男」中则是去山里拾柴火的村人看见一个年轻人在大约二尺长的麦地里一边哭喊着一边跑来跑去的情景才上前阻止。究竟是担心这个年轻人还是担心麦田被毁才去阻止的，这一点并不明确。

再比较一下带主人公回现实世界的方法。"冀州小儿"中村人曾经叫过小儿但小儿不理，而其父一声呼唤便把小儿带回了现实世界。与此相对，「下痛脚村の中男」中村人意欲从篱笆外将主人公拽出，不成功后村人并不放弃，直到强行追上中男将其拉出了篱笆。被成功带回人间的中男，饱受痛苦却依然拒绝帮助，足可见中男的罪孽之深。类似的表达方式在《日本灵异记》的其他故事中也可以找到①。另外，在"冀州小儿"中地狱随着父亲的一声呼唤消失得无影无踪；而「下痛脚村の中男」中地狱则是在主人公离开了被选作地狱的麦地之后才消失的。

5）第三者确认其现世见地狱的事实以及主人公的悲惨结局

首先来看"冀州小儿"中关于这部分的描述。受到地狱刑罚的主人公膝盖以上血肉都已经变得焦干，而膝盖以下部分则已经像烤肉一样烂得不成样。经过治疗，膝盖以上的肉恢复了原样，而膝盖以下的部分则成了枯骨。听闻此事的邻里乡亲开始并不相信小儿所说的一切，因为他们当时并未看到小儿口中的地狱之城和地狱之火，只看到了小儿在奔走。为了验证小儿所说的话，村人们去查看了现场。虽然完全没有看到灰和火，但是耕田中确实留下了小儿长时间奔跑后留下来的无数的、清楚的足迹。

在这个情节中，用于设定故事发生的时间和地点的"耕讫未下种"这一修饰词有其特殊意义。这说明这块用于惩罚的田并非任小儿怎么奔走都几乎不会留下脚印的冬日那冻得硬邦邦的田地，而是已经经过耕耘之后的柔软的，容易留下脚印的田地。村人去查看现场时看到了小儿留在田中的脚印，那一个个数不清的脚印印证了孩子口中的地狱确实曾经存在。而且，小儿所处的地狱地面上铺的热灰碎火从整体来看才刚"没踝"，但是由于耕过之后的田很柔软，有些地方踩下去估计深至"没膝"。忍受不住热灰碎火折磨的小儿不停地抬脚奔向开着的城门，又一次次地在即将到达时吃个闭门羹，之后又奔向下一个开着的城门。他落脚的地方不断地改变，估计有好几次都踩进了热灰碎火深至没膝之处。因此，膝盖以下整个"洪烂如炙"，而膝盖以

---

①《日本灵异记》中表达主人公罪孽深重的类似表达手法还有：

A.上卷11缘:「後時匍匐家内桑林之中、揚声叫号曰、炎火追身。親属欲救、其人唱言、莫近我。我頓欲焼。」

B.中卷7缘:「極熱之柱、而所引悪、猶就欲抱。」

C.下卷22缘:「極熱如爛。鉄銅雖熱、非熱非安。編鉄雖重、非重非軽。悪業所引、唯欲抱荷。」

上则因水分被夺走，肉已焦干。

"冀州小儿"通过这一情节设定，描绘出了主人公为地狱所苦的情景。也借此充盈了村人们对于地狱的想象，达到警戒的目的。主人公小儿没有死去，而是拖着膝盖以下皆为白骨的身体悲惨地继续生活下去。他正是现世存在地狱的活的证据。是对村人活的警戒。让他继续活下去，可以起到提醒村人们现世存在地狱的作用。

"冀州小儿"中主人公拖着膝盖以下皆为白骨的身体，作为现世存在地狱的证据而继续活下去。与此相比，「下痛脚村の中男」中主人公也是成了膝盖以下的肉都已经"烂销"，就剩下白骨的惨状，但是他只过了一天就死了。

从结果来看，当事人因遭受地狱刑罚而致死比受刑不死对听者来说更具有一时的冲击力，然而随着时间的流逝，此事在人们心中的印象会渐渐淡去。但是，当事人遭受刑罚不死，还继续活下去，应该能在更长的时间里，在更多的听者心中种下对地狱的恐惧心理，督促他们勿忘因果报应。

三、小 结

"冀州小儿"中通过将主人公设为小儿，发生的时期设在养蚕的农忙期，使者传唤的时间设在村人尚未起床的拂晓，地点设在耕好尚未播种的田中，从各个角度排除了妨碍刑罚顺利进行的要素，而且通过将时期设在农忙期，一方面让更多的村人目睹了小儿受刑的一幕，另一方面又使他们没有过多的闲暇去顾及疯了似的四处奔跑的小儿。而且，还在村人与小儿之间设定了一段绝妙的距离，使得小儿的啼哭声不能真切地传到村人的耳中，以至于小儿受刑的情景在他们眼中竟成了"游戏"。无法尽信小儿所述事实的村人们虽然在现场只看到了没有灰与火的耕田，可是通过耕田中小儿那一个个鲜明的脚印和现实中小儿那残破不堪的身体，他们也不得不接受地狱确实出现过的事实。"冀州小儿"巧妙地将以上几个条件设定环环相扣，理顺全文的文脉，不仅让出场人物，也让读者信服，圆满地结束了整个故事。尤其是通过其父这一带有特殊使命的故事人物，贯穿整个故事，使故事情节发展更为顺利，使读者如同亲临现场。

　　在前面也曾提及，从《东大寺讽诵文稿》的相似故事等当中可看出《冥报记》所载的故事在经过许多过程后为日本所接受。《日本灵异记》的「下痛脚村の中男」从整体来看是将重点放在了村名的起源故事上。通过结合天平胜宝六年甲午春三月这一具体时间，这个故事作为真实发生在日本的故事而流传。"冀州小儿"传到日本之时，为了更贴合当时的日本人的实际生活，故事设定做了一些改动，这从"桑田"变成"麦畠"，"城"变成"火山"可以看出一些蛛丝马迹。此外，「下痛脚村の中男」中开始变黄的二尺的麦子与地狱的业火燃烧的样子相重合，从这点也可以看出一些故事加工的痕迹。

　　但是，《日本灵异记》与《冥报记》相比，文章中部分关键环节薄弱，因此故事出现了一些不合理的地方，缺乏说服力。而且我们还可以发现具有中国逻辑的故事传到日本之后，中国式的逻辑被稀释。同时，又出现了故事中有些地方被刻意强调的现象，即故事会被当作真实发生的事情来处理。此外还通过现世得恶报来通俗易懂地表现了食卵罪行之重。

紫式部的《源氏物语》

《源氏物语》是最伟大的日本文学作品，在日本乃至世界文学史上，都具有举足轻重的地位。其核心是以"雅"为最高审美境界的"美"，可说是日本传统美学的百科全书。川端康成在《我在美丽的日本》一文中曾说，平安朝文化"形成日本的美，产生了日本古典文学中最上乘的作品，诗歌方面有最早的敕选和歌集《古今集》，小说方面有《伊势物语》、紫式部的《源氏物语》、清少纳言的《枕草子》等，这些作品构成了日本的美学传统，影响乃至支配了后来八百年间的日本文学"。①

《源氏物语》拥有与中国的《红楼梦》不相上下的复杂性。因此，几百年来的"源学"研究，虽说是硕果累累，但所得到的研究成果却远不能终结人们对该作品的期待，有待于我们进一步探究的问题仍有很多。本篇以紫式部的"《源氏物语》"为题，借助拥有的资料，在分析研究的同时，旨在把日本"源学"界基本公认的、相对客观的研究成果介绍给中国的《源氏物语》研究界与比较文学研究界，力求做到资源共享，以冀摒弃《源氏物语》研究中太多的主观臆测。

一、《源氏物语》作者紫式部

1. 紫式部生卒年

"紫式部"并非《源氏物语》作者的真实姓名。目前能确认的是，作者姓藤原，但名字不详。作者的兄长时任式部丞，按当时宫中的习惯，女官往往用父兄的官衔为名，来表示身份，因此她被称为藤式部。后来她写成《源氏物语》，书中女主人公紫姬被广为传诵，人

---

① 转引自谭晶华：《川端康成传》，外语教育出版社 1996 年版，第 150 页。

们便又将她称为"紫式部"。紫式部的生卒年不详。关于她的生年，著名"源学"家今井源卫（1919—2004）认为是天禄元年（970），而安藤为章（1659—1716）、冈一男（1900—1981）则认为是天延元年（973），与谢野晶子（1878—1942）认定为天元元年（978）。但他们都没有确切的考证结果，而是经过推论形成自己的看法。

至于卒年，曾有过万寿二、三年（1025—1026）的说法，但后来由于与《荣花物语》中的记述不相符，此种说法便被否定了。此后，冈一男发表了详细考证——《源氏物语》基础性研究，提出紫式部的去世是在长和3年（1014）2月。冈一男的这种说法获得了普遍的认同。依照冈一男学说来推算的话，紫式部去世时应该是42岁，当时她的女儿贤子应该是16岁。

2. 紫式部的未婚时代

如果紫式部确实生于天延元年的话，那么其父藤原为时当时大概是一个文学研究者。有关紫式部少女时代的资质，我们从《紫式部日记》的记载，便可见一斑。根据记载，父亲在教授惟规汉籍时，紫式部也在一旁聆听，并且能够比哥哥更快地掌握父亲教授的内容。父亲因而怅叹，如果此女是个男子就好了！由此可见，紫式部从小就十分聪明。而她在后来的作品中所展现出来的学养和才华，多半是得益于少女时代对汉籍的研习。至于和歌和书法方面，从《源氏物语》中韵味独特的独白式的和歌，可看出紫式部算得上是一流的歌人。而既然能给《源氏物语》中的人物赋予敏锐的鉴赏眼光，她自己也应该精通书法。另外，紫式部在绘画和音乐方面，似乎也颇有造诣，最拿手的便是筝（十三弦），这一切都能从《源氏物语》中找到佐证。说到文章方面，《源氏物语》问世，更证明紫式部不愧为一代文学巨匠。当然，对于她的每一篇作品是否都是如此行文流畅，学术界尚有一些疑问。

日本平安时代是一个极端崇尚中国唐文化的时代，宫廷贵族无不以通晓汉文典籍为荣。然而，在当时的社会背景中，人们普遍认为女性不应该识汉字、读汉文，否则就会变得不幸。所以在那个时代，懂得汉诗文的女性，可以说是具有了某种特殊的修养。根据记载，虽然曾有不少好心人劝告紫式部不要再读汉文典籍，但处在父亲精通汉文典籍这样一个诗人之家的氛围之中，其父却也没有强烈地反对她研读汉文典籍，特别是《白氏文集》。在开始创作物语之后，或是写日记之时，作为女性，紫式部有时也会故意以男子的气度，卖弄一些批评性的言辞，从而使得文字的内容以及构架，显现出相当强韧的思考力。对于这种天赋性的思想深度，人们普遍认为，是通过大量阅读汉籍而磨炼出来的。这种对汉文典籍的研习，不仅对紫式部的创作起到了很大的推动作用，还对其婚前的踌躇，以及比常人更深刻地去思索自身、思考人活着的意义等方面的问题，产生了不可忽视的影响。我们不无理由推断，正是紫式部的学识造诣和涵养，造就了她不同于一般女性的内敛性格。

在当时的社会生活中，女性的社交范围十分有限，因而朋友也不多。紫式部亦不例外。在她所著的个人歌集的开头，就有一首写于童年朋友相隔数年后来访，未能从容叙话便返回时的和歌："一别数年今邂逅，是否故人尚未明，已如夜月杳云中"[①]（此歌被收入《百人一首》）。随后，她又以"闻故人远行，暮秋指晓，虫声幽幽"为题，作了如下和歌："虫声幽幽，留不住暮秋渐逝，离别更添新愁。"之后，其姐亡故。紫式部由此对一个死了妹妹的朋友说道："让我们彼此代替亡故之人，作对方的姐妹吧。"因而在此后的信中，她们开始互以姐妹相称。据说以"各奔东西难聚首，昔日一别今犹惜"为序的和歌"鸿雁北去，一借羽翼化素笺，难尽别后思念情"，便是紫式部为这位朋友而作的。从这首和歌的遣词造句来看，应该是作于长德2年（996），当时紫式部约为24岁，即陪伴父亲前往越前国上任之际。

关于紫式部少女时代的生活，现在尚未找到明确的佐证资料。但是，在被认为是作于这段时期的和歌中，有好几首似乎是与同去西国的朋友之间的赠答歌。对当时的旅途稍作想象，就能体会歌中的悲伤情绪，但相比于赠歌，紫式部的答歌却并不似对方那么阴郁。由此可

---

① 《日本古典文学全集源氏物语》第一卷，小学馆1981年版，第37页。

见，紫式部是个性格冷静的人。虽然在陪伴父亲前往越前国的途中，作者曾咏叹"京城令人眷"，可从她的和歌中并没有看到太多离开京城的怨言。

随父亲前往越前的旅行，应该是紫式部一生中的大旅行，也是结婚前的一大体验。长德 2 年（996），紫式部乘船过琵琶湖，在琵琶湖的北端盐津上岸，接着翻山越岭来到敦贺，然后再次长途跋涉，才到达越前平原南端的国府（福井县武生市）。紫式部虽然未曾在日记中把自己经过的地名与艰辛罗列出来，但从她缺少连贯性的和歌中，仍可以看到她对旅途中的奇异风情的惊讶。虽然这一旅行对紫式部后来的创作思想产生了深刻的影响，但她对实在的越前生活似乎并没有任何兴致。紫式部于长德 3 年或 4 年的秋天便匆匆返京。据说，这与她和藤原宣孝的婚事有关。

3. 紫式部的婚姻

为夫者藤原宣孝与紫式部结婚时至少已经有妻妾三人，且都生儿育女，所以藤原宣孝也就不可能只对紫式部一人呵护备至。夫妻间似乎也曾就此事有过争执。不久，大约在长保元年（999）或是长保 2 年，紫式部生下一女，取名贤子，即后来的大式三位。

其时，藤原宣孝官任右卫门权佐兼山城守（长德四年），同时还作为奉币使（在神前献币帛）往返于丰前国宇佐神宫与平安京之间。为期三个月左右的旅行平安结束后，藤原宣孝又作为平野社临时祭典的敕使，负责相扑节会的召集，以及侍奉殿上的音乐等相关事宜。但是在担任敕使之后不久，即长保 3 年的 4 月 25 日（一说为 7 月《枕草勘物》）藤原宣孝便去世了。这对于将终身幸福都寄托在这桩婚姻上的紫式部来说，似乎是一生中所受到的最为沉重的打击。

"万念俱灰心已死，枉留躯壳空无物。"
"心灰意冷魂出窍，焉知躯体何处依？"①

---

① 《日本古典文学全集源氏物语》第一卷，小学馆 1981 年版，第 45 页。

在紫式部心中，几近绝望的情绪渐渐地高涨起来，这在上述两首和歌中表露无遗。诗中的"心"，无疑是指紫式部自己的精神活动与思考；而"身"则是自己现实的境遇，以及随境遇而不断改变的感情。突发的不幸，使紫式部的"心"无法接受眼前的现实，更无法进行理性思考。"心"是属于自己的，原本希望它能够随遇而安，无论处境如何都能平静地跳动。但现在的一切变得连自己是谁都无法清楚回答了。尽管紫式部进行了反复的思考，并认定所谓的"心"就是不以自己的意志为转移的某种力量，但等到她再次重新审视的时候，又觉得自己仍然什么也说不清楚。然而，她把自身的不幸作为思考人生的切入点，深入观察、分析整个人性心理，且得出一定的结论，即人生观和世界观并非一成不变。

在和幼小的女儿相依为命的未来岁月里，紫式部身上似乎只有那没有溢于言表的绝望之情。不过，此后不久，紫式部便开始思考这种由绝望而产生的"心"与"身"之间的关系，并将自己的思路详细地记录了下来。在她的日记中，紫式部从自身所处的境遇出发，阐述了自己透彻思考后的结果。她认为，直面不幸与超越不幸与其说是自己的将来，不如说是作为人都将面临的未来。同时，她还将这些结论零零碎碎地写给了自己的朋友们，希求达到心灵上的共识。除此之外，紫式部在日记中还记述了自己在渴望慰藉的日夜里，是如何借助物语以及和歌中所叙述、咏叹的人生观来排解自己的心结，并尝试着将其付诸文字的经历。

如果藤原宣孝活得更久一些，紫式部或许会因为身边的琐事而更加烦恼吧，抑或还会使她平庸而终。然而这种平稳无忧的生活崩溃了，也正因为如此，紫式部才开始在高于生活的层次上展开自己的思考。所以，我们有理由认为，正是这种不幸的境遇造就了《源氏物语》的作者。虽然对《源氏物语》开始创作的时间问题仍旧众说纷纭，但人们普遍认定，是紫式部从与丈夫死别到出仕宫廷这段时间中创作的。

4. 紫式部的宫廷生活

紫式部的宫廷生活对《源氏物语》的创作，有着决定性的影响。至于紫式部出仕的时间，有宽弘2年（1005）、宽弘3年、宽弘4年诸说，一般认为宽弘2年或宽弘3年较为妥当。如果是宽弘2年的话，那么可以推定紫式部当时的年龄约为33岁。

平安时代的女性未必乐意出仕宫廷，世人也并非都认为出仕宫廷是件好事。因而，紫式部此时此刻出仕宫廷，必有她不得已的苦衷。其重要原因之一，是因为紫式部的父亲藤原为时曾受藤原道长之恩。所以当藤原道长邀请紫式部出仕宫廷之时，紫式部自然不便拒绝。同时，这也关系到父亲、兄弟的前途，尤其是自己女儿贤子的未来。事实证明，在雍容华贵的中宫身边当侍女，让紫式部体会到了与此前迥然不同的另一种苦愁。

紫式部处在后宫这样一个纯粹的女性世界之中，与其他侍女相比，她的修养令她如同鹤立鸡群。正因为如此，紫式部似乎也曾被人认为傲慢、偏执，受到过一时的孤立。但紫式部对此不予置理，始终沉默寡言，行事谨慎，从而受到藤原道长夫妻以及中宫的赏识，同时也结交到几位亲密的朋友。这些朋友大都有过不幸的经历。藤原道长十分宠爱中宫，不惜倾其财力和权力凸显中宫的雍容华贵。虽然紫式部也认为她美丽动人，但透过表面究其内心，就会发现中宫富丽华美之中略显苍白的内涵，结果反倒使美好的形象失去了平衡。

宽弘5年（1008），中宫彰子因怀孕而退居土御门殿。中宫能否诞下皇子，将是决定藤原道长一族政治前途的关键。后来，中宫不负众望，顺利诞下后封为敦成亲王（即后称"后一条天皇"）的第二皇子。土御门殿因此充满了喜悦之情，连续举行了三夜、五夜、七夜、九夜以及产养庆祝宴会。紫式部将这些事件都细致地记在了《紫式部日记》里，字里行间偶尔还会显露出自己似乎也很兴奋的样子。事实上，在紫式部的内心深处，一直以冷静的态度观察着包括藤原道长一族在内的宫廷权贵、公卿以及他们的妻妾子女们的人生哲学与生活态度，偶尔也会注意宫中下层人群，包括侍女、佣人在内的生存状态。紫式部在静静观察他人的同时，也从不忘记将自己作为审视的对象，将那种凌厉的言语投射到自己的身上。这从《紫式部日记》中便可以找到很多的例证。

在紫式部的日记中，对以中宫彰子、藤原道长、伦子（藤原道长之妻）、赖通（藤原道长之子）为首的社会上流阶层，紫式部从未责难或贬斥，而始终持有赞美。虽然如此，面对权贵们的气势，紫式部也绝非一味地阿谀逢迎。对于这些处于权势巅峰的人们，紫式部往往理性地抛开权术因素来欣赏他们的魅力和才干。也正因为如此，每当她在下层官员、杂役的言行中看到其低劣的本性时，就会因强烈的反差而产生极度的厌恶。有趣的是，紫式部有时也会将这些出身卑微的人群的凄惨生态同自己相比，并时常自问"我与他们又有什么不同呢？"这对当时的紫式部来说，能有如此的勇气来剖析自己，应该说是十分难能可贵的，毕竟进宫后的紫式部至少在物质生活上，是没有任何忧愁的。

通过出仕宫廷，紫式部亲眼目睹了当时"一人之下、万人之上"者的悲欢离合，以及周围各式各样的人们为了权势、荣华而钩心斗角、相互倾轧的悲哀，恻然感受到一种迫近身心的哀愁。正是这种真实的人生体验，使她的《源氏物语》不再是单纯死板的虚构或空谈，而是洋溢着生动气息的真实故事。可以说，如果没有这段出仕宫廷的生活经验作为创作基础，紫式部也许就无法淋漓尽致地描绘出《源氏物语》中四百多位栩栩如生的人物形象。

5. 紫式部的晚年

关于紫式部晚年的情况现在尚且不详。人们的普遍看法是，她后来似乎一直都在侍奉中宫彰子（后一条天皇即位后被册封为皇太后）。有研究认为，紫式部应当是死于长和3年（1014）6月17日。由此不难推断，紫式部当时的年龄应为42岁。诚然，如果紫式部生于天禄元年（970）的话，则去世年龄为45岁；而紫式部果真生于天元元年（978）的话，则只有37岁。至于其墓地的位置，据《河海抄》

记载，据说位于紫野云林院白毫院南、小野篁之墓的西侧。也有人称紫式部墓在现今的京都府京都市北区紫野西御所田町、堀河大街西侧，这也的确与小野篁之墓在同一区域。这一说法是否属实，目前尚未有确凿的考证结果。

二、《源氏物语》的主题思想

1. 物语文学的传承性与紫式部的《源氏物语》

日本文学研究界普遍认为，古代的歌谣及其口头传承的神话、传说，无不是某个部族或氏族集体创作的产物。与之相反，小说则被看成是从集体创作中脱离出来的、具有某种个性特征的文学形式，甚至被称为"密室文学"——个人独自创作的文学。物语与和歌基本上属于后者，即随着时代变迁，逐渐发展成为具有鲜明个性特征，蕴含着个人思考的文学。然而，尽管《源氏物语》是一个由名为"紫式部"的作者，独具个性地创作出的一个虚构的世界，但它却并不像"密室文学"——小说那样，完全在一种封闭的、同周围孤立隔绝的状态下被创作出来的。

早期的物语作品，与其说反映了物语作者个性化的思考与情感，倒不如说是以那个时代的贵族阶层共通的思考方式和感情基础作为创作核心的。这种氏族口头传承文学所带有的集团性，出人意料地在物语创作中沉淀下来，并在后期创作的所有物语之中，都留下抹不去的浓厚色彩，这被称为"文化记忆"。

从《源氏物语》作者的角度来看，这部物语的讲述方式，并不完全是"紫式部"根据个人思考以纯粹的个性特征所创作出来的，而是将早已在民间流传的光源氏的传说做了具体化处理。作者采用的讲述方式，是将前人传说中的一个超凡脱俗的人物，置于她所熟悉的宫廷之中，并赋予他超人的资质、容貌、境遇以及身份，使故事中的主人公，成为一个物语倾听者们乐意接受的，并为之感动的活生生的人物形象。由此看来，物语中的主人公所遭遇的事件抑或引发的话题，并不一定就是作者本身想描绘的东西。

《源氏物语》和很多国家的古老传说一样，用一种古老的模式——以预言为起点，并随着预言的展开与实现讲述一个起伏跌宕又回归静寂的故事。然而，紫式部的伟大之处，恰恰是没有被这古老的模式彻底束缚住自己的创作空间，她把这古老的模式作为物语的骨架，以当时的贵族阶层所十分熟悉的宫廷作为主人公的生活舞台，使得按照古老模式发展下去的物语化的人物变得有血有肉，从而自然地将人物的心理与情感，在现实的平安京的大舞台上栩栩如生地展现了出来。

在紫式部那里，遵循古老的模式最主要的是不去破坏读者（听者）的接受定式。事实上，当强烈的个性想要将个人的思考与情感形象化的时候，紫式部未必完全局限在这一模式的框架之中。关于《源氏物语》的主人公，作者在传统的叙述模式的基础上，几乎利用了一切方法和努力，来使人物形象充满现实感和临场感。比如，她将史实不露痕迹地嵌于物语中，或许这就是她不落窠臼的创造性手法之一吧。在这部物语之中，我们可以从字里行间感受到散文的抒情，汉诗的意境，汉文典籍的深邃，佛典蕴含的深刻道理与思索，以及神话传说给不同时期的读者带来的共鸣。紫式部独出心裁地把韵文与散文完美地结合在一起，以和歌纤细的咏叹手法抒情、散文的张力叙事，引起了男女读者的共鸣。《源氏物语》与此前的物语那种粗糙的叙述方式不同，它不仅表现出了人物心理上或感情上极其微妙的波动，抒发出了刹那间的情感，同时借散文的叙事性特征，将主人公漫长的人生中的喜怒哀乐娓娓道来，将现实中的人们难以摆脱的忧愁与苦恼，假借故事中的人物之口，细致地描绘了出来。

《源氏物语》的作者虽然身为女性，但却有着非凡的阅历。这为她的创作提供了思考的空间。随着《源氏物语》叙述的深入，我们能够清晰地看到，在人们流于外表的悲欢的最深处，那无可捉摸、美丑掺杂的喜怒哀乐在盘根交错着。书中描写了那些供职于宫廷、享有荣华富贵、拥有至高无上权势的贵族群体们的感情、行为和思考模式，使我们能够透过其中，看到表象背后的内心律动。

《紫式部日记》中有一句话："即便拿此物语来看，断不会觉得是似曾闻知的东西。"紫式部为了使故事不至于令读者完全感觉到是在虚构，而特意加入一些当时的读者们相当熟悉的史实和传说，使"物语"在真实性上得到了相当大的改观。一方面紫式部的尝试取得了一定的成功，但另一方面也让人明显地感觉整个故事犹如是一个借来的东西，失去了文学创作中的故事性。紫式部在困惑中不得不重新思考，她终于找到了"物语"的新思路，即将那些无法通过对现实推移的记叙和描绘来表现的东西，用"编故事"的方式来描写，这样就可以使陈旧的传说变得鲜明与真实。作者想要通过散文内在的感染力和张力，表现出既有美的一面也有丑的一面、既强且弱、人性复杂的主人公，以及主人公所处的错综复杂的社会环境。换言之，紫式部想要创作的不是一个僵化的口头传承的文字记录，而是将人们看似熟悉的东西完全融入具有自己个性思考的崭新的故事。

《源氏物语》的主人公，在故事发展到《紫藤末叶》一卷的时候，终于实现了开卷时的预言，光源氏登上了准太上皇的宝座，高居于荣华与权势的顶点。然而此时此刻，作者却无法就此终结对这个人物的塑造。因为光源氏在紫式部的笔下，已经是一个超越了平安贵族集团意识水平的人物形象——位于权势与荣华的顶点，有着被世人仰慕的超人资质、容貌及才能，身负一世的威望。人毕竟是有缺点的，光源氏终究是一副血肉之躯，既然是活生生的人，就应该有他的丑陋、弱点与烦恼。在现实世界中被尊为摄关、大臣、公卿的人，在冠冕堂皇的背后，也都有着阴暗的一面。问题是，在作品中直截了当地揭开拥有最高权力的达官显贵们的丑陋一面，不仅有违物语文学的传统，而且对以平安贵族为读者对象的读者群来说，也许是一个不得不考虑的禁忌。但是，紫式部认为，既然自己的眼中已经看到了这样的真实，就决定了她已经不能仅仅局限于前人的窠臼。于是，紫式部试图通过物语文学松散的篇章结构，有张有弛地将美丑强弱糅合于同一体的描写方式，塑造出一个越是有着超越凡人的资质，就越是不得不尝尽无比的苦恼与悲哀的主人公形象。这或许只是直观地描述了平安贵族某种命运的一种结局，也可能是紫式部的潜意识中滋生着对贵族社会的逆反情绪。当然，也不排除作者在短暂的人生阅历中，屡屡看到了寓于同一体中相互矛盾、彼此斗争的人与事，从而在内心深处产生了一种怜惜的心情。这从《源氏物语》的第二部、第三部的内容中可以得到佐证。理想的人物形象光源氏也好，紫姬也罢，德才兼备、行事认真的夕雾，抑或被认为是这部物语中最好的人——"宇治十卷"中的薰君，无不是在风光无限的舞台上，演绎着无法倾诉的人生哀愁。而这一切的来源，也许就是作者亲眼目睹的平安贵族们的宿命罢了。

2.《源氏物语》的结构特征与主题的关系

面对我们眼前的《源氏物语》，几乎没有人怀疑它不是一部一次成形的长篇小说。尽管如此，日本源学家多年来的研究结果告诉我们，我们现在看到的《源氏物语》，未必就是当时的形态。专家普遍的看法认为，被称为《源氏物语》第一部的前 33 卷（《桐壶》至《紫藤末叶》），可以明显地看出，是以一卷乃至两三卷作为一个相对独立的故事单元而构成的。比如《桐壶》卷，即使人们认为它作为全书的序卷，多少具有一定的独立性，但它与第二卷的《帚木》几乎没有连贯性。《帚木》与《空蝉》联系紧密，没有必要分卷。接下来的《夕颜》则是一个独立的故事。然而，由于《帚木》的开头和《夕颜》的末尾有所呼应，所以可以将这三卷归为一个相对完整的故事单元。

从《源氏物语》五十四卷整体来看，虽然结构不甚严谨，但《源氏物语》仍然不失为一部较为完整的长篇物语。但就其构思乃至执笔的情况来看，很难认为是一部在创作之前就经过精心构思的长篇小说，甚至可以说从头至尾一气呵成的可能性都很小。由此我们可以推断，其间作者在关于物语表现的认知上，也必然有过复杂的波动与起伏。

当时的物语，虽然也有像《竹取物语》这种故事情节十分严谨的作品存在，但那毕竟是例外。多数情况下是《伊势物语》《大和物语》那样的短篇物语集。或许因为物语这种文学体裁本身属于民间传说、篇章松散的短篇文学类别，即便是最终以长篇形式出现的物语，也是将一个个的短篇故事积串成长篇的。在《源氏物语》之前既然已经有了《竹取物语》《伊势物语》，那么紫式部在着手创作《源氏物语》时，是模仿前人之笔法还是探索创新，紫式部不会没有迷惘与犹豫。这恐怕正是造成《源氏物语》第一部的前半部各卷次之间缺少连贯性的重要因素之一吧。

创作一部长篇小说，必须设定好推动故事情节向前发展的动力。就《源氏物语》来说，第一部（《桐壶》至《紫藤末叶》）、第二部（《新菜》至《竹河》）以及第三部（《桥姬》至《梦浮桥》——所谓的"宇治十卷"）的动力因素是各不相同的。就动力因素这一意义来说，这部物语的构造看似简单其实并不那么简单。如果要考察这种构造的由来，则不得不将这部物语按其内在关系分切成几个阶段分析。倘若一开始我们就把它作为一部构造简单的长篇小说来看待的话，那么在阅读的过程中，肯定会横生奇特之感，特别是在第一部和第二部的结构差异上，肯定会令我们陷入茫然无措的境地。

我们在前文中曾提到，《源氏物语》的篇章松散，有些卷与卷之间几乎没有联系。曾经有日本学者经过仔细的分析，提出了一个非常有趣的观点，认为《源氏物语》故事单元的构造呈现出"姊妹卷"的特征。所谓"姊妹卷"，是指那些具有并列特征的独立故事。如：《帚木》的姊妹篇为《空蝉》和《夕颜》；《横笛》的姊妹篇为《铃虫》；《匂皇子》的姊妹篇为《红梅》和《竹河》。如果我们把姊妹篇的篇章结构分成主次两条线的话，我们便会发现，主线上的三十七卷是结构比较严谨的完整故事，而处于次要地位的十七卷却是牵强附会地添加上去的松散情节。

就《源氏物语》的表现手法而言，尽管作为一部长篇小说，缺乏逻辑意义上的一贯性着实令人遗憾，但《源氏物语》的魅力并不体现在这种技巧性的问题上。虽然表现手法上的欠缺和破绽十分明显，然而换个角度来看，亦非不可以说是作者在没有先例的情况下，反复探求物语的表现技巧而留下的挣扎的痕迹。对于日本文学史来说，这是非常珍贵的"破绽"。同时，撇开这个破绽不谈的话，《源氏物语》的真正魅力，还是在于它所描写的人物形象。

3.《源氏物语》中的史实和虚构

平安时代，人们对物语的普遍看法就是"杜撰"与"虚构"，认为那些东西无非是供女性们聊以消遣的，故而对物语的评价很低，认为根本无法与和歌、汉诗相比。

作为紫式部的创作初衷，她的读者群依旧设定为后宫女官群体，这就使她不得不使用物语体裁，即使这一设定本身就具有一定局限性。然而，作为文学创作的主体，作品如何能够吸引读者，这是一个不得不思考的问题。紫式部利用人们熟悉的有关宫廷贵族的传闻，或是前朝的、或是当朝的，尽可能地演绎在自己的作品之中，这无疑是一个伟大的创举。通过引入史实的创作手法，以表现该物语是历史上某一个时期的真实故事，从而使读者更觉得故事就发生在自己的身边。这种智慧的创造，充分体现出紫式部独特的个性，即不希望人们把她的《源氏物语》完全当成"杜撰"。

对紫式部来说，最难能可贵的是，她把历史与文学创作之间的辩证关系处理得恰到好处。她熟知历史，但在《源氏物语》的创作过程中，并不生硬地套用历史。她从历史的重压下解脱出来，以游离于历史之外的视角，通过物语故事的演变，来阐述自己对历史的认识。

紫式部在《源氏物语》的《萤》卷中借光源氏之口，阐述了自己的物语观。首先，物语作为一种传统的文学形式，通常少有真实的事情，坦白地说，就是要以"虚构的故事"去吸引人们的兴趣。越是能"骗人"，越被认为是高明的物语作家。其次，物语中也不乏真人真事，只是把它说得巧妙，让人觉得似真非真。在此我们不妨看一看《萤》卷中的物语论。

> 某日，源氏对玉鬘道："此等故事，多为杜撰，明知不真，亦这般执迷，你们女子真是乐于受骗。……"说罢，便笑了起来。转念一想，便又说道："寂寞无聊之时，看此类书亦未尝不可，且故事中凄婉曲折处，颇富情味，动人心弦。以此消遣，倒也怪你不得。只是另有一类故事，甚是夸张离奇、荒诞不经，教

人心惊胆颤。但静下来一想，便觉绝无此理，纯为无稽之谈，但或许亦真有其事。近日我那边侍女亦常为那小姑娘讲此等故事。我一旁听后，亦惊叹世间竟有如此善编故事之人。"玉鬘答道："对呀，似你这般善于杜撰之人，才作此番答释；而我这愚笨之人，却深信不疑呢。"……源氏道："只当我胡乱评议罢了。其实，亦有记述真情的，像神代以来的《日本纪》，便详尽记述有凡事奇俗呢。"止不住又笑了起来。随后又道："古书所载，虽非史实，却是世间真人真事。作者自己体会后，犹觉不足，欲告知别人，遂执笔记录，流传开来，便成小说了。如欲述善，则极尽善事；欲记恶，则极尽恶事，此皆真实可据，并非信笔胡造。……"①

我们不难看出，此前紫式部一直无法在创作中放下"历史"的重荷，然而，当她借光源氏与玉鬘之口说出这番话时，实际上已经能够卸下这个"历史"的重压，妥帖地处理好历史与虚构的关系了。《萤》卷是第二十五帖，这意味着紫式部的创作活动已经经历了一个很长的时间。在这相当长的创作过程中，紫式部对历史与虚构关系自然会有所认识。因此，紫式部又让光源氏说道：

"觉悟与烦恼，便犹如小说中的善与恶。故世上诸事，由善来看，并非皆为子虚乌有，毫无教益。且同为小说，中国与日本有别；即便同为日本小说，古代与今代亦大相径庭。内容深浅各有所重，不可凭空妄事解论。佛经教义之中，亦有所谓方便之道。愚昧之人于此迷惑不解，其实《方等经》(即《大乘经》)中此例甚多。细究其原旨，可谓大同小异。"②

紫式部在其中引用了佛典中的方便说。佛法中认为，既是真实又是无缘的方便说，如果追溯下去的话，仍然会还原成真实本身。同

---

① [日]紫式部：《源氏物语》之《萤》卷，姚继中译，江苏人民出版社2011年版，第350页。
② [日]紫式部：《源氏物语》之《萤》卷，姚继中译，江苏人民出版社2011年版，第350页。

样，虚构的物语也正是讲述着人类的真实——紫式部特别借助光源氏之口，说出了自己对历史与虚构的悟道。换句话说，紫式部以"方便即真实"为创作准绳，引申出《源氏物语》创作"虚构即真实"的理论。

一直为物语被斥责为"谎言"而苦恼的紫式部，终于可以理直气壮地断言："通过创造这个'谎言—虚构'的世界，反而可以无拘无束地讲述世间的人生百态"①。然而，虚构也决不可以凌驾于历史之上，"戏说"亦需要以史实作为根基。当然，物语毕竟是物语，是文学创作，不是记载历史的史书，因而不能用忠实历史的尺度来评价物语。换言之，正是这种"谎言—虚构"成分，才使物语成为物语。

作为一种文艺理论，这在现今看来，倒也谈不上是什么惊人之举，但在当时，舍却紫式部，倒是再也没有人能有如此大胆地去实践的创举。撇开世阿弥的能乐论、近松的净琉璃论姑且不提，其后直到近代，在西欧的文艺理论传入之前，都没有人能对物语的创作，作出理论高度的阐述。

在《萤》卷的写作完成之后，即紫式部借助玉鬘与光源氏的对话，提出了自己的物语创作理论之后再写出来的《源氏物语》第二部（《新菜》至《竹河》），紫式部几乎不再使用那种为了强化写实性而将史实分散嵌入《源氏物语》的手法，而是通过故事内部的主人公本身的运动轨迹，在没有作者主观意志强加的情况下，自然地将故事情节向前推进。这既是紫式部对其物语论的实践，同时也意味着，所谓的物语论是紫式部在实际创作的过程中，一边探索一边力求自我完善的真实写照。

4.《源氏物语》的主题

近代《源氏物语》研究中，人们不断提出《源氏物语》的主题是什么？根据"源学"研究迄今为止所做的考证，很难认定紫式部是在做出严密的写作计划和故事情节设计的前提下从事写作的。依前述可知，现今我们所看到的《源氏物语》，既不是当初的原形，也未必

---

① 《日本古典文学全集源氏物语》第一卷，小学馆 1981 年版，第 15 页。

是当初的全部内容。通过对《源氏物语》的结构分析，基本可以肯定它极有可能是由若干的短篇物语故事编纂而成，形式上与同一主题的"折子戏"颇为相似。但无论形式如何，可以肯定的是，它的作者是同一人。既然作者是同一人，在一定的程度上是应该考虑过"到底要写些什么？"的问题的。只是其主题意识的深浅程度与近代的主题概念或许有所不同罢了。在此，我们不妨在上述前提下，来审视一下《源氏物语》的主题。

上节提到《萤》卷的有关物语论的论述，物语的作者尽管套用了约定俗成的物语特有的说话模式，讲的也都是世人乐于接受的"谎言"或民间的传闻，但决不是没有作者自己要说的话，只是作者借物语说出来的话，并不一定就表明了故事的主题。紫式部在《萤》卷的有关物语论中引用了佛典中的方便之说，以"方便即真实"的悟道，展开了其"虚构即真实"的创作。由此看来，物语中显然包含着作者想诉说的东西和人们希望了解的东西。所谓作者想说的东西，广义上说应该是作品的主题。

根据上述理论来考虑，我们应该认为《源氏物语》是有主题的。只是紫式部在艰难地寻求到具有开创性的物语论之前，似乎经过了许多的波折，并且将之付诸实践时，也是在写作《源氏物语》第二部（《新菜》卷）以后的事情了。问题是我们如果做出如上的假设，那不免又会产生另一个问题，即紫式部在写《源氏物语》第一部（《桐壶》至《紫藤末叶》）时，是否考虑过"主题"呢？事实上，《源氏物语》第一部的构造相当复杂，若从中剥离部分卷次后，尚可理出较为清晰的思路，但就整体而言，要想设定出一个明确的主题，是一件非常困难的事。其实，我们完全可以暂且搁置主题问题，尝试一下通过文本来抓纲举目。

著名学者今井源卫先生认为，《源氏物语》第一部的情节结构可以分为六大部分：（1）光源氏——左大臣派系，与弘徽殿女御——右大臣派系在政治上的对立抗争；（2）源于宿命观的因果报应；（3）光源氏对藤壶皇后的恋慕；（4）流放须磨、明石的人生挫折；（5）住吉明神灵验谭；（6）光源氏年轻时代放荡不羁的猎艳记。这六大情节结构到《紫藤末叶》为止基本形成结局，被称为《源氏物语》的第一部。

这六大情节结构具有一个共同的特征，即每一个故事情节都是围绕着预言展开的。首先是《桐壶》卷，高丽相士为光源氏相面，预测其未来。其次是在《若紫》卷中，光源氏召唤占梦人为他解梦，得出了令他意想不到的判语。最后是在《航标》卷中，由明石姬产女，光源氏想起了从前那个算命先生的预言。

把这三个预言组合起来看，便形成了《源氏物语》第一部前33帖的故事脉络。概括地说，就是拥有帝王资质的皇子，因生母身份卑微而被降为臣籍，赐姓源氏。源氏经历种种坎坷，最终登上了准太上天皇宝座。他育有子女三人，其中一人将继帝位，一人将被立为中宫，另一人则官至太政大臣。到了《紫藤末叶》卷，明石小女公子和夕雾中纳言未来的前景已经明朗化，故事的基本构架也再清楚不过了。也就是说，《源氏物语》第一部的故事情节，都是顺着预言的内容在不断向前延伸的：

上述分析或许过于粗糙，倘若仔细咀嚼，便能体会到紫式部创作过程中的用心：

（1）政治上的对立抗争——虽然在预言中并没有明确提到朝廷内部的权力之争，但政界人物处于逆境这个现象的背后，无不隐含着这一问题。就算日本的天皇是一脉相承，没有人企图推翻天皇一统天下的皇统制，但在皇统制之下的权力倾轧是不可避免的。《源氏物语》虽然不是要告诉人们有关平安王朝的权力之争，但故事的舞台设定在平安王朝的宫廷，故事中的主要人物又都是宫廷贵族，朝政、权力间的角力自然是他们生活的一部分。因此，若完全不涉及朝廷中的是非，整个物语的舞台就会坍塌一角，故事情节不但失去必要的支撑，同时也会使故事的真实性大打折扣。

我们不难看出，《源氏物语》的第一部三则预言预设，使光源氏的人生体验波澜起伏，其动因是两股相互交织的暗流：一是宫廷内部的对立抗争；二是光源氏的好色行为。正是这两股暗流，才使《源氏物语》凸显出了虚构中的真实。

（2）宿命观——原作中没有直接表露出来，但紫式部在决定采用"预言"这种形式时，应该说她的潜意识中就有了宿命观的考虑。由于紫式部采用了"预言"作为故事的架构，这就免不了出现很多非同寻常的事件，其中不乏因果报应之类的结局。紫式部创作理念是"虚构中的真实"，这就避免不了虚构与真实之间出现一些显得不合常理的现象或情节。为了把故事情节处理得更自然，对当时的紫式部而言，最为方便的手段，就是引入冥冥之中自有宿命的宿命观思想，以期自圆其说。

（3）光源氏对藤壶皇后的恋慕——我个人认为，光源氏的爱情寄托，是建立在对藤壶皇后的不伦之恋之上的。换言之，如果说《源氏物语》是一部以光源氏为中心的爱情物语的话，那么光源氏对藤壶皇后的恋慕，便是这部物语的原点，一切话题皆由此引出。

（4）流放须磨、明石的人生挫折——"权贵贬黜流放谭"是日本物语故事自古以来的传统模式，它已经形成了一个相对固定的创作定式。如前所述，平安时代的贵族社会格外崇尚中国中唐以前的传统文化，中国历史上的达官显贵、义人墨客遭贬黜流放后，又官复原职的先例传到日本，他们不是从政治的角度去考量，而是从审美的角度去接受的。悲欢离合、一惊一喜，日本上流社会的贵族阶层包括文人墨客在内，他们决不仅仅着意结果，他们更注重事情发展过程中的"物哀"情绪。因此，在光源氏流放须磨的故事中，紫式部用大量的笔墨渲染了过程中的"物哀"情绪，而对返京升迁的结果，只是淡淡地一笔带过。

（5）住吉明神灵验谭——这亦为宿命观的表现之一。围绕光源氏与明石姬故事的展开，需要某种因果关系来起承上启下的纽带作用。住吉明神的灵验谭，正是利用了时人深信不疑的冥冥中的力量，使故事具备了神秘性和神圣性。

（6）光源氏年轻时代放荡不羁的猎艳记——《源氏物语》第一部分是以"光源氏对藤壶皇后的恋慕"为主线展开的。紫式部在这一部分的创作中，用足了强烈对比的修辞手法，把光源氏塑造成了女性心目中几近完美的人物形象。为了吸引读者的阅读欲望，紫式部的心理设定是，完美的光源氏在追求完美女性过程中始终得不到心理满足的"悲美"。这种设定既要符合人物的个性，又要适应身份、地位、环境、社会习俗的要求。于是，紫式部在主线的两侧，不时地插入一些使光源氏的人物形象更加丰满的点缀——放荡不羁的猎艳故事。

然而，《源氏物语》成书距今已有千年，我们无法准确地判断紫式部在写《源氏物语》第一部的时候，到底在多大程度上对作品的架构形成了自觉，在多大程度上对作品的整体性做过精心设计。虽然我们对《源氏物语》的第一部的文本进行了梳理与解构，但还是无法找出可以称之为主题的、具有作者独特个性的见解。至少我个人觉得，紫式部最初的意图或许只是要以自己的方式，讲述早在民间流传的光源氏的爱情故事。

当《源氏物语》的故事发展到第二部（《新菜》至《竹河》）的时候，紫式部在物语的架构和表现手法上似乎产生了一定的变化。这种变化是否因为随着第一部的成形，紫式部不再满足于以自己的方式讲述有关光源氏的"老故事"，而是逐步有意识地思考自己到底要向读者倾诉什么？抑或这是否意味着《源氏物语》自第二部开始有了自觉意识的主题？对此仍然存在着诸多的疑问。但无论如何，下述事实是不得不引起我们关注的：

（1）在《萤》卷中提出了不同于此前物语的独自的物语论。

（2）第二部的故事脉络不再像第一部那样错综复杂。尽管《夕雾》卷或多或少让人觉得有些离题，但从整体来看，第二部以光源氏和紫姬的爱情纠葛为主线，分别描述了他们针对光源氏迎娶三公主为正妻的复杂心态。

（3）以十分明显的文学性叙事方式来构筑物语的世界。尽管在表现手法上仍旧使用了一如既往的各种外在要素，但这种表现手法已经退居次要地位，仅作为一种辅助性的手段，对物语整体情节的展开并没有决定性的影响力。

（4）在第一部中推动故事情节发展的"预言"，在第二部中已经失去了推动作用。

（5）人物塑造的视角发生了改变。主人公光源氏虽然在第二部中依然拥有第一部中所描述的所有外在条件，但他内在的人格因素不再定格在"完美无缺"的层面，也就是说，他不再是一个举世无双的完人，作者开始将其作为一个既有完美一面，也有丑陋一面的凡人进行了辩证的描写。

在上列种种变化之中，（1）（2）（5）明显与主题有某种内涵或外延上的关联。但是否就此认定它们表现出了明确的主题？抑或只是第二部分的中心话题？我认为不可以轻易做出断定。我们在《遁入空门》卷中找到光源氏的这样一番话，而这段话恰恰为上述的（5）提供了最好的佐证。

> 源氏对她们（众侍女）道："我此生所享荣华富贵，他人无法可比。熟料所遭厄运，却胜于他人。恐是佛菩萨之意，欲我感悟人生无常、世途多艰之理，故赐我此命吧。我却全不在乎，因循度日以至如今！到了暮年，以致蒙受如此伤悲之事。我已看清自己命运坎坷，而悟性又钝拙，如此反觉心静。今后我已无丝毫牵挂，只是你们几个，待我亲近若此，叫我如何弃舍得下。看来我太无决断，但又无可奈何！"①

这是紫姬去世一年后，消沉的光源氏对几个熟识的侍女说的一番体己话。

光源氏的这番感叹不仅仅是单纯发自对紫姬之死的悲哀，实际上也与物语前半部分他所经历的人生坎坷密不可分。享不尽的荣华富贵，怎么也无法将光源氏自年少时便日积月累的压抑与忧伤抹去。最可悲的是，这种压抑与忧伤还无法找到宣泄出口，自己面对人世间的一切，日复一日，都不得不佯装强颜。如今日薄西山，亲情、爱情似乎离他远去，家事、国事更无须他料理，正当静下心来欲享天伦之乐时，不想反倒更加体味到了这种悲哀的深重。

---

① ［日］紫式部：《源氏物语》之《遁入空门》卷，姚继中译，江苏人民出版社2011年版，第365页。

只要读过《源氏物语》，无不认为光源氏天生是个幸运儿。虽然历经了种种磨难，但从没为物质生活担忧过，更不为得不到女人而愁。他集天下男人的美质于一身，过着放荡不羁的生活，可在整个《源氏物语》里，似乎找不到光源氏开怀大笑的场面。这正是应了紫式部想要表达的观点，即"人来到这个世界上，莫非真要忍受寂寞？"紫式部的这一观点并不仅仅体现在光源氏一人身上，而是体现在《源氏物语》中的所有人物身上。平安时代中期，可以说是贵族社会的鼎盛时期，而紫式部想告诉人们的，似乎就是在这个繁荣辉煌的贵族社会里，物质生活丰盈充沛的背后，人们的精神生活始终无法超越永无止境的欲望。欲望给人带来了无穷无尽的烦恼与忧愁，它不因为物质的拥有量而改变，也不因身份地位的高低而改变。

《源氏物语》的第三部被称为"宇治十卷"。"宇治十卷"以涛声汹涌的宇治川畔的山庄，以及东临比叡山、偏僻寂寞的洛北小野村落为舞台，演绎了在爱情生活中一次次失败的薰君中纳言与宇治八亲王家的两位小姐之间的情感纠葛。

《源氏物语》中之所以有薰君这样一个人物的出现，我想紫式部决不是下意识中的作为，而是从佛教的因果报应的角度，在某种意义上对光源氏的否定。"宇治十卷"的佛教思想十分浓厚，但紫式部所宣扬的宿命、因果与救济观，与佛教的教义并不完全一致。叶渭渠、唐月梅先生曾在《中国文学与〈源氏物语〉》中说，佛教对于性爱是实行绝对主义的，中国文学不乏描写男女情爱是前世的"罪孽"造成现世的果报的故事，宣扬了因果报应和宿命思想。《源氏物语》也或多或少地宣扬了这种佛教文学思想，但不占很大的位置。相反，它是以神道现世观为主体，虽然作为人的"救济"方面，它与佛道是相通的，但它不像佛教文学那样舍弃人的情欲而成为超人的理念的东西。也就是说，《源氏物语》的第一义是确立人的性格，即尊重人的自然情欲，对男女情事是肯定的、同情的，乃至是赞赏的。

薰君是柏木与三公主的私生子，而三公主是光源氏的正妻。想当年，光源氏与藤壶妃子私通，生下了后来的冷泉帝。因此，薰君的出生，对光源氏来说，无疑是一种果报。"宇治十卷"在演绎爱情生活一次次失败的薰君中纳言，与宇治八亲王家的两位小姐之间的情感纠葛的同时，作为又一个果报，以匂皇子与浮舟的私通事件为横轴而展开的故事，使"宇治十卷"越发向佛教意识上倾斜，人们对现世的价值观产生动摇，甚至厌弃现世。尽管紫式部在"宇治十卷"中没有对因果报应的前因后果做价值判断，而且在果报面前，更强调了宿命。但读者分明都能看出，这一切事件的产生，都是由于光源氏前世孽障在现世受到了惩罚。

至于紫式部本人在多大程度上奉行佛教教义，尚有待于考证。我们不能因为作品中的人物以佛教教义作为逃避现实的事实，便轻易地对紫式部本人的信仰作出草率的判断。事实上，当时的贵族男女频频举行各种祭祀，多半与佛教信仰没有太大的联系，很多情况下是作为传统习俗、年中行事来举办的。因此，紫式部对这些传统习俗、年中行事描写得精细入微，我并不认为当时的紫式部是出于对佛教的深刻理解、从佛教的传统教义去阐释的。且从紫式部日记和家集来看，也证明紫式部当时对佛教并非十分热衷。当然，这也绝非彻底否认紫式部对佛教的信仰。相反，紫式部似乎也曾考虑过认真学习佛法，遁入佛道。或许正因为如此，我们才能更深切地理解紫式部为何在《源氏物语》中，总是描写人们难以斩断尘缘，在佛门前徘徊惆怅的众生相。

5. 主题思想的另一种思考

人们对文学作品的接受，除了文化背景之外，随着历史的演进以及文学阐释能力的进步，对同一作品的阐释与认知也会各不相同。研究作品的主题思想不能脱离作品去空谈，但亦非说作品的主题思想就浮现在作品表面。苏珊·朗格的艺术符号论把作品分为虚象、幻象和抽象三个层次，它们分别属于表层、中介层和深层。这三个层次各自具有不同的功能和特点。虚象层次是作品中的直观意象，具有非物质性和非模仿性，艺术虚象的功能是使艺术具备艺术审美知觉的真实性。幻象是特殊的艺术经验领域，具有双重特征，是联系艺术审美主体和客体、艺术虚象和抽象层次的中介环节。幻象既带有虚象的直观性又具有抽象的概念性。幻象这一层面使艺术具有了多样性，同时也使艺术具备了独特性。抽象层即艺术作品的最深层次，它是蕴含着情感意味有机整体的逻辑形式，这一层次是作品深层抽象意蕴的表现，是艺术作品的核心。抽象层次使艺术具有了情感性、有机性和一元性。

（1）《源氏物语》的虚象——浅表层的主题思想。虚象作为艺术符号的最表面层次，其最大特点就是直观性，也就是我们所说的"可感知性"或"直观性"。通读《源氏物语》，最直观的感觉就是该作品描写了以光源氏为中心的几代人爱与恨的情感史。然而，这些故事却贯穿着同一个主题，就是"为失去的爱而悲叹"。《源氏物语》洋洋数十万言，先后出场的人物多达四百余人，加上人物间的相互关系非常复杂，且人名、地名的称谓又沿袭了古代习惯，因此对于中国读者来说，并不是一部很容易读懂的作品。然而，倘若我们砍去枝节，留下主干，就能得到一幅清晰的《源氏物语》主要故事情节图。通过这幅"全景图"，我们不难看出《源氏物语》展现在我们面前的是一部以爱情为主题的巨幅画卷。画卷上的人物上自帝王、下至平民，身份地位不同，性格各异，但却有着几个共同点：①以光源氏为中心的四代人，他们在追求爱情的过程中，无一能逃脱悲剧的结局。②与光源氏四代人相关的众多女性中，除了光源氏正妻之一的明石姬之外，无一不是爱情的牺牲品。她们当中十之八九不是落发为尼，便是含恨而死。③全景图中的所有人物，包括天皇、皇后、光源氏在内，几乎都不能把握自己的命运。

（2）《源氏物语》的艺术幻象——中介层的艺术构思。艺术幻象的中介性质在于：一方面它联系着艺术的创作主体和审美客体；另一方面又联系着艺术的虚象形态和抽象的本质规定。像小说中的典型性格、诗歌中的画面、戏剧中的矛盾冲突等，都可以看作是不同艺术种类的幻象，它们既不同于艺术的表层意象，又不同于艺术的深层意蕴。

《源氏物语》的中介层的艺术构思主要体现在两个方面：一是精神审美；二是文章审美。

《源氏物语》主要故事情节图

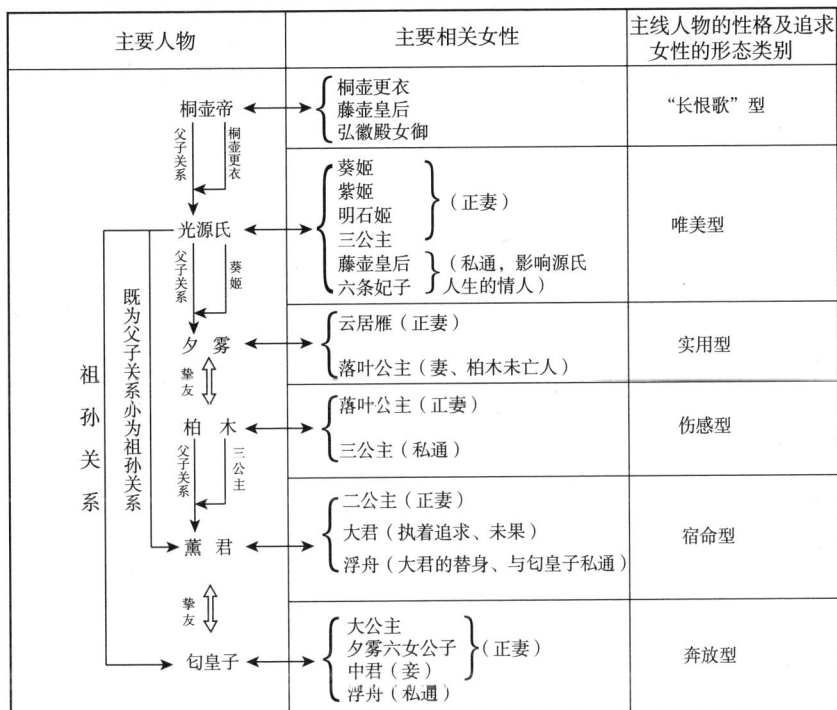

主要人物	主要相关女性	主线人物的性格及追求女性的形态类别
桐壶帝	桐壶更衣 藤壶皇后 弘徽殿女御	"长恨歌"型
光源氏	葵姬 紫姬 明石姬 （正妻） 三公主 藤壶皇后（私通，影响源氏人生的情人） 六条妃子	唯美型
夕雾	云居雁（正妻） 落叶公主（妻、柏木未亡人）	实用型
柏木	落叶公主（正妻） 三公主（私通）	伤感型
薰君	二公主（正妻） 大君（执着追求、未果） 浮舟（大君的替身、与匂皇子私通）	宿命型
匂皇子	大公主 夕雾六女公子 （正妻） 中君（妾） 浮舟（私通）	奔放型

（图左侧纵向文字：桐壶帝—父子关系（桐壶更衣）→光源氏—父子关系（葵姬）→夕雾—挚友—柏木—父子关系（三公主）→薰君—挚友—匂皇子；祖孙关系；既为父子关系亦为祖孙关系）

　　《源氏物语》全书 54 卷中共描写了 490 多个个性鲜明、色彩亮丽的人物形象。其人物塑造有两个重要特征：一是作者紫式部在传统日本文学观的影响下，追求的是超越社会责任的精神世界。为了保持这一精神世界的纯粹性，作品中塑造出的人物形象，都是超脱了政治、社会伦理道德的"美"的化身，追求的是精神世界的纯粹性。《源氏物语》通篇以"爱情"为主要舞台，宫廷的一切政治斗争只是舞台背景，起烘托人际关系及贵族社会的"人性"与"人情"的作用。如主人公光源氏，一生波澜壮阔，但却是一个地地道道不理国事，只知道追求女性的贵族形象。他上自继母皇后、下至婢女，先后与十多位女性发生恋情。用现代人的道德标准去衡量，光源氏无疑是应该受到唾弃的道德上的罪人。然而，紫式部笔下的光源氏并未受到读者的唾弃。其原因何在？本居宣长认为，不应以儒佛的善恶道德标准去衡量《源氏物语》。在他看来，《源氏物语》不是以道德的眼光来看待和描写男女主人公的恋情行为，而是以它为题材来引发读者的兴叹、感动、悲哀，即产生"物哀"之情，让内心的情感超越这违背伦理道德的恋情而得到美的升华，把人世间的情欲升华为审美的对象。

二是以"悲"为基调。"悲哀就是对美之毁灭的感触。"书中的主要人物无不是在苦闷、忧愁、悲哀——一切不能顺心如意中苦苦追求、苦苦挣扎的。

作为中介层的艺术构思的另一个方面，就是韵文体的使用使作品产生了"物哀"的特殊效果。在《源氏物语》之前，物语文学分为两个大的流派，一类是以神话故事、民间传说为题材，诸如《竹取物语》《落窪物语》之类的具有传奇色彩的创作物语；另一类是客观叙事的，诸如《伊势物语》之类的以和歌为主的"歌物语"。紫式部的《源氏物语》第一次把创作物语与"歌物语"融为一体，创造了类似我国唐代变文、传奇，宋代话本的韵文体。全书数十万字，近八百首和歌，以散文叙事，以和歌抒情，行文典雅，意蕴深邃。她巧妙地将物语文学创作中的虚实手法运用在《源氏物语》的创作之中，使你读了这些虚构的故事，颇有情味，描写得委婉曲折的地方，仿佛真有其事，虽然明知是虚构，却有看后不由你不动心之妙。

《源氏物语》的韵文体即叙事、抒情并举的这一关键中介，不仅增加了作品的艺术效果，更是在作品中的人物形象与读者间架起了沟通情感的桥梁。对于文学作品来说，内容与形式全都统一在其独特的语言结构之中，其相互间的复杂关系，使作品的表层含义与深层含义联系在了一起。

（3）《源氏物语》的深层主题思想——于破灭中寻觅自我。紫式部的《源氏物语》之所以能超越它所产生的历史的、社会的，以及人文地理的环境，历经千年的洗礼，成为永恒的经典，其根本原因就在于紫式部成功地塑造了一系列在一切不能如意的境地中，孜孜不倦地寻觅并完善自我的人物形象，而这其中的主人公的情感挫折，恰恰又与紫式部自身的遭遇、经历、心境形成了十分相似的迭影。人始终处在意识到局限并想超越这种局限，而在现实中又无法真正超越的两难境地之中，这就铸就了人类生命中永远无法摆脱的悲剧意识，也启迪了生命主体进行自救的超越意识和途径：既然在物质形态上无法把握无限，那就在精神上予以把握；既然在现实中无法实现永恒，那就在观念上体验永恒。在《源氏物语》中，以光源氏为中心的四代主线人物在追求爱情的过程中，虽然各自的命运结局不同，但他们追求女性并非以"肉欲"为目的，而是以自己坚定的人生观为准则，在精神上、观念上去寻觅自我、完善自我这一点则是相同的。光源氏一族身高位显，然而他们并不为自己的物质丰盈而满足，他们在各自的人生目标中寻找精神制高点。虽然大都以悲剧性的结局告终，但他们在追寻的过程中表现了自我、完善了自我。

有学者认为《源氏物语》是一部女性小说，其原因是作品所描写的四百多位人物形象中有八成是女性。女性人物的多寡固然是作品的特征之一，更重要的是这些女性人物在作品中所处的地位、作者为人物形象设定这一特殊比例的目的以及作者通过这一切所要倾诉的情感。

据《紫式部日记》记载，紫式部自幼丧母、家道衰落、老夫少妻、早年寡居……孤独与对爱的企盼刻骨铭心地凝聚在她的情感深处。皮埃尔·让内说，感情是心力的调节器。当必须恢复被打乱的平衡时，感情便产生了。紫式部人宫后有了一个相对稳定的生活环境，这为她提供了重要的施展才华的空间与氛围。《源氏物语》的创作无疑就成了她恢复内心失衡的绝好方法。而紫式部作为众多女性的集合，其笔下的每一位女性形象都象征着她自我的一个部分，体现出她的经历和人生观。

或许有人会对上述观点提出异议。窃认为，我们之所以说"紫式部是众多女性的集合"，绝不是指作品中所有女性的遭遇都是紫式部的亲身体验，而是说紫式部在精神上通过众多的女性人物形象，对自己进行了客观性的反省。倘说自我表现为趋向客观世界，特别是置自身于社会中间，那么它同时就取得了社会的大量材料，将其消化和吸收，以此丰富自己原有的"遗产"。因此，它的固有活力一方面表现为指向客观的离心倾向；另一方面表现为指向主观即自身的向心倾向。总而言之，指向客观是根本性的，因为自我以其本身的固有性而倾向于走出自身，超越自身。不过，在"走出"的过程中，也有可能汲取外部积累的经验，进行自我反应、自我反省。

既然紫式部是想通过《源氏物语》去寻觅自我、表现自我、完善自我，这就决定了她的创作态度，决定了作品中人物形象的价值取向，决定了作品的深层主题思想。

三、《源氏物语》主要人物形象

《源氏物语》中出场人物众多，关系复杂，试图论述作品中的人物形象，首当其冲的便是人物的取舍。由于篇幅所限，仅就光源氏及其两位妻妾——葵姬、紫姬略作论述。

1. 光源氏——独抱浓愁无好梦

《源氏物语》作为一部现实主义文学巨著，其"心灵探索的自然性、完美性，恐怕是在心理分析方面最为出色的现代作家也未必可及的。"①

人的性格本身是一个复杂的、矛盾的对立统一体。每个人的性格，又都是一个独特构造的有机整体，形成这个有机整体的各种因素在不同的时间、空间和环境下，都有自己的排列方式和组合方式。

紫式部笔下的光源氏，看起来似乎是一个完美无缺的理想化身，其实是一个人物性格组合十分复杂、内心世界非常丰富的平安朝贵族形象。光源氏的人物性格拥有多面性与复杂性，但这并未令读者觉得光源氏是一个有人格缺陷、杂乱无章甚至难以把握的人物形象，相反，却更令人感觉到他是一个血肉丰满、有情有义、大儒大雅，甚至可以说缺点多多，一生中一次次地重复着许多难以挽回的失败的、内涵丰富的人物形象。这正是紫式部塑造人物性格的成功之处。一言以蔽之，她充分运用了"不一归一"这一对立统一的哲学思辨方法，使人物性格得到多方面的甚至复杂矛盾的表现，但同时又使"丰富性显得凝聚于一个主体"。②

①《源氏物语》1921 年在英国被译成英文出版，伦敦《泰晤士报》文艺副刊对《源氏物语》及其作者紫式部作了如上评价。

② ［德］黑格尔：《美学》第一卷，朱光潜译，商务印书馆 1979 年版，第 303 页。

《源氏物语》中以光源氏为主要叙述对象的多达41卷。本节拟就光源氏与紫姬的爱情为中轴，分析光源氏对紫姬的爱心历程，以及随着时空的变化爱情中折射出来的人物性格特征。与此同时，探讨光源氏人物性格中"不一归一"的哲学思辨。

（1）光源氏对紫姬的爱心历程

光源氏对紫姬的爱是偶然的，也是必然的；是虚拟的，也是真实的。

光源氏的生母是一位更衣，地位低微却深受桐壶帝的宠爱，故而招人嫉恨致死。桐壶帝因不堪思恋，几经周折，宣召与桐壶更衣肖似的先帝四皇女进宫侍奉，封号藤壶女御。桐壶更衣去世时，光源氏才3岁，自然不记得母亲的面影。当听说藤壶女御相貌酷似自己的母亲，恋慕之情油然而生，并为此常常亲近这位继母。

光源氏12岁冠礼过后，就在桐壶帝与当朝左大臣的撮合下，与左大臣的女儿葵姬完了婚。但光源氏本人却并不满意这桩为众人所看好的婚姻。加冠对光源氏来说，是人生与感情世界的一个重大转折点。意味着此后他与藤壶不能再像从前那样随意亲近。正是这种外界因素，促使光源氏对藤壶的爱慕发生了质的变化，由"亲近"之情突变成了男女之间的"爱慕"之恋。然而，这种恋情有悖伦常，是绝对不能允许的。因而在光源氏的内心深处，牢牢地埋下了源自恋母情结的畸形心结。

18岁的春天，光源氏身患疟疾，为医病而赴北山疗养。其间，他邂逅了伴他度过了大半个人生的"类藤壶"——紫姬。光源氏初见紫姬，发觉她的容貌肖似藤壶，激动得浑身颤抖，禁不住泪流满面。藤壶女御在光源氏心中是一位完美无缺的"永恒的女性"形象，对她怀有至纯至诚的爱。然而，当紫姬突然出现在他眼前时，他不由自主地激动得浑身颤抖、热泪盈眶，这不能不说是一种病态心理所造成的。

紫姬的父亲兵部卿亲王是藤壶女御之兄，故紫姬与藤壶女御血缘很近。当光源氏得知两者之间的关系后，谋求紫姬的心情更加热切。此时此刻，光源氏对紫姬并没有真正意义上的爱，他只是通过紫姬这一特殊人物——相貌肖似藤壶、与藤壶有着很近的血缘关系，借以寄托他对藤壶的无限思念。对光源氏来说，紫姬只是可塑的藤壶替身。

这种病态的爱促使光源氏从紫姬的父亲兵部卿亲王手中抢走了紫姬。并且为了追求心中的"永恒"，千方百计地把紫姬塑造成"类藤壶"——使之成为藤壶的化身。灵魂和肉体一样有他自己的需要，而它最大的需要之一就是精神要有所寄托。现实中的不可及使光源氏在虚拟的世界中找到了一丝安慰。"类藤壶"是虚拟的，但潜意识中的爱是真诚的。

"类藤壶"毕竟不是藤壶，成年且已婚的光源氏与年仅 10 岁的紫姬之间的爱绝对是不对称的、畸形的，故而爱得十分茫然。所谓茫然，是指爱的形态是模糊的，是父爱还是恋情？不仅光源氏、紫姬这两个当事人困惑，就连他们周围的人，甚至作者紫式部都感到迷茫。

光源氏把紫姬抢回后秘藏在私邸二条院的西殿，并按照自己心目中理想的女性形象去塑造紫姬。面对着一个刚满 10 岁的小女孩，光源氏对未来充满着希望，坚信自己能得到与"藤壶"生活在一起的愉悦与幸福。

光源氏最初对待紫姬亦如女儿，亦如情人，这倒也无甚奇怪。光源氏原本就是把她当作无法释怀的藤壶替身抢回来的，在他的潜意识中，紫姬就是藤壶。但因紫姬年纪尚幼，这令光源氏往往徘徊在父爱与情爱之间。当他思念藤壶、六条妃子而又无法相见时，他会去找紫姬，以求慰藉。他不避讳紫姬地去找其他女人求欢，以让紫姬知道男女之间的情爱；他还常常以语言和行为去挑逗紫姬，使紫姬意识到他们之间并非是父女关系，而是男女之间的情爱。在光源氏与紫姬的相处中，尽管最初的关系形态不太清晰，但最终的目标是清楚的，特别是在光源氏方面，他所期望的就是与藤壶——类藤壶——紫姬朝暮相守。只是对紫姬而言，却有一个从"父亲"转变成"丈夫"的过程，而这个过程的终结点——与光源氏在精神上、肉体上结为夫妻，无论何时发生，都将会有心理上的抵抗。

在含糊的状态中度过了 3 年，面对着几近与心中的"永恒"别无二致的 14 岁的紫姬，光源氏终于在紫姬几乎毫无心理准备的情况下，带着她步入了人生的一个新阶段。至此，光源氏逐步走出了"类藤壶"的怪圈，开始正视紫姬这个作为紫姬本身的客观存在。

在中华文化的阅读背景下，如果说光源氏四处猎艳是贵族阶层的奢靡秉性的话，是很容易被人们所接受的，但若说他的好色行为与对藤壶的无限渴求不无关系的话，似乎就难以令人信服了。

"人世之事，真不可解！我所钟爱的诸人，性情容貌，各尽其责。但恨不能集中爱情于一人，如何是好？"①这是光源氏收到情人六条妃子的回信时发出的慨叹，它说出了光源氏希冀绝对完美的心态。藤壶皇后（藤壶女御后被封为皇后）在他心目中是一位无限完美的女性，但由于她身份地位特殊，光源氏无法得到她的垂爱。然而越是得不到，就越是觉得她绝对完美，以至于成为他心中"永恒的女性"形象。他企图从其他女性身上体会到完美，但每每总是令他失望，因为在他的心灵深处，无论何时何地，总是以藤壶皇后作为参照系去比较他人的优劣。既然藤壶是绝对的完美，那么其他女性就必定是不完美的。

光源氏的好色行为并不总是给他带来满足欲望的快乐，他每得到一个女人就多一份失望与哀愁，得到的女人越多，他的精神负担就越重。他为情欲所煎熬，为女人的怨恨和嫉妒而不安，为种种缺憾而失落。但光源氏却有一个鲜明的个性，就是"越是难得，越是渴慕"。

事实上，光源氏有时也的确有身不由己的苦恼。当他不得已接纳了明石姬和三公主之后，他对紫姬的爱也随之打了折扣，尽管他努力承诺对紫姬专一，却心有余而力不足。这不仅是紫姬的悲哀，也是光源氏的悲哀。光源氏希望紫姬能够承载他的全部，但他性格中的自私、怜悯、博爱、好色、哀愁等复杂的成分并不是紫姬能够全部承载的。

光源氏心目中的紫姬是任何女性无法相比的，但贵族的风流个性与时尚又决定了他的轻浮。对于自己至爱的人，他在用心地爱她们，同时又在无心地伤害她们，直到她们削发为尼，或含怨而死之后，他才能清楚地意识到他的过错。

---

① ［日］紫式部：《源氏物语》之《葵姬》卷，姚继中译，江苏人民出版社2011年版，第137页。

光源氏性格中的执着使得他常在毫不在意的情况下深深地伤害着紫姬。对紫姬而言，爱情是不能分割的，但光源氏的女性关系却是持续不断地构成他生活目标——追求心中的"永恒的女性"的原动力，这对其人格形成了一种规制力，尽管他明知"我作乱伦之恋而自寻烦恼"，但却欲罢不能。

紫姬终于不堪忍受，带着满足与怨恨离开了人世！紫姬的逝去，使光源氏恍然醒悟，紫姬对光源氏而言，她就是女性的全部，失去了紫姬，其他的女性都黯然失色。

失去紫姬的悲痛使得光源氏彻夜悲叹，寂寥度日。他终于无法承受失去紫姬后的精神压力，在处理好六条院的各项事宜之后，遁入空门，以求获得彻底的解脱。

（2）光源氏人物性格中"不一归一"的哲学思辨

对立统一规律是宇宙的根本规律，也是作家创造人物形象必须遵循的根本规律。一元多重性人物性格结构就是这一客观规律在文学创作中的具体体现。从单一型结构到复合型结构，再到矛盾型结构的发展变化，是人物艺术走向成熟的标志。

紫式部在光源氏的人物性格塑造方面达到了古物语的顶峰。从文学艺术的角度来说，她超越了此前物语中人物性格的单一性，特别注重人物内心世界的多重性描述。特别难能可贵的是，作者运用抒情文学形式对人物心理所作的象征、烘托、渲染等暗示性传达。这些抒情文学形式是人物具象心理的替代物，把人物不便、不愿、不能明言的情感心理内容，借助于中国传统文学中的赋诗言志、以诗传情、借物喻意、比兴寄托之法间接表现出来。紫式部在光源氏人物性格的多方面表现中，把他孜孜不倦地追寻"永恒的女性"的特殊情致作为基本的、个性鲜明的性格特征，用特征性统一丰富性与多重性；用主导性统一矛盾性。这种特征和主导，就是光源氏人物性格的主体性，它规定了性格表象的本质内涵，性格运动的逻辑方向，决定了人物的基本面貌。

人总是在不断地变化着自己的生存空间和生活环境，不同的环境条件会使人的性格发生差异，而时间的推移则使人的性格不断地变更，这种变更主要是"旧我"与"新我"的交织演进，在不断扬弃"旧我"的同时，又不断产生"新我"。洞察光源氏对紫姬的爱心历程，我们不难发现时空变化对人物性格所产生的作用力。

藤壶的形象在青春萌动的光源氏心中扎下了根，有学者认为光源氏与藤壶的爱是恋母情结所致，这或许不无道理，但抛开藤壶的相貌肖似桐壶更衣以及藤壶是以光源氏的继母身份出现等客观因素，作为男性，特别是像光源氏这种从小就受到中国传统文化熏陶的宫廷贵族来说，不顾一切地追求完美（至少在光源氏的心目中是完美）的女性，这是极其自然的。我们不能不说，藤壶与光源氏之间的爱情心理之所以变得畸形，与他们所处的时空有着密切的关系。光源氏那种越是难得偏越想得到的个性，使他把藤壶作为完美的女性而绝对化、神圣化了。正因为如此，才导致紫姬最终成了一个"幸福的悲剧"，这就是说，光源氏给了紫姬无限的爱，但他的心灵深处永远有一个抹不去的"永恒的女性"的影子，这个影子是包括紫姬在内的任何女性都无法覆盖的。光源氏的人物性格的变化也正是以此为原点，随着时空、环境、他所接触的女性的个性的不同而流变。

在光源氏的人物个性中，既有尊重自我、执着、反省、敏感、孤高、脆弱的一面，又有尊重别人、笃实、宽厚、谦和、坚强的一面。前者是外在的，后者是内敛的；二者在他身上形成辩证的统一，前者使人觉得他高不可攀，后者又使人们感到他的高贵中渗透着热情，并使人们与他越接触越有种放不下的牵肠挂肚。他无法得到藤壶，但他要把紫姬塑造成"类藤壶"，这是他执着的一面，当发现紫姬除了肖似藤壶与藤壶有血缘关系外，作为一个独立的人格有着他人所不具备的美德时，他又能够以自省的心态去面对紫姬而不是"类藤壶"。身居太上皇，地位至高无上，可这些权势却无法掩去他性格中脆弱的一面。当他发现妻子三公主与柏木私通生下薰君后，他除了向上苍连喊"报应"外，连看一眼新生儿的勇气都没有。当然，他同时也是宽容的，懂得尊重别人的，正因为如此，在整个作品中几乎没有一个与他对立的人物出现。

黑格尔在他关于理想性格的规定中，不仅认为理想性格应当具备丰富性，而且应当具有坚定的整一性。他说："人物性格必须把它的特殊性和它的主体性融合在一起，它必须是一个得到定性的形象，而在这种具有定性的状况里必须具有一种一贯忠实于它自己的情致所显现的力量和坚定性。如果一个人不是这样本身整一的，他的复杂性格的种种不同的方面就会是一盘散沙，毫无意义。"①光源氏的人物性格是复杂的，有时甚至是矛盾的，但它始终是围绕着一条主线展开的，这就是他始终如一地追求"永恒的女性"。追求女性的完美成了他生命中一个稳定的、一贯的、定向发展的基本性格，正因为有了这一基本性格，才使其他性格特征得到了规制，使他的人物形象成了"不一归一"的统一整体。虽然他的性格随着时空的变化而变化，性格内部包含着不断的自我否定或自我"否定之否定"的过程，但他追求女性完美的精神是始终如一的，他不因为无法得到藤壶而放弃，不因为得到了"类藤壶"而满足，他的"好色"与他的追求是连为一体的，而不是把满足自己的肉欲作为终极目的，"人世之事，真不可解！我所钟爱的诸人，性情容貌，各尽其美。但恨不能集中爱情于一人，如何是好？"②光源氏的这一感叹正反映出他欲追求女性绝对完美而又无可奈何的心态，或许正是这样一种心态，促使了他的"好色"。现实中的藤壶、紫姬、六条妃子、明石姬、三公主等，他所爱恋的所有女性都是走向同一目标的不同的路，即使途经不同风景，结果都走向那高踞山巅的神明。爱、憎、意志、舍弃，人类一切的力兴奋到了极点之后，就和"永恒"接近了，交融了。

2. 葵姬——日边红杏倚云栽

葵姬是桐壶帝朝中左大臣的女儿，其母则是桐壶帝胞妹，家世高贵，容姿艳丽。在一般人看来，嫁给了名动天下的美男子光源氏，必定是身受丈夫百般珍宠，幸福无忧。然而事实却并非如此。

在葵姬与光源氏结婚之前，皇太子爱慕葵姬，意欲聘娶，葵姬的父亲左大臣一直推辞未许，只想将女儿嫁给桐壶帝最为宠爱的光源

---

① ［德］黑格尔：《美学》第一卷，朱光潜译，商务印书馆1979年版，第307页。
② ［日］紫式部：《源氏物语》之《葵姬》卷，姚继中译，江苏人民出版社2011年版，第137页。

氏，以加强自身的势力，而桐壶帝也正想为光源氏寻找一个有力的后援人，如此一拍即合，葵姬与光源氏的婚姻便顺理成章了。这桩婚姻全然忽视了葵姬和光源氏的个人意愿，这就使得他们的婚姻从开始就出现了不和谐的预感。

葵姬嫁给光源氏时年方十六，正是青春娇好的时节，但因年长光源氏4岁，自觉略不相称。然而光源氏心心念念的唯有藤壶女御一人，对葵姬不即不离。而葵姬身为左大臣掌上明珠，其骄矜自傲的个性可想而知，可这些在光源氏看来又不足为傲，他一心向往的是绝对完美的藤壶女御，并因求之不得而四处猎艳，处处冷落于葵姬。可怜的葵姬就在夫妇间隔阂渐深中，孤寂地度过了她10年最青春的年华。

26岁时，葵姬有幸得孕，而光源氏依然在外拈花惹草。葵姬虽然对此不快却也无可奈何，唯有成日郁郁。正当此时，桐壶院与弘徽殿太后宠爱的三公主将要继任斋院，入社之前举行祓禊仪式，桐壶院特命光源氏参与。人人都想在仪式中一睹光源氏的丰采，唯有葵姬怀孕后精神不畅，懒于出门，但在母亲劝说之下，终于乘车出行。不想当日为争夺车位，竟与光源氏的情人六条妃子发生冲突，侍从肆意羞辱了六条妃子。六条妃子受此凌辱打击，心中不胜痛苦，对葵姬深怀妒恨，以至于魂不守舍。

事件发生不久，葵姬因鬼魅附体，病情沉重，光源氏此时方才不得不略略收敛一下自己的浮薄行径，稍尽为人丈夫的职责。左大臣府邸更是延请高僧，为葵姬大作法事，驱除鬼魂生灵。然而有一个魂灵却始终附在葵姬身上，不肯稍离。葵姬越发痛苦，眼见即将临盆而病势渐笃，各处法会加紧祈祷，道行高深的法师也竭力作法，好容易才镇服了那个魂灵。这魂灵便借葵姬之口要求与光源氏说话，其口音态度，完全不像葵姬，宛然便是六条妃子！光源氏顿时困窘不堪。

葵姬终于顺利产下一个清秀俊美的婴儿，这便是后来的夕雾。光源氏一见婴儿，立即想起自己与藤壶女御的私生子，即名分上的东宫太子。他心中思念太子，只想进宫探视，遂入内向葵姬作别。葵姬连日大病，姿容羸弱，令光源氏倍加爱怜，不禁愧悔自己平时对她的冷漠怠慢，便温言安慰一番后作辞，"此时公子服装异常鲜丽，葵姬躺着目送他，比平常格外热情地注视。"①此番描写，我们似乎可以略略窥得那深藏于葵姬端庄姿态之后的内心，或许正是情意深沉，才怨恨弥笃，做出一副冷漠傲慢的表象。葵姬不舍地注视着光源氏离去的背影，此后便是天人永隔——就在光源氏与左大臣以及葵姬众兄弟入宫期间，葵姬病势忽然转剧，不及向宫中通报，就此长逝。

葵姬逝后，光源氏惭悔痛悼，然而已于事无补。在葵姬二十六年的短暂时光中，虽有婚姻，却几乎从未得到过丈夫的温情，"天上碧桃和露种，日边红杏倚云栽。"她就像倚云而栽的日边红杏，空自高贵、美丽，却没有得到过爱人的真心怜惜，唯有和云伴日，度过了不幸而寂寞的一生。

3. 紫姬——为谁零落为谁开

在《源氏物语》众多的女性人物中，紫姬是作者落笔最多、刻画最细致的一位。光源氏的诸位夫人，可谓春兰秋菊，各擅其美。然而在紫式部笔下，却始终未能有任何人可与紫姬比肩。紫姬出身高贵，精通制香、染色、裁衣，工于弹琴吟诗，对佛道亦深有研究，以至于光源氏都暗自叹服。实可谓是慧质兰心，无人可比。正因如此，作者处处将紫姬比作日本人至爱的樱花："若要用花来比喻，可说是春天的樱花，然而比樱花更加优美，这容颜实在是特殊。"②那么，这样一位完美无瑕，深爱光源氏同时也为光源氏宠爱的女子，在世人看来，必定是幸福美满的了。但事实又是如何呢？

光源氏初遇紫姬，正是夕颜死后不久，心中郁郁，且因恋慕藤壶女御而心怀难畅。入北山疗病之余，无意中在寺旁的一所陋屋中窥见一可爱女孩，这就是年幼的紫姬。光源氏一见之下，大为震动。原来这女孩的相貌异常肖似他所倾慕的藤壶女御。他用尽手法，几近强抢，秘密将紫姬连同她的少纳言乳母一起带到私宅二条院，安置在西殿。自此，10 岁的紫姬就在光源氏的悉心教导下，用心学习贵族女子

---

① ［日］紫式部：《源氏物语》之《葵姬》卷，姚继中译，江苏人民出版社2011年版，第139页。

② ［日］紫式部：《源氏物语》之《新菜续》卷，姚继中译，江苏人民出版社 2011 年版，第475 页。

必习技艺。藤壶女御已是高不可攀，而这酷似藤壶的紫姬，却能如此真实地在他身边。他盼望着紫姬能够慰藉他对藤壶女御的渴望，于是尽其所能，精心将紫姬培养成像藤壶一样的完美女性。光源氏希望紫姬可以代替藤壶女御，以得到心灵上的安宁。然而，无论光源氏如何塑造紫姬，除了在血缘上与藤壶女御相近之外，紫姬始终是一个独立的人格，永远无法复制藤壶女御。

似父女又类恋人的奇妙关系一直持续到紫姬14岁为止。此时的紫姬"已圆满发育，轻盈袅娜，显然已届摽梅之年。光源氏屡次以言语挑唆，而紫姬漠然不觉。"①在光源氏看来，"她竟和我所魂思梦想的那个人毫无两样呢！"②他终于如愿以偿，与紫姬结为连理。然而，紫姬做梦也未曾想到光源氏对自己原来是如此存心，心道："这个人如此狠心，我年来为何一向诚心地信任他呢？"③因而又是懊恼又是嫌恶。

光源氏如愿以偿得到了紫姬，初时自是与紫姬两情缱绻，片刻难离。可光源氏终究难改他的风流本性，一如既往四处拈花惹草。此时光源氏的靠山桐壶帝已薨，藤壶女御为避弘徽殿太后的迫害而遁世出家。面对一连串的变故，光源氏消沉之卜，非但没有收敛，反而变本加厉，频频冒险前往右大臣宅邸与胧月夜幽会，以致终为右大臣所察，弘徽殿太后更以此为把柄打击光源氏。无奈之下，光源氏只有远赴须磨。

这是紫姬自依附光源氏以来，与他最长久的分别。在此之前，光源氏纵使常因眠花宿柳而彻夜不归，但总知必可重逢。而此次的须磨之行相去遥远，归期无定，重逢之日渺茫难知。紫姬心中自是满布哀愁。

光源氏离去后，紫姬身在繁华京都，愁肠百结，相思无寄，时时忆起光源氏音容笑貌，何时能得再会，亦不可知，悲凉寂寥之情，充塞胸臆。而光源氏远在须磨，初时虽也是百般思念，更为早日脱却此境与紫姬相见而勤修佛法。然日久天长，旅中寂寞，他风流本性终究难改，不久便与明石浦的明石姬结下了姻缘。之后，光源氏念及紫

---

① ［日］紫式部：《源氏物语》之《葵姬》卷，姚继中译，江苏人民出版社2011年版，第147页。
② ［日］紫式部：《源氏物语》之《葵姬》卷，姚继中译，江苏人民出版社2011年版，第147页。
③ ［日］紫式部：《源氏物语》之《葵姬》卷，姚继中译，江苏人民出版社2011年版，第147页。

姬，心中懊悔，立即写信向她坦白，紫姬深知光源氏的本性，虽然伤心，但体贴光源氏的心情，倒也并不责怪，回信中字里行间，仍流露出对光源氏的信任。

倏然，光源氏获赦回京，与紫姬重逢，情状有如梦中，不免喜极而泣。然而此时的二人之间，已多了个明石姬。光源氏与明石姬共同拥有的关于明石浦的种种回忆，是紫姬所不能填补的。当明石姬生下明石小女公子时，光源氏花言巧语地辩解道："天公真作怪，巴望生育的，偏偏不生，而无心于此的，反而生了，真乃一大遗憾啊！"①此言虽非针对紫姬未能生育，但说者无意听者有心，紫姬当下也无话可说，只好自我释怀道：回想年来丈夫日夜恋慕、关怀怜爱之心，以及屡次收到的情书，想必他那种种行为无非是逢场作戏而已，又何苦去挂记在心呢？

此后，明石姬携女迁至京都嵯峨地方的大堰附近，光源氏不时以赴嵯峨佛堂念佛为借口前去幽会。正是在此期间，紫姬终于察觉到光源氏对明石姬的感情非同一般，亦非自己辩解的逢场作戏。紫姬对光源氏的信任也随之产生动摇。紫姬毕竟是贤良之人，同时也为光源氏的权力地位着想，仍旧愿意代明石姬抚育母系地位不高的明石小女公子。依此来看，紫姬与光源氏之间的爱情，或许仍有恢复如初的转机。然而事隔不久，光源氏偏又立意追求桃园式部卿亲王之女朝颜，使得紫姬心绪缭乱，对光源氏的信赖日渐缺乏信心。

光源氏34岁那年8月，用心筹划多年的六条院终于竣工，诸位女眷先后迁入。在这个浓缩了平安贵族文化精华的小世界，紫姬与花散里、明石姬及秋好皇后诸人吟诗唱酬，光源氏亦以太上皇之尊，安享荣华。在六条院，光源氏与紫姬夫妇唱和，日子过得安闲适意。此时此刻，紫姬终究还是原宥了光源氏对自己的种种背叛与伤害，倘若真能就此与光源氏相守以老，也是无上的幸福吧。

然而，朱雀院之女三公主的下嫁，打破了紫姬的奢望。光源氏39岁那年，三公主嫁入六条院，仪式盛大豪华，几与女御入宫无

---

① ［日］紫式部：《源氏物语》之《航标》卷，姚继中译，江苏人民出版社2011年版，第219页。

异。相形之下，多年来独享专宠的紫姬全被压倒，但她却不欲令人得知自己的嫉妒、悲伤，以免受人讥嘲，因而只是竭力忍受，甚至还殷勤地替光源氏出门衣物多加熏香。光源氏看在眼里，心中不胜怜惜懊悔："他自知薄幸、沉思细想，泪盈于睫。"① 其实，光源氏自己也在矛盾中苦闷不堪，一次次的背叛，反而使得他更加深切地体会到紫姬在自己心中不可取代的地位；也因此，每一次的背叛，都使得光源氏更近一步地朝向紫姬的爱情回归。但已被光源氏伤害得身心交瘁的紫姬，无法再承受这份几经坎坷的爱恋了。光源氏 46 岁那年，紫夫人终于怀着无限苦痛，就此渐渐衰弱，在她 39 岁那年的夏天，终于长逝了。

紫姬的一生，因光源氏而绽开，为光源氏而盛放，却也因他的薄幸负心而终于憔悴枯萎。在世人眼中极尽幸运荣华的紫姬，几时又曾有过真正的美满、安宁和幸福？伴随她的，总是因光源氏而生的不安、忧愁和苦痛。她的离去，给光源氏以剜心剔骨之痛，而痛至极致，便唯有遁入空门，在无穷无尽的怀念与愧悔之中，度过那没有紫姬陪伴的余生。"惟将终夜长开眼，报答平生未展眉。"这可以说是紫姬逝后，光源氏心情的最好写照吧。

四、《源氏物语》的传承与研究

1. 日本源学界对《源氏物语》的研究

据《弘安源氏论义》记载，《源氏物语》真正受到世人的普遍追捧，是从堀河天皇的康和年间（1099—1104）开始的。而《源氏物语》的研究起源于藤原伊行的《源氏释》，这在"源学"界似乎已成为共识。藤原伊行的《源氏释》著于久安 2 年（1146）前后，距今已有 800 多年，这就证明《源氏物语》的研究已经走过了八百多年的历程。

日本中世的《源氏物语》研究，实际上始终是围绕着"青表纸

---

① ［日］紫式部：《源氏物语》之《新菜》卷，姚继中译，江苏人民出版社2011年版，第439页。

本"与"河内本"两个系统展开的，研究的重点在于考证与注解，这为当今的《源氏物语》研究留下了珍贵的资料。其中有几部书颇值一提，如《源氏闻书》《弄花抄》《细流抄》《岷江入楚》《孟津抄》等，在《源氏物语》中译本的注解里经常见到。这些书都是中世的《源氏物语》研究成果，自然比《源氏物语》本身晚很多年，但却经常出现在《源氏物语》的引用注解里，这似乎是一个很奇怪的现象。由于种种原因，紫式部的《源氏物语》亲笔文本都已无从寻觅，《源氏物语》中所引用的出典自然也大多不复存在，因此，我们现在对《源氏物语》所做的出典依据的考证，基本上来自中世的诸多《源氏物语》注释书。如此一来，便出现上述的奇怪现象。

进入近代以后，《源氏物语》的研究发生了根本的变化。"源学"研究者们不再仅仅局限于对《源氏物语》的考证与注释——文献学研究，而是逐步把视野扩大到对《源氏物语》的主题思想、创作风格、读者接受、社会反响等文学性研究上。其研究成果层出不穷，在此不一一列举。

在百家争鸣的"源学"研究中，日本著名国文学家本居宣长在他的《源氏物语玉小栉》中，对《源氏物语》的作者意图提出了举世瞩目的学说，这就是被今人赋予日本美学源泉的"物哀"论。"在诸多物语之中，惟《源氏物语》最为优秀，可以说是无与伦比的。先前古物语的任何故事，都没有写得如此深深地渗入人心、任何的'物哀'都没有如此纤细、深沉……惟有这部物语，'物哀'之情特别深邃，是倾尽心力写就的。"①

然而，具有讽刺意味的是，对本居宣长来说，所谓"物哀"，并不仅仅针对《源氏物语》而言，事实上也同样适用于和歌的本质论。本居宣长甚至说："和歌乃源于'物哀'而生之物也。"②和歌与物语确实有许多相同之处，但毕竟两者在本质上有着巨大的区别。统以

---

① ［日］本居宣长：《源氏物语玉小栉》，转引自《日本古典文学大辞典》，岩波书店1986年版，第627页。

② ［日］本居宣长：《石上私淑言》，转引自《日本古典文学大辞典》，岩波书店1986年版，第86页。

"物哀"来将两者相提并论，无论如何是令人困惑的。"物哀"这一词的确是由本居宣长首先提出来使用的，然而他最初使用的对象是针对和歌本质而言的。他认为："从神话时代至今，乃至无穷之后世，所咏和歌，皆可以'物哀'一言归纳之。"①至于物语，他认为亦不例外："伊势源氏等物语，皆写'物哀'之事，令世人深知世间'物哀'之情，舍此之外，别无他意。"②一言以蔽之，本居宣长不但把物语与和歌同等看待，而且并不认为《源氏物语》和《伊势物语》有何不同。尽管如此，学术界仍然认为本居宣长的"物哀"论具有划时代的意义，并作为日本的近代文艺理论，在学术界、文艺界得到了普遍认可。但我们必须承认，"物哀"论表面看似乎是本居宣长对《源氏物语》主题思想的立论，其实并不是唯《源氏物语》而阐发的。事实上，"物哀"论早就被他用来作为和歌的评判标准，后来套用于《源氏物语》的欣赏，亦具有令人信服的说服力。

　　时至今日，"物哀"论似乎已经成为专门针对《源氏物语》本质而言的关键词，但《源氏物语》的内容，绝非一个"物哀"可以涵盖的。比如，透过《源氏物语》的表象，我们可以发现其背后有着紫式部对宫廷政治、社会意识的个人见解，有着从人性角度认识客观世界的追求，更有对时代的习俗、伦理道德的反抗。在以男性为中心的权力社会里，紫式部作为一个女性作者，展示了对女性命运的巨大同情心。这一切都不是"物哀"所能阐释的。物语的本体是什么？《源氏物语》试图讲述什么？这些问题，都不可能在"物哀"论的框架中得到彻底的解决。总之，我们决不可把《源氏物语》看成是一个简单的文学作品，它之所以不朽，能千年流芳，自然有它其中的奥妙，而这奥妙正是体现在需要我们不断挖掘的多元性上。

　　当代的《源氏物语》研究更是异彩纷呈，在此无法详述。但其主要特征十分明显，包含三个方面：（1）研究的领域不断扩大，涉及的学科逐渐多元化；（2）从事《源氏物语》研究的学者越来越多，研究者不再仅仅局限在少数文献学的范围；（3）外国学者以比较文学的方

---

① 《日本古典文学全集源氏物语》第一卷，小学馆 1981 年版，第 73 页。
② 《日本古典文学全集源氏物语》第一卷，小学馆 1981 年版，第 73 页。

法论对《源氏物语》展开研究。

从读者接受层面来看，因时代与文化背景的不同，人们对《源氏物语》的褒贬不一。在这漫长的岁月里，既有像一条兼良所说，国之至宝，而推崇备至舍源氏之物语而无其他，也有备受冷落的时期。早在院政时代，澄宪就在《源氏一品经》中指责过《源氏物语》，说虚构些好色淫辞，紫式部理应堕入地狱云云。觉超的《今镜》、平康赖的《宝物集》中亦有类似的批评。由此不难看出，紫式部本人也好，《源氏物语》也罢，并不尽是受到了世人的称赞。但我们不能否认另一个事实，对《源氏物语》的褒贬，很大程度上是受制于意识形态的。

2.《源氏物语》在中国的研究意义

《源氏物语》是世界文学史上最早的长篇小说，它比中国最早的长篇小说《三国演义》的问世早了约 300 年。但它的问世决不是孤立的，它虽然根植于日本文学的沃土，却吸收了中国传统文化的精华。可以说，我们研究《源氏物语》既是研究日本的古典小说，又是在研究中日文化交流史。

《源氏物语》不同于其他文学作品，越是要接近它，便越难以接近它。这正是《源氏物语》的魅力所在。前人已经做了近千年的努力，这是我们的宝贵财富，同时也是束缚我们的枷锁。我们必须有所超越，才能使我们在研究的道路上迈出新的步伐。

通读《源氏物语》的原文，不是每个人都能做到的，即便是日本人，亦不例外。这不单是语言障碍的问题，对千年以前的平安王朝的历史、制度、风俗、习惯以及意识形态等方面的不解之处甚多，这不能不令人痛感《源氏物语》毕竟与我们之间横亘着时空上的鸿沟。尽管如此，《源氏物语》的魅力却超越了时空上的距离，千年来一直向我们娓娓讲述着无穷无尽的新意，激起我们想要接近它的欲望。我们正在不断地远离过去的时代，同时又时时刻刻被过去所吞没。换言之，我们如今对客观世界的认识，始终无法与过去割裂。但我们切不可把它当成沉重的负担去背负，而是要把它当成探索未来的云梯去充分利用，因为它是一种宝贵的资源。无论社会进步到何时何地，古典文学作品都是作为最可靠的、讲述各个时代的社会生活和人文精神的纪念碑而存在。因此，《源氏物语》的存在，本身就是一座平安时代的社会生活和人文精神的纪念碑，而这座纪念碑对于日本文化史的发展、延伸来说，其存在的意义是无法估量的。

《源氏物语》研究在日本已有近千年的历史，"源学"犹如中国的"红学"，对《源氏物语》的研究即便是现在，日本每年要出 200 至 300 篇论文。然而，《源氏物语》对中国人来说虽不陌生，但对它的研究却十分肤浅，甚至误解、臆测甚多。因此，《源氏物语》在中国的研究，至少有两件事情是值得我们积极关注的：一是对《源氏物语》本身的研究。如前所述，《源氏物语》并不因为已有的研究成果丰硕而终结，相反，随着挖掘的不断深入，新的发现也越来越多，对前人研究成果中出现的谬误需要否定或加以修正的东西也在不断增加。尽管对一部作品的解读可以是多种多样的，但对文本中的客观事实是不能歪曲的。对《源氏物语》本身的研究，就是力求以客观的态度，去解开迄今为止尚未解开的谜。文献学研究与文学性研究是相辅相成的，但不是没有先后的。如果文献学研究滞后，文学性研究出现谬误的概率就越大，因此对文本的文献学研究是我们展开多元研究的基础。由于《源氏物语》与中国的传统文化有着千丝万缕的联系，从某种意义上来说，对《源氏物语》的考证研究不局限于日本学者，中国学者在某些方面也有着便利的条件，比如从文化传播源的角度去考证《源氏物语》的汉典、佛教思想、社会制度、音乐、绘画、书法等，我认为有可能会更加接近《源氏物语》的文化源头。

二是以比较文学的方法论对《源氏物语》展开比较文学研究。说到比较文学研究，人们首先产生的第一个印象，就是《源氏物语》与中国的《红楼梦》的比较研究。其实这是一个误区。如果以《源氏物语》与中国传统文化作为命题的话，那么视野就变得十分地开阔。我们可以从文艺学、文学、美学、宗教思想、伦理道德、社会制度、风土人情、年中行事等方面展开比较研究。至于《源氏物语》与中国的《红楼梦》的比较研究，除了单纯的、直接的作品比较之外，可以把它上升到一个更高的层次去审视，即分别以两部作品为起点，去追踪构成两部作品连接点的中国文学史上的某个层面。同时也可以以逆向思维的方法，由两部作品的连接点分别向两部作品做"发散"性研究。

中篇

日本近代文学经典与民族文化传承

日本近代文学如同日本近代历史一样始于明治时代，即 1868 年封建的德川幕藩体制崩溃，明治新政府成立。众所周知，日本民族是一个善于吸收和消化外来优秀文化的单一性民族。在古代 1200 多年的时间上，日本文化与文学的形成离不开大量吸收了中国大陆儒佛思想、先进文化和优秀的文学经典。正因为日本文化长期依靠中国文化点点滴滴的刺激、渗透和滋润，才使日本民族产生了文化上和思想上的自觉，正如日本东洋史著名学者内藤湖南所说："一个民族即使继承某一异民族文化，到了一定时代也会导致一种自觉。"①而这种文化上和思想上的自觉就是激发本民族文化的内在动力和积极因子，产生只属于本民族浓厚色彩的特质，努力做到吸收外来的文化、典籍的基础上使它土著化、"日本化"，建立一种以本国母体文化思想为核心，由自身文化同外来文化相互交融的发展模式，即所谓的"和魂"。因此，"和魂汉才"就成了日本古代文化最典型的文化发展定式。

到了近代明治维新（1868）以后，明治新政府为了民族的生存、国家的强盛，提出了"文明开化""殖产兴业""富国强兵"等口号，着力建设日本近代文明，推行了一系列资产阶级改革。由此，日本开始从封建社会迈向了资本主义社会。

所谓的"文明开化"就是学习近代西方先进的科学技术，引进西方先进的思想、政治、经济体制、教育制度等，提倡西方生活方式，吸收西洋文化的理念，赶超欧美西方文明大国。在思想界，由留学英美返回日本的森有礼（1847—1889）发起成立了以"文明开化"为指导思想的启蒙思想家组织——"名六社"，出现了以洋学家西村茂树（1828—1902）、西周（1829—1897）、加藤弘之（1836—1916）、福泽谕吉（1834—1901）、中村正直（1832—1891）等为主体的一大

① ［日］内藤湖南：《日本文化史研究》，储元熹、卞铁坚译，商务印书馆 1997 年版，第 8 页。

批启蒙主义思想家。他们在机关刊物《名六杂志》上接连不断地向日本国民广泛而深入地介绍西方近代文明思想、文化生活和各种学问，翻译、出版了很多西方文艺思想家的论著和著名作家的文学作品，竭力宣传西方道德文化和文艺理论，传播西方人文思想，做了大量启蒙活动。正因为在日本启蒙思想家的大力推动下，西方的人文思想、社会文化先后在整个日本得以迅速传播开来，如英国孔德、穆勒的实证主义和边沁、穆勒的功利主义和自由主义，法国的"天赋人权"思想和卢梭的自由主义人权说，英国达尔文、斯宾塞的进化论，德国斯泰因、比特曼的国家主义和黑格尔、哈曼特、康德的哲学论以及奥义肯、伯格森的理想主义等。[①] 在西方近代文化思想的影响下，日本人接受了西方人文主义精神，唤醒了近代自我的觉醒意识。福泽谕吉在其《劝学篇》（1872—1978）中积极倡导"个人自由独立的原理"，认为"这个原理还可以扩大到国家，一个人和一个国家都是基于天理、自由不羁"[②]。很显然，福泽主张个人自由独立和国家自由独立。他的论调带有强烈的民族利己主义和浓厚的国家主义色调。随着西洋文化的不断东渐，日本人并没有悉数照搬西方近代价值体系和文化理念，既没有全盘西方化，也没有全盘日本化。他们而是结合本民族的文化特点，有选择性地进行了新文化创作活动，实现了"和魂洋才"。总之，在欧美的近代思想和文化价值观的影响下，明治时代日本人的精神世界随之发生了变化，日本文学也趁此"西风"之势得以从近世向近代转型，从传统走向了近代。

首先，在19世纪70年代，日本文坛出现了以通俗文学形式介绍西方知识的读物和西方小说的翻译作品，如斋藤了庵译的《鲁滨孙全传》、渡边温译的《伊索故事》、川岛忠之助译的《八十天环地球一周》、丹羽纯一郎译的《花柳春话》等。[③] 这些翻译作品虽说质量不是很高，但为日本民众了解异国文化、为日本近代文学的确立和发展起到了一定的启蒙作用。其后，为反对明治政府的藩阀官僚专制，

---

① 叶渭渠：《日本文明》，中国社会科学出版社1999年版，第254页。
② [日]加藤周一：《日本文学史序说》下卷，筑摩学艺文库1999年版，第250页。
③ 王长新主编：《日本文学史》，吉林大学出版社1990年版，第179页。

农民、城市下层市民、封建武士等掀起了"自由民权运动"。一部分参加民权运动的活动家和知识分子推出了不少关注政治和社会现实的"政治小说"，代表作有矢野龙溪的《经国美谈》（1883）、东海散士的《佳人之奇遇》（1885）、末广铁肠的《雪中梅》（1886）等。由于这类小说所表达的政治目的很强，在素材上太注重宣传民权思想、抨击明治专制政府，在写作上显得文笔十分生硬，缺乏文学的艺术性，未能引起文坛的反响。但它在很大程度上促进了日本近代文学的改良，为其后的日本近代写实主义文学的诞生发挥了一定推波助澜的作用。

为日本近代文学开辟道路的是1882年问世的《新体诗抄》。外山正一（1848—1900）、矢田部良吉（1851—1899）、井上哲次郎（1855—1944）等诗人们一方面翻译莎士比亚的诗歌，模仿他的长诗；另一方面运用本民族诗歌的韵律和格调创作合乎时代潮流的新体诗。1885年，坪内逍遥（1859—1935）基于对西方文学的长期研究和比较，发表了文学论著《小说神髓》，主张"排除功利性"，提倡写实主义，提出"小说的目的在于给人娱乐"，"小说的主旨在于（写）人情，其次在于写世态风俗"①，从理论上掀起了日本现实主义文学运动。1886年二叶亭四迷（1864—1909）又从俄国文学理论中得到启迪，发表了《小说总论》，并以他的小说《浮云》（1887—1889）吹响了近代小说的号角。1889年至1897年，日本文坛又迎来了以尾崎红叶（1868—1903）和幸田露伴（1867—1947）为主导、具有强烈写实精神的"红露时代"。作为女性作家樋口一叶（1872—1896）以其独特的视点，写下了许多带有悲剧性的短篇小说，为这一时期的日本文学题材的扩展起了一个推波助澜的作用。随着西方文明的不断涌入，要求尊重自我，追求个性自由的思想也日益高涨。表现理想、抒发情怀的浪漫主义文学便应运而生。以北村透谷（1868—1894）为首的《文学界》同人，如泉镜花（1873—1939）、德富芦花（1868—1927）、国木田独步（1871—1908）、幸田露伴、森鸥外（1862—1922）等，以与谢野晶子（1878—1942）为主的《明星》同人等都积

---

① 转引自刘振瀛：《日本文学介绍（二）近代部分》，《国外文学》1983年第4期，第109页。

极活跃在近代浪漫主义文坛上，为后世留下很多优秀作品。可以说，19世纪末是日本写实主义文学和浪漫主义文学相叠重现、交相辉映的时期。

时至20世纪，日本近代文学随着本国资本主义社会的发展由启蒙、成长时期走向成熟。日本在中日甲午战争（1895）和日俄战争（1904）获胜后，很快成为"带军事封建性的帝国主义国家"。它对内实行残酷的政治压迫，对外实行侵略扩张。经济的发展并没有带来日本社会的稳定、国民的富足，而是贫富不均，矛盾重重。文学家们率先不再狂热地崇拜西洋，开始深刻反省个人与社会的鸿沟。他们对现实社会无法克服的痼疾感到困惑迷惘。在这种情况下，一方面浪漫主义文学的理想趋向破灭，另一方面在西方资本主义社会处于上升时期的现实主义精神也难以在日本寻找合适的土壤扎根。而反映19世纪末资本主义没落社会现实和思想情趣、在欧洲已衰落的自然主义文学却在此时迎合了日本文坛的需求、备受垂青。这样，以法国左拉为代表的自然主义文艺思潮便涌入日本，风靡一时。

1906年浪漫主义诗人岛崎藤村（1872—1943）发表了自然主义文学第一部作品《破戒》。小说讲述的是一个部落民出身的中学教师，为了立足于社会，牢守父亲的告诫，隐瞒自己的出身，后来在进步思想的感召下，由守戒到破戒的思想转变过程。尽管小说有逃避现实、向旧势力屈服的灰暗成分，但它毕竟从人道主义出发，触及了一系列不合理的社会问题，具有强烈的批判现实主义色彩。1907年田山花袋（1871—1930）以大胆细致的笔触直抒胸怀，发表了自然主义文学的另类作品《棉被》，从而把创作方向引入暴露自我、脱离现实的轨道。1908年德田秋声（1871—1943）用冷彻的自然主义人生观，采取平淡白描的手法，发表了中篇小说《新家庭》。1910年正宗白鸟（1879—1962）在小说《微光》中剖析了人的本能利己主义思想。至此，自然主义文学的发展达到了顶峰。

由于国情的差异，日本的自然主义文学在吸收、取舍西欧自然主义文学创作方面有些独到之处。它剔除了西欧自然主义作家描写现实社会问题的积极因素，接受了其赤裸裸地暴露人生丑恶、低级庸俗的负面影响，主张告白自我，大胆暴露，强调"无理想、无解决"的平面描写。致使日本文坛出现了一股崇尚"纯文学"的私小说创作的狂飙。作家纷纷以自己的私生活为素材进行小说创作，笔锋不涉及现实的社会性，将外部世界囿于个人的内心独白。在这种狭隘的自然主义文学雄霸文坛时期，森鸥外和夏目漱石（1867—1916）以超凡脱俗的姿态，远离这股热潮，独树一帜，发表了许多别具风格的优秀作品。他们被日本近代文坛誉为浪漫主义与批判现实主义文学的两座巨峰。

森鸥外的小说题材宽泛，人物形象鲜明，主题突出，充满着浪漫主义的理想，并为历史小说开拓了新的领地。夏目漱石的文学则是以幽默、讽喻、心理剖析见长，多以知识分子的恋爱、婚姻、家庭等为主题，暴露和批判明治社会的丑恶。他们俩早年留学欧洲，对东西方文化都有着较深刻的认识和理解。他们善于冷静思考、仔细观察，在文学领域着力表现出对社会现象的批判和对人生探求的执着，赢得了众多的读者群，并影响了一代青年作家，成为反自然主义文学的磁力。他们的文学推动了日本近代批判现实主义文学的发展。

同样，诗歌在这一时期也是百花齐放、争奇斗艳。上田敏（1874—1916）在森鸥外的支持下，于1907年创办了杂志《昂》，其周围聚集了一大批诗人和作家，如北原白秋（1885—1942）、木下杢太郎（1885—1945）、与谢野晶子（1878—1942）、与谢野铁干（1873—1935）、蒲原有明（1876—1952）等。1908年永井荷风（1879—1959）又创建了杂志《三田文学》，同人有堀口大学（1892—1981）、佐藤春夫（1892—1964）、室生犀星（1889—1962）等。他们既反对自然主义文学，又同它有着割舍不断的血缘关系。

1910年日本发生了幸德秋水等社会主义者被处极刑的所谓"大逆事件"。这不仅震撼了日本的知识界，而且也打击了文学界。许多作家陷入沉默，或逃避现实，倾向悲观、颓废。为摆脱精神上的苦闷，他们受西欧文艺思潮的影响，走向唯美主义，试图在艺术中寻找自我解脱和安慰。提倡享乐、流露颓废、追求艳美抒情格调的永井荷风便是唯美派的先驱。紧随其后登场的是谷崎润一郎（1886—1965）。他在唯美与艺术至上方面比永井更明显。他擅长宣扬女性肉体美，追求官能刺激。他的小说充满了对女性美的极度崇拜，对变态美的竭力渲染。

1912 年，日本明治天皇去世之后，日本迈入了大正时代。1914 年第一次世界大战刺激了日本经济飞速发展。国内空气较为自由。1917 年俄国十月革命波及日本，要求民主、自由、平等的呼声日益高昂。日本文坛也呈现出一片繁荣景象。大正时期，作为反自然主义文学而活跃在文学舞台上的除唯美派（1909—1915）以外，还有标榜人道主义和理想主义、宣扬人类爱、确立近代自我、强化个人主义、反对旧价值体系的白桦派（1910—1920）和提倡冷静观察人生、理智剖析社会、重视写作技巧的新思潮派（1914—1925）。它们曾一度形成"三足鼎立"的文学主流。

白桦派的主要成员有武者小路实笃（1885—1976）、志贺直哉（1883—1971）、有岛武郎（1878—1923）、长与善郎（1888—1961）等。他们都注重个人身边琐事，远离社会现实和政治，关注人间和平、博爱与理想，以乐观、积极向上的态度表现人的主观世界。这比暴露丑恶、虚无颓废的自然主义文学大大前进了一步。尤其是 1917 年志贺直哉发表了以个人情感为主，表现人物内心变化的短篇小说《在城崎》《和解》以后，"心境小说"便成为"私小说"的一个重要有机体。从此富有诗意、具有日本独特风格的"私小说"创作成了日本近代文学的主潮。

如果说自然主义文学求"真"，唯美派求"美"，白桦派求"善"，那么较晚于他们登上文坛的新思潮派则力求真、善、美的协调统一。其主要代表人物是菊池宽（1888—1948）、芥川龙之介（1812—1927）、山本有三（1887—1974）等。其中芥川龙之介不仅是一位具有很高文学造诣的作家，而且也"是日本近代文学向现代文学过渡时期的典型作家"。[①]他的小说多以观察敏锐、笔致辛辣诙谐、描写细腻、语言典雅简洁、主题鲜明、题材广泛而著称。总体说来，"新思潮的文学作品内容十分丰富和复杂，在小说的趣味性方面远远超过

---

① 刘振瀛：《日本文学介绍（二）近代部分》，《国外文学》1983 年第 4 期，第 133 页。

了白桦派作家",①成为日本近代文学史上最后一抹亮丽的彩虹。

由于日本近代社会是以明治维新为分水岭的，而且维新运动在日本是一种自上而下的资产阶级改革，是在幕府末期的政治框架里接受西方文明开始的，维新的革命大权绝大多数分落在旧封建各藩国的下级武士手中，他们为了巩固封建统治地位，在接受西方精神文明和物质文明的同时，不断强化日本根深蒂固的封建道德观念和文化思想。因此，这就必然导致日本吸收西方观念文化是在封建结构的国家体制中进行的，导致日本的民族文化带有多重性色彩：在政治文化上，封建君主专制政体与近代君主宪政体、民主政体；在经济文化上，传统地主经济、农业自然经济与近代资本主义工业经济；在社会结构上，传统的家族制与西方的现代组织形态；在观念文化上传统的权威主义、专制主义与西方的人本主义、自由主义等各方面在交融中不断冲撞、并存、融合于一个社会、一个时代。②由于明治维新没能在体制上彻底摆脱长期以来束缚日本社会的封建秩序，一些封建的文化思想和道德观念依旧左右着日本人，所以即便是在西方思想观念不断吹拂的日本近代社会中，日本人无法像西方人那样彻底走向资产阶级民主主义革命，而且这种封建秩序和封建文化思想的残留一直对日本近代文学甚至现代文学都产生重大的影响。

---

① 王长新主编：《日本文学史》，吉林大学出版社 1990 年版，第 263 页。
② 叶渭渠、唐月梅：《日本文学史》近代卷，经济日报出版社 2000 年版，第 11 页。

田村俊子的《生血》
《木乃伊的口红》《女作者》

我们翻开任一本日本文学史的著作，看其中明治、大正章节，关于女性作家言之甚少这一事实便会一目了然。其中或许会以不多的篇幅提起樋口一叶、与谢野晶子等少数名字，其余则或只言片语一笔带过，或完全不予提及。故而到了后世，那些未被谈论的女作家不复为人们所记忆，她们的作品也在历史的烟尘中被遗忘，便也不足为怪。然而据此判定她们的作品没有阅读或重读的价值，这一结论无疑太过武断。

有关"文学史"的诸多批评话语之中，以下援引自富山太佳夫的观点尤为犀利：

> 文学史内含有批评和评价，作为其存在理由不可或缺的部分，这一事实正意味着文学史是意识形态的历史。即是说，它会根据写作者和阅读者的人种、阶级、性别（gender）、性指向（sexuality）而无可避免地发生变化。①

正如富山所言，我们不能忽视文学史自产生的那一刻起便带有的"意识形态"的性质。这便要求我们在文学研究的过程中，必须时刻保持对既存文学史的质疑。这意味着，当研究者面对某个特定的文学作品或作者，能够不拘于正统的文学史评价，保持独立判断。举例来说，我们不难注意到在文学的历史上，有一种作家因所写作品脱离其所在时代的价值观或因不符合同时代的文学评价标准（文学潮流）在生前未受到好评，到了后世却再度掀起新的研究热潮，获得重新评

---

① ［日］富山太佳夫：《文化与精读》，名古屋大学出版会2003年版，第83—84页。

价。日本明治时期的女性作家田泽稻舟便是典型的一例。另有一种作家，在特定的历史时期内风靡一时，一跃成为时代的宠儿，后来却因种种原因为文坛所遗忘，并在相当长的时期内不再被提及。即便如此，也并不意味着其作品在同时代得到了充分理解和解读。在阅读一部文学作品时，我们应在充分把握历史语境的前提下，同时探求文本在现今的语境中可能生发的新的意味。因为无可避免的时代局限性往往会阻隔文本所能传达给同时代读者的信息，换以现今的视点加以解读，不仅可以在一定程度上消解阻隔，甚至为文本注入新的意义和内涵——随之，该作品或作家在文学史上的定评也可能发生相应的变化。

田村俊子（1884—1945）是一位活跃于日本大正初期文坛的女性作家，如今已不为大多数读者所知。令人遗憾的是，在中国大陆的日本文学研究领域，有关田村俊子的研究至今仍迹近于无。即使在日本，从俊子离开日本文坛远渡北美、最终客死上海的20世纪40年代以后，其人其作几乎无人问津。直到80年代后期三卷本《田村俊子作品集》①付梓以降，在女性主义批评以及社会性别研究的视点下，俊子文学才得以重见天日。尤其是进入2000年以来，还出现了俊子文学研究的新动向。

在关于田村俊子的先行研究中，有两组关键词最常被提及。一组是"官能（感官）""感觉""感触"，另一组是"两性相争""男女相争"。这早在作者生活的同时代已被指出，而后者主要在近现代的研究（尤其是女性主义批评）中被特别加以强调。在晚近的著述里，田村俊子被普遍视作日本女性主义的先驱者，这点几成定论。② 然而在学界众口一致的"积极评价"的风潮中，田村俊子的魅力或者说特质，果真在于其作为女性主义者的"积极性"？俊子的文学里是否还

---

① Origin 出版中心，第一卷 1987 年，第二、三卷 1988 年。

② 例如，较有代表性的意见有：水田宗子认为，在"描写以女性的自我表现为主题""寻求自我和自我意识的表露"等方面，"没有比田村俊子作品叙述得更明确的了"，"在这个意义上，可以说田村俊子是近代日本女性主义文学的原点"。（[日]水田宗子：《性别构造的外部——田村俊子的小说》，[日]渡边澄子编：《俊子新论：当今时代的田村俊子》，至文堂 2005 年版，第 133 页），渡边澄子聚焦于田村俊子后期作品（渡加以后），将其定位为"在女性主义文学中受到瞩目的日本最早的职业作家"（[日]渡边澄子：《佐藤（田村）俊子新论》，《大东文化大学纪要》2006 年 3 月号，第 118 页）等，在此不多列举。

存有被忽视或被隐蔽的可能性？

作家本人以及她笔下众多在"个体性"和"女性特质"的夹缝中徘徊往复、挣脱无门的女性群体，她们的苦恼和生存困境以及对生之艰难的冷澈凝视和自觉内省，让同为女性的自己无法不动容。这一点也将是本文下面要展开的论述方向和中心意旨。俊子文学最重要的质素在于"内省"性，这可以从"个体性"（individuality）和"女性特质"（femininity）两方面来把握。在俊子的文本中追求个性自由和自我实现的强烈个体意识随处可见，而与此同时也充满着鲜明的女性气质、过剩的感官情欲描写。正是此二者在某种程度上达成的"不彻底"的妥协和平衡，构成俊子文本独特的言说空间。虽然二者间的冲突在很多时候的确外在呈现为男女两性间的摩擦和冲突，但仅因此一言以蔽之，认为俊子文学刻画了"两性冲突"的主题，未免有流于表面之嫌。

为阐明上述主张，本文选取田村俊子的三篇代表作《生血》（1911）、《木乃伊的口红》（1913）和《女作者》（1913）①进行考察。三篇均为田村俊子创作顶峰时期的作品，奠定了其大正文坛"女性作家第一人"②地位，在以往的研究中也最受瞩目。本文主要采用文本精读的方法，聚焦三篇作品的女主人公——分别为未婚女性、已婚女性（妻／主妇）及职业女性（女性作家），探究她们各自的生存状态和问题，试图阐明三篇作品相通的主题，即女性所面临的"个体性"和"女性特质"的两难困境。

一、"女作者"田村俊子

从明治末到大正初，女性作家田村俊子曾以风华绝代的文采风靡了整个日本文坛，一时盛极。而如今这个名字已鲜为人知。这位生平经历颇具传奇色彩的女作家究竟是何等人物呢？本章将从宏观角度分

---

① 本文所论《生血》《木乃伊的口红》和《女作者》等作品，均以《田村俊子作品集》（Origin 出版中心，1987—1988 年）为底本。

② ［日］濑户内寂听：《解说》，载于《田村俊子作品集》第三卷，Origin 出版中心 1988 年版，第 423 页。

两个部分来探讨田村俊子的作家形象及其文学特质，划定本文的考察
范围并提出本文的中心观点。

1. "新女性"和"旧女性"的矛盾体

在此不再重复年谱的记述，先以长谷川启的一段引文来确认田村
俊子的文学生涯。

> 如果将俊子平生的文学活动大致分为五个时期的话，可以
> 说初期是在露伴门下使用笔名佐藤露英的时代，第二期是以作品
> 《断念》在文坛出道，作为大正初期文坛的宠儿，以笔名田村俊
> 子正式展开丰饶创作的时期。第三期是追随铃木悦赴温哥华后，
> 主要以笔名"鸟之子"发表诗歌、评论、随笔、社论的旅居加拿
> 大时代。第四期是在铃木悦离世后回国，用笔名佐藤俊子以小说
> 家身份回归文坛的时期。第五期是赴中国后，创办中文杂志《女
> 声》，使用笔名左俊芝的时代。
>
> 然而，她在初期尚未构筑起独有的文学，第三期以后作为小
> 说家的立场较为薄弱，其创作活动大都集中于第二期。①

如引文所述，将田村俊子的创作生涯作这样五个时期的划分无疑
是恰切的。明治35年（1902），18岁的佐藤俊子（原名）从当时被视
作女性最高教育机构的日本女子大学退学，成为大文豪幸田露伴的门
生。在露伴的指导下，她长期写樋口一叶式的文章，渐渐对自己的文
风感到厌恶，终于弃文从艺，转而投身话剧表演。后来，她一改初期
文体，于明治44年（1911）年以小说《断念》获大阪朝日新闻征文一
等奖，以此为契机展开创作活动，并以田村俊子的笔名迅速登上文坛
顶尖地位。这便是田村俊子文学得以确立的第二期。在这一时期内值
得注意的是，俊子和同为露伴弟子的田村松鱼建立了婚姻关系（未履
行法律程序的事实婚姻）。这不仅是"田村俊子"这一笔名的由来，

---

① ［日］长谷川启：《解题》，载于《田村俊子作品集》第一卷，Origin 出版中心 1988 年版，
第 435 页。

而且长达七年的婚姻生活成为俊子众多代表作的题材。第三期及以降，俊子与铃木悦发生恋情远渡重洋到加拿大，18 年后又回到日本。回国期间虽然也受到邀作，然而笔力不复，问世作品未再受到好评，可以说在第二期之后她便于事实上淡出了日本文坛。1938 年，54 岁的俊子作为中央公论社特派员赴华，后在上海创办妇女启蒙杂志《女声》。1945 年她突发脑溢血，最终客死上海。

在此必须先要作出界定的是，本文所考察的"田村俊子文学"，主要指俊子创作盛期即前述第二期发表的作品群，包括以下三章所要展开讨论的《生血》《木乃伊的口红》和《女作者》三作，皆属于这一时期。而这一时期俊子的作家形象，可从同时代评论中一窥其貌。

大正 2 年（1913）到 6 年（1917）的仅仅数年间，权威杂志《中央公论》和《新潮》先后三度刊载了田村俊子评论特辑①。执笔者大都是当时知名的作家和媒体人，其中一些还与田村俊子有亲交往来。从诸评论中能看到对于其印象的见解纷呈，甚至大相径庭，有趣的是综观之下竟呈示出"新女性"和"旧女性""感觉"和"理性"这样的乍看之下极为矛盾的二元对立的图景。

在此不妨先来回顾一下"新女性"（"新しい女"）一词诞生的背景。它不仅是当时的流行语，也是这个时代的关键词之一。这一称谓和明治 44 年（1911）创刊的女性杂志《青鞜》的诞生密切相关，常用来指称以青鞜社成员为代表的走在时代风潮最先端的前卫女性。虽说如此，实际上"新女性"原本并不专指青鞜社成员。这一称谓在最初成立之时，被媒体及大众用来揶揄和非难那些脱离"贤妻良母"的道德规范的女性，因而带有浓厚的负面色彩。在此背景下，杂志《青鞜》于大正 2 年第三卷一号的附录中登出题为《关于新女性以及其他妇女问题》的特辑，以"积极的态度"正面迎战媒体的攻击②。作为创刊者之一的平冢雷鸟不畏非议，在《中央公论》的新年号上发表著名

---

① 三次分别为：大正 2 年（1913）3 月号《新潮》特辑《田村俊子论》、大正 3 年（1914）8 月号《中央公论》的《田村俊子论》以及大正 6 年（1917）5 月号的《新潮》特辑报道《田村俊子氏的印象》。

② 参照 [日] 平冢雷鸟：《原初，女性是太阳》下卷，大月书店 1971 年版，第 422—423 页。

文章《自己是新女性》(「自分は新しい女である」)，以"新女性"自称。摘录其中的一节如下：

> 新女性不再生活在"昨天"。
>
> 新女性不再沉默地、径直地行走于旧女性被强迫走过的路上。
>
> 新女性不再满足于为男性的利己心所愚弄、奴役、肉体化的旧女性的生活。
>
> 新女性希望能摧毁为男性利益而创的旧道德、旧法律。①

可以看到，这篇带有强烈女性解放色彩的文章，将"新女性"定位为与"旧女性"相诀别、与男性相对立、打破固有性别规范的全新存在。就是这样，以平冢雷鸟为首的青鞜社成员们成功地逆转了"新女性"一词的负面形象，赋予其积极而正面的意义，并将之作为《青鞜》的标语打响。这无疑是一种巧妙而有效的策略②。也正因此，其后"新女性"的称谓不断地和青鞜社的形象交叠，成为"时代的标语"③。随之，作为《青鞜》的赞助员之一，"以比实际上更为放纵人胆的好色女形象流传于世"④的田村俊子，在世人眼中也理所当然地染上了"新女性"的色彩。

例如，大正2年（1913）3月号《新潮》的《田村俊子论》的刊头写道："俊子乃生于新时代之新女性，其艺术已臻圆熟浑然之境，其近作数种，实有女流作家独步之观，今征求与女史密切往来诸大家之高见，品评女史之为人为艺。此乃吾等研究近来甚嚣尘上之时评'新女性'计划之第一步也"⑤，便明确地把俊子归为"新女性"。森田草平

---

① 参照 [日] 平冢雷鸟：《原初，女性是太阳》下卷，大月书店1971年版，第427页。

② 参考新女性主义批评会编《读〈青鞜〉》一书的序文。文中写道："在《青鞜》之前并非不存在的'新女性'一词，一举获得现实感，是在大众媒体将《青鞜》作为众矢之的，带着非难和揶揄之意称其'新女性'之后的事了。首先得归功于，被当作否定对象的《青鞜》自身以精彩的论战术阻挡了媒体的攻击，积极地自我标榜为'新女性'，成功地将这个词逆转为正面形象。"（学艺书林1998年版，第1页）

③ [日] 野山嘉正、安藤宏编著：《近代的日本文学》，放送大学教育振兴会2005年版，第131页。

④ [日] 濑户内晴美：《田村俊子》，讲谈社1993年版，第313页。

⑤ [日] 濑户内晴美：《田村俊子》，讲谈社1993年版，第327页。

在评论《作为新女性的女史》的文中，指出俊子具有"毫不拘泥的、出类拔萃的洞察力"，且男性与之言谈无须让步，称赞其为"超出普通女性"的"新女性"①。1917年《新潮》的《田村俊子氏的印象》特辑中，铃木悦则更进了一步，认为田村俊子"与其他现代的所谓'新女性'迥异"之处在于，并非是受到时代风潮的影响而逐渐自我觉醒的，而是"生就的现代人"②。

与此相反，与上述好评截然相反的意见也多见于报端。例如，水野盈太郎在《致田村俊子》一文中，辛辣地讥讽其"与当今众多妇人并无不同"，"处于'女性'的全然盲目之中"③。包括与田村颇有交情的平冢雷鸟，也严厉批判其为"并非希求过上作为人的真正的生活并为此发奋努力的新式妇人，而是东京平民区堕落而腐旧的文化所造就的、精明伶俐的旧式日本妇人"④。

如上所述，围绕着田村俊子的同时代评论中，自我觉醒的"新女性"和"盲目"的"旧女性"的对立评价并行不悖。而在俊子的现实生活及作品中，她一方面沉湎于女性的感官、爱欲的世界，另一方面又总是反身自省，冷澈观照，追求"自己的艺术"和自我实现，正是一个"新旧"参半的矛盾体。因此可以说，田村俊子的印象中横亘着的"新女性"和"旧女性"的矛盾，其实恰恰折射出其"女性特质"与"个体性"的矛盾。

2. "个体性"和"女性特质"夹缝中"拥有微小的自我意识的女人"

《微弱的权力》⑤是田村俊子于大正元年（1912）9月在杂志《文章世界》上发表的作品。在这篇简短的随笔文中，作者检视了自己的婚姻生活上笼罩着的某种"微弱的权力"，于其中冷静而犀利地洞察了

① ［日］森田草平：《作为新女性的女史》，载于《〈新潮〉作家论集》上卷，日本近代文学馆1971年版，第240页。

② ［日］铃木悦：《柔软而艳丽》，载于《〈新潮〉作家论集》中卷，日本近代文学馆1971年版，第55页。

③ ［日］水野盈太郎：《致田村俊子》，《文章世界》1914年7月号，第41页。

④ ［日］平冢雷鸟：《田村俊子君》，《中央公论》1914年8月号，第56页。

⑤ ［日］田村俊子：《微弱的权力》，载于《田村俊子作品集》第三卷，Origin出版中心1988年版。

自身的存在和处境。下文通过对该文的简单分析，尝试阐明田村的性别观和婚姻观。

"我的自主的生活！然而我并不能从中寻觅到自己的真的自由和真的自觉以及自信与超脱"①。如同文章开头这句所示，欠缺"自由""自觉"的女主人公的生活，可以说是一种缺乏"个体性"的生。原因是"在我的生活里，总是伴随着某种微弱的权力"②。女主人公憎恶这"微弱的权力"，并不绝地在日常的生活中与之抗争，试图从中发现"自我的身影和自己的力量"，可最终还是陷入了"彻底沉默"。简短的叙述中，女性的焦虑和苦恼跃然纸上。

这种事实上"压制了成长着的自我意识"的所谓"微弱的权力"，究竟是怎样性质的"力"呢？文章的后半部分昭示出它是存在于夫妻之间的"力"，不妨认为是田村俊子的另一篇作品《她的生活》中所描述的"不是所谓的'权力'，而是裹着'爱'的外衣的巧妙而微妙的力"③的同质存在。在它的支配之下，"我的道德、我的权利、我的艺术、我的理解、我的确信"④等个体存在表现遭到全面压抑。由此，女主人公甚至产生了"狠狠地掌掴被称为'人'的男人的肉体，直到自己手心皮开肉绽""想要过着日复一日辱骂男人、以女人细弱的手扑打男人肉体的那种烦腻而充实的生活"这种极端的欲望。这点似乎很接近女权主义的想法。

然而，实际上女主人公并未采取任何行动。究其原因，是由于"我的心灵深处"还留存着一个"微笑的影子"⑤，让她时常恋恋地怀想。正是这"背叛了我心"的"微笑的影子"成为其追求个体独立的

① ［日］田村俊子：《微弱的权力》，载于《田村俊子作品集》第三卷，Origin 出版中心 1988 年版，第 333 页。

② ［日］田村俊子：《微弱的权力》，载于《田村俊子作品集》第三卷，Origin 出版中心 1988 年版，第 333 页。

③ ［日］黑泽亚里子：《解说》，载于《田村俊子作品集》第二卷，Origin 出版中心 1988 年版，第 428 页。

④ ［日］田村俊子：《微弱的权力》，载于《田村俊子作品集》第三卷，Origin 出版中心 1988 年版，第 334 页。

⑤ ［日］田村俊子：《微弱的权力》，载于《田村俊子作品集》第三卷，Origin 出版中心 1988 年版，第 335 页。

障碍。"比起把微弱的权力从我的生活之上赶走，若不把印在我心底的那个微笑的影子拂去，真实的自我的生活将永不能到来"①。虽然文中没有明言"微笑的影子"是什么，但不难推测，它正是田村众多作品中所描写的女主人公对于恋人或丈夫的感情、感官的耽溺，即"女性特质"的一面。

由此，女主人公"唯有怜悯着自己微小而不彻底的自我意识"②，徘徊游荡于"个体性"和"女性特质"的夹缝里：

> 我所说的自由和自觉，不过是吧嗒吧嗒地挣扑着被缚的双翼罢了。像这样，怜悯着自己微小的自我意识的眼泪，不知不觉开始干涸。而这微小的自我意识早晚都会不知不觉地长眠于微弱的权力里。拥有微小的自我意识的女人啊！我无法变得更强大，也无法变得更弱小。③

这"拥有微小的自我意识的女人"，是女主人公的自我表述，也是田村俊子借女主人公之口的自我观照。（在此笔者希望模糊作者与作品中人物的界限。）"无法变得更强大，也无法变得更弱小"完全可以表述为：无法成为"新女性"，也无法成为"旧女性"。这一点在同时代评论中已有了犀利的洞察，如以下引用的相马御风的议论：

> 然而对于直接把女史视作为"新女性"这一点，我不得不感到些许踌躇。的确，女史本人的心境也好，其作品中所描绘的生活情态也好，与迄今为止的普通日本女性相比确有新意。然而我不认为这些反映了其对新生活的积极企盼、追求乃至创造，而是消极且无自省的。其中虽然有对于目前处境的不满以及对于某种

---

① [日]田村俊子：《微弱的权力》，载于《田村俊子作品集》第三卷，Origin 出版中心 1988年版，第 335 页。

② [日]田村俊子：《微弱的权力》，载于《田村俊子作品集》第三卷，Origin 出版中心 1988年版，第 336 页。

③ [日]田村俊子：《微弱的权力》，载于《田村俊子作品集》第三卷，东京：Origin 出版中心 1988 年，第 336 页。

自由空气的向往，但既缺乏对自己真正想要之物的明确认识，也缺少对自己不满心境的明确体认。①

田村在诸多作品中都刻画了沉溺于感官爱欲，安于现状的同时又不断追求自我意识和自立的女性形象。"对于总在同不可视之物争斗不休的自己的生活，我只感到可悲"。②《微弱的权力》中的这句感慨不仅道出了女主人公的心声，联系到田村俊子的现实境遇，恐怕也多少夹杂着作者本人的无奈。在这个意义上可以说，一直以来被视为田村俊子文学主题的"男女两性的相争"，其根源也来自"女性特质"与"个体性"的纠葛。

二、《生血》：优子的一日彷徨

田村俊子的短篇小说《生血》③最早刊登在明治44年（1911）9月的《青鞜》创刊号上。这篇"没有像样的情节且大量出现象征意象的作品"④共由两个部分构成，讲述女主人公优子初次与男性（名为安艺治）过夜的翌日全天发生的事。如同田村俊子的大多作品一样，本篇也采用第三人称，并且自始至终通过女主人公的视点叙事。

在展开具体讨论之前，我们首先来确认一下作品内空间的转换。"《生血》是现代性行为的物语……文本内讲述的不是男女交欢，而是其后的心境，不是位于私密室内，而是在闹市的街道以及杂技屋内'作为群体'来叙述"⑤，因此《生血》中设定的私密空间和公共空间值得我们注意。随着时间由早及晚的推进，空间也从"旅馆"到"街

---

① [日]相马御风：《作为艺术家的才华和素质》，载于《〈新潮〉作家论集》上卷，日本近代文学馆1971年版，第243页。

② [日]田村俊子：《微弱的权力》，载于《田村俊子作品集》第三卷，Origin出版中心1988年版，第336页。

③ [日]田村俊子：《生血》，载于《田村俊子作品集》第一卷，Origin出版中心1987年版。

④ [日]工藤美代子、[美]史蒂夫·菲利普斯：《晚香坡的爱——田村俊子和铃木悦》，Domesu出版1982年版，第55页。

⑤ [日]关礼子：《文句中的性别斗争》，载于饭田祐子编：《〈青鞜〉之场：文学·性别·"新女性"》，森话社2002年版，第32页。

道"再到"杂技屋",渐次发生转移。并且,伴随时间和空间的变迁,女主人公的心境也经历了微妙流变。本文在此分别考察一下在各空间内发生事件的象征性意味,从而尝试解读本篇作品的主题。

1. "刺金鱼"的含义

时间为早晨,地点是优子和安艺治度过一夜的旅馆房间。开头一句"安艺治默默地走出去洗脸"①,从一开始便将安艺治的存在排除,为女主人公优子提供了独处的私密空间。此时,模糊的天光笼罩着"昨夜就寝时盖的薄被",庭院里红白二色花开,优子处于一种"微醺的气氛"里。她饶有兴致地到廊外,蹲在金鱼缸边,为缸里的金鱼——命名。然而,阵阵"金鱼的腥气"唤起她对昨夜的某段恍惚回忆:

> 女人咬住绯红色皱绸蚊帐的一角哭泣。男人从窗口凝望着街灯,风吹起竹帘不时磕着他的肩。男人忽地笑了。又说道,"这不是没办法的事嘛。"②

从这段充满暗示的情节中,不难推测出二人有过性行为这一事实。沉浸在回想中的优子,闻着空气中漂浮的鱼腥气,突然联想起"男人的气味",不由得发起抖来。她涌上一阵"想要拿起刀刺向什么的心情",并且,"从昨晚起,自己的身体几度被这种心情占据"③。为这种"心情"所驱使,优子突然地抓起金鱼,如同抓起"可憎之物",解下胸针去刺金鱼的眼,同时刺到自己的食指尖。最后,她抓起金鱼尸体抛到庭院,又回到房间里持续不断地哭泣:

> 如果能哭个痛快,让眼泪流个痛快,就像被莲花包裹着睡去

---

① [日]田村俊子:《生血》,载于《田村俊子作品集》第一卷,Origin 出版中心 1987 年版,第 187 页。

② [日]田村俊子:《生血》,载于《田村俊子作品集》第一卷,Origin 出版中心 1987 年版,第 188 页。

③ [日]田村俊子:《生血》,载于《田村俊子作品集》第一卷,Origin 出版中心 1987 年版,第 189 页。

一般地让花露窒息而死，那该多么令人喜悦啊。眼泪的炙热！可即便以能够灼伤肌肤的热泪来清洗身体，自己的身体也回不到过去了。再也回不去了。①

……

即使在毛孔里插上一根根针，一点一点地剜掉每一片肉，也无法刨掉一度侵入自己的污秽。②

宁静的清晨，开着花的庭院里，女子蹲下身看金鱼。原本静谧而祥和的气氛，却为其后女主人公突如其来的一连串残虐举动所打破，情节始料未及的发展不免令读者感到震惊和困惑。优子的举动究竟出于何故？换言之，优子刺死金鱼的举动，究竟有何深层的含义？

在《生血》的先行研究中，关于金鱼的象征意义有多种见解。其中最具代表性的是"金鱼＝男性"这种女性主义批评的观点。例如，长谷川启主张"散发着男性气味的金鱼被作为男性的替代物被刺"，强调女主人公"对男性的憎恨"③。黑泽亚里子则从优子刺死金鱼的行为中发现一种"新的憎恶"，即并非对于某个特定的男性，而是对于"抽象的男性"的一种新的性质的憎恶④。此外，根岸泰子也在其论文中明确地将《生血》定性为"巧妙地将 The personal is political 这一女性主义的主题形象化了的作品"，把优子的行为视作是在男女的"支配与屈从的权力关系"中，"女性反击和抵抗的象征"⑤。

需要注意的是，小说中除了写到优子胸针刺金鱼这一举动，还提到她也刺伤了自己的指尖。这一重要的细节有助于我们更全面地理解

---

① ［日］田村俊子：《生血》，载于《田村俊子作品集》第一卷，Origin 出版中心 1987 年版，第 190—191 页。

② ［日］田村俊子：《微弱的权力》，载于《田村俊子作品集》第三卷，Origin 出版中心 1988 年版，第 191 页。

③ ［日］长谷川启：《作品鉴赏》，载于今井泰子、渡边澄子等编《短篇女性文学 近代》，樱枫社 1987 年版，第 53 页。

④ ［日］黑泽亚里子：《近代日本文学中的"两性相争"问题——关于田村俊子的〈生血〉》，载于胁田晴子、苏珊·B.汉勒编：《性别的日本史》下卷东京大学出版会 1995 年，第 259—290 页。

⑤ ［日］根岸泰子：《〈青鞜〉中的"私领域"的意味》，《国语和国文学》东京大学国语国文学会 2003 年 11 月号，第 80—81 页。

优子的行为，决不应简单地忽略不计。如果将优子刺金鱼的行为理解为对男性的憎恨或反击，那么她自刺手指（或只是不小心刺到手指）的自虐举动，又该作何解呢？

这一点在铃木正和的论文中有所提及。他把优子的行为解释为，她刺金鱼刺的是"对自己'污秽'了的身体的一种模糊而不安定的心情"，而她刺自己的手指，实际上是"优子以'憎恨'之刃刺向了自己'污秽'的'身体'"①。简而言之，铃木的观点是将重点从女主人公"对男性的憎恨"转移到了对失贞的身体的憎恶。同论文中，他追溯了优子"污秽"意识的根源，认为在于"'结婚'之前发生了性行为"这一事实导致的"负罪感"。具体而言，这"负罪感"指的是，在"'明治'这一时代状况的语境"下，"从女性的社会规范内部将之打破的负罪感"②。

以上简单列举了几类先行研究的论述，对于《生血》中女主人公优子刺金鱼这一行为的含义，意见分歧可见一斑。在此，本文无意对各观点作更详细的分析，目的更不在于厘清孰对孰错。下文将尝试从"贞操·处女性"的视点进行分析解读，期冀能从新的角度来拓展讨论空间。

首先要确认的是，从优子对于和男人过夜的回想中可以推测他们之间发生了初次性行为，这显然是引发优子之后一连串异常举动的根本原因。而男性的不在场这一状况设定，使得旅馆空间完全成为优子由"初体验"③派生出的心理场。充斥于其中的心理要素，果真是如铃木所认为的，因打破女性的社会规范所生发出的"负罪感"？带着这一疑问，不妨来看一看《生血》写作的时代背景下，"贞操·处女性"以及"处女丧失／失贞"对于当时的女性究竟有何意味。

① ［日］铃木正和：《彷徨的〈爱〉之行踪——读田村俊子的〈生血〉》，《近代文学研究》1996 年 2 月号，第 4 页。

② ［日］铃木正和：《彷徨的〈爱〉之行踪——读田村俊子的〈生血〉》，《近代文学研究》1996 年 2 月号，第 11 页。

③ "初体验"一词是 1970 年前后在日本的流行语，意为"初次性体验"。详见吉泽夏子《围绕性的双重标准的纠葛》，载于青木保、川本三郎等编：《近代日本文化论 8　女人的文化》，岩波书店 2000 年版，第 202—225 页。

在《生血》所刊登的女性杂志《青鞜》这一阵地，后来围绕着贞操·堕胎·卖春三大议题开展了一系列的论战。本文主要聚焦于其中的"处女论争"。牟田和惠在《作为战略的女性——关于明治·大正的"女性"言论》①的论文中，详细考察了上述论战中浮现出来的代表性话语，阐明了"当时最前卫的女性们所抱有的'处女'观念的构造"。同论文里，她指出从明治末年到大正初期，"处女"一词已经"伴随着向现代性含义的转变，作为女性人生的关键词登场"，它"作为自我·自立的手段"成为"自我意识觉醒了的女性们"给"自身的情欲"戴上的铁枷。牟田这样阐述道：

> 在她们的处女·贞操观念的根底里，流淌着强烈的自我观念。她们舍弃了固有的贞操思想，即……为家族和丈夫保持贞操的思想，断然否定自身的性是他者的所有物。……她们将"处女"定义为"无可替代的自我"，主张"饿死也要守护下去"的"我之成为我"的"独一无二的所有物贞操""属于自己"，并宣告将为了自我守卫自己的贞操。对于这些"新女性"们而言，贞操·处女确乎带有一种崭新的意义：自觉到其为女性自身之物。②

从以上的引文可以看出，当时走在时代最前沿的女性们的处女观发生了激烈的反转。对她们而言，贞操·处女性不再是家父长制的旧道德强加于女性并束缚其身心的工具。此时她们所持的贞操观已脱离"制度面的强制性和教育面的意识形态性"，而发展成为"自我意识觉醒了的女性们自发的自我·自立的手段"③。牟田所论证并阐述的这一事实，为本文的观点提供了有效的叙述框架和整体背景。

不过，在这个整体背景下再进行具体检证，不难看到还存在有个

---

① ［日］牟田和惠：《作为战略的女性——关于明治·大正的"女性"言论》，载于井上辉子、上野千鹤子等编：《日本的女性主义3 性分工》，岩波书店1995年版，第29～56页。

② ［日］牟田和惠：《作为战略的女性——关于明治·大正的"女性"言论》，载于井上辉子、上野千鹤子等编：《日本的女性主义3 性分工》，岩波书店1995年版，第48～49页。

③ ［日］牟田和惠：《作为战略的女性——关于明治·大正的"女性"言论》，载于井上辉子、上野千鹤子等编：《日本的女性主义3 性分工》，岩波书店1995年版，第45页。

体差。例如，平冢雷鸟在《处女的真正价值》①一文中写道，贞操·处女性不再是"再无智无识的女性的头脑里也会模糊存有的、自古以来所谓妇女道德观念中的一种"，而是"自己的所有物"。而"当处女性受到外界侵犯时，要抗争到底。这对于主张自己生活的权利，尊重自我欲求的妇女来说，越发是一种理所当然的行为"。在平冢的语境里，贞操·处女性由原本的道德规范和外部权威，转换成与女性的"权利""自我欲求"密切相关的自律性意义。

与此相对，与谢野晶子在《我的贞操观》②中明确地表明了自己对待贞操的态度。她将捍卫贞操的首要原因归为"尊重'纯洁'的性情"，为此"要坚守作为纯洁心灵最重要象征的纯洁的肉体"，并且"守护自己的肉体是因为它是自己的心灵的象征，因此首先是为自己去尊重的"。此外，她还在题为《贞操比道德更为尊贵》的评论中，明言"我的贞操不是道德，我的贞操是兴趣，是信仰，是洁癖"③。简而言之，在与谢野看来，贞操·处女性最重要之处在于其身体和心灵两方面的"纯洁性"，并非是一种外在的"道德"。

从上述平冢雷鸟和与谢野晶子的言论中可以看到，虽然看待贞操问题的维度不尽相同，却有着共通的特点，即强调了贞操·处女性的自律性和自属性。可以说，这是跟主张相对于"外压性贞操"的"自发性贞操"的女性自我意识密切相关的④，也是当时活跃于社会文化前沿尤其是文坛女性之间的共识。然而，正如牟田所观察到的那样：

正因为这些女性们强烈的自立与自我意识，处女性和贞操渐

---

① [日]平冢雷鸟:《处女的真正价值》，载于《平冢雷鸟著作集》第二卷，大月书店1983年版，第53—60页。

② [日]与谢野晶子:《我的贞操观》，载于《定本与谢野晶子全集》第十四卷，讲谈社1980年版，第379—381页。

③ [日]与谢野晶子:《贞操比道德更为尊贵》，载于《定本与谢野晶子全集》第十五卷，讲谈社1980年版，第139页。

④ [日]与谢野晶子:《我的贞操观》，载于《定本与谢野晶子全集》第十四卷，讲谈社1980年版，第371页。从与谢野的语境来看，她认为在早在历史上出于宗教、家庭经济以及阶级等因素，女性自觉生发出了排斥滥交的萌芽，"自发性贞操"便是她们对自身的伦理要求；而在后来的家父长制社会中，出于血统纯良等考虑强加于女性的守节要求属于"外压性贞操"。随之，"女性好不容易萌芽的自发性贞操遭到蹂躏，再度盲从于原始性的外压性贞操"。

渐被作为女性自我的构筑的最重要手段。其结果造成，它反倒变成女性自己对于自己的性（sexuality）的异化，并再度成为加之于女性的重担和压抑。①

就打破固有道德规范的意义而言，前述的处女意识的变化无疑成就了女性史上的重大进步：贞操·处女性在一定程度上脱离了外界强制规定的固有属性。可从结果上来看，新的处女观却成为女性自觉地从内面压抑和束缚自身的枷锁，这颇为讽刺。从明治末到大正初，本以意识形态（ideology）形式存在的贞操·处女性向女性的自我身份认同（identity）的这种意味深长的转换，在作相关考察时应当予以充分的注意。而本章所讨论的以"处女丧失／失贞"为主题的小说《生血》，便正是在这样的背景下写作而成的。

基于这个大背景再回过来看优子刺死金鱼的举动，整个过程便显得更为清楚。在此不妨回顾一下女主人公的整个心理活动。从开篇通过优子的眼睛观察静谧晨光的一段描写可以得知，此时的优子尚未对昨夜发生的事有明晰的体认。换句话说，在这个阶段"处女丧失／失贞"一事尚未对她的心理造成创伤性影响。优子情绪的转折出现在为金鱼命名这一行动之后。她先是回想起昨夜的画面（这段回想用"女人""男人"分别指代她自己和安艺治，如同旁观），继而扑面而来的金鱼的腥气令她想起"男人的气味"。随之，这一联想令她情绪失控，产生"想要拿起刀刺向什么"的欲望。随即她用胸针刺死金鱼，并刺破了自己的手指。在此之后，她的情绪先是滑向悲痛和对自身的怜悯，包括衔着刺破的食指哭泣着想"自己的身体再也回不到过去了"，又迅速转向对"侵入自己的污秽"的厌恶。

回顾这整个过程，我们完全可以作出下列推断，即一，对于剥夺其贞操的男人安艺治的憎恶感，促使优子把矛头对准散发着类似气味的金鱼；二，被剥夺贞操的身体，令优子感到污秽，于是刺向了自己的手指。这两点在前面提到的先行研究中都已被提及。不过此外还

① ［日］牟田和惠：《作为战略的女性——关于明治·大正的"女性"言论》，载于井上辉子、上野千鹤子等编：《日本的女性主义3　性分工》，岩波书店1995年版，第50页。

存在一种解释的可能：此行为同时也是对于"处女丧失／失贞"的确认。从享受着晨光到模糊的回想，再到意识到性行为带给身体无可弥补的影响，这是优子对于"处女丧失／失贞"这一事实逐渐体认的过程，伴随着巨大不安和恐惧。这种恐惧感驱使她作出暴力举动，而自虐的过程给其身体带来的伤害，又加深了她对于身体遭到侵害的确认。综上所述，再联系到前文对于这个时代处女观念的分析结果，优子一连串举动的深层原因，比起因打破社会规范产生的"负罪感"（铃木正和的观点），可以说，根源在于"贞操·处女性"所象征的优子自我意识遭到侵害。

2 "吸女性吸鲜血的蝙蝠"的真面目

小说的后半部分，时间由早晨过渡到中午，场所也由旅馆转为街道。优子和安艺治二人沉默地行走于"正午的炎天"下。此时优子从独处的封闭空间走出，其心境也由封闭的空间横陈于外界，并随着外界因素的影响不断发生变化。

烈日的炙烤下，优子观察到自己和安艺治的衣物"满是皱褶"，"白色的袜子被烤干的尘土染成了淡赭色"，"一副邋遢的打扮"[1]。在酷暑和眩晕中，优子的心中充满了烦躁和焦虑感：

> "一定得分开。一定得分开了。"
> 优子反复地这样想道。必须和男人分开，自己一个人好好考虑下昨夜的事，她焦躁地想。然而优子怎样都无法对男人开口。如同双手双脚被套上了紧固的镣铐一般，身体动弹不得。[2]

"昨夜的事"无疑指的是与安艺治发生性关系的事，也即是前文讨论的"处女丧失／失贞"一事。可以说，优子动摇不安的心情，仍是在旅馆时的延续。从引文中"一定得分开。一定得分开

---

① [日]田村俊子：《生血》，载于《田村俊子作品集》第一卷，Origin 出版中心 1987 年版，第 192 页。

② [日]田村俊子：《生血》，载于《田村俊子作品集》第一卷，Origin 出版中心 1987 年版，第 193 页。

了。"一句可以察觉,"女性的性行为是如何被婚姻的社会规范所束缚"① 的判断似乎很难成立。从优子的态度上并不能看出为外部规范所约束的倾向。她未和安艺治有过交流,也并无打算与其商量解决方法(例如结婚)。相反,她将此事完全作为自己的问题,并焦虑地希望和"男人"/安艺治分开,获得独自思考的机会。但尽管如此,她也没能开口提议,只是"如同双手双脚被套了紧固的镣铐一般,身体动弹不得",又是何故?而这里的"镣铐"是否指的是安艺治/"男人"②,还是"男人"所象征的家父长制社会的旧道德和社会规范?似乎二者都不是。正如本文在前文分析中不断强调的那样,优子的焦虑与其说来自男性或者社会规范等外部力量的压迫,最根源的问题还在于其内部。禁锢了优子身体和意志的"镣铐",无疑是根植于其内部的、与自我意识密切相关的"贞操·处女性"。

其后,优子心中突然浮出一个念头。她如此地推测身边沉默的男人的心理:"被自己蹂躏过的女人在发抖。一句话都说不出。就这样在烈日下跟着到处游走。究竟她打算跟到哪里呢?"③ 在虚空的想象中,优子将自己置换为安艺治,试图通过他者的视点从旁检视自己的处境。可正是在此过程中,优子主观态度表露无遗。这一句表面上反映了优子置身于从属状态的处境,实际上更反映了她对于自己当前处境的焦虑。然而她再度放弃了开口表达分开的意向。对比小说的前半部分可以发现,优子的行为经历了从积极到消极的转变,即从刺死金鱼的积极举动,到沉默地跟在男人身后游走的被动境况。"贞操·处女性"的丧失,在此处开始呈现为"主体性的丧失"。

这时,优子的面前走过两位"貌似雏妓的女子"。盯着她们"通透得像要融化一般洁白的""纤细的后颈""洁白的赤足"和"美丽

---

① [日]铃木正和:《彷徨的〈爱〉之行踪——读田村俊子的〈生血〉》,《近代文学研究》1996年2月号,第8—9页。

② [日]黑泽亚里子:《近代日本文学中的"两性相争"问题——关于田村俊子的〈生血〉》,载于胁田晴子、苏珊·B.汉勒编:《性别的日本史》下卷,东京大学出版会1995年版,第276页。

③ [日]田村俊子:《生血》,载于《田村俊子作品集》第一卷,Origin出版中心1987年版,第193页。

清新的身影"，优子感到无比羡慕①。此处充满暗示性的"白色"尤其值得注意。此前优子观察到自己的衣着是："白色的袜子被烤干的尘土染成了淡赭色"。赭色为红色系，与白色刚好形成鲜明对照。尘污将白色玷染成赭色，恰恰如同优子纯洁无垢的贞操遭到玷污的隐喻。此处优子的观察，提供了"白色对赭色"，即"纯洁对污秽"的二重对立图式。她所羡慕的，其实是"白色"所象征的贞操·处女性。只是颇具反讽意味的是，此刻拥有"白"的女性身份恰为"雏妓"——在性道德规范中，妓女通常被认为是处女的对立面——这暗示了她们的贞操·处女性很可能位于丧失的边缘。由于篇幅所限，在此不多做分析。如有可能这一点将在今后的研究中作更进一步的考察。

对此，山崎真纪子论述道："在把自己的身体视为'污秽'之物的优子眼里，圣性已经丧失"②。这里提及的"圣性"应该也是指白色所象征的贞操·处女性。丧失"圣性"的优子，在羡慕的同时，又充满了一种自暴自弃的心态。她觉得自己的身体散发着"在日光里腐烂的鱼的臭气"，渴望有人"抓起自己的身体抛出去"③。这不禁使人联想起此前她处理金鱼尸体的行为。由此，"街道"巧妙地衔接了此前的"旅馆"。优子对于"带着猥琐的神情看着他俩的过往行人"，想着"现在的自己和他们也并无多少差别"，因为自己也是"包裹着腐烂的肉"的人④。就这样，优子在往来人群之中再次确认了自己的"处女丧失/失贞"。

随后，优子和安艺治进了杂技屋，坐在二楼。优子的目光为四五个表演踩球的女孩们所吸引，在看到她们"抹了白色妆粉的小小的耳朵边"之后忍不住悲从中来。很显然，此时的优子仍然沉浸在先前

---

① ［日］田村俊子：《生血》，载于《田村俊子作品集》第一卷，Origin 出版中心 1987 年版，第 193—194 页。

② ［日］山崎真纪子：《田村俊子的世界——作品与话语空间的变化》，彩流社 2005 年版，第 137 页。

③ ［日］田村俊子：《生血》，载于《田村俊子作品集》第一卷，Origin 出版中心 1987 年版，第 194 页。

④ ［日］田村俊子：《生血》，载于《田村俊子作品集》第一卷，Origin 出版中心 1987 年版，第 195 页。

的失落情绪里。中间，她起身离开安艺治坐到后排更高处的座位去。观看表演的过程中，优子注意到舞台上一个"穿着浅黄色裙裤的和服女孩"：

> 女孩仰面躺在台上，用足尖转动着伞。雪白的手背套包在纤细的手腕上。舞台的两边垂落着长长的和服袖。她用脚撑开伞面，不停踩着伞边，把它像风车一样转动起来。小腿的护具也是雪白的。还有小小的白色袜子——浅黄色丝缎男式裙裤不时荡起波纹，垂下的长和服袖也摇动着。这时台下的三味线纠缠不休的曲子，直绞进优子的心里去。
>
> ……
>
> 优子只觉得自己疲累不堪的身体快要融化在汗里。仿佛有什么非伤心不可的事，同时却又想道：
>
> "管它呢。管它去呢。"①

此处"男式裙裤"这一细节描写引起了不少研究者的注意。比如，铃木正和认为，"包覆着女孩身体的'男式裙裤'这一存在"，反映出"与男女的'性'相关的社会上——下关系样态"②，黑泽亚里子将之视作"一种'男装'的性颠倒"③。不过，联系到优子的视线，如果将"男式裙裤"看作是一种暗示，那么优子对它的凝视其实更投射出了她自己内心的纠葛。换句话说，优子对于女孩身体包覆着男裤这一场面的注意，仍是来源于她对自身处境的介怀：先是贞操·处女性的被侵犯（自我意识的被侵），继而是跟从安艺治行走的从属状态（主体性的丧失）。

---

① ［日］田村俊子：《生血》，载于《田村俊子作品集》第一卷，Origin 出版中心 1987 年版，第 196—197 页。

② ［日］铃木正和：《彷徨的〈爱〉之行踪——读田村俊子的〈生血〉》，《近代文学研究》，1996 年 2 月号，第 10 页。

③ ［日］黑泽亚里子：《近代日本文学中的"两性相争"问题——关于田村俊子的〈生血〉》，载于胁田晴子、苏珊·B·汉勒编：《性别的日本史》（下卷），东京大学出版会 1995 年版，第 277 页。

此外，优子尤其留意到台上女孩"洁白的手背套""白色袜子"以及雪白的"小腿护具"。这呼应了之前她观察雏妓的视线中对"白色"的关注。就这样，优子通过对外部情景的观察，一再暗示自己与"白色"象征的贞洁已然无缘。于是，她一面自怜地感到"非伤心不可"，一面又逃避式地寄托于自暴自弃："管它呢"。

再来看"杂技屋"这一关键空间的设定。在此空间里，舞台和观众席又一分为二。我们通过优子的视线可以观察到，在舞台一边是孩子们衣装洁净地进行表演的"圣"世界，而在观众席的一边，是在充满汗臭体臭空气里，满头大汗的观众们聚集的"俗"世界。于是，舞台上下俨然呈现出"圣"与"俗""净"与"污"的二元对立式构图。"身体快要融化在汗里"的优子便是处在散发着不洁气味的后一空间。整个"杂技屋"仿佛是一个充满隐喻的立体结构，展示出"处女丧失/失贞"所引发的优子的心理创伤，即"由圣到俗、由净转污"的自我暗示。

这时，心情复杂的优子忽然听见"拍着翅膀"的声音，她转过头去，"像巨大的鱼的尾鳍般蠕动着的黑色物体"映入眼帘。优子凝神看，直到黑色物体从壁板的缝隙中飞出去，方知道"那是蝙蝠的一片片翅膀"。她急忙坐回到安艺治身边，心里升起极大的恐惧，瞬间仿佛"身体里的血冷了下去"。[1]再看向壁板外，蝙蝠已消失不见，只残留着黄昏的暮色。模糊的夕阳光影里，如幻觉一般的场景转瞬即逝。

接下来优子和安艺治出了杂技屋，又回到大街上。途中优子表达了"我想回家"的意愿[2]，但被男人的不置可否所抹杀。吃完晚饭，二人继续漫无目的地行走。小说在此时迎来了结局：

> 优子一边想，自己的身体被男人抱去哪里都无所谓只要他带自己去就好，一边倚靠在砂场的木桩上。

---

① ［日］田村俊子：《生血》，载于《田村俊子作品集》第一卷，Origin 出版中心 1987 年版，第 198 页。

② ［日］田村俊子：《生血》，载于《田村俊子作品集》第一卷，Origin 出版中心 1987 年版，第 198 页。

"蝙蝠，在吸着穿浅黄色丝缎男式裙裤的女孩的鲜血，在吸着生血——"

被男人拉起手时吓了一跳。这时才察觉到裹住食指尖的纸不知何时已脱落了。一股生腥气散发出来。①

小说到此戛然而止。最终优子彻底放弃了此前想要和男人分开的打算，呈现出全然的自暴自弃。在她的潜意识里，杂技屋的女孩和蝙蝠酿成一幅幻景：蝙蝠在吸女孩的血。同时她发现包裹食指伤口的纸早已脱落，"一股生腥气散发出来"。小说最后的这个场景中，优子全天的经历和体验以幻觉和气味的形式得到同时释放，迎来整篇的高潮。正如山崎指出的那样："刺金鱼眼睛时弄伤的手指、金鱼的腥气以及男人的气味，这些分散的诸要素，一举构筑成一个世界的瞬间来临了。"②

那么，小说结局部分出现的"蝙蝠吸着女孩鲜血"这一不可思议的幻景，究竟想要暗示什么呢？无疑其根源仍在于优子由"处女丧失／失贞"所引发的心理影响。如同此前所作的分析，优了对丁白己跟着男人行走的从属状态充满焦虑，并且，直到最后她都没能成功地表达出想要分开的意志。正是在她这种充满焦虑的情绪波动中，幻觉登场。日语中的"生血"（鲜血）从字面来看，意味着女性的生之血，可以看作女性的生／主体性的象征。吸血的"蝙蝠"正是对于女性的生／主体性的威胁。"蝙蝠吸着女孩鲜血"的恐怖幻景发生于被安艺治拉起手的瞬间，叠映了她本人"主体性丧失"的境况。并且，正如同"蝙蝠"来源于优子的幻觉，"处女丧失／失贞"所引发的恐惧和威胁，始终来自优子的内部。

3. 非对称的男女两性的位置

田村俊子的《生血》细致描写了初次经历性行为的女性一整天的

---

① ［日］田村俊子：《生血》，载于《田村俊子作品集》第一卷，Origin 出版中心 1987 年版，第 199 页。

② ［日］山崎真纪子：《田村俊子的世界——作品与话语空间的变化》，彩流社 2005 年版，第 144 页。

经历和心理活动。本文第一部分也提到过，田村文学的中心主题常被认为是"两性相争"。也有研究者指出，"俊子文学中'男女两性相争'的主题从《生血》开始"①。的确，《生血》中设定了优子和安艺治这一对男女主人公。从两性的力量制衡角度来看，表面上引领着优子的安艺治属于路线设定的主导性存在。但如果具体到"话语"来看，正如山崎真纪子所言："作品的登场人物是优子和安艺治，作品本身也是被限定的话语空间，但在这限定的空间里又只聚焦于优子，彻底地把男性一方（安艺治）的话语舍弃了。"②在自始至终只通过女主人公视点展开叙事的《生血》中，女性话语具有绝对性。当然，不仅仅《生血》是如此，包括其他的众多田村作品，叙事的重要特征之一便是男性话语的排除。因此，我们在谈论田村文学"两性相争"的主题时，决不能忽视一点：争斗的双方，即男女两性总是被置于非对称的位置。

接下来再回到本文的中心观点。女性的"个体性"和"女性特质"分别是如何在《生血》中得到反映的呢？

在此要先强调的是，本章对于《生血》的解读，并非从男女两性的维度来考量，而是集中在女性自身的意识构造和心理的层面上。"处女丧失／失贞"给女主人公优子造成的心理影响，构成了小说《生血》的主线。具体而言，"失贞"主要引发了优子两种情绪：一是对于身体"污秽"的恐惧，二是对于"主体性丧失"的焦虑。前者体现为她刺死金鱼和刺伤自己的手指、不断哭泣、对"白"色的关注和羡慕以及不时出现的自暴自弃的心理；后者则主要体现为她对于跟着男人行走的处境的冷眼旁观和自嘲、对于处于从属状态的自身处境的焦虑以及关于蝙蝠吸血的幻觉。这两种情绪并非是截然分开的，而是在她的内部错综交杂。二者都显著体现了优子个体意识的挣扎，反映了其"个体性"的要求。"贞操·处女性"的主题，将女性的身体和性与"个体性"相关涉，在这个意义上，可以说《生血》是极具现代性的

---

① [日]长谷川启：《解题》，《田村俊子作品集》第一卷，Origin出版中心1988年版，第443页。
② [日]山崎真纪子：《田村俊子的世界——作品与话语空间的变化》，彩流社2005年版，第145页。

文本。

而悖论在于,《生血》同时又是一个满载着女性特质的文本。从整体上看,"贞操·处女性"便是与女性特质难以割裂的符号。而具体考量到细节,前半部分中,优子刺死金鱼后持续地哭泣,"怎么哭都止不住悲伤",但又"如同把脸颊紧紧地贴在恋慕着的人胸膛上的那种甜软感,微薄地渗进了泪水里流淌下来"①。这一细节微妙地表现了留恋于感官和爱欲的女性心理,在这个瞬间,优子完全浸没于"甜软感"而非污秽感和憎恶感,其"女性性"凌驾和覆盖了"失贞"带来的负面情绪,即"个体性"的失落和被侵害。在后半部分中,优子一直未能提出和安艺治分开,结局处完全放弃了这一打算,选择顺从现状。"个体性"为"女性特质"所埋没,最终未能得到释放和实现。这使人联想到《微弱的权力》中写道:"然而我终究无法成为强大的女人。一度被囚禁的手,再不能毫无痛苦地蹬开回归到原本自由的天地里。"②

三、从《木乃伊的口红》看女性的自我实现和桎梏

大正 2 年(1913)4 月,田村俊子在杂志《中央公论》上发表了中长篇小说《木乃伊的口红》③。这部作品带有私小说性质,以田村本人的婚姻生活为素材写成。全篇共十四章,主要登场人物是在窘迫生活中争端不断的一对夫妇美稔和义男。

事实上,俊子和田村松鱼的婚姻生活里也充满了争执和矛盾,这在濑户内晴美的《田村俊子》中有详尽描写。俊子和松鱼二人相识于同为幸田露伴门生的时代。后来松鱼游学赴美七年,回国后和俊子结婚。在 8 年的婚姻生活期间,俊子一跃成为文坛宠儿,迎来

① [日]田村俊子:《生血》,载于《田村俊子作品集》第一卷,Origin 出版中心 1987 年版,第 190 页。

② [日]田村俊子:《微弱的权力》,载于《田村俊子作品集》第三卷,Origin 出版中心 1988 年版,第 336 页。

③ [日]田村俊子:《木乃伊的口红》,载于《田村俊子作品集》第一卷,Origin 出版中心 1987 年版。

创作最旺盛的时代。而原本"比俊子早志于文学，曾对自己的文学才华充满自负与自信"的田村松鱼，借用他本人的话来说，这时沦为"文坛的落伍者"，并不得不依赖于俊子的收入过活①。这样的二人之间，时常有对于文学的意见分歧。而经济方面的困难以及俊子游戏性质的恋爱事件等更加重了双方矛盾。这些夫妇争执的题材，反映在田村俊子的《女作者》《木乃伊的口红》《炮烙之刑》等一系列作品中。

在此主要聚焦于《木乃伊的口红》的女主人公美稔，对于其从一介家庭主妇逐渐走上文艺道路以追求自我的实现这一过程，大致分为五个阶段进行考察。

1. 夫妇间的龃龉——作为妻子的女性形象（第一章至第三章）

小说的开头，美稔站在二楼窗边，眺望着"一月初的薄暮"的天空，等待"没有任何头绪地外出找工作"的丈夫回家。黄昏微暗的暮色，不远处埋藏着"无数的死"的公共墓地以及"看得见肋骨的瘦骨嶙峋的"家犬，这一切景物在美稔的眼里都建构成为一个"苍白"的世界。此时美稔的心情，由于想着为生计所迫而不得不在寒天里出门的丈夫，也成为这没颜落色的苍白世界的一部分。

丈夫义男回来时外面下起了小雨。他拿出去的稿子无人问津，又只得原封不动地拿了回来。美稔觉得丈夫"像雨中迷路的小麻雀一样可怜"。她准备晚饭的过程中，义男只一动不动地躺着。默默地吃完饭，义男终于开口说道："我终究是个没用的人。没有能力养你。"美稔也并不接话，自顾自收拾东西，和义男一起出门去了典当行。出了典当行二人进了一个小西餐馆。

直到此时，小说描写美稔和义男，如同写任何一对在贫穷生活中相互支持和依靠的世间最普通的夫妇。然而戏剧性的转折出现了。餐馆内，美稔看着义男，说"不要做出这副寒酸的样子来嘛"，笑了起来。她的态度立即让义男觉得反感，进而想到在美稔之前曾经短暂同居过的女人：

---

① ［日］濑户内晴美：《田村俊子》，讲谈社1993年版，第314页。

那个女人虽然每晚陪男人喝酒，但贫穷的时候一样会为二人的生活伤心，并且对待工作疲累的义男，有着几乎以自己的眼泪来抚慰他的温柔。虽然是做不体面的营生的女人，却从不像美稔动不动就说些"总有法子的呀"这类破罐子破摔的话。①

引文中可以得知，义男以前同居的女人从事陪客喝酒的下等职业。然而在义男的眼里，美稔的缺乏同情的冷淡态度和她的"温柔"形成了鲜明对照。他的心里感到不快。接着他跟美稔说到某杂志评价他的作品"陈腐"，美稔一面说道"没办法呀"，一面笑出声来。对于妻子的这种"轻薄的侮辱"，义男更是压不住心头的怒火，"觉得用所有脏字来骂眼前的女人还觉得不够"。

二人间的摩擦和矛盾进一步激化。一方面，义男嘲笑美稔嫁给他这样"没用的男人"，简直是"比妓女还轻薄"，以贬低自己来嘲讽依靠他扶养的妻子，进而以"没有能力养活老婆"为由提出分手。另一方面，美稔深知"义男的能力，和一直以来所期待的男人的能力相比，甚至达不到最低要求"这一现实，却意识到自己"仍不得不依靠这个没有能力的男人养活"的无奈处境，陷入深刻的绝望感。

到此我们可以看到，缺乏经济保障的生活中，妻子希求的是有能力扶养她的丈夫，而丈夫希求的是能同情理解他的妻子。"二人的价值观，乍看像是基于一种共识。而这种共识指的是所谓旧道德的体制下培养出来的男性特质和女性特质。"②然而，很明显美稔和义男并不符合对方的理想，由此夫妻间产生了裂痕。双方之间的分歧，可以说根源于身处于时代的变迁中的男女面对新的现实和残存的旧思想摩擦产生的裂痕。

在此，我们先来简单地回溯一下，作为"妻子"的美稔呈示出怎

---

① ［日］田村俊子：《木乃伊的口红》，载于《田村俊子作品集》第一卷，Origin 出版中心1987 年版，第 314 页。

② ［日］山崎真纪子：《田村俊子的世界——作品与话语空间的变化》，彩流社 2005 年版，第157 页。

样的女性形象。表面上，她是一个等外出的丈夫回来后准备晚餐的平凡主妇形象。可是她对于失意的丈夫并不抱有发自内心的同情，也无意以言语或举动作出安慰，甚至还冷酷而轻蔑地加以嘲笑。这背后最根本的原因在于她对丈夫能力的期待。这里不妨来参考一下作者田村本人的男性观。

田村俊子于同年3月的《中央公论》上发表了《男人当如此》一文。部分引用如下：

> 男人对待与自己有婚姻关系的女人应当给予其物质上的满足。宣言双方都要工作者，只能说明其作为男人的价值为零。[①]

从这里可以看出，田村本人的男性观或者说婚姻观，同样是要求丈夫应具有一定的经济能力，能够养活家庭。这种观念原封不动地反映在作品里美稔身上。然而现实是义男达不到她的期望，而她还必须依赖义男养活。这之间的偏差便生发出不可解决的矛盾。另外，对于夫妻间这种反复的争吵，冷眼旁观的美稔又时常表现出内心情感的起伏。尤其是义男提出要分手时，她表明自己要找事做。义男便嘲讽说他们的文艺创作都已经跟不上时代了。美稔的反应是：

> 美稔默默地哭起来。不幸地生于艺术世界中的一对没有天赋的男人和女人，却为这个世界所抛弃，在窘迫的生活中背对背地将疲乏的心相互依靠。想到这样的他们二人，美稔便止不住哭泣。
>
> "你哭什么。"
>
> "这不是太让人难过了吗？我要报仇。为了你我要向世间报仇。一定！"[②]

---

① ［日］濑户内晴美：《田村俊子》，讲谈社1993年版，第314页。

② ［日］田村俊子：《木乃伊的口红》，载于《田村俊子作品集》第一卷，Origin出版中心1987年版，第319—320页。

美稔将夫妻间的矛盾转向对"世间"的怨恨和不满，表明要"报仇"的决心。"为了你"一句可以看出，此时她将"世间"作为她和义男共同的对立面。换句话说，她将自己和义男二人视作一个共同体，可以说在这一阶段的美稔身上，"个体性"并没有明确出现。

2. 脱离师门——开辟新道路的热情（第四章至第六章）

到了春天，义男终于放弃了写作而找了份工作。美稔每天带着小狗到停车场去送他上班。分手的事情也告一段落。看起来生活平稳安定。唯一的改变是，美稔开始了每日读书的生活：

> 美稔一整天都在读书。通过阅读流入到她思想里的新的文字，美稔时常独自一人去细细品尝。一页一页洋溢着艺术气息的场景，带着她因抑制不住的憧憬而如皱绢般柔软的心，和缓地进入到遥远的幻影的世界。这时候美稔便兴奋起来，涨红了脸——红得像轻碰一下就要出血——在墓地中漫步。①

就像这样，一方面通过每日的阅读，美稔的思想上逐渐生发出微妙的变化。而另一方面义男为生计奔波，从事并非所愿的工作。一个过着艺术的生活，另一个过着现实的生活，可想而知生活环境的这种差异必然会给他们的精神层面带来更大的分歧。

正是在这个时期，一个消息传来，"对美稔和义男都有重恩的老师的大人"去世。参加葬礼的美稔重逢了恩师，一整晚沉浸于对过去的怀想。她想起自己曾经"侍着恩师的宠爱而心无旁骛地仰慕于他"的时期以及之后考虑到"不放开恩师的手，自己的面前将永没有新的出路"，毅然决然地离开师门的经过。

这里"恩师"的原型无疑是幸田露伴。宫本百合子在随笔文《妇女与文学》中，这样描述田村俊子和幸田露伴的关系：

---

① ［日］田村俊子：《木乃伊的口红》，载于《田村俊子作品集》第一卷，Origin 出版中心 1987 年版，第 322—323 页。

客观地讲，当时的露伴在文学界已是具保守倾向的作家。据说他对于俊子的天赋给予好评，却不让她看月刊杂志，而是令其熟读古典文学。……露在两三年内写了几篇模仿一叶的风格的作品。"此人虽有天分，写此类文章实在可怜"，镜花的这一感慨，便是发于这个时代。①

众所周知，在明治末到大正初这段时期里，伴随着自然主义和反自然主义（以耽美派、白桦派、新思潮派为代表）的文学思潮相继席卷了日本文坛，口语白话文写作得到推广。与此同时，幸田露伴的"拟古文"时代成为过去。在这一背景下，半文言写出来的作品理所当然会被视为陈旧落伍。《木乃伊的口红》的前文中提到的义男（原型田村松鱼）的作品被批判为"陈腐"，便是出于这一原因。因此，模仿樋口一叶的风格写了数年文章的田村俊子，终于对自己的文风感到厌恶，从而离开恩师露伴。这一段脱离师门的心境，田村以美稔的回想的形式写在《木乃伊的口红》里。

然而事实上，虽说为了文学理想离开露伴门下的田村俊子，在很长一段时间内并未能找到新的出路。在最初的两年内，她当了一个时期话剧演员，在松鱼回国后立即与其结婚，并且"耽溺于对松鱼的爱，表面上完全放弃了文学和话剧"②。如同《木乃伊的口红》中所写那样："美稔从慈爱的恩师身边离开已有很长一段时间，可之后她的手里，也未做成一件能证明自己觉醒了的像样的事"（第329—330页）。再度与恩师重逢的美稔，不禁对比了曾经决意开拓出新的道路的信念和如今碌碌无为的现实境况，为理想和现实的鸿沟感到悲哀。"近来不断为世间打击"的美稔，不知不觉遗忘了当年脱离师门的决心和信念，开始怀念起在恩师身边的充满温情的时光。

这里顺便要提到的是，日本在明治44年（1911）公演了易卜生的名剧《人偶之家》，盛况空前，并引起巨大的社会反响。该剧"在

---

① [日]宫本百合子：《妇女和文学》，筑摩书房1951年版，第105—106页。

② [日]濑户内晴美：《田村俊子》，讲谈社1993年版，第122页。

当时的读者间也被作为满载着女性解放思想的作品来认知"①。尤其是女主人公娜拉被作为自我意识觉醒的叛逆女性的象征，受到当时新女性们的热烈拥戴。翌年 1 月号的《青鞜》以附录的形式开展了娜拉合评。其中，绝大部分青鞜社成员纷纷表达了对《人偶之家》的共鸣以及对娜拉举动的赞赏和肯定，但也有少数成员表达了怀疑和失望之意。平冢雷鸟回忆到当时在《致娜拉》一文中以书信形式阐述的感想：

> "你的摔门声，的确颇有威势。然而你一脚踏出户外，看到的却是黑暗。东和西都分不清。便是看着你的脚步也觉危险万分。"我这样写道，为娜拉出走后的命运担心。因为离家出走的娜拉的觉醒，实在又单纯又浅薄，并非是真正的自我发现生发出来的行动。娜拉首先应该洞彻自己的内心，真正地自我觉醒，然后才能争取到真正作为个人的自由和独立。所以对出于半调子的自我觉醒（？）便离家出走的娜拉，我表示担心。②

在此，平冢质疑"娜拉的出走"究竟在多大程度上来源于其深层的自我觉醒，表示对于娜拉出走后命运的忧虑，在当时可谓见解独特（这不禁让我们联想起 1923 年鲁迅在北京女子高等师范学校的演讲《娜拉走后怎样》中所作出的著名论断："不是堕落，就是回来"）。《木乃伊的口红》中，美稔为追求个人的实现，毅然选择脱离师门，这一举动正和娜拉的出走性质类似。易卜生未在《人偶之家》里写到娜拉出走后如何，而田村则以极尽冷酷的笔致描画了美稔离开帅门后的境遇：不具有足以自立的能力的美稔，即便是从露伴处出走，结局也无非是再度进了另一个"人偶之家"。这是娜拉必然的命运，也是美稔现实的遭遇。然而客观来讲，美稔"出走"的信念虽一度遭到挫折，却也是其后自我实现的不可或缺的因素。

---

① ［日］佐光美惠：《"新女性"的表象：代表的政治学与近代剧相关的"写作"的女性和"表演"的女性》，载于饭田祐子编：《〈青鞜〉之场：文学・性别・"新女性"》，森话社 2002 年版，第 105 页。

② ［日］平冢雷鸟：《原初，女性是太阳》下卷，大月书店 1971 年版，第 352 页。

关于这一部分的情节安排，片冈良一认为："寥寥几笔写到女主人公的恩师——大概是露伴吧——的夫人之死，仅仅是为了借此契机描写女主人公夫妇的物质上的贫乏，此外甚至不具有拿另一对夫妻关系来参照的意识。"[①]此处提到物质上的的贫乏，指的是小说中对于夫妻二人甚至筹措不出参加葬礼的衣服的描写。片冈对于新的情节未能有更进一步的展开感到遗憾，但应该看到这段葬礼的插曲作用在于安排了美稔和恩师重逢，进而与自己的过去"对面"，以此铺陈开美稔曾为追求自我实现毅然脱离师门的心境描写，为后文埋下了伏笔。

3. 应征小说——在艺术和现实的夹缝中（第七章至第八章）

此后美稔和义男的生活完全是在各自的轨道上平行前进。美稔每日买来白百合花装饰房屋，隔天便去做头发，追求美的生活。相反，义男常说"别的都无所谓，至少希望能建个理想的房子"，依然做着现实打算。随之，两人之间的裂痕也不断地扩大，摩擦和争端又重新回到他们的生活里。

> 这些日子里，干涩顽固的男人的心和精微敏感的女人的心总是分歧不断，不断地相互攻击和争吵。在女人面前绝不服软的男人的虚荣心，和在男人面前绝不认输的女人的倔强，使他们即便轻微擦碰到对方衣袖都会引起激烈争执，相互骂到不可开交甚至对打起来的日子也并不少见。[②]

长此以往夫妇间的争端渐趋恶化。尤其文中提到，对于文学或书籍内容的意见不一致时，二人甚至剧烈争吵到深夜，"声音连大街上都听见"。从力量制衡关系上来讲，义男显然在两方面更有优势：一，经济能力；二，体力抑或说暴力。在言语上，他强调自己在挣钱养家；在行动上则诉诸拳脚。即便如此，在争端中被打得遍体鳞伤的

---

① [日]片冈良一：《田村俊子的生涯》，载于《日本文学全集70》，筑摩书房1957年版，第385页。

② [日]田村俊子：《木乃伊的口红》，载于《田村俊子作品集》第一卷，Origin出版中心1987年版，第333页。

美稔，最苦恼的却莫过于"有谁能证明在智识方面这个男人并不如我呢"①。而这个"证明"的契机在某一天终以非她所愿的方式到来。

某日，义男从地方报纸上带回一份有奖征文的广告，让美稔写稿应征。然而美稔认为这是"把她的艺术往赌博一样的方向引导"②，愤而拒绝。这更刺痛了义男的神经。各自对于艺术和生活的主张再次走向分歧，由此，"完全不懂得爱惜男人的生活的女人和完全不懂得爱惜女人的艺术的男人"③之间的矛盾一举激化。美稔畏于义男的暴力，跑出家门在附近的墓地里度过一夜。可想而知这漫长的夜晚彻底击垮了她的信念。次日早晨，美稔返回家中，想象着楼上仍在熟睡的消瘦的义男，一瞬间心里涌起了怜惜之情：

> 于是，美稔的心在这样的义男面前软弱地屈服了。她的情绪回归到女性的安逸感——要是自己执笔写作，能符合义男所期待的"做事"的含义，能使他高兴，那倒也不是什么难事。长久地在世间挣扎，到今日却什么都没能抓住的美稔，她的心不知不觉变得胆小，并且心上已经笼罩着疲劳的影子。美稔无论鼓起怎样强大的意志力，都像晨星一般迅疾地消逝了。④

美稔的离家出走，又使人联想到娜拉的"壮举"。可再度回家后她对义男的留恋之情轻易摧毁了其坚持己见的主张。这一段淋漓尽致地展现了美稔的"个体性"面对"女性特质"的败北。她放弃了对于"艺术"的固执和对自我意志的伸张，对取悦义男的"女性的安逸感"作出妥协，以女性自发的意志重新走入"人偶之家"。从此以后，美稔便按照义男的要求准备起征文稿。之间她几度对于自己的作品抱有

---

① ［日］田村俊子：《木乃伊的口红》，载于《田村俊子作品集》第一卷，Origin 出版中心1987 年版，第 333—334 页。

② ［日］田村俊子：《木乃伊的口红》，载于《田村俊子作品集》第一卷，Origin 出版中心1987 年版，第 336 页。

③ ［日］田村俊子：《木乃伊的口红》，载于《田村俊子作品集》第一卷，Origin 出版中心1987 年版，第 339 页。

④ ［日］田村俊子：《木乃伊的口红》，载于《田村俊子作品集》第一卷，Origin 出版中心1987 年版，第 341 页。

嫌恶感，想要放弃，却终究还是屈服于义男。

这里不妨换个角度来看一看义男的态度。美稔几度试图中断写作时，义男都提出要分手。"每当美稔流露出自己没有能力做事的态度，义男就立刻觉察到一种分明的负担感。对于义男来说，维系二人的纽带并非爱恋，而是力。如果不是对方这个女人可能拥有自己不具有的力，便不愿在一起。"① 对此，山崎真纪子的分析很有参考性：

> 可见，义男对于美稔并无爱恋。他索求于她的只是"力"。美稔对义男已经放弃了对"男人应有的能力"的期待，而是为情爱所牵绊。与此形成对照的是，义男对妻子美稔，要求一种"力"。这一点很值得注意。此前分析过，义男要求于美稔的是做一个尊重丈夫、温驯顺从的女人。虽然此一要素还有所残存，但他已开始追求一种旧道德体制内所看不到的女性的"力"。美稔自己还不具有一种"新女性"的自觉，义男却已经显露了对"新女性"的诉求。②

不难理解，过度窘困的生活使得缺乏经济能力的义男急需要妻子的"力"，否则只会加重他的负担。此前他自己业已屈服于生活，放弃了写作。在这种情况下，美稔仍固守艺术的姿态在他看来尤为显得自私和恼人。然而颇具反讽的是，正是在义男的半胁迫和强制之下，美稔没有错失应征的机会——这一机会后被证明是她生涯的一大转折点和契机。这个情节安排可以说是该小说最意味深长之处。

4. 作为女演员开启新人生——坚持自己的艺术（第九章至第十一章）

寄出征文稿之后，美稔回想伏案写作的这段日子，"被男人的身

---

① ［日］田村俊子：《木乃伊的口红》，载于《田村俊子作品集》第一卷，Origin 出版中心1987年版，第343页。

② ［日］山崎真纪子：《田村俊子的世界——作品与话语空间的变化》，彩流社2005年版，第167页。

影所驱赶的笔尖，丝毫不见自己所想望的美好的艺术的踪影"[1]，感到失望和消沉。

正在此时，美稔的面前又出现了一条新的道路。某日的报纸上，一则话剧团招聘女演员的广告让她"念念于心"。在和义男结婚前，美稔曾有过舞台经历。对于在文学的道路上再次遇到挫折的她来说，这则广告无异于"渡河之舟"[2]。8月的暑天里，她立即拜访了剧团。不久后，她收到入团通知，又被选中扮演新戏的女主角。初秋来临前后，她每日去团里参加排练。在此过程中，她渐渐发现剧团也并非自己理想中的艺术世界。一部分演员们对艺术并无认真的态度，美稔"总是要努力使自己不沦落和融入到这些演员们的低级趣味里，从而渐感疲累"[3]。同时，她又与饰演女二号的女演员关系不和，终于决定罢演。后经过剧团方多次劝说，她还是登上了舞台。数日演出结束后，剧团还是迎来了解散的命运。与此同时，这也宣告了美稔的追求艺术的道路再次被封上。

在上述过程中，义男表现出怎样的姿态呢？最初，美稔在关于参加剧团的事和他商量时，他考虑了两个理由，表示反对。一是担心舞台上"容貌不佳且演技拙劣"的美稔被自己社交圈的朋友看到，成为他的"耻辱"。二是比起演员这种不安定的职业，宁可美稔找份有稳定收入的工作，否则只会成为他的"包袱"。这两种考虑之间，义男以自我为中心的利己心袒露无遗。同时我们也可以再次窥见夫妻二人各自追求的"生活"和"艺术"的冲突。后来，义男冷眼旁观着美稔顺利收到入团通知，在演员的道路上一步步顺利进行，表面上冷嘲热讽，却也心情复杂。当美稔提出要退团时，他开始对其态度不以为然，后跟剧团多次交涉后渐渐变得不耐烦，嫌恶起美稔半途而废的态度。而在话剧上演后，他每晚去看，却因台上貌不惊人的妻子，在众

---

① ［日］田村俊子：《木乃伊的口红》，载于《田村俊子作品集》第一卷，Origin 出版中心1987年版，第344页。

② ［日］田村俊子：《木乃伊的口红》，载于《田村俊子作品集》第一卷，Origin 出版中心1987年版，第351页。

③ ［日］田村俊子：《木乃伊的口红》，载于《田村俊子作品集》第一卷，Origin 出版中心1987年版，第356页。

多朋友之间感到难堪和苦痛。

我们再来看美稔的态度。完全洞穿丈夫心理的她，更坚持了自己的信念。她这样反驳义男道：

> "我要我自己来做。既不是'为了你'的艺术，也不是'为了你'的工作。这是我自己的艺术。这是我要做的工作。既然如此，你又有何权利来支持我呢？就算你不同意，我还是会去做的。"①

引文里美稔共用到六次自称"我"，加强了语气，呈现出激烈的自我表述。"不是为了你"一句，不禁使人联想起前面引用的美稔"为了你去向世间报仇"一句，形成强烈反差。对于"自己的艺术"的执著，其原动力正是来自追求自我实现的个体信念。这番话表明，迄今为止一直为义男所拥有的"话语之力"②，此次为美稔所获得。此外，对于义男因虚荣心一再反对她参加剧团的态度，美稔断然说道："那我们分开好了。这样的话你也不必因为我的缘故丢脸了"③。在此之前，每次提出分手的都是义男，这次却由美稔口中说出，暗示了二人间力量制衡关系的反转。

在剧团排练期间，美稔因为现实和理想间的巨大落差，厌恶于"自己最佳的艺术的状态在这样的环境里被蹂躏"④，从而选择退团（虽然这在义男的眼里只显现为做事缺乏常性）。后来登台演出的美稔，虽然演技方面受到称赏，却因外貌不佳招来非议和恶评。实际上"美稔深知自己的容貌之丑"⑤，但即便如此仍坚持选择话剧表演，是因为

---

① ［日］田村俊子：《木乃伊的口红》，载于《田村俊子作品集》第一卷，Origin 出版中心 1987 年版，第 351 页。

② ［日］山崎真纪子：《田村俊子的世界——作品与话语空间的变化》，彩流社 2005 年版，第 155 页。

③ ［日］田村俊子：《木乃伊的口红》，载于《田村俊子作品集》第一卷，Origin 出版中心 1987 年版，第 352 页。

④ ［日］田村俊子：《木乃伊的口红》，载于《田村俊子作品集》第一卷，Origin 出版中心 1987 年版，第 357 页。

⑤ ［日］田村俊子：《木乃伊的口红》，载于《田村俊子作品集》第一卷，Origin 出版中心 1987 年版，第 359 页。

"对于艺术的热情"以及这热情生发出来的"火一般燃烧的力量"的鼓舞。中间一度选择退出，也同样是出于对艺术的执著。正是这执著激发了美稔排除（义男的）误解以及外界非议的决心，换句话说，即促生了她"个体性"的萌芽。

由于剧团的解散，美稔的自我实现之梦再次化为泡影。比起前一节讨论的"离家出走"的举动更进一步的"出演话剧"的选择，也仍然没能为她打开一条出路。但在这一阶段我们已经能明显看到美稔内面的某种变化。原本和义男争吵后的"离家出走"一举，无疑是消极的逃避行为，其影响也如"晨星一般"迅速消退。与此相比，"出演话剧"是以明确的个体信念为支撑的、对于"自己的艺术"的固守，是出于美稔自身意志的积极行动。可以说这是美稔在获得"个体性"之路上迈出的第一步。

5. 木乃伊口红的梦境——"个体性"和"女性特质"的桎梏（第十二章至第十四章）

随着天气转寒，美稔和义男二人的生活也越发困顿。此时美稔继续买书和花回来的行为，更招来义男的怨恨。他每日催美稔出去找事做帮忙维持家计，美稔意识到"被这个男人抛弃的时刻终于到来了"①。可即便如此，她仍无法断绝某种渴望：

> 十数年间，美稔为追求某样东西几乎耗尽了憧憬。它在自己的眼前和遥远的天空之间发着光。那光线总是不断地牵扯着美稔的心，拖曳着希望的色彩。然而它从未落到美稔身上，化作火焰的光芒。
>
> ……
>
> 即便如此，美稔还是不休地想要追逐那一缕光。明知道它终究不会为自己所得到，仍愿意倾尽一生紧追不放。并且希望在追

---

① ［日］田村俊子：《木乃伊的口红》，载于《田村俊子作品集》第一卷，Origin 出版中心1987年版，第364页。

寻的过程中，投入自己生命的意义。①

对于美稔来说，她长久以来苦苦追寻的那"一缕光"，是她毕生追求的"自己的艺术"。它不仅饱含着希望和憧憬，还意味着其"生命的意义"。而现实是，倚赖于义男生活的她无法不顾生活的困乏而一心追求艺术。在艺术道路上屡遭挫折的她，这时生活也到了山穷水尽之时。夫妻二人终于决定分居。考虑到自己一个人将要面对的前路，美稔万念俱灰。

正在此际，美稔的转机再次降临。"像是在揶揄二人的命运之手，突然间给他们降下意想不到的幸福"②，此前美稔应征的小说获了奖，拿到一千元的奖金。这笔钱给他们的生活带来了希望，二人不仅经济困难得到缓解，关系也一度缓和，不再提起分居的事。美稔甚至感激起当初义男的叱咤激励。在义男的建议下，美稔拜访了其中一位评审者，某"现今文坛的权威评论家"，和他会面完仍"一直细细咀嚼会面时从他口中说出来的许多学术性的话"③。

此后，美稔觉得自己写的征文并无丝毫"权威性"。她渐渐地觉得"自己来开拓自己的路"的必要性，"神经质地开始了学习"。而义男的存在也"离自己的心远去了"。征文的入选，无疑给原本对生活和艺术都失去希望的美稔一注强心剂。不仅如此，美稔也因此觉醒到"自身的力"：

> 支配美稔的不再是义男了。支配美稔的已首次转为美稔自身的力。④

---

① ［日］田村俊子：《木乃伊的口红》，载于《田村俊子作品集》第一卷，Origin 出版中心1987年版，第364页。

② ［日］田村俊子：《木乃伊的口红》，载于《田村俊子作品集》第一卷，Origin 出版中心1987年版，第366页。

③ ［日］田村俊子：《木乃伊的口红》，载于《田村俊子作品集》第一卷，Origin 出版中心1987年版，第368页。

④ ［日］田村俊子：《木乃伊的口红》，载于《田村俊子作品集》第一卷，Origin 出版中心1987年版，第369页。

此刻义男不仅不再是支配美稔的存在，也不再被美稔视为争执的对象。美稔直面和对峙的只是她自己。贯彻自我意志，专注于向着"自己的艺术"努力的美稔，也在自我实现的道路上迈进。某日，美稔拜访了另一位当时参与征文评审的作家，在作家家里和他以及一位朋友相谈甚欢直至深夜。回家时义男独自一人在楼上。这一情景恰好呼应了开头美稔独自在楼上等待义男回家的场面。正如山崎所指出的，"作品的开头和结尾在位置关系上的颠倒"的安排，"暗示了义男和美稔夫妻间力关系的移转"①。

当夜，美稔做了个"不可思议的梦"：

> 男的木乃伊和女的木乃伊呈现精灵马②的茄子般的姿势，上下交叠在一起。颜色是鼠灰色。像木偶一样只有眼睛的女人脸朝上。它的嘴唇是夺目的鲜红色。梦里，它们摆放在一个大玻璃箱里，美稔立在旁边看。③

小说的结尾，美稔把这个梦讲述给义男听，并说"这一定是某种暗示"。而义男只说了句"我最讨厌说梦了"。这里美稔的"木乃伊口红"之梦，究竟暗示了什么呢？

仅就小说内容来解释的话，干枯的男女木乃伊，可以看作是义男和美稔夫妇的象征。鼠灰色的木乃伊身上，只有女性一方嘴唇呈鲜红色，是死亡之中唯一的生的色彩，如同黑暗中仅有的光亮——可以联系到此前美稔苦苦追寻的蕴含了"生的意义"的"一缕光"，也即是她一直追求的"自己的艺术"以及由此达成的自我实现。可以说，"木乃伊的口红"是点缀美稔生命的一个符印，暗示了其鲜明的"个体性"。

与此同时，我们不能忽视了"口红"这一特定意象本身具有的指

---

① ［日］山崎真纪子：《田村俊子的世界——作品与话语空间的变化》，彩流社 2005 年版，第170 页。

② 日本在盂兰盆节期间，会把插上火柴棒或竹筷子的茄子、黄瓜等物供奉于佛坛等处，作为祖先在彼世和此世之间往来时乘坐的坐骑（牛、马），一般统称为"精灵马"。

③ ［日］田村俊子：《木乃伊的口红》，载于《田村俊子作品集》第一卷，Origin 出版中心1987 年版，第 373 页。

涉意义。因口红通常被看作是女性用品，所以它首先与女性或女性身体密切相关。涂得鲜红的嘴唇，不仅突出了女性身体表征，同时也是男性欲望的映射，是"女性特质"最淋漓尽致的演绎。此外，濑户内晴美指出"即使化作灰色的木乃伊仍纠缠于爱欲，那种执着之鲜明，表现为木乃伊的口红炫目的红色幻影"①。在与外界遮断的玻璃箱中，沉迷于爱欲世界的男女木乃伊，是终未分开的义男和美稔这对夫妇的象征。征文小说的获奖在给美稔打开了新的出路的同时，也像是"再度将二人牵绊在一起的命运之神的恶作剧"②。于是，担心"二人的生活一定很快又会重复从前"的美稔潜意识里的焦虑，便以梦的形式出现了。

关于这点可以参照作者田村俊子本人对待婚姻的态度。在《新潮》特辑中有一篇题为《作为家庭之人的女史》的评论，作者"无名氏"被推测为田村松鱼。文中写道：

> 关于思想上绝不承认夫妻关系、家庭生活的意义这一点，从俊子本人时常吐露的告白中也可以清楚看到。然而，若说到是否有足够的勇气按照所想那样，舍弃无意义无价值的家庭生活，自由地投入到有意义的生活中，当然，她并不是做得出那样极端事情的女性。
>
> ……
>
> 所以说，她作为家庭中的女性，即便在思想或情绪上十分危险，在实际行动上也还是考虑周详、明理慎重的。不会像《人偶之家》里的娜拉那样，为了贯彻自己的思想，抛夫弃子、离家出走。俊子是自我觉醒后的娜拉，但也仅止于觉醒，仍会像觉醒前的娜拉那样照顾丈夫和家庭。她便是这样一个人。③

《木乃伊的口红》中，梦中的美稔立在玻璃箱旁观望着自己的

---

① ［日］濑户内晴美：《田村俊子》，讲谈社 1993 年版，第 327 页。

② ［日］田村俊子：《木乃伊的口红》，载于《田村俊子作品集》第一卷，Origin 出版中心 1987 年版，第 369 页。

③ ［日］无名氏：《作为家庭之人的女史》，《〈新潮〉作家论集》上卷，日本近代文学馆 1971 年版，第 249 页。

身影。如同在作品外部冷澈观望自己的田村俊子。可无论是美稔还是作者田村，虽拥有强烈的"个体性"，却依然摆脱不了"女性特质"的枷锁——这便是"口红"的双重隐喻。在这个意义上，"口红"与下一章中讨论到的《女作者》中的"妆粉"这一意象颇有相通之处。

四、《女作者》：女性作家的生与孤独

大正2年（1913）1月，田村俊子在《新潮》上发表了短篇小说《女作者》①（初载时原题《游女》）。该篇作品主要围绕"妆粉""女性朋友""丈夫"和"写作"四个要素，以充满感官性的笔致描写了某女性作家的生活状态。下面，本文将尝试围绕上述四个要素来解读文本，并在此基础上阐明主题。

1. "妆粉"在写作方面的隐喻

小说在前半部分以细致地描写了女主人公"女作者"在日常生活中的化妆（此处特指涂粉）以及与此相关的心理和情绪，尤其是与"写作"这一行为之间奇特而微妙的关联性。"这个女作者总是涂着妆粉"②。对于女作者而言，"妆粉"以及上妆的行为，究竟有何特别的意义呢？抱着这一疑问细读文本，不难发现"妆粉"至少包含有以下四重构造：

其一，"妆粉"用以自我隐藏的假面功能。未涂妆粉的时候，女作者觉得像把某种"难以名状的丑陋物体从身体里泼出来"，因此，她"总是将自己的素颜隐藏在妆粉之下"③。可以看出，"妆粉"对于女作者而言，犹如一副遮脸的面具，承担着掩饰"丑陋"和"素颜"的武装功能。

其二，"妆粉"作为诱发感官和酝酿情绪的装置。当妆粉晕化在

---

① ［日］田村俊子：《女作者》，载于《田村俊子作品集》第一卷，Origin 出版中心1987年版。

② ［日］田村俊子：《女作者》，载于《田村俊子作品集》第一卷，Origin 出版中心1987年版，第296页。

③ ［日］田村俊子：《女作者》，载于《田村俊子作品集》第一卷，Origin 出版中心1987年版，第297页。

脸上时，女作者"将染了粉香的情绪，轻飘飘地浸入一切事物中，让心沉醉于自己身体的妩媚"①。妆粉的气味通过嗅觉机能，巧妙地转化为一种感官情绪。而女作者对恋人的感觉，是一种"粉刷触碰皮肤般的温柔的刺激"②，这里擦粉的过程也被援用于感官描写。

其三，"妆粉"作为演绎"女性特质"的一种道具，这与第二点也是相通的。女作者未涂粉时，便觉自己"失去妩媚而变得焦躁。这对这个女人而言比什么都可怕。"③反之，在涂了粉后会"沉醉于自己身体的妩媚"。这里的"妩媚"一词正是"女性特质"最典型的表述。"妆粉"便成为制造"妩媚"和女性特质的必需手段。菅原健介指出，通过化妆"人们强烈地自觉到自己应当扮演的身份"④，此处，女作者也正是在通过化妆有意识地饰演女性身份。

其四，将"妆粉"与"写作"相关涉的女作者独特的个人体验。写不出文章的时候，女作者便会化妆；而一旦坐在镜台前晕开妆粉时，她便会想到有趣的话题。"这个女人写的东西大体上都是从妆粉里产生的"⑤，妆粉为女作者的创作提供灵感，唤起其创造力。从结果来看，女作者的文章"总是带着妆粉的气味"。也就是说，"妆粉"对她的文风也产生了相当大的影响。

以上简单归纳了"妆粉"于女作者的生活乃至创作的重要意味。其中，"妆粉"和"写作"二者间的关系应当作更进一步的关注。

首先，"妆粉"用以自我隐藏的假面功能是如何作用于写作的呢？换句话说，女作者在写作中，想要在妆粉的假面下隐藏什么呢？不妨来看一下同时代的水野盈太郎的评论：

---

① [日]田村俊子：《女作者》，载于《田村俊子作品集》第一卷，Origin 出版中心 1987 年版，第 297 页。

② [日]田村俊子：《女作者》，载于《田村俊子作品集》第一卷，Origin 出版中心 1987 年版，第 296 页。

③ [日]田村俊子：《女作者》，载于《田村俊子作品集》第一卷，Origin 出版中心 1987 年版，第 297 页。

④ [日]菅原健介：《化妆与身份》，载于《化妆心理学——化妆与心的科学》，Fragrance Journal 社 2001 年版，第 156 页。

⑤ [日]田村俊子：《女作者》，载于《田村俊子作品集》第一卷，Origin 出版中心 1987 年版，第 297 页。

　　从我迄今为止接触到的作品来看，其根底里的女史的生命，造了一个坚硬的壳，并在其中麻痹地睡去。它纹丝不动，也不欲醒来。而外界的事物丝毫不能渗透它的壳，也无法在它身体中生长。它并不带着其生命的反应出现。①

在田村俊子最为文坛青睐的全盛时代，这篇尖锐的文字实属酷评。引文中水野提到的"坚硬的壳"，恰与"妆粉"所持有的假面功能相似：在此之下，有女作者的真实的脸和真实的生命。女作者苦心构筑的假面，成为阻隔外界和自我之间的硬壳。这正如丽贝卡·利普兰所观察到的那样"化妆为这些女性们提供了荫庇下的自由，但有时也会成为她们与真实的自己相对的障壁"②，并且"'告白'的只是她们化了浓妆的脸，而作者秘密的内心绝不会泄露出来"③。故而水野读田村的作品，完全感觉不到其内在生命，只痛感其"自我矫饰成并非真实的自己"，"处于'女性'的全然盲目之中"，并批判道："女史若无其事地冒渎自然，自愿地在感情的游戏、感觉的游戏中彷徨"④。《女作者》最初发表的原题为"游女"，有花柳女子之意，也可照字面意思理解为"游戏之女"。"当时的文坛中俊子所居的地位，正是名副其实的'现代游女'"⑤。是否田村将戏谑般地以"妆粉写作"的女作者，自嘲地比作"游女"呢？又或者是如吴佩珍所指出的："俊子将女作家定位为'游女'的意味实则含有自虐之意。不仅是暴露了女作家如何被迫过度地表演女性性别角色及女性情欲，为了对抗窥视的视线，她将自己更变身为情欲的客体——'游女'。田村俊子深知男性中心的文坛的'窥视癖'（scopophilia），进而逆向操作做夸张的演出，此行为同

---

① ［日］水野盈太郎：《致田村俊子》，《文章世界》1914 年 7 月号，第 42 页。

② ［美］丽贝卡·利普兰：《〈告白〉的浓妆之脸——"女性特质"的表演》，载于关根英二编：《歌之声响·物语之欲望——从美国看日本文学》，星云社 1996 年版，第 254 页。

③ ［美］丽贝卡·利普兰：《〈告白〉的浓妆之脸——"女性特质"的表演》，载于关根英二编：《歌之声响·物语之欲望——从美国看日本文学》，星云社 1996 年版，第 252 页。

④ ［日］水野盈太郎：《致田村俊子》，《文章世界》1914 年 7 月号，第 43 页。

⑤ ［日］黑泽亚里子：《田村俊子与女弟子——关于新发现的汤浅芳子日记·书简》，《冲绳国际大学文学部纪要·国文学篇》1991 年 3 月号，第 151 页。

时也是她对当时文坛的示威姿态"。①

《女作者》中有一个值得注意的细节。当写作遭遇瓶颈的女作者在丈夫面前哭诉无话可写。曾经是作家的丈夫以冷淡的口吻说道："什么不都可以拿来写吗……只要写生活的一角不就可以了吗？比如邻居家兄弟吵架，弟弟霸占了家宅不让哥哥进门什么的，立刻就能写出来"（第299页）。从这里也可以看出，女作者和男作家创作手法上的本质差异。后者主张对于现实生活的白描，前者却有意识地要上一层"妆粉"。本身"女作者"这一称谓便很特殊。"在'作者'前故意加上'女'，可以想见，这是在明确的'女性'的意识下进行创作活动的"②。而作为"女性写作"的手段，女作者采取了"与男性作家差异化的尝试——化妆"③。

光石亚由美指出，在明治末到大正初的时代背景下，"'女作者'的方法，即'写作'便是涂粉、装扮、表演、作'女'。这是作为自然主义手法的反命题出现的。"具体而言，"化妆、气味、皮肤"等身体符号，"作为'女作者'特有的感官表现发挥作用"，是一种"显示与男性作家差异的'女性特质'的符号"④。前文中提到过，"感官性"常被视作田村文学的一大特质。与这时期自然主义文学主张的客观描写相反，田村的感官描写正像是化了浓妆：以妆粉掩盖了事物本来面目，制造出一张充满女性特有魅力的"脸"。她的创作就像一场女性特质的盛装表演。因此，"化妆这一假面，应当被解读成她们写作方式本身的隐喻"⑤。

而作为深层背景，我们应当看到"女性化写作"又恰是当时文坛

① 吴佩珍：《家国意识形态的逃亡者：由田村俊子初期作品看明治期"女作家"及"女优"的定位》，《中外文学》第34卷第5期2005年10月，第97页。

② ［日］山崎真纪子：《田村俊子的世界——作品与话语空间的变化》，彩流社2005年版，第155页。

③ ［日］光石亚由美：《田村俊子〈女作者〉论——写作的女性与被写的女性》，《山口国文》1998年3月号，第127页。

④ ［日］光石亚由美：《田村俊子〈女作者〉论——写作的女性与被写的女性》，《山口国文》1998年3月号，第127页。

⑤ ［美］丽贝卡·利普兰：《〈告白〉的浓妆之脸——"女性特质"的表演》，载于关根英二编：《歌之声响·物语之欲望——从美国看日本文学》，星云社1996年版，第255页。

对女性作家的期待。明治 41 年（1908），杂志《新潮》刊登了小栗风叶等人的《女流作家论》，其中写道："综观近来女性作家，皆无女子气。姑且不谈水平好坏，其女性气质缺失之处实令人不满。因此，吾等几乎不读当今女流作家之作。"[①]此评论清楚地道出了文坛主流男性作家对于女性作家写作方式的评判和要请。对此，光石亚由美在有关论文中明确指出："文坛和读者所要求的是，男性作家所无法模仿的、反映了女性作家独特视点的作品。"[②]事实上，田村俊子也确以作品内充溢的感官要素和华美感性的笔致作出了圆满的应对。在这个意义上可以说，"妆粉"和"写作"的关联，是一种"有意识的、策略性"[③]的行为。参见前文关于"妆粉"的四重构造的分析可以得知，女作者在写作中投入过剩的女性特质和感官性，是通过涂抹"妆粉"实现的。这或许也是田村为了在男性中心的文坛立足而有意采取的策略。例如，大正 2 年（1913）她在《中央公论》上发表的《男人当如此》中有一段写道：

> 当今男人们对于从女人口中听到大胆告白一事颇有兴趣。当女人认真地吐露自己的哪怕仅一小部分的心理，男人也会像打开了潘多拉宝盒一样，刹那间倾注不可思议的兴趣。即便从盒子中现出某种灾难——或损害男人的某样东西，男人也只是面色不快地，一时间不管三七二十一先将其推赏为新女性，并一再哄赞。[④]

从这段不无讥诮的话可以看出，田村敏锐地洞察到同时代男性读者对女作家的窥视欲望。然而讽刺归讽刺，她在实际创作中却顺水推舟地付诸了实践。正如光石亚由美所言，"'女作者'在文坛男性的欲

---

①　参见 [日] 小栗风叶等"女流作家论"，《新潮》1908 年 5 月号，第 6 页。

②　[日] 光石亚由美：《"女作者"描写性的时候——田村俊子的情形》，《名古屋近代文学研究》1996 年 12 月号，第 51 页。

③　[日] 长谷川启：《写作之"狂"——田村俊子的〈女作者〉》，载于岩渊宏子等编：《女性主义批评的邀请——读近代女性文学》，学艺书林 1995 年版，第 71 页。

④　[日] 田村俊子：《男人当如此》，转引自 [日] 黑泽亚里子：《田村俊子与女弟子——关于新发现的汤浅芳子日记·书简》，《冲绳国际大学文学部纪要·国文学篇》1991 年 3 月号，第 151 页。

望中以'女性'身份大放异彩，这反映了田村俊子在文坛中的性别分工"①。换个角度来看，当时在被视作"男性的职业"的写作之路上，田村等女性作家的实践（给作品"涂抹"上"女性特质"）不失为一种良策。丽贝卡·利普兰便认为：

> 就像这样，战前的大部分女性作家，一方面各自塑造了彰显了男性所定义的"女性特质"的人格面具（persona），另一方面在暗中享受着原本作为男性职业的活动。化妆是极其符合这类女性的隐喻。通过化妆，她们得以隐藏自己"不女性化的一面"，与此同时也能够打造出男性所乐意消费的女性化的美丽脸孔。②

作为人格面具（persona）的"女性特质"，在人格和面具的统和过程中，渐渐成为降低女性自我的一部分（如水野批判到的"硬壳"）。而反过来说，"女性特质"作为有效的"武器"，又为女性作家提供了从男性作家阵营中突围的契机和可能性。

田村俊子的墓碑上，作为最能表现其个性的语句，刻着《女作者》中的一句"这个女人写的东西大都是由从妆粉里产生的"。无论是陷阱还是策略，不可否认的是，"妆粉"所表征的"女性特质"已成为标志田村文学的一大魅力和特质所在了。

2. 自我确认的两个契机

《女作者》的另一大主题是关于女作者创作之外的日常生活，包括在田村众多作品中都会登场的夫妻关系。长谷川启对此作出了归纳："关于夫妇的部分有三个场景：第一个是女作者写不出约稿，尔后夫妻吵架的场面；第二个是关于年轻时候和丈夫间初恋的回忆；第三

---

① ［日］光石亚由美：《田村俊子〈女作者〉论——写作的女性与被写的女性》，《山口国文》1998 年 3 月号，第 134 页。

② ［美］丽贝卡·利普兰：《〈告白〉的浓妆之脸——"女性特质"的表演》，载于关根英二编：《歌之声响·物语之欲望——从美国看日本文学》，星云社 1996 年版，第 249 页。

个是诉说如今对于丈夫的幻灭"①。其中，第一个场景细致地刻画了女作者对丈夫的"病态的发作"②。

因创作陷入僵局而哭泣的女作者，为丈夫的冷嘲热讽激怒，"她冲着丈夫，蓦地插向他露出牙龈的嘴角，并用拳头中指的骨节粗暴地戳着其额头"③。对于她的"暴力"行为，丈夫却自始至终不发一言。女作者便更进一步，"用膝盖抵住丈夫的背"试图将其扑倒，并用力地扒开丈夫的衣服，把手伸入他口中撕扯。然而，"已经习惯于女人病态的发作的丈夫，表情像是在说'又开始了'，仍顽固地沉默。"④便是这样，女作者带有感官意味的疯狂举动最终都没能引发丈夫任何反应。终于平静下来的女作者开始悲伤：

> "多么无可救药的女人啊！"
> 哭泣的内心只是不断重复着这句话。⑤

山崎真纪子将女作者"病态的发作"称为"诱发反应的试探"⑥，并将目的解释为"作用于他者并根据其反应来把握自身"⑦。这一提示很有启发性。文本中刻画的女作者和丈夫之间的攻防战，比起其他一些作品中用来反映"男女相争"，这里更重要的是：它体现了女作者在尝试引发丈夫反应的过程中，以期对自身状态和处境进行确认的目的（在此过程中值得注意的是，女作者充满感官和挑逗意味的举动，

① ［日］长谷川启：《写作之"狂"——田村俊子的〈女作者〉》，载于岩渊宏子等编：《女性主义批评的邀请——读近代女性文学》，学艺书林1995年版，第81—82页。

② ［日］田村俊子：《女作者》，载于《田村俊子作品集》第一卷，Origin出版中心1987年版，第300页。

③ ［日］田村俊子：《女作者》，载于《田村俊子作品集》第一卷，Origin出版中心1987年版，第299页。

④ ［日］田村俊子：《女作者》，载于《田村俊子作品集》第一卷，Origin出版中心1987年版，第300页。

⑤ ［日］田村俊子：《女作者》，载于《田村俊子作品集》第一卷，Origin出版中心1987年版，第301页。

⑥ ［日］山崎真纪子：《田村俊子的世界——作品与话语空间的变化》，彩流社2005年版，第177页。

⑦ ［日］山崎真纪子：《田村俊子的世界——作品与话语空间的变化》，彩流社2005年版，第198页。

又暗示了其对丈夫的爱欲依赖——在后文中这又成为其追求自由的
阻碍）。可最终女作者并未能获得丈夫任何回应和反馈，这使得她的
"自我确认"行为陷入空洞的僵局。

女作者更进一步地"自我确认"，是从某"女性朋友"的登场开
始的。确切地说，是以女作者回想数日前和她会面的一种记忆追溯形
式展开的。作为女作者对立面的女性朋友，选择了和女作者截然不同
的生活方式。她决意与某艺术家结婚而不同居，并决然宣言"只为自
己而生"。她这样对女作者说道：

> "就算是结了婚，我也还是我自己。我就是我。恋爱也决不
> 是为别人恋爱。一定是自己的恋爱。一定是为自己的恋爱。"①

一再强调"我""自己"的这番表述，不禁使人联想起前章引述到的
《木乃伊的口红》中美稔的话。后者主张"自己的艺术"，这位女性
朋友则强调"恋爱"是自己的所有物。女作者听完女友的这番"理想
论"，心内质疑她在现实生活中究竟能坚持多久。她嘲笑地想，"再过
一年她来到我面前又会说些什么呢"，然而同时还是感受到了"想要
展示强大的自己"的女友的话所"压迫"。理由是：

> 独自生活这件事，女作者很早以前便想过。她的心始终为这
> 一愿望所动。然而女作者并不能够。再回到一个人的生活，对于
> 女作者来说，是怎样都无法做到的。②

女作者虽然困于当前的婚姻，然而还是不能从中得以摆脱。
究其原因，文中透露出是因为她无法舍弃和丈夫的初恋的回忆以及
情爱的留恋。面对展示了强烈个体意识的女友，她心态复杂：一方
面暗嘲其不现实，另一方面又哀叹自己的困境。如果和《木乃伊的

---

① ［日］田村俊子：《女作者》，载于《田村俊子作品集》第一卷，Origin 出版中心 1987 年
版，第 301 页。
② ［日］田村俊子：《女作者》，载于《田村俊子作品集》第一卷，Origin 出版中心 1987 年
版，第 303 页。

口红》的女主人公美稔作对比，可以说女作者和女友分别叠印了觉醒前后的美稔，就好像美稔的两个分身。若进一步和田村俊子本人的"印象"相比较，她们又分别呈现出无法摆脱情爱束缚的"旧女性"和自我觉醒的"新女性"的两种女性形象。因此，可以说女性朋友这个人物形象在文本内的重要功能之一，是作为女作者检视自身存在状态的契机。她的话语如同一面镜子映照出女作者内心隐秘的愿望。换句话说，回忆与女性朋友交谈的过程，其实就是女作者反观自身的过程。"可以认为，两个女性对照性的交谈都反映了女作者自身动摇不定的内心的心声"①。如果可以将女作者对于丈夫的"病态的发作"视作其从正面进行"自我确认"的行动，那么与女性朋友的对谈可以看成是，通过互为表里的形式从反面对于"自我"和自身处境的凝视和一再质询。二者的共同之处在于都采取了"自我与他者的冲撞"的形式。不同点在于，前者是通过显而易见的身体、行动上的较量和碰撞，而后者更表现为思想上的分歧和冲突；前者更出于主观和主动，后者则显得客观和被动，但更为深刻和内省。

从回想中醒过来的女作者，突然间为创作的欲望所驱使，并为"一定得写点什么"的念头感到焦躁不安。从这个细节可以看到，女作者与决然选择"一个人的生活"的女友不同，是在以写作的手段寻求另一种方式的"为自己而生"。具体而言，女作者关于女友的回忆暗示了其潜在的"越境愿望"②，而在现实生活中，写作是她实现这愿望的唯一手段。换句话说，女作者并未选择以任何激烈的手段去破坏当下生活，而是通过写作在现实和理想中达成一种微妙的妥协。写作于她，已经不仅是通常意义上谋生的手段，而是在生活的泥沼里支撑其"自我"的唯一"涉渡之舟"。

小说的最后一段很有趣。雨天，郁郁寡欢的女作者"看见"：

---

① ［日］长谷川启：《写作之"狂"——田村俊子的〈女作者〉》，载于岩渊宏子等编：《女性主义批评的邀请——读近代女性文学》，学艺书林1995年版，第90页。

② ［日］长谷川启：《写作之"狂"——田村俊子的〈女作者〉》，载于岩渊宏子等编：《女性主义批评的邀请——读近代女性文学》，学艺书林1995年版，第85页。

自己喜欢的女演员在舞台上刨萝卜丝。她的手仿佛很冷地发红了。真想握紧那双手，用嘴唇的温度为它取暖。①

文本中没有明言这个非真实的场景究竟是回忆还是幻景。田村的作品常常以梦境、幻景或者舞台形象结尾（例如前两章分析的《生血》《木乃伊的口红》。这一点容今后继续考察，在此不作详述）。女作者自怜的情绪通过这一场景充分流露出来。此前她试图与丈夫对话，但始终不能获得对方的反应，使得发出的声音和话语成为空洞回声。这正如同舞台上寂寞的女演员。与原题"游女"所带的浮华轻薄的脂粉气恰恰相反，我们看到了一位女性作家真实而孤独的内面。

以上考察了短篇小说《女作者》的两大主题，即在男性作家占据主流地位的时代背景下，某女性作家所直面的写作和日常生活。

首先，在创作活动中，女作者借助"妆粉"隐藏真实的自己，迎合文坛的期待，有意识地表演出"女性特质"的一面，在客观上达成了从男性作家阵营的突围。"妆粉"成为其创作的源泉和灵感，从"妆粉"中产生的作品表现出与男性作家迥异的作风。通过"妆粉"，女作者构建了自己的"人格面具"（persona）。

其次，在日常生活中，女作者苦于当下的婚姻生活，又为情爱所束缚而无法离脱。于是，无法越境的苦恼和焦躁常常以她在丈夫面前的"病态的发作"的形式爆发出来。另外，坚持"只为自己而生"的女性朋友的存在，又吊诡地反映出女作者内心的越境欲望和动摇。通过分析可以看到，无论是在丈夫面前"病态的发作"，还是和女性朋友的对谈，都分别以正反两种形式构成女作者"自我确认"的契机。

综上所述，《女作者》刻画了一位在写作和日常生活两个维度上抗拒而终于妥协的女性作家形象，展开对女作者"个体性"与"女性特质"的双向追究。大正4年（1915）7月，田村俊子在《中央公

① ［日］田村俊子：《女作者》，载于《田村俊子作品集》第一卷，Origin出版中心1987年版，第305页。

论》上发表了另一篇作品《她的生活》①，其中更为详细地描写了某女性作家的（婚姻）生活，可以看作是《女作者》的姐妹篇。这篇作品的女主人公是一位"新女性"，对于婚姻关系中不平等的男女性别分工有着清醒的认识和戒备。可结婚后，她自己也一步步为这种制度所收编。她为家务一再牺牲写作时间，由于丈夫的妒忌也放弃了和男性文友的往来，又因为育儿进一步丧失了空余时间，陷入"最重要的自己的艺术和自己的自由和自己的生，都渐渐地为婚姻所压榨"②的苦恼。最终，她将这些牺牲都理解为对于丈夫的爱和对丈夫工作的支持理解，称之为"爱的生活"。于是，她选择了温和的妥协而非破坏：

> 如果不能舍弃现在的生活，只能让它不断地适应自己。她决心顺从自己一脚踏进的女人的命运，再从中重新求索自我。③

绝望之中，她自嘲道："自觉——最终这是对'自己是女人'一事的自觉"④。同样，女作者正是抱着"自己是女人"的自觉，重复着"她的生活"。和田村众多作品的女性人物一样，她们"个体性"的萌芽，终会在女性的宿命中凋零枯萎吗？

五、结 语

"华丽、妖艳、知性、进步、感官，我想俊子的作品应在现代被更多地重读。"⑤濑户内晴美的一句，在本文执笔过程中不时在耳边回

---

① [日]田村俊子：《她的生活》，载于《田村俊子作品集》第二卷，Origin 出版中心 1988 年版。

② [日]田村俊子：《她的生活》，载于《田村俊子作品集》第一卷，Origin 出版中心 1987 年版，第 247 页。

③ [日]田村俊子：《她的生活》，载于《田村俊子作品集》第一卷，Origin 出版中心 1987 年版，第 259 页。

④ [日]田村俊子：《她的生活》，载于《田村俊子作品集》第一卷，Origin 出版中心 1987 年版，第 263 页。

⑤ [日]濑户内晴美：《解说》，载于田村俊子：《木乃伊的口红》，不二出版 1986 年版，第 13 页。

响。昭和 20 年（1945）4 月在中国上海走完 61 岁生涯的日本作家田村俊子，她的作品在半个世纪之后走进我的书架。阅读和感动之余，也心知这必是一种缘分。

在盛夏的烈日下苦恼彷徨的优子（《生血》），在艰难生活中不断追寻"自己的艺术"和自我实现的美稔（《木乃伊的口红》），还有在妆粉、写作和"疯狂"中不断挣扎着思考生的意义的女作者（《女作者》）……田村俊子的世界里的这些女性，她们大都走在时代的前列，拥有强烈的个体意识，却又为现实生活中的某物所束缚从而无法找到出路。她们憧憬着自由生活的同时，又无法舍弃对男性恋人的爱欲，只能永远在生的困境里挣扎、叹息和哭泣。这些身陷"个体性"和"女性特质"的两难困境的女性形象，也是田村俊子文学最大的魅力。这一点早在同时代就得到了充分肯定：

> 尤其是对于在情感生活中追求自由却为某物所困，因而总是焦躁不安的年轻女性的心理——虽然多少有些夸张——的刻画犀利而生动。我想在这一点上，可以说当今文坛无出其右者。[①]

田村俊子笔下的女主人公们，总是在"个体性"和"女性特质"二者间无法择其一从而受困于其间，但是又比任何人都更清楚自己的处境。这不仅是作品中人物的苦恼，也是作者本人的焦虑。中村孤月在《大正四年日本文坛的创作》一文中如下写道：

> 现代作家当中，总是为无法抑制的要求所驱使的一位是田村俊子氏。俊子氏常常期望着自己生活的自由。这自由绝不是从男性的束缚中摆脱出来的自由，而是试图从"自然"本身的束缚、压迫中逃脱出来。[②]

---

① ［日］相马御风：《作为艺术家的才华和素质》，载于《〈新潮〉作家论集》上卷，日本近代文学馆 1971 年版，第 243 页。

② ［日］中村孤月：《大正四年日本文坛的创作》，《文章世界》1915 年 12 月号，第 68 页。

田村俊子想要摆脱的是"自然本身"的束缚而非"男性的束缚",这一指摘独到而准确。这个时代的"自然"如果像宫本百合子所言,指的是"女人必须爱男人"的话,那么"自然本身"可以认为是田村俊子的"女性特质"。正是她所无法舍弃的这一"自然"抑制了其"个体性"的萌芽,限制了自我和自由。不过,综合本论文的分析来看,这一"自然"的内容又并非仅仅是特定时代的意识形态或制度,而是根源于俊子本人的内部。这与同时代的新女性有所不同。因此,相马御风才会说道"然而对于直接把女史视作为'新女性'这一点,我不得不感到些许踌躇"①。而田村俊子的这一困境在其文学中的反映,从本文中考察的三篇作品中也可以管窥一二。

---

① [日]相马御风:《作为艺术家的才华和素质》,载于《〈新潮〉作家论集》上卷,日本近代文学馆1971年版,第243页。

岛崎藤村的《破戒》

　　岛崎藤村（1872—1943）本名春树，别号无名氏、古藤庵、无声、枇杷坊等，是日本著名的现代诗人、小说家、散文家。他出生于长野县木曾马笼村一个封建家庭。他的父亲正树是一位汉学造诣很深的"国学者"，对藤村的成长有一定的影响。

　　他10岁被送到东京读书，15岁便进入基督教学校明治学院学习，受到了基督教的洗礼，接触了较多的西方文化。毕业后，他担任了明治女子学校的讲师，开始翻译与文学创作生涯。21岁时，他结识了浪漫主义诗人、评论家北村透谷，共同创办了《文学界》杂志，从此致力于浪漫主义诗歌创作。1896年他赴仙台任东北学院的教师，在那里完成了第一部抒情诗歌集《嫩菜集》的创作，并于翌年发表。这是日本现代新诗创作的划时代作品。此后，他又陆续出版了诗集《一叶舟》（1898）、《夏草》（1898）和《落梅集》（1901）。

　　明治32年（1899），藤村应聘到信州小诸义塾任教，开始深入观察、思考自然与人生，并由诗歌创作转向散文、小说创作。明治33年（1900）他出版了散文集《千曲川风情》，明治39年（1906）自费出版了第一部长篇小说《破戒》。该作品在日本社会引起了巨大轰动，被文坛誉为"是一部真正的小说"，从而奠定了日本批判现实主义文学的基础。不久，他又发表了《春》（1908）、《家》（1911）、《新生》（1919）长篇三部曲，堪称日本自然主义文学的杰作，其本人也因此一跃成为日本第一流的小说家。昭和4年（1929）他出版了长篇历史小说《黎明前》。昭和16年（1941）他开始写第六部长篇小说《东方之门》，未等完成，便于1943年8月22日因突发脑溢血而病逝。

　　《破戒》是岛崎藤村的一部成名作。小说的梗概是这样的：

　　24岁的主人公濑川丑松是信州饭山镇小学的首席教师，出生于一个部落民家庭。一天，他突然闷闷不乐，又突然搬家，原因是一个叫大日向的部落民被赶出了医院，继而又被赶出了居所。他的行为在同事中引起了种种猜疑。他时刻念念不忘父亲对他的谆谆告诫：不管碰到什么事，不管遇到什么人，千万不可吐露真情。永远隐瞒出身，否则，会遭到社会的抛弃。他是一个思想进步的青年，十分崇拜同是部落民出身的猪子莲太郎先生，但又没有勇气站出来宣布自己的身世，终日诚惶诚恐。校长及郡督学的侄子胜野文平都很嫉妒丑松在学生中的威望，总想把他排挤出校，却苦于一时找不到恰当的理由。当他得知父亲突然去世，在回乡奔丧的途中竟与莲太郎和政客高柳不期而遇。在家乡，丑松有几次都很想向莲太郎袒露自己的真实出身，但终未开口。他为自己的懦弱而感到苦恼、悲伤。而高柳为了筹足资金竞选议员，竟与部落民富豪家族的女儿联姻。高柳的新妻知道丑松的底细。返校后，丑松担心被人发现自己同莲太郎有什么干系，赶紧卖掉了手头上所有莲太郎的著作。而此时，有关丑松出身的秘密也通过高柳之口传到了学校。他在恐惧和绝望中想到了自杀。他决定在自杀之前，去见一见已返回饭山镇的莲太郎的最后一面，正巧赶上莲太郎在发表演说。没想到莲太郎因揭发高柳的卑劣行径，却遭到其暗算。前辈的鲜血震醒了丑松，他决心向世俗挑战，勇敢地破"戒"。于是，在最后一堂课上，他鼓起勇气打破了父亲的告诫，激动地向全校师生坦陈了自己真实的身世。然后，他毅然抛弃了教职，告别了恋人风间志保、好朋友土屋银之助以及他教过的学生们，打算跟大日向一起由东京去美国得克萨斯州开辟新的天地。

　　读完了长篇小说《破戒》之后，如果要问道：所谓"破戒"，究竟是破"谁的戒"，相信每位读者都能准确地回答出：是破"父亲"的戒。一般的人们往往只满足于知道这一点而不曾对"父亲"这一角色作更深入的分析和了解。人们之所以忽视了"父亲"这一角色，很可能是因为作者在文章中对"父亲"的塑造着墨不多之故。这也难怪，在作者的笔下，"父亲"一般是通过作者的简单介绍，或丑松的回忆，或叔父的转述才被提及的。小说中丑松与其父的唯一会面，也被作者安排在"父亲"已化作幽灵的特殊场合。这样，"父亲"在作者笔下就成了一个幕后角色，而没有机会走到台前与读者见面。然而，我们如果忽略了"父亲"这个角色，则对小说的理解必然是不完整的、不够深入的。"父亲"对丑松的思想支配，通过他的"戒"一直维持到莲太郎死之后才结束，其支配能量之巨大，客观效果之明显，都是毋庸置疑的。因此，本文试图从丑松与"父亲"及莲太郎之间的关系中，探讨一下"父亲"这个举足轻重的角色，探求一下在莲太郎死之前的心理变化，由此解释一下"丑松为什么会破戒"这一问题。

一、"父亲"这个角色

关于《破戒》中的"父亲"，日本文学评论家们几乎不去论及，这个角色始终是处于被冷落的地位。这从作者岛崎藤村在昭和3年（1928）1月号的《融合问题和文艺》上指出的意见中即可窥见一斑："……虽然作品的背景有着形形色色的人物，各种各样的事情，但作为作者的我，希望读者注意的是'那种父子关系'"。①

小说对"父亲"的描写尽管用笔不多，但读起来令人难以忘怀。特别是当丑松收到父亲突然去世的电报时，作者是这样介绍"父亲"的：

> 考虑深远的父亲不仅教给了丑松一生的戒条，而且自己也格外小心，总是尽量不打人眼，除了为儿子的出人头地祈祷外，已是既没有希望也没有慰藉了。为了丑松——因为有这种思想感情，他才来到了这远离尘世的山里，早晚望着烧炭的青烟，与牛群为伍，打发着寂寞的岁月。每个月拿丑松寄来的钱买来自己喜欢的地产酒喝，成了这个老牧人最大的乐事。②

丑松风尘仆仆赶回家乡，在山间父亲的小屋里向父亲的遗体告别后，人声的嘈杂使丑松没法休息：

---

① 转引自陈德文：《岛崎藤村研究》，人民出版社1999年版，第110页。
② 译文转引自《现代日本文学全集岛崎藤村集》，筑摩书房1954年版，第6章第3节。

（一宿就这样谈到天亮。）父亲的遗嘱在先，说是千万不要通知小诸向町方面的人，况且搬迁以来十七年都没通过音信了，因此这边既然不曾主动告知，那边的人也就没来。叔父只担心一旦让那边得知昔日的"秽多头"去世的消息，要是他们派一个不伦不类、不会说话的人来，就可能带来麻烦。据叔父讲，把墓地选在牧场，是父亲一直考虑的事。之所以如此，是因为父亲想到，如果送到根津的寺庙去按一般农家的葬礼安葬要行得通还行，要是行不通，就会落到被断然拒绝的可怜境地。习惯的可悲之处，在于它规定了秽多没有权利在一般地方下葬。父亲当然深知这一点。父亲生前也是为了自己的儿子才在这山里坚韧支撑的，死后也是为了儿子才以长眠牧场为心愿的。①

安葬完父亲后，丑松来到了山冈上。放眼父亲生前放牧的西乃入牧场，他不禁睹物思人："父亲虽然隐居在这乌帽子岭，但他是一个功名之心一生都如火一般燃烧的人。"这可以说是丑松给父亲下的一个结论。丑松对父亲的理解是："去！战斗！扎卜根来！——父亲的真意即在此！"②

从以上看来，"父亲"是这么一个人：第一，他在搬家至根津以前做过"秽多头"（这是一个管理某地区所有"秽多"③的职务，在"秽多"当中地位最高，不过"父亲"只管理了四十户人家。）；第二，"父亲"对儿子丑松是深爱着的，他既是为了儿子才举家远迁的，也是为了儿子才可忍辱负重的；第三，父亲从小对丑松很严厉，所以丑松对他有些反感；第四，"父亲"作为现实中众多的受害者（指"秽

---

① 《现代日本文学全集岛崎藤村集》，筑摩书房1954年版，第7章第5节。

② 《现代日本文学全集岛崎藤村集》，筑摩书房1954年版，第6章第6节。

③ "秽多（eta）"，在江户时代被固定为社会的最低阶级——"贱民"阶级。"贱民"被视为特别的种族，不能与其他阶级通婚、同住、同火、同器。到了明治4年（1871），政府发布了所谓的"贱民废止令"，准许他们与普通平民同权、同义务，从此被称作"新平民"。但明治5年（1872），政府又将全国人划分为皇族·华族·士族·平民四大阶级，重新确立了身份等级制度。大多数人很难接受原"贱民"与己平等的事实，于是处处排斥原"贱民"，冲突不断。

多")之一，他对现实的认识是深刻的，是有远见的（后来的历史证明，"部落问题"绝非一纸法令① 就可解决的）；第五，补充一点："父亲"隐居深山，因此并不知道有莲太郎这么个"新平民"思想家存在。

二、莲太郎死之前的丑松的心理历程

如果按照丑松回乡奔丧为时间分界来考察他的心理历程的话，可以说他大致经历了三个阶段：第一，在校时的自发阶段，即对"秽多"出身的自我确认以及自然地亲近猪子莲太郎思想的阶段；第二，在家乡时的矛盾阶段；第三，返校后精神走向崩溃的阶段。

第一阶段（自发阶段）：丑松是因"秽多"大日向被逐出自己所住的小旅店才决定搬家的，也是因为大日向的遭遇才认识到自己"秽多"出身的潜在危险性的。搬家至莲华寺的第二天，银之助和文平来看望丑松。银之助是丑松师范学校时代的同学，又是好朋友；而文平则是想来窥探丑松的内心秘密的。在丑松屋子里，二人问及丑松近来的沉闷心情，言语之中对"秽多"及"新平民"思想家猪子莲太郎多有偏见。他们走后，丑松在自己的房间里踱来踱去，心里很憋闷、窝火。他对同事的成见非常气愤，对同胞的被驱赶感到悲哀，却又无可奈何。同时，他又想自己的内心不被人知，于是陷入了多疑的心境之中——担心自己的"秽多"出身被识破。②

当"秽多"大日向被赶出丑松居住的旅店后，愤而决定搬家的丑松买来了莲太郎的著作《忏悔录》阅读。这个行为说明了如下事实，一方面，即丑松是因为想寻求心灵的安慰才亲近莲太郎思想的，莲太郎成了丑松的贴心人，成了他心灵的引导者，成了他景仰的人物。因此，当有人贬损莲太郎时，他自然很生气；另一方面，他不敢与人争论，因为他心虚，害怕别人由此知道自己内心的秘密。

---

① 需要指出的是，"贱民废止令"在原法令中并无"贱民废止令"的字样。这个称谓是后来的史学家为研究的便利而加上去的。

② 《现代日本文学全集岛崎藤村集》，筑摩书房 1954 年版，第 3 章第 6 节。

第二阶段（矛盾阶段）：在归乡奔丧途中，丑松与猪子莲太郎、士村律师等人在火车上不期而遇，这令丑松喜出望外。内心里一直崇拜的前辈就坐在眼前，丑松好想坦露自己的出身，但犹豫之下，还是没说出口。等到莲太郎一行下车后，他又很后悔，但他还是希望下次见面时能说出来："啊，要是把这秘密和盘托出，那自己这心中的重压会变得多么轻啊！"①

很明显，丑松想把自己的出身告诉莲太郎的愿望很强烈，这一愿望的出发点既是为了减轻自己内心的重压，也是为了同自己景仰的前辈走得更近。笔者在此提出一个问题：既然有这么强烈的愿望，可为什么又没有早说出口呢？分析起来大概有两个原因：一是突然见面，使得丑松还没完全在心理上准备好；二是由于他在骨子里还始终觉得自己的出身是一个耻辱②，所以他话到嘴边又咽下了。

父亲为一头种牛所伤而死。在父亲下葬后，这头种牛就被牵到屠牛场宰杀。丑松、叔父、莲太郎三人一同来到屠牛场。在屠牛场，丑松感到"终于到了可以卸下痛苦的重负的时候了。"小说这样写道：

> 在丑松来说的话，自己决不是打破一生的戒条。这要是对世人讲了，岂不是迄今为止的苦心都化为泡影了吗？是只向这个人讲而已，就像跟亲兄弟讲似的，一点没有障碍。丑松如此这般地自己对自己辩解。因为丑松也并非是缺少头脑的青年，并没有打算忘记父亲那坚定的话语，去做愿意陷自己于死地的愚蠢儿戏。
>
> "隐瞒！"这一严肃的声音，此时又在心底响起。冷颤突然从头到脚传遍全身。这样，丑松也不得不踌躇了。"先生！先生！"丑松嘴里叫道，正苦思怎样把那事说出口，却感到有一种看不见的力量在身后奇妙地阻止自己的妄为。

---

① 《现代日本文学全集岛崎藤村集》，筑摩书房1954年版，第7章第2节。

② 在此可认为，问题在于丑松的"耻辱观"。耻辱观分"私耻观"和"公耻观"。所谓"私耻观"，是指个人感到耻辱的观念，与外界无关；所谓"公耻观"，则指外界强加给个人的耻辱观念。（参见杨宁一：《了解日本人——日本人的自我认识》，天津人民出版社2001年版，第133页）在"私耻"层面上，丑松并"不以秽多为耻"，这表现在他对"秽多"所遭不公平待遇的愤怒上；但在"公耻"层面上，他又是"以秽多为耻"的。

"切勿忘记"的训诫又在心底响起。①

这里明确地指出，丑松并不想把自己的真实出身向社会告白，而只是想把这个秘密告诉自己敬仰的、可资信赖的前辈莲太郎。可父亲的"严厉"、父亲的"戒"令他却步了。但同时，他的内心又对父亲产生了反抗。小说有这样一段描写：

> 一想起父亲临终时的告诫②，丑松心里就起了痛苦的挣扎："的确，自己变了。的确，自己再也不是那个一就是一、二就是二地机械服从父亲的孩子了。的确，自己的心灵不再只是父亲一个人占据的世界了。的确，每想到父亲的严厉性格，自己反而会向相反的方向逃跑，想自由自在地哭，自由自在地笑，现在自己变得有这种思想了。啊，愤世嫉俗的前辈的心境，与教导顺应世俗的父亲的心境——两人的差异是多么明显！想到这里，丑松为自己的前路感到迷惘了。③

在这里，丑松对父亲的严厉产生了"逃跑"心理，即有人格独立、精神独立的要求。而父亲和莲太郎在丑松心里的定位也是明确的：父亲"顺应世俗"，莲太郎"愤世嫉俗"，故他无所适从。

第三阶段（精神走向崩溃）：返校后的一天，听朋友银之助说起猪子莲太郎又病了，丑松便揣着报纸独自一人躲到礼堂去看。刚从胜野文平那里得到报告说丑松是"秽多"的校长，这时突然出现在正在读报的丑松的身边。心虚的丑松觉得自己的秘密已经被校长洞穿，当两人一道出了礼堂并肩下楼梯时，即使只是二个人的肩与肩的偶尔相碰，也使丑松感到"每碰一次，冷颤都从丑松的头一直传到脚。"④丑松已有了"山雨欲来风满楼"的感觉。尤其是银之助和准教员一道给

---

① 《现代日本文学全集岛崎藤村集》，筑摩书房1954年版，第10章第1节。
② 父亲临终时的告诫是叔叔转达的，父亲去世时丑松并不在身边。
③ 《现代日本文学全集岛崎藤村集》，筑摩书房1954年版，第10章第4节。
④ 《现代日本文学全集岛崎藤村集》，筑摩书房1954年版，第14章第4节。

丑松送工资来，在丑松住处争论起教员中谁是"秽多"的问题，使得丑松感到末日就要来临了①。于是，丑松冒着风雪卖掉了手头上的莲太郎的著作②。接下来落魄士族敬之进和寺庙女主人的倾诉③、丑松愤而参加教员们关于"秽多"的论辩④、志保的出走⑤等一系列事情都恶化了丑松的心境，他对这个世道越来越感到灰心，精神到了崩溃的边缘，来到千曲川河畔后，企图自杀以求解脱⑥。转念又想同已来此地的莲太郎见最后一面，告诉他自己的真实出身后再自杀。可是莲太郎恰在这时死了。

我们可以看出：丑松返回学校后，当他的出身已经被别人知道、怀疑和议论时，他的直觉反应便是竭力掩饰，把书卖掉。自杀之前决定去见已来此地的莲太郎，虽然说是对莲太郎的敬仰和信任，但他的想法也依然是："反正只对他一个人说。"⑦总之，对于莲太郎，丑松的这种想法非常单纯。我们看不出丑松有哪怕丝毫的"破戒"动机。反之，莲太郎对丑松的影响也是有限的。

三、丑松与父亲及莲太郎的关系

在对丑松的整个心理活动分析的基础上，本人再对丑松与父亲及莲太郎的关系方面试作一个总结。

首先看一看丑松与父亲的关系。从上面的分析中，可以看出丑松对"父亲"是畏惧的，反感的。他有精神独立和人格独立的要求。对"父亲"的反感，主要缘于他很想把自己的真实出身告诉莲太郎，以此来削减难以忍受的精神压力。可"父亲"的"戒"却是禁止他把自己的真实出身告诉任何"外人"。这样就造成丑松的痛苦来自两方面：

① 《现代日本文学全集岛崎藤村集》，筑摩书房1954年版，第16章第2节。
② 《现代日本文学全集岛崎藤村集》，筑摩书房1954年版，第16章第4节。
③ 《现代日本文学全集岛崎藤村集》，筑摩书房1954年版，第16章第6节、第17章第6节和第7节。
④ 《现代日本文学全集岛崎藤村集》，筑摩书房1954年版，第18章第4节。
⑤ 《现代日本文学全集岛崎藤村集》，筑摩书房1954年版，第19章第5节。
⑥ 《现代日本文学全集岛崎藤村集》，筑摩书房1954年版，第19章第7节。
⑦ 《现代日本文学全集岛崎藤村集》，筑摩书房1954年版，第20章第1节。

一是"秽多"这一出身，二是父亲的"戒"。对于前者，由于是社会强加于他的（身份制度的特征即在于身份的世袭性），他无法卸掉；但对于后者，丑松是可以通过把自己的出身秘密告诉莲太郎而获得精神减负的。可是"父亲"并不知晓有个替本阶级说话的、可资交心的莲太郎存在，所以他的一个"戒律"，便像紧箍咒一样将丑松的大脑箍死了。另外，尽管丑松对"父亲"有反感，但在莲太郎死之前，他还是一直遵守父亲的训诫的，只是等其死了之后，他才背叛了父亲。

再看丑松与莲太郎的关系。总的来说，丑松对莲太郎是亲近、信任和景仰的。是莲太郎的著作给了他以慰藉与思考。莲太郎是他唯一想主动倾诉内心秘密的对象。自杀之前他最后想一见的人仍是莲太郎。

但是，尽管莲太郎死前以其自身的思想境界（敢于承认自己是"秽多"）和独特的人格魅力（他疾恶如仇，光明磊落）深深影响了丑松，丑松也视他为前辈，但应该说在很长的时期内，丑松的思想境界还没达到莲太郎那样的高度①，即莲太郎死前对丑松的影响是有限的，丑松甚至并未主动表示过愿意成为莲太郎的哪怕是思想上的盟友。而对父亲的畏惧与反感之情则一直交织在他心中，直到面对莲太郎的死，这种支配才消失。然而，当丑松直面莲太郎的鲜血和尸体的时候，丑松对莲太郎才彻底看清楚了：这是一个"真正的男子汉""真正的新平民"，而自己一直都是"虚伪"的；既然莲太郎都已赢得了人们的理解，那自己也向社会自白吧。——这就是丑松决定"破戒"的逻辑因此，本人认为莲太郎之死成了丑松"破戒"的直接契机；不过莲太郎是付出了生命的代价才"唤醒"丑松的"意识"。

最后比较一下"父亲"与"莲太郎"这两个角色是有意义的：父亲有一个"戒"，莲太郎有一本书，二者同时作用于丑松。对父亲的"戒"，丑松是被动接受的，但对莲太郎的思想却是主动接近的。父亲顺应世俗、隐而求存，而莲太郎则愤世嫉俗、起而斗争。故事的结局，是丑松破了父亲的戒。作品经过这样的安排，其主题也就昭然若揭了。

可以说《破戒》从人道主义出发，通过丑松由守戒到破戒的思想

---

① 此结论参见陈德文：《岛崎藤村研究》，人民日报出版社 1999 年版，第 116 页。

转变过程，触及了明治时代一系列不合理的社会问题。第一，小说尖锐地批判了身份差别制度。虽然明治维新宣布废除身份等级制度，但作为"新平民"并没有获得真正的平等待遇。第二，大胆地抨击了当时日本天皇专制主义下教育机构的腐败和黑暗。学校的校长、郡督学都是保守主义者。他们对学生进行军队式教育，拒绝接受新思想，努力排挤异己，扶植亲信，是十足的伪教育家。第三，无情地揭露了明治社会政治家在选举中的丑恶行为。高柳为追求权力、地位和金钱而不挥手段。将一个政客狡猾、卑劣、阴险、毒辣的嘴脸暴露无疑。第四，作者对生活在下层的劳动人民寄予了无限同情和热爱，从内心深处发出尊重人权的时代最强音。

《破戒》在艺术方面最成功之处在于主题鲜明，人物形象丰满，心里刻画细腻，抒情与写实浑然一体，富有浓郁的地方色彩。语言朴实、清新，文体润泽、坚实，为当时的"文言一致运动"作了有益的实践。

但该作品也有不成功之处。有些地方，作者把笔下的两个正面人物濑川丑松和猪子莲太郎描写得过于白卑。白《破戒》问世至今，日本评论界对丑松这个人物始终有争论。而且小说的结尾给人一种逃避现实、缺乏真正觉醒意识、向旧势力屈服的灰暗色彩，表现了一种小资产阶级知识分子的软弱性和妥协性。当然也反映了岛崎藤村本人对当时日本社会的认识存有某种局限性。

总之，长篇小说《破戒》瑕不掩瑜。它真实地反映了明治社会的真实面貌，充满了民主精神和批判现实主义精神，有其积极的主题，不愧是日本近代文学发展过程中一个里程碑式的优秀作品。

夏目漱石的《门》和《心》

夏目漱石（1867—1916）是日本近代文坛巨匠批判现实主义小说家。原名金之助，笔名漱石。1867 年 1 月 5 日他出生在东京牛込马场下横街一个多子女、旧幕府世袭制的明主家庭。翌年明治维新后，他的家运接连不济，生父夏目小兵卫直克视其为不祥之子，在他 2 岁时，便把他送给了家住新宿区的名主盐原昌之助做养子。后来，养父母离异，10 岁时，他又重新回到亲生父母家。但生父仍对他十分冷淡，致使他养成了一种孤僻的性格，对他今后患有精神忧郁症产生了直接影响。

从学生时代，夏目就熟读中国的唐宋诗文和《左传》《史记》《汉书》等典籍，擅长写汉诗文，对中国文学有较高的造诣。同时，在近代诗人正冈子规的影响下，他对江户时代富有诙谐的俳句有着浓厚的兴趣。明治 23 年（1890）他考入东京帝国大学（现为东京大学）英文系，接触了西方的近代文明，对霍特曼提出的平等主义思想产生了共鸣。毕业后，他曾先后在四国松山中学、熊本第五高校任教。明治 33 年（1900）被文部省派往英国留学，专修英国文学。这期间，他切肤地感受到了资本主义社会金钱万能的体制，发现了西方社会存在的种种弊端，动摇了他对西方文明持积极、肯定的态度。这对他日后从事文学写作，采用西方思想对照日本精神，把目光放在批判日本社会上产生了很大的影响。

明治 36 年（1903）回国后，他一边担任东京帝国大学英文专业讲师，一边开始从事文学创作。明治 38 年（1905），他在《杜鹃》杂志上发表了第一部长篇小说《我是猫》，便大获成功。接着，他又连续发表了《旅馆》《伦敦塔》《哥儿》《草枕》等一系列批判现实社会、讽刺守旧知识分子的优秀作品，从此，奠定了他在日本文坛上的牢固地位。明治 40 年（1907），他辞去教职，加入了日本朝日新闻社，专心写作，走上了职业作家的文学创作道路。

明治40年到明治43年（1907—1910），他先后发表了《十夜梦》《虞美人草》《矿工》爱情三部曲和《三四郎》《从此以后》《门》等作品，迎来了其文学创作的成熟期和高峰期。这一时期，他主要从爱情、道德的角度再现知识分子由内心世界的苦闷到自我觉醒的过程，由此达到批判社会现实和家族制度的目的。1910年以后，他的文学创作转入后期。他发表了《过了春分时节》《行人》《心》《道草》等作品，将笔锋直接转向人物的内心剖析，鞭挞了知识分子的利己主义，表现了对现实的绝望，对明治知识分子的自我否定。晚年他极力推崇"则天去私"的美学思想，其未完成的遗作《明暗》就集中体现了他的这一主张。

一、夏目漱石所处的时代

夏目漱石所生活的时代是日本历史上非常重要的一个阶段，是一个充满诱惑与变革的时期。1868年的明治维新是一场全面的资产阶级革命，使日本走上了急剧发展的资本主义的道路。在19世纪中期的亚洲，日本处于最后一个幕府——德川幕府时代。掌握大权的德川幕府对外实行"锁国政策"，禁止外国传教士、商人与平民进入日本，也不允许国外的日本人回国，甚至禁止制造适于远洋航行的船只。在此期间，只允许同中国、朝鲜和荷兰等国通商，而且只准在长崎一地进行。此外，德川幕府亦严禁基督教信仰。同一时期，在日本一些经济比较发达的地区，开始出现家庭手工业或手工作坊。作坊内出现了"雇用工人"制，形成资本主义生产体系。它的出现，冲击了原有的封建自然经济，从根本上动摇了幕府的统治基础。在商品经济形态的快速扩展下，商人阶层，特别是金融事业经营者的力量逐渐增强。商人们感觉到旧有制度严重制约着他们的发展，于是开始呼吁要改革政治体制。藩地诸侯、武士，和要求进行制度改革的商人们组成政治性联盟，与反对幕府的基层农民共同形成"倒幕派"的实力组织。

1853年，美国海军准将马休·佩里（Matthew Calbraith Perry）率

领舰队进入江户（今东京）岸的浦贺，把美国总统写给日本天皇的信交给了德川幕府，要求同日本建立外交关系和进行贸易。史称"黑船事件"（亦称"黑船开国"）。1854年，日本与美国签订了神奈川《日美亲善条约》，又名《神奈川条约》，同意向美国开放除长崎外的下田和箱馆（函馆）两个港口，并给予美国最惠国待遇等。

明治政府（即日本政府）首先采取"奉还版籍"，这是于明治2年（1869）6月17日实行的一项中央集权政策。意指各大名向天皇交还各自的领土（即版图）和辖内臣民（即户籍）。"废藩置县"的措施，为消除封建根基，明治新政府继续改革行政结构，废除藩，设置县。结束了日本长期以来的封建割据局面，为建立中央集权国家和发展资本主义经济奠定了基础。此后，明治政府实施了富国强兵、置产兴业和文明开化三大政策。富国强兵，就是改革军警制度，创办军火工业，实行征兵制，建立新式军队和警察制度，它是立国之本；置产兴业，就是引进西方先进技术、设备和管理方法，大力扶植资本主义的发展；文明开化，就是学习西方文明，发展现代教育，提高国民知识水平，培养现代化人才。在政治上："废藩置县"，加强中央集权，颁布宪法；在经济上：置产兴业，发展近代工业，兴办工业企业。承认土地私有，允许土地买卖，引进西方先进科技技术；在社会上：采取"改历""易服""剪发"等措施；在军事上：改革封建军制，建立近代化军队，日本军人进行武士道教育。实行征兵制，建立一支崇尚"武士道"精神、效忠天皇的军队。在文化上：派遣留学生到欧美国家学习，效仿西方建立从小学到大学完整的学校教育体系，教育学生要忠君爱国；在思想上：大力吸收西方的思想文化和社会风俗习惯，努力改造落后愚昧的社会风气，确立了国民皆学的方针，打破了传统的身份等级制度，在政府"求知识于世界"的开放政策下，掀起了传播启蒙思想的热潮。

夏目漱石亲眼目睹了日本当时全国上下到处是"文明开化"的喧嚣，人们盲目模仿西方，同时为了达到同西方列强平起平坐的目的，日本天皇政府大肆扩张势力，壮大军事力量，很快走上了军国主义道路。他经历了1894—1895年的中日甲午战争和1904—1905年的日俄战争。也看到了战争给日本国民所带来的巨大灾难。

车尔尼雪夫斯基说："所有不属于我们这时代并且不属于我们文化的艺术作品，都一定需要我们置身到创造那些作品的时代和文化里去，否则那些人和事在我们看来将是不可理解的。"①从这个意义上来看，夏目漱石所处的时代正是日本一个特殊的社会转型期，在这一时期的文学作品作为一种特定的社会文化语境，会表现出当时的普遍的意识形态，并与当时的时代文化、社会心理密切相关。夏目漱石的文艺思想是在其本身的具体痛苦体验中逐渐形成的。他深知"文明开化"的本质，关注日本社会的未来。由于当时的作家都争先恐后地模仿西方，各种流派的主张和方法大量涌入日本，不少人认为只要是西方的就是好的，世界的文明就是伦敦，而夏目漱石却清楚地认识到："日本当时是一个具有强烈依附性和封闭性的国家，还留有大量的封建主义的东西，缺乏自我精神和主体性。所以日本的明治维新与西方的资产阶级革命不同。明治维新的特殊性质不可能在日本确立人权。"②夏目漱石深知自己的历史使命，如何在当时特殊的环境中保持自己的独立性，如何在实现物质需求的同时实现人的真正的现代化才是根本。其深厚的文化底蕴和个人特殊的经历，不仅为漱石反映这一基本主题提供了历史的可能性，也决定了他的现实主义文学观。这一切促使他拿起笔对日本的"文明开化"全盘西化风潮进行了深刻的批判。

夏目漱石坚决反对权贵，十分重视西方重知性和教养的文化主义。"因此对没有理想，一味追求金钱、名誉和地位，日趋坠落的资产阶级社会，和生活在其中的软弱无力的人，会爆发出道德的愤怒。这是一场伦理同现实之间的斗争，一场自我同社会的冲突。这种抗争和矛盾通过作品人物内心的描写直接流露出来。"③夏目漱石强调日本应有自己的文学标准，他将西方文学作为参照，来思考世界文学

---

① [俄]车尔尼雪夫斯基：《艺术与现实的美学关系》，周扬译，人民文学出版社1979年版，第23页。

② 李光贞：《试析夏目漱石的文明批判》，《山东外语教学》2005年6月号，第85页。

③ 叶渭渠、唐月梅：《20世纪日本文学史》，青岛出版社2004年版，第151—152页。

的价值，从而确立了具有普遍性的科学的文学理论，开辟了日本的文学论。他在《文学论》（1907）和《文学评论》（1909）等论文中明确了自己的创作理论，并创造了一个著名的公式："文学内容与形式=F+f，F 意味焦点的印象或观念，f 意味着附在其上的情绪。""F+f 即认识要素 + 情绪要素。认识要素只是科学知识，而情绪要素是没有任何理由而产生的感情，它只是文学的前阶段，唯有两者相结合才能进入文学阶段。"[①]内容与形式的统一是他文学理论的核心，"形式是为内容的形式，内容并不是为形式而产生的，内容是变化的，新的形式也会随之不断地创造出来。一种形式如果人为地企图永久维持下去，内容就会破坏这种形式，而且，他断定思想好而文字坏的文章是普通文章，思想坏而文字好的文章则是坏文章。"[②]他认为文学的发展目的是"为自己、为日本、为社会。"这里的"为自己"并不是自己个体的人，而是像"为日本""为社会"一样是社会全体精神的一部分，使自己和社会一体化。另外，文学还应该有思想，不能把文学看作是休闲的乐趣，而要把它看作是我们追求真、善、美的形式。文学必须要涉及道德问题，要对人世间的善、恶、美、丑进行评判，要教会世人生存的价值，从而告诉他们生命的意义。

二、夏目漱石的文学理念

在文学写作中技巧的运用有时可以凭着艺术的灵感在短时间内领略到，但深刻的思想是无法模仿的，必须要具备某种精神和某种才干，否则将无济于事。从夏目漱石的作品中我们可以感觉到这种思想和精神的存在。明治 37 年（1904）夏目漱石开始写作小说《我是猫》并于翌年 1 月在《杜鹃》杂志上发表，备受好评，并应读者要求多次补写续篇。

《我是猫》大获成功后，他又在明治 38 年创作了《伦敦塔》《幻影之盾》《恍若琴声》《一夜》《哥儿》，在明治 39 年创作了《草枕》等夏目漱石在他的早期作品中审视美的感觉的异色世界"与当时的自

---

① 叶渭渠、唐月梅：《20 世纪日本文学史》，青岛出版社 2004 年版，第 153 页。
② 叶渭渠、唐月梅：《20 世纪日本文学史》，青岛出版社 2004 年版，第 154 页。

然主义所标识的对现实的客观描摹的文学观念以及由此铺展开来的对醒醍现实作丑恶暴露的沮丧抑郁之风迥然不同，夏目漱石主张在文学中体现美感。他的作品中往往寄托作者的道德理想，反映作者的美学情操。"①

夏目漱石的作品中既有基于汉学、禅宗哲学、东方美学传统的感性流露，又兼具西方理性思维的强烈批判现实精神。他被称为"日本近代文学史上知识分子文学的开拓者。"②作者本人一直以西方的思想来对照日本精神，他一直试图以自己的力量推动社会的进步。把日本社会和文化作为问题来思考。

明治40年（1907）夏目漱石开始了职业作家的生涯，任"朝日新闻"社的小说专栏作家，当时他40岁。作为全职小说家的第一部作品是《虞美人的草》。此后他在明治41年（1908）连续创作了《坑夫》《梦十夜》和他的前期三步曲《三四郎》（1908）、《其后》（1909）、《门》（1910）等一系列作品。他以现实主义和浪漫主义相结合的创作手法，对明治社会的现实进行了强有力的批判和讽刺，探讨了近代知识分子的利己主义问题和近代人存在的孤独的内心世界。在这些作品中作者深刻研究了明治维新以来由于日本的"文明开化"所引发的社会风气的败落，人心的荒芜、空虚等社会问题，从中追寻建立近代自我意识的可能性。在他的早期作品中更多的是对日本黑暗现实的批判。

小说《门》是夏目漱石小说创作生涯的一个转折点，在此作品创作的过程中，他曾一度胃溃疡恶化、大吐血，甚至到了生死的边缘。但经过这次生与死的考验后他的创作由批判现实主义的题材转向了对人和人性的思考。这也是他后期作品的主题。如《过了春分之后》《行人》《心》，这三部曲都深刻地揭露和分析了人性中利己主义的思想。"在对人性中难以剔除的利己主义思想的剖析与追求之余，作品提出了一种超越，漱石在晚年提出'则天去私'的理想道德世界的构想。所谓的'则天去私'就是克服小己的私欲和利害计较，顺应天道的法则，从而实现人心与自然的和谐与共。这一东方悟道思想集中体现在

---

① 张龙妹、曲莉：《日本文学》下卷，高等教育出版社2008年版，第439页。
② 何乃英：《夏目漱石——日本近代文学的杰出代表》，《国外文学》1987年4月号，第75页。

他的最后一部作品《明暗》中。"①他的中后期作品主要描写了明治时期的知识分子在成长过程中对社会幻想的破灭以及他们复杂、矛盾的心理状态。无论是哪一个时期的作品都反映出近代日本知识分子的各个精神层面，他们从觉醒到抗争，彷徨、迷惘，最后到绝望，从而使他们陷入了一种精神苦闷、孤独的状态。在他的作品中既有东方传统文化的典雅、宁静，又有西方近代文化的波澜壮阔，既有对本民族文化前途的担忧，又有对西方文化的深度思考。他不仅是一位杰出的作家，也是一位深谋远虑的思想家。

大正4年（1915）作者在京都旅行途中，再次因胃溃疡病倒，大正5年12月在长篇小说《明暗》的执笔途中病逝，享年49岁。夏目漱石在自己短短十年左右的创作生涯中出版了十几部长篇小说和一批短篇小说，写了大量的俳句、几百首汉诗以及若干随笔和书信，另外还有两部《文学论》《文学评论》的文学理论著作，也是在这期间出版的。正像李光贞在《20世纪中日两国夏目漱石研究述评》中所述："其作品大体反映出明治时期知识分子的一颗痛苦而不安的灵魂，反映了他在东方思维和西方文明、虚幻理想与残酷社会现实之间的矛盾心理，在东西方文化碰撞中对精神家园、灵魂栖息地的找寻和追问，在日本文学史上竖起了一座丰碑，给其后的作家以深刻的启迪，以此被誉为'国民作家''人生之师'。"②

三、小说《门》

《门》从明治43年（1910）3月1日到6月12日，在东京、大阪的《朝日新闻》上用一百零四回连载，初版是在44年（1911）1月1日由春阳堂以新闻小说的形式问世。

1. "罪"的实质

《门》的主人公是每月收入不多的官吏野中宗助和他的妻子阿

---

① 张龙妹、曲莉：《日本文学》下篇，高等教育出版社2008年版，第441页。
② 李光贞：《20世纪中日两国夏目漱石研究述评》，《山东外语教学》2007年3月号，第101页。

米，两个人因为触犯了当时的法律，一直躲避着亲属和朋友，住在岩石下的阴暗潮湿的租借的家里。阿米以前是宗助的朋友安井的妻子。宗助背叛了朋友，夺其妻为己有。日本明治41年（1908）3月所实行的改订刑法第183条规定"有夫之妇通奸者判2年以下徒刑，与其通奸者同罪"。在道德意义上的"恶"和宗教意义上的"罪"可能未必能等同论述，但两者的联系是不能否认的，并且说宗教意义上的"罪"是超越了道德意义上的"恶"也是成立的。

《门》的主人公宗助和阿米就像基督教圣书中所写的亚当和夏娃，偷吃了禁果而犯下了"罪"。他们的"罪过"之一是背叛了朋友安井。"不义、密通之罪"，也就是道德上的"罪"。其二是两人结合之罪。不用说世间，就连他们自己都无法辩解，性的冲动导致了他们的过失。关于自己的罪过，宗助夫妇是清楚的。作为罪过的代价他们失去了"美丽的伊甸园的幸福生活"，正像作品中所说"两个人已被一条无形的锁链系在一起，无论到哪都携手并肩、步调一致，他们抛弃了双亲，抛弃了亲人、朋友，说得笼统一点是抛弃了整个社会。换句话说，他俩是被亲人和社会所抛弃。当然被学校拒绝也不例外，不过从表面上看是自动退学，这无非是在形式上留下一点儿人的痕迹。"① 对这一点作家漱石还写道："宗助和阿米的关系被蒙上了色彩，在这两个像幽灵一样淡淡影子的内心深处潜伏着人们看不到的结核病般的恐惧。尽管他们似乎感到了什么但却故意装着不知道的样子相互对视着度日"。②

夏目漱石在其小说中把处在社会转型时期的明治时代的知识分子的精神状态，通过景物的变化衬托和人物的心理描写展现出来，突出他们的幻想在现实中破灭之后对现实世界和对社会现象的不满，这种矛盾导致了他们内心世界的孤独。李光贞在《夏目漱石小说研究》一书中写道："夏目漱石栩栩如生地刻画出自由与理想边沿的知识分子形象，主要有以下几种类型：充满幻想的青年、觉醒者、痛苦的求索

---

① ［日］夏目漱石:《门》，新潮社2008年版，第210页。

② ［日］夏目漱石:《门》，新潮社2008年版，第231页。

者、孤寂的人等。"①那么《门》中的主人公野中宗助正是这种"孤寂的人"型。他是拥有相当资产的东京人子弟,在学生时代就和其他东京人子弟一样,身穿白领衬衫,翻脚长裤并烫得笔直,足穿开司米的花袜子,昂首挺胸,阔步于街面,为所欲为,肆无忌惮地追求种种时髦的嗜好。和服装、举止一样,他的思想也在追求西方表面上的东西。没有自己独立的个性,这也是日本明治时期的一种倾向,这种狂热之后会产生什么后果,他们无从知晓。而夏目漱石却通过作品《门》告诉了我们,宗助在拼命追赶潮流时失去自我,夺了朋友的恋人,当他冷静下来之后才真正意识到自己的罪恶。作品正是对这种日本"明治精神"②的反思与批判。

2. 从悬崖下的家到寺庙——以景物托人

小说《门》全部是 23 章,其中除后半部分四章是在禅寺中外,几乎大部分的内容都是以崖下租借的家为中心展开。更清楚一点地说,在小说开始部分檐廊的描写就是这个家阴暗存在的鲜明象征的开始。对作品本身具有决定性的意义。"宗助打开拉门,斜崖像是直逼房檐似的矗立在廊庑的尽头,并遮住了早上理应照进来的阳光。山崖上长着草,山脚下也没有垒石,尽管一直担心不知何时会坍塌,但是,不可思议的是从来也没听说过发生坍塌的事。可能正因为如此,房主也就长期不予过问。"③第一,作品主人公每天重复着一种平淡的日常生活。在岩石下充满阴湿的家里,作家选择了冬天这样一个季节作为小说的背景,星期日的白天宗助总是懒懒地躺在檐廊里,随着冬天的降临,他就会躲在家中度过那漫长的冬天。作家用宗助再一次享受到檐廊中阳光温暖季节的到来作为小说的结束。从这个意义看,小说的开始部分的描写主人公宗助"两膝弯曲,像虾一样,并且把乌黑的头缩在两臂交叉的胸前,一点也看不到他的脸。"④第二,这种异样的姿

---

① 李光贞:《夏目漱石小说研究》,外国教学与研究出版社 2007 年版,第 6 页。

② "明治精神"一词出现在夏目漱石的小说《心》中,但迄今为止并没有"大正精神""昭和精神"等说法,故有人认为是夏目漱石本人创造的。

③ [日]夏目漱石:《门》,新潮社 2008 年版,第 8 页。

④ [日]夏目漱石:《门》,新潮社 2008 年版,第 6 页。

势是有其深刻含义的。就像一个把自己的身体缩在洞巢里过冬的动物一样，宗助的家被设定在长满孟宗竹的阴湿悬崖下，和普通的耸立在地面上建成的家不一样。宗助的卧室兼书房是八张榻榻米大的房间，并且一半埋在地下，面对陡坡的悬崖，他一直担心着悬崖不知什么时候会塌，常说："不知什么时候会坍塌"，但实际上他还是平静地把头放在向着悬崖的一面睡觉。作家在此所指的主人公内心的恐惧实际上并不是悬崖坍塌，家会被压倒。而是他的这种平稳的现实生活会被破坏。"不知什么时候会坍塌"这句话正是对此状态的隐喻。

宗助和阿米对安井有一种背叛的歉疚感。在他们的内心深处隐藏着这种黑色的记忆，他们不想去争辩，犹如掉进了一个又大又黑的陷阱的一对男女相互对视着。因为他们对于社会的问罪不能说出在伦理上的根据。在他们两个人的关系中除相互掩埋只有忍受着这种痛苦活下去。宗助总是朦胧地感到悲剧一定会在某个时刻、以某种形式降临，他的心一直不踏实。在作品中漱石写道："然而不可思议的是，那么透明无邪的声音竟会给两个人的未来涂上鲜红色，随着时间的流逝现在已失去了往日的鲜艳，而焚烧过他们俩的火焰已自然而然变成了黑色，两个人的生活也随之沉陷于昏暗之中。宗助每次在回忆过去的往事时，总是满腹惆怅，那么恬淡的交谈怎么会给两个人的历史涂上如此浓郁的色彩，心中不断感叹命运的神力之大，竟能化平凡之事为不平凡，不胜恐惧。"[1]众所周知，"红色"是警告、是停止，而"黑色"是死亡。在这一段中作者用颜色暗示了两个人的生活轨迹。也是喻义当时日本的知识分子，有一种神经质，是由虚荣心和自尊心所导致的一种对名誉和地位的追求，随之而来的是不安感和悲观、孤独、烦恼和愁楚。为了摆脱这种痛苦，宗助决定去寺庙修行，想通过参禅找到自己的归宿，渴望赎罪。"由山门而入，两旁是高大的杉树，遮去了天日，道路顿时变暗了。接触到阴深深的空气，宗助立即感到这儿跟外面的世界迥然不一样。站在寺境的进口处，令人产生一种好像要得感冒似的恶寒。宗助先笔直朝里走，只见前方同左右两旁不时出

---

[1] ［日］夏目漱石：《门》，新潮社 2008 年版，第 203—204 页。

现大小屋宇，但都不见有人进出，凄清之极。宗助琢磨着应该到什么地方去探问宜道的住处呢？不禁站在杳无人迹的路中央，向四周打量着。"① 作者在作品最后又写道："当抬头眺望没有月光的夜，似乎感到在那深深的黑色后面隐藏着一种无法知道的悲哀和可怕。"②

主人公本以为参禅是他的理想归宿，可是进入山门以后的情景却让他更加地不安起来，此处作者以景物托人，道出在明治时代的社会转型期，日本人一方面具有那种刚刚成为先进国家的兴奋和激动；另一方面，由于在当时的动荡年代里旧的去了，而新的却未来的不安和恐惧。这种感觉无处不在，无论是在家还是在寺庙。在小说的最后作者把宗助放置在灰暗中，十几天的参禅使他明白：自己的境遇与性格使他无法摆脱这种现实生活。参禅失败，他深深地感到长久站在门外的命运，永远背上了十字架。这是作家暗示当时的日本知识分子对明治时代的不信任与担忧，但却力不从心。

3. 不能生育的母亲——天罚

在阿米的意识中三次生育的失败也被认为是背叛安井的结果。对于一位女性来说没有比不能生育更痛苦的惩罚了。阿米曾三次怀孕而三次失败，第一次是在广岛，五个月的时候流产了。第二次是搬到福岗以后不长时间，因为没有到预产期孩子生下一周以后便夭折了。第三次是来到东京后最初的一年，阿米又一怀孕，这次是满月并顺产，但是个死胎，胎儿在生产之前还很健康，可由于脐带缠脖，窒息死亡。这可能是由于阿米自己在生产五个月前不注意在井边曾摔过一跤所导致。

从孩子的事上可以映照出这对夫妇的过去，当然这种不幸的重复并不是偶然。阿米一想到三次孩子的死因就会战栗不止，尤其是第三个孩子的死，是由阿米本身的间接原因而致。对阿米来说自己犯下了一个可怕的，并且是不可饶恕的错误。使自己逃脱不了罪人的恶名。这种痛苦一直折磨着她，在这里如果说是"天罚"也不过分。宗助和

---

① ［日］夏目漱石：《门》，新潮社 2008 年版，第 250 页。

② ［日］夏目漱石：《门》，新潮社 2008 年版，第 289 页。

阿米的过去似乎像一只看不见的手一直在主宰威胁着他们的命运，使他们处于一种痛苦不安的境地。

作者运用女主人公三次生育的失败来对当时社会的现实进行批判，揭露世俗伦理观念的虚伪，面对日本近代社会出现的弊端，知识分子虽自我觉醒，但却无能为力，生活在自我压抑的痛苦之中。他们深刻意识到在那样的社会环境中，自我意识是无法实现的。他们只能把自己囿于狭小的天地中，自怨自艾，自叹自悲。他们痛苦、孤寂，失去生活的目标，同时也没有什么远大的计划，徘徊在崇高的理想和残酷的现实之间，在默默的忍受中度过生活的每一天。

王乾坤在《鲁迅的生命哲学》中谈道："人要区别于动物，在于要实现自己的本质，人的生存事实既然已经把自己从动物界提升了出来，就使自己再也无法回到禽兽的行列；人一旦有了思想，有了自己的变化，就有了自己的意志，同时就有了'苦恼''忧虑'，就无法回避生存困境。"[①]从这个意义上来说，阿米的痛苦正是人的本质的一种显示，此处作者写出的是人性深处的原始悲怆，令人深思和震撼，并给读者一种苍凉的启示。

众所周知，任何时代在其社会对文明追求的同时，往往都伴随着人性的坠落和道德的沦丧，从而使原有的一些社会关系、道德标准、价值观念渐渐崩溃，而新的社会关系等又常常会违背人类既成的道德观念，夏目漱石通过小说《门》从道德的角度对这种文明的进步与追求提出异议，并进行了有力的揭露和批判。

4. 夜里不熄的灯——内心的恐惧

宗助夫妻每天夜里不熄灯，正如作品中所描写的那样，"阿米有时睁开双眼望着灰暗的房间，壁龛里点着细细的灯。夫妇有夜里点灯睡觉的习惯，睡觉的时候总是把灯芯弄细，放到壁龛上。"[②]

在广阔的世界中，只把自己坐着的地方弄亮。宗助对着阿米，阿米对着宗助，努力把灯光照不到的黑暗的世界忘掉，躲过世人的目光

① 王乾坤：《鲁迅的生命哲学》，人民文学出版社 1999 年版，第 88 页。
② [日]夏目漱石：《门》，新潮社 2008 年版，第 102 页。

来默默地生活。对宗助夫妇来说点着的灯就是拯救其精神的标记。在这里灯光的熄灭意味着生命的消失。从这一点看《门》的主人公宗助夫妇在黑暗的夜里点着灯，正是对黑暗的一种不安、恐惧和绝望，同时也反映出主人公内心深处背负着罪恶感的极大孤独，无奈地把自己的命运托付给了天，借助于微弱的灯的力量勉强维生，也是男女主人公植物性"生"的象征。

小说主人公远离多彩的社会，表面上夫妻过着平稳的生活，内心却充满不安和苦恼，使其不能自拔，这种精神上的极度压力正像作家本人所写的汉诗「空中に独り唱う白雲吟」那样寂寞不堪。《门》中所描写的主人公的命运也许正是作家本人孤独生活的真实写照。正像日本著名的评论家中村光夫所说："夏目漱石思想的独创性，在于他意识到发源于欧洲的文明，在移入日本后引发了在欧洲不曾发生的问题。"① 作者所生活的年代正是日本近代文明的萌芽阶段，他目睹明治社会在西方的影响下受金钱和权利支配的现实，发现了西方的商业主义和拜金主义的弊端，对西方文明也提出了批判性的看法。开始认识到"万事都学西方是愚蠢的"，不能无批判性地接受西方文明，主张吸收西方的近代思想，但并不是以西方思想来取代日本精神，而是要一方面超越旧时代的日本，另一方面要改变日本的陋习，发扬日本传统的美德。他在1901年3月16日的留英日记中曾写道："明治维新的觉醒并非真正的觉醒，而是在狼狈不堪中不得不醒来。结果只是急于从西方吸收而无暇消化，文学、政治、贸易无一不是如此，日本如果不做一番觉醒是不行的。"②

明治时期日本知识分子追求的理想社会实际上是资产阶级上升时期所鼓吹的自由、平等、博爱的王国，他们所向往的理想道德实质上是资产阶级上升时期所提倡的以个性解放为中心的观念。然而，当时的日本已经在明治天皇的统治下进入了资产阶级繁荣时期，同时也走上了军国主义的道路。"一方面社会现代化在加速进行，另一方面则对外疯狂侵略扩张，对内残酷镇压，民主、自由之类的美好理想顷

---

① ［日］中村光夫：《文明开花的性格》，有精堂1982年版，第59页。

② 叶渭渠、唐月梅：《20世纪日本文学史》，青岛出版社2004年版，第149页。

刻之间化为泡影。这个黑暗现实形成了一种重压，压得他们几乎喘不过气来，他们既感到愤慨，又无能为力。这种理想与现实的冲突，正是近代知识人内心的苦恼、彷徨、思想意识矛盾产生的根源，也是促使夏目漱石对当时的资本主义文明和国民劣根进行批判的动力和出发点。"[①]日本的现代化是一种在外强挤压下迫于民族生存危机状态而做出的极其被动的选择，因而这种选择也就饱含着无限的凄凉、尴尬以及难以言喻的无奈。

明治政府在文学方面，虽然没有像幕府末政府那样采取高压的文学政策，但也没有积极指导和扶持文学的改革，而是采取一种放任和蔑视的态度。知识分子面对这种庞大的势力只能默默地承受。作品《门》是日本近代知识人面对当时迎面而来的西欧文明，不能确立"自我"，入佛无门，那种在动摇和不安中度日的知识分子形象在作品中淋漓尽致、一览无余地被表现出来。

5.《门》的主题

夏目漱石的小说是日本近代的社会矛盾作为近代知识分子的精神苦闷等表现出来。其作品反映了作家对人类命运的关心和对资本主义文明的强烈批判。1911 年 8 月 15 日，夏目漱石在和歌山市作了题为"现代日本的开花"的讲演，在讲演中他向着盲目崇拜西方、忘乎所以的日本人大声疾呼：日本目前的开花是外表的、机械的、轻浮的、表面的、被动的、仓促的。指出在不断追求西方的同时，日本患了消化不良症，因此一部分日本人感到空虚、茫然、不满和不安。他把这种现象称之为"孩子背在大人背上的开花"；他还提醒国民不要像不会吸烟的孩子那样，忍着辣味，装出一副吸得很香的样子，那是虚伪、轻薄和可悲的。他还指出，在同先进国家的接触中，不能失去天然发展起来的民族之魂，更不能患上民族的神经衰弱症，既要保持住自己固有的优秀传统，又要学到先进的科学，绝不能没把先进的东西学到手，而自己的传统却被破坏得面目全非了。他指出那种不分青红皂白地抛弃历史、割断历史、一味崇洋媚外的做法，是一种不可原谅的近

---

① 李光贞：《试析夏目漱石的文明批判》，《山东外语教学》2005 年 6 月号，第 87 页。

视症、软骨症，同时他也反对盲目的民族骄傲感。①

夏目漱石笔下的大部分人物都是明治维新后的日本知识分子形象，他们感受到了现代文明，接受了西方文明中的自由、独立、平等的思想，在生活中他们积极追求个性、自尊、自立。然而现实的社会中却充满坎坷与冲突。在某种意义上可以说是像他本人一样深受东西方文化的双重影响，而东西方文化之间又有如此大的差别，现实与理想也相去甚远，使他们不知如何是好，陷入极大的苦恼之中。作者把当时日本国民生活的精神空白这一现象作为知识阶级的伦理问题清楚地再现出来。也可以说这是伴随着明治时代文明开化而来的那种自由和独立的个人精神，即所谓的"明治精神"，"在那个并未建立起真正自由、民主的'由外到内'开化的时代，这种精神总是与'孤独的悲哀'和'怀疑的地域'有机地联系在一起。这种精神是整个现代精神在个人身上的反映。"②当时那种文化的压迫感直接影响到了人们的内心世界，而最根本的被害者就是知识分子本身。在他们生的欲望无限扩大的同时，却丧失了内部的伦理基准。把自我的意识陷入奴役的境界，让从世界文明中得到的自由平等的意识远离自己的幸福。这正是夏目漱石《门》的主题。

四、一部可写的小说《心》

法国学者罗兰·巴特尔认为，我们人类生活的世界可以说是一个符号化的世界。在这样一个世界里，"无论是作家、艺术家，还是科学家或普通人，用以相互交流和沟通的语言并不是一个自然的产物。在小说和戏剧里中，作家之所以会选择某种表达方式，乃是被文化和历史决定的。"③同时，他又把文学的创作分为两种，一种是"及物的"，另一种则是"不及物"的。前者是作家通过创作活动把读者从

---

① ［日］夏目漱石：《近代日本的开花》，《夏目漱石全集》第十卷，筑摩书房 1988 年版，http：//www.aozora.gr.jp/（2012 年 12 月 20）

② 李光贞：《试析夏目漱石小说中的"明治精神"》，《解放军外国语学院学报》2007 年 9 月号，第 105 页。

③ 转引自周宪：《20 世纪西方美学》，南京大学出版社 1999 年版，第 374 页。

文本带入另一个世界，而后者的写作不是达到另一个世界，而是把读者的目光引向写作本身，引向对符号和语言人为性的揭示、意义生产和多义的网络。前者又称为传统的写作，后者又称为现代的写作。由于写作的不同也就自然导致文本的迥异。在此，巴尔特把写作的现代文本叫作"可写的"文本，它要求读者进入一种"重写"的状态，去发现文本的多重意义。由此来看一下夏目漱石创作的长篇小说《心》。从中我们会发现作家与读者、文本与读者之间的关系并不是割裂的，而是读者与作者互为一体、从中体会、玩味并参与对该文本的重新发现和再认识。

1.《心》的创作与结构

长篇小说《心》发表于大正 3 年（1914）4 月，是夏目漱石后期的代表作之一。他长期受胃溃疡病痛的折磨，明治 43 年（1910 年）在伊豆半岛的修善寺疗养期间，病情再度急转直下，引起胃痉挛，大量吐血不止，陷入不省人事的"30 分钟死亡"状态。经历了这场在死亡线上苦苦挣扎的体验，他细细地品味了生与死、恐与安所引发的各种心理感受。他一改原先俳谐式、游戏式的创作风格，从正面探求人生，着重人物的心理描写和分析，把笔锋直接转向剖析明治时代知识分子中利己主义者可恶、可悲、可叹的孤独内心世界。

小说《心》由"先生和我""父母和我""先生和遗书"三部分组成。从结构上来看，这三部分既各自独立成章，又都具有不可分割的联系。贯穿小说的"我"是一个举足轻重的人物。"我"不仅是先生长期受到心灵折磨——由利己主义的受害者到利己主义的加害者再到利己主义的受害者的心理演变过程，从忏悔走向自绝之路的见证人，而且也是日本社会由明治过渡到大正时代的历史见证人。作者通过塑造"我"这样一个不谙世事、年轻、单纯、正值求知向上、积累经验的人物，目的不仅在于情节上起穿针引线作用，更重要的是让他从先生那毫不粉饰的心灵独白中获取活生生的教训，摒弃旧时代知识分子的自我封闭，以新生代知识分子的形象迎接新时代的曙光。"我"是作品中唯一代表着日本的未来和希望的人物。从内容上来看，前两部是小说的引子、故事情节的铺叙，后一部是小说的高潮。作者通过先生的遗书，充分揭示了资本主义社会人与人之间的金钱关系和个人利己主义是无法克服的社会痼疾，鞭挞了利己者害人害己的实质性，突出反映了明治时代没落的封建意识左右着人们的行为以及处于彷徨中知识分子的"憎人厌世"的悲观情结。

小说一开始就把"我"和先生紧紧地拴在一起。"我"之所以在镰仓接近先生，是因为他有一种莫名的亲近感，总觉得自己好像在哪儿见到过，似曾相识。为了进一步结交先生，"我"回东京后，便常常到先生家拜访。希冀他会给"我"些许启示。可先生的言谈举止总是像谜一般，让人捉摸不透。这就是小说的伏线，亦是夏目漱石匠心独运的小说创作手法。整部小说是通过"我"眼中先生的行为素描来设谜、解谜的。

首先，先生对"我"的态度，为什么无论是起初应酬的时候，还是有了深交以后都没有多大变化，总是给人一种拒人于千里之外，十分冷淡的感觉？猜不透他为什么整日只在家里思考、学习而不到社会上工作？为什么独自去杂司谷墓地扫墓成了他生活中不可缺少的一部分？他和夫人十分恩爱，却为什么反复流露出"爱情是罪恶的"[①]？对"我"这样一个没有恋爱经验的人来说怎么理解其中的含义？当一个个谜面令人费解时，作者又让先生表白："我连自己本人都不相信，也就不能相信别人，除了诅咒自己之外，别无他法。""你不要太相信我。太相信了迟早要后悔的。对于欺骗自己的回报便是残酷的报复。我就是想为了不受将来的屈辱，才要拒绝现在的尊敬。我宁愿忍受现在的孤寂，而不愿忍受将来更大的孤苦。""我们在充满自由、独立和自我的现代，所付出的代价就是必须品味这种孤苦吧。"[②]先生对人对社会的这种感悟究竟是怎么产生的呢？就连夫人也在疑惑：先生为什么会这样憎人厌世？当先生得知"我"的父亲身患顽疾，为什么忠告"我"："如果你家有财产，我觉得现在就应该解决好。……趁你父亲健在时最好把应得的财产妥善处理好，万一出了什么事，最麻烦的就

① [日]夏目漱石：《心》，新潮文库1986年版，第34页。

② [日]夏目漱石：《心》，新潮文库1986年版，第39页。

是财产问题。""人在关键的时候，谁都会变成坏人，尤其是在金钱面前"。① 这一连串的问题为引申小说的高潮做了重要的铺垫。

从上述先生的话语中可以看出他感悟最深的人生经验就是："爱情是罪恶的""人是不可信的"。虽说自己当时对此还懵然无知，但"我"觉得和先生谈话"比在学校听课受益。先生的思想比教授的见解要宝贵。总而言之，保持自我，不善于言谈的先生看上去要比站在讲坛上传授知识的名师了不起。""在我眼里，先生确实是一位思想家。但是，在这位思想家所持的理念中，像是隐含着一个强烈的事实。"② 这事实蕴藏了一个巨大的秘密。先生的伦理、思想和内发性的人生观使"我"和先生有了一种精神上的亲子关系。以至后来先生把遗书寄给"我"。从中"我"既了解了先生的过去，又弄清了摆在我面前的所有疑团。

先生的过去一直困扰、左右着他的行为和人生观。学生时代的他待人热情、真诚、乐观向上，有理想、有进取心、富有同情感、责任感。由于在父母遗留的财产问题上，他受到其最信赖、最挚爱的叔父的欺骗，而形成瞻前顾后，犹豫不决的秉性。而这种天性在伦理道德上给他的行为带来了可怕后果，使他在今后的待人接物中，谨小慎微，越发不相信别人。失去对人的信任无疑增添了他无尽的烦恼。他孤独、多疑、自恃自己是高尚的。他生活在被亲人欺骗的阴影中，带着心灵的创伤，对周围的人和社会产生了厌恶感。他警惕周围的人，唯恐再受骗。当他毅然离开故乡到东京继续求学，住在小石川公寓时，他常常缄默不语，对房东太太和小姐保持着高度的警惕。当他发觉自己爱上小姐时，又常常使自己陷入不可自拔的矛盾中。虽说他在金钱上怀疑人类，在爱情方面绝不怀疑，但心中仍不免对她们的行为存有戒心。一是夫人唆使小姐尽量同自己接近时，他蓦然想到夫人是不是以同叔父一样的用心，想侵占自己的财产；二是小姐同自己亲近，是否也和夫人一样在欺骗着自己。他相信爱情，却怀疑别人，在信念与疑虑之间，他摇摆不定。这一切都缘于叔父对先生的伤害，使

---

① ［日］夏目漱石：《心》，新潮文库1986年版，第71页。

② ［日］夏目漱石：《心》，新潮文库1986年版，第40页。

他的举止变得茫然无措。

然而，另一件事却再一次改变了先生的人生轨迹。那就是同乡好友 K 的自杀事件。当 K 为了心中的道义，走上了自己选择的道路，而背叛养父的意愿，遭到养父斥责、与家父决裂时，先生为了使 K 尽快摆脱困境，恢复、调理身心健康，而说服夫人，硬把他拉进自己的生活圈子。然而当先生发觉 K 倾心于小姐，并抢先对自己表白内心时，先生便立即抓住 K 的弱点，出于强烈的嫉妒心和利己心抢先向夫人表达了自己要娶小姐为妻的意愿。K 为此而自杀了。K 的死使先生猛然醒悟。他深深地意识到自己竟和叔父是同一类的人。在爱情方面虽然自己靠欺骗获胜了，但在人格上却失败了。一向厌恶别人的先生也终于厌恶自己，他害怕走向社会中同人打交道、害怕再次受骗，更害怕自己再次伤害别人，因此他只好把自己封闭在狭窄的、令人窒息的空间中无所事事。

正如先生自己在遗书开头部分所说，他既是伦理的产儿，又是伦理的育儿。在金钱的伦理道德上，他受到叔父的欺骗开始痛切地感到人是不可信赖的。在爱情伦理道德上，他同样采取欺骗的手段把 K 逼向绝路。叔父的欺骗改变了先生的性格和处世哲学，而先生本人的欺骗却杀死了一个朋友，使他的幸福婚姻永远笼罩在死亡灵魂的阴影中，让他在伦理上永远背负着"欺骗"的罪名。K 的自杀从此使他那原本善良、脆弱的心再也得不到一丝安宁，既不能将自己埋在书籍中，潜心钻研，也无法借酒浇愁，忘却自己，他更没有勇气把事实真相向深爱的妻子和盘托出，惧怕将自己身上的污点给妻子纯洁的心灵上留下痛苦的印迹。他整日生活在矛盾、悔恨、恐慌、痛苦、自责、不安中，变成了一个行为举止冷淡，性格孤寂、与世绝交的颓废者。他苟活在世上，独自到杂司谷墓地坚持向 K 忏悔内心的罪恶，以求得到些许心灵的慰藉。

2. 匠心独运的事件

小说的独到之处在于作者有意识地穿插、安排了五个重要的死亡事件，并通过死亡的强烈振撼力，细腻描写了人物的内心活动过程。

明治天皇、父亲是自然死的，乃木大将、K和先生则都是殉葬式的自杀。在整部小说中占比例最大的当属K和先生的自杀了。作者不惜笔墨浓沫重彩地描述了K和先生走上自杀之路的心迹。值得注意的是这五个死亡事件虽然发生的具体时间、地点各异，但却有一个共同的特点，即大家都带着明治时代的烙印与明治时代的精神共存亡。这里所选取的人物也是各具代表性的。天皇是明治时代的文明、文化的象征，是最高权力的代表；乃木大将是明治天皇的宠臣，是典型的军国主义分子；父亲是远离大都市，住在乡下，靠种地为生的贫穷者，他是明治社会普通百姓的代表者；K和先生则是不同侧面的知识分子形象的代言人。然而这上述五种人代表了整个明治社会部分带有强烈封建意识的人物群体形象，从他们身上可以折射出明治精神。

可以说这五个死亡事件不是孤立的。它们彼此之间相互关联、相互影响，构成了整部小说不可分割的有机体。故事情节也是随着明治社会的终结而结束。小说里给读者展现的是一幅充满压抑、苦涩、悲观、厌世等灰色基调的画卷。他们无论是病死或是自杀死都是明治时代结束而产生的必然结果。因为他们均代表明治社会中封建传统或受封建式教育影响至深而没有"觉醒"意识的时代落伍者。他们都是明治精神的殉葬品，不值得人们为之同情。

小说中最先出现的死者就是先生的挚友。尽管"我"对此十分关注，但先生在此之前从没有向"我"吐露过。在先生和遗书中才得知他叫K，生前和先生有着一段非同寻常的交往，他的死与先生有关。K出生在寺院，受生父的感化，十分信奉佛教，而且看上去比一般的和尚更具有和尚的性格，喜欢苦行僧的修行，其目的在于培养自己的意志，而不是过多追求学问。他把道义、精进、向上、修养当作自己的行为本位，努力超越自我，主张为道义牺牲一切。学生时代他比先生聪明、睿智、有毅力、学习努力、有理想、有抱负。重要的是他还有着先生所不及的相貌、性格和男子汉气，无论在哪一方面都比先生强。但他也有一个致命的弱点，就是害怕别人对自己的各种看法。只有取得他人的信任，才能有果敢行动的胆量和勇气。所以，当他先向先生表白自己喜欢小姐时，十分想从先生那里得到支持。然而先生并没有给 K 满意的答复，反倒提醒他："在精神上没有上进心的人，是傻瓜。"①这样一来，K 深深陷入理想与现实的矛盾冲撞中。当他还没有完全走出理想大门时，却意外地从夫人那里得知先生和小姐之间结成新关系，他便悄然地自杀了。K 的自杀既缘自先生的背叛，也缘自其内心难以超越的孤独。在理想和现实之间，他无法坚定地选择现实就是因为他有着无法抛弃的"尊贵的过去"。他不能舍弃旧我，大胆追求自己爱的目标，而是一个人执拗地、孤独地坚持过去的信念。同时还因为 K 的性格太倔强、太富有忍耐性，是明治时期现代人所缺乏的。所以他为了遵循以往所走过的路，才一直活到今天的。他的内心一直是充满矛盾、孤独、寂寞，先生的欺骗成了 K 自杀的机缘。当他的理想未能实现，现实又使他失望时，他则表现出逃避现实、悲观厌世的情绪，以自绝的方式来寻求精神上的解脱。这也映射出明治末期知识分子不满于忠君爱国思想的统治，试图从佛学道义中追求自己向往的"自由、平等与博爱"。

　　K 的自杀给先生很大的打击。虽然他在遗书中没有留下对先生只言片语的苛责，但他的行动使先生的后半生赋予了极其惨痛的代价。先生虽然如愿以偿地和小姐结为夫妻，但他永远摆脱不了 K 的阴影。他为了寻求心理的平衡，驱使自己每月都去为 K 扫墓；精心护理病中的妻子的母亲；命令自己温存地对待妻子。尽管这样，他也难以逃脱自己的罪恶，"与其自己鞭挞自己，倒不如自己把自己杀掉。"②只好以死的决心苟活在世上。然而当他一再向极乐世界迈进时，便会想起那孤苦伶仃、无依无靠的爱妻。因为在这世上对妻子而言可以依赖的、唯一的亲人便是先生了。所以，为了妻子，他只好像木乃伊一样苟活到今天。从知识分子内心的矛盾、孤独、寂寞来看先生和 K 都是一样的，可以说 K 的自杀预示着先生的未来，先生同 K 一样要寻求精神上的慰藉，只有采取进一步的行动。只是先生苦于没有找到促使他采取过激行为的契机。

　　正当先生悲观厌世之时，传来明治天皇驾崩的消息。众所周知，

----

① [日]夏目漱石：《心》，新潮文库 1986 年版，第 233 页。

② [日]夏目漱石：《心》，新潮文库 1986 年版，第 263 页。

在明治天皇政府统治时期，日本整个近代社会发生了天翻地覆的变化。随着西方文明的涌入，日本加速走向资本主义近代化，广泛地摄取和吸收西方先进资本主义的社会制度、科学技术和文化知识，使日本资本主义经济得到高度飞速增长。与此同时社会矛盾和阶级矛盾也异常尖锐，广大人民特别是农民又陷入贫困破产，新兴资产阶级要求自由民主权力的呼声也日益高潮，而此时的明治政府对内采取的是严密镇压的政策。为了巩固封建式的天皇统治，明治天皇颁布的是忠君爱国的教育敕令，沿袭了封建时期的"武士道"精神，推行军国主义统治。对外积极侵略扩张。因此，尽管人们享受自由、独立、自我的生活环境已较之过去有了一定的改善，但其以天皇精神为支柱的传统封建意识仍占统治地位，并根深蒂固，人们的精神实质仍不乏存在着孤独和寂寞。明治天皇的死标志着明治时代的终结，预示着深受明治精神影响的人必将结束自己的生命。

　　作者为了使先生的自杀事件让读者自然接受，便用心周到地在"父亲和我"中，描写了父亲的病危。父亲本身就长期患有慢性肾病，时好时坏，但总体上还没有什么大碍。可是当明治大皇染病的消息传出以后，他却十分关心天皇的病情"每天盼着报纸，来了自己先看"，当他得知天皇患的病与自己相似时，便有一层暗淡的阴云笼罩着自己。当他从报纸上最先得到天皇驾崩的消息时，情不自禁地"唉呀，唉呀"地发出悲叹的声音，说："唉呀，唉呀，天子终于驾崩了。我也……"。[①]虽然父亲没有继续把话说完，可以见出他十分落魄，预感到自己的死期即将到来。天皇死后，父亲的病急剧恶化。当他再次首先从报纸上浏览到乃木大将殉死的消息时，突然惊叫道："不好了！不好了！"旋即陷入病危状态。他竟开始说胡话："我对不起乃木大将。我实在是没脸见人。不，我也马上随您而去。"[②]从父亲对明治天皇驾崩、乃木大将殉死表现的心情看，他是代表了明治时代大部分国民所持有的国家民族主义精神。广大民众把自己的安危同象征明治国家独立的天皇一体化了。

---

①　[日]夏目漱石：《心》，新潮文库1986年版，第106页。

②　[日]夏目漱石：《心》，新潮文库1986年版，第106页。

被誉为"明治军神"的乃木大将在遗书中说：自从西南战争时期被敌人（指西乡隆盛）夺走军旗以来，为了这一过失总是一心想着去死，而一直活到今天。据史料记载，乃木当时就想自杀，后来得到明治天皇的恩准，只有等天皇死后方可结束生命。西南战争始于明治 10 年，至今已过去整整 35 年之久，所以这期间他一直等待着死亡的机会。明治天皇死后，他同夫人静子一同殉死，实践了他忠君爱国的武士道精神。

明治天皇的死使先生感慨万分。他觉得"明治精神始于天皇，终于天皇，受了明治精神影响最深的人们以后活下去，也毕竟是不合时宜的。"① 这种感觉强烈地冲撞着他的心。他说"如果自己能殉葬的话，就准备为明治精神殉葬。"② 当获知乃木大将偕夫人在天皇大葬之夜双双自杀后，他终于下了自杀的决心。乃木大将的殉死是先生苦苦等待摆脱一切羁绊的契机，它直接刺激了先生，使他毅然选择了自杀的道路。如果不发生明治天皇的驾崩、乃木大将的殉死事件，也许先生不会下决心自杀的。尽管他一直抱着以死活下去的心情，但在此之前始终是为了妻子才拖延着生命。所以作者将先生的死置于天皇驾崩、乃木殉葬这一特定历史背景中，表达了对"充满自由、独立和自我的现代"社会的嘲讽和批判。

夏目漱石是一个典型的批判现实社会作家。他的小说创作始终贯彻暴露国民对明治社会的不满和空虚感以及对明治时期封闭意识的批判精神。尽管如此，他也无法左右社会，只能以消极抵抗的情绪让先生自杀来摆脱一切苦恼。先生的悲观厌世情绪反映了作者晚期的思想情绪。他在执笔写《心》之前，给津田青枫的信中曾经这样写道："也许是因为我生不逢时，所以我讨厌看到世上所有的人。稍微遇到一点不愉快的事，便会持续五六天感到心情不畅，简直就如同梅雨天气一样阴雨绵绵。自己都感到性情厌烦……世上我所喜欢的人都渐渐远离我而去，只有天地草木看上去十分美丽。尤其是此时春天的阳光十分

---

① ［日］夏目漱石：《心》，新潮文库 1986 年版，第 265 页。
② ［日］夏目漱石：《心》，新潮文库 1986 年版，第 266 页。

妩媚。我借此得以活着。"①作者这种厌世观对写小说《心》是有直接影响的。另外，他在给寺田寅彦的信中说："我近来既不接触人，也不太喜欢什么人。总觉得生活无聊，只好到了要写小说的地步。然而一天天地很懒，至今还没动手写，也许是神经衰弱的原因吧，很令人伤脑筋。"②因此，作者这种"憎人厌世"的悲观在塑造先生这一角色中得到了充分的体现。先生的悲剧情绪既是作者晚期逃避现实的真实反映，也是日本明治时期近代知识分子的悲剧写照。

3. 独具特色的创作风格

从整部小说创作风格来看，首先，作者实现了把社会学同心理学结合起来的创作意图。心理描写与社会、宗教、伦理和道德等问题的穿插、结合是他文艺思想的明显特色。例如，在"先生和遗书"中描写先生和K的心理演变过程中，将明治社会一切伪善、自私利己、互不信任、相互伤害的人际关系揭露得淋漓尽致。把宗教、伦理、道德视为尊贵，谁违背了宗教的道义、社会伦理，就必然要遭到"罪则"的惩罚。K的自杀与此有关，先生的自杀也缘于此。

其次，小说的意识流程是通过暗示法来支配的。K的死暗示了先生的未来。明治天皇的死暗示着明治社会的结束；乃木大将的死暗示着武士道军国主义思想对后世的影响；父亲的死暗示着一部分国民崇尚天皇，把自己与天皇政体一体化的愚忠；先生的死暗示着深受明治精神影响的知识分子的悲哀。此外小说中还大量出现暗示性的描写。

再次，运用现实主义和心理学分析方法，严厉而忠实地揭示了明治社会现实的矛盾和丑恶，深刻地探讨了日本近代知识分子的利己主义问题和近代人存在的孤独的内心世界，把知识分子的复杂、谨小慎微、敏感、多疑、猜忌妒嫉、矛盾、隐瞒、欺骗等内心活动真实艺术地再现给读者，为大家了解和研究日本近代知识分子的心理特质提供了活生生的素材。

最后，整部小说结构严谨、行文流畅、简洁自然。伏线纵横交

---

① 《夏目漱石Ⅲ》日本文学研究资料丛书，有精堂1989年版，第205页。
② 《夏目漱石Ⅲ》日本文学研究资料丛书，有精堂1989年版，第205页。

错、悬念迭见，既激发了读者的阅读兴趣，又增加了小说的艺术感染力。尽管作者对笔下的人物没有进行肖像描写，但通过大量的人物心理刻画，将一个个孤独的灵魂活脱脱地跃然纸上，使人感到有血有肉、真实可信。

《心》是一部非常成功的心理小说。难怪夏目漱石说："研究人类心理的人员一定要读一读这部小说。"①虽然小说中人物的思想意识距当今已有百年之遥，当时的日本社会也与今天迥异，然而夏目漱石对于明治末年知识分子内心世界的探讨仍然会给我们现代人以很多启迪。通过作者笔下知识分子高度自我否定的心理分析，我们从中目睹了当时内心充满孤独的知识分子是如何挣扎、垂死、灭亡的。可以说，小说《心》是20世纪初知识分子的一首挽歌。

五、结 论

夏目漱石的文学理论解决了两个重要问题，其一，是调适了西方文学与日本文学、传统文学与近代文学的关系问题。日本进入明治维新后其近代文学受西方文学的影响很大，夏目漱石认为在对西方文学学习和借鉴的同时，要坚持日本本民族的个性与日本的本土文学。对自己传统的文化也要继承和发扬光大，要有信心、自觉地认识和重视传统文学的再创造。他的这一观点高瞻远瞩，具有很强的独创性，为日本文学的现代化发展开辟了一条新路。其二，就是主体地再认识文学存在的价值及其独自的功能。"他运用多学科来建立其方法论的基础，提出要从哲学、历史、政治、心理、生物学和进化论等多学科来审察文学的价值，强调认识世界先应解释人生，解释人生应先论述人生的意义、目的及其活力的变化。还有论述如何开化、解剖并组合构建开化诸元素的问题，应先论及文艺开化的影响及其将成为何物。"②夏目漱石用心理学的美学和社会学相结合，完成了自己理论的实践。

---

① [日]夏目漱石：《心》，新潮文库1986年版，第288页。

② 叶渭渠、唐月梅：《20世纪日本文学史》，青岛出版社2004年版，第155页。

夏目漱石在整个的文学创作中，努力证明自己的文学论的独创性，在东西方文学的结合点上确立了自己的方位。他把日本文化人在明治时代所走的路展现出来，反映了在那个社会变革时期日本知识分子灵魂裂变的全过程。在作品中他借鉴了西方文学的理念、原理、结构和技法，运用独特的东方文学思想和日本文体，再加上其高超的叙事技巧，栩栩如生地刻画出了众多的生动、真实的人物形象。这就是他的文学论在具体实践中的硕果。

志贺直哉的《暗夜行路》

被誉为"短篇小说之神"的志贺直哉（1883—1971）是日本近代文坛著名的小说家。他内心非常单纯，而思维又极其敏感、细腻，他的读者总会忍不住这样惊叹。同处于一个时代的日本著名作家芥川龙之介曾在他的《志贺直哉氏》中就曾经提到过："志贺直哉是我们这些人中最单纯的作家——至少肯定是之一。……志贺直哉是一个很洁净地生活着的作家……他是描写上从不依赖空想的现实主义者。"①

正如芥川龙之介所说，志贺直哉就是这样一个根据自己的感受和个人体验进行文学创作的作家。在志贺直哉的文学生涯前期，以种种对立和冲突为主题的创作很多，但是，那些冲突和对立被作者不断肯定的现实精神所压制下去，最终发展成了安定、和谐、统一、调和的精神。其集大成者集中体现在作者花费了漫长人生而写就的、唯一的长篇巨著《暗夜行路》。

《暗夜行路》一开始并不是一部长篇小说的构想，而是志贺直哉的自传小说《时任谦作》不断转换而来的。所以，从时间上看，《暗夜行路》是一部经过漫长岁月写成的巨作；从内容上看，也可以说这是一部全面涵盖了志贺直哉思想变化和发展的作品。河盛好藏也曾经指出："我们有必要注意到这部小说中主人公成长的同时作者也成长了。小说几度中断，但是每次都累加上了新的岁月的痕迹，我们会不由自主地惊叹，在阅读中会发现作品已经成长为一棵参天大树。"②

《暗夜行路》虽然是虚构的故事情节，但却是一部具有很强自传体要素的作品。我们从主人公时任谦作的身上可以读出作者寄托了很多其本人自身发展的影子。作者和主人公谦作几乎一样，现实生活中也经历了从对立到调和的过程。从这种意义上看，作品中主人公时任

---

① ［日］红野敏郎等编集：《近代小说研究 作品·资料》，秀英出版1982年版，第190页。

② 《现代文学全集20 志贺直哉集》，筑摩书房1954年版，第420页。

谦作一味遵循道德灵魂的呼唤，坚持正直人生，与厄运和身体欲望不断抗争并慢慢升华。其过程可以说是志贺直哉本人的一个"洁癖人生的发展史"。主人公谦作在走向调和的过程中既有自我的挣扎，也有与他人的和解，最后在与大自然的融合中获得了最终的解脱。志贺直哉本人的一生几乎也如出一辙。那么，这两者之间有什么样的必然联系呢？从长篇小说《暗夜行路》入手，围绕着作品中主人公谦作性格的转变，对比现实生活中作者本人的性格变化历程，我们就不难发现《暗夜行路》的主人公谦作的成长与作家志贺直哉本人的一生在自我努力、与他人的和解以及与自然的融合这三个方面是一脉相通的。

一

明治 16 年（1883）出生的志贺直哉因为哥哥的早逝，在明治 18 年（1885）全家搬到东京祖父母家居住之后，就一直在祖父母的溺爱下长大成人，这也成为日后志贺直哉作品中出现的遇事固执地自我坚持、与父亲关系疏远等事件的原因之一。后来进入贵族学校学习后，他开始与基督教思想家内村鉴三来往密切，此后的 7 年中并受到了基督教的熏陶。虽然红野敏郎曾经说过"与基督教教诲相比，志贺直哉受到内村鉴三个人很深的影响"，但是不可否认的是这段时期的经历给志贺直哉的一生都带来了很深远的影响。在志贺直哉 20 岁那年，第二次落榜的他与成为同级生的武者小路实笃开始交往密切，并最终开始走上了文学创作之路。

明治 39 年（1906）志贺直哉考入东京帝国大学[①]英文系，后转入到国文系。可是，从这时起，他虽然还保留大学学籍，却不再来往于学校了。明治 43 年（1910）他与武者小路实笃、有岛武郎等友人一起创办了《白桦》杂志，也正式从大学退学了。

大正元年（1912），作者开始构想创作《大顺津吉》的续篇《时任谦作》。收集了很多的资料，但是迟迟未能动笔，并在大正 3 年

---

① 帝国大学：是旧制国立综合大学。1886 年东京大学被更名为东京帝国大学。第二次世界大战以后，根据学制改革，成为新制的国立大学。

（1914）后的很长一段时间内陷入了沉默期。这段时间的瓶颈也从侧面展现了一个与父亲、家庭对立姿态慢慢弱化的志贺直哉。大正2年（1913）志贺直哉被电车撞伤差点丧命，以此为契机大正6年（1917）最终与父亲达成和解。将与父亲和解的喜悦写成中篇小说《和解》并发表后，《时任谦作》创作的原本意义也消失殆尽了。被电车撞伤后，为了休养志贺直哉曾在城崎温泉待了三周左右。以这段时间的经历体验志贺直哉写成了日本文学史上心境小说的代表作《在城崎》。《在城崎》以后的文学一般称为志贺直哉文学创作的后期。从大正8年（1919）断断续续开始发表《暗夜行路》，晚年的志贺直哉则创作了类似于《山鸠》《牵牛花》等很多以小动物、小植物为题材的短篇小说，在与大自然的紧密相融中度过了自己祥和的晚年。

《暗夜行路》不仅是志贺直哉漫长创作生涯中唯一的一部长篇小说，而且也是他倾尽一生心血的结晶。作品的创作过程非常复杂，经过了漫长的岁月才得以完成。作品的前身可以追溯到大正元年开始的私小说《时任谦作》。因为种种原因，计划中的长篇小说《时任谦作》最终流产，于大正8年（1919）4月在《中央公论》却以短篇《可怜的男人》的名字发表。这部短篇最后成为《暗夜行路》的前篇最后一章的内容。在此作者心中是否已经有了长篇《暗夜行路》的构想还不得而知，但是大正9年（1920）1月在《新潮》上发表《谦作的追忆》时，作为《暗夜行路》序论的端倪已经显现无疑。接着翌年的1月到8月包括之前发表的两部分作品，最终作为《暗夜行路》的前篇陆续在《改造》上发表，并于大正11年（1922）有了单行本。后篇从大正11年（1922）开始断断续续在《改造》上连载，并最终于昭和12年（1937）4月完成。从时间上看，全篇的完成大约花了二十五年的时间，从内容上看也几乎全面包含了志贺直哉思想的变化和发展。所以《暗夜行路》堪称是作者独一无二的代表作。

《暗夜行路》这部长篇小说主要讲述了因祖父和母亲的过失而生下的主人公时任谦作，在青年后才得知自己出身的秘密，但是结婚后却又因为妻子的过失而遭到背叛。主人公应该怎样面对这样残酷的命运呢？谦作自小就失去了母亲，被祖父抚养长大，从小缺少母亲的爱，但在心底却留下了被父亲憎恨的印象。祖父去世之后，长大成人的谦作想跟自己的表妹结婚却被家人拒绝，从此谦作开始了放荡不羁的生活，自我嫌弃的情绪也日益浓厚。谦作为了振作自我去了广岛的尾道，开始致力于自传小说的创作，但是最终走投无路。不受大家信任的谦作，决定和唯一信任自己的祖父的小妾阿荣结婚，并把想法告诉了自己的哥哥。哥哥吐露了他的身世，他是由祖父和母亲过失所生下的乱伦之子。悲痛、孤独之极的谦作，再次陷入了无底的深渊，沉迷于花柳娼妓之中难以自拔。

在东京走投无路的谦作，为了调整自己的情绪去了京都。在与京都的古寺、古代美术的密切接触中，他获得了从未有过的沉静，并在砂原遇到了优雅的直子，很快便结了婚。终于体验到了幸福感的谦作，很快又迎来了自己人生中新的低谷和打击：长子夭折、文学创作停滞不前……雪上加霜的是妻子直子被堂兄所侵犯，谦作遭遇到了第二次乱伦事件带来的不幸。谦作努力使自己原谅直子，但是终究战胜不了自己的强大内心，从此陷入了深深的苦恼中。无论如何都想获得解脱的谦作，最终来到了鸟取县的大山。在大自然的怀抱中，谦作终于获得了久违的释然。一天，在身体有恙的情况下，他固执地登山，落在了半路上。然而，就在那个地方，他觉得自己与大自然融为了一体，陶醉在了其中。他觉得自己终于找到了那个通往无限和永远的路口。

二

评论家中村光夫曾经说过："把《暗夜行路》的主题理解为一个男人由动物到人的转变过程也可以。"这句话似乎将矛头指向了在《暗夜行路》中出现大量"性欲"方面的描写。他甚至讽喻说"《暗夜行路》中唯一值得肯定的就是频繁出现的'性欲'描写。"的确，在作品特别是前篇中充斥着大量的此类描写，实际上，想要从旺盛的性欲中努力摆脱的谦作与"性欲"作斗争也是作品的一条主线。例如，在前篇〈第一七〉中，当谦作看到吉原的女艺人的曼妙身姿等联想到很多性方面的画面时，曾经陷入了矛盾，生理欲求和理智产生了对立，而这种矛盾和对立在很长一段时间里让谦作颇为烦恼。与此相对应的是，在前篇〈第一十〉中谦作性的冲动开始越发强烈，满脑子都是祖父的小妾阿荣，而这种赤裸裸地对阿荣生理上的联想，让谦作愈发如噩梦般不能自拔。当提出要与阿荣结婚并知道了自己的身世之后，谦作只能从妓女们那里寻找解脱，她们的丰满乳房成了填补其内心极度空虚的唯一办法。

作者在此段落加入了很多有关性方面的描写，若按照上面中村光夫所说，把该作品中主人公的成长视为一个动物到人的转变过程的话，毋庸置疑这个时期的谦作就是那个"动物"。其实作品中屡次出现的有关性方面的描写，也包含了作者反抗基督教禁欲主义的意思。前面也提到过，志贺直哉在青年时代曾经师从内村鉴三，最初拜访内村是明治33年（1910），志贺直哉17岁那年的秋天，资料记载志贺直哉之前从没有读过内村的著作，所以谈不上崇敬，那么志贺直哉是被内村什么地方所吸引的呢？伊藤整在《日本文坛史》中曾经这样明确过："志贺直哉觉得自己真的是喜欢内村的脸，觉得那是一张让人有些畏惧而又略感亲切的脸，是日本最美的一张脸。一想到那是一个伟大的思想家，于是缺少信仰的志贺直哉就开始对内村产生了依赖。"①。

通过上述内容，我们不难发现志贺直哉并不是被基督教的教义所吸引而师从了内村鉴三。所以，后来他从基督教中退出也就不是那么不可理解了。但是，对志贺直哉本人来说，基督教的教诲以及内村本人的影响却非常之大。刚过20岁的志贺直哉对女性的欲求日渐强烈，并越发难以抑制，不久便和家中的女仆发生了男女关系。这个事情也被内村所知道，在被内村训斥时两人发生了很激烈的冲突。就像《大津顺吉》中描述的主人公一样，在生理需求和基督教的戒律的矛盾中，他的内心非常痛苦。内村曾经说过，奸淫之罪和杀人之罪同样之大。志贺直哉也因为这样的话而感到十分恐惧、进退两难。然而，

---

① ［日］伊藤整：《日本文坛史Ⅱ 自然主义的勃兴期》，讲谈社1978年版，第202—203页。

这种面临选择时的矛盾的存在只是暂时的，就像伊藤整指出的那样：
"虽然他师从内村鉴三达七年之久，但是并未成为真正意义上的基督教
徒"①，非常忠于自己内心本能的志贺直哉经过一段时间的思想斗争，
最终选择了脱离基督教团体。

　　在《暗夜行路》中，谦作并没有一味地放任自己的性欲勃发，而
是坚持抗争着。进入该小说的后篇后，谦作终于邂逅了真爱，从那段
时间的肉体的放纵中解脱了出来。现实生活中的志贺直哉，同样在面
临基督教的戒律和生理的需求时，选择了后者。但是，师从内村鉴三
的这段经历，特别是内村本人的人格魅力也带给了志贺直哉难以估量
的影响。志贺本人也曾经说过："自己算是内村老师不肖的弟子"，
"与老师相遇真的很感激"之类的话。在《内村鉴三老师的回忆》中他
也曾经这样说过："要列举一下影响过我的人的话，我首先想到的是作
为老师的内村鉴三、作为朋友的武者小路实笃以及作为亲人的祖父志
贺直温"②。

　　以上我们可以发现，与"性欲"的抗争是年轻时代的志贺直哉
的一段难忘的经历。而在与基督教禁欲主义戒律的反抗中，作者本人
也不断地成长。这一点在《暗夜行路》前篇和后篇的落差中也能觅得
端倪。

　　另外，《暗夜行路》在构成上可以说是经过不断的变换之后才形
成了现在的结构。1954 年由筑摩书房出版的《志贺直哉集》中，《暗
夜行路》是由序、前篇、后篇三部分构成；其中前篇为整个作品的
〈第一〉、〈第二〉两部分，后篇为〈第三〉、〈第四〉；在〈第一〉、
〈第二〉中又分别分为独立的十二个和十四个小章节，而后篇的〈第
三〉、〈第四〉中则分别包含了十九和二十个独立章节。

　　对于《暗夜行路》各个章节的描写，主张"后篇优势论"的本多
秋五曾经这样评价过：

　　《暗夜行路》前篇中的第一，就像众人一样我也不会买，可

　　① ［日］伊藤整：《日本文坛史Ⅱ 自然主义的勃兴期》，讲谈社 1978 年版，第 203 页。
　　② ［日］志贺直哉：《内村鉴三老师的回忆》，《妇女公论》1941 年 9 月号，第 6 页。

能是年龄的缘故吧，里面的很多胡乱的描写看得人眼花；进入第二精彩场面变得多了起来，再进入到后篇第三，一下子变得非常优秀，让人能够看出是《在城崎》之后的代表佳作了。让人赞叹的描写也越来越多，而到了最后的第四，变得愈发好，让人爱不释手了。①

的确如此，作者在前篇中描写主人公谦作苦恼和不快的场面尤其之多，烦恼的不得解脱也容易把读者带入到一个比较压抑的氛围中。相反，进入到后篇之后，比较压抑、颓废的氛围一下子被美丽的自然风景描写等和谐的氛围所取代。而且，谦作内心的成长也使得作品渐入佳境。因此，作品中主人公的成长也是由《时任谦作》到《暗夜行路》的成长。相比较前篇，后篇调和氛围的出现也是这部作品最有的价值所在。说到这种变化就不得不提在志贺直哉前半生中占有重要地位的、和自己父亲的对立与纠葛。关于这一点，志贺直哉本人也曾这样说过：

> 最初的《时任谦作》原本是以和父亲的不和为创作题材，可能是难以越过私情的缘故吧，最终没能成行。但是很快，就像《和解》这部小说中描写的一样，我和父亲最终和解了，我的心情变化了，创作《时任谦作》的心境也变化了。……想继续把这个主题写下去的劲头也慢慢消失殆尽了。②

不过，时任谦作这个名字在长篇《暗夜行路》中就这样被沿用了。那么，志贺直哉是出于何意将作品的主人公取名为时任谦作呢？平野谦曾经做过这样一个解释："时任谦作这个名字据我推断的话，应该是暗含了任时间流逝，独处谦逊之姿态的意思。换言之，要描写一个想以谦逊的姿态面对命运并战斗着的纯粹的男人，所以才有了《暗

---

① ［日］红野敏郎等编集：《近代小说研究 作品·资料》，秀英出版1982年版，第198页。
② ［日］志贺直哉：《现代日本文学大系34 志贺直哉集》，筑摩书房1973年版，第394页。

夜行路》。"①当然，这也只是一个评论家的推断而已。作为志贺直哉的弟子，阿川弘之就曾经对平野谦的这种推断提出过异议。他认为"这个推断式的解读也只不过是平野谦自我的认为而已……我曾经问过他'您起的这个名字是什么来源呢？'志贺直哉本人只回答说'在学校上一级有一个叫时任的人，于是就起了那样一个名字。'"②事实似乎已经很明确，但是如果按照平野谦的解释，这个主人公名字的意思是将自我置身于无穷的时光岁月中，俯身谦虚地面对命运行走着。岂不也正应了《暗夜行路》的字面意义吗？就是这样摸索着行走着，《时任谦作》变为《暗夜行路》，《暗夜行路》的主人公谦作也原本就是一个拥有强烈自我意识的人，历经种种精神上的折磨和苦恼最终战胜一切，在大自然中找到了通往光明的道路。可以说，这种由固执到融合的转换在某种程度上也是现实生活中直哉志贺漫长一生的一个缩影。

在文学创作上选择追求忠于现实生活的志贺直哉，其文学创作的前后期也呈现了截然不同的特点。前期创作中以自己和父亲的不和为主要线索，展现了强烈的固执的追求自我的个性。《一个早晨》中描写的与祖母的冲突、《大津顺吉》中与父亲的纠缠等都是从家庭中的一些对立出发向外部世界展开，冲突和纠葛成了那个阶段志贺直哉创作的源泉。与其相对的是在与父亲达成和解后，志贺直哉的文学慢慢地开始向着一个平静调和的世界演变了，特别是《在城崎》之后，我们能够明显感觉到作者的创作风格急转，小动物以及身边的小植物都成了志贺直哉作品中的主人公，可以说其后期的创作呈现给我们的是一幅幅描写人与自然、社会相互调和、和谐共处的画卷。

《在城崎》是志贺直哉最具代表性的短篇小说之一，这部小说的写作契机以及最终的问世对志贺直哉后期文学的创作影响很大。大正2年（1913）遇到了一场严重的交通事故，差点被夺去生命的志贺直哉，为了休养身体来到了城崎温泉。正是在城崎的这段时间让他认真地思考了很多问题，澄清了自己的心境。《在城崎》发表于大正6年（1917）的《白桦》上，是志贺直哉经过短时间的创作沉默期之后重新

---

① [日]阿川弘之：《志贺直哉》下卷，岩波书店1994年版，第7页。

② [日]阿川弘之：《志贺直哉》下卷，岩波书店1994年版，第7—8页。

再起航的一部作品，就如遠藤祐所说："在这里面的确是呈现了作者放弃自我意识，在回归自然中追求安定和幸福的姿态。"① 在这部作品中我们看到了作者放下之前的固执的自我，开始深刻地思考生命的价值和意义所在。"偶然得救了"的志贺直哉离开了城崎，对生命的看法产生了改变。他和父亲的对立得到了和解，自己的心境进入一个崭新的状态。由《时任谦作》到《暗夜行路》的跨越也成为可能。

综上所述，大正6年（1917）对志贺直哉来说是具有转折意义的一年。从《时任谦作》到《暗夜行路》的跨越成为可能的这段时期是志贺直哉一生中至关重要的一个阶段，对其文学创作上的影响更是不言而喻的。因为这其中不仅仅包含了作品《暗夜行路》主人公的成长，而且也含有作者本人的成长。

三

《暗夜行路》曾经被有些评论家称为爱情小说。就此，志贺直哉本人也曾说过以下的话："我从没想到过小林秀雄君和河上徹太郎君竟称《暗夜行路》为爱情小说。不过，想到基于这部小说竟然出来这样的想法，我还是感到很高兴的。我对所谓的爱情小说并不感兴趣，也绝没想过要写爱情小说。但是，如果把《暗夜行路》当作了爱情小说来看的话，这是一件很有意思的事"。② 尽管志贺直哉本人否认了这是一部爱情小说的构思初衷，但在作品中我们的确能看到大量的"爱"或者"爱的影子"。对"爱"的追求也是这部小说的主旋律之一。与上面言及的作者与自己"性欲"的斗争等不同，可以说与女性的纠缠中获得的"爱"则包含了主人公谦作与他人的一种"和解"吧。

志贺直哉本人曾经这样描述过《暗夜行路》的主题："主题就是着手于女人的一不留神的过失——自己可能也因此痛苦着——与自己相比让他人承受着更多的痛苦"。③ 在前篇中主人公也追求"爱"，有

---

① 日本文学研究资料刊行会编：《志贺直哉 I 》日本文学研究资料丛书，有精堂1981年版，第266页。

②《现代日本文学大系34 志贺直哉集》，筑摩书房1973年版，第396页。

③《现代日本文学大系34 志贺直哉集》，筑摩书房1973年版，第395页。

着对结婚的向往，对堂妹爱子的求婚、电车中偶遇的女性、对阿荣的求婚等，都向我们展示了谦作对二人世界的向往，只不过最终他迷失在旺盛的性欲中。进入到后篇，主人公为了克服万般的苦恼来到了京都，在与古寺和古代美术作品亲密接触中慢慢地沉静下心情。最终遇到了自己的真爱，结婚成了家。可以说自己苦苦追求的"爱"总算有了一个结果。

具体来看，在与谦作有联系的众多女性中占据最主要地位的无疑是直子。正是从这两人的关系发展中才有了从暗夜中摸索挣脱而出的新生的谦作，直子的存在成了谦作通往调和道路上最有力的一个助推器。在痛苦的出走中偶遇到直子并结婚后，主人公谦作的文学创作也取得了进展，开始过上了悠闲的生活。但是，命运总是残酷的。当妻子与堂兄发生了乱伦事件后，谦作又陷入一个极度痛苦的选择中。在前篇中，当谦作得知自己是母亲过失生下的孩子之后，为了从痛苦中跳出，他选择了逃避，在妓女们丰满的乳房中寻求心灵上的寄托，无疑这是消极的。在后篇中，当再次面对乱伦带来的痛楚时，谦作则选择了不同的解决办法。他将有限的自己融化到了无限的大自然中。在伯耆的大山中，他沉浸在自然美景中，忘掉了自己的一切不幸，获得了一种调和的心境。

通过追求获得了"爱"，而这"爱"却又经历了由背叛到包容的过程。从生的苦恼到爱的出现、再从爱的苦恼到爱的包容，这是作品中描写的一条主线。在这里"爱"成了在"暗夜"中行走的一条拐杖。现实生活中的志贺直哉曾经决意要和家中的女佣人结婚，遭到反对后和家人产生了激烈的矛盾，并因此与父亲产生了强烈的对立。虽然有朋友们的支持，但是志贺直哉这次对婚姻的向往最终没能达成。尽管如此，志贺直哉并没有从此断了对婚姻的向往，在大正3年（1914）和康子结了婚，虽然又因为父亲的强烈反对他选择了移居别处，但是婚后的志贺直哉开始被幸福感所环绕，逐渐过上了稳定和谐的日子。这或许与作品中的"爱"的形式有所不同，但是在这个曲折的过程中却呈现出志贺直哉克服自我、追求与他人调和的轨迹。结婚后的安定生活给志贺直哉带来了一种平和的心境，这成为他与父亲最终达成和解的重要原因之一。

志贺直哉同他父亲之间的种种纠葛经常在他本人的文学作品中有所体现。他与父亲由对立到纠缠、再到和解的过程通过他的三篇小说便可以明晰。志贺直哉与父亲最初产生大冲突可以追溯到明治34年（1901）志贺直哉18岁那年的足尾铜山鉱毒事件，此事件当时成为明治时代最大的一个公害事件。在对待此事上，二人产生了分歧，成为了父子不和的导火索。进而到了志贺直哉24岁上大学的第二年，当他想要和家中的女佣人结婚时却遭到了父亲的强烈反对，由此他和父亲的对立也愈发显现。于是，志贺直哉以此为题材曾经写过中篇小说《大津顺吉》。《大津顺吉》发表在大正元年（1912）的《中央公论》上，是完全基于作者的生活体验而写成的。在这部作品中，志贺直哉毫无掩饰地将自己青春期所带来的内心矛盾展现了给了读者。身体的萌动与基督教的戒律产生了矛盾，他动摇了。在激烈的思想斗争中，他选择要跟家中的女佣结婚，却遭到了父亲的强烈反对，最终也没能实现。之后他又跟武者小路实笃的堂妹康子结婚也遭到了父亲的强烈反对。从此，志贺直哉父子两人的关系到了剑拔弩张的地步。由此可见，在对待结婚问题上两人看法的相悖成了他们父子开始对立的一个不可忽视的重要原因。

父子对立的另外一个原因则是围绕着志贺直哉的未来、志向产生的不同看法。志贺直哉起初曾仔细想过自己以后将要做什么，不仅想过要做一个对外贸易有钱的商人，而且也想过做一个哲学家。但是，当和武者小路实笃交往日趋密切以后，他逐渐开始对文学产生了浓厚兴趣，最终文学创作成了他的志向。明治40年（1907），他由英文系转入国文学系。随后，于明治43年（1910），他跟"白桦派"同人一起创办了《白桦》杂志。至此他越加坚定了自己要成为文学家的信念，并从大学退了学。这一切都加剧了志贺直哉同父亲之间不可调和的矛盾。大正2年（1913），他发表在《读卖新闻》之上的小说《清兵卫与葫芦》很清楚地暗示了当时父子二人的对立关系。该小说主要描写了一个父亲对热衷于艺术的儿子的毫不理解。志贺直哉通过在这部小说中不断赞美艺术创造的热情，讽刺了世俗偏见，抒发了自己对父亲的强烈反抗。关于这部作品的创作动机，志贺直哉本人曾经直言过："创作动机就是对非常不满自己写小说的父亲的不服"①。

除了《大津顺吉》和《清兵卫与葫芦》这两部作品外，完整地描写自己与父亲长年的对立、纠缠到最后和解的作品就是中篇代表作《和解》了。《和解》最早发表于大正6年（1917）的《黑潮》杂志上，志贺直哉原本是想继续以二人长年的不和为题材继续创作一篇小说的。但是，有一天他突然发现老是用这种方式来抒发私人的恩怨有些不妥，甚至感觉自己有些同情父亲了。最终在经历过一些事情后，在母亲23年忌日的那天，他同父亲碰面了。在传达了自己想与父亲和解的意思之后，父子二人一扫长期积压在心的怨恨，最终达成了和解。针对此，志贺直哉曾经这样说过："能够写《和解》是因为坚守在父子二人心中多年的固执对立一下子得到了释放，最终达成了和解。《和解》这部小说就像作品里面描述的一样，那个时候正是约定的工作忙碌之时，但是与父亲和解后心情甚好，在喜悦和兴奋的拥簇下以和解之事为材料一气呵成了。"②"约定的工作"就是原来构想的长篇小说《时任谦作》。《和解》问世后，志贺直哉终于从长期埋头创作却又迟迟难以进行的痛苦中解脱了出来。因此，倾注了极大心血的《时任谦作》从此失去了按照原来的构想继续进行下去的意义，后来向《暗夜行路》的转变也就成了必然。所以称《和解》是志贺直哉创作生涯中独具转折意义的一部作品并不为过，因为就像本多秋五说过的那样："有了《和解》的完成，志贺直哉也悄然完成了其向苦恼净化小说的迈步。"③

与父亲从长年的对立到最终的和解，这一切都与《暗夜行路》的成立息息相关。上文曾提过，《时任谦作》是以长年的父子不和为素材而构想的作品，最终因为没能超越私情而难以完结。从这一点来看，志贺直哉父子的和解自然成了长篇巨著《暗夜行路》最终问世的最大契机。

---

① 《现代日本文学大系 34 志贺直哉集》，筑摩书房1973年版，第390页。
② 《现代日本文学大系 34 志贺直哉集》，筑摩书房1973年版，第398页。
③ ［日］本多秋五：《志贺直哉》下卷，岩波书店1990年版，第36页。

四

如前所述，《暗夜行路》的主人公时任谦作在知道自己的妻子发生过失后曾努力想原谅她却又无法在心理上做到，于是来到了伯耆的大山。那时的谦作，其心理也发生了变化。"多年以来疲惫应付着人与人之间关系的谦作觉的这里的生活真好……他看到石头上两只蜥蜴在翘起后脚站着、跳着、缠绕着，嬉戏着，他自己也变得心情舒畅了。"[①] 在大自然的怀抱中，谦作一边看着小动物们的嬉戏，一边回顾着自己纠缠与人与人交际之间的每一天，他突然感觉整个世界对自己打开了心灵的明窗。谦作开始由一个"对立的自我"转变成了"融入自然的自我"，正如小说中所描述的那样：

> 疲惫之极，但是他却感受到了不可思议的陶醉。他感觉到自己的精神、肉体都在渐渐地融到大自然中。那个自然是用无限的大将渺小的自己包裹了一样的气体一样的东西，是肉眼感受不到的东西，但是的确是要融到其中了。——他所能感觉到的就是语言难以描述的愉快，没有任何的不安，多少就像困了时慢慢进入睡眠状态的感觉。……静静的夜，听不到夜间鸟的啼鸣。下起了薄薄的雾霭，村子的灯光也完全看不见了……他现在在想自己迈出了通往永久之路的一步，他一点都没有感觉到死的恐怖。[②]

被大自然环抱的谦作获得了心灵上的安详，在因为疲劳得病的时候，妻子直子来到了重病的谦作的床前。默默地看着妻子的脸，谦作终于跨越了先前的心理隔阂，从之前无论如何也不得解脱的烦恼中走了出来。他在大自然中升华了。在融入自然过程中感受到的"不可思议的陶醉"让他感受到了新的力量。与作品中主人公谦作最后在大自然中找到人生的出口一样，现实中的志贺直哉在经历过固执的前半生

---

① 《现代文学全集 20 志贺直哉集》，筑摩书房 1954 年版，第 163 页。

② 《现代文学全集 20 志贺直哉集》，筑摩书房 1954 年版，第 174—175 页。

之后，晚年也完全沉浸在与小动物、小植物的亲密接触中，创作了诸如《山鸠》《牵牛花》等流传甚广的文章。晚年的志贺直哉成了这样一个赞美人与自然和谐共处、强调人与自然共生的作家。

因此，《暗夜行路》也是一部非常重视人与自然和谐共处的一部作品，从作品中主人公谦作对大自然认识的变化中完全可以看出作者的这种主张和看法。

> ——人类的命运未必就一定会与地球共存亡。其他的动物不得而知，但是人类是要反抗被认定的那个命运……所以人类想尽办法要发展，要与命运抗争，从中拯救人类。①

这是前篇《第一九》中时任谦作在日记里所写的内容。这时，谦作的认识是人的命运与地球的命运相对峙，或者更明确地说，他是拥有一种征服世界的豪气和肯定科学进步的倾向。在《第二一》中，这种认识变成了一种对飞机制作技师工作的羡慕和向往。然而，这种认识慢慢地发生了变化，到了《第二七》部分中，出现了这样的改变："想起了恢宏，世界。地球、星星、……宇宙，思绪不断扩散，进而想回到了极其渺小的自己……"。②由此可见，主人公谦作以及志贺直哉本人对大自然认识态度产生了微妙的变化。进而到了《第四十四》中，竟有了与前面几乎截然不同的描写：

> 仰望着晴空之上悠然飞翔的老鹰，想着人类研制出的飞机的丑恶，开始反省"人像鸟儿一样会飞，像鱼儿一样可以自由到水中去真的是大自然的意志吗？……也不知从什么时间起，想法和以前完全相反了。"……如果人类最终和地球一起毁灭的话，也能心甘情愿地接受了。他对佛教的事情毫无所知，但是却感受到了诸如涅槃、寂灭为乐等所持有的不可思议的魅力。③

---

① 《现代文学全集 20 志贺直哉集》，筑摩书房 1954 年版，第 36—37 页。
② 《现代文学全集 20 志贺直哉集》，筑摩书房 1954 年版，第 64 页。
③ 《现代文学全集 20 志贺直哉集》，筑摩书房 1954 年版，第 164 页。

综上所述，随着《暗夜行路》的不断推进，作品中所展现出来的作者对人与自然关系的认识也出现了完全的逆转。"人类最终与地球一起毁灭的话，也能心甘情愿地接受"这个想法和佛教提倡的"共生"不谋而合。如同有的学者所讲："'共生'原本就是佛教的主张，'共生'的'生'不单单指生命的存活，而是指'出生、生存、往生（在这个世界死亡）'。即生命的'生'，'生命'的哲学是佛教思想的精髓所在。"① 而在"共生"中最重要的要属人与自然的共生了。虽然人类可以利用自然、开发自然，但是也必须要反省支配自然、征服自然的傲慢和野心。如同上文中谦作的疑问"人像鸟儿一样会飞，像鱼儿一样可以自由到水中去真的是大自然的意志吗？"所表现出的一样，自然科学技术的发展应该走在一条怎样与大自然共存亡的道路上呢？志贺直哉很深切地感悟到了这一点。《暗夜行路》也很好地诠释了这一点，谦作的"与大自然对立的自我"到"人与自然共生"的转变也可以理解为"由对科学技术的推崇到否定、从西洋合理主义到东方式的调和的转变"。②

《闲人妄语》（《世界》1950年10月）曾经刊载过志贺直哉晚年的信条，他这样讲：

> 说我是一个对科学知识毫无所知的人也行，但是我可以毫不畏惧地这样写出来，我很有自信地认为我是比普通人更加近距离地接触过自然界万物的。对现在 的科学我感觉到了不安。③

此外，他还发出了"人类这种过度的贪婪一定会遭到惩罚""人类不要忘了自己只不过是这个地球上生存的动物之一"④ 之类的警告。

《暗夜行路》中的主人公时任谦作由一个强烈坚持"人类意志"

---

① ［日］水谷幸正：《佛教·共生·福祉》，思文阁出版1999年版，第119页。
②《日本文艺鉴赏事典——近代名作1017篇——》第七卷，晓星株式会社1987年版，第31页。
③《国文学解释与鉴赏特集再评价志贺直哉》1987年1月号，第129页。
④《国文学解释与鉴赏特集再评价志贺直哉》1987年1月号，第129页。

的人逐渐转变成一个尊重"大自然意志"的人，并对人类完全以自我
为中心的现代文明进行了批判。谦作的这种认识的变化，也向我们展
示了一个青年时代固执、热血的志贺直哉向安详、调和的晚年志贺直
哉转变的过程，晚年的志贺直哉沉浸在与小动物、小植物的亲密接触
中、在大自然的怀抱中悠悠度完了自己的余生。

芥川龙之介的《罗生门》

芥川龙之介（1892—1927）号"澄江堂主人"，笔名"我鬼"，是日本大正时代（1912—1926）著名小说家。他本姓新原，出生后九个月母亲便精神失常，遂过继给其舅舅，改姓为芥川。芥川自幼受到家庭浓厚文化氛围熏陶，积累了深厚的文学底蕴。在短暂的一生中，创作小说150篇之多，还有大量的随笔、评论、游记、札记等。他的短篇小说篇幅很短，又笔犀利冷峻，语言幽默诙谐，结构精巧新奇，描写了近代人的心理和近代市民社会的现实。可以说芥川及芥川文学在近代日本市民社会逐渐成熟、个人主义文学空前发达的大正时代大放异彩。对芥川和芥川文学的研究，由于论者的出发点和研究方法的不同而大相径庭。在日本以往的研究大多过分拘泥于芥川自杀这一事实，从他的最终归宿来追溯芥川的人生及芥川文学的历程，即结论先行，得出了阴郁的"芥川像"这一消极的定论。与之相反，20世纪60年代以来，伊豆利彦、首藤基澄、关口安义等日本研究者开始果敢挑战传统研究，从芥川人生及其文学道路入手，特别是通过对初期作品世界的分析研究，不断探求芥川及芥川文学被人忽视的另一面。

最能真实反映芥川文学的这种研究状况的应该说是有关《罗生门》的研究。因为它是芥川龙之介致力于进军文坛时创作的最初作品，被视为其"准处女作"。时至今日，《罗生门》仍是脍炙人口的佳作，被誉为"国民文学"。在芥川文学的研究史上，关于《罗生门》的研究也占绝对数量，可以说不谈论这部作品就无从谈及芥川文学。

然而，在日本或者国内，关于《罗生门》的研究，大部分都过分着眼于作品本身，即重视文本研究。那么，作家在创作《罗生门》时，其实际生活状况如何呢？致力于成为专业作家的芥川的艺术观在当时发生了怎样的转变呢？《罗生门》里蕴含着作者怎样的期待呢？本文基于这些问题，试图从初登文坛时的芥川入手，结合《罗生门》

创作前后作者的实际生活状况及其艺术观的现状，分析《罗生门》的执笔动机，从中读取芥川创作"愉快的小说"的志向，继而深入分析作品世界。作品中的主人公下人最终产生勇气，采取大胆行动，从某种意义上说是芥川的"愉快的小说"这一志向得到了实现。下人冲进"黑洞洞的夜"里，他的明天在芥川的另一部小说《偷盗》里得到了进一步的发展。在此基础上本文试图总结以《罗生门》为代表的芥川初期文学的特色。

一

由于家庭的变故，芥川龙之介自小就寄养在书香门第世家，具有强烈的求知欲和读书欲，可能因为生来身体虚弱的缘故，非常憧憬充满野性的、极具生命力的文学人物形象和文学世界。早在明治43年（1910）2月中学毕业前夕就发表了习作《义仲论》。虽说是中学生写的文章，但其中却闪耀着后来职业小说家芥川龙之介的思想火花，应该引起足够的重视。对生于木曾大山的自然界中，"怒则呐喊，悲则痛哭"，自由自在生活的木曾义仲，芥川表达了无限的共鸣。在习作中，他称义仲为"时势之子""革命健儿""赤诚之子""热情之人""野生之子"，寄托了自己想更加追求真实自我、自由自在生活的梦想。芥川在考入东京第一高等学校五个月之后，即明治44年（1911）2月1日，德富芦花（1868—1927）在一高大礼堂做了题为"谋叛论"的讲座，进行了弹劾政府的演讲。作为一名新入学的学生，芥川龙之介深受德富芦花演讲的鼓舞，感受到了义仲式的革命热情，并获得了潜在的能量。这种能量在其初期作品《罗生门》中得到了爆发。关于《罗生门》和"谋叛论"的关系，日本著名评论家关口安义这样论述：

在年轻龙之介的思想形成过程中，当我们承认芦花"谋叛论"对其影响的时候，《罗生门》中自我解放的呐喊，将成为更为强劲的回声而响彻天地。大叫"那我剥你的衣服，你也不要怪我，我不这样做，我也得饿死"，并诉诸实际行动的下人形象，与"他极其大胆，也极其性急"，"言行坦率、如行云流水般自由行动"的木曾义仲形象是不谋而合的。进而，与芦花"谋叛论"当中的"不畏惧叛乱，也不畏惧自身成为反叛者"的疾呼也是一致的。①

在大正3年（1914）秋天，芥川更是经历了一次精神革命，艺术观受到了洗礼，产生了对艺术的觉醒。这种艺术观上的积极姿态正好展现在翌年发表的《罗生门》当中。此次的精神革命在芥川与其好友的书信中可以得到印证，"如野草般沐浴阳光，朝天茂盛生长，极富生命力，这才是艺术。从这个意义上讲，我不赞成为了艺术的艺术。我要和之前所写的那些感伤文章、诗歌诀别。"②在经历了大正4年（1915）的初恋失败事件带来的精神上的苦痛之后，就更加激烈且直率地追求这种艺术方向。初恋的挫折，让芥川第一次正面审视自己的生活环境和周围的人们，并感受到了自己与周围人事的格格不入，陷入了强烈的孤独之中。这中状况之下，芥川向艺术当中寻求安慰和鼓舞的心情就愈加强烈。这一点在1915年4月23日给山本喜誉司③的书信中足以证明。

过去二十年我一直埋头于一种轻薄的生活当中，对此我深感羞耻。对艺术对生活持有这样不认真态度的自己真是傻透了。我第一次真正认识到了艺术是多么伟大，多么严肃的一项事业！并且认识到了艺术是如何与生活密切联系又如何与生活进行抗衡，显示了它的宏伟目标的。④

---

① [日]关口安义：《芥川龙之介》，岩波新书1995年版，第31—32页。

② 1914年11月14日给原善一郎的书信。载于菊池弘、久保田芳太郎、关口安义编：《芥川龙之介研究》，明治书院1981年版，第17页。

③ 芥川一高时代的学友。

④ [日]菊池弘、久保田芳太郎、关口安义编：《芥川龙之介研究》，明治书院1981年版，第18页。

值得注意的是，芥川的"艺术"是"伟大"的、"严肃"的"事业"这一信仰告白式的叙述。这是一种潜在的决心，芥川已经将艺术选定为今后的人生方向。这种对艺术的积极意欲，再加上"友人的煽动"，促使芥川创作了《罗生门》和《鼻子》这两部小说。

　　"确实是这样吗？"

　　老婆子的话刚说完，他讥笑地说了一声，便下定了决心，立刻跨前一步，右手离开肿疱，抓住老婆子的衣襟，狠狠地说：

　　"那我剥你的衣服，你也不要怪我，我不这样做，我也得饿死。"

　　下人一下子把老婆子剥光，把缠住他大腿的老婆子一脚踢到尸体上，只跨了五大步便到了楼梯口，腋下夹着剥下的棕色衣服，一溜烟走下楼梯，消失在夜暗中了。[①]

采取果敢行动的下人形象可以说是艺术中芥川的化身。从这时开始，可以认为芥川已经舍弃了感伤性的东西，以一种积极的态度创造了一个极富生命力的作品世界。《罗生门》无疑是这种尝试的结晶。

大正 3 年（1914）夏天，芥川经历了一场初恋。初恋的对象名叫吉田弥生，是和芥川生父家有交情的朋友的女儿。芥川对她的爱是纯粹的，是以结婚为前提条件而认真考虑的。但因为对方身份卑微，和芥川养父家门不当户不对。所以当芥川一向家人提出这件事时，就立刻遭到了家人的强烈反对，尤其是一直非常疼爱他的伯母也表示了明确的反对。"伯母彻夜哭泣，我也彻夜哭泣"[②] 因为家人的一致反对，寄养于舅父家的芥川不得不放弃这段恋情，这是大正 4 年（1915）早春时候的事情，这次的事让芥川体验到了巨大的挫折感。正如三好行雄所说的，"这次恋爱的挫折恐怕是芥川龙之介青春期所遭遇到的最自私的最痛恨的'事件'。比起恋爱没能如愿的痛心，失恋过程中所暴

---

　　① 《现代文学大系 25 芥川龙之介集》，筑摩书房 1963 年版，第 10 页。

　　② 1915 年 2 月 28 日给恒藤恭的书信。载于菊池弘·久保田芳太郎·关口安义编：《芥川龙之介研究》，明治书院 1981 年版，第 13 页。

露的人类情感的赤裸裸形态更深深地刺伤了他。"①芥川深切地感受到了人性的丑恶与自私。

他把心中的苦痛，写信向京都的好友恒藤恭②倾诉了。"是否有无私的爱呢？如果爱是自私的，那就无法穿越人与人之间的隔阂，也无法治愈生存苦难所带来的寂寞。如果没有无私的爱，那人的一生何其痛苦啊！""周围是丑恶的，自己也是丑恶的。必须亲眼目睹着这种丑恶而生活是痛苦的。"③从事件发生之后到初夏，芥川一直沉溺于吉原的花街柳巷，指望从官能中寻求解脱，但悲哀的是这只会将他推向更加痛苦的深渊。就像芥川说的，"我于官能之中寻求忘却，官能却只给予我悲哀"④，从中我们可以看到由于受到"激烈的反对"而陷入"不愉快的抑郁的每一天"的芥川的身影。这种状态使芥川迫切地想要为跳脱压抑的束缚和寻求自我解放寻求反攻能量。

8月，芥川龙之介受好友恒藤恭之邀，来到恒藤的故乡岛根县松江市散心。以河桥多而著称的美丽小城松江、日本海的落日、好友的盛情款待……这样日复一日，失恋打击带来的精神上的痛苦终于慢慢治愈，芥川的气力也逐渐得到恢复。他产生了全新创作的冲动，等回到东京，这种渴望一发而不可收拾。"自己由于半年前一直苦苦纠缠的恋爱问题的影响，独自一人时总是郁郁寡欢，所以相反地，想写尽可能脱离现状的、尽可能愉快的小说"（《那个时候的自己的事》）。可以说《罗生门》就是由此诞生的。这部作品中洋溢的能量、结尾处主人公充满确信的行动，可以说正是因为有了以上的精神背景，才能成为小说文字，得以定型。"作者正是通过写这部作品，才得以从让人无法动弹的窒息的现实世界中获得解放，才真正朝着全新的自由的文学创作道路进发。"⑤"下人已经冲入雨中，往京都方向疾奔而去，去做强

---

① [日]关口安义：《芥川龙之介》，岩波新书1995年版，第43—44页。

② [日]恒藤恭（1888—1967）：又名井川恭，是芥川自一高时代以来的好友，也是芥川一生的挚友，著有《旧友芥川龙之介》。

③ 1915年3月9日的书信。载于关口安义：《芥川龙之介》，岩波新书1995年版，第44页。

④ 1915年3月9日的书信。载于关口安义：《芥川龙之介》，岩波新书1995年版，第45页。

⑤ [日]伊豆利彦：《芥川龙之介——作为作家出发的考察》，载于关口安义、庄司达也编：《芥川龙之介全作品事典》，勉诚出版2000年版，第585页。

盗了。"①《罗生门》中这样的结尾记述，与从"苦苦纠缠的恋爱问题的影响"跳脱，写"尽可能愉快的小说"的作者志向也是完全一致的。

如果我们认为《罗生门》执笔的背后隐藏着作者想就恋爱问题做一了解的这一意图的话，那《罗生门》就是芥川试图借由写小说想将自己从消沉状况中拔出并转换心情的一部"愉快的小说"。更加贴近现实状况而言的话，因为是养子身份而犹豫不决导致最终不得不放弃的，都寄托在《罗生门》里，下人的果敢行动正是作者的一种自我贯彻和自我实现。

二

下面我们继续深入到《罗生门》的作品世界中去探求其主题的"明快性"。《罗生门》是大正4年（1915）11月以柳川隆之介的笔名发表于杂志《帝国文学》，翌年5月被置于作品集《罗生门》（阿兰陀书房出版）的篇首。继而在大正7年的《鼻子》（春阳堂出版）中被再次收录，这次的版本即是现在的定稿。《罗生门》是芥川致力于进军文坛的第一作，蕴含了作者巨大的自信和期待。这部作品也不负众望，成为最能代表芥川龙之介的一部脍炙人口的小说，从发表之初到现今对它的评论从未停止过，可谓产生了眼花缭乱的读解。

众所周知，《罗生门》的主要故事情节取材于《今昔物语集》卷二十九"罗城门登上层见死人盗人物语"，同卷三十一"太刀带阵卖鱼老妪物语"。《罗生门》讲述了一个这样的故事：一个秋天的下雨的傍晚，一个下人②伫立在罗生门下。当时的京都城，由于频发地震、飓风、火灾、饥荒等自然灾害而一片萧条，曾经象征王权的罗生门也无限荒凉。下人四五天前被主人解雇，走投无路。于是想着到罗生门楼上将就一夜，爬上楼梯，却看到一个老婆子手持点燃的松明，正蹲在丢弃的死人堆里，从一个长头发女尸上拔头发。目睹这一景象的下人顿时涌出了对老婆子的强烈憎恶。起初下人并不知道老婆子为什么

---

① 这是大正4年（1915）、发表于《帝国文学》杂志上的初版《罗生门》的结尾。

② 也可译成"仆人、仆役"，是对身份低微男子的称呼。

要去拔死人头发，只是觉得在这下雨的夜晚的罗生门楼上，光是拔死人头发这一行为本身已经是不可饶恕的罪恶。于是冲上前去一把抓住老婆子，质问她在干什么。老婆子回答说拔女尸头发是去做假发。老婆子还说，拔死人头发这一行为虽然是罪恶的，但这个女人生前为了生存也是没办法做过坏事的。所以，自己现在所做的事也不认为是恶的，因为不这样做自己就得饿死。听着老婆子的辩解，下人的心里顿生一股勇气。下人大喊"那我剥你的衣服，你也不要怪我，我不这样做，我也得饿死"，剥去老婆子身上的衣服，将爬向自己的老婆子一脚踹倒在地，奔下陡梯，消失在黑洞洞的夜里。下人的行踪，无人知晓。小说虽取材于古典，却逼真地刻画了近代人的心理。被主人解雇、走投无路、身份低微的年轻人，和为生活所迫拔死人头发做假发的猿猴一样的老婆子，在罗生门楼上相遇，故事由此展开。年轻人与老婆子斗争，肉体上毋庸置疑，精神上也获得了胜利而发生了质变。在意脸颊上大脓疱的年轻男子与深谙世事住在京城的老年妇人对决，年轻男子取得了彻底的胜利，最终消失在京城里。

一开始下人还为着"饿死还是当强盗"的问题烦恼，现在他已把"饿死"的念头完全逐到意识之外去了，果敢地选择了"当强盗"。之前在罗生门楼下时怎么也提不起当强盗的"勇气"，是因为还被世间伦理所束缚。至少在四五天前，他还有份工作，有栖身之处，过着极其普通的生活，也有着和他人之间的正常交往。这些都因为京都城的一场"萧条的小小余波"影响，下人被多年老主人辞退，被迫置身于"饿死还是当强盗"的危机当中。为了生存是不择手段还是恪守伦理的这种迷茫疑惑他当然会有。

罗生门城楼上和老婆子相遇的这一事件为他的迷茫提供了答案。如果没有对他人和自身的逆反、谋叛，将生存不下去。他悟到了生存即是谋叛这一道理。这时，年轻下人大胆丢弃了曾经压抑自己的一切束缚，大呼"那我剥你的衣服，你也不要怪我，我不这样做，我也得饿死"，一脚踢倒老婆子，"冲入雨中，往京都方向疾奔而去，去做强盗了。"可以说下人这时已经获得了一种崭新的"勇气"。

至此，"对走当强盗的路提不起积极肯定的勇气"、踌躇逡巡的下人，已经彻底走出迷茫，成为一个大胆的行动者了。下人剥光老婆子的衣服，准备去做强盗了。这里如果直接套用世俗的普通伦理观，得出作品"揭露了为了生存所持有的各式各样的利己主义"这样的结论也是理所当然的吧。但是，我认为对于下人当强盗这件事而言，用世俗的利己主义伦理观去定性，是不合适的，也是毫无意义的。下人经过与老婆子的对决之后，获得了"没有办法"的生存理念，并将其付诸实践。关口安义则认为这是"冲破自我束缚的解放的呐喊"，为我们提供了一个崭新的视角。这种读解没有将下人的行动进行消极负面的理解，而是设定了一个积极正面的评价方向。下人没有屈从于他人的"没有办法"的生存理念，而是大胆喊出自己的"没有办法"的生存宣言，积极果敢地采取行动，突破时代的闭塞现状，"从束缚自身的律法中完全解放"，直面一个真正的"裸形人"的生存之道。

在读这篇只有短短几页纸的小说时，留意到文中描述下人的形象时四次出现了"脓疱（にきび）"这个词。"脓疱"这个词在描述下人的下意识动作时经常被用到，可以看作是下人的身份象征。"在意着脸颊上红肿的大脓疱"，这是文中第一次出现"脓疱"这个词，就能清楚地知道下人的大致轮廓。第一次和第二次的"脓疱"的使用，是穷途末路、毫无办法时下人的犹豫不决、踌躇逡巡的象征，同时，也是在人生窘境中还未能找到生存出路的年轻人的象征。之后，登上罗生门城楼，邂逅了老婆子之后的下人在听老婆子辩解之语的时候，依然是手护着"脓疱"听着，也就是说还是很在意自己脸上的大脓疱，但这时下人的心中已经波澜起伏地变化着了。一开始，一直屈从于既成社会秩序和盲信权威的下人，认为老婆子的话是自我辩解、是自私自利的伪善，心中涌起了对一切罪恶的反感。听了老婆子的"为了生存，作恶也是没有法子"，还有"以恶制恶"的生存理论之后，引起了下人心中和自身固有律法的激烈斗争，终于鼓起了在罗生门楼下所缺乏的"勇气"，把"饿死"的念头完全逐到意识之外去了。结果就是下人果断丢弃了对"脓疱"的执着在意。"不自觉地，右手离开了脓疱"，并"抓住了老婆子的衣襟"，仿佛已将老婆子的理论据为己有，并朝着自己的正当化方向迈进。也就是在这个时候，下人终于冲出了世俗伦理的束缚，通过实际行动，奔赴充满无限可能的、自由的、充满希望的明快世界。

在这里，芥川将现实生活中的初恋失恋事件，移植到了作品的虚构世界里。"没有办法（仕方がない）"一词，深刻反映了芥川被迫放弃恋爱的无可奈何的心态。芥川是脆弱的，轻易地向现实妥协了。这种无可奈何在《罗生门》的世界中，以一种完全相反的形态得到了逆转和实现。在"脱离现状"的小说世界里，双方力量发生了逆转。如果把现实的恋爱事件归结为家人中最强硬的反对派伯母和芥川的对决的话，刚好可以与《罗生门》当中老婆子和下人的对决完美地对应起来。芥川特意设定了一个有肉食鸟般眼睛的老婆子角色，反映了对在芥川家占有特殊地位的伯母的憎恶和轻蔑，仅从这点就可以看出下人的行动，蕴藏着芥川对采取果敢行动的强烈憧憬。从中我们可以读取身陷"没有办法"的现实世界、在"作品中完全贯彻自我"的芥川龙之介的生活和艺术的方向。芥川在现实生活中虽然缺乏贯彻自我的韧性，却在艺术作品中像木曾义仲一样，成为一个裸形人，实现了为自我而活。

《罗生门》的世界里，除了下人，另外一个活着的人就是老婆子，是作品中仅有的两个主人公的其中之一。作品的核心，应该就在于老婆子的存在意义逐渐被下人明了、理解和接受。

芥川主要通过读者眼睛所能看到的姿态和耳朵所能听到的话语这两个方面来刻画老婆子的形象的。读完作品，眼前会浮现这样一个老婆子的印象。

身穿棕色衣服、又矮又瘦、头发花白，像只猴子似的老婆子。

老婆子右手擎着一片点燃的松明，正在窥探一具尸体的脸。

如同鸡爪般，只剩下皮包骨头的手腕。

两手发着抖，气喘吁吁地耸动着双肩，睁圆大眼，眼珠子几乎从眼眶里蹦出来，像哑巴似的顽固地沉默着。

发皱的同鼻子挤在一起的嘴，像吃食似的翕动着。

从喉头发出乌鸦似的噪音，一边喘气，一边传到下人的耳朵里。①

的确，对老婆子的描述用了大量否定印象的词汇，但重点在于，充满生命感的她的言行，与死人堆所象征的"死"的世界相比又是被予以肯定的。多在象征世纪末的"黄昏"意识下展开的芥川的作品世界中，"光"通常是作为人类的肯定意象而加以描述的，这一原则与老婆子手持"一片点燃的松明"这一事实也是完全吻合的。

面对下人的质问，从这个怪异的老婆子嘴中传来了怎样的话呢？

当然啦，拔死人头发，是不对。不过这儿这些死人，生前也都是干尽坏事，现在死了被揪头发又有什么关系呢。这位我拔了她头发的女人，活着时就是把蛇肉切成四寸一段，晒干了当干鱼卖到兵营去的。要不是得瘟疫死了，这会还在卖呢。她卖的干鱼味道很鲜，兵营的人买去做菜还缺少不得呢。我并不觉得那女人干那营生有什么不好，要不干就得饿死，也是没有办法才干的。所以我也不觉得自己现在做的是什么坏事，我也是不干就得饿死，也是没有法子呀！我跟她一样都是没法子，我想那个女人非常清楚这一点，大概她也会原谅我的。②

"老婆子大致讲了这些话"，老婆子的这些话无疑在下人的心中投下了一颗巨石。从某种角度来说，《罗生门》可以说是在老婆子和下人的互相对话及其影响的基础上成立的。这篇小说的独到之处也正在于，读者可以以老婆子的话和下人的反应为线索，读取和重现下人内心中展开的心理活动，即类似性发现的过程。

老婆子以上的回答包含了两方面的内容，一方面是"以恶制恶是容许的"，另一方面是"没有办法而为之的恶是可以原谅的"，即"自

---

① 《现代文学大系 25 芥川龙之介集》，筑摩书房 1963 年版，第 7—9 页。
② 《现代文学大系 25 芥川龙之介集》，筑摩书房 1963 年版，第 9 页。

私的相互包容性"。我们不能简单地将这两方面内容归结为"肯定必要的恶"这一伦理的价值判断体系，而应该从更加本质的方面去看，应该把这话和下人进行关联。倒不如说对"赤裸裸的自我"的下人来说，给他传达了这样一个启示，即人类生存的具体样态。给"身处危机的人"加以暗示，启发他生存之道，甚至可以称她为"无神之地的耶稣"（三好行雄语）①，老婆子的确起到了这样至关重要的作用。进一步说，老婆子的恶，是承认了必要之恶的存在，是存在于我们日常生活的延长线上的，并不是互相对立的。

在"诸神已死"、失去普通价值道德观念的以人为中心的世界里，善恶已成相对化的东西，对已经失去绝对之恶的人来说，恶已经成了量化的问题，成了依具体条件而定的问题，成为一种相对的能够比较的事情。芥川就是描述了不作恶、堂堂正正像个人一样活下去是非常困难的这样一个异常的世界。老婆子给下人暗示的，就是在那样一个异常世界里处于极端状况下的人的现实的具体的生存样态。只要承认老婆子的所言所为之中不存在恶的绝对性，那么我们与其认为老婆子是把下人引入恶途之人而对其加以否定的话，相反地，倒不如说老婆子的言语行动正是给下人展现了活生生的人类世界的生存现状。

下人以老婆子的话为跳板实现了飞跃，虽然实际是"一溜烟走下楼梯，消失在夜暗中了"这样一个下降的姿态。

这里，下人从老婆子身上剥夺的衣物，已不是原典籍中简单的一件衣物，而是老婆子所拥有的人类的生存哲学，下人正是掌握了这种生存哲学后，才从"赤裸裸的自我"变身为作为一个人的具体的存在。下人通过老婆子的话，彻底领略了人世间的世相百态，自身内心深处也发生了根本性的变化。从这个意义上来看，对下人而言，老婆子可以说是人生的导师，神一样的存在。所以，"一溜烟走下楼梯，消失在夜暗中了"这句话，也不可以简简单单地从字面上所持有的否定印象进行理解，因为作者芥川的期盼就在于借由向楼梯底下的沉降这

---

① ［日］海老井英次编：《芥川龙之介》鉴赏日本现代文学11，角川书店1981年版，第52页。

一动作去实现人生飞翔的展望。

下人最终所采取的行动表面上与老婆子的行为相同，其实内在实质是完全不同的。下人拒绝一切世间的虚伪，发出"我剥你的衣服，你也不要怪我"的革命呐喊，踢倒了老婆子。获得了一种崭新的勇气。下人获取的这个行动理论，使之果敢投入到"黑洞洞"的罗生门外的夜幕之中。

三

另外，值得一提的是《罗生门》结尾部分的改写。众所周知，现在的定本和初版的《罗生门》有所不同，其中最重要的一点就是结尾处的变化。大正4年（1915）发表于杂志《帝国文学》上时《罗生门》的结尾是"下人已经冲入雨中，往京都方向疾奔而去，去做强盗了。（下人は、既に、雨を冒して、京都の町へ強盗を働きに急ぎつつあった。）"后来大正7年（1918）春阳堂出版的收录在《鼻子》中的《罗生门》结尾就变成了"下人的去向，无人知晓。（下人の行方は、誰も知らない。）"包括标点符号在内，由初稿的32字到定稿的一半不到的14字，省略了18字。改写的目的当然是出于艺术的需要，为了给作品和读者都留下广阔的想象空间，使小说具备多种鉴赏的可能性。

从作为艺术作品的小说的完成度和艺术度来看，定稿《罗生门》无疑是更胜一筹，但必须明确的是，初稿《罗生门》更加强烈地反映了大正4年时的作者芥川的思想。讨论大正4年的芥川龙之介，用三年后的改稿文本显然是不合适的。初出稿在文学上的拙劣，已经以职业作家为志向的聪明的芥川不是不明白。但到最终的定稿修改，芥川整整用了两年零八个月的漫长时间。确切地说，芥川无论如何也要让下人"冲入雨中"，"去做强盗"，如果不这样，在小说世界中自我贯彻、自我实现的梦想就无法实现。从而也就无法实现借由作品来摆脱现实生活阴影，发出革命呐喊，实现自我解放的飞跃。芥川三年后对初稿进行了修改，说明他已经从苦苦纠缠的初恋失败事件中得到解放，从而也就失去了在下人身上寄托自我的必要性，从而转向追求艺术上的成熟度。确实，在大正7年（1918）2月，龙之介受到芥川家的祝福，与塚本文结婚了，处于新婚的幸福时期。

寄身于舅父家、身体孱弱的芥川从小就向往野性的、充满生命力的东西。早在初中时代就羡慕"言行坦率、如行云流水般自由行动"，"怒则呐喊，悲则痛哭"的自然人义仲，进入高中又受到芦花"谋叛论"的巨大鼓舞。那前后芥川在艺术观上刚好也出现了觉醒，打算抛弃感伤性的东西，对充满生命力的、强有力的绘画、小说等感兴趣起来。现实生活中邂逅了喜欢的女孩子，充满热情和希望正准备求婚，不料却遭到家人的激烈反对而不得不放弃。也就是说，芥川对野性的热情、对自由生活方式的憧憬等在现实生活中暂时受挫了。无奈，芥川只好在"脱离现状"的地方，即艺术的世界中寻求这一切。其结晶就是"愉快的小说"《罗生门》和《鼻子》。可以说通过这种艺术的爆发，作者芥川的志向在某种意义上得到了实现。

所以从上述的分析来看，决不能只是简单地认为《罗生门》里充满的是"虚无""老成""自私自利"等要素，而是"野性"的、"年轻"的、"明快"的，也正体现了作者芥川寻求自我解放，想要直面人生的积极人生态度。

由于本身气质和时代原因，芥川最终虽然自杀了，但因为这最后的挫折就将芥川定义为"败北的作家"，将芥川文学定义为"阴郁的文学"，这未免有失偏颇。倒不如将芥川文学的始源追寻到《罗生门》及其之前的未发表作品，注目于另一侧面的芥川龙之介和极富生命力的作品世界。结合这一角度，也许能更加全面地定位芥川及芥川文学的生涯。可以说，芥川龙之介的文学魅力不仅在于他冷静的理智和精湛的技巧所带来的阴郁和"模糊的不安"当中，更存在于像下人那样富于野性的主人公形象群所体现的明快和野性美之中，也同时存在于作家本身不断努力超越自我的积极人生态度中。

谷崎润一郎的《春琴抄》

　　20世纪70年代，美国著名学者爱德华·赛义德提出的东方主义理论中东方主义是西方对东方的一种权力话语和文化霸权，曾引起众多学者的关注。借用"东方主义"说辞，西原大辅在《谷崎润一郎与东方主义——大正日本的中国幻想》一书中指出谷崎的东方主义话语，而且还明确了他的西方主义和自我东方主义的倾向，揭示了东方主义的多面性和复杂性。西原指出，尽管谷崎对西方有着崇拜的心理，但是他的西洋观是极为肤浅、片面的，在传统的触发下，谷崎润一郎对美的观念发生了根本性的变化，所谓的"自我东方主义"是日本作家用西方人鉴赏东方的眼光来重新描述日本的方式。

　　谷崎润一郎（1886—1965）关注"东方主义"，"首先，东方主义是指什么呢？对我来说还不甚明确。要而言之，也许可以说是指东方的情趣、思想表达方法、体格、性质等吧。""我时常在作品中写道，东方趣味并非纯真朴实、并非天真无邪，而是在某处存在着乖戾的、病态的因子。这一点是通过小说中的人物的嘴说出来的，并非是我现在的意见，不过这一点，即西洋艺术容易深入孩子的心坎，确实值得一虑。"（谷崎润一郎《饶舌录》1926年）[1]

　　谷崎润一郎是日本唯美主义代表作家，各个时期作品的创作风格和特征不尽相同，但总的说来，美是他的艺术世界中唯一的价值评判标准，女性崇拜、追求"永恒的女性"是一贯的主题。而关于谷崎文学的本质特点，伊藤整在《谷崎润一郎的艺术和思想》中将其文学创作分为三个时期进行总结，指出谷崎润一郎"进入昭和时期后，是一位继承日本传统美学集大成之作家。"《春琴抄》（1933）是作家脱离恶魔主义回归日本传统的坐标，是一部充分体现东方文学特色的创作。

---

　　[1]　文中所引用的谷崎作品的译文均摘自叶渭渠主编：《谷崎润一郎作品集》，中国文联出版社2000年版。

一、"东方主义"人物形象特点

在中外文学史上,"天使"和"妖妇"几乎是所有的男性作家笔下的两种典型形象。不管是纯洁美丽、天真可爱、温柔内敛、无私奉献的"天使",还是淫荡风骚、狠毒自私、骄横无耻、任性霸道的"妖妇"都是不真实的女性形象。"天使"是男权社会中男性审美理想的体现,是男性心目中理想的完美女性,而"妖妇"反映了男性对女性的恐惧和厌恶,在对女性形象妖魔化的过程中,产生了文学史上的"妖妇"形象。

林少华认为"谷崎笔下的女性尽管众多,但性格并不十分复杂,大致归结为以自身的官能魅力为武器对男性颐指气使,甚至以滥施淫虐为乐事的'娼妇型'女性和具有绝世姿色的'圣母型'女性。"①

对于谷崎作品的分期,一般分为前后期,一致认为他的后期作品"完全摆脱了西方的影响,返璞归真,纯然是日本的风格,文笔也更成熟流畅自然。"②谷崎前期作品有别于一般的理想女性形象,表现的多是对女性美的膜拜,认为"女体即美,美即强者",可以说深受西方文艺思潮影响,妖妇魅力几乎贯穿始终,构筑出表现"女性崇拜思想"的谷崎文学世界。在"西方中心"的习惯思维下,看到的往往是西方文学对东方文学的影响,容易忽略东方民族文化本身的作用。加之,完全摆脱西方的影响并非一蹴而就,作品风格逐步向日本、向东方的转变中谷崎润一郎东方回归的过程中,在不同阶段、各类不同的女性身上体现着谷崎文学独特的妖妇气质,可以说具备"东方主义"妖妇特点:

1. 乖戾的、病态的因子

从人物塑造"女性视点结构"③来看,所谓的"理想女性"就是天真无邪或是纯良敦厚的正常可定义为"好女人"的女性形象,是与社

---

① 林少华:《谷崎笔下的女性》,《暨南学报》1989 年第 4 期,第 63 页。

② 杜渐:《谷崎润一郎和"魔鬼派"小说》,《译海》,广东人民出版社 1981 年刊,第 1 页。

③ [日]水田宗子:《女性的自我与表现——近代女性文学的历程》,载于叶渭渠主编:《日本现代女性文学集研究卷》,中国文联出版社 2000 年版,第 10 页。

会制度对女性的性别分工的期待与制度没有矛盾的贤妻良母等形象。如若出现不想在制度的樊篱下顺从地生活，或是阻碍和谐生活的女子，就会冠之以"坏女人"的名号。是否依赖顺从于丈夫是判断理想女性的一大标准，在一定程度上，是男权中心传统文化心理特征，是男权心态的典型体现。

《麒麟》《春琴传》《痴人之爱》等谷崎代表小说中各具特色的女主人公，尽管貌美如花、聪颖过人，如天使一般，但并非纯真朴实、天真无邪。无论是中国式的南子，还是传统的日本女子春琴以及欧化的奈绪美，都带有严重的人格缺陷，诸如残忍无理、傲慢任性或是浅薄无能等。在读者面前展现的是注重强调绝对官能主义的毒妇、骄妇、妖妇等形象特点。谷崎笔下的女性人物往往都是一个双面人，一面是容貌姣好、善解风情的可爱女子，另一面是面目狰狞的妖魔化的女子，蛇蝎心肠、寡廉鲜耻、淫乱成性、凶狠歹毒。这恰恰是谷崎以妖艳的恶魔为素材，尝试在艺术世界里实现其文学理念的统一，通过一个"官能"享乐至上的人物来确立自己"艺术至上"的恶魔主义文化。

2. 脱离现实、梦幻般的虚构世界

对美的执着追求和完美的表达，谷崎文学中创造出一个沉溺于官能和耽美的虚构世界。表现了谷崎文学不是单纯对现实的写生，作者在想象的世界里，将人类对生活的感受用较之现实更为浓墨重彩的描绘，"排斥写实，耽于感觉、幻想和人工的技巧"[1]的创作特点，体现了西方唯美主义思想的影响。

《文身》中清吉拿出两幅卷轴，一幅是描绘中国古代暴君殷纣王的爱妃妲己，另一幅名为《肥料》，诱使面前站立的姑娘脱离现实坠入艺术唯美的画轴中，将画中世界、画中女子的容貌性情与现实世界中的姑娘融为一体，清吉达成自己的"宿愿"——完成内心憧憬的未曾相识的女性风姿，进而倾倒于自己创造出的绚丽的人工美的魅力世界。

---

① 叶渭渠、唐月梅：《日本文学史近代卷》，经济日报出版社 2000 年版，第 409 页。

在《春琴抄》之中，面向虚幻的江户世界，追求幻想的快乐，显示的是江户情趣，描绘了一个纯都市文化的、华丽浪漫的虚构世界。佐助因为盲人就是经常处于黑暗之中，"主人小姐"就是在黑暗中弹奏三弦琴的，丝毫也不觉得黑暗之中活动有什么不便反而认为自己能和春琴置身于相同的黑暗之中是无上的快乐。这个黑暗的世界是"春琴"的世界，更是佐助憧憬的非现实的梦幻世界。

"作者把自己幽闭在艺术之宫里，完全靠想象或梦一般的潜意识捏造出来的、任由作者摆布的'性'的存在或'美'的傀儡而已。前者表现为'官能美'或'肉体美'，后者呈现出'痴美'。而作者便入魔般地沉溺在对这两种美的无限执着、痴迷、神往、崇拜之中，甚至表现为甘受淫虐的变态心理。"①

3. 男性对美的绝对顺从、自我奉献

谷崎润一郎前期创作的典型女性世界，可以说深受西方文艺思潮影响，构筑出表现"女性崇拜思想"的谷崎文学世界，着意描写男子拜倒在女性面前，甘心受其驱使，甚至是捉弄，信奉"美即强者"。

因为追求"美"，谷崎文学中常常出现男女主人公之间的上位转换。江户情趣的《文身》中清吉在少女背肌纹上妖邪的蜘蛛，在残酷中完成了对女性美的艺术创作后，大腕纹身师由原本的"上位者"变身为少女脚下的"肥料"，自己反从中获得刺激、快慰并拜倒于其下，清吉和少女的关系质变表现出"美"至高无上的绝对魔力，更表现出清吉对自己创造的"女体美"的绝对顺从。

展现异国情调背景下的《痴人之爱》中男主人公河合让治因迷恋女主人公奈绪美的肉体美而无法自拔，心甘情愿忍受奈绪美的放荡滥交。让治在男权意识下对奈绪美的培养目的是计划让其成为自己未来的理想妻子。可讽刺的是在与奈绪美的亲近过程中，痴迷于官能肉欲之中，逐步失去原本的强势地位、主导权，逐步被征服、被支配、被摆布，"被她的妖艳迷得神魂颠倒"，最终甚至自愿抛弃男子应有的尊严。从奈绪美的抚养人、命运的主宰者，沦落为"肉体美"的被征

---

① 林少华：《谷崎笔下的女性》，《暨南学报》1989 年第 4 期，第 63 页。

服者。

在日本，谷崎润一郎文学是女性崇拜主义的代表。从文明论考察可知，"母性崇拜是一种憧憬，它可用来弥补近代文明和男性自我的不足，是一种转化的表现。"① 谷崎文学中常见的母性崇拜，反映了男性对女性的偏见。谷崎对崇拜女性原则的尝试也很普遍，即把女性排除在社会之外，局限于男女关系之中作为原则神话化。在谷崎文学世界里，结合江户好色审美情趣来规范美，因为作家设定的"美"的魅力，美貌的女主人公无一例外地都成为男子顶礼膜拜的对象，《春琴抄》中春琴身为"美"的代言人对仆从兼情人佐助苛酷打骂，佐助隐忍顺从并甘之如饴，小说高潮为留住春琴永恒不变的美貌，佐助在春琴遭遇毁容后更是不惜主动刺瞎双眼。"刺目"这一举动不仅为了佐助心目中春琴的"形象美"获得永生，更为纯粹的"官能美"提供了无限想象的空间。设定"佐助刺目"这一情节从官能主义享乐至上的角度来看，是佐助对自己信奉的"女性美"的自我奉献。

在所谓"女性崇拜"的表象下，"男性对美的绝对顺从、自我奉献"，是顺从于男权的艺术审美标准，是实现唯美追求的自我奉献。"美即强者"这一理念的实现过程具体为男主人公通过美丽的女性躯体完成其心目中永恒的女性形象的塑造过程。"谷崎作品中的主人公既没有通过爱一个异性获得个人成长，也没有让作品中的女性作为具备自我意识的个体和主人公交往。在孤独的男性主人公的内心世界里，她们作为一个象征存在，帮助主人公圆梦。在他们的世界里，连女人的身体都变成了抽象化、观念化的东西。女性的形象是男性化身演唱，绝没有当作具有实体的人来描写。"② 可以说，谷崎文学中蕴含着乖戾的、病态因子的"妖妇"形象本身就是脱离现实对女性的歪曲和压制，是男性为主体的价值体系中遵循男性需求的产物，是男性

① ［日］水田宗子：《女性的自我与表现——近代女性文学的历程》，载于叶渭渠主编：《日本现代女性文学集研究卷》，中国文联出版社 2000 年版，第 30 页。

② ［日］水田宗子：《女性的自我与表现——近代女性文学的历程》，载于叶渭渠主编：《日本现代女性文学集研究卷》，中国文联出版社 2000 年版，第 36 页。

在男权中心观念的基础上对女性的渴望，是不真实的、符号化的人物
形象。

二、东方"妖妇"性格成因

谷崎润一郎所有的作品都是围绕女主人公展开进行，可以说谷崎
文学世界是一个女性的文学世界，不同的女性形象的塑造方面体现着
谷崎创作风格的阶段性变化，但是在这个世界里似乎都是女性起着主
导性的作用。在社会变革、人生际遇的影响下后期作品中也创造出贴
近现实，鲜活生动而丰富的人物形象，如探求理想爱情的《细雪》，
改过去创造幻象的技法而采取写实的手法，描绘了一个属于四姐
妹的"小社会"，细致描述人物个性；或者是创造摆脱西方思想文化
影响，价值观颠倒、男女错位的更为畸形的人物性格。可是"美即
强者"的信条下谷崎前期文学中人物形象有着乖戾、病态因子的"妖
妇"这一相同的面孔，对人物"女性美"的认识有着统一的标准。那
么具备上述特点的"妖妇"女性形象以何为"美"，又是在怎样的社
会文化环境下而诞生？探查谷崎前期文学与日本文坛主流文学之间的
关系以及作家的创作目的便可知根源。

明治维新资产阶级的不彻底性使得日本近代的自我是闭锁在天皇
制结构和封建的家族制度之内，个人与社会处在极度孤立和隔离的状
态，在这种状态之下，作家想象力的自由受到极大约束，相反，自我
闭锁、沉溺在个人的日常性生活心理和心境中，追求和实现纯粹的艺
术性。由于个人与社会的对立关系的文化背景，近代日本文学形成自
我疏离社会、胶着个人倾向的日本自然主义文学一度喧嚣尘上，成为
日本文坛的主流文学。而此时的日本，明治到大正年间，是一个激荡
与平和、闭塞与明朗对立存在的年代，针对自然主义文学思潮，发生
了日本文学史上空前绝后的自然主义与反自然主义的论争。

日本自然主义是一个经历了明治初期的欧化运动，引进西方
文化，从哲学、美学上和文学上较为系统地建立起来的一个理论体
系。强调"无理想、无解决"的"平面描写论"，贴近自然追求一个

"真"，强调人的本性的"自然性"。在反知性主义的主情基础上，以个人为对象，社会视野非常狭窄，局限于作者本人的身边琐事或心境，排除技巧、反对虚构和想象。

以永井荷风、谷崎润一郎为代表的唯美主义是作为反自然主义文学的一环而兴起的，认为偏重客观主义、平板单调的物质世界和重视"真"甚于"美"的自然主义会压抑人的自然欲望，失去美和人性，主张保持敏锐的感觉和神经，偏重精神主义，重"美"甚于"真"，甚于"善"。另外，唯美主义又是自然主义人性的自觉、官能的享乐主义和本能的感性等方面的延续，与自然主义有较深的血缘关系，在主张"第一是艺术，第二是生活"的同时，强调唯美的属性是享乐主义，文学应该以享乐为目的，并从这种"美"的享乐中寻找生的意义。

高山樗牛提出"所谓幸福，就是本能的满足，人性的自然要求，满足这种要求就是美的生活。"(《论美的生活》)这种对本能的绝对强调就是对超道德和知性的"美"的享乐的绝对肯定，可以看到在这样的言论之下作家对现实和人生所抱的是怎样的消极态度。这是逃避社会与政治、走向自我封闭的道路，只能一味追怀过去和沉溺于唯美之中，以寻求文学的自由。加之自然主义主张文艺要放弃一切目的和理想，排除技巧、反对虚构和想象，强调文学创作不仅是技巧的磨炼，更重要的是如实反映物象等理念大行其道，针对当时与主流文艺观的论争，谷崎在初期沉迷于西欧的现代文明转而从东西方文化比较中进行反思，逐步认识东方文化传统，文学创作过程中逐步形成了对"艺术美"的自我东方主义倾向标准，创作目的在于追求艺术与生活的统一。强调生活在于玩味，艺术也在于玩味的绝对官能主义，以官能的开放来改变一切价值观念，认为艺术之美的首要因素不是存在于思想、感情之中，而将思想、感情超越时空的限制，以求得最彻底的享乐，这就是艺术的美。一言以蔽之，在虚构的脱离现实的两性世界中，官能化的女性美、女体美构成了谷崎作品的唯美追求。

因此，置社会约束于不顾的谷崎前期女性人物并不会招致整个男权社会对她的恐惧、厌恶，相反，官能、耽美决定男女关系中支配权的归属问题。虽然表现为无视男权观念、偏离男权规范、不服男权统治，其实不然，脱离现实、梦幻般的谷崎文学世界中，女性形象是非现实的，不具备自我健全的人格、无法获得主体自由成为真正意义上的社会人，只是徘徊于东西方文明之间实现谷崎自我东方主义倾向的典型幻象。艺术家对美的痴迷的积极向上的心理，错乱颠倒的关系被提升为艺术家的审美需求与审美对象之间的关系，男性在对美的追求中，与其说屈从于美貌"妖妇"的妖艳能量之下，毋宁说男性被征服者的形象是由其自身打造，臣服于自己的理想憧憬，完成心目中"永恒的女性"塑造目的的幕后主导。

三、日本文学传统审美意识

根据日本传统进行创作的文学方法大致可区分为3种[①]：第一，较为简单的历史小说或是改写古典作品出现的一般性读物；第二，舍弃内容，沿用创作手法保留传统精神；第三，包含上述两种方法，坚守传统精神的同时将内容现代化再对古典进行改写。

20世纪30年代的日本是西方文学影响下的文坛，关注个人、围绕人物性格、剖析心理进行小说创作。但是，谷崎文学的陈述手法特征却在于通过描述人物着装、人物道具以及妆容等来展开。而这些物品本身已被赋予了传统意义，对这些物品的不同描述暗示着人物的不同性格、心理。由此可以窥见谷崎在小说创作技巧上对传统的巧妙利用。《春琴抄》作为日本唯美主义大家谷崎润一朗文学的代表作一直以来都被视作极大地体现着日本传统美，被誉为表达日本传统美、古典美、阴翳美等的典范之作。

那么，作为谷崎文学"美意识"之结晶，充满日本传统情调的典型意义名作《春琴抄》表现出何种东方式审美意识，回归到了怎样的日本传统？作品中又是如何洋溢着日本传统文学的物语性、物哀、幽玄虚幻美等特点呢？

---

① ［日］谷泽永一、吉田熙生编：《鉴赏日本现代文学别卷现代文学入门》，角川书店1985年版，第389页。

1. 物语性

当时近代文学小说的主流是自然主义小说，但到大正中期开始已渐渐衰退。之后在自然主义的强烈影响下又产生了私小说和心境小说。这些都是作者从自己身边取材，以尖锐的感受能力反映自己生活体验的作品。作者依据现实生活构成作品，破灭生活自体的私小说之流以及调和生活、自我完善的心境小说之流都在以后的近代文学中造成根深蒂固的影响，与风俗小说结合成为持续到战后的文学传统。但是，与近代文学小说不同的是，谷崎润一郎的《春琴抄》并非是作者自身的体验，而是虚构的。换言之，作品中出现的"我"并不是谷崎本身，而是一个非现实的人物。当然，谷崎文学素有"视事实为小说的习惯"[①]，物语性作为谷崎美学特点之一是可以想见的。

众所周知，谷崎在与芥川龙之介围绕小说情节的那场辩论中，坚决主张"结构的美观"，提倡情节、趣味理应是小说最重要的诀窍。因为坚守这样的创作理念，谷崎始终孤立于文坛之上。也许将谷崎称作"艺术至卜主义者"并无不妥，谷崎在自己的个人生活中也是致力于"现实与艺术一体化"，独出心裁的作品绝不让读者以无趣作评。以《春琴抄》为首代表谷崎文学最高潮的小说有一个显著特点，即，在小说结构上采用了多层次推进的手法，作者首先设定了一个讲述故事的"我"的存在，以我造访春琴墓为开始，接着通过一个老妇人的回忆反溯到过去，再经由"我"收集到的小册子将现在的真实感与过去故事的真实感相连接，使小说内容融为一体。

佐藤春夫评价谷崎润一郎在《春琴抄》中所用的文章结构形式是"在无言中充满了反西洋的气势"。评论家吉田精一将之形容为"对西方反自然的叙事方式构成挑战"。作品一开始就出现的"在春琴墓前恭敬下跪行礼"的"我"，之后也在作品中频繁出现，却有别于同时代以第一人称为主人公的特点，小说以现在为始，随着小册子的展开再追溯到百年前的过去，一个晦暗不明的古典世界中丽人春琴短暂却不平凡的人生，在小册子的物语世界中徐徐展开，在"我"的讲述

---

① ［日］大里恭三郎：《谷崎润一郎——春琴抄考》，审美社1993年版，第41页。

中抽丝剥茧，模糊在古典世界昏暗的美丽阴影中。小册子固然成为"我"了解春琴的端倪，而"我"的作用昭然若揭——编造一个事实来创造存在感，搭建一座连接现实世界与百年前的春琴世界的桥梁，在现实与物语中勾勒一抹传奇色彩。

而作为日本传统文学体裁，物语的特点就是虚构的手法、传奇的色彩。《春琴抄》正是借助了这样的文章结构，春琴和佐助两个主人公的活动舞台安排在物语中出场，以一本古老的传记为楔子，通过"我"的阅读、讲述，辅之以一个老妇人的零星回忆，也就是说，承载着春琴和佐助故事的传记里一点一滴渗透进"我"带来的真实感。春琴与佐助的故事，时间、地点、人物、情节的推动与发展在我的讲述中生动如现实，简直就似阅读着发生在江户末年的人物传记。

17世纪是日本本土文学的年代，是日本的文艺复兴，出现了日本最初的大众文学，几乎不受外国文学影响。17世纪、18世纪的日本文学的典型也就是人物的平面性格、在虚构中表现事物的真实性。江户文学素养深厚的谷崎润一郎自然会受此影响。《春琴传》中就通过讲述人"我"的出场，带来了引领读者走进记载江户时代的小册子。小说的梗概得以在虚构的"传"和"我"存在的小说世界中情节互为补充，故事的完整性自不待言，读者一方面可以在小说中来回穿梭于虚实两个世界中充满趣味性，另一方面，取历史长河中的一幕，设定江户末期为历史背景虚构一出"剧中剧"，虚实相映，身处客观世界的读者更容易被吸引到小说世界，还能够在讲述人"我"的引领中感受着物语的虚幻与神奇。

2. "物哀"之情

"物哀"是贯穿在日本传统文化和审美意识中的一个重要的观念，是江户时期的著名学者本居宣长提倡和阐发的平安时代文艺的美的理念，他认为"物哀"之情是《源氏物语》的本质，也是日本文学的一个重要特征。即把外在的"物"与感情之本的"哀"相契合而生成的谐调的情趣世界理念化。由自然、人生百态触发、衍生的关于优美、纤细、哀愁的理念。在《玉小栉》中本居宣长提出"何谓物语"这个问题，认为"说到物语的趣旨以及为何要读物语，是因为物语将人世间的美好、丑恶、新异、动人、有趣、令人叹赏的种种事件、情态写了出来，又配以插图，不仅使读者派遣寂寥，又宽释其忧郁愁思，令人通晓世态人情，懂得感物兴叹。"所以说，令人"知物哀"，是物语的根本目的。

小册子中的物语传达了何种"物哀"之情？讲述人"我"读物语时如何领悟"物哀"之情？

对讲述故事的"我"来说，首先春琴女士的墓穴是真实存在的，春琴姑娘的墓碑侧面刻着"门生温井佐之助"其墓左侧，石碑只有春琴墓的半个大，正面碑文是"……俗名温井佐之助……系春琴之门生"。

"我"参拜春琴墓后，感慨于佐助"生前真诚事师，死后也如此恪守师徒之礼"。发出如此感慨是源于在"我"所处的客观世界中，名为《鵙屋春琴传》的小册子收集在手，《春琴传》的故事及鸭泽照老太太的语言是真实存在的，因此春琴和佐助这两个人也应当是真实存在的，从人的大性、"我"的真实情感出发来阅读小册子、欣赏佐助春琴的故事，"我"发挥了独特的功能，将古代人物故事讲述给现代读者，借用古代场景模拟情感世界。

据小说中的传记中记载，美好如春琴生来"端丽而高雅"其师常啧啧赞叹曰"惜哉次儿"，九岁时不幸患眼疾，旋即双目失明，父母万分悲恸。母怜其爱女，竟怨天尤人，一时频于癫狂。在此等人物出场的前提之下，对春琴的情感由赞颂而至同情，加之讲述人"我"补充了佐助关于春琴眼疾的揣测"因容貌、技艺双绝平生竟二次遭人妒恨"，悲悯春琴的遭遇，爱其才华怜其不幸，"哀"的基调由此奠定。

"春琴女士也许由于是个格外温柔的女子，她闭目时的眼睑，令人宛如膜拜观世音的古老画像，颇有一丝慈悲之感。"这是"我"看到春琴留下的唯一一张照片时的文字描述。模糊不清的照片能够如实渲染人物形象的慈悲之感吗？"我"对春琴的怜爱之情才是画外音吧。随着情节的发展，不时穿插进"我"的知"物哀"，对男女主人公的性格特征有了具体的认识，在面临他们的境遇、生活模式转变之时，命运多舛叹唏嘘。

"物哀"是平安时代以来日本民族的一种对客观世界作出的以情感反应为主导的认识方式，是一种文艺创作和欣赏中的审美情感的表现。《春琴传》表达的不仅是唯美虐恋，深藏的情感需要细细研读。

3. 幽玄、含蓄

日本文化形态都是以"感觉的制约"为原则，看重事物带来的感受性，着力表现主观的内在感情，具有很强的含蓄性和暧昧性。日本人美学视角或逻辑常常与我们所习惯的审美经验颇不吻合，日本艺术美中的"物哀""寂""幽玄""余情"等的审美理念都是重视直觉甚于埋念，对事物的观察常常直接诉诸感觉。体现在文艺上是不重形式而重意境，崇尚言之不尽、朦胧的格调。

文学创作于谷崎润一郎而言"文章并无实用性与艺术性的区分"。永井荷风归结的谷崎文学特质中有如此论断"是从肉体的恐怖中产生的神秘幽玄"，这一点早在其处女作——"谷崎文学的原型作品《文身》一方面确立了谷崎润一郎的美的规范，另一方面也揭示了谷崎对感性美的绝对崇拜之心。"①

"幽玄"的核心是"余情"，讲求境生象外，意在言外。以简约的笔墨引发起读者的联想和想象，传达出丰富的思想感情内容。

谷崎润一郎的创作体现了西方唯美主义思想的影响，更代表着日本民族文化的鲜明特征，洋溢着"江户情趣""东方情趣"等东方式的审美意识，对日本固有的文章，特别是对其所具有含蓄性和余情性表示相当看重。《春琴抄》，是作者所谓的"含蓄"的杰作。谷崎润一郎在《文章读本》中提出文章包含"用语、韵律、文体、体裁、格调、含蓄"六大要素，谷崎自己也点明其中关于"含蓄"的论述是贯穿《读本》始终。谷崎的文学创作排斥写实，耽溺于感觉、幻想之中，这些美学意识自然是与根植于日本传统美学的"幽玄"有着莫大的关系。

解读《春琴抄》的人物形象塑造、生活场景描述，不难发现，佐助与春琴，形影相随没有"盈盈一水间，脉脉不得语"的无奈，没有

---

① 齐姵:《谷崎润一郎的唯美世界》,《安徽文学》2008 年第 11 期, 第 112 页。

客观距离的间隔、没有人为外力的阻隔，这一对"名师徒、似主仆、类夫妻"的情人，朝夕相对的日常生活中，也没有明朗的情爱语言对话，形于外的唯有"师徒"名号下的暧昧关系，严守主仆之礼、师徒之别。春琴佐助的暧昧情事，是作者谷崎虚构了一个"我"去挖掘事实真相，还是"我"虚构了小册子的存在？说到底，将读者领进一个"物语世界"，一个幽玄的非现实世界，是一切皆为虚构的作家谷崎所为。

"暧昧"是社会文化特征也是日本美学意识的重要表现形式。日语里的美包含了含有暧昧或委婉的"以心传心"，也就是"言外之意""留有余地"。美国第一个研究日本文学的学者唐纳德·金在《日本人的审美意识》（1999）中列举了"暗示乃至余地""变形""不规则性""简洁""容易灭亡"这五点作为日本美学意识的特征，并指出了"暗示，留有余地"是日本人美学意识的第一特征。

对于盲目美少女"春琴"的形象塑造，作家采取的是怎样的手法呢？春琴的"美貌"就是通过表现含蓄性、暗示性的一面来进行塑造的。不是经由明明白白、清清楚楚的讲述，而是在小说行文之际通过保留的一张"模糊的照片"，描述"除了可以看出具有大阪富裕商家妇女的气度而外，虽然标致，却也缺少一种独特的个性光彩，令人觉得印象不深。除了凭这张照片上的模糊影像去揣度她的风姿而外也别无他法了。"

谷崎作品一贯的主题就是追求女性美、女体美，塑造永恒的女性，而春琴显然是容貌端庄秀丽的代言人，那么她长得如何标致？何等妖冶艳丽、是怎样的眉眼神情？小说全篇几乎无一字具体形容，只留下一个视觉上"模糊的影像"和感官上"丰腴润滑细腻白皙的肌肤"，再有，就是隐去春琴的本来相貌以便留给读者无尽的想象了。日本人尽量使用很少的词汇来表达内容，讲究语言的言外之意，偏好对方在理解词语的意思之时，也能进行自由的想象。谷崎巧妙地运用"暧昧"的文化特点，赋予了人物灵动无形的"美貌"。

在没有灯光的漆黑处用手摸索着弹奏，可是佐助对于在黑暗之中活动丝毫也不觉得不便。因为盲人就是经常处在这样的黑暗之中，小姐也是在这样的黑暗之中弹奏三弦琴的。一想到这些，佐助就觉得能和春琴置身于同样的黑暗之中，是无上的快乐。后来准许他公开学艺时，"不和老妹子一样地学，就对不起她。"于是，每当拿起乐器时，他总要闭上眼睛，这已成为习惯。①

谷崎润一郎在大正年间的关西大震灾后，搬到了日本传统美要素残留最多的关西，在直面日本传统文化期间，开始对有"光之时代"之称的西洋近代文化产生疑问，同时也逐渐领悟了日本的阴翳之美，以及阴翳美深深植根于日本不会改变的事实。"美并非存在于实物当中，而在于物体与物体所造成的幽明的色调跟明暗对比中。"谷崎在《阴翳礼赞》中阐述了日本美的本质概括为光与影、明与暗相互作用之下产生的和谐的关系。放置在阴暗家中那些无法明确分辨的地方时，日本传统的人和器物之美放置在阴暗家中不容易分辨的场所时最能发挥到极致。谷崎润一郎认为"东方人的美是事物和事物所产生的阴翳棱廓，介于明暗之间。"（《阴翳礼赞》1934）这种日本式的美学思考方法，应用到文学创作上，佐助好春琴之所好，夜深人静躲在壁橱里练琴。私下偷偷学琴的这一幕，乃至小说高潮部分的"刺目"，他就是从美学的角度，把握了佐助积极主动希望置身于"黑暗"中，并且已经习惯黑暗，视黑暗为另一个世界，是一个"快乐"之所。佐助戳瞎自己的双眼用触觉、想象、回忆等"感觉"来留住春琴的美貌，断然拒绝变幻无常的现实世界，走进"幽玄"的感性世界，创造事物轮廓不清晰、不知庐山真面目的观念世界达成自己唯美的艺术追求。

四、东方文化特征

对文学作品的解读会随时代的发展而变化，虽然作品是因作家的个人喜好而完成，但读者群方面接受的信息却会时过境迁。大致说来，谷崎润一郎的作品世界显然是从属于耽美一派，具备了耽美文学

---

① 叶渭渠主编：《谷崎润一郎作品集》，中国文联出版社 2000 年版，第 102 页。

的时代特征，若将其归属为官能情趣只是部分归结其特点罢了。不仅在小说创作手法方面能从日本传统审美意识中找到其源头，《春琴抄》既是"谷崎美学"思想的经典、反映日本传统美意识，在现代读者的眼中谷崎文学的吸引力又何尝不是流淌着日本社会文化的特质？东方主义文化并不因作者个人对西方文明的膜拜而与作品剥离，反倒是可以讲，女性魅力为主题、追求美的理念、完整的小说结构，甚至传统的日本审美底蕴都在《春琴抄》这部小说中充分表现，在在阐释了作品的东方主义话语权。

谷崎文学憧憬西洋文化模式、现代文明，同时也追求着日本古典的韵律、传统美学意识，《春琴抄》作为谷崎润一郎回归本土文化的代表，在唯美主义大师谷崎润一郎代表性作品《春琴抄》中既可以看到文学艺术作品唯美而温情甚至虚幻离奇、斑斓绚丽的一面，也能感受到作家冷静甚至无情的手法、态度中折射出的东方主义文化色彩。

结合《春琴抄》这部作品，从文化视角解读，通过人物形象塑造、生活形态描述去感受谷崎笔下东方主义文化特点。具体而言，东方主义在这里也就意味着日本传统文化的表现。

据《广辞苑》，"暧昧"指"不确定，不易分辨，不确定"。"暧昧"也就是指暧昧不清，暧和昧均指"不明朗"。暧昧等于不明朗，其本义就是隐藏了事物的本来形状，事物的轮廓不清晰、不知庐山真面目的意思。

日本人带有一种与生俱来的"暧昧"感，内容含糊其词不明确表达，蕴含言外之意、弦外之音，因此出现了日本语言文化的暧昧性特点。然而不仅"暧昧"表达是日语一大语言表达特点，而且"暧昧"因素可以同时传达不同信息，也发展丰富了日本文学的广阔天地。文学作品反映社会现实，"因奇妙姻缘而朝夕为伴的师徒二人"的相处之道可以看到如下"暧昧"文化特征，具体表现为沉默文化、体察文化和羞耻文化。

1. 沉默文化

佐助以新来的年幼之身委以重任，为小姐带路，并且这差事给确定下来了。一路上春琴不轻易讲话，只要小姐不先开口，佐助也就默不吱声。有人问："为什么最好由佐助作陪呢？""就因为他比谁都老实，不说没用的话。"

谷崎润一郎在《文章读本》中将"不多嘴""慎言"也视为文章格调的重要内容。"就因为他比谁都老实，不说没用的话。"这句简短的话在小说中可以理解为春琴对佐助最初的近乎夸奖之词。日本人"少语"的语言心理存在于日本人的生活中，日语中"沉默是金""不言为花"的成语，也反映了在与人实际交流时国民生活的现实。显然，这里的"默不吱声"不单纯是从表现主仆关系出发，可以看出还是春琴选择仆从的评判标准，是对佐助的一种道德认可，也可以说最初两人的相处是建立在佐助寡言少语的基础之上。在日本社会，不需要叙说，则能表达其意思，被视为一种美，相反，使用语言才能达到目的则被视为丑。"'累赘的语言表达不了心中所想'被认为丑，'很少的词汇游刃有余的表达'反而被视为美，日本人认为深层的意识应该存在于人们的心中。反言之，他们很少夸奖积极发言的人，而认为这是负面特征。"①

2. 体察文化

仅仅采取"沉默"的方式，在大多数的情况下只能是一种简单的意识交流。日本人的传统文化中的一种"体察"文化，是尽量使用较少语言的文化，是将自己的行动标准站在他人角度来看的文化。在"心中的表情言语不足以表达出来"这一语言规则之下，将自己的判断和意志传达给对方的同时，传达者和对方都处于同一信息环境下，有着同样的价值观和感情，不需要严密的语言交流，即使用简单的语言也可以补足语言的欠缺之处。因为讲话者为了使对方顺利进行下去，认为应该有"奉承"的意识，把他人的心意当成自己的立场来思考，在体会到对方感情的同时，使对话进行下去被认为是最好的做法。"体察"文化中占据核心位置的就是"奉承"心理。

---

① [日]谷崎润一郎：《文章读本》http：//222.192.60.10/kns50/detail.aspx?QueryID=178&CurRec=1（2013年1月20日）。

　　日语中表达"奉承"的名词词汇是由动词"奉承他人"转化而来的"转承词"。据《广辞苑》解释:"奉承"是指(1)给对方说好话,使对方高兴。(2)认为羞耻。害羞,羞涩。(3)同他人亲近,不客气地接受他人的好意。土居健郎称"奉承"是依赖于他人,乃至追求与他人的一体的理念,提出"奉承不仅仅是理解日本人精神构造的重要关键,也是理解日本社会的关键点。"

　　　偶尔要他(佐助)做事,也只是打打手势,皱皱眉头,或是像打谜语似的喃喃自语,从来不明确示意要他如何如何。(中略)在一个夏天的午后,也是正在等待轮到春琴学习,佐助在春琴的身后小心伺候着,忽听她自言自语地说了一声"好热!"佐助便随声附和地应酬了一句:"真是好热呀!"但她没有任何反应。不多时,又说了一句:"好热呀!"佐助者才领会她的心意,拿起放在一旁的团扇,从背后给她扇风。他也似乎这才满意了。可是,只要稍微扇得怠慢,她便立刻一再地说:"好热!"①

　　春琴与佐助的相处模式在外人眼中"师徒之别过严、情谊太淡,连遣词用句都细致而烦琐地规定了用法",那么两人严格的上下尊卑关系得以维系且长久走下去的核心除了主观感情之外,是否存在其他因素呢?上述引文中,即使春琴省略了直接用语言进行沟通的方式也可以与佐助达到意识交流。为什么会这样呢?是恋人间的心有灵犀一点通,"以心传心"对弦外之音的领悟吧。然而这里反映的不只是作家的女性崇拜思想、受虐思想,重要的是必须看到刻画了佐助的"奉承"思想。在来自乡下的佐助心中,养于重门深闺的春琴不仅身份高贵,而且天赋才貌都令其深深崇拜,产生"奉承"的心理对于佐助来说,是非常容易的,可以说不仅与春琴的关系深受此影响,就是终其一生也无法摆脱这种心理的存在了。佐助就在这样的关系下要求自己体察说话者春琴的心情,哪怕是春琴的片言只句、一举手一投足。所

──────────

　　① 叶渭渠主编:《谷崎润一郎作品集》,中国文联出版社2000年版,第114页。

以，佐助必须时刻紧张地注视，务求不漏掉春琴的每一个面部表情与动作，即使春琴言语不多，也都能察觉其心意。刻意的奉承即便是在春琴容貌尽毁之后，甚至是在鳏夫生涯中念念不忘春琴的美丽，佐助贬低自己不成熟的技艺与春琴生前的绝妙琴音存在天壤之别。

3. 羞耻文化

在日本"耻"作为一种道德起着一定的社会规范作用。在日常交流中，日本人非常害怕丢面子，总是牢记着自己"不给他人丢脸"，对方也就"不会给自己丢脸"。

春琴坦率承认怀孕但无论如何不肯说出男方是谁。被问及"是否是佐助？"矢口否认"怎么会和徒工那号人！"认为接纳佐助作自己的丈夫简直是对自己的侮辱，小说的背景设定在江户幕府时期的大阪，仔细体察社会民情，如本迪尼克特所说，"丢脸是因他人的批评做出的反应，一旦被他人嘲笑、拒绝、或者是自己认为被嘲笑的话，就会有一种羞耻感。"[①]在一个还是身份制度占据主导地位的封建时代，作为商家小姐的春琴，她感到与比自己身份低微的人发生关系心怀耻辱。

对于春琴在发现自己怀孕之初的这种种反应应该说是可以理解的，但是与之关系最为亲密的佐助被盘问时，硬说"不知道"，态度战战兢兢、回答破绽百出。按照一般的社会道德准则，从道义责任上来讲，佐助既然是孩子的父亲就应当主动承认，然而，磨破嘴皮也不肯承认甚至接受约定不坦白又是出于怎样的考量呢？但是却不能因此把"佐助"简单地视同为没有担待、不负责任的人物形象。"老实说，我若讲出来，老妹子会责骂我的。"仔细体会这句话的言外之意才明白佐助怕有失体面不敢公然道破，祈求谅解。"不管他们对他人做出了哪种判断，做出什么推测为好，都是以他人的判断为基准来决定自己的行动的。"[②]本迪尼克特认为日本是个以"耻"为基调的国家。所谓以"耻"为基调的文化，就是"以外部的强制力为基础而进行一些行

---

① ［美］鲁斯·本尼迪克特：《菊与刀》，长谷川松治译，教养文库 1967 年版，第 258 页。
② ［美］鲁斯·本尼迪克特：《菊与刀》，长谷川松治译，教养文库 1967 年版，第 259 页。

动"。也就是说，道德的绝对基准支配着自己的意识。例如，"做这件事很丢脸""那种想法是很丢脸的想法"，这一类想法都是对他人的批评所作出的一些思考和行动。"不让对方感到丢脸"的行动精神实际上就是日本的"羞耻文化"。"羞耻"文化意识是日语暧昧表达的主要支柱，是决定暧昧构造的重要因素。"就是这样的文化熏陶下，在爱情的世界里佐助没有表现出西方文明明快的性格，他没有勇敢站出来承认自己是孩子的父亲以保护爱人不受世俗道德的批判，可以推测，处于封建社会末期的历史条件下，他只是以春琴的想法为想法，以春琴的判断为自己的行为准则，采取了不计对方感到丢脸的行动。这有悖于西风东渐影响下人物形象的塑造，谷崎对男主人公个人形象的怯懦与否在此不做思考，更不是西方标尺衡量下的情人该有的表现，而是如实阐释了东方文化话语的文学世界。

谷崎文学中创造出一个沉溺于官能和耽美的虚构世界。在巅峰之作《春琴抄》之中，对美的观念发生了根本性的变化，面向虚幻的江户世界，追求幻想的快乐，超越了前期的恶魔主义，描绘了一个处处表现东方色彩的文学世界，这并不只是西方唯美主义思想的影响，而是植根于日本民族文化的东方审美的鲜明特征。

下篇

日本现代文学经典与民族文化转型

　　对于日本现代文学的划分在日本学界存在不同的界定。在日本，"现代文学"习惯用"近代文学"一词来表示，有的文学史把近代文学进一步细分为"近代前期"（明治时代①至大正②末期）和"近代后期"（大正末期到昭和③25年），把"昭和25年"以后的文学称为"现代文学"（如麻生矶次、市谷真次等）；也有的文学史将明治时期至昭和25年以后的文学都纳入"近代文学"的范畴（如吉田精一、犬养廉、远藤嘉基等）；还有文学史将近代文学的前期（指明治文学到大正时期无产阶级文学以前）统称为"近代文学"，将近代文学后期从无产阶级文学开始到昭和25年以后的文学统称为"现代文学"（如伊藤整、伊藤正雄、小田切秀雄、长谷川泉等）。由此可见，日本文坛对文学史上"近代"和"现代"的划分及说法没有达成完全的统一。在国内出版的《日本文学史》（现代卷）或《日本现代文学史》（如叶渭渠、王长新、陈德文等）也基本上是以大正末期登场的日本无产阶级文学为开端，以经济高速增长时期大众文学的繁荣为界的，即20世纪20年代初至70年代末。

　　日本近代文学的形成和发展经历了西方文明和文化不断流入日本，西方文化的近代意识与本民族文化的传统理念不断冲撞、并存、融合，最终确立独具日本民族特色、追求"近代意识"的日本文化中自我的历史进程。这个"近代意识"的"自我"在日本文化中带有很大的局限性。在近代化中，日本民族的"自我"始终框定在传统的集团意识中。日本人习惯于依赖于他人、集团、国家和天皇，因为"依

---

　　① 明治时代：指明治新政府成立后明治天皇在位的年代，即1868年9月8日至1912年7月30日。

　　② 大正：日本大正天皇在位的年号，即1912年7月30日至1926年12月25日。大正末期指无产阶级文学兴起以前。

　　③ 昭和：日本昭和天皇在位的年号，即1926年12月25日至1989年1月7日。昭和25年是指1945年日本战败。

赖的心理对日本人来说是非常切身的，同时也是被日本社会构造所允许的。"①这种依赖往往是离不开日本民族最具特点的家族制度——集团意识。家长是家族中绝对的权威，全体人员要心甘情愿地服从家长的意志，在共同体内实现个人的价值。可以说，这种"自我"是受到压抑的，正如日本著名法学家川岛武宜（1909—1992）所指出的那样，在家族式的集团内部日本人所遵循的原理是"权威的支配和对权威的无条件的追随；个人自主行动的欠缺和由此而来的个人责任感的欠缺；不允许一切自主性批判反省的社会规范；家族式结合内部的家族式氛围和对外部的敌对意识的对立。"②也正因为如此，日本民族的文化心理在近代以后很快成就了国家主义和天皇制意识形态的统治。进入现代后，日本政府又利用本民族的集团意识，不断向全体国民灌输皇国史观和日本精神论，导致了第二次世界大战的爆发和失败。这种丧失主体性的"自我"随着战前、战后日本社会格局的不断变化，也在不断地沉浮。现代日本文学就这样伴随着日本社会局势的激荡和变化，在日本文化的继承、批判与发展中，揭开了自己的历史。

1921年，首先登场的是以机关杂志《播种人》而创刊的无产阶级文学。日本无产阶级文学的诞生是时代的产物，是随着无产阶级队伍的逐渐壮大而成长起来的。1923年日本发生了关东大地震，社会一片混乱，无产阶级文学受挫。1924年日本文坛同时出现了两个很有影响的文学刊物：《文艺战线》和《文艺时代》。《文艺战线》的创刊标志着日本无产阶级文学再次勃兴，并从20年代末到30年代初走向辉煌。无产阶级革命作家辈出，优秀作品不绝。小林多喜二（1903—1933）就是这一时期最为杰出的代表。他的《蟹工船》和《为党生活的人》是十分脍炙人口的作品。《文艺时代》代表的是有别于无产阶级文学创作，追求西方现代主义的文艺方法，以新的感觉革新文体和写作技巧的新感觉派。其核心作家是横光利一（1898—1947）和川端康成（1899—1972）。

1926年历史跨入昭和时代。由于新感觉派盲目模仿西方现代主

① ［日］土居健郎：《"依赖心理"的构造》，弘文堂1996年版，第23页。
② 杨宁一：《当代日本人的自我认识历程》，《学术界》2001年第2期，第58页。

义文学技巧，抛弃了日本传统文学的手法，再加之小说缺乏深刻的思想内容，很快便于1928年销声匿迹了。这时无产阶级文学以绝对压倒的优势占据了整个文坛。1930年以中村武罗夫为核心成立的"十三人俱乐部"又重建为"新兴艺术俱乐部"，史称新兴艺术派。其主要成员有井伏鳟二（1898—1994）、堀辰雄（1904—1953）、阿部知二（1903—1973）、龙胆寺雄（1901—1992）等。他们公开反对无产阶级文学，主张文学要"摈弃主义，突出个性"。后来因其缺乏统一的理论指导思想，成员之间又没有共同的创作目标和技巧，如昙花一现般地迅速于翌年解体。此时，以介绍普鲁斯特、乔伊斯、弗洛伊德的日本新心理主义的文学开始抬头。堀辰雄、伊藤整（1905—1969）等作家纷纷采用象征、隐喻、内心独白、意识流、精神分析等艺术手法发表小说，以此展示新心理主义文学的独特风格。

当时，和新心理主义文学共同在文坛占有一席之地的是以阿部知二为代表的主知文学。该文学提倡以知性来观察社会，主张用科学的手法指导文学理论和实践。

进入30年代，日本卷入了世界性的资本主义社会经济危机的浪潮。国内民不聊生，各种矛盾尖锐。当局为摆脱困境，采取了对内镇压，对外侵略扩张的措施，于1931年公然发动了侵华战争。在日本法西斯的统治下，国内革命运动转入低潮。无产阶级文学也随之走向低谷。一部分作家为保全自身而屈服于反动政府，公开宣布自己放弃共产主义信仰，更有甚者直接背叛革命，充当军国主义的宣传工具。所谓"转向文学"便登入文学大堂。

这期间，除转向文学外，还出现了努力克服时代危机感，呼唤重塑人性的人道主义文学，以《文学界》为阵地，耽于德国浪漫派研究、关注本国传统古典主义的日本浪漫派文学。涌现出一大批新人作家和作品，如：石板洋次郎（1900—1986）的《年轻人》（1933）、石川达三（1905—1985）的《苍氓》（1935）、石川淳（1899—1987）的《普贤菩萨》（1936）、岛木健作（1903—1945）的《生活的探求》（1937）等。另外，一批近代成名作家像谷崎润一郎、岛崎藤村、德田秋声等也不甘沉寂，纷纷发表力作，一展才华。

1937 年，日本开始全面侵华。第二次世界大战爆发在即。日本许多文学家被征兵入伍，组成一支"笔部队"奔赴前线。为天皇发动的这场"圣战"大唱赞歌的不乏其人。他们形成了一股日本现代文学发展的逆流——国策文学。

在第二次世界大战中，一些富有正义感的作家没有迎合日本军国主义的蛊惑。在言论受到禁锢的情况下，他们仍坚持耕耘不辍。像谷崎润一郎的《细雪》，川端康成的《雪国》、太宰治（1909—1948）的《富岳百景》、中岛敦（1909—1942）的《山月记》等作品都创作于这一时期。他们形成了一种软抵抗的文学势力。

战争期间的诗歌与戏剧同小说一样，也有抵抗之作。剧作家久保荣（1900—1958）和诗人金子光晴（1895—1975）便是杰出的代表。他们通过各自的作品大胆地批判了日本的"国粹主义"，表现了自己不向强权低头的不屈不挠的精神。

1945 年 8 月 15 日，日本被迫无条件投降。战败改变了日本长期在军国主义统治下的政治经济格局。国民的思想也发生了根本性的转变。第二次世界大战后，首先打破战争沉闷、凝重空气，充分享受言论自由，抒发内心情怀的是战前就负有盛名的老作家。他们为文坛留下许多杰出的文学作品，如：永井荷风的《舞女》、志贺直哉的《灰色的月亮》、正宗白鸟的《战争受难者的悲哀》等。尽管这些作品的实际内容与战后的现实无关，艺术风格还保持了战前的一些传统特色，但毕竟给战后初期百废待兴的日本现代文坛吹拂了一缕凉爽的清风。

与此同时，在战争期间深受日本反动政府迫害的老一辈无产阶级革命家，在战后初期重新获得了新生。他们继承了大正、昭和初期的无产阶级文学的传统，新建了一支民主主义文学的队伍，创办了《新日本文学》，发表了一系列反映战前、战后民主革命运动的优秀作品。如宫本百合子（1899—1951）的《播州平野》、德永直（1899—1958）的《没有太阳的街》、中野重治（1902—1979）的《五勺酒》、佐多稻子（1904—1998）的《我的东京地图》等。尽管这些作品从内容上反映了当时的社会情况，具有强烈的纪实性，但从他们的创作手法上来说，民主主义文学与战前文学并没有本质上的差异。

如果说复活的文学大家、新组建的民主主义文学作家的创作是战前文学的延伸，那么在战争废墟上产生的、具有叛逆精神的无赖派文学则给战后初期的文坛以强烈的冲击。以太宰治、坂口安吾（1906—1955）、织田作之助（1913—1947）为核心的作家一边对清除旧秩序、旧价值后获得的自由生活感到愉快，一边又对突变的现实感到茫然，最终在否定既成秩序与价值中走向毁灭。无赖、颓废、堕落是他们文学创作的基调。这集中体现在《斜阳》《白痴》《世态》等作品里。他们在文学手法上要求摆脱传统文学的束缚，反对纯客观描写，追求"自由思想"。由于他们主张"文学是戏作"，故日本现代文坛为区别于江户时代的戏作文学，而又称其为"新戏作派"。

以崭新的文学风貌给日本现代文学带来积极因素的战后派文学是这一时期最具有影响力的。它发轫于1946年创刊的《近代文学》杂志。在文学评论家平野谦（1907—1978）等人的周围聚集着许多曾参加激进民主主义运动、有着共同体验的作家。根据作家登上文坛时间的早晚，文学史上把他们分为第一战后派和第二战后派。其主要成员分别是第一战后派的野间宏（1916—1991）、梅崎春生（1915—1965）、椎名麟三（1911—1973）、中村真一郎（1918—1997）、武田泰淳（1912—1976）等和第二战后派的大冈升平（1909—1988）、三岛由纪夫（1925—1970）、安部公房（1924—1993）等。他们的文学最大特点在于运用西方文艺理论超越旧的写实主义手法，重视文学创作的主体性，从生理、心理、社会等角度多层次地把握、表现并挖掘事件中人物的内心活动事件。这在野间宏的《阴暗的图画》《脸上的红月亮》《崩溃的感觉》，大冈升平的《俘虏记》等作家的作品中都被充分地表现出来了。1950年随着朝鲜战争的爆发，战后派文学开始解体。

进入50年代以后，日本成了美国侵朝的军需供给地，经济开始高速发展。社会呈现出一派相对"太平祥和"的态势。再加上西方存在主义文学对日本文坛的影响，一批作家从探讨战争对人性的扭曲转向描写资本主义社会个人内心的空虚和日常生活的矛盾，如安冈章太郎（1920—2013）、吉行淳之介（1924—1994）、远藤周作（1923—1996）、小岛信夫（1915—2006）、庄野润三（1921—1993）等便是其中的代表。他们被文学界称为"第三新人"。到50年代末，又有一批文学新星如：石原慎太郎（1932—　）、大江健三郎（1935—　）和开高健（1930—1989）在文坛崭露头角。他们的作品都十分关注现代社会问题，表现战后青年在美军占领下的沮丧感和徒劳感。

随着社会的进步、女性地位的提高，日本战后文坛在50年代末60年代初涌现出一批杰出的女性作家，如曾野绫子（1931—　）、有吉佐和子（1931—1984）、濑户内晴美（1922—　）、幸田文（1904—1990）等。她们的小说多以爱情纠葛、家庭悲欢离合为题材，手法细腻，感情逼真，文脉清晰，备受文坛的瞩目。

这一时期由于经济的腾飞、大众媒介的日益发达，日本现代文坛出现了一种介于纯文学和大众文学之间的"中间小说"，如井上靖（1907—1991）的《苍狼》（1960）、司马辽太郎（1923—1996）的《龙马奔走》（1962）、水上勉（1919—2004）的《雁寺》等。他们的小说多取材于历史故事，通过冷静、含蓄的描写，挖掘人生哲理，提出引人思考的社会问题。

从60年代到70年代，日本的经济扶摇直上，一跃成为世界第二经济大国。但经济的繁荣背后也隐匿着尖锐复杂的社会矛盾，垄断资本愈加集中，政经一体化。于是揭露日本垄断资本主义社会的丑恶内幕成了批判现实主义文学的主题。像石川达三（1905—1985）的《破碎的山河》《金环蚀》和女作家山崎丰子（1924—2013）的《华丽的家族》《不毛地带》都是深有影响力的作品。他们敢于针砭时弊，大胆描述日本官商勾结、营私舞弊、尔虞我诈的情况。他们的作品具有浓郁的时代色彩，被日本现代文坛称为"社会派"文学。

这期间社会派推理小说也打破了以往的俗套，从现实社会各种矛盾中寻找重大事件，以此揭露资本主义社会金钱万能的人际关系。松本清张（1909—1992）和森村诚一（1933—　）是独具代表性的作家。他们的小说题材广泛，故事情节错综复杂，具有很强的思想性和艺术魅力，深受广大读者的喜好。

60年代末70年代初，在中国"文化大革命"和日本国内"极左"思潮的影响下，一些积极参加学生运动的作家因在现实中找不到出路而意志消沉。他们被称为"挫折的一代"。为了重新面对现实、恢复做人的尊严，作为这一代的作家高桥和巳（1931—1971）、柴田翔（1935—　）、小田实（1932—2007）等人创刊了《作为人》杂志，继续从事积极写作。因此，他们又被称为"作为人派"。与此同时，和他们相对立的是"内向派"。主要有古井由吉（1937—　）、黑井千次（1932—　）、阿部昭（1934—1989）等人组成。他们的共同特点是对现实社会焦虑不安，对现行政府失去信心，在小说中运用超现实主义手法把现实抽象为自我想象的东西，着力表达人物的潜在意识活动。

70年代中后期，以中上健次（1946—1992）的《岬》、村上龙（1952—　）的《近乎无限透明的蓝色》、池田满寿夫（1934—1997）的《献给爱琴海》为发端的"透明族"颓废文学轰动一时。他们主张打破传统，追求个性乃至性的彻底解放，以自我嘲虐、变态的心理表达其对现实的绝望和不满。

经过战后三十多年的历史进程，日本社会整体稳定，行政制度日趋完善，经济持续高速增长，高科技飞速发展，海外文化尤其是美国文化如潮水般涌入，这一切都为日本文化的全面繁荣创造了先决条件。美国人的现实主义、实用主义哲学世界观不断影响着日本人的价值观和思维体系。加之，自然科学的发达、经济的繁荣极大地丰富了日本国民的生活文化和物质文化，日本社会的经济形态开始由工业经济型转向了知识经济型。随着大众媒介的普及，漫画、动画文化也应运而生，并风靡整个岛国。文化的繁荣也必然带动文学创作主题的多样化。文学的表现手法在欧美现代派理论的影响下也随之不断翻新。

值得注意的是，在日本现代化的历史进程中，无论欧美的文化对日本民族文化的影响多么迅猛而川流不息，并使日本人的生活方式达到了高度的文明，但是日本人依旧不是单纯地模仿"欧美模式"，而是创造出了属于日本独特的现代文明，正如加藤周一所说：由日本国民创造出来的"现代化"的日本，既不同于西欧各国，也区别于亚洲其他国家，"在日本，一切现代的东西都是日本人为了满足自己的需要，而由自己的双手创造出来的。"①在创造的过程中，日本民族并没有丢弃自己的传统文化，而是在"和魂"的根基上不断添加欧美文化的因素。日本著名哲学家上山春平（1921—2012）就明确指出：在日本文化发展中，从层次上看，旧物为深层，新物为表层，旧物不断为新物取代而由表层下沉为深层②。同样，在文学发展的形式上看，无论是古代还是近现代，都不是新时代出现的新文学在继承旧时代文学的过程中将其淘汰，并取而代之。"它不是新旧交替，而是在旧的基础上补充新的"③。新旧并存，共同发展是日本文学与民族文化的一大特色。

---

① 转引自卞崇道：《关于岛国日本文化论的思考》，《浙江海洋学院学报》2005 年第 4 期，第 6 页。

② 转引自杨薇：《日本文化模式论》，《南开学报》2002 年第 4 期，第 73 页。

③ ［日］加藤周一：《日本文学史序说》下卷，筑摩学艺文库 1999 年版，第 14 页。

川端康成的《伊豆的舞女》

　　川端康成（1899—1972）是现代日本著名的文学家，诺贝尔文学奖获得者。他1899年6月11日作为长男生于大阪天满此花町。他自幼父母双亡成为孤儿，与祖父母生活在一起。8岁时，祖母去世。10岁时，唯一的姐姐又病亡。16岁时，与他相依为命的祖父也故去。这一连串的生离死别使他性格孤僻，情绪感伤，对其今后的文学创作产生了重大影响。

　　中学时代，他以个人经历为素材写下了《十六岁的日记》，一展才华。1920年考入东京帝国大学英文科，翌年转入国文科，发表了《招魂节一景》，深得菊池宽的赏识，引起文坛的瞩目。其成名作《伊豆的舞女》被认为是日本近代抒情小说的佳作。他早期的作品多以少男少女的爱恋为主题，内容健康、明朗，笔调抒情，纯洁质朴。

　　1931年，川端康成开始尝试新心理主义小说创作，运用意识流和精神分析的手法，试写了《浅草红团》《水晶幻想》。之后，他以日本传统美为根基，将西方文艺理念与技巧兼收并蓄，创作了一系列富有日本传统美感的小说，如《雪国》《千只鹤》《古都》等。晚年，他的作品趋于颓废、消沉，多性变态描写，如《睡美人》《一只胳膊》《蒲公英》等。尽管如此，川端文学瑕不掩瑜，他融合了东西方文化的精髓，以其敏锐的感受性、高超的小说技巧表现了日本人的内心精华，而饮誉世界。1960年川端康成荣获法国政府授予的文化艺术勋章。1961年他又获得日本政府颁发的最高文化勋章。1968年他荣膺诺贝尔文学奖。1972年4月16日他自杀身亡。

一、尊卑之分

　　川端康成的早期成名作《伊豆的舞女》久负盛名，根据这部小说拍摄的同名电影颇受日本和世界各国年轻一代的欢迎。究其原因之一大概是因为它讲述的是一个少男少女之间的纯真爱情故事。而文学评论者们也是把这部小说当作一部感人肺腑的恋爱小说来加以评论的。到目前为止,我国文学评论界对小说《伊豆的舞女》所做的专门评论虽说不少,但归纳起来不外乎谈到了两点:一是认为小说中的男主人公"我"是因为感到人生孤独才踏上伊豆之旅的;二是认为"我"与之同行的那伙江湖艺人心地善良,人情纯朴,使我感到温暖,其间"我"与舞女薰子之间产生了纯洁的爱情云云。应该说,这些看法都是对的。但遗憾的是,论者往往忽略了小说社会历史背景,因而无法充分地解读这篇小说。

因此,要真正地解读小说《伊豆的舞女》,必须从两点出发。第一点是,"我"具有孤儿心态;第二点是,小说中的男女主人公在地位上有尊卑之分。关于第一点,已经有不少人认识到了,故在此不再作为重点进行重复论述;本文的重点放在第二点上,即男女主人公的社会地位有高下(尊卑)之分的事实。更确切地说,本文打算重点论述舞女薰子及其一家的社会地位很低这一事实。在论述方法上,试图通过对小说《伊豆的舞女》所提供的有限的信息进行有效的裁剪,并辅以日本近代史中有关"贱民"问题的历史知识来进行论述。

1. 尊方——"我"

小说中男主人公"我"的身份是东京第一高等学校的学生,这在当时是很有前途的一个学校,因此地位很高。但"我"又是一个孤儿,因之有着浓重的忧郁心态(而这并不是舞女一家所了解的)。这种孤儿心态往往使他渴望关怀,渴望爱(广义上的),因此才出来旅游。在心灵空虚的情况下,加上又是青春期,于是当他发现了舞女薰子的美貌之后,就被她深深地吸引了,并痴情地"跟踪"舞女一行,从而才有了故事的展开。从这个意义上讲,作者写出了孤儿心态的一种真实;缺少爱,也就渴求爱。这种爱的渴求是两方面的,首先是广义上的"人类之爱",其次才是狭义的"二人之爱"。但既然是恋爱,通常就不得不与对方的家人打交道。"我"也正是这样,在爱慕舞女薰子的同时,与她的家人打上了交道。

"我"是这样的一种孤儿心态,又因处于爱的萌动期,因此

"我"与舞女薰子之间的"爱"是朦胧的、羞涩的，因而也是纯洁的。例如在茶馆里听老婆子说艺人们居无定所，甚至没有住处时，"我"就想到"果真是这样的话，我要让那舞女今天夜里就住在我的房间里。"又如，当"我"看见舞女裸体从公共浴场跑到阳光下来时，"我满心舒畅地笑个不停，头脑澄清得像刷洗过似的。微笑长时间挂在嘴边。"也说明"我"对舞女的爱是纯洁的。

"我"用钱很大方。前后给过三次让人感激的钱。第一次是给茶馆的老婆子，第二次是从旅店的二楼投给在楼下的荣吉，第三次是给荣吉很少的钱，让他买花为死去的婴儿作"断七"用。这确实是一个高中生的花钱方式，在同情心之下，想花出去就花出去了。

在同道旅行的第三天夜里，我决定将来什么时候到他们大岛的家里去，于是艺人们开始商量届时怎样安排"我"的住宿："可以让他住在老爷子的房间里。那里很宽敞，要是老爷子让出来，就很安静，永远住下去也没关系，还可以用功读书。"然后他们就明确对我表态了："我们有两座小房子，靠山那边的房子是空着的。"①并说到了正月里，他们要到波浮港去演戏，可以让我帮帮忙。到这里，家人们欢迎"我"去他们家住。所谓"永远住下去也没关系"，是想让"我"作女婿是也。由此可以看出，在"我"和舞女一家的交往中，首先是因为"我"善良，富于同情心，以平等之心相待，所以才受到舞女一家人发自内心的接纳，以至于他们甚至想到"可以让我帮帮忙"，可见已经视"我"为"同类"了。

以上对小说男主人公"我"作了分析，由这一分析我们可以看出，男主人公"我"的身份是颇有前途的东京一高学生，是出于一种孤儿心态而踏上伊豆之旅的，"我"善良、富于同情心，对舞女一家（江湖艺人）没有歧视，而是平等地与之交往。

2. 卑方——舞女薰子的形象

在作者笔下，薰子是一个美丽、聪明、善良、活泼、好学而又充

---

① ［日］川端康成：《伊豆的舞女》，侍桁译，青年出版社1995年版，第179页。本文所引译文皆用这一版本，页码不再标出。其中的着重号为笔者所加。

满稚气、情窦初开的岁少女。

说她"美丽",是指她的大发髻和大发髻下柔和漂亮的脸庞以及"这双黑眼珠的大眼睛闪着美丽的光辉,是舞女身上最美的地方。上眼皮的线条有着说不出来的漂亮。其次,她笑得像花一样,笑得像花一样这句话用来形容她是逼真的。"

说她"聪明",是因为在下五子棋时,她能轻而易举地下赢随行的所有人,除了"我"。

说她"善良",是因为他们一行到了下田北路口的甲州屋小旅店后,舞女就拿出铜板来给那些"摇摇晃晃"走进房间来的小孩子们。

说她"活泼",是因为她在与"我"的交往中开始有些拘谨,后来渐渐放开了,露出了她作为14岁小姑娘本来的活泼天性。

说她"好学",是因为她一有机会就央求别人给她读《水户黄门漫游记》。

说她"稚气",首先是因为年龄太小,喜欢跟小孩和带来的小狗玩,她居然用自己的梳子去给小狗梳毛;其次是因为她虽然情窦初开,但毕竟是黄花闺女,对男人的恶意的企图还不了解,这表现在那个鸟店商人想占她便宜时她还不知道,还一个劲地叫他"老伯伯老伯伯";另外,舞女看到正在洗澡的"我"和她哥哥后,竟高兴得一丝不挂地从公共浴场跑了出来,口里还对着"我们"喊着什么。

二、江湖艺人的社会地位

薰子是这么美好的一个形象,但她所从事的却是江湖卖艺的职业,每年都沿伊豆地区和相模川各温泉场串街,以卖艺为生。如果读者稍加留心,就会注意到舞女他们作为江湖艺人在当时的社会地位是很低的。事实上,他们当时不但社会地位低,而且还属于"贱民"①。因为这在作品里有明显的叙述,整理起来一看,却有八处之多。按照

① 日本旧《户令》只规定了陵户、官户、家人、公私奴婢五色人种为"贱民",但实际上因从事贱业而为人们所贱视的还有很多,白拍子(包括舞子、踊子)即是其一。参见[日]内藤远翁的论文《贱者考》,载于《日本蔗民生活史料集成》第十四卷"部落",三一书房1971年版。

行文的顺序，谨录于下。

第一处：

（在天成山北路口的茶馆）

我向送走他们的老婆子问道：

"那些艺人今天夜里在哪里住宿呢？"

"这种人嘛，少爷，谁知道他们住在哪儿呀。哪儿有客人留他们，他们就在哪儿住下了。有什么今天夜里一定的住处啊？"

老婆子说的话带着一种非常轻蔑的口吻，甚至使我想到，果真是这样的话，我要让那舞女今天夜里就住在我的房间里。

第二处：

（在汤野的小客栈）

鼓声一停就使人不耐烦。我沉浸到雨声去了。

不久，也不知道是大家在追逐呢还是在兜圈子舞蹈，纷乱的脚步声持续了好一会儿，然后又突然静下来。我睁大眼睛，像要透过黑暗看出这片寂静是怎么一回事。我心中烦恼，那舞女今天夜里不会被糟踏吗？

第三处：

（在汤野的小客栈）

夜里，我正和一个卸下了纸头的行商下棋，突然听见旅馆院子里响起了鼓声。我马上就要站起身来。

"串街卖艺的来了。"

"哼哼，这些角色，没道理。喂，该你下子啦。我已经下在这里，"纸商指点着棋盘说，他入迷地在争胜负。

第四处是"我"和荣吉的对话：

（在场野的小客栈）

"……那舞女是我的亲妹妹。"

"哦，你说你有个十四岁的妹妹……"

"就是她呀，让妹妹来干这种生计，我很不愿意，可是这里面还有种种缘故。"

第五处：
（在汤野的小客栈）

这一天，荣吉在我的房间里从早晨玩到傍晚。纯朴而似乎很亲切的旅店女掌柜忠告我说，请这样的人吃饭是白浪费。

第六处：
（在汤野的小客栈）

这时，住在小旅店里的一个四十岁上下的鸡店商人打开了纸隔窗，叫几个姑娘去吃菜。舞女和百合子拿着筷子到隔壁房间去吃鸡店商人剩下的鸡火锅。她们一起回这个房间时，鸟店商人轻轻拍了拍舞女的肩膀。妈妈露出了一副很凶的面孔说：

"喂喂，不要碰这孩子，她还是个黄花闺女啊。"

第七处是"我"的想法：
（在场野的小客栈）

我仿佛忘记了他们是巡回艺人之类的人，既没有好奇心，也不加轻视，这种很平常地对他们的好感，似乎沁入了他们的心灵。

第八处：
（快到下田海边时）

路上各村庄的路口竖着牌子：
"乞讨的江湖艺人不得入村。"

通过以上的摘录可以充分说明：第一，普通人——不管是茶馆的老婆子也好，辛苦地做纸张生意的行商也好，还是"纯朴而似乎很亲切"的旅店女掌柜也好——无论谁都歧视舞女他们（第一、三、五处）。

第二，舞女本人作为女艺人随时都有被客人非礼甚至被糟踏的危险（第二、六处）。

第三，从自身认识来说，他们（如荣吉）也并不想干这种被人贱视的职业，而之所以从事这一职业，乃是出于某种迫不得已的原因（第四处）。

第四，普通人对江湖艺人的歧视和侮辱甚至是极端公开化的。在第八处，作者忠实地记录了当时的社会现实。视江湖艺人为乞丐，公然以标牌告示，这是一种极为明显的侮辱和歧视！这在小说中是唯一的一处直接记录村民们对江湖艺人的态度的文字，并在行文上置于小说第五部分的末尾，就像电影的特写镜头一样，体现出作者意在强调和突出江湖艺人的受歧视的现实。

第五，一方面，社会一般人都是歧视他们的，而"我"能把他们当人对待，自然令他们很感激（第七处），我的这种想法也正好从反面证明了艺人们社会地位低的事实。另一方面，在"我"和舞女一行同往大田方向去的时候，走在田埂上，"我"耳朵留意到舞女在背后说"我""是个好人哪""真正是个好人。为人真好"。看完全篇就知道，舞女对于"我"除了这个地方之外，并没有太多的评价，仅此一处而已（从舞女的角度讲，这是自然的，而且是真实的）。但我们切莫轻易忽略这一句话，正是这句话，点出了当时的社会背景即人们对于江湖艺人存在着严重的歧视这一史实。如果我们细细地揣摩，就会发现，在小小年纪就不得不闯荡江湖的舞女的内心深处，实际上是早已埋藏着对他们作为江湖艺人所处的现实地位的直观认识了，因此才会觉得地位高的学生能与他们同行于他们是件荣幸的事。

三、不容忽视的社会时代背景

上面所说的普通人们对作为江湖艺人的舞女薰子一行的不讳的歧视，是有着社会历史背景的，在历史上虽然没有他们属于"贱民"的法律规定，但由于民间认为他们做的是下贱的职业①，因此就视他们为

---

① 实际上，踊子（odoriko）和舞子（maiko）的区别在于前者因是即席表演，因而更富雅趣、显得洒脱；后者因后果在模仿，故显造作和媚俗。然而民间不加区别，同视为贱。

贱民了。江湖艺人作为事实上的"贱民"早在1871年（明治4年）就已随同其他"贱民"获得了解放，其法律地位等同于普通国民①，但由于民众意识的滞后性（或曰惯性），加上原"贱民"解放后同原平民之间存在着某些利益上的冲突，有的地方公然反对解放"贱民"，从而使得歧视原"贱民"的社会风气难以纠正。由于这些原因，加上各级政府并没有切实有效的办法安排原"贱民"的生计，就使得他们本来很想改变自己职业的愿望基本落空，许多人只好重操旧业。前面第四处摘录中荣吉的话——"……让妹妹来干这种生计，我很不愿意，可是这里面还有种种缘故。"——所讲的也就是这个事实。这样，在日本迈向近代化的历程中，日本近代意义上的"贱民问题"即所谓"部落民问题"在19世纪末就明朗化了②。因此时代虽已进到了1918年（大正7年）左右，但由于这种习惯的看法来自绝大多数民众，他们的地位也就很难改变了。如果用日本史学界通行的金字塔社会理论来解释男女主人公社会地位的差别的话，则有如下的图形：

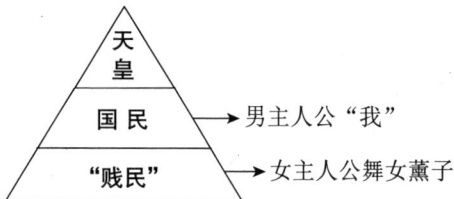

在这里有必要对这个图形作两点说明：一，在日本近代社会意义上的"贱民"阶层，其法律地位是完全等同于"国民"的，但由于历史的原因和天皇制的现实性原因，才使得"贱民"在"国民阶层"（这个阶层又可分为若干亚阶层）中成为虚空的存在，从而在事实上被排除在外，因此才有了日本近代史上的"贱民问题"的成立。基于此，笔者将"贱民"置于"金字塔"的最底层。二，国民阶层又可分为若

---

① 日本的贱民解放令是明治4年（1871）8月28日由太政官发布的。令中称："兹将秽多、非人等之称呼予以废除，自今起，身份职业应皆与平民同。"在贱民解放令发布以后，日本各府县根据本府实际情况，将各种事实上的"贱民"都纳入了被解决的范围，踊子（odoriko）也在其中。

② 参见[日]铃木良：《总论 部落问题的成立》，载于部落问题研究所编：《近代日本的社会史的分析——天皇制下的部落问题》，部落問題研究所出版社1989年版。

干亚阶层（图中没有表示出来），而男主人公"我"因其在当时国民所受教育程度还普遍较低的情况下，加上东京一高的特殊地位，可以说即使是在"国民"这一阶层中，地位也是较高的。总之，这个"金字塔"可以清楚地告诉我们小说《伊豆的舞女》的故事所发生的社会历史背景。

四、江湖艺人的日常生活及其命运

在了解了女主人公舞女薰子作为江湖艺人所生活的时代背景及其所处的社会地位之后，让我们来看看作为"贱民"的舞女一行（妈妈、荣吉、千代子、百合子等）的日常生活。

在小说中舞女一行随身背着演出的大鼓、三弦和生活用品，虽然很简单，但都是旅行中必不可少的大件，样样沉重，那舞女的大鼓连"学生哥""我"拎起来都很吃力。何况从小说的上下文透露，一天走上30公里左右①对舞女他们来讲也是家常便饭。他们住的旅店"铺和纸隔扇都陈旧了，很脏"。而由于常年奔波在外，生活不稳定，荣吉和千代子夫妇俩的两个孩子先后都在旅途上流产或小产了，这件事在小说中被屡次提到，可见胎儿之死给这一家人的心灵创伤很大。"妈妈"带着一行人为了生计，不得不背井离乡从甲斐的甲府②到大岛③谋生，自己的孩子则不得不留在了家乡。在吃的方面，就像上面所引用的，别人叫他们去吃剩下的东西，他们就会去。总的来说，作为江湖艺人，他们的生活是颠沛流离的，他们的命运是悲苦难述的。

另外，江湖艺人之间却很和睦。也许因为是同类人吧，当他们一行到达下田的甲州屋小旅店时，"艺人们向小旅店里的人们亲热地打着招呼。那也尽是一些艺人和走江湖的。下田这个港口像是这些候鸟的老窝。"这是令人感动的场面，虽然作者着墨不多，仍可由此看出同一阶层的人们之间的那种默契，这种默契基于他们共同的经历，体现

①　"30公里"这个数字是笔者根据小说提供的信息所作的大致推算。

②　即今山梨县县府甲府市。

③　即今东京都大岛町。

出江湖艺人们的善良。

通过上述分析，可见男主人公"我"与女主人公舞女薫子之间的社会地位差别很大。同我国近代以前的江湖艺人相比，以舞女为代表的江湖艺人们的社会地位就显得更加低下，因为他们所受的是明目张胆的歧视（如第八处所显示的以标牌明示歧视的现象，在日本近代史上是常见的）。因此，即使用"尊卑之爱"的说法去称呼他们的爱情也不过分。即便说小说《伊豆的舞女》成功的原因在于它讲述了一个动人的爱情故事，那也不是因为它讲述的是一个普普通通的爱情故事，而是一个不同寻常的爱情故事的缘故。

井伏鳟二的《鲵鱼》和《遥拜队长》

井伏鳟二（1898—1993）本名为井伏满寿二，是日本近、现代文坛颇负盛名的小说家。生前他曾因小说《约翰万次郎漂流记》《今日停诊》《流民宇三郎》《黑雨》等先后荣获直木文学奖、读卖文学奖、艺术院奖、野间文艺奖等。除小说之外，他还从事评论、诗歌、随笔等其他文学创作活动。1960年他被选为日本艺术院会员。为表彰他在文学上所做出的突出贡献，日本政府于1966年授予其代表日本最高荣誉的文化勋章。在80年代和90年代初，他又多次获得诺贝尔文学奖提名。就连大江健三郎在1995年获得诺贝尔文学奖时都深有感慨地说，如果井伏先生健在，获此殊荣当之无愧[①]。可见他在日本近现代文学史上是一颗多么璀璨夺目的文学家。

一、作者生平

明治31年（1898）2月15日，井伏鳟二生于广岛县深安郡加茂村（现福山市）的一个地主家庭，在家排行第二。他幼年丧父，由祖父和母亲抚育成长。幼时，由于体弱多病，他直到8岁才进小学读书。受其长兄的影响，在小学四年级时，他便喜欢读一些冒险小说和国木田独步的名作。明治45年（1912）他进入名门学府福山中学。当时学校明文规定严禁学生看小说，他因此而感到十分苦闷、孤独和惆怅。为了摆脱这寂寥的生活，他开始求学绘画，常常独自外出练习写生，立志要当一名画家。中学毕业后，他一心一意地想得到画家桥木关雪的指导，没想到却遭到拒绝。于是在其兄的劝导下，他一改初衷，立志从事文学创作。大正6年（1917）他考入早稻田大学预科，后升入文学部，开始文学习作，大正11年（1922）退学。在校期间，

---

① 参见《联合报》文学版，1996年11月8日。

他阅读了大量的文学作品，尤其喜爱俄罗斯作家契诃夫、托尔斯泰的小说，并深受他们的影响很大。大正12年（1923），他与早大校友创刊了同人杂志《世纪》，发表了大学时代的习作《幽闭》。接着他又发表了短篇小说《鲤鱼》。昭和4年（1929）他将《幽闭》作了大幅度地修改，并把其更名为《鲵鱼》，发表在《文艺都市》杂志上。从此他登上了日本近代文坛。

接着，他的文学创作便一发不可收拾，又连续发表了《屋顶上的沙旺》、《朽助所在的山谷》，第一作品集《深夜与梅花》《丹下氏邸》，第二作品集《怀念现实》，显示出其旺盛的创作精力。昭和12年，当他因《约翰万次郎漂流记》获得直木文学奖以后，便在文坛上牢固地确立了其作家地位。嗣后他的文学创作也日臻成熟，并形成了自己独特的艺术魅力，愈加受到文坛的青睐。

井伏鳟二的文学创作大致可以分为两个阶段。第一阶段是指他在早稻田大学学习创作开始到无产阶级文学解体。这期间他创作的文学作品多以短篇小说为主，且多取材于描写小动物等，即所谓的"无聊文学"。他长于以孤独飘逸的目光冷静地审视、观察社会，并成功地运用象征、暗喻、拟人等现代主义的创作方法，借动物之口来表达自己心灵深处的告白——苦闷、寂寞、无聊。他一方面借此抒发自己对自然的无限热爱，对未来美好生活的无限向往；另一方面又真实地反映了自己对当时日本社会现状的一种恐惧和绝望情绪。第二阶段是满洲事件（日本侵华战争）爆发至第二次世界大战结束以后。井伏鳟二把笔锋直接转向生活在中、下阶层社会的活生生的广大民众，透视战时和战后初期整个日本社会的动荡不安和民众的恐慌心态，揭露战争给国家和人民带来的深重灾难，告诫人们远离战争。如：《微波军记》《多甚古村》《今日停诊》《遥拜队长》《流民宇三郎》《战前旅店》《黑雨》等都是这一类主题的作品。

井伏鳟二有着极为丰富的创作实践。他博览群书，兴趣广泛，洞察敏锐，对市井平民生活、花卉草木、小动物们都有着入微的观察。其文学创作的主要特点是善运用幽默、讽刺、诙谐的艺术手法，描写自然界的动植物以及现实生活中的民俗风情、百姓常态，捕捉浓郁的现实生活画面。他的笔调淳朴自然，语言朴实无华，文章近乎平铺直叙，如同"淡淡的白开水"，却不乏寓意深刻、耐人回味的韵致。关于这一点，我们可以从他的出世作《鲵鱼》中，窥视一斑。

二、小说《鲵鱼》

1. 故事的设定

《鲵鱼》是一部童话短篇小说，故事的情节相当简单。全文共分为七个段落。第一段：在小岩洞里已栖身两年的小鲵鱼，由于身体的发育，导致脑袋变大，再也无法从狭窄的洞口游出来。它几经努力试图冲出去，但都以失败而告终。这令它又狼狈又悲伤不已。悲叹之余，只好思索对策。第二段：这条鲵鱼对生长在周围的各种小微生物，如苔类、藻类等极不感兴趣。它喜欢把大脑袋紧贴着洞口，观看洞外的景象。然而可视的范围毕竟有限。一天，它饶有兴趣地看到了游动在山涧小溪中的鳉鱼。它们为了不被流水冲走，一个个成群结队，向前游动。其中如有一条忽然向右游，其余的便一齐向右；如有一条忽然向左游，其余的便步调一致地向左游。对此鲵鱼感到十分可悲，嘲笑它们太不自由了。第三段：混杂在岩洞里的一只小虾因找不到适合产卵的地方而苦恼。最终它便缠在了自认为是"坚硬的岩石"——鲵鱼的侧腹上产下卵来。目睹小虾的狼狈神态，鲵鱼不禁得意地失笑起来。第四段：鲵鱼再次试图从洞口钻出，依然以徒劳败北。它不禁黯然神伤，泪流满面，向上苍发出近乎发狂的悲鸣。第五段：一天，绝境中的鲵鱼把一只无意间落入洞中的青蛙堵在了岩洞里，令其不能出来。从此青蛙与它势不两立，天天唇枪舌剑、对骂不休。第六段：一年过后，它们之间的争吵仍持续不断。第七段：又过了一年之后，鲵鱼和青蛙都锐气尽失，筋疲力尽。它们在沉默中相互消除了对对方的敌意，友善地达到了和解……

文章的结构就是这样如此简单。身陷囹圄的鲵鱼是小说的主人公。它的行为举止、内心活动自始自终都是随着故事情节的展开而有节奏地行进着，使人读后感到真实、自然、合理、可信。在小说的开首，井伏鳟二就把这条富有象征意味的鲵鱼定位在一个悲剧环境里。狭小的岩洞是身体发育的鲵鱼无法摆脱的陷阱。外在的自然环境和内在的身体变化造就了鲵鱼今生今世难以成为自由之躯。当它意识到自己再也不能自由进出洞口时，立刻从内心深处发出了绝望的悲叹："这是多么失策的呀！"①尽管它也曾想安逸于现实，自我安慰道："如果真的出不去的话，我也是颇有办法的。"②可是，它始终没有拿出一种很好的办法来。至此作者为鲵鱼今后不可更改的悲剧命运埋下了一个很大的伏笔，同时也为鲵鱼今后的行为发展烙下了一种不可抹去的"劣根性"。

它瞧不起身边密密丛生的隐花苔类植物，无心观赏它们的生长发育，反倒认为苔类的花粉是弄污岩洞水面的罪魁。它有心将大脑袋贴近洞口观赏外面的景色，却又苦于视野的狭小，厌倦坐井观天。它整日陷入无奈与自嘲中。当鳞鱼、小虾的行为落入他的视野时，它竟忘记了自己栖身的困境，却又在嘲笑它们的愚钝和不自由。当它恢复意识再次以柔软之躯努力冲破坚硬的枷锁时，已显得那么苍白而徒劳。它悲愤、抱怨，仰头长叹："上帝啊，为什么只有我必须遭此厄运呢？""啊，孤独得令人心寒呀！"③发出哀求的呐喊声。此时的鲵鱼已彻底绝望了。外界已完全远离它的生活。它开始逃避，开始"恶作剧"——用身体堵住青蛙的出口，让青蛙置于和自己同样的困境。仿佛只有这样才能消解自身的苦闷和悲哀。当两败俱伤时，它们才有所醒悟，化敌为友。由于作者的精心铺垫，使读者觉得一切都是那么顺理成章，毫无夸张、赘笔之嫌。从中我们也不难看出作者对鲵鱼的心路刻画有着匠心独运之笔。

从表面上来看，井伏鳟二好像是在平淡直叙鲵鱼被处于闭塞状

---

① [日]井伏鳟二：《鲵鱼》，载于市川孝等编：《新国语二》，第一学习社 1983 年版，第158 页。

② [日]井伏鳟二：《鲵鱼》，载于市川孝等编：《新国语二》，第一学习社 1983 年版，第159 页。

③ [日]井伏鳟二：《鲵鱼》，载于市川孝等编：《新国语二》，第一学习社 1983 年版，第162 页。

态与外界完全隔离，由此而产生的悲哀感、孤独感、绝望感、敌对感等心态变化，娓娓道来一个童话故事。而实质上我们透过他的写作技巧、所处的时代背景，可以挖掘出这部小说的内涵来，领悟到作者的真正创作意图。

2.《鲵鱼》的寓意

在这部作品里，井伏鳟二采用拟人、象征、暗喻的手法，运用幽默的文笔，把一条头脑硕大、行动迟缓的鲵鱼比喻成知识界人士。近而又将它在自己内心里加以个性形象化，使它赋有人的语言和思维。这在当时既影射了自己，又投射了与自己类似境遇的文学家。同时他又把那些被卷入左翼文学思潮、盲目地随波逐流的文学家们戏剧性地刻画成一条向左而其他全部向左，一条向右而其他又都全部向右游、完全失去自我独立意识的鳟鱼。

众所周知，大正12年（1923）关东地区发生大地震以后，日本的政治、经济一片大混乱。国内的矛盾日益尖锐化，各阶层之间的斗争十分激烈。在十月革命影响下的日本左翼运动也遭到当局的残酷镇压，以《播种人》为阵地的无产阶级文学运动一时受挫，转入低潮。为了吸收更多的关心无产阶级文学运动的作家，扩大统一战线，反对资本主义的残酷压榨，1925年在以《文艺战线》为主导的无产阶级同仁联合其他团体和个体成立了"日本无产阶级文艺联盟"（文学史上简称"普罗联"）。在这种情况下，日本的无产阶级文学运动以压倒一切的绝对优势，迅猛高涨起来，迎来了继《播种人》之后第二个历史繁荣期。从此，无产阶级文学以排山倒海之势迅速占领了整个日本文学史坛，震撼了许多文学创作者，促使广大的文学评论家、小说家、诗人、剧作家等都积极踊跃地投身到了这场轰轰烈烈的无产阶级文学运动。井伏鳟二的文学友人也毫无例外地纷纷转向左翼无产阶级文学。他们当中那些追求传统纯文学、艺术至上主义的作家尽管发觉自己的文学创作特点同无产阶级文学的创作风格有很大的不同，但又不肯轻易摆脱它的强大束缚，以致丧失自我的独立性和自由性。他们就宛如鲵鱼一般，为了不在大环境中失去个人的生存，紧跟着时代的大潮随波逐流。

动荡后的社会不安、周围所有文学同人的转向以及转向后一些作家们的苦闷等，致使井伏鳟二相当困惑，感到迷惘不解。但他毕竟清醒地意识到自己的文学风格同无产阶级文学相去甚远，难以同流。因此，只有他一人独立于左翼文学运动之外。为了保持自我本色，摆脱时代潮流的困扰，他只好把自己封闭起来与外界隔绝，就像鲵鱼一样关闭在岩洞之内。尽管如此他又不甘心沉沦，长期封闭生活在一个不自由的"窄小黑暗"的天地里。当他想要与外界抗争时，又难以自我解救，苦于没有任何良策，只好唉声叹气。鲵鱼的可悲之处就在于它自身不自由，还在嘲弄、谩骂周围他物的愚蠢、不自由。一旦当它意识到即使是"奋起全力向岩洞的出口冲去"也是"徒劳"的时候，它除了冷笑、哭泣、悲伤、绝望之外，所剩下的唯一的"自由和可能"便是闭上眼睛、逃避现实，让一切黑暗去掩盖现实的矛盾、悲凉和恐惧。可以说这与作者当时的心态是十分吻合的。井伏鳟二虽然没有参与这场轰轰烈烈的左翼文学运动，看似没有失去个体，但是他同样没有感到任何个人自由，其内心并非舒畅，仍充满了矛盾、痛苦和孤寂。在文章中他一再借鲵鱼之口喊出了隐藏在其内心深处的孤独感和悲哀感："痛苦呀""啊，孤独得令人心寒呀！""上帝啊，你真残酷。""我都快要发疯了！"[①] 他无法改变现实，无法抗拒历史的滚滚潮流，始终是生活在令其个人文学创作感到窒息的"大气候"中，以致他的前期作品被罩上"无聊文学""倦怠文学"的帽子。耐人回味并值得探讨的是在该作品的最后，作者通过几句短短的对话描写了"鲵鱼和青蛙"由喋喋不休的争吵转化为友善的和解。关于结尾部分，据说作者是几次修改，最后才定为我们现在所看到的结局。由此可见，作者的内心是经过反复激烈的矛盾冲撞的。鲵鱼的形象化在此由里向外、由个体向整体转化。因为在作品的最后段落中，我们很难再去用鲵鱼的"恶作剧"同作者本人的行为画等号。只能说它折射了井伏鳟二当时的一部分心理活动。而他更多的是反映了知识界人士中

---

① [日]井伏鳟二：《鲵鱼》，载于市川孝等编：《新国语二》，第一学习社 1983 年版，第162—164 页。

普遍存在的一种"劣根"心态。当别人的能力、境况等各方面都优于自己时，必然有种不快和敌意感充斥着内心，希望他无所作为或遭遇不幸。一旦有所成就之人遭遇不测或落入与自己相同的境况时，就会产生一种"同病相怜"的情感，由敌意转向友善，由矛盾化为和解。所以说，青蛙的登场也是井伏鳟二精心安排的。它不是一只简单而普通的青蛙，而是一个形象化的生灵。也许仁者见仁、智者见智吧。不过，我们从它们的对话中也能预感到作者个人今后要采取的理性行动。

1930 年井伏鳟二加入了与无产阶级文学相对抗的、主张"摈弃主义，突出个性"的新兴艺术派俱乐部，潜心于他独特的文学创作。当他发觉该艺术派在后来的发展上过于渲染"色情、怪诞、无聊"时，则立刻转向以新心理主义为首的现代主义文学运动。井伏鳟二一生发表各类文学作品多达 2000 余篇，这在日本文坛上亦是极为少见的。

值得一提的是《鲵鱼》的发表，在当时并没有引起文学界的广泛重视。这部小说仅仅被视为一般通俗化、毫无任何特色的陈旧作品而已。只是太宰治（后师从于井伏鳟二、日本近代名作家）在一次偶然的机会，看到发表在同人杂志上的《鲵鱼》后，立刻感到一种"按捺不住其内心的激动"，大发感慨地说："此时我眼前突然一片明亮，以后像这样构思奇妙的作品都不能予以理解的话，简直没有谈论文学的资格"①。他竭力向社会上的文学青年推荐此书。此后，随着井伏鳟二文学创作的日益成熟与深化，《鲵鱼》又重新引起人们的注目，从而被文学界视为井伏鳟二的处女作。

三、小说《遥拜队长》

《遥拜队长》是井伏鳟二于 1950 年发表的一篇短篇小说。

其具体梗概是，第二次世界大战中，在马来半岛作战的日军中尉岗崎悠一对战争、对天皇怀有着无比的热情，一听到打胜仗的消息便要求部下向东方遥拜，所以有了个"遥拜队长"的绰号。在行军途中，由于意外事件成了瘸子，并且脑部受伤，精神错乱，最后被遣返

---

① ［日］福田清人、松本武夫编著：《井伏鳟二其人和作品》，清水书院 1981 年版，第 76 页。

回乡，一直到战后还时常犯病，犯病时就错认为战争还没有结束，对人发号施令，由此演出了一幕幕闹剧。

关于这部小说的主题，中日文学评论界如下的见解并不罕见："《遥拜队长》是井伏战争文学的另一个典型，是一篇杰作，饱含着作者对军人的愤怒和憎恨。"①"《遥拜队长》一文，作者以幽默辛辣的笔调，通过对一个受蒙蔽而充当了战争牺牲品的下级军官的描述，谴责了法西斯战争"②、"以幽默的喜剧笔法来无情地揭露侵略战争的野蛮和残暴"③等。从这些评论可以看出，评论界一般把这部小说的主题与批判军人、谴责战争相联系，特别是中国的学者往往进一步明确其主题是反对侵略战争，反对法西斯战争。

然而，一部小说的主题是什么，20世纪西方文论中具有代表性理论倾向的英美新批评就主张这并不是由评论家来确定的，甚至作家本人的某些明白宣言都不能作为评判的依据，只有文本本身才能说明问题。虽然如今英美新批评已经不是最时髦的文学批评流派，但是即使"'超越'了新批评的诸家，不得不具体分析作品时，用的依然是新批评开创的细读。"④当然，新批评也存在着一定的局限性，它生硬地割断了作者、作品、读者三者的联系，但扬长避短，借用其文本细读的方法，把三者联系起来，特别是和作者联系起来，研究作品的主题、探讨作者的用意不也是一种值得尝试的文学批评吗？因此有必要通过文本细读的方法，重新探讨小说《遥拜队长》的主题，力求更全面、更客观地认识作家井伏鳟二以及他的这部作品。

1. 值得商榷的反战论

基于不少评论直接指出井伏鳟二反对战争，反对侵略战争，反对法西斯战争，所以考察一下作者井伏鳟二的经历就显得很必要。的确，井伏鳟二与战争有着直接关系：井伏鳟二于1941年11月作为宣

---

① 日本战后派评论家河上徹太郎对《遥拜队长》的评论。参见《现代日本文学全集41 井伏鳟二》，筑摩书房1953年版，第489页。

② ［日］井伏鳟二：《井伏鳟二小说选》，柯毅文译，外国文学出版社1982年版，第2页。

③ 王述坤编著：《日本经现代文学名家名作集萃》，中国科技大学出版社2007年版，第132页。

④ 赵毅衡：《重访新批评》，百花文艺出版社2009年版，第5页。

传部队的一名重要成员被征用到马来半岛前线，与中村地平、寺崎浩、里村欣三等人一起亲身经历了战争，目睹了战争的残酷。和他一起去前线的被征人员就有 5 人在战争中牺牲。其中一人目睹了战争的残酷，出于人道主义的立场而苦闷不已，向指挥官表达了自己对战争的怀疑后在汽车中自杀身亡；除此之外，被宪兵击毙一人，战死两人，病死一人。另外作者真的有过向东方遥拜的经历，那是在执行一位指挥官的命令，那位指挥官每当听到日军战胜的消息便会命令士兵向东方遥拜。然而仅凭这些经历我们并不能断定井伏鳟二是反战的，甚至是反侵略、反法西斯的。关于井伏鳟二对战争的态度，日本评论家杉浦明平认为："他缺乏看透战争制造者意图的洞察力以及与之战斗的勇气。"[①]可见井伏鳟二对战争的性质是不甚清楚的，也没有勇气来反对。所以仅凭作者从军的经历就断言其反对侵略战争，反对法西斯战争显然证据不足，只能说作者的这一段从军的经历为小说提供了一些真实的素材而已。

　　然而，迄今为止的一些评论之所以坚持《遥拜队长》这部小说的主题是反战的，是反侵略战争的，是反法西斯主义战争的，也许是因为作品中的确出现了相关字眼的缘故吧。小说中描述了悠一战后一次犯病时的情景。悠一犯病时就会错认为战争还在继续，于是便喜欢对人发号施令。一次他遇到了一位从外地来村里买木炭的青年人，于是就向青年人发号施令，青年人不依，双方便扭打在一起。青年人不顾村民栋次郎的阻拦一定要教训悠一时，有这样的语言描写："说宰了你，这是什么话！简直是军国主义的亡灵，僵尸！"[②] 之后还有类似的语言描写，诸如"法西斯余孽！""侵略主义的兵痞！"等。乍一看这些描写，这个青年人是个坚定的反法西斯主义者，反军国主义者，反侵略战争者，似乎毫无疑问，进而得出结论，作品的主题也在于此。这种推理似乎顺理成章，但是通过文本细读，我们不难发现事实似乎并非如此。

---

　　① 《现代日本文学大系 65 上林晓·井伏鳟二集》，筑摩书房 1970 年版，第 387 页。

　　② 《现代日本文学全集 41 井伏鳟二》，筑摩书房 1953 年版，第 312—313 页。以下小说原文引用均出自此集。译文参照了《井伏鳟二小说选》（柯毅文译）的版本。

小说中是这样导出上述语言描写的："唯有那张嘴却操着适应潮流的词句，显得十分厉害。"也就是说一开始文本就清楚地给青年的话进行了属性界定，那是属于适应潮流的词句。接下来的文本中就出现了一段村民栋次郎劝青年的话："就只当是在战争期间一样，有什么彼此不可以忍耐的事呢。在战争期间，就是硬逼着你听这种话，咱们不都是常听过的吗？"这一段文本实际是给所谓"适应潮流的词句"加了注释。据栋次郎的话我们可以知道悠一所说的"宰了你"之类的战时用语在战争期间也应该可以说是"适应潮流的词句"，因为那是当时"常听过的"；据这段话我们还可以知道这种"适应潮流的词句"并不一定是当时人们的真实意志表达，因为"硬逼着听"就得听，进一步，"硬逼着说"就得说，也即由政府强大的外力所左右。那么战后所谓"适应潮流的词句"是否也一样呢？小说的文本紧接着就给出了肯定的回答。在青年反驳栋次郎的话中有这样的表述："您所谓的只当是在战争期间一样是什么意思。这样严重的失言，是不能容许的。我们是宣称为不再进行武装的国家。"这段话很明确地告诉我们在青年的心中之所以不能说"宰了你"之类的战争期间的用语，甚至不能说"只当是在战争期间一样"，而只能说自己所说的适应潮流的词句，原因只有一个，那就是政府已经宣称日本是"不再进行武装的国家"，也即政府所左右的适应潮流的词句已经变了。通观文本中关于青年的文字，没有一处表明青年真正认识到了战争的侵略性质从而站在反战的立场上，仅仅是非常清楚地表明青年人对所谓适应潮流的词句玩得得心应手而已。实际原文中就使用了"弄する"一词，意思就是"玩弄、耍弄"的意思，所以这里说他玩得得心应手并不是没有道理。

通过上述分析，再把悠一口中的"宰了你"和青年口中"军国主义的亡灵、僵尸"这些适应不同时期潮流的词句放在一起，倒不难发现它们有一个共性，那便是凶暴、厉害，让人害怕。也许正因为看到了这个共性，日本评论家鹤田欣也才会说："对于凶暴和标语的偏爱也并不是悠一的专利"。[①]也即从某种程度上说，把那些适应潮流的词句

---

① ［日］鹤田欣野：《日本文学的"他者"》，新曜社 1994 年版，第 236 页。

玩得得心应手的青年和悠一本质是差不多的。所以仅从一些反战的字眼来确定小说的主题也是不太合适的。

2. 非战争主题探讨

1）母亲的悲剧命运

既然把作品的主题理解成反战，反侵略战争，反法西斯战争，有些地方还有待进一步考证，那么不妨从非战争的视角来分析，可能会得出不同的结论。另外，通观整篇小说，直接写战地故事的实际上并不超过全篇篇幅的 40%，而且是在中间以插叙的方式交代悠一受伤原因的，而其他 60% 以上的篇幅是在讲述离开战争的遥拜队长的故事，更确切一点说，是在讲述发生在一个小山村里的故事。其实小说一开始就开宗明义，告诉读者这是一个关于"村子里出了乱子"的故事，那么从这个出了乱子的小山村里的故事入手，从故事中的主要人物入手，来分析作品的主题倒不失为一种可行的方法。

在这个故事里出场的人物主要包括悠一、悠一的母亲、栋次郎等本村的村民以及外来的做头卖的青年。其中做买卖的青年前文已经提过，悠一本身的情况仅从山村故事的角度来看其实也并不复杂，诚然，由于战争中的意外受伤使得悠一患上了癫病，通过作品的交代我们读者也不难发现悠一在山村里的生活并不如意，甚至有点潦倒，而之所以我们会得出这个结论，实际上主要是根据作品中有关悠一母亲的描述文字，从这个意义上说，作为山村故事中的一个重要人物——悠一的母亲，其命运是非常值得我们关注的。

山村故事的叙事时间是从悠一最近的一次犯病开始说起的，关于悠一母亲的描述，作品里是用叙述性的文字补充交代其背景的："悠一他娘是招的上门女婿，招赘来的丈夫在悠一上小学的那年去世了。死因倒确实是因为败血症，是过度劳累和贫血造成营养不良引起的。他娘成了寡妇，把房后的一棵香榧树卖了，添置了一身夏季衣服，住在海岸街车站前一家叫中野半旅馆的客店里当女佣人，意外地赚了很多钱。悠一高小毕业的时候，由于他娘的劳动，一家的光景甚至达到了稍有富裕的程度。"而在故事正式开始的时候这位母亲面对的是一个瘸了腿，时常犯疯病的儿子。她的生活又是什么样子呢？关于这一点，作品中有如下的描述：

（1）每当这种时候，悠一被送回家去之后，肯定就要关进仓库的禁闭室里。

这个禁闭室三面是墙，一面是圆木栏杆，地板也是用结实的木板铺的。一般说总有这么个过程：过那么两天，病就不发作了，因此在第二天或第三天，悠一他娘就到邻里家去挨门道歉，然后再打开禁闭室的木门。既然得让悠一帮着耕种，让他做糊伞之类的家庭副业，那就不能老把他关在禁闭室里。悠一要是不干活，这孤儿寡母的贫困日子，马上就会过不下去。

（2）那一天，悠一他娘找了悠一一个多小时还没找到，只得放弃，最后终于流下了眼泪，自怨命苦。

相信不用再多的引用，悠一母亲命运的变化已经很清楚了：母亲可谓坚强，丧偶后独自一人抚养孩子长大；母亲可谓能干，靠卖了一棵树做了点本钱最后能让自己的家庭一度小康；而母亲又是无奈的，必须亲自把犯了病的儿子关在一个结结实实的禁闭室里，还要为儿子挨门道歉；母亲的日子是伴着泪水的，总结一下，可以说：一个坚强勤劳的母亲通过自己的努力一度改善了生活，最后又陷入了不堪的困境。是什么导致了这种命运的变化呢？反战论倾向于把战争作为罪魁祸首，但事实果真如此吗？其实从文本入手我们不难发现，作者已经给了我们答案。

首先，悠一家经济的贫困和战争是没有直接联系的。悠一受伤返乡时，战争还没结束，而"在战争期间，津贴费本来就很宽裕，即使不作糊伞之类的副业，他家的生活也不用发愁。"再加上母亲当女佣赚了很多钱，按理生活不至于如此贫困。而生活拮据的真正原因小说里是有交代的，小说中提到了悠一的母亲做了三件事：翻修正屋，竖水泥门柱，改建水井。如果说翻修正屋是必要的，那么其他两件事呢？为此作者特别强调：水泥门柱与房子周围的景色一点也不协调，水井改建后吊桶上的铁链子发出的声音"整个村子里都听得到"，也即悠一的母亲很明显在一些没有必要的事情上大量破费了。

其次，母亲为何大量破费呢？作者也作了相应的描述：

（3）正房、仓库都翻盖成瓦顶的，宅子周围种上了一圈杉树，院门口还竖起了巨大的水泥柱子。虽说这和杉树篱笆以及四周的景色一点也不协调，但对悠一娘那股子连在门柱子上都不惜大量破费的好强劲头，左邻右舍不得不刮目相看，这一家的声望也就自然地提高了。

（4）村长和小学校长一起来悠一家拜访，当着他娘的面说：想推荐悠一作为应考少年军事学校的合格考生，其理由是悠一在学生中成绩优秀，悠一娘品格高尚，堪称是个模范家庭。他娘当场感谢不已。

很明显，母亲之所以不惜工本，大量破费只有一个目的，就是得到村民的肯定，在村民面前提高自己家的声望。以至于村长和小学校长几句称赞的话就让悠一的母亲感谢不已，随即答应送儿子悠一去军事学校，从而最终导致悠一的人生悲剧。可见悠一的母亲一直都活在他人的眼光中，这种以他人眼光为评价标准的人性特点，即自我评价标准的缺失，难道不是悠一母亲悲剧命运的原因之一吗？难道悠一的悲剧和母亲人性上的这个特点一点都没有关系吗？

2）村民的世界

山村故事里的主要人物除了上述的悠一、悠一的母亲、外村来的青年，剩下的就是山村里的村民了，对于村民的描述，文本里多不多呢，细读后才发现，其量还真的十分可观。而且作者对村民的描写很明显地采用了点面结合的方法，给我们描绘了一个村民的世界。

首先来看一下村民在作者笔下"面"的体现吧。上文在分析悠一母亲的悲剧命运时提到悠一母亲的悲剧命运与母亲自身太在意村民的评价分不开，那么有必要考证小说中村民到底有没有在一旁评头论足呢？一切是否是悠一的母亲自己的想象呢？显然答案是清晰的，仅从村民对悠一犯病的态度就可见一斑了。而为此作者也是不惜笔墨，具体的情形是：起初，大都倾向于视而不见的态度，接着，小说中便有了下面的描写："正因为看上去悠一对作难的对象有所选择，所以一时也曾传说他是不是在装疯。"可见村民的态度已不再停留在视而不见上了，而是开始议论悠一是否装疯了。在确认了悠一的确得了疯病之后，村民的议论并没有停止，转而又议论起得病的原因来了："他之所以发作这种疯病，也许是在南方感染了恶疾的缘故，其中也有人猜测说，那种病是因为先天遗传的梅毒。"而当议论完悠一得疯病的原因之后，又开始打听悠一的腿是如何变瘸这一问题了。因为悠一对这一问题的沉默寡言，村民又开始说那是悠一谦逊美德的表现，之后又把这事作为父母做了孽，儿子得报应的范例来加以谈论了。

通过以上一系列的变化过程，作者完成了对村民"面"的描述。从中，我们可以看到村民人性上的弱点——自私。一种热衷于他人的不幸，乐此不疲地把他人的苦难和不幸作谈资，而不顾他人感受的自私。似乎作者也在刻意地提醒读者注意：村民的这些言行深深地伤害了悠一的母亲。例如在写到有人猜测悠一的疯病是因为先天遗传的梅毒时，作者有一句补充："这种说法也许带有渲染性吧，一时竟成了相当有力的论调。"也许我们不应该忽略这种带有评价性的语言，试想一下，这种传言是不是等于在说悠一的母亲患有梅毒？而这种传言既然已经成为相当有力的论调了，那位从来就很在乎村民眼光的母亲难道就毫无耳闻吗？如果有所耳闻该是怎样的感受呢？作者虽然没有明写，但我们不难想象，悠一的母亲也许又只能流着眼泪自怨命苦了。

作为"面"的描述，呈现在文本中的村民，人性上存在着自私的弱点，而作为点的塑造上呢？其实从文本中我们不难发现作者特意塑造了一位村民代表，他便是栋次郎。对于这位村民代表的塑造，从文字的分配上可谓达到了浓墨重彩的程度了。

作品中详细描写悠一在村子里疯病发作的情形一共只有两次，可谓详写了两出闹剧，而在这两次闹剧中，我们都可以找到村民栋次郎的身影，一次不落，可见作者对笔下这个人物的重视。让我们仔细地来细读这两出闹剧中村民栋次郎的文字吧。

第一次可以概括为犯病的悠一与外村来的青年之间的冲突，在这个场景中，村民栋次郎的善良跃然纸上。当时栋次郎正和外村来的青年谈买卖，悠一来到了他们身边，疯病发作，对着他们发号施令，对此栋次郎没有对悠一有诸如趋赶、咒骂等行为，而是马上按命令做动作；当青年要狠狠教训悠一时，栋次郎一把抱住青年并大声呼叫，求助于附近的村民，对青年好言相劝，极力保护悠一，栋次郎劝阻青年的话上文已经引用过，故不再重复；再三劝阻之后，在青年仍要狠狠地揍悠一的情况下，栋次郎甚至不惜不做买卖，可见保护悠一的决心。待悠一被其他村民引走后，下面的一段描写足以证明栋次郎对悠一的关心："抱住青年的栋次郎没有马上放开手，一直等到悠一的身影消失在石崖转角后，才放开手"。似乎唯恐青年对悠一有什么追加的伤害。

在第一个闹剧中，村民栋次郎的善良得到了集中的体现，在第二个发生在山腰公墓地里的闹剧中栋次郎的形象就更加立体化了。首先，当栋次郎一行四人在扫墓时撞上了恰好犯病的悠一，面对悠一的口令，是栋次郎提出和和气气地照着命令做，才导致了整篇小说里最令人捧腹的一幕——四个正常人对一个傻子的话言听计从，吃馒头、向东方遥拜，折腾了好一阵才罢休。

其次，当悠一被母亲领走之后，面对弟弟对悠一的责骂，栋次郎规劝弟弟"不许互相闹摩擦"，可见栋次郎心里明白这样的一两句辱骂的话对悠一一家的伤害，也清楚这样做会打破山村的和谐关系。至此，一个善良的、以和为贵的栋次郎已经跃然纸上了。

最后，在扫墓归途中，作者还有一笔重要的描写。栋次郎因感冒，于是想请弟弟替自己去做开水管的工作，而弟弟却没有回答他，而是顾左右而言他，说起悠一曾在往南方去的运输舰上经常唱有关新垦地池塘的一首童谣。栋次郎显得有些生气，说道："不，我想好了，与十，水管还是我自己去开。悠一老兄在南方唱歌，你在满洲和西伯利亚也都知道吗？他那股倾心于'灭私奉公'的劲头，要是唱起那种小孩子的歌来，可是怪有意思的。难怪新垦地池塘那么出名啦，行啦，我自己来开那个出了名的新垦地池塘的水管吧。"这段话明显地表现了栋次郎对弟弟的不满，之所以不满，直接原因是因为弟弟不愿帮哥哥的忙，更主要的原因也许是不满于弟弟喜欢道听途说，搬弄是非。分析到这里，可以说作者通过栋次郎这一村民的代表，塑造了善良，以和为贵，不喜四处散播传言的村民形象。也即作者以栋次郎为代表，描述了村民人性上的闪光点。

作者用点、面结合的笔法，描绘了一个村民的世界，他们的人性中存在着一些弱点，譬如自私，热衷于他人的不幸；但他们的人性中同时也存在着一些朴素的闪光点，诸如善良、以和为贵等，可以说作者并没有片面地描写村民，而是客观地描摹了他们真实的复杂的生命存在。

把作品中关于战争的插叙文字暂且放下，着眼于一个纯粹的山村故事，通过分析山村里的若干人物，把小说的主题理解为旨在描述山村里悠一母子的苦难生活，探究悠一母亲悲剧命运人性上的原因以及描绘一群具有复杂人性的村民，简而言之作品的主题在于描绘第二次世界大战后一个山村里普通村民的生活，似乎也并不是没有道理吧。

3. 解剖幽默

其实，在日本文学史上说起井伏鳟二的文学，大都描述其文体是"充满幽默与感伤的"。[①]如果说对于《遥拜队长》这篇小说主题的分析还有什么不足的话，也许就是感伤有余，幽默不足吧。诚然从悠一、悠一的母亲、栋次郎等村民的生活里体会一种感伤的情绪并不是十分困难的事，而对幽默的分析还没涉及，那么下面便对作品中的幽默进行一番解剖，这样对作品主题的分析也许会更深刻、更全面。

讨论《遥拜队长》中的幽默，其实最重要的是要确认作品中幽默的主体是谁？虽然对于幽默的定义有很多种，但"可笑"这个要素应该是不可忽略的，那么我们要确认的问题通俗一点就可以换而言之为《遥拜队长》这篇小说中可笑的人，引起笑意的人到底是谁？许多评论在这个问题上显得过于简单化，把悠一作为这个问题的答案似乎都不用多费考虑，但细读文本发现事实仿佛并不这简单。不过既然觉得

---

① ［日］浅井清、佐藤胜等编：《研究资料现代日本文学（1）小说·剧曲Ⅰ》，明治书院1990年版，第279页。

悠一是幽默的主体，是可笑之人，是引发笑料的认识大有人在，那么我们就先来分析一下作品中悠一的言行吧。

关于悠一的言行，小说的第二段就有了相关的文字：

> 诸如吃饭的时候，一对着饭桌就会突然一下端正姿势，念着："一、军人应尽忠节……"滔滔不绝地背诵起那五条军人敕谕来。他娘给买回烟来，他就说是天皇恩赐的香烟，以感恩戴德的姿态，面向东方致以遥拜之礼。走路的时候，他会突然大声发出"正步——走"的口令。

这一段描写可以说是概括了战后悠一的典型言行。在战后，悠一的这种言行，乍一看似乎是很滑稽，很可笑的，但事实并非如此，作者也似乎唯恐读者误解，紧跟着这段文字，马上接上一段话："在战争期间，这种军人举止，谁都见惯了，不足为奇。……因为这是疯癫所致，所以屯子里的人大都倾向于采取视而不见的态度。"可以说是非常明确地表明了对于小说中的村民米说，悠一的这种言行根本不是什么可笑之事。更重要的是小说中明白地写着悠一所有的这些疯疯癫癫的举动全都因为他犯了病所致，试想在我们的生活中对着一个精神病人的某些异常的举动，明白原因的正常人可能会生一些同情之心，仅仅是觉得可笑的人应该还是比较少吧。

如果说上述的引文是概括性的介绍，那么我们可以再分析几处相对具体的描写，悠一在犯病时，嘴里时常冒出诸如此类的言辞："喂，去叫下士官，快点，磨磨蹭蹭的在干什么呢？趴下，逃跑的话，把你砍成两半！""混蛋，磨磨蹭蹭的在干什么？这里是前线！""还想反抗，混蛋，对劈了你！""注意——，向右看齐，向前看！"……这些言辞可笑吗？一点也不可笑，相反作者非常明确地表示，都是些"恐怖的话语"，想象一下犯病时"眼睛往上吊着"的模样，可能只会让人毛骨悚然，可见悠一并不是幽默的主体。

悠一不是幽默的主体，看着悠一，很难让人有笑的冲动。那么，谁是幽默的主体呢？我们不妨分析一下文中刚刚引用过的言辞，悠一是对谁说的。按照引用的顺序，分别是村里的村民、外村来的买卖蔬菜的青年、外村来的买卖木炭的青年以及墓地里扫墓的村民栋次郎一行四人。面对着悠一恐怖的命令，本村的村民表现各异，有的不知所措，有的照做，有的逃跑，有的穿着讲究的村民是趴下也不是，不趴下也不是，左右为难，此情此景才让人忍俊不禁；外村来的买卖蔬菜的两个青年人，则是吓得逃之夭夭，联想到当时已是战后，面对一个精神病人，这两个青年的反应，让人觉得有点夸张，也能有滑稽的效果；而外村来的买卖木炭的青年人，则是为了要教训悠一和村民栋次郎发生了激烈的争执，这一点前文已有分析，为了一个精神病人，两个正常人的口角独具戏剧冲突；而最让人捧腹的是墓地里栋次郎一行，面对着悠一的命令，又是遥拜，又是吃脏馒头，笑料十足。由此可见，真正可笑的并不是犯病的悠一，而恰恰是那些正常人，那些正常的村民，村民才是幽默的主体。换言之，作者井伏鳟二用幽默的笔调描写的并不是悠一，而是村民。

井伏鳟二的文学可以说是感伤与幽默并存的，小说《遥拜队长》中的感伤不难体会，包括悠一在内的以悠一母亲、村民栋次郎为代表的山村村民的生活弥漫着感伤的气息；小说中的幽默其实也是俯拾皆是，如上所述，山村村民是幽默的主体。感伤和幽默在村民这个主体上实现了完美的统一。

四、结　语

通过以上分析，我们可以把小说《鲵鱼》的主题归为主要讲述的是战前在日本无产阶级文学轰轰烈烈地席卷整个日本文坛，参加这场运动的很多文人和作家们存在一定的盲目性，而没有参加这场运动的人就如同闭塞在洞中的鲵鱼一般也失去了自我的活力，苦苦寻找出路。作者以一种自我剥离的方式，"将本人同他者之间纠缠着的关系性葛藤问题反映了出来"①。在寓言式的描述的过程中，作品不乏给读者

---

① ［日］关谷一郎：《〈鲵鱼〉的作品世界》，载于《国文学解释与鉴赏特集井伏鳟二的世界》1975年4月号，第45页。

带来幽默感、悲苍感和讽刺感。

同时，我们可以把《遥拜队长》的主题归为主要描写了第二次世界大战后，日本一个小山村里以悠一母子、栋次郎等为代表的普通的村民的生活。这些人身上存在着一些人性上的弱点：缺乏自我评价标准、虚荣、自私；同时他们又是一群善良的、以和为贵的朴实的人。作者既没有刻意地赞美村民的美好品质，也没有刻意地批判他们人性上的弱点，作者的描述虽然显得非常地客观、近似于白描，但正因为幽默的笔法，所以也透露了作者的主观倾向，体现了作者对村民、对平民百姓的体恤和关心。何以见得，因为幽默本身就是一种态度。借用钱锺书先生对幽默的理解"一个真有幽默的人别有会心、欣然独笑、冷然微笑，替沉闷的人生透一口气。"①可以说《遥拜队长》这部小说也是井伏鳟二用幽默的笔法替悠一、悠一母亲的人生，替普通村民的人生，替他们沉闷的令人感伤的人生透了一口气。

其实，在日本文学史上并没有把井伏鳟二划分在战后派中，对井伏鳟二这位作家的文学作品也是有相对一致的评价的。例如在《研究资料现代日本文学（1）小说·戏曲I》中对于井伏文学是这样表述的："井伏文学以充满幽默与感伤的文体，轻柔地描摹着人间的悲剧、人的自私，由此催生出数篇名作……"②这和本文到目前为止得出的关于作品主题的结论是相符的。

也许是战争的影响力太大的缘故吧，国内外的许多学者都愿意把这部小说的主题与战争联系在一起，当然这本是仁者见仁、智者见智的事，无须强求，但运用文本细读的方法分析小说的非战争主题也许可以对井伏鳟二这位作家以及《遥拜队长》这部作品有更全面、更客观的认识吧。

---

① 钱锺书：《钱锺书集·写在人生边上·人生边上的边上·石语》，三联书店2002年版，第24页。

② ［日］浅井清、佐藤胜等编：《研究资料现代日本文学（1）小说·剧曲I》，明治书院1990年版，第279页。

野间宏的《脸上的红月亮》

　　野间宏（1915—1991）是日本现代文坛卓有成就的小说家、战后派文学的"旗手"。大正4年（1915）2月23日他生于神户市东尻池。其父卯一不仅是一位工程师，而且还是宗教实源派的教祖，并常在贫苦百姓中间进行传教。他作为父亲这一宗门的继承人，从5岁起就开始接受宗教的学习，对佛教地狱图中所展示的惩罚场面感到深深的恐惧。大正14年（1925）他失去了父亲。可以说，父亲的死和家庭中浓厚的宗教氛围把他封闭在"看不到现世，只看到现世对岸的、神秘的莲花世界"①里，由此能见出，他受宗教思想的熏染极深。这为他以后的成长和从事文学创作产生了不可忽略的影响。

　　昭和2年（1927）野间宏进入大阪府立北野中学学习。在这段时间他对文学产生了浓厚的兴趣，从二三年级开始就阅读初期的夏目漱石和芥川龙之介的文学作品，尤其喜欢看谷崎润一郎的小说。同时在著名俳句诗人正冈子规的影响下，他也开始渐渐地学创俳句、短歌，朦胧中产生一种要做文学家的念头。

　　昭和7年（1932）在诗人竹内胜太郎的引导下，野间宏开始接触了象征主义的未知世界，大量阅读20世纪的法国文学，受到法国象征派纪德、普鲁斯特等人的影响，并掌握了象征主义的文学创作手法。进入高三时，他开始了解马克思主义，逐渐从艺术至上主义中脱离出来。昭和10年（1935）他考入京都大学法文系，在校期间，他积极参加读书会、《资本论》研究会，并投身于左翼运动。1941年他被征为补充兵、赴菲律宾前线参战，翌年因患疟疾被遣送回国，后来以思想犯的罪名被捕入狱。昭和28年（1943）他被解除军职，到军需公司工作。

　　战争体验给野间宏的文学创作提供了丰富的素材。昭和21年他

---

　　① ［日］矶田光一等编：《新潮日本文学辞典》增补，新潮社1991年版，第983页。

发表了处女作《阴暗的图画》。小说中所显现出的那特异的文体与主题都昭示了以往文学所未曾有的崭新面貌，因此成为战后派文学的奠基之作。尔后，他又接连发表了中、短篇小说《两个肉体》《脸上的红月亮》《崩溃的感觉》等力作，充分展示了战争给人们心灵的所抹上的阴影，揭露了人性利己主义的罪恶。

昭和21年，野间宏加入日本共产党和新日本学会，翌年成为《近代文学》与《综合文化》的同人，为推动日本战后文学活动做出了重要贡献。昭和27年（1952）发表了抨击日本军国主义的作品《真空地带》，获得每日出版文化奖，它标志着野间宏战后文学创作的高峰。以后他又发表了从内部挖掘资本主义体制的力作《骰子的天空》宏大的自传体小说《我的塔矗立在那里》等显示出旺盛的创作活力。昭和46年（1971）他完成了长篇巨著《青年之环》，并因此获得"谷崎润一郎奖"。同时该作品又与昭和48年（1973）荣获亚非作家会议莲花奖。

除小说创作以外，野间宏还写下了大量的涉及探求文学理论、人生论、政治社会等方面的随笔，如《人生的探求》《论感觉、欲望和物》等；另外他还发表过戏曲《黄金的黎明》对演剧运动表示了极大的关心。

昭和22年（1947）野间宏在《综合文化》杂志上发表的短篇小说《脸上的红月亮》是他的早期作品。这部小说体现了"战后派"文学的许多特点，是"战后派"文学的优秀代表作之一。在文学创作上，野间宏极力主张应从"心理、生理和社会"这三个方面综合、立体地表现人的存在。《脸上的红月亮》也正好从某些侧面多角度地体现出了野间宏这种文学理论。它以全新的视角，在"战争"这个大的社会背景下观察、描写人的存在，冲破了日本传统私小说狭窄的表现范围。

从表现手法上来看，作者大胆地从西方现代派文学中汲取营养，注重心理描写，并以冗长细腻的描写手法，在主人公的心理活动和意识流动中推进小说情节的发展。可以看出作者早期在写作技巧上深受乔伊斯和普鲁斯特等西方现代派作家的影响。

从结构上来讲，北山年夫和堀川仓子的关系发展是贯穿全篇的一条粗线；而从内容上来看，主人公北山年夫的心理活动才是真正贯穿始终的一条主线，也就是说主人公的意识流动推动着小说情节不断向前发展。所以本文打算从分析北山的内心世界入手，从而达到更深层次地理解小说内涵的目的。

第二次世界大战结束后，小说主人公北山年夫从南部战场上归来，"在东京车站附近一座大厦的五楼、朋友经营的一家公司里找到了个职位"。①小说一开头就是通过北山的"眼"观察到的仓子的面部表情，我认为这段冗长的面部描写，实际上表现了主人公复杂的内心情感世界。"北山不得不承认；仓子的那张脸，对于自己煎熬着的一颗心，无异是精神上的安慰、却又伴同着痛苦。"可见他从仓子脸上那痛苦的神情中获得的是心灵上的共鸣和安慰。同时这种神情又勾起了他对战场经历的回忆。"这张脸的确是太美了；和北山年夫的内心痛苦实在是太相称了。真也奇怪，为什么仓子的脸竟能和他的心那么贴切、那么靠近呢？总之，仓子的脸已经触动了他的痛苦。"小说由此引出了北山对战场的回忆，那么战场给北山留下的痛苦回忆是些什么呢？

"他觉得人群中存在着一些张牙舞爪的野兽，已经咬到他的身上了。……他想起战场上由那些死亡线上的人们所扮演的利己主义群像，感到不寒而栗。"由此可见战场上人的利己主义行为在北山的心灵上留下了阴影。北山的内心是非常矛盾的。从战场上幸运生还的他一方面想竭力地信任他人，肯定人生，寻求与他人的勾通。但是，战场的非常经历又使他看清了人性中丑恶的一面，那就是利己主义。这些又总将他引向对人的否定，对人生的怀疑。

小说就是这样通过北山的回忆，延伸出对于人性中利己自私的剖析的，可以说这正是小说的主题。剖析人性的利己主义，绝非始于野间宏的作品，在许多日本近代小说中都重复着这个主题。只不过，野间宏是在战争这一极端残酷的环境中来剖析的，这也正体现了作者提出的"心理、生理、社会"的方法的统一，在战争这一特殊的社会背

---

① 译文均引自［日］野间宏：《脸上的红月亮》，于雷译，春风文艺出版社1994年版。

景下，人性被扭曲了，人的自私自利的一面就凸显出来了。

　　有时在战场上拯救他人就意味着丧失自己的生命。小说中这样写道："谁都不肯把水分给别人用，也绝不肯用自己的生命去拯救别人。假如在饥饿临头的时候，把自己的粮食分给了别人，这就意味着他自己的末日来临。"因此，在南方战场上，当体力极度衰竭的中川二等兵向北山呼救时，北山强压下救人的心，目睹着他缓缓倒下，却不敢给他一点点帮助，"哪怕是拍拍肩膀，鼓励鼓励"。因为他清楚一点点体力的消耗都可能使自己的生命受到威胁，所以为了自己活命，北山才对战友见死不救。不顾他人，保全自己的利己主义也正是在战争这种特殊背景下才会暴露无遗。

　　如上所述，在战场上有时自我的生是要建立在牺牲战友的生命为代价的基础上的，这又与北山传统的道德观念发生了激烈的冲突。其实，北山原本是一个质朴、有良知、有道德观念的人，然而在生死关头，他的良知和道德却无法战胜求生的本能和欲望，所以他不得已选择了保全自我、见死不救的做法。这种抉择是痛苦的，是他的良心所不能接受的，但他又不得不这么做，这使得他的内心产生了极大的矛盾和冲突。即使在战争结束之后，北山仍然长久地忍受着良心的自我谴责的煎熬。同时这样的战场经历又使他对人和人生产生了怀疑。"不，不，我绝没有那样的想法……我何尝厌弃人生……我是一个真正的人，一个纯朴的人，我是最相信人的呀！"他的这种内心独白实质上正是他内心矛盾激烈的反映。可以说，正是这场战争使北山年夫原本质朴、善良的个性发生了扭曲。

　　这种背离了北山本来性格的利己主义行为，在小说中出现了两次。一次是上述提到的在战场上对中川的见死不救；还有一次是在战后，当仓子的生活陷入窘境时，北山见难不帮，最终也没有向她伸出援助之手。

　　北山对于仓子的情感是很微妙的，笔者认为只能说是近乎于一种恋情，或者说他的内心已经有了一点爱情的萌芽，然而在他的感情中，同病相怜的成分却占了重要地位。小说中有这样一段：

他当然不把自己对堀川仓子的感情当成什么爱情。然而她的美，确实也打动了他。但，并不是一般所说的着了迷，而是她的面貌，勾起了他的往事，清楚地认识了他悲惨的前半生。

战后的北山也曾渴望获得真诚的爱，渴望在人生旅途中迈出新的一步，"假如两个人，能够心心相印，互相分担痛苦；假如两个人，能够彼此倾吐心灵中的秘密；假如两个人，互相之间，真诚相等，……"但这一切在他看来都是不可能兑现的梦幻。因为战争给他和仓子精神上所带来的创伤，使他们无法开始新的生活。始终不能摆脱过去的北山对于仓子的生存危机，他认为自己是无能为力的，因此也就没有为仓子做出任何的努力和奉献。他又一次违背了自己的良心，选择了只顾自己、见难不帮这一条利己的路，这样的抉择使北山再次陷入痛苦之中。在小说结尾处，作者还运用象征、比喻的手法表明了北山与仓子的情感结局。"他眼看着车窗的破玻璃擦过仓子的脸，他自己的生活擦过了仓子的生活。他眼看着两颗心之间插进了一张透明的玻璃。电车以惊人的高速，飞也似的驰过了。"是的，最终北山未曾获得仓子的真实情感，两颗心之间仿佛插进了一张透明的玻璃，无法交融。被战争扭曲的性格成了北山与仓子进行情感交流的障碍。

从表现手法上来看，作者为了充分表现利己主义的丑恶，在小说中除了正面的剖析，还使用了反衬的手法。在和平时期北山对于母爱、爱情并没有多少深刻的感受，然而在残酷的战场上，北山却发现了母爱的伟大和爱情的珍贵。甚至这种来自亲人的无私的爱成了支撑他在异常艰苦的环境中活下去的精神支柱。而且这种无私的爱愈加反衬出人性中自私利己的丑恶。并且使北山看清了自己内心世界的丑恶的一面。

从东南亚战场上归来的北山，时时渴望获得真爱。当他遇到堀川时，期待着彼此情感的交融。他竭力寻求与他人勾通的渠道。但是，战争给他心灵上带来的缕缕余痛却一再阻碍着他对人生的肯定，使他无法与别人产生心灵的共鸣。残酷的战争环境中使他丧失对人的同情、互爱和怜恤。当筋疲力尽、奄奄一息的二等兵中川向他发出求援时，他只为自己活命、见死不救，以致中川命丧异乡野岭。因为"他清楚地知道面对着激烈的战斗，每个人只有依靠自己的力量才能保住自己的性命"，"靠自己的意志治愈自己的苦楚"，"靠自己的双手赶走死神"，"绝不为他人而献出自己的生命"。在"生"与"死"的考验下，他选择了利己主义的生。这种不顾他人，保全自我的利己主义心理只有在这种背景下才得以充分暴露。

北山这个人物是极其可悲的。他一方面鄙视自身的利己主义，意识到它的丑陋；另一方面他却摆脱不掉其纠缠。他生活在这种矛盾心理不断冲撞的现实社会里。在战前，他因为自我虚荣心得不到满足而放弃了未婚妻的爱。在战争中，他因为利己主义作祟放弃了对战友的人性之爱。在战后，他带着被扭曲的心灵、抹不掉的利己主义的痕迹，也就没有勇气对新生活的大胆追求。这一切，是战争对人性的毁灭。作者避开了宏大的战争场面，用浓重笔墨描写人物的心理，达到对战争的控诉。正如小田切秀雄在评论野间宏作品时指出："战争真正的可怕之处在于把人类的良知乃至整个心灵毁灭殆尽，即是从内部破坏了人性。"[1]野间宏通过对北山这个典型人物的刻画，充分体现了他从心理角度追求社会的新文学创作方法。

综上所述，这场战争确实在北山的心灵上打上了烙印，使北山原来的性格发生了扭曲，使他的内心充满了矛盾和痛苦。一方面北山的良知和教养使他很鄙视利己自私的行为；然而另一方面残酷的现实又迫使他不得不屈从于这种丑恶的行为，否则他就无法生存下去，北山的内心为此而痛苦、彷徨。

换一个角度讲，这篇小说在对北山的心理描写中又蕴含着对战争的控诉和批判。这种控诉和批判不是直白式的，而是在对北山的心理描写中自然而然地流露出来的。读者在小说的具体描写中可以看到战争的冷酷无情和日本军队内部的黑暗。如上所述，在战场上身体日渐衰弱的中川得不到战友任何的帮助，悲惨地死去了；幸存下来的北山却又因自己不得已而采取的对战友见死不救的行为，长久地背负着良

---

① ［日］小田切秀雄：《战后文学作品鉴赏》，读卖选书1975年版，第32页。

心的自我谴责；在日本军队里，老兵可以任意欺压新兵，长官可以任意打骂部下。另外，战争又造成了许多的悲剧，它夺去了仓子、汤上由子这些妇女的丈夫，使她们不得不在贫困的生活中挣扎。并且由于战后经济萧条，使片冈三郎这些复员士兵的生活也陷入了窘境。以上这些内容都蕴含着对战争的揭露和控诉。

在作者看来，战争给人造成的摧残和痛苦，不仅仅是在于对人类物质文明的破坏，更主要的则是在于对人的精神世界的摧残，对人性的扭曲以及对人的心灵所造成的创伤。

这篇小说在创作手法方面的成功之处在于以下两点：一是对北山扭曲的心理的描写，很细腻、贴切；二是联想及象征主义等手法的运用。

首先，小说中联想的手法用得很多，比如：开头部分北山由仓子脸上痛苦的神情勾起了对战场的回忆；而一个男人舔菜盘子的嘴又使北山联想到他在战场上打死的一头猪那高高噘起的大嘴；通过堀川仓子脸上的"小斑点"，把"战争"和"战后"有机地结合了起来。结尾处仓子面部的一个斑点在北山的眼里变形为一轮红月亮，又使北山联想到红月亮映照下的战场。这种联想手法的运用，巧妙地把北山反常、扭曲的心态充分、贴切地表现了出来。也正是由于北山的内心发生了扭曲，他才会产生这样一系列独特的联想。

其次，这篇小说是日本战后文学中象征主义手法成功运用的典型范例。小说中有两处提到红月亮：一处是在对战场的描写。"这时，在军队一过尘土飞扬的海岸线上，升起了一轮血红血红的大月亮。军人们被热带病染黄了的脸庞和被汗水浸透了的防暑服，都抹上了鲜红的颜色。"另一处是在结尾处对仓子的面部描写。

忽然，发现仓子的脸上有一个小小的斑点……他又在仓子雪白的脸上，也见到那斑痕越来越扩大面积，是一颗很大、很大的通红溜圆的东西在仓子的脸上出现，是南方热带的一轮很大很大的、血红血红的圆月亮在仓子的脸上冉冉升起。

　　作者在这段描写中把笔力集中于仓子面部的一个斑点，这个斑点在北山的眼里变形为一轮红月亮，将北山引向了红月亮映照下的战场，使北山又一次体验到战争的残酷、灭绝人性；并且使北山又一次审视自己充满矛盾、痛苦的内心世界。

　　实际上，红月亮是印在北山脑海里的一个特殊影像，它具有一定的象征意义。既是当时南方战场上的一个有特色的实景；同时它那鲜红的颜色又代表了战场的血腥、残酷和惨无人道。可以说，北山对战场的全部记忆及感受都浓缩到"红月亮"这一有特色的景象身上了。因此，作者选用"脸上的红月亮"作为小说的题目，确实具有画龙点睛的作用。

大冈升平的《俘虏记》和《野火》

由于中日在近代历史上的特殊关系，国内对于大冈升平文学的研究，大多局限于对它的主题思考上，特别是透过作品对作者战争观的探讨上。战争文学的研究，对其主题的思考是必须的，但研究若只局限于主题或作家的战争观的话，就会陷入片面性，无法在整体上把握作家表现文学的真正魅力所在。

文艺评论家小松伸六曾认为《俘虏记》"作为敏锐地抓住了人类存在自身之危机感的战后文学"是为数不多的杰作之一[①]。《日本文艺鉴赏事典》也明确指出《野火》是"显示日本近代战争文学的顶点之一的作品"[②]。另外，以日本国语教育和学习提供辅助为目的的《新订国语总览》中也用"被称为战争文学的最高杰作"[③]的评价对《野火》进行了介绍。因此，对于获得如此高评价的大冈升平文学，研究仅仅停留在其战争观的探讨显然是不够的。为了深入探究和把握大冈文学的实质，有必要对他的代表作《俘虏记》和《野火》进行重新解读和认识。

一、大冈升平与《俘虏记》《野火》的创作

大冈升平（1909—1988）是日本第二次战后派代表作家之一，曾在 1944 年 6 月奉临时征召进入菲律宾战场，翌年 1 月成为美军俘虏，被收容在莱特岛监狱。1945 年 12 月被释放并遣送回日本。战争和被俘的体验成为大冈升平战后文学创作的起点和主要题材，也是其所有

---

① ［日］小松伸六：《俘虏记》，《日本文学鉴赏辞典近代编》，东京堂出版 1967 年版，第 618 页。

② ［日］石本隆一等编纂：《日本文艺鉴赏事典 15 精选近代名作 1017 篇（昭和 23—26 年）》，株式会社行政 1988 年版，第 69 页。

③ ［日］谷山茂等：《新订国语总览》，京都书房 1999 年版，第 258 页。

作品共同的创作背景。

1. 关于《俘虏记》

大冈升平以《俘虏记》为名的作品有三种。其一是创作于 1946 年而发表于 1948 年 2 月《文学界》上的短篇小说；其二是 1948 年 12 月由日本创元社出版的大冈升平短篇小说集《俘虏记》；其三是 1952 年 12 月同样由创元社发行的《合本俘虏记》，该书是大冈的《俘虏记》《续俘虏记》以及《新俘虏和老俘虏》的集编，在此合集中，短篇小说《俘虏记》更名为《被俘之前》。本文所解读的是短篇小说《俘虏记》，也就是第一种。

《俘虏记》的故事情节并不复杂。"我"所属的中队自 1944 年 8 月以来被安排在菲律宾一个叫民都洛岛的地方负责警备。但是，不久后美军以 60 多艘舰艇的力量在该岛的圣霍塞地区登陆，"我"部队陷入了绝望的境地，退避到了山中。"我"感染了疟疾，每天持续着四十多度的高烧，最终被分队抛弃在该岛南部的山中，不得已开始了孤独的残败之行。出征时，还"满足于与祖国共命运"的观念中，但是如今成为这愚蠢战争的牺牲品，"我"觉得"死在这样的战场上很是不值。"在逃跑的途中，"我"遭遇了一个年轻的美国兵，"与其被杀不如主动去杀"，所以"我"自然地打开了枪的保险栓。幸运的是这个美国兵没有发觉"我"的存在就走了。在被美军包围的情况下，"我"自知不可能逃脱便企图自杀，但尝试了两种自杀方式却均为奏效。当"我"昏迷不醒的时候，感到有军靴踢在腰部。当"我"意识到被美军俘虏并躺在担架上时，第一次感觉"获救"了。同时觉得到那时为止的、面临着死亡而活过来的每一天都是那么的不可思议。

1946 年，刚复员回国不久的大冈升平去往东京，拜访其文学之师小林秀雄。小林秀雄劝大冈将战争体验作品化，这可以说是《俘虏记》的直接创作契机。大冈升平在其自叙体小说《再会》中记载了当时他和 × 先生（小林秀雄）对话。

　　　　× 先生："你…能不能写一篇从军记啊？"

大冈："啊，这事我从 B 君那里听说过了，不过……"

× 先生："不愿意吗？"

大冈："不是不愿意。但是，战场上的事情都是转瞬而逝，我只是不知道有没有记录下来的价值。不过，若是俘虏的生活倒可以写。人到底能堕落到何种程度，这个似乎可以写三百页。可是日本败了，在这举国失望之时写那些东西不禁让人感觉有些可怜。……"

× 先生："复员的人就不要讲大话了。什么都行，要写！要写！不过三百页太长了。压缩成一百页。不用在意别人，要写出你自己的灵魂所在。不要描写！"①

从这段对话可以看出，大冈升平在战后的文学创作问题上还存在一些疑虑，小林秀雄的训示是大冈下定决心开始小说写作的催化剂。并且，"写出你自己的灵魂所在"一言也为《俘虏记》的创作奠定了基调。

1946 年五六月，大冈升平以自己在菲律宾战场被俘前后的体验写成了《俘虏记》，由于考虑到其中有关美军的片段，直到 1948 年才发表出来。1949 年，《俘虏记》得到评委会一致推荐而荣获"横光利一文学奖"。小林秀雄对该作品激赏不已，他说"我认为作品很好地体现了不因循现代的一般想法而思考和观察的强烈意志，还有一种热爱正确与纯粹的精神。大冈升平具备了作为新人登上当今文坛的重要条件。看《俘虏记》有一种犹如看一幅素描有力的画一般的快感。"②从此，大冈升平登上了战后日本文坛。可以说《俘虏记》即是其成名作也是其代表作之一。

2. 关于《野火》

《野火》的主人公是第二次世界大战末期的日军田村一等兵，在

① [日]坪内佑三：《〈俘虏记〉的"那些事情"》，《文学界大冈升平和战争》专刊，文艺春秋 1995 年 11 月号，第 181 页。

② [日]小田切进、井口一夫：《大冈升平》，《国文学解释与鉴赏特集战后文学的三名旗手》1976 年 7 月号，第 108 页。

被派往菲律宾莱特岛不久就因患上肺病而咯血。在得到了五天的食粮后，他被送到了山中的患者收容所，但很快由于食粮用尽而被医院强行要求退院。回到中队的他，却得到了重返医院的命令，走时获得了等同于自己生命的六个山芋和一颗手榴弹。自此，主人公开始怀抱着孤独与绝望在山中彷徨。其间，曾下山进入貌似无人的村镇，枪杀了偶然碰到的无辜的菲岛女人，盗取了他们的食盐。在那之后，主人公便偶尔用盐和同样流散的士兵们进行物物交换来维持自己的生命。在小说的后半部分中，主人公碰到了自己曾经的队友，并且吃了他们提供的所谓"猴子肉"，后来才得知那是人肉。最后他为了自己的生存，参与并亲眼目了战友间的互相残杀，并看到了吃食战友之肉的残忍一幕。最终主人公由于在此极端生存环境下受到的过度精神刺激而发了疯。

如前所言，国内对于《野火》的研究比较局限于作者战争观的探讨。蓝泰凯认为《野火》"开始突破单纯描写个人对战争的体验的模式，以更加广阔的社会视野，向更多的社会层面扩展，去探求战争的罪恶、战争的实质、人类的责任等重大问题，从而使作品的主题得到进一步的深化，把反战文学提高到一个新的水平"①。而薛瑞丽则认为"小说中对日本法西斯军队士兵的没有人性的揭露是相当深刻的，但是，这种揭露批判只是我们善良人们的一种引申理解，并非作家的本意。实际上作品还充斥着作家对战争罪责的辩解，弥漫着对自己和日本侵略兵兽行遮盖的烟雾"②。两种观点截然相反，一方认为它是反战文学，另一方认为它试图掩盖日本的侵略罪行。国内日本文学研究家叶渭渠认为《野火》"叙述了一个日本士兵因病掉队后的孤独和彷徨的心境以及就日本士兵的野蛮凶残，甚至吃人肉的非人行径，提出了人性的伦理问题，对战争进行了深刻的思考"③。对战争文学的研究终究是无法摆脱对其主题的思考的，但若只局限于主题甚至是作家战争观的研究上的话，又是十分不理性、不客观的，并且也会在很大程度上

①　蓝泰凯：《对战争的反思和控诉》，《贵州师专学报》2002第1期，第43页。
②　薛瑞丽：《从〈野火〉看大冈升平的战争观》，《齐鲁学刊》2005第5期，第88页。
③　叶渭渠、唐月梅：《日本文学史》现代卷，经济日报出版社2000年版，第363页。

埋没作品真实的文学魅力。

在日本，对《野火》的研究则显得更加深入。三好行雄认为对"追逼被置于战场之中的人类的极限状况的记录"[1] 和对"在此极限状况下生存的人类的记录的追求"[2] 是《野火》的主要创作意图。作品首先是对战争这一极限的生存状态的记录，然后是人类在此极限情况下如何生存，进而探究人类为了满足生存这一本能而出现的一系列的人性伦理等问题。榎本冨士子也有过类似的论述，在对《野火》进行鉴赏时指出，"大冈升平基于自己的战争体验，设定战场这一特殊状况作为条件，尽最大可能地对人类在生存的极限状况下彷徨的样子，进而对人类的精神的极限以及在那一瞬间出现的'神'的存在等问题进行了追究"[3]。简言之，《野火》就是一部对在极限状态下的人类的真实记录。可以看到，日本的先行研究更加地深入，但是同样也未涉及《野火》潜在结构的分析。

二、大冈升平的文学建构

通过文本解读，可以发现《俘虏记》和《野火》内部存在着对人类自身的矛盾性的多层建构，而这应该是作品的真正魅力所在。

1. 心身矛盾

"所谓心身不能进行明确的分割，是指心、精神、意识的活动都随肉体共有共存。"[4] 人是心身的对立统一体。人具有两面性，即从广延的角度看，人表现为身体，从思维的角度看，则表现为心灵。人类自古以来寻求心身和谐一致，力求做到身随心动。但是现实中尤其是战争状态下，人类心身却体现着明显的矛盾。

"我已不再相信日本会胜利。"[5] 但是，主人公面对着"这种毫无

---

① ［日］三好行雄：《群像 日本的作家 19 大冈升平》，小学馆 1992 年版，第 171 页。

② ［日］三好行雄：《群像 日本的作家 19 大冈升平》，小学馆 1992 年版，第 171 页。

③ 《日本文艺鉴赏事典 第 15 卷（昭和 23—26 年）》，株式会社行政 1988 年版，第 74 页。

④ ［日］中野孝次：《在现代文学中的位置》，《国文学解释和鉴赏特集大冈升平》1979 年 4 月号，第 8 页。

⑤ ［日］大冈升平：《大冈升平小说集》，尚侠等译，作家出版社 1998 年版，第 5 页。

意义的死的驱使"却是无能为力。"不情愿地登上运兵舰"，经历了痛楚的"与家人告别的情景"。明知不能取胜，却要远赴战场，主人公知道等待自己的是必死的绝境。这于主人公心理而言是十分不情愿的，但是，他却不能凭自己的意志支配自己的身体。大冈升平曾说过，"在对待军人的问题上，国家势力的表现是最为强烈的。征兵是强制性的，虽有妻子儿女也不得不上战场。"①主人公身患疟疾，但在强烈的求生愿望支撑下，奇迹般地恢复，并下定决心跟随小队转移。但是，小队长的话却是"大冈，留下吗？"在职业军人的眼里，自己被视为一行的累赘。留下意味着生存几率的下降，但是，主人公仍回答了"留下"。这并非出于自愿，但是自己的身体仍然不为自己意志控制，"我"不是留下的，而是被抛弃的。

《野火》中也体现着大冈升平对国家性强制的思考。

《野火》主人公田村一等兵"像一个皮球"在医院和中队间"被扔来扔去"。得了肺病的他虽病情已有了好转，但回中队不被认为是一个"合格"的战士，在医院又不被认为是一个"合格"的病人。田村无法自己决定自己的存在状态和身份。无论田村心里如何想，他都不得不去面对这样尴尬的境地。

最终，田村被迫流浪进入山中。凭借鸡叫声找到一处无人居住的菲岛人小屋，小屋里残留的食粮支撑了他的身体，让他过了几天"饱食"的生活。直到有一天眺望到远处海边的十字架，田村才发觉自己心灵的空虚。因为"面临着死亡却又饱食度日的我，内心的空虚很容易为这人类韵味的象征所占据"②。饱食的身体与空虚的心灵也是心身矛盾的表现之一。

《野火》的第十七章《物体》文章虽短，却很好地表现了主人公心身间的矛盾。这一章标题中的"物体"是指"放弃作为人类"之人，也就是行尸走肉。对于主人公的"物体"化，大冈升平做了精确的分析。"尸体的头部像被蜂蜇过似的，肿胀了起来。组织分解渗出的

---

① 尚侠、徐冰：《大冈文学对话录》，《外国问题研究》1990 年 1 期，第 32 页。

② 《昭和文学全集 16　大冈升平·野间宏·埴谷雄高·大江健三郎》，小学馆 1987 年版，第 162 页。

液体像黏胶一样把头发紧紧地粘在皮肤上，形成了一个不明了的界限延伸到额头。……有的死尸头枕在别人的腿上，有的死尸抱着别人的肩膀。趴着的死尸臀部衣服破烂露出骨头。"[①]"现在在平静的日本的家中，边回想这样的情景，边生出一种呕吐感。"[②]而在当时，"我"感到的只是一种荒凉的寂寥感，却没有丝毫的呕吐感。作为一般的旁观者，看到如此令人作呕的场景，任何人都会无法忍受的。但主人公却由于精神上受到了过分刺激、心理麻木，生理上并未作出正常人的反应。心身的统一构成人类本体，如果哪一面占据了主要方面便会导致失去平衡而产生矛盾。所以，像上文中提到的主人公由于心理精神活动的过于强烈而致使正常的生理表现丧失也是心身矛盾的表现之一。

作者大冈升平对自己的参战并不认为是一种"志愿"，而是在一种强制下被迫去送死的。"大冈升平曾写道，被送往前线就是去'被杀'的。……大冈升平把对国家性强制的认识进行了深化，深化到制定出这种会命令自己去死的制度的人类历史的层面，或是在那种强制下被歪曲了的人类历史的层面。"[③]

心身矛盾是人类个体自身的基本矛盾，追求心身的和谐统一是人类的共同理想。作品中通过一系列战争中的现实冲突，凸显出人类不得不面对的心身矛盾。这让读者不仅对战争产生思考，而且也会对人类自身产生更深刻的认识。

2. 战争态度上的矛盾

大冈升平作为战士亲赴战场即便并不出自本心，但是荷枪实弹出征却是事实。因此，《俘虏记》中所体现出来的主人公对战争的态度，可以认为是大冈内心的真实反映。

美军在民都洛岛登陆后，并没有马上向日军追击。"一位小队长

---

① 《昭和文学全集 16 大冈升平·野间宏·埴谷雄高·大江健三郎》，小学馆 1987 年版，第 170 页。

② 《昭和文学全集 16 大冈升平·野间宏·埴谷雄高·大江健三郎》，小学馆 1987 年版，第 170 页。

③ ［日］龟井秀雄：《战争中的生和死》，《国文学解释和教材研究特集大冈升平》1977 年 3 月号，第 62 页。

曾经一边指挥我们'安营扎寨'，一边对我们说：'那些家伙都是懒蛋，连这里都懒得来。他们不来，我们也不去，这样相持下去，过不了多久，战争就该结束了。'当然这是我们一厢情愿的事儿。"主人公和他的同伴们希望他们躲避的地方能够成为一条"被遗忘的战线"，因为这是他们能够活下去的唯一一线希望。不仅不积极参战，而且希望自己幸运地避免战争，哪怕己方失败——当然失败已是注定。这表明，主人公并不愿意战斗，也体现出其对战争的不赞成。大冈升平说："我是经历了战争才开始创作的，目的在于以此揭露战争的悲惨。我从未想过改变这一反战的立场，从一开始，"芦沟桥事件"发生时便是这样。"①他本人认为自己具有强烈反战的立场，因此这种反战意识体现在其文学中也就不足为怪了。

但是，在《俘虏记》中也体现着主人公对于战争发起者日本政府或是其代言人的好感甚至崇敬，并且主人公在实际上也以入侵者之名行了侵略之实。主人公认为把战争的要求作为至上信条的中队长"是一名慈悲的指挥员"。而这位中队长却是要求所有战士和他一样恪守战争至上信条的日本军部的代表。这样看来，主人公并不能彻底地反对战争，而且还对于日本军人的一种武士道精神加以敬仰。另外，"我们""经常绑架几个运气不好的当地居民"，类似行为确是侵略者之所为。

下面再来看一下这一矛盾在《野火》中得体现。

"维持我生命的，就只有这六个芋头，而这就是我所都属于并正在为它奉献着自己生命的国家所能给予我的最大限度的保障了。"②在将来一切不可确定的战场上，"我"所得到的只是"六个芋头"的生命保障。而给予自己如此保障的对方，竟然是自己所属于并为之怀抱死的觉悟而战斗的国家。主人公的此番思考，在表达对国家不满的同时，渗透出对战争的憎恶，对于发动战争的国家和战争本身都深具讽刺意味。

"我终于抑制不住，大声笑了起来。他们成了愚蠢的战争牺牲品，在美军单方面的炮火下，如同蝼蚁般四处乱窜。如此情景映入眼

---

① 尚侠、徐冰：《大冈文学对话录》，《外国问题研究》1990年第1期，第33页。

② 《昭和文学全集16　大冈升平·野间宏·埴谷雄高·大江健三郎》，小学馆1987年版，第142页。

帘令我觉得无比滑稽。"①把自己参与的战争定义为"愚蠢"的战争，其对战争的态度就不言而喻了。

不止是主人公，作品中其他人物的言行也同样体现着作者大冈升平对战争的态度。

> 天皇陛下啊，大日本帝国啊，请想办法让我们回家吧！飞机啊，来接我吧！乘旋翼飞机到来吧……好黑啊。……好黑啊，天快些亮起来吧！……我要回家！请让我回家吧！战争啊，给我结束吧！我是佛。南无阿弥陀佛。南无阿弥陀佛。合十。②

说话者是一个近似"发狂"了的日本士兵。这是他在死前的悲鸣。话语中渗透出对回归故里无望而深感绝望的心情，特别是"战争啊，给我结束吧！"这句鲜明地表达了他对战争的厌恶甚至是憎恨之意。

通过上述论述可以看出，即便是战争的参与者、执行者，面对战争对自己造成的伤害时，也会对战争产生憎恶之意。但是"我"毕竟是战争的参与者，在憎恶给自己带来痛苦的战争的同时也会在参与的战争中给他人带来痛苦。这是极端的利己思想的表现，也是一个极端的矛盾。

> 我开了枪。子弹像是击中了女人的胸膛。血斑急速在她天蓝色的薄纱衣服上散开，女人右手捂住胸口，做一奇妙回转，向前倒了下去。……女人的身体已经开始呈现尸体的外观。气息如池沼中鼓涌而出的沼气，噗嗤、噗嗤的从口中漏了出来。
> 我俯首贴近去听，直至那响声终止。③

主人公射杀了一个无辜的菲岛女人，却无比冷酷地对这个临死的女人

---

① 《昭和文学全集 16 大冈升平·野间宏·埴谷雄高·大江健三郎》，小学馆 1987 年版，第 156 页。

② 《昭和文学全集 16 大冈升平·野间宏·埴谷雄高·大江健三郎》，小学馆 1987 年版，第 190 页。

③ 《昭和文学全集 16 大冈升平·野间宏·埴谷雄高·大江健三郎》，小学馆 1987 年版，第 172 页。

进行了细致的观察。特别值得注意的是"奇妙"一词。"我"作为一名军人枪杀了一个非战斗人员的无辜的女性，非但毫无怜悯之情，而且似乎对她倒下的姿态还抱有观赏之心，觉得"奇妙"。女人气息将尽，主人公竟然冷酷地贴近去倾听其最后的呼吸。还有比这更符合没有人性、冷血的侵略者定义的举动吗？此时的"我"是纯粹的侵略者，是坚定的战争支持者。

"我"们大都在战争后期，面对"绝望"的战争时，不同程度地有厌恶甚至是憎恨、反对战争的情绪，但是仍然作为战争的执行者"极其出色地"完成着给更多人带来苦痛的侵略者的暴行。毫无疑问，这是一个矛盾。在整个人类历史的长河中，战争担负着毁灭和更生的双重使命。战争的双方自然会各自承担一种使命。但无论是哪一方，在对待战争本身的态度上，由于个体的差异或受时势的影响都会存在矛盾、坚持和反对。

3. 社会性存在与个性自我的矛盾

人是社会性的存在，离开社会人无法生存；但同时，人各有个性，都具有独立人格。社会性是人的基本属性，个性的培养与卓越又是人寻求有别于他人的本能诉求。因此，可以说每一个人都是社会性存在和个性自我的矛盾统一体。

《俘虏记》中，主人公是日本的国民，这是其政治和社会性身份，为此，他有向国家纳税的义务，也有应征入伍的义务。但是，当主人公反思他从"祖国"那里得到的恩惠时，发现祖国只是为他提供了作为一名士兵死在前线上的可能性而已。这样的心态，明确地表达出主人公的个性觉醒和对自己社会所属的不满。

《俘虏记》是以主人公被俘前二十四小时的心理描写为主线，而其中最为人所称道的是，是否射杀出现在自己面前的美国兵，这样一段。主人公虽是败兵，但仍是士兵，战时敌人出现在自己面前，为了完成自己的政治社会性使命，射杀对方是理所当然的。当时主人公也的确自然地打开了枪的安全栓。但是，就在此时，主人公却仿佛一下子从战争中脱离出来，变身为一位拥有温存之心的长者。"我看到他那蔷薇色的面颊时，我内心有所颤动。""人类的爱也好，动物的反应也罢，总之，我想'不开枪'是事实。"主人公和普通的士兵一样有着"与其被杀不如主动去杀"的信条，但是他最后选择了不开枪。这种举动应该来于一种本能的自保心态。主人公从当时自己身为士兵的社会性身份中逃离出来，而把自己当成了一名和平时代的普通居民。和平状态下，"自己杀他人而感到嫌恶，以此及人，与他人杀另外的人而感到的嫌恶是一样的"。而"这种嫌恶占优势的情形是在一定的社会集团中我们不去杀他人，生存权利因而得到维护的结果。""这种嫌恶是和平时候的感觉。那是我感到嫌恶，表明我已不是士兵了，因为当时我是独自一人。"主人公认为自己脱离了集体，因此便自动脱离了集体属性，这显然是一种出于自救目的的简单逻辑。不过，这却恰当地表现了人类社会性存在与个性自我的矛盾。

正如吉田熙生所说"作为大冈文学的特色，我认为就是其作品中的人物在受政治性或者是社会性条件规定的同时，又坚定地保持着纯洁的梦想。"[1]

田村一等兵在既不被中队也不被医院接纳的情况下陷入了绝望。但此时的田村心里去不只是绝望。"我感到的是令人心碎的绝望，但同时又有一种消极的幸福感充满着全身。虽然是无未来可言的短暂自由，但至少我可以不用按军人的思维而是按自己的想法，随心所欲地支配这也许是我生命中的最后几天了。"[2]作为社会性政治性存在的"我"，也就是作为一名士兵的自己不再被认可，甚至不再被当成必要的存在时，主人公索性回归了个性的自我。主人公认为可以随性地按自己的意愿行动是一种幸福。另外作品中，主人公在自己随时都可能有生命危险的情况下，还会为菲岛的风光感到"心旷神怡"，还会对"让我在死之前，能看到这些生的泛滥的偶然"[3]怀有感激之心。这也

① ［日］大冈升平、吉田熙生：《对谈 政治和无垢》，《国文学解释和教材研究特集大冈升平》1977 年 3 月号，第 6 页。

② 《昭和文学全集 16 大冈升平·野间宏·埴谷雄高·大江健三郎》，小学馆 1987 年版，第143 页。

③ 《昭和文学全集 16 大冈升平·野间宏·埴谷雄高·大江健三郎》，小学馆 1987 年版，第145 页。

是一种心灵自由、个性释放的表现。

大冈升平在透过主人公的眼睛进行大量的美妙的自然景色描写时，似乎也把主人公作为一个赤裸的自然物置于其中，使之尽情享受与大自然交融的乐趣。但事实上，自然个体并不"赤裸"。"我"感受到大自然之美，但"我（却）不由得想到，也许这种在自然中不断增大的快感，就是我接近死亡的证明吧。"①这一句话让人想到源于川端康成《临终的眼》的小说创作手法。丸谷才一认为，"之所以能极尽豪奢般地对菲律宾的大自然进行如此美丽的描写，是因为大冈升平透过了临终之眼的镜头对自然进行了捕捉的缘故，这是不言而喻的"②。主人公用临终之眼观赏菲律宾的大自然，故而美不胜收。主人公在个性地陶醉于自然之美时，却用了自己"临终的眼"。何故"临终"，因为侵略者的身份会使他在异国的土地上随时面临死亡的威胁。用"临终的眼"说明了主人公在释放自己个性和享受短暂的自由时并没能彻底摆脱自己社会性身份的束缚。

人类在追寻个性自由时会感到社会性关联的羁绊，但同时，过度的自我又会产生孤寂和悬空。社会性存在和个性自我矛盾着统一于人类自身，这在《野火》中得到了很好的体现。

4. 生与死的矛盾

活着便想好好地活下去，这是常理。求生是人的本能。《俘虏记》中主人公虽然是注定失败的日军的一员，但其求生的欲望同样强烈。作为一名奔赴战场的战士，结果当然是杀死他人或是被他人杀死。日本在当时已是败局已定，并且主人公所在的岛屿已经被美军包围，所以被杀死的可能性要远远大于杀死他人的可能性。

在死亡逼近中求生，这是生与死的矛盾的一个方面。

主人公和 S 君为了逃避"毫无意义的死亡"，制订了逃离计划，并且"反复进行了讨论"。计划成功的关键：第一，成功潜入敌军

---

① 《昭和文学全集 16 大冈升平・野间宏・埴谷雄高・大江健三郎》，小学馆 1987 年版，第 145 页。

② ［日］丸谷才一：《大冈升平 其人和文学》，新潮社 1989 年版，第 176 页。

（美军）之中；第二，搞到一艘当地人的帆船；第三，成功利用季风。这三个条件具备就有可能成功逃脱。但是，在美军的扫荡中，仅靠一艘帆船乘着季风从菲律宾逃回日本，这看起来是很荒唐的。主人公自己也明白"这接近空想"，但是即便如此，他们却"对计划实现的可能性没有丝毫怀疑"。仅从这一点看来，他们求生欲望之强烈就一目了然了。但是，遗憾的是，死亡的逼近似乎更接近现实。在他们满怀信心研讨逃脱计划时，主人公患上了疟疾。"死亡正向疟疾患者逼近。我愈加注意观察自己的身体状况，确认不能马上死。"努力恢复到能走路的主人公，在部队转移时，却得到了小队长留下来的暗示。想到自己的命运不能由自己支配，主人公陷入了绝望的境地。此时，他唯一的朋友也是希望只剩下一颗手榴弹了。因为"它那巨大的杀伤力不致使我痛苦就会把我送到另一个世界。"

还活着便认同自己的死亡，这是生与死的矛盾的另一个方面。

《俘虏记》中心理描写的经典段落是要不要向出现在眼前的美国兵射击的那一部分。这一部分被认为是具有细致缜密逻辑性的心理分析。按照"与其被杀不如主动去杀"的士兵所持有的基本信条，主人公应该是要射击的。但是"与其被杀不如主动去杀"有个基本的前提，那就是自己有被杀的可能。如若被杀的可能不存在，就失去了杀死对方的前提。当时，"我确实对自己生命的延续没抱有任何希望，"如此以来，就等于主人公认同自己"已死"的事实。既然自己已死，就失去了被杀的可能，同时也就失去了主动去杀的必要。这一逻辑看起来有些绕，却的确十分缜密。同时，这也很好地体现出生与死的矛盾。活着便想好好活下去，无异常状况下，但凡人类普遍如此。虽为败兵，《野火》中的田村一等兵也是同样。

《野火》中的"'我'是一个认为自己'已经死去'或'正在死去'的、自我不断否定自己'活着'的'活物'"[1]。被剔除出中队的田村一等兵一个人正在返回医院的路上。虽然还有低烧，但是"现在只有无视这种低烧，才有可能随心所欲地度过我生命中最后的一段

---

① ［日］立尾真士：《日本近代文学》，日本近代文学会 2007 年版，第 101 页。

时光"①。在途经一条初次通过的道路时，"我"生出了一种奇怪的念头。"尽管这条路是我有生以来第一次走，但我大概不会再从这里走过了。"②之所以有这种奇怪的念头，大概是因为这条路是我走向死亡之路，而走向死亡，当然就无法二度经过了。换言之，虽然现在自己还活着，但是已经确信自己会在不久的将来就会死去。

现实中，虽然有如上的确信，但既然活着还是想活下去。

从野火判断有菲岛人的存在，田村便朝向那边走去。虽然深知"所有的菲岛人对我而言实际上都是敌人"③，但是"如今已经朝向死亡出发，我也讨厌中途折返逃避了"④，继续前行，发现有一间小屋。有一个菲岛男人在里面。当想到"他也是我生命即将终结时，可能见到的为数不多的人中的一个时"⑤，"我"解除了对那个人的戒心。甚至想到"（混到这些人中，也许还能活下去）"。自此可以看出，虽然主人公说自己已经在朝向死亡，但还是不断找寻一切可能生存下去的机会。人类在面对死亡时拥有求生的欲望，而这种欲望与死的必然之间就是一对终极的矛盾。

> 因为我还活着，所以才执着于生命，但实际上，是不是可以说是因为我已经死了，所以才憧憬生命的呢？！反论的结论安慰了我。我微微一笑，自己已经不是现世的人了。因而也不必自杀，我这样想着，进入了梦乡。⑥

---

① 《昭和文学全集 16　大冈升平·野间宏·埴谷雄高·大江健三郎》，小学馆 1987 年版，第144 页。

② 《昭和文学全集 16　大冈升平·野间宏·埴谷雄高·大江健三郎》，小学馆 1987 年版，第144 页。

③ 《昭和文学全集 16　大冈升平·野间宏·埴谷雄高·大江健三郎》，小学馆 1987 年版，第146 页。

④ 《昭和文学全集 16　大冈升平·野间宏·埴谷雄高·大江健三郎》，小学馆 1987 年版，第144 页。

⑤ 《昭和文学全集 16　大冈升平·野间宏·埴谷雄高·大江健三郎》，小学馆 1987 年版，第147 页。

⑥ 《昭和文学全集 16　大冈升平·野间宏·埴谷雄高·大江健三郎》，小学馆 1987 年版，第158 页。

　　大冈升平利用了生与死的非常逻辑来解释了主人公活下去的原因。主人公执着于生命并非因为自己活着，而是因为自己死了，所以才有了对生的憧憬。而既然已经死了，就没有了自杀的前提。如此以来，失去了自杀可能的主人公只要不被他杀便可以继续活下去了。

　　"我确实还活着，可我并没有活着的意识。由于我杀死的菲岛女人的亡灵作祟，不论我多么幸运，很显然，回归人类世界对我而言已经是不可能了。因此，我只不过是因为没死所以才活着而已。"[①]这一段说明，主人公是在"没有活着的意识"的状态下活着。即便幸运被救，活下去的也只是躯体，而不会有人的灵魂。"我"是一个活的躯体与死的灵魂的矛盾体。

　　"生"与"死"是人类永远的话题。"生"与"死"的矛盾也将永远地困扰着人类。评论家丸谷才一认为，大冈升平在小说中渗透了其对生死的看法，并且在其解说"生"与"死"的矛盾时显示出了高超的智慧。丸谷认为大冈升平的审视人生的视角、感受人生的方式在很大程度上是日本人所共有的。"我只是想确认他的存在，把现在的日本人，不管男女老少，对生的感觉进行了如此鲜明刻画的他的存在。"[②]

　　大冈升平在《俘虏记》和《野火》的创作中，巧妙地从人类自身的心身矛盾、战争中人类在战争态度上的矛盾、人类的社会性存在与个性自我间的矛盾以及人类的生与死的矛盾等方面，进行了矛盾建构。并且，通过这一建构，把作品拷问人性真实和追究人类存在自身的危机感这一主题，放置在战争的背景下，进行了淋漓尽致的刻画。这样精妙的矛盾建构，加深了读者对作品文学主题的理解，增强了小说的艺术性和可读性，这应该也是大冈升平文学的魅力所在吧。

---

　　①《昭和文学全集 16　大冈升平·野间宏·埴谷雄高·大江健三郎》，小学馆 1987 年版，第 187 页。

　　②［日］丸谷才一：《大冈升平 其人和文学》，新潮社 1989 年版，第 174 页。

三岛由纪夫的《天人五衰》

　　三岛由纪夫（1925—1970）是日本现代文坛一位卓有成就的异质作家。在他短暂的一生中，发表了几十部独具个人审美思想的作品，如《烟草》《带着假面具的自白》《潮骚》《金阁寺》《忧国》《富饶的海》等，拥有世界各地广泛的读者群。纵观其文学作品，不难发现他的审美观是基于追求日本王朝文学、武道文化之风的基础上产生的，体现了日本民族对待死亡和自然的价值观。

　　三岛从不讳言他崇尚武道文化的精神，以"文武两道论"作为自己审美价值的取向。1966年他在与岩谷大四对谈《文武两道》时，明确地指出："我认为，归根结底，文学的原理仍然是一种生存的原理，死亡的原理应在文学之外。我所说的死亡的原理，是指斩首之类的死。就我而言，死于剑下，并不在意。但我决不愿死于文笔。文笔之原理，正在于执拗求生，求长生不老。从某种意义上来说，这是十分怯弱、贪生的事业。但不如此则不会成大器。可是，剑的原理除了痛痛快快地去死，还有什么呢？两者是互相矛盾，不共戴天的。正因如此，我才主张文武两道。我的主张是，在自身之中，具备文、武这两种互相矛盾的原理。"[①]他还认为："所谓英雄，是与文人相对立的。对他本人而言，最具魅力的光辉形象是光荣的英雄，而非伟大的文豪"[②]。他常以此来对照、反省自己，努力为自己"或文人或英雄"作一选择，最终他还是以自己的实际行动，二者选一，实践了所谓"英雄"的壮举。在他冲击自卫队、剖腹自刃前一周给美国友人的信上说："我在很早以前就考虑，希望自己作为一名武士死去，而不是作为一名作

---

　　① 转引自［日］植村康夫：《三岛由纪夫自杀》，吴侃译，载于《日本文学》1987年第4期，第238页。

　　② 转引自［日］植村康夫：《三岛由纪夫自杀》，吴侃译，载于《日本文学》1987年第4期，第238页。

家。"①可见，作为文人，三岛的骨子里充满了浓重的武士道精神。

《天人五衰》是三岛由纪夫在剖腹自杀前的绝笔巨著《丰饶之海》的第四部，可以说是绝笔中的绝笔。三岛在其不算漫长的一生中写了大量的小说。然而我们在读三岛小说的时候会发现，小说中的叙述说明和抒情段落占据了大量的篇幅。三岛的小说不是像一般的小说那样随着故事情节的发展会有一个自然而然的过程，而是加入了大量作家自己的感悟和抒情。其实许多这样的描写跟整个小说的情节发展没有多大关系。而作品中很多关于美的虚张声势的论述则有些晦涩难懂，让人不知所云。这大约是三岛惯用的"烟雾弹"。尽管有真正想要表达的，但是作家却不愿意或不能够用一句话来总结，故意放出烟雾让人去思索"假面"后的谜题。就像三岛在他的自传性代表作《假面的告白》中所说的那样："映现在别人眼里的我的演技，对我来说是一种试图还原本质的要求的表现。映现在别人眼里的自然的我，才是我的演技。"②这就是三岛由纪夫，把自己的为人处世也应用到了小说写作中，可以说真正做到了"文如其人"吧。

我们常说：鸟之将死，其鸣也哀；人之将死，其言也善。《天人五衰》是三岛由纪夫临死前的几天才完成的绝笔之作，可以说这是三岛在剖腹自杀之前假借文学之名写给这个世界的一封"遗书"，能够体现三岛对于写作以及人生的最根本的感悟。所以这部小说在三岛众多的作品中有着极其独特的重要性。它作为三岛告别世界的超长"遗书"，可能泄露了他一生写作所隐藏的秘密。对这部绝笔之作进行解读，我们可以揭开作品的"假面"，看清作家之所以会成其为本身的原因，发现三岛文学创作的真正主题，从而找到能够打开我们人生新的一页的智慧之匙。

一、与前三部的"藕断丝连"

在介绍《天人五衰》之前，有必要先说明一下前三部的大致内

---

① ［日］奈须田敬：《总括三岛由纪夫之死》，原书房刊 1972 年版，第 215 页。
② ［日］三岛由纪夫：《假面自白》，唐月梅译，北京出版社 2003 年版，第 24 页。

容。因为这四部书统称为《丰饶之海》，犹如一个家庭的四兄弟，有着密不可分的关系。在介绍其中一部作品的时候，不可避免地会涉及其他几部。其中的人物"本多繁邦"是贯穿四部书始终的重要角色，是把这四部作品联系在一起的重要人物。

可以说《春雪》是一部古典爱情小说，于昭和44年（1969）1月由新潮社出版发行。作为《丰饶之海》的第一部，三岛充分发挥了自己的特长，把这部小说写得浪漫唯美。书中的男主角松枝清显出身贵族，自尊而高贵。他因为对从小青梅竹马的绫仓聪子产生感情而陷入相思之中。以逼罗国王子的来访为契机，两个人的交往得以继续进行。但是，清显因为之前送给聪子的一封信而感觉到了聪子的背叛。于是因自己的自尊而断绝了跟聪子的往来。聪子万般无奈最终与洞院宫治典王定下了婚约。这时候，清显才发现自己是多么爱聪子啊。于是不断与聪子幽会，最终导致聪子怀孕。清显的父亲松枝侯爵不得不亲自出面，把聪子送往大阪，然后把孩子打掉。不久，聪子在月修寺出家为尼。清显最后想要见一见堕胎后的聪子，但是遭到拒绝。清显虽然得到了好友本多繁邦的帮助，但是最终还是没能与聪子见上一面。于是在一个春雪飞舞日子里，年仅20岁的清显留下"在瀑布下再会"①的遗言，回到东京两日后因肺炎而死去。

《奔马》是《丰饶之海》的第二部，是于昭和44年（1969）2月也是由新潮社出版的。清显死后19年，他的朋友本多繁邦当上大阪控诉院法官。很偶然的机缘，本多在神山瀑布下遇到了跟清显同样有着三颗黑痣的饭沼勋。这一点印证了《春雪》中"在瀑布下再会"的预言，他认为这应该是清显的投胎转世。饭沼勋是一名激进的右翼青年，他把《神风连实话》作为自己的行动准则，并且集结了一些与他志同道合的人，密谋袭击变电站、刺杀商界首脑等活动，使维新政府树立自己的威严。本多曾经写了一封长信给饭沼勋，告诉他时代改变了，不可以无视现实，希望他不要沉溺于神风连的激进活动之中。但是这封信并没有改变饭沼勋的决定。饭沼勋在采取行动之前被捕。在

---

① ［日］三岛由纪夫：《春雪》，新潮文库1977年版，第454页。

得到释放后的酒会上，饭沼勋做了个"非常遥远的南方。非常热……在南国蔷薇的光亮中……"①的模糊的梦，本多听到了饭沼勋在梦中说出的这句话，于是又成为下一部书的预言。随后饭沼勋独自奔向热海去刺杀财界的黑幕藏原。刺杀成功后，饭沼勋逃到海边，在想象中的日出时分剖腹自杀。

正像《奔马》中三岛所给出的预言那样，第三部小说《晓寺》是在"非常遥远的南方。非常热……在南国蔷薇的光亮中……"展开的。《晓寺》的出版时间较晚，是于昭和45年（1970）7月由新潮社出版发行的。《晓寺》可以分为上下两部分。上部描写本多繁邦在多年以后的47岁年纪，前往泰国出差，遇到了自称是"日本人转世"而生的7岁的泰国公主金让。金让是从前在日本留学的、与本多和清显熟识的暹罗王子的女儿。金让拥有前世的记忆，央求本多将其带回日本，然而本多并没有把她带去日本。本多坚信金让是清显与饭沼勋的投胎转世，然而他并没有机会发现金让也有那三颗标志性的黑痣。与公主离别后，本多前往印度，深受佛学的影响。归国后，本多潜心研究转世之事。在下部中，长大成人之后到日本求学的金让，已经忘却了前世记忆。本多在朋友庆子手中得到了当年暹罗王子遗失的戒指，将其交回公主手中。本多一心想知道公主是否是饭沼勋、松枝清显的转世，于是挽留月光公主在自己别墅小住。这一次，他从墙上的窥孔里偷看月光公主的裸体，发现了她的左侧身上有三颗黑痣。而金让本人是一个同性恋者，和本多的好友庆子有肉体的关系。后来本多听闻了公主金让回国后于20岁那年被毒蛇咬死的事情。

在《天人五衰》中多繁邦已经是76岁的老人。他有一次去海边旅游，遇到了在海港信号站工作的安永透。本多在第一眼看到安永透就觉得这个少年好像不一般，当他无意中看到安永透腋窝旁的三颗黑痣时，更加坚定了自己内心的企盼。于是，本多决定收养这个疑似轮回转世后的16岁少年为养子。安永透一开始被收养的时候对本多还比较客气，但是随着他的骄傲心理的发展，他逐渐不再把养父本多放在

---

① ［日］三岛由纪夫：《奔马》，新潮文库1977年版，第336页。

眼里，自己坐享其成。本多忍气吞声，觉得安永透既然是清显、饭沼勋和金让的轮回转世，所以应该会在 20 岁到来的时候可以被证实。既然如此，这个少年如此嚣张的言行也可以忍受了。于是，本多一心等待安永透 20 岁的到来并希望由此证实他就是金让转世；不料本多的好友庆子因为看不过安永透的行为而将转世之事向安永透和盘托出，本多因此与庆子绝交。安永透在读过松枝清显多年前留下的梦的日记之后，为了证实自己就是正牌的松枝清显、饭沼勋、金让三人的转世而服毒自杀。但是自杀未能成功，却导致双目失明。他度过了 21 岁，但是没有像本多所预期的那样死去。本多因为窥视丑闻而遭到杂志社报道，决定拜访 60 年来未曾去过的月修寺，与聪子再会。在交谈中，本多满心以为聪子会肯定从松枝清显开始的轮回转世。不料聪子却否认了清显的存在，表示这一切只是本多的梦，给了一个空无的答案。最后整部小说起了一个结语作为全剧的终点："院子里空空如也。本多感觉自己好像是来到了一个没有记忆、空无一物的地方。庭院沐浴着夏日无尽的阳光，悄无声息……"①

《天人五衰》就这样"一脉相承"下来。但是撇去三岛故意加进来的所谓"轮回转世"的线索和证据，单从这四部作品的内容和故事情节来看，每一部好像都可以独立出来，完全没有必要硬拴在一起。然而三岛的思维一贯出人意料，他的安排独辟蹊径。他偏偏要把后三部里面的主人公都看成是第一部里面的主人公的投胎转世，其证明便是腋窝旁比较隐蔽的三颗黑痣，并且让每一个人物为自己的主旨所服务，让每一个转世的对象都在 20 岁的时候死去。并且启用"本多繁邦"这样一个人物作为"见证人"来见证同一灵魂的投胎转世，让"本多"在整个《丰饶之海》中从一而终。这种精心的安排和人为的加工，让我不禁想起一个文学典故：一个小说家拿着自己的小说给托尔斯泰看，托尔斯泰看过之后说：这篇小说除了想写这篇小说的欲望之外一无所有。说实话，三岛的小说也给人这样的感觉，总是抱着"我要表达什么"的想法而加以说明和叙述②，而不是故事自然发展过程的

---

① ［日］三岛由纪夫：《天人五衰》，新潮文库 1977 年版，第 342 页。

② ［日］桥本治：《三岛由纪夫·幸福的乌鸦》，株式会社国书刊行会 1993 年版，第 215 页。

水到渠成。然而作家又不肯用一句话把自己的想法说出来，总要铺陈许多看似无关紧要的情节，把人搞得丈二和尚摸不着头脑，有时候甚至不知道作家在表达什么，也不知道作者的真正意图。关于三岛由纪夫的作品，也曾经问过许多日本朋友，普遍的看法是：三岛的作品有些晦涩难懂。

　　一部文学作品假如不是把人引向对人生现实的反思，对价值和意义的追问，而是其他的东西，那么这无异于射箭偏离了靶子，很难把人真正带入文学所应该在的境地。就像捷克作家米兰·昆德拉[①] 在他的小说《生命中不能承受之轻》的序言中所说：作为一种文艺作品，技巧绝不仅仅在于要花枪。无论有意还是无意，每一部小说都要回答这样一个问题，那就是："人的存在究竟是什么？其真意何在？"所以我总觉得，三岛的作品风格尽管表面看来绚丽多姿，让人眼花缭乱，就像隔了一层多彩的云雾，看不到底面的蓝天。但是他总归会有真正想说、想要表达的。作家也是凡人，还不至于聪明到给我们写"天书"。所以我们尽可以拨云见日，探究三岛由纪夫的内心世界，还人生一个真相。《天人五衰》作为遗作中的遗作，应该是透露了三岛由纪夫真正要表达的感受和穷其一生所感悟到的东西。三岛作为一个多产的作家，他在人生的最后时刻作为一个个体到底体会到了什么呢？是什么使三岛如此决绝地挥刀剖腹自杀身亡？三岛要通过他的文学写作向我们传达怎样的信息，他要通过自己最后的选择向我们警戒些什么呢？或许我们可以从《天人五衰》中找到问题的答案。

二、情感的酝酿——对于大海的实景描写

　　其实在《天人五衰》的一开头，是对大海美景的整段描写。在这里，完全看不到人生的颓废和死亡前的萧杀气象，仍然保持着三岛一贯的写作风格。只不过这时候的三岛已经对这样的笔法更为娴熟，更

---

　　① 米兰·昆德拉（Milan Kundera1929—）：捷克小说家，生于捷克布尔诺市。曾多次获得国际文学奖，并多次被提名为诺贝尔文学奖的候选人。主要作品有《小说的艺术》《生命不能承受之轻》等。

为流畅，描写起来也更为投入和自信。

　　海湾远处的小岛薄雾迷濛，雾中的船只影影绰绰。但终究比昨天晴朗些，可以望见伊豆半岛上山峦的剪影。五月的海面波平浪静。阳光普照，云絮缥缈，长空碧透。

　　即使再低的波浪，扑岸时仍落得个粉身碎骨。粉碎前一瞬间那莺黄色的波腹，似乎包含着类似一切海草所具有的那种猥琐和不快。

　　这就是海的搅拌作用——日复一日单调而枯燥地重复着关于乳海搅拌的印度神话。大概不能让世界静止不动。静止不动的话可能会唤醒自然之恶吧。

　　不过，5月胀鼓鼓的海面，总是不断焦躁地变幻着光点，将精致的凸起无限排展开去。

　　三只海鸟凌空翔翔，眼看急切切地快速接近，却又马上不规则地拉大距离高飞而去。这是一种神秘的接近和远离。在近得几乎可以感觉到对方翅膀掀动的气流之时，一方又一拍翅膀远飞而去。那忽而靠近忽又远离的飞行，到底在表达什么意义呢？①

　　一段客观的实景描写，把我们带入故事的开头。用词有些晦涩难懂，是三岛一贯的写作风格。但是我们可以看到三岛在这里的用意。一开始就为整部小说定下写作的基调和主题，"那忽而靠近忽又远离的飞行，到底在表达什么意义呢？"整部小说，一直到结尾都是在问有关"意义"的问题。而这个即将开始的故事仍然是与海有关系的，是发生在海边的。就三岛的小说来说，大海是他所喜欢的美学意象之一。三岛的很多作品都与大海有关。如果我们把海洋仅仅当作是一种单纯的风景描写和背景铺垫的话，就不能把握三岛由纪夫的写作意图和他的文学本质。海洋其实包含了作者内心更深层的东西。

　　例如在《盛夏之死》的开端部分，就描写了发生在海边的悲剧。

---

　　① ［日］三岛由纪夫：《天人五衰》，新潮文库1977年版，第5页。

兄妹两个清雄和启子手拉手去海边玩耍，被看起来光明、平静的海洋吞噬了生命，姑姑安枝为了救他们也被海水卷走了。一次痛失三个亲人的清雄的父母难以接受残酷的现实，悲痛万分，也毫无办法。第二年夏天，母亲朝子来到当年出事的地点。海浪前赴后继扑向脚面，朝子站在海滩上一动不动地凝望着辽阔无边的海洋，久久伫立。

平静、明亮而辽阔的海洋，对于三岛由纪夫来说蕴含着一种神秘的悲剧性的力量。这种力量是渺小的个体所无法逃避的宿命。海洋的辽阔、神秘和巨大的吞噬力，反衬出人的渺小和孤独无助。海洋可以轻而易举地毁灭一个人，改变一个人的命运。这使作家三岛由纪夫对海洋和人的命运产生一种深深的悲凉之感。那个站在海滩上一动不动凝望着遥远的大海的主人公朝子，其实应该是作者三岛由纪夫自身的体验。

在三岛由纪夫著名的代表作《金阁寺》中，作者对金阁寺的描写也借助于对海洋的情感。

> 金阁无处不在，而且就在现实中看不见这一点上来说，它与海洋是十分相似的。舞鹤湾位于从志乐村向西一里半的地方，海洋被山阻住看不见。但这儿的土地上却常常缥缈着一种海洋的预感一样的东西。风有时候也弥漫着海的气息。海浪汹涌的时候，许多海鸥夺路而来，栖在那边的农田里。
>
> 那（金阁寺）让人联想起大海，金阁如船，穿越茫茫黑夜而来，这是一次没有止境的航海。①

这种强烈的抒情，实际上已经超越了小说的一般落笔范围，而成为作者个人情绪的释放。日本著名评论家小林秀雄就曾说过：三岛的小说，常常出现个人情绪的宣泄和挥洒，使它作为小说的味道就不那么浓了。我们在《天人五衰》的前半部分，仍然可以看到这样的笔触，与小说情节的发展没有多大关系，好像许多"废话"，但是却占

---

① ［日］三岛由纪夫：《金阁寺》，有精堂1987年版，第36页。

据了极大的分量，使小说读起来冗长艰涩。其实对于这样的描写是可以一略而过的。因为只粗略地读一遍这样的实景描写，并不影响对整部小说情节的把握。但是这种看似无关紧要的实景描写，其中却蕴含着作者深沉的思想。那么，是什么样的思想呢？

三岛由纪夫的这最后一部小说冠名为《丰饶之海》，本身就有深刻的含义。三岛对于《丰饶之海》的命名，曾经有一番论说。"'丰饶之海'实际上暗示的是光天化日之下的空无的海。强要我说的话，我觉得它是含有宇宙的虚无感和丰富之海的感受的东西。您也可以联想起禅语的所谓'时光如海洋'。"①

所谓"丰饶之海"，其实是寓意"人生之海"，看不透摸不清的人生犹如翻腾不息的海洋。然而人生真的如同大海那样丰富？关于这一点，三岛大约是既不能肯定也不能否定，难下定论。法国作家玛格丽特·尤斯纳在所做的《丰饶之海》题解中写道："这个题名原出自16 世纪末 17 世纪初的占星天文学家的古老月理学。'丰饶之海'指月球中央那片广漠的平原。该平原跟月亮这整个卫星一样，是既没有生命也没有水和空气的一片沙漠。"②三岛更偏重的应该是人生之海的难以测度，因其难以测度而显得"丰饶"，不过也许像上面所说的只是一片虚无。

> 潮水渐次涨满，波浪渐次高扬。海岸则在这种配合默契的攻势面前被席卷吞没。云遮日暗，海水呈现出狰狞的暗绿色。其间，一道长长的白色波线由东而西绵绵延展，形如展开的长柄折扇。扇面起伏不平，而接近扇柄的部位，则有着扇骨的乌黑，融入暗绿色的平面。
>
> ……
>
> 云片呈鱼鳞状，遮蔽了半空。太阳在云的上方，静静地放射着白灿灿的光。

---

① ［日］田坂昂：《他的死——三岛由纪夫的虚无主义》，《展望》1971 年 4 月，第 104 页。

② ［日］三岛由纪夫：《春雪·天人五衰》（译本序），中国友谊出版公司 1990 年版，http：//book.douban.com/review/4925760（2014 年 7 月 28 日）。

两只渔船早已远去，海湾里只浮动着一艘货船。风已相当强劲。从西边出现的一艘渔船渐渐驶近，发动机的声音如同某种仪式开始前的暗号。船体很小，其貌不扬。然而船的行进无轮无足，看上去如同拖曳长裙膝行而来，优雅而脱俗。

午后3时，鱼鳞云片稀薄起来。南方天空一片如白山鸡尾部舒展开来的云彩，向海面抛下浓重的阴影。①

作者从这样的实景描写笔锋一转，又转为对"虚"的抒怀和思索。

海，本无名称。无论是地中海，还是日本海，还是眼前的骏河湾，虽被勉强一言蔽之以"海"，但它绝不屈服于这一名称。海是无名的，是丰饶的，是绝对的无政府主义。②

……

既已消失，当然无迹可寻。即便存在于地图上，也还是不存在。半岛也罢，船只也好，无不同归于"存在的荒唐性"。③

这种实景描写虽然跟小说的情节毫无关系，仅仅是三岛个人情感的抒发。但是，当这样的笔触转而掺入了作家自己的感受的时候，我们就可以说这种描写其实还是必要的。它是作家倾吐自己内心真实感受的氛围的渲染。有了这样的铺陈和渲染，作家才会在接下来的进一步写作中找到自己真正要表达的。所以尽管对于情节没有关系，但是对于整部作品的基调和主旨是至关重要的，也有利于我们理解作家，把握作品本身的主题。

对于空漠无边的宇宙来说，生命渺小而孤独无助；对于无始无终、永不停息的时间来说，人生短暂得简直不值一提。三岛由纪夫心中的大海，实际上成了宇宙的大海，时间的大海和生命之海。他感叹

---

① ［日］三岛由纪夫：《天人五衰》，新潮文库1977年版，第6—7页。
② ［日］三岛由纪夫：《天人五衰》，新潮文库1977年版，第7页。
③ ［日］三岛由纪夫：《天人五衰》，新潮文库1977年版，第8页。

宇宙的浩渺无涯，感叹时间的绵绵不息，寻找生命存在的归属感和人生之"丰饶"，可是找来找去还是不能把握生命的意义。因为迷惑不解而只找到了人生"丰饶"的幻觉。虽然上下求索，到头来仍然只是一场空忙。于是三岛面前的大海常常幻化为精神层面的、包含所有人生秘密的"丰饶而又贫乏"的生命之海。

三、晦涩难懂的"佛悟"

如果我们把三岛的写作总体上归结为对于"美"的追求，把《丰饶之海》看作是三岛"绚丽才华的升华"，那么这只是看到了三岛写作的表面特点，其实并没有抓住事情真实的一面。三岛对于"美"的追求只是表象，促使他去追求"美"的背后的动力，才是事情的真相。正如古人所说：了解一件事情，要知其"然"，还要知其"所以然"。如果我们把三岛的写作仅仅归结为"独特的美学"的表达，那么这种说法未免有些笼统，至少是不够确切和深入的。

《丰饶之海》的四部兄弟之作，其中所贯穿的唯一主线是主人公之间的投胎转世。除此之外，每一部小说都会自成一体独立出来，成为一部完整的杰作。然而三岛却偏偏要用这根细若游丝的主线，把这四部作品硬撮合在一起。这样的安排看起来有些荒唐。但是我想这是三岛给自己的作品戴上的"假面"。假如我们对这种安排加以解剖，也许不仅可以看到作品的主题思想，还可以从侧面了解到作家在人生的最后阶段的苦恼和困惑，甚至找到三岛自杀之谜的钥匙。关于对佛教的感悟，是《丰饶之海》所具有的明显特点。这使得这部长篇巨著带有浓浓的宗教意味，作品中很多内容都是让人费解的佛教论述，也有三岛个人对于人生的注解。我们可以看出三岛开始从宗教方面寻求人生的救赎之路。

安永透为了等待轮船的到来，在晚上10点半的时候，把闹钟定在凌晨一点半，然后躺到床上休息一下。与此同时，本多在家乡因为旅途的劳顿而躺在床上昏昏睡去，做了一个关于"天人"的梦。

由于旅途疲劳，他早早上床，很快睡着了。或许是因为白天看了羽衣松的缘故，梦境是有关天人的。

三保松原地带上空飞翔的天人不止一个，而是成群结队的交相旋舞。既有男天人，也有女天人。本多关于佛教的知识一一付诸梦境。本多于是认为佛经果然并非虚言，一时沉浸在澄明的欢喜之中。①

……

天人忽而向上飞升忽而往下盘旋。正欣赏之间，天人似有意戏弄本多，竟将脚趾翘起几乎触及本多的鼻端。顺其白皙光洁的脚趾看去，原来摇晃脖颈朝这边笑的，是躲在花荫下的金让的面孔。

天人们越来越无视本多的存在。她们下到海岸、砂丘之处，在苍松下端的枝虬间穿梭飞翔。本多于是被眼前的变幻多端弄得眼花缭乱，一时无法看清全貌……

本多从男性天人的脸上，真切地辨出清显的面影和阿勋俊秀的脸庞。只是二者同虹光霓影两相混淆，行踪虽徐缓有致，但分秒不驻，因此见而复失。

只是，既然金让的面孔都已出现，想必时间秩序在"欲界天"已经紊乱，时光变得我行我素，前世也同时出现于同一空间。场面堪称平和至极，本以为可以如此生生不息绵绵无止，却又顷刻间云散烟消。

唯独一片松林分明属于现世的存在……②

本多在睡梦中到虚幻缥缈的天人世界游荡一圈，又"抖落梦境，睁眼醒来"，转而回到现实，如同"渡海之人扯掉身上缠裹的海草而登上滩岸"。做一个这样的梦，大约在梦中尽可以欲醉欲仙，暂时脱离现实的烦恼。但是这终究只不过是梦而已。

---

① ［日］三岛由纪夫：《天人五衰》，新潮文库1977年版，第37页。
② ［日］三岛由纪夫：《天人五衰》，新潮文库1977年版，第39—40页。

　　三岛从佛教中所汲取的可以成为人生依托的价值观是什么呢？
"睁眼醒来"，原来是南柯一梦，什么也没有，只有一片松林留在现
实中。佛理中给人所提供的价值和值得依赖的东西，对现世来说是否
定性的。佛理中把现世看成是"否定性的"。人生是痛苦的，没有快
乐可言。人生是"四大皆空"，强调现世的"虚"与"空"，消极对
待人生的现世。这应该是佛教的主要教义。然而更为让人沮丧的是，
佛教所提供给人的救赎之道似乎也不算高明。佛教的轮回之说最终也
不过是在现世，人还是跳不出佛教所谓的"轮回"的苦海。然而人是
需要救赎的，谁也不愿意再一次经历轮回之苦。于是佛教又提出"修
行"，通过自己的苦苦追寻，苦待己身，达到醍醐灌顶之悟，从凡尘
中超脱出来，进入"极乐世界"。那时候，任何凡间的任何事情，都
不能奈我何。这就是"跳出三界外，不在五行中"的超脱境界，亦人
亦佛。本多所梦到的"天人世界"，堪称"平和至极"，应该算是佛
教的极乐世界。然而这一切最终还是烟消云散，化为乌有。梦终归是
梦，幻想终归是幻想。人生并不因为有了幻想就变得美好，变得可以
把握，反而更加重了心头的愁闷，徒增许多烦恼。于是"本多沉浸在
莫可言喻的抑郁之中"[①]。

　　其实，我们完全可以想象作家本人此时的心境。无论把小说中人
物的梦境描绘得多么美轮美奂，作家本人是不相信的。佛教不曾也不
能给人提供现实世界的安慰。人活着只有苦与空，苦与忍，那么人活
着还有什么劲呢？人生的光明之处又在哪里？这样的人生还值得活下
去吗？佛教给人提供的美好的"天人世界"，可信赖的程度又有多少
呢？作家三岛虽然一直在苦苦钻研，苦苦求索，终是不能相信这虚幻
的美景。他在《我的遍历时代》中说：我只承认拥有肉体存在感的理
性，除此之外我不想要别的……因为人的问题只存在于"此岸"[②]。

　　　我们对存在的荒唐性过于习以为常。世界存在与否，无须认

---

　　① ［日］三岛由纪夫：《天人五衰》，新潮文库1977年版，第40页。

　　② ［日］佐伯彰一：《作家的自传·三岛由纪夫》，日本图书中心1995年版，第184—186页。

真计较。①

说得何等轻巧！习以为常，不等于现实就正常，不等于一切都正确。是因为越想越苦恼，所以我们常常因为想不明白而放弃，而不是"无须认真计较"的问题。世界存不存在，对我们来说当然是最根本的。不论我们计较还是不计较，这都是一个至关重要的问题。但是假如没有一个可以肯定我们所存在的世界的终极存在，我们的人生只能走向卑微。更何况，人本身又容易自轻自贱。佛教不能使人崇高，也不能为我们铺就一条能使我们继续走下去的道路。"存在与否，无须计较"，可是能不计较吗？我们本身就存在于这个世界中，假如世界都不存在了，我们又将去往何处呢？三岛在最后时刻的写作中，在精神层面的苦闷由此可见一斑。已经不在乎现实世界了。他对意义的问题已经放弃了吗？已经是"哀莫大于心死"的状态了吗？不过尽管三岛说，他只推崇可以把握、可以触摸、可以看见的肉体存在，他的大部分作品中也给予肉体极高的地位。但是人毕竟不仅仅是动物，人是有思想的，是需要思考的，人生需要价值感，人怎么可能等同于猴子，等同于行尸走肉？所以三岛最终还是不能放弃，他抱着极大的或者又可以说是极小的希望，要为自己的写作和人生做一个最终了断，揭开人生的谜题。

四、"轮回"的背后一无所有

《天人五衰》最让人震惊的情节是在文章的最后，本多相隔60载再一次去月修寺探访聪子的收尾阶段。倏忽60载，在本多见到聪子的一瞬间，他再也忍不住多少年的感慨，泪流满面。心中充满了对故人的眷念，充满了对时间流逝的深深的叹息。本多甚至没有勇气"正面仰视"聪子的脸。这里的描写充满了作家本人和书中人物之间的无尽的情感交错。三岛由纪夫在死亡前的几天写这个小说结尾的时候，所想起的是什么呢？是自己45年的人生？是45年的时光流转？是45年

---

① ［日］三岛由纪夫：《天人五衰》，新潮文库1977年版，第9页。

中虽然写了这么多文字但仍然言犹未尽的不满足？

本多与聪子寒暄过后，终于说出了来访的目的。他说："为清显的事最后一次求见您时，前任住持没有让我见您。后来才知道那也是无可奈何之举。但当时去对您抱有一丝怨言。不管怎么说，松枝清显是我最要好的朋友。"本多满心以为提起双方都认识的故人时聪子会大为震惊，继而满怀感慨，重续60年来的离情。60年的期待和愿望也可以实现了。然而，聪子的反应让本多目瞪口呆。她说："这位松枝清显，是什么人？"本多满怀的期待顿时化为泡影。然而这还不算，聪子像是怕本多不够失望似的，又继续追问道："这位松枝清显，是什么人呢？"等本多向聪子介绍了松枝清显以及关于轮回之事后，聪子还是没有任何预料之中的反应，她接着说："倒是挺有意思，只是我不认识那位松枝先生。至于他的那位未婚妻，您恐怕记错人了吧？"本多不仅着急了，甚至变得"怒不可遏"。他觉得聪子是装作不认识清显，或者是忘记了清显的事情。然而聪子还是继续说：不，本多先生，我根本没有忘记在俗世时的任何一件事，只是从没听说过您说的这位松枝清显。恐怕根本就没这个人吧？您是不是搞错了？本多着急了，有些失礼地继续追问："可你我是怎么相识的？再说，绫仓家和松枝家的家谱也应该还有吧？户籍总还查得到吧？"没想到聪子还是不紧不慢地反问：

"俗世上的来龙去脉，固然能以此厘清。不过，本多先生，您真的在这世上见到过清显这个人吗？我和您过去真的在这世上见过面吗？您可以断定吗？"

"的确记得60年前来过这里。"

"记忆这玩艺儿嘛，原本就和魔幻眼镜差不多，似乎既可以看取远处不可能看到的东西，又可以把它拉得似乎近在眼前。"

"可是，假如清显一开始就不存在，"本多如坠雾里，就连今天在这里面见住持也半像是做梦。他像是要唤醒自己——唤醒那个如同哈在漆盆边上急速消失的气晕一般的自己——似的情不自禁地叫道："那么，阿勋不存在，金让也不存在……说不定，就连这个我……"聪子第一次有些吃惊地盯住本多，仿佛很惊讶为什么本多会这么激动。一个满怀期待，一个无动于衷；一个着急上火，一个却心如止水。于是最后只能陷入久久的沉默。①

谜底揭开之前，让人心惊胆战；而谜底揭开之后，又让人惊讶得说不出话来。难道这就是深埋心底60载的谜题的答案？"本多寄托于此番会晤的长达60载的迷梦，在这一瞬间灰飞烟灭。"②这是作家本人的真实感受。一生的执着为的是还有值得活下去的意义。但是当写作不再能够满足空虚的心灵，百般的寻求找到的只是一个空无的答案，那么人生会变得怎样呢？1970年10月三岛在写给外国友人斯托克斯的信中写道："写完了这部超长篇小说（《丰饶之海》），让我感觉，像是走到了世界的终点。"所以仅仅把《丰饶之海》看作是三岛美学集大成的作品是不够的，是不能抓住三岛文学的本质的。借着文学表达人生是三岛的意旨所在。三岛在他的《反贞女大学》中写道：男人把种子传给女人。接着便开始他长之又长、无从描绘的虚无之途③。对于三岛来说，"人生这玩意儿"真是"奇妙的轻飘的东西"。人生是虚无的，如同一场虚幻的梦。虚幻也正是三岛所热爱和迷恋的主题。三岛在1966年的外国记者俱乐部的活动上发表演说："这可能就是……我最基本的主旨，也是我关于文学的最本质上的浪漫主义观念。都是死亡的回忆……还有关于幻觉的难题。"④

在人生的舞台上表演一番之后，三岛最终还是不能逃过人生虚幻的枷锁。"我就是为幻想而活着的，以幻想为目标而行动，也因为幻想而受到了惩罚……我多么想得到不是幻想的东西啊。"⑤然而三岛还是没有得到"不是幻想的东西"。前面冗长多姿的文学"幻想"，好像都是为了给最后画上一个空无的句号。早在《春雪》中，三岛就借主人

---

① ［日］三岛由纪夫：《天人五衰》，新潮文库1977年版，第338—341页。

② ［日］三岛由纪夫：《天人五衰》，新潮文库1977年版，第339页。

③ ［日］三岛由纪夫：《反贞女大学》，河出书房1953年版，第92页。

④ ［英］亨利·斯各特·斯托克斯：《美与暴烈——三岛由纪夫的生与死》，于是译，上海书店出版2003年版，第174页。

⑤ ［日］三岛由纪夫：《奔马》，新潮文库1977年版，第266页。

公聪子的口说："梦终究会结束的。假如说人生有永恒的话，那就是'现在'了。"①三岛好像是写着写着突然如佛教中的"顿悟"一般不得不归于静默。他对于写作与人生产生了深深的怀疑：

> 这是一座没什么特别的庭院，显得优雅、明亮而开阔。唯有数念珠般的连续不断的蝉声占领了这个所在。蝉鸣山愈静，梦醒心寂寥。院子里空空如也。本多感觉自己好像是来到了一个没有记忆、空无一物的地方。
>
> 庭院沐浴着夏日无尽的阳光，悄无声息……②

《天人五衰》的最后段落，可以看到三岛由纪夫心如止水的消沉。在这样的消沉面前，在这样的虚空面前，一切所谓对"美"的追求都失去了意义。无论之前的人生舞台多么五彩斑斓，文学创作多么花样翻新，最终逃不过对于人生意义的追问。想来三岛自杀的原因也不外乎是这个吧。其实在此之前，日沼伦太郎就曾经多次预言说："三岛文学的唯一解决途径就是自杀。"③三岛本人也曾经半开玩笑地对友人斯托克斯说："我要在昭和四十五年用刀自杀！"④我们不能把三岛的死亡轻描淡写地归结为是为了追求"美"。当然也不仅仅是因为文化，也不仅仅是因为天皇，不是为军国主义。这一切都是轻看了自杀。法国作家阿尔贝·加缪⑤说：人生中真正严肃的哲学问题只有一个，那就是：自杀。对于三岛来说，《天人五衰》中那"轮回"背后的期待落空，那信仰背后的价值缺失，那人生背后的一无所有，才是使他如此决绝地走上不归路的真正原因吧。

昭和43年（1968）6月，三岛由纪夫在他的评论《堕落意识与

---

① ［日］三岛由纪夫：《春雪》，新潮文库1977年版，第232页。
② ［日］三岛由纪夫：《天人五衰》，新潮文库1977年版，第342页。
③ ［日］村松刚：《三岛由纪夫的世界》，新潮文库1990年版，第507页。
④ ［日］村松刚：《三岛由纪夫的世界》，新潮文库1990年版，第508页。
⑤ 阿尔贝·加缪（Albert Camus，1913—1960）：法国小说家、哲学家、戏剧家、评论家，存在主义文学的领军人物，"荒诞哲学"的代表。他于1957年获得诺贝尔文学奖，1960年不幸遭遇车祸英年早逝，年仅47岁。作品有《局外人》《西斯弗斯的神话》《鼠疫》等。

生死观》中记录了他与埴谷雄高和松村刚的对话。三岛说:"文学必须要统合生与死两个方面。如果把死灭和我自己的死作为文学的主题的话,那么我可能会在某一个时刻从文学中脱离出来而不得不去赴死。"①其实把人的生与死作为文学的主题是三岛一贯的做法。这是触及文学根本的问题。只不过三岛在这方面的表达和探索比别的人要纷繁复杂得多。我们唯有剥下这脸上的"假面"才能看到三岛真正想要表达的内容。"我讨厌谈论有关死亡的事情。人是不应该轻易谈论死亡的。不过,我也很讨厌因为文学而死亡。"②尽管如此,作为一个搞文学创作的作家来说,他的天职就是去探求人生终极层面的拯救和出路。好在三岛在人生和文学的舞台上巡演了一遍之后,最终还是回到了这个根本问题上来,也真的不是单单为文学而死。尽管《天人五衰》最后给我们的是一个空无的答案,作家三岛也早已经义无反顾地离我们远去,但是他的文学作品所留给我们的人生谜题,作家通过自己的自杀所留给我们的心灵的叩问,仍然提醒着我们不断地去思考关于生命和人生这样一个最古老也最根本的命题,从而促使我们找到救赎我们的人生的通途。

---

① [日]三好行雄编:《三岛由纪夫必携》,学灯社1989年版,第219页。
② [日]三好行雄编:《三岛由纪夫必携》,学灯社1989年版,第219页。

安部公房的《砂女》

　　安部公房（1924—1993）在日本第二次世界大战后涌现出的大批现代派作家中，是一位独树一帜、享誉海外的著名作家。他善于运用超现实的艺术手法，在作品中展现出一幅幅荒诞离奇的图景，象征性地表现不合理的现实和人对不如意现状的反抗与超越。他的长篇小说《砂女》发表于1962年，先后获得法国最优秀外国文学奖、第14届"读头文学奖"，并被翻译成英语、法语、俄语等二十几种语言，在全球风靡一时。安部公房也凭借这部小说获得了国际前卫作家的名声。美国评论家唐纳德·金①甚至称赞这部小说是人类20世纪的杰作，应该得诺贝尔文学奖②。

　　关于这部作品的现行研究，焦点主要集中在存在主义的表现、"个人与社会"、男主人公自我发现、砂女的象征意义等方面③，对于文章中出现频率最高的"砂"似乎鲜有涉及。纵观安部公房的创作生涯，"砂"是不可忽视的存在。1948年处女作《终点的路标》故事发生的地点就是在"砂漠"；荣获"芥川文学奖"的作品《壁》中有很大篇幅描写广阔"砂漠"美景的段落，更别说专门写"砂"的评论集《砂漠的思想》等。《砂女》是安部公房"砂意识"表现最集中、最极致的作品。在这篇文章中，作者不仅对砂的表现篇幅多、细节多，而且直接通过文字表达了自己的砂意识："世界终究是砂一样的存在"④。究竟在安部公房眼里"砂"有着什么样的魔力？"砂"是怎样的存在？"砂"和人

---

　　① 唐纳德·金（Donald Keene1922—　）：美国哥伦比亚大学教授，日本文学研究者，2012年获日本国籍，雅号为"鬼怒鸣门"。著有《日本人的西洋发现》《日本文学的历史》《日本人的美意识》等。

　　②［日］安部公房：《砂女》前言，新潮社1978年版，第3页。

　　③ 代表研究有［日］三木卓《非现实小说的陷井》（新日本文学出版社1962年版）、［日］武石和志《试论〈砂女〉》（政法大学日本文学论丛1981年刊）、［日］高野斗志美《安部公房論》（San Rio山梨丝绢中心1971年版）、［日］佐々木基一《逃脱与超越》（新日本文学社1962年版）等。

　　④［日］安部公房：《砂女》，新潮社1978年版，第57页。

类世界到底有什么关联？"砂"和作者笔下男女主人公又有着怎样的关系？如果解开了这些问题，不仅能更好地理解这部小说的主题，理解作者的世界观和文学思想，而且还能充分地把握战后日本存在主义文学的精髓。

本文准备从小说中的道具——"砂"为切入口，以"艺术符号论"作为方法论，采取从表象到深层，由外至内的研究方法，探究作品中"砂"所包含的外在特征和内核情感，试图接近作品的本质。美国哲学家苏珊·朗格①以现代表现主义艺术理论和形式主义理论为依托开创了"艺术符号论"。苏珊认为：符号通过抽象的形式来表达感情，艺术便是人类情感符号的创作。语言是被灌注了意义的逻辑符号，具有传达观念、思考和记忆的功能。艺术创作遵循"生命形式"的规律，具有有机性、运动性、周期性、生长性②。根据以上艺术的定义和创作规律，艺术符号论将艺术作品分为符号的虚像、符号的幻象和符号的抽象三个层次。虚像强调直接感受，为艺术审美知觉提供真实性；幻象属于艺术经验领域，兼具虚像的可感知性和抽象的概念性，为艺术作品提供了多样性和独特性；抽象层是富含情感的逻辑形式，是作品的核心部分，为艺术提供了情感性、有机性、一元性。以上三部分代表了符号从表层到深层的动力形式。符号的虚像、符号的幻象和符号的抽象三个层次合在一起才能够品味生命的价值。

《砂女》中的"砂"便是这样一个由作者借助想象力创造的"富有意味的符号"，从主人公兴趣浓厚的研究对象变成地狱一般的存在再变成人物发现全新自我的道具，"砂"贯穿始末，一气呵成，也符合了"生命形式"的规律。那么，作者创作这个符号到底想表达一种怎样的感情？"砂"这个逻辑符号中又被注入了什么样的意义呢？为了得到诸种问题的答案，下面将按照符号的动力形式，由表及里，分别从砂的虚像、砂的幻象、砂的抽象三部分进行剖析。

① 苏珊·朗格（Susan k.Langer1895—1982）：美国哲学家。主张符号论美学、以现代表现主义艺术理论和形式主义理论为基础创立了"艺术符号论"。

② 参考［美］苏珊·朗格：《情感与形式》，刘大基等译，中国社会科学出版社1986年版。

一、砂的表层（虚像）

作为艺术符号的表层，虚像的最大特点是可感知性和直观性。从表层意义上来说，直观、可感知的"砂"是什么呢？

《新明解国语辞典》上这样定义"砂"："海岸及河边的矿物质颗粒。直径大小 0.1—2.0 毫米。砂子虽然很小，但如果飞到眼里、嘴里却会非常麻烦，不禁使人疼痛还难以取出。"① 在《砂女》小说中安部公房通过主人公"男人"的思考来给砂下了定义："……砂子大小适合随着流动的物体移动（中略）砂子从不休息，虽然很安静，但它却一直随着地表在变化（中略）有时他甚至起了错觉，觉得自己似乎也开始流动了。"②

《砂女》被作者分成三段，加上最后的"失踪告示"，构成小说最典型的起承转合的布局。虽然作者没有给每个段落起名字，但按照情节的逻辑分析，也许可以这样起名：起——误落砂洞；承——逃离砂洞；转——砂洞生活；合——砂中定居。不管在哪一个段落中，砂都占据着极为重要的位置。

在"误落砂洞"段落，1，主人公"男人"为了发现新种昆虫从而一举成名，孤身一人来海边采集昆虫标本，结果误入"砂村砂洞"，所有的荒诞就此发生。居住在"砂洞"里的人，所有生活的意义就在于不断地"清砂"，维持"砂洞"的存在，不使其垮掉。他所借宿的砂洞成了他的牢笼，无法离开，而寡妇砂女则扮演了守卫的角色。在这一段落中，"砂"对于"男人"而言是一种"微妙的危险的平衡"③，砂漠本来就是他研究的对象，刚开始在砂洞中的生活，紧张的同时多少有些满足感，甚至还做了发现新种昆虫的梦。在"他"和寡妇之间，"砂"充当着一个"意想不到的第三者"④，"砂"同时也是情欲的象征："脱长裤时，一把砂子通过手指的根部，直冲泻到了大腿的内侧"⑤，对

---

① ［日］金田一京助主编：《新明解国语辞典》第五版，三省堂 1998 年版，第 359 页。
② ［日］安部公房：《砂女》，新潮社 1978 年版，第 11 页。
③ ［日］安部公房：《砂女》，新潮社 1978 年版，第 14 页。
④ ［日］安部公房：《砂女》，新潮社 1978 年版，第 14 页。
⑤ ［日］安部公房：《砂女》，新潮社 1978 年版，第 14 页。

主人公"男人"以及读者来说，这里的"砂"并不是恐怖的存在，而"砂村"和像"砂"一样柔软的"砂女"保持着神秘引人入胜的印象。

在"逃离砂洞"段落，"男人"开始对"砂"起了恐怖之意。"砂像空锅在烧，砂洞里呼吸困难"①，当砂女告知也有其他人误入砂洞，无法逃脱最终被累死时，"男人"展开了对砂新的思考："砂是拒绝静止的，1/8毫米的流动，便是这个存在的世界。这是一种无法被替代的美，属于死亡的领土"②，安部公房在这里不遗余力地描写了砂的恐怖。本来"男人"是为了发现新品种昆虫，逃离了现实世界来到他以为的砂漠天堂，真的到了这里才发现目的地的真面目"地狱"，被"砂"拘禁和被日常生活困扰其实没有实质的差别。"砂"在这里完成了存在主义文学的使命之一：揭露现代社会和现实世界的欺骗性。

在"砂洞生活"段落，"男人"虽然表面上不满与"砂"的共同生活，他和砂女的关系却变成了共存共生，甚至还萌生了恋爱的感觉。当轻松逃离砂洞的机会放在眼前时，他却放弃了。虽然和砂对抗是目的，但在这样柔软的过程中，发现了全新的自我。到这里，砂完成了有趣的变化，从主人公兴趣浓厚的研究对象变成地狱一般的存在，再变成人物发现全新自我的道具，这样的变化也是主人公自我认知、自我发现获得自由精神的一个过程。

在"砂中定居"段落，作者并没有写到主人公有没有回归人类世界，失踪告示暗示"男人"最终选择了定居在砂中。这里的"砂"并非指眼睛看得见、手摸得到的物理性的"砂"，而是指"男人"自我发现的新"砂"和新"世界"。

新"砂"和新"世界"为何物？将在"砂的深层"具体论述。

二、砂的中介层（幻象）

艺术中介层连接着艺术家创作主体与审美主体，也连接着艺术虚像形态和抽象本质的规定。例如戏剧中的矛盾冲突、诗歌中的典型画

---

① ［日］安部公房：《砂女》，新潮社 1978 年版，第 28 页。
② ［日］安部公房：《砂女》，新潮社 1978 年版，第 29 页。

面等都属于艺术幻象的范畴。在小说中，幻象特指典型性格的艺术表现即作家的表现技巧。作为前卫作家安部公房的代表作《砂女》，其中关于砂的表现，全文一气呵成，纪实性的描写流淌着神秘、逼真、紧张、肃杀、性感的艺术气息。

1. 卡夫卡式流动的文体

安部公房曾这样评论卡夫卡："在我身体中卡夫卡所占比例正逐年增长。他是一位透视现实的作家，超出一般人想象。他是拯救我的导师。"[1] 在《砂女》中确实能感受到卡夫卡式的风格："突然，他发狂地叫起来。不知要说什么，语不成意。噩梦惊醒，他仿佛从砂底逃出。那些声音被砂吸走、被风吹散，不知所终。"[2] "砂从不休息，但又在静静地、侵蚀着地表。他恍惚中产生了一种错觉，自己似乎也在流动了。"[3] 人物的感受与砂体的流动交织在一起，超越了时间与空间的限制，任思维自由游走，这不正是卡夫卡文体表现之美的精髓吗？正如奥尔特加·伊·加塞特[4] 所说："思维是将现实化为概念的冲动"[5]。

那么"砂"就是这股冲动的推动者，阅读者正是跟随着"男人"在砂中的种种体验，内心在逐步接受着主人公思维的改变，也体会着自我发现的乐趣。以至于大家都忘记了，"砂村"设定本身就是不可能的这样一个事实。武石和志指出："一旦读了《砂女》这本小说，敏感的人会做一星期的噩梦。安部公房早期作品的魅力尽在砂中"[6]。

2. 日本式的语言风格

讨厌传统、无国籍、具有广泛的世界性，这些词汇多用来形容安部公房作品的前卫和超现实性。但在《砂女》这部作品中却并非如

---

① ［日］安部公房：《加速死亡的鲸鱼们》，新潮社 1986 年版，第 24 页。

② ［日］安部公房：《砂女》，新潮社 1978 年版，第 31 页。

③ ［日］安部公房：《砂女》，新潮社 1978 年版，第 11 页。

④ 奥尔特加·伊·加塞特（Ortega y Gasset，1883—1955）：西班牙哲学家，主要作品有《大众的叛逆》。

⑤ ［西］奥尔特加·伊·加塞特：《大众的叛逆》，筑摩学艺文库 1998 年版，第 56 页。

⑥ ［日］武石和志：《试论〈砂女〉》，《法政大学日本文学论丛》1981 年刊，第 16 页。

此，作者使用简洁的语言，而且多使用日式传统的文字，洋溢着古典主义的氛围。比如「灰色の種属には、自分以外の人間が、赤だろうと、青だろうと、緑だろうと、灰色以外の色をもっていると想像しただけで、もういたたまらない自己嫌悪におちいってしまうものなのだ。」①这里出现的「いたたまらない」在现代日语中多使用「いたたまれない」的形式。在尾崎红叶、志贺直哉的作品中多出现「いたたまらない」、而夏目漱石、岛崎藤村则多使用「いたたまれない」②。再比如:「それでいいのだ。やっと溺死をまのがれた遭難者でもないかぎり、息ができるというだけで笑いたくなる心理など、とうてい理解できるはずがない③。」现代日语中「まぬかれる」「まぬがれる」两种形式都有，在《日本国宪法》前文中就有「ひとしく恐怖と欠乏から免かれ」的实际用法的例子。那「まのがれる」的用法是否错误呢？在初版的《广辞苑》中出现了「まのがれる」这个词，从历史上来看，在平安时代初期也出现过「まのがれる」的用法，所以说安部公房并没有用错词，只是现代人使用的频率比较低。④

就理论而言，安部公房的存在主义对于西方的思想有很多的借鉴；而就语言来说，《砂女》中刻意选择了极为地道的、朴素的日语。也许这就是对舶来品的消化与吸收，由此实现了日本式的存在主义的升华。

3. 个性独特的比喻

在《砂女》中作者通过独特的想象，将事物变形以此来揭露现实世界空虚的真相。这样的比喻大都天马行空又极具隐射的意味：当主人公晚上尝试用自己制作的绳子从砂洞逃跑时，"就像用蜘蛛丝拽星星"⑤；当意外发明了净水装置，男人形容自己就像"虫子一样"⑥，而且

① ［日］安部公房：《砂女》，新潮社 1978 年版，第 57 页。
② 参见［日］矶贝英夫：《砂女》，《国文学解释与鉴赏》1972 年 9 临时增刊号，第 16—18 页。
③ ［日］安部公房：《砂女》，新潮社 1978 年版，第 133 页。
④ 参见［日］矶贝英夫：《砂女》，《国文学解释与鉴赏》1972 年 9 月临时增刊号，第 19—20 页。
⑤ ［日］安部公房：《砂女》，新潮社 1978 年版，第 93 页。
⑥ ［日］安部公房：《砂女》，新潮社 1978 年版，第 101 页。

是那种"没有内容的点心型"的"小虫子";在描写男人与女人交合的场面时,安部公房的比喻就更加奇异了,"女人变成了夜光虫,从身体内部发射出一道道光芒,攻击着这个逃跑的死囚犯",而男人觉得"自己变成了光滑的小石头。剩下的部分已经液化,融化到了女人的体内"①。"夜光虫"与"死囚犯"给砂洞中的两人身份作了注解,而"小石液化"的比喻确实给读者一种不愉快的感觉,反映的其实是男女畸形的关系以及爱的脆弱,给人以独特的痛感。读者便随着"男人"这些天马行空的幻想进入了他孤独的生存空间。

综上所述,就作家的表现技巧来说,《砂女》并没有像安部公房其他的作品,比如《箱男》《密会》那样采用时间、视角倒错的前卫手法,而是卡夫卡式流动的存在主义表现文体、富有日本特色的语汇以及充满个人独特魅力的比喻,用相对简单的方式表达了故事的寓言性和多义性,称得上是日本20世纪纯文学的代表作。

三、砂的深层(抽象)

与虚像不同,抽象层属于艺术感悟部分,富含感情意味。小说的抽象层便是指读者在读完小说之后所得到的审美体验。尽管《砂女》的故事是完全虚构的,直至今日,这部作品超越国界,跨越时代变迁,跳脱出民族、风土的限制,仍然被世界各地的读者所追捧。不得不说作品里的"砂"是具有世界性、现实性、未来性的,绝不是单纯的故事道具,在这仅有 1 / 8 毫米大小、一直在流动、拒绝生命停留的砂上被作者赋予了深刻的寓意。

1.砂的流动性反衬人类执着

主人公"男人"为什么要到砂漠里来呢?难道仅仅是为了发现新种昆虫吗?作者设局的用意并非如此简单。在故事的开始,"男人"无法理解砂女每天挖砂的重复劳动:"晒焦的砂子蒸腾起一股怪异的气味,在屋子里弥漫,久久不散,如果不及时清砂,砂子呀,掉下来的

---

① [日]安部公房:《砂女》,新潮社 1978 年版,第 110 页。

哟，一天不去打扫，会积起一寸那么厚呢……吃饭要撑开一把大伞，因为不撑伞，砂子会掉进去的哟，饭里面；如果穿着衣服出汗，不久就要害砂斑——皮肤会腐烂，像火烧以后留下的疤痕，火辣辣的……每天晚上的固定时间，女人都要进行清砂工作……用铁铲往石油桶里灌砂子，然后让大网篮给收去。这是每天必做的功课，如果不干活的话，村里人就会断绝给这个砂洞的一切支持——比如说水"[1]。可是"男人"又被逼无奈，自己也得变成这样，于是作者描写了这样一段心理独白："被砂吸引，我来到这里，没想到却背负起这样的义务，看来我是逃脱不了义务的"[2]。言下之意，他来这里的目的是为了逃脱充满义务的现实世界，没想到又被砂洞赋予了新的义务。当他第一次逃跑计划失败时，他对洞外的老人说："我能做更正常的事，人类有充分发挥自己能力的义务"[3]。第三次逃跑失败之后，"男人"内心独白："我有更正当存在的理由"[4]。评论家武石和志分析说，"虽然这个男人对于他所属的现实世界不满，但仍然强烈的渴望着自己能通过发现新种昆虫扬名立万，这不能不说是一种执着"[5]。执着寻找自我存在的证明才是男人来这片砂漠的真正原因。

难道执着的人真的就只有这一个吗？在"砂洞"中，我们可以和"男人"一起在报纸上读到一则关于一个日本吊车司机被坍塌的砂子压成重伤，送到医院抢救无效死亡的报道。这里的"砂"是对现代工业化社会的一种消解。小说以多种不易觉察的方式渗透了大量关于现代工业化生活的描写：登山家也好，大楼擦玻璃窗的也好，电视塔上的电工也好，马戏团的空中飞人也好，发电厂烟囱的清扫工也好；要是被底下的事吸引去了注意力，那就到了他的灭顶之时了。工业化所制造的隔离感和那种精神的空虚连一只胃也不放过："他好容易吃下一串砂丁鱼、一个饭团。胃就像橡皮手套，冰凉凉的。"[6]我们还可以看

---

① ［日］安部公房：《砂女》，新潮社 1978 年版，第 16 页。
② ［日］安部公房：《砂女》，新潮社 1978 年版，第 19 页。
③ ［日］安部公房：《砂女》，新潮社 1978 年版，第 36 页。
④ ［日］安部公房：《砂女》，新潮社 1978 年版，第 37 页。
⑤ ［日］武石和志：《试论〈砂女〉》，《法政大学日本文学论丛》1981 年刊，第 17 页。
⑥ ［日］安部公房：《砂女》，新潮社 1978 年版，第 89 页。

到在噩梦般的工业化生活里，人退回动物性的特征里，在这里"女人把身体缩起来，摆出一副黄蜂产卵般的姿势"①以及集体狂欢式的"雄的和雌的交配"的性交恶作剧，才可以消解工业化的压抑。欲求不满的人类一面享受着丰富的物质生活，一面无止尽地、执着于新的工业化欲望追求，一切都陷入一种怪圈。"所谓'美比乌斯圈圈'，就是将一条纸带绞一下，然后将纸带背面的一端，粘在纸带表面的一端，形成一个环"②，这样的环就如同砂洞里不断流动的砂，循环往复，无休无止。就好像这个"男人"执着于昆虫采集，自己却成了被采集的对象；执意逃离像砂漠一般的现代都市，却真的落入了砂的地狱，不正是对人类执着欲望最讽刺的回击吗？

2.砂的柔软性暗示砂女特性

《砂女》这部小说的主人公是有名字的，叫"仁木顺平"，但作者刻意回避了本名，一直使用"男人"作为指代，目的就是和没有名字的"砂女"呼应。

有学者认为，小说主题有性的暗示，洞穴比喻女阴，砂女暗喻砂洞。笔者认为，砂女和砂是一体，她们特性相同，彼此渗透，互相融合。比如主人公在砂洞里初遇"砂女"，作者写道："那个寡妇也像砂子一样，无声地流动，少言寡语……女人站在幽暗之中，比砂更黑暗……女人的动作和沉默，不知不觉充满了一种恐怖的气氛……那是一个奇怪的女人。第一次见面时兴匆匆出来迎接，掩饰不住激动的样子……之后一边嘟哝着一边勤快地清砂，劳作完了睡觉，竟是仰面躺在地席上，除了脸以外浑身一丝不挂。"③面对男人的软硬兼施，只是一言不发。默默地做饭、清砂，镇静得让人恐怖。对于男主人公来说，也许这个说话有一句没一句的女人比不断发生的砂崩还要令人不安和紧张。无论男人怎么对她，她都客气地、怯生生地伺候他，满足他的一切要求。

① ［日］安部公房：《砂女》，新潮社1978年版，第119页。
② ［日］安部公房：《砂女》，新潮社1978年版，第103页。
③ ［日］安部公房：《砂女》，新潮社1978年版，第13页。

砂女一直保持着隐忍、顺从、沉默的态度，可是当"男人"试图破坏砂洞墙壁上的砂时，她却像变了一个人。"女人发疯似的，尖叫着奔过来。抓住男人的手，夺下铲子"①。对于女人来说，砂洞就是她生活罗盘的中心，维护砂洞的存在就是维护砂村存在，通过这种潜意识的方式维护自己生存的价值。

砂子的特性之一就是柔软。对任何物体都有包容性，但不管什么东西一旦陷在砂子里就很难离开。这多像传统日本女性的特质啊：顺应社会，忠诚的维持着日本社会规则。家庭和老公是生活的中心，但一旦有力量试图破坏这种平衡，她们一定全力对抗，不管这种力量是来自于外界还是内部。这也许是一种无意识的残酷的惯性。可以猜测传统日本女性的特质正是安部公房创造砂女形象的灵感来源吧。正如村松定孝②分析的那样："砂女不正是那种顺应社会、遵从社会道德、努力维持家计典型的日本家庭主妇的象征吗？砂女显示的就是日本女性那种无意识的残酷。"③

3. 砂的变化性确证自我身份

兼具着流动性和柔软性的砂还具有变化性，改变困在其中的人的想法。"砂的变化也是他的变化。也许是他从砂中找到了另一个自己。"④这种变化是怎么发生的呢？

第一天夜里，主人公被"砂女"清砂的声音吵得睡不着时，漫无边际地想象起来，"站在砂的一方，有形的东西均成了虚无，只有否定一切形状的'砂的流动'。……这个想法忽然把他从女人清砂的声音，那奇怪的强制性的压迫感中解放了出来。水上行舟，砂上也该能行舟嘛。如果摆脱了房子的固定观念而获得自我，那就没有必要去同砂子作无谓的争斗。"⑤他这样想着想着便安然入睡了。对于被困在

---

① ［日］安部公房：《砂女》，新潮社1978年版，第19页。

② 村松定孝（1908—2007）：日本国文学家，上智大学教授，文艺评论家。

③ ［日］村松定孝：《论安部公房〈砂女〉和〈他人的脸〉》，《国文学解释与教材研究》1967年6月号，第23页。

④ ［日］安部公房：《砂女》，新潮社1978年版，第251页。

⑤ ［日］安部公房：《砂女》，新潮社1978年版，第11页。

"砂穴"这样的绝境里的人而言，这些幻想无疑是使精神解脱的镇静剂。主人公陷入"砂穴"后虽竭力叫喊、挣扎，想方设法要逃出这非人的地方，但是随着时间的推移，他的固有观念被流动的砂子一点点蚕食，不知不觉与"砂女"发生了的肉体关系，渐渐发展到专注于发明蓄水装置，最后，当他有机会可以逃脱时，他已从沙地的不毛之中发现了水和生，他的世界观发生了180度的大转变，"他从沙中，和水一起发现了另一个自己"①。一开始，男人来砂漠目的是发现新种昆虫，好将自己的名字留在昆虫大图鉴上，以此证明自己价值，被困砂村后，不得不每天与砂作战，做着毫无意义的挖砂工作，他多次尝试逃跑，但最终还是被抓回来了。经历了这些之后男人有了新的思考。对于砂村之外的人这样的工作当然是不可思议的毫无意义的努力，但是对于砂村的人来说发现新昆虫不也是没有价值的吗？砂的世界也好，真实世界也好，根本上都是无意义的存在，在这个无意义的世界里找到自我的存在才是活下去最重要的事。当男人无意中发明了净水装置便是自我价值最好的证明，他的喜悦溢于言表，"尽管身在砂洞，却好像爬上了高高的塔顶，世界都翻过来了"②，他还给这个装置起了名字，叫作"希望"。这是典型的自我寻找—迷失—反省—逃跑—再反省—自我发现的过程。到这里，男人发生了有趣的变化：从刚开始的"被斑蝥虫妖气十足的腿迷住了"③，到后来的"他甚至怀疑，假如那虫真是斑蝥虫，自己会不会跟上去看。恐怕他自己也做不出肯定的回答"④；从刚开始的"可我是绝对忍受不了的！已经够多的了！反正我立刻就想走"⑤，到后来的"其实现在已没有慌慌张张逃跑的必要了"⑥；从刚开始的"挪开猪一样的脸吧！……真想强行扭住她的胳膊，把她摁倒在泥里"⑦，到后来的"紧靠着女人，一只手托着她的身

① ［日］安部公房：《砂女》，新潮社1978年版，第251页。
② ［日］安部公房：《砂女》，新潮社1978年版，第223页。
③ ［日］安部公房：《砂女》，新潮社1978年版，第3页。
④ ［日］安部公房：《砂女》，新潮社1978年版，第107页。
⑤ ［日］安部公房：《砂女》，新潮社1978年版，第9页。
⑥ ［日］安部公房：《砂女》，新潮社1978年版，第239页。
⑦ ［日］安部公房：《砂女》，新潮社1978年版，第35页。

子，空着的一只手，不停地抚摸女人的腰部"①。而砂也完成了有趣的变化：从主人公兴趣浓厚的研究对象变成地狱一般的存在再变成人物发现全新自我的道具，这样的变化也是主人公自我认知自我发现获得自由精神的一个过程。这个变化过程也符合了苏珊朗格"艺术符号论"中所说的符号"生命形式"的规律。

《砂女》中的"砂"便是这样一个由作者借助想象力创造的"富有意味的符号"，"砂"贯穿始末，一气呵成，符号的虚像、符号的幻象和符号的抽象三个层次合在一起才能够品味生命的价值。才能够明白主人公确证自我身份的过程，理解安部公房存在主义精神的用意。

四、结　论

纵观安部公房整个创作生涯，"砂""砂漠"是很特别的意象存在：1948 年，受到当时法国存在主义文学理论的影响，就读于在东京大学的安部发表了处女作《终点的路标》。这部观念小说以旧满洲国为舞台，突出描写了砂漠的荒芜感；两年后，作品《壁》获得芥川文学奖获奖，其中不乏沙漠广阔而美丽的场景描写；成名后的安部非但没有减少对砂和沙漠的研究，甚至是将自己隐居在沙漠中，度过了七个月的时光，写出了很多关于砂的散文，比如《沙漠的思想》等；在《砂女》大获好评后，作者继续发表《舞台再访——砂女》，醉心于对砂的迷恋。究竟是什么原因让安部公房对砂有如此执着的好感，乐此不疲？在安部文学世界中，"砂"被灌入了怎样的终极意义呢？

对砂的迷恋大概首先和当时时代背景以及作家所处文坛的环境有关。战败后的日本社会贫瘠如同荒漠，是个动荡不安的时代。1960 年代初，日美安保条约的签署激发了日本国内民主运动的高潮。新日本文学会和日本共产党的交恶让夹在其中的安部公房左右为难，在经历了对立、激化、决裂的过程之后，1962 年，安部与花田清辉等 28 位作家被日本共产党除名。同年出版《砂女》中作者借砂表达世界的荒唐感以及旁观者的心态也就顺理成章了。当日本逐渐摆脱了战后的混

---

① ［日］安部公房：《砂女》，新潮社 1978 年版，第 200 页。

乱、贫困，进入了经济恢复与高速发展的时期，社会相对稳定，但又危机四伏。文学要表现不同时期的社会现实和生活，必然在观念上和形态上相应发生变化。关注整个资本主义社会的状况和现实中的不合理现象，探求个人内心的不安，日常生活中的矛盾以及核威胁等新的社会问题便成为当时文学家要表现的主题。

对砂迷恋的另一个原因和作家漂泊的成长经历有关。安部公房祖籍北海道，出生在东京，成长地却是中国的沈阳。在沈阳完成了小学、初中的学业后，16岁的安部只身一人返回日本，就读于东京成城高中理科，没多久，因为肺炎返回沈阳。一年后再度回国复学，于次年（1943）考取东京大学医学院。当时在日本国内战争的氛围非常高涨，为了躲避征兵，安部制造了假的诊断书，再次休学回到沈阳。没过多久，日本战败，父亲去世，安部母子被派遣回祖籍北海道。之后安部又只身一人来到东京复学。在这期间他接触了尼采、海德格尔的作品以及欧美现代派文学，奠定了安部公房文学的基础。还处于成长期的他，就在异国他乡目睹了战乱给国家和人民带来的颠沛流离，经历了太多的生活磨砺，在他的感情深处潜藏着对故乡的憎恶和对战争的痛恨。从以上的经历不难看出，安部在动荡漂泊中度过了童年和少年的时光，这也是为何作家一直声称自己"没有国籍、没有故乡"的原因吧，在缺乏安定感这点上，作家自身际遇与"砂"的存在形态不谋而合，作品中流露出"异端""孤独"的情绪也就不足为怪了吧。

安部公房亲身经历了所谓"满洲帝国"的崩溃，使他感到国家、社会制度都是虚幻的东西，日本战败的结果使"本来平稳生活的人与人之间分解得四分五裂"①。他认为，既然过去的"满洲帝国"如此，那么今日的"日本帝国"的国家秩序的保障又在何方呢？一切社会关系、制度、秩序看似坚固，却十分脆弱，不堪一击。生活在这样的社会中，弱小的个人又如何找到自己的归宿呢？总之，在中国东北的生活体验，形成了安部公房的价值观念、文学表现的根基。他的作品的主人公多是生活的弱者，有的既失去了"故乡"又失去了自我（如

---

① ［日］安部公房：《沙漠的思想》，讲谈社1964年版，第34页。

《终点的路标》），有的找到了"故乡"却失去了自我（如《赤茧》），有的找到了自我却失去了"故乡"（如《燃烧的地图》），终于在《砂女》中刻画了一个既找到了"故乡"又找到了自我的人物形象，尽管主人公既无过去也无未来，却拥有现在，拥有自我的真实存在，虽然小说不乏悲剧色彩，但是，透过迷雾人们可以摸索到一颗向命运抗争的坚韧不拔的心灵，充分体现了作者的不懈追求。

在"砂"这个意象中投射了安部公房的很多对于人生、社会的思考。作者故意忽视人物存在的合理性与真实性，强调不合理的生存状态，借"砂"来体验异化的生活，目的在于打破共同体的束缚、将人物放逐暗喻都市孤独存在的砂漠中，在孤独与绝望的世界里寻找探索创造新的人类生存之道。而"砂"的体验似乎也暗示了当时日本人心中的某种体验，战败、原子弹、破产、失业，在历史转换中人无法把握个人命运，在绝望与孤独中煎熬。所以说，表面上安部对"砂"感兴趣，归根结底，他作品的核心依然是"人"，探讨积极的生存状态、不留余力地思考生命意识，这才是安部文学最重要的主题。正像叶渭渠所说的那样，战后日本文学走的是寻找自我、确认自我发展到逃避自我这样一条路，寻找自我产生失落感，失望又升华了寻找自我的意识，在寻找与超越中探索生命的本质，这才是以安部公房为代表的日本存在主义文学的关键词①。

———————

① 参见叶渭渠、唐月梅：《日本文学史》现代卷，经济日报出版社1999年版，第150—200页。

庄野润三的《静物》

短篇小说《静物》是日本作家庄野润三的代表作之一。庄野润三（1921—2009）作为日本 20 世纪 50 年代出现的"第三新人"中的一员，在具有"第三新人"作家共同特征（日常性，衰弱的社会批判，缺乏对政治的关心，回归日本传统的私小说的倾向）的同时，其特有的笔触所描绘出的平静家庭裹挟的危机，使他在这个战后作家群中表现出了自己的特异性。1955 年其作品《游泳池边小景》获得第 32 届"芥川奖"，使得他开始被文坛瞩目。1960 年通过短篇小说《静物》获得第七届"新潮社文学奖"，由此奠定了他在日本文坛的地位。时至今日，庄野润三已经发表了众多小说和随笔，2007 年 86 岁高龄的他还出版了作品集《华盛顿的歌谣》。

《静物》最初发表在 1960 年 6 月的文艺期刊《群像》上，被称为"凝聚了庄野润三初期所有作品精华，让人不得不赞叹的名作"①，此外，日本著名文学评论家山室静②甚至把其称为"昭和文学的最高名作之一"③。

但是，这一公认的名作却也被认为"是庄野小说中最难解的一部"④。五十年前，当庄野润三把《静物》让《群像》编辑部的编辑们审阅时，他们觉得"可供解读的角度太多""主题能再鲜明一些就好"⑤。进入 21 世纪后，也有评论家认为"《静物》虽然读起来有趣，但仅仅

---

① ［日］高桥英夫：《关于人类的热情》，载于《庄野润三初期作品集》，讲谈社 2007 年版，第 252 页。

② 山室静（1906—2000）：日本著名文艺评论家，1935 年邀请本多秋五、平野谦等创办《批评》杂志，第二次世界大战后成为《近代文学》同人，同时也是诗人兼散文家。

③ ［日］石本隆一等编：《日本文艺鉴赏事典 18》，行政出版社 1988 年版，第 152 页。

④ ［日］高桥英夫：《关于人类的热情》，载于《庄野润三初期作品集》，讲谈社 2007 年版，第 252 页。

⑤ ［日］阪田宽夫：《庄野润三笔记》，冬树社 1975 年版，第 96 页。

读一遍的话是绝对无法真正理解的吧"①。为什么《静物》的深层意味的解读被认为是一难题的同时，该小说又被评价为"昭和文学的最高名作之一"呢？

关于庄野润三的先行研究，未曾有前人对此评论组合的出现做出解释。在日本，专门评论庄野润三及其作品的著作目前只有《庄野润三笔记》②。在第三新人作家中，除了远藤周作和小岛信夫，其他人与他们的作品均被详细论及的不多。

关于《静物》的论述也都主要散见于针对第三新人以及庄野润三的评论和论文。这些评论和论文中，往往庄野润三的经历和其作品概说又占了绝大多数。例如，文学评论家山室静的《庄野润三论》③和奥野健男的《庄野润三》④均没有对《静物》这一小说进行过详细论述。即使在《庄野润三笔记》一书中，作者也是主要论述了《静物》的创作过程和其风格。能见到的以《静物》为中心的评论或者是论文只有从精神分析角度入手的《庄野润三〈静物〉试论》⑤和作品赏析等。而在中国，不仅没有关于庄野润三和《静物》的专门文献，以第三新人为中心的文献也不多见，对于中国的日本文学爱好者而言，庄野润三及其作品是一个遥远的存在。

一、从《静物》的表层结构到深层结构

结构主义文学批评方法最重要的分析手段之一就是二元对立的分析法。那么《静物》是如何表现一连串的二元对立的呢？这些表层对立的背后所隐藏的最深的对立又是什么？本章节我们运用结构主义的二元对立分析法一边对文本进行分析，一边从小说的叙事和符号两个层面对《静物》的表层结构进行解析，探求深层结构。

---

① 日本文学评论家大杉重男在名为"来自21世纪的照射"的座谈会上的发言，载于《国文学解释及鉴赏》2006年2月号，第19页。

②《庄野润三笔记》：1975年5月5日由日本冬树社出版。阪田宽夫为庄野润三的好友，该书为目前为止研究庄野润三的唯一单行本。

③［日］山室静：《论庄野润三》，载于《现代日本文学大系88》，筑摩书房1973年版。

④［日］奥野健男：《庄野润三》，载于《日本文学75》，中央公论社1969年版。

⑤ 吴顺瑛：《庄野润三〈静物〉试论》，《文学·语学》2007年第186号。

1. 叙事的结构

《静物》表面上是通过数个生活片段，描绘了夫妻二人和三个孩子的一家五口的幸福安宁生活。但是在这一切美好和谐的背后，却一直残留着妻子过去的自杀未遂事件的阴影。其情节依存于十八个短章，这些短章各有旨趣。也就说从中抽取任何一章都可以独立成文。但是通读小说全文的话，却难免觉得有些零乱，很难读取小说整体在深层所想表达的意味。以下先按照顺序对各章大意进行概括。

【第一章】星期天，父亲并不想外出，在次子和女儿的要求下终于出门，钓到了一只小小的金鱼。在这悠闲的氛围中，父亲不经意间想起了10年前的事件。在父亲的回忆中，那时才一岁的长女并不知道发生了什么，无忧无虑地睡在一边。

【第二章】大约10年前，父亲和老医生聊天的场景。父亲当时想起了自己小学时代脚板不小心被钉子穿透的情景，还想到了自己妻子的烫伤。

【第三章】父亲对一家人讲述一位外国小女孩死而复生的趣闻。妻子听后很不快地说道"真可怕"，似乎是让她联想到了自己曾经自杀未遂。

【第四章】父亲钓到的金鱼被饲养得很好，鱼缸被摆放在孩子们玩耍的房间里，却很意外地没有被打破过。经常惹得父亲不由得担心。

【第五章】听着孩子们道晚安的声音，父亲不久也入睡。他想起妻子的事件发生之前，两个人曾有三个月都是分开睡觉。

【第六章】父亲和长子在浴缸里对话的场景。长子和父亲讲述在学校里听来的发现了鸭蛋的外国少年的故事。

【第七章】父亲和女儿讨论曾经看过的电影。那是一部英国电影，贫穷的石匠为了能够拥有自己的房子，拼命劳动赚钱时，掉进了水泥坑中。父亲回忆中，一看见令人惊恐的残酷场面，女儿就会用他买的图画书遮住脸。

【第八章】儿子要父亲给自己讲故事，父亲就和他说了野猪的故事。在讲故事的同时，父亲也把生存的智慧和本领传授给孩子。

【第九章】来家里拜访的伯父给了孩子们一袋核桃，女儿考虑该怎样分给朋友吃。

【第十章】在妻子每天精心的照料下，钓来的金鱼已经长大了许多，夫妻俩见此都十分高兴。后来又曾去钓过一次，但是什么也没有钓到。

【第十一章】父亲眺望丁香花树的场景。

【第十二章】父亲一边素描女儿的脚部，一面和女儿讲她刚出生时祖父来探望的场景。

【第十三章】晚饭时，女儿和大家说在学校花坛发现了蝼蛄，逗蝼蛄玩得十分开心。

【第十四章】孩子们每天轮流带老虎和兔子的布偶睡觉，但是为了争抢布偶仍会发生争执。父亲在自己的房间里听着这一切，回忆起十几年前的圣诞节。妻子当时给女儿准备了一个硕大的毛绒玩具狗，给丈夫送了一顶昂贵的帽子，就是在那天早上，妻子试图自杀。玩具狗一直被孩子们玩耍到很久以后，帽子却被丈夫忘在了电影院。

【第十五章】父亲给孩子讲述胜次郎爷爷的故事。在一个寒冷的夜里，爷爷在河里捕捞了几十条鱼，结果饿坏了的狐狸把鱼连同篓子一起叼走了。

【第十六章】父亲在午休时听着妻子说话声，突然幻听成了女人啜泣声，不禁想起曾经的事件。

【第十七章】女儿给一家人讲述上音乐课时的趣闻：课上老师在讲解时，假牙突然掉了下来。

【第十八章】关于儿子饲养的蓑虫的故事。儿子的朋友对他说，如果把蓑虫建的窝全部扒掉，只要三小时它就可以重建。可是儿子饲养的蓑虫一直毫无动静。第三天，它终于编出了一个像屋顶似的东西，儿子却毫不怜惜地用手指把虫子弹飞了。过了两周后才重新找到虫子，它被严实地包裹在自己编的小袋子中，父亲对此感到很不可思议。

《静物》就是由以上这些看似零乱的章节构成的作品，与其说是短篇小说，或许说是随笔散文集更合适。大部分的章节中，人物的对话占了主要部分，情节性十分稀薄。如果除去关于金鱼的成长的描述，按任何顺序都可以阅读。但是在自由零乱的背后，实际上还是存在着秩序的。

值得注意的是其中父亲的回忆。在和睦安详的日常的片段中，过去的事件通过父亲的回忆和联想被穿插在其中。如果说和睦安详的现时点的日常片段是情节的"外层"的话，那么过去的事件就可以说是情节的"内层"，"外层"包裹着"内层"。可以发现，在《静物》这部小说的叙事结构中，"现在"和"过去"的二元对立是最为明显的秩序，但是决不能说它们就是该小说的深层对立。为了探寻小说的深层对立，接下来将做进一步的分析。

（1）情节的"外层"

首先来分析一下情节的"外层"。除了小说的第二章和父亲的回忆，其他的部分都可以看作是"外层"。在外层中，占了大半的是父亲和孩子的对话。

读者在阅读这些对话的时候，往往都能够感受到一种音乐感。例如，在第十三章中，女儿与大家讨论蝼蛄的情景就是如此。

　　女孩觉得蝼蛄受到惊吓，不停地划动着腿的样子十分有趣，一边嘴里喊着"它的腿划动起来是什么样子的呢？"，一边用手反复模仿。（中略）

她不停地笑着。

"是什么样子的呢？"稍年长的男孩也一边划着手，一边喊道。

"是什么样子的呢？"年幼的小男孩接着喊道。

"是这个样子的。"

"是这个样子的。"

"好了好了，我知道了……"父亲看三人都比画起来，于是发话了。[1]

---

[1]　［日］庄野润三：《静物》，载于《庄野润三初期作品集》，讲谈社2007年版，第212页。

出场人物依次做着同样的语言和动作，仿佛是在演奏着一首富有韵律的曲子。这样具有音乐感的对话在小说中随处可见。亲切和蔼的父亲和可爱的孩子沉浸在和睦的氛围中，让读者感觉栩栩如生。

父亲是这部小说的焦点人物，作为父亲支撑这个家的主人公的思维与观察着这一切的叙述者的见闻重叠在一起。叙述者从来没有把作品中的"妻子"称呼为过"母亲"，这也更凸显了父亲作为一家之主的地位。

另外值得注意的是，在《静物》之前的作品中，孩子们仅仅是舞台道具似的存在。例如在《游泳池边的小景》中，主人公青木的两个孩子一句台词也没有，仅仅是作为背景而存在。但是在《静物》中，却是众多孩子亲昵地与父亲对话，要求父亲讲故事，开心地观察小动物的场景。文学评论家高桥英夫则把庄野作品中孩子的存在感称为是"人性热情"的显现 ①。

父亲与孩子间的对话完全没有藏着利害和心计，作品中描写孩子们天真无邪的内心的语言就像对生命本身的礼赞般引人注目。通过这些片段，读者不难感受到一个个幸福的瞬间。因此有人说，"从《静物》中可以找到通过明亮的镜头所捕捉到的知性而又美好的爽快感。" ②

对话之外的对生活场景的描摹也是极尽天然，丝毫没有造作与雕琢。例如第九章中，伯父送了孩子们一袋核桃，叙述者就大家如何分核桃，如何吃核桃作了十分详尽的描写。

> 那么，该怎么分这些核桃呢？妻子是这样分的。给女儿七个，大儿子五个，小儿子三个。这样就还剩了两个，正好可以夫妇俩一人一个。
>
> 父亲把核桃放进了裤子的口袋，拿去了公司，第二天就把它

---

① ［日］高桥英夫：《关于人类的热情》，载于《庄野润三初期作品集》，讲谈社 2007 年版，第 253 页。

② ［日］阪田宽夫：《庄野润三笔记》，冬树社 1975 年版，第 98 页。

弄丢了。妻子则是在白天，和小儿子一起在家时吃掉的。

　　只有女儿把核桃藏进了自己的书桌中，然后用毛毡布把它们一个个仔细地打磨，想让它们发出漂亮的光泽。①

　　在这段庄野如同信手拈来般的对话中，能够让读者感受到十分亲切的日常感和安心感。之所以会这样，是因为叙述者提供了充分的信息，让读者觉得事事可见。一般的小说都会通过一起起接二连三的事件，推动故事情节的发展，因此给读者一种较为强烈的时间感。而在《静物》叙事的表层，没有一个可以被称为"事件"的事件，取而代之的是一个个没有戏剧冲突的、任何一个时代的任何一个幸福家庭都拥有的场景。

　　作为旁证，可以发现在《静物》中登场的人物没有一人被叙述者以姓名相称，均冠以"父亲""男人""妻子""男孩""医生""朋友"等之类的普通名词。从这一点也可以看出作者在情节的外层想描绘的是一个对于人类社会而言永恒而又幸福的家庭图景，抽象出了幸福的家庭的共性。

　　论及"永恒而又幸福的家庭图景"，通览小说全篇，除了偶尔出现金鱼的成长状况的描述，几乎看不见关于时间推移的表现。严格来说，在情节的"外层"，既没有可以被称作故事开头的开头，也没有可以被称作结尾的结尾。因此，在由断断续续的生活场景串联起来的这个作品中，叙事的时间感十分稀薄，认为读者可以按任意的顺序阅读这部小说的缘由也就在这里。

　　（2）情节的"内层"

　　《静物》的情节的"内层"和"外层"正好是相反的，在以父亲的回忆和联想为主的"内层"，我们完全感受不到人性的热情、对生命的礼赞和无比幸福的瞬间，能感受到的只有十几年前发生的妻子自杀未遂事件留下的阴影。也就是说，在情节的"内层"，对于父亲而言，妻子的自杀未遂事件并没有结束。《静物》中关于妻子的自杀未遂

---

① ［日］庄野润三：《静物》，载于《庄野润三初期作品集》，讲谈社2007年版，第197页。

事件的描述一共出现过六次，以父亲回忆的形式反复被提及。既有通过日常的场景联想到的时候，也有突然莫名其妙地想起的时候，该事件一直在父亲脑海里挥之不去。

在第一章中，通过"那天早晨，她在房间的角落里和玩具狗躺在一起玩耍，发生了什么也不知道，就像一个孤儿似的躺在地上。那时她正好刚出生一年。"①这短短几句，叙述者开始言及家庭过去曾发生的事件。但是究竟在"那天早晨"发生了什么，叙述者在第一章中欲言又止，而在分散在后面的章节中一点一点地透露和暗示。于是，情节"内层"的抑郁和"外层"的明亮形成了一种对比，处处让读者感到不安。为了便于对情节"内层"进行分析，我们可以把散见于全文的关于妻子自杀未遂事件的叙述筛选出来。

现在父亲想到的是，十几年前的那天早晨，在年纪尚幼的女孩的床铺边放着的布偶小狗。（第十四章）

现在正坐在那儿缝着衬衣的女孩不知道当年家里发生的事件，全是因为她当时年纪尚幼。她即使看着沉睡不醒的母亲，也不懂得这意味着什么。（第七章）

那天早晨，她在房间的角落里和玩具狗躺在一起玩耍，发生了什么也不知道，就像一个孤儿似的躺在地上。那时她正好刚出生一年。（第一章）

那时妻子和丈夫分睡不同的房间。妻子和刚出生一年的女儿睡在一起。（第五章）

他想喊醒妻子，抱怨几句。今天虽说是休息日，不是一定要按时起床，但是睡得差不多也就该起来做早饭了。于是他喊了几声妻子。但是，妻子没有任何应答。不仅没有应答，而且表情也是全然不觉。（中略）以前每次喊她，她都会反射性地一下子坐起来，把人吓一跳。"喂！还不起床吗？"他这样喊着，想伸手去推妻子的肩膀。这时，他才发现妻子穿着奇怪的衣服躺着。（第十四章）

---

① ［日］庄野润三：《静物》，载于《庄野润三初期作品集》，讲谈社 2007 年版，第 164 页。

男人依然清晰地记得触碰到妻子没有温度的手脚时的感觉。最初还是温暖的，然后就渐渐冷了下来。（中略）在帮助医生翻动妻子身体的时候，汗珠从他的额头上滴落下来。（第二章）

发生过那件事以后，两人又像从前那样重新睡在一起。从那时开始一直到现在。（第五章）

进入到亡灵的世界，又重返光明的人究竟会用什么样的声音说话呢。（第三章）

就像以上这样，妻子的自杀未遂事件构成了《静物》情节内层的中心，可以称为该作品的不安之源。虽然不知道妻子自杀的具体原因，那时夫妻二人分别睡不同的房间，大概是因为两人关系出现了裂痕吧。能够引起妻子自杀，想必也不是非同小可的裂痕。而且，事发时间一直被称为"那天早上""那时"，事件本身被称为"那样的事情""家里发生的事"，关于妻子的自杀未遂，文中从没有直接明示过，可见父亲当年受到的巨大打击，直到现在仍在极力回避。

这种"打击"的巨大可以从第二章中的"够受了"这一回答中窥见。

> "只要发生过一、一、一、一次"老医生说道，"以后还会有的。"
>
> （中略）
>
> "一次已经够受了吧。"（医生）
>
> "够受了。"（年轻时的父亲）
>
> （中略）
>
> "真是不知道以后还会怎样呢！"老医生说道，"真是前途叵测。"①

以上是在十几年前自杀事件后的对话，对话中充满了不安。口吃

---

① ［日］庄野润三：《静物》，载于《庄野润三初期作品集》，讲谈社 2007 年版，第 170 页。

的老医生和年轻的丈夫说其妻子的自杀有可能会成为习惯性自杀，尤其是"前途叵测"这个毫不留情的词更加加剧了丈夫内心的不安。

虽然妻子自杀未遂的悲剧已经被埋在了时间的深处，但是10年前老医生的话就仿佛是不散的阴魂一直萦绕于父亲的记忆中。妻子什么时候又会没有前兆地突然自杀呢？父亲的这种不安被镶嵌在情节外层的幸福的日常中，偶尔像在第十六章中那样，以父亲幻听见妻子哭声的形式出现。情节外层父亲和孩子天真浪漫的对话就仿佛是在努力掩盖这种不安，正是因为如此，父亲和孩子们的对话越是明朗活泼，情节内层的不安也就越发变得深不见底。

值得注意的是，情节的内层没有叙述到的内容过多，于是给人感觉在情节的内层有许多空洞。例如，妻子突然自杀的具体原因究竟是什么？叙述者一句也没有提及。还有事件的当天早上，为什么妻子会身着奇怪的衣服躺着呢？究竟是何种奇怪？诸如此类的问题叙述者完全没有写明。于是在情节内层的这种"空白"与情节外层的"充实"形成了一种对比。可以说内层的"空白"象征了丈夫对其妻子的认知空白。

在作品中，完全没有关于孩子们和妻子的心理描述，作为成年人的妻子的心理肯定不同于天真浪漫的孩子们的心理，尤其是曾经一度企图自杀的妻子，她应该拥有极其丰富的内心活动。但是，叙述者的视点只是等同于父亲的视点，不提供任何超出了父亲的视野的信息给读者。因此妻子的内心是怎样的，无人可知，对妻子的理解和认识也是一片空白。读者和父亲一起感到不安，在不知不觉中被吸入小说情节内层的可怖世界中。

叙述者视点的"空白"是加深读者不安感的重要因素，让读者感到《静物》的内层情节的世界是不受因果律支配的领域。正是没有因果律支配的世界，才会更加让人隐隐地感到无法预测的可怖，才会让人感到前途叵测。

（3）小结

以上是对《静物》情节的外层和内层的分析，把两个层次放在一起比照，对其中出现的二元对立进行归纳整理的话，可以得到如下表格。

	情节的外层（现在）	情节的内层（过去）
小说表层结构	日常性（安定）	非日常性（不安）
	视点的充实（安定、可以预想）	视点的空白（不安、不可解）
	生命的热情（幸福）	死亡的阴影（不幸）
	无时间性（永恒）	对"那时那事"的强调（前途叵测）

《静物》的叙事的表层，就正是由这些二元对立构成。运用抽象思维进一步把这些表层的二元对立进行归纳的话，我们就能得到这部小说的深层构造。

情节外层的叙事充满了日常性，视点十分充实（叙述者尽其可能地告诉读者详细的信息），而且富有生命的热情。因为这部小说也被评论为"关于重建面临危机的夫妻关系的小说"[1]，父亲无疑是非常珍惜在情节外层可见的诸多"无比幸福的瞬间"。把以上这些与在情节外层中叙述者的无时间性（让读者感到永恒）的叙述方式放在一起考虑的话，可以认为小说的表层情节其实想要表达的是"对永恒的家庭幸福的憧憬"，因为"家庭的幸福"中又充满了"生命的热情"，进一步抽象的话，可以得到"对永恒的生命的憧憬"这一深层主题。

在情节内层的叙述中，妻子的自杀未遂事件具有十分强烈的非日常性，这在丈夫的心里，也就是后来的"父亲"的心里投下了死亡的阴影。与情节外层的无时间性相比，情节内层的父亲十分拘泥于"那天早晨"，脑海里反反复复浮现出"那天早晨"，因为"那天早晨"发生的事件就是死亡阴影的来源，一直在折磨着父亲。关于这个事件，父亲的回忆断断续续，叙述者关于这个事件的前因后果也是遮遮掩掩（视点的空白）。因此，在乍看和睦安定的日常风景之下，隐藏的父亲的不安感，隐藏着死亡的荆棘。父亲十分害怕"那天早晨"的事件还会再次发生，也就是害怕眼前的幸福在下一个瞬间就会变成不幸。所以，如果说"对永恒的生命的憧憬"是情节外层的深层主题的话，那么不妨说情节内层的深层主题就是由"前途叵测"这一词道破的"对无常的生命的恐惧"。

---

[1] ［日］石本隆一等编：《日本文艺鉴赏事典18》，行政出版社1988年版，第147页。

由此可以看出"对永恒的生命的憧憬"以及"对无常的生命的恐惧"这一对二元对立构成了《静物》的深层结构。更加简单地说的话，这部作品的深层结构就是"常住不灭"和"诸行无常"这一对二元对立。正是这一对互为表里的二元对立贯穿了《静物》十八个看似零散的章节，把它们串在了一起。一言概之，《静物》的深层所表现的是"被深刻的无常感所折磨的人对常住不灭的憧憬"。

2. 来自符号学的旁证

不难发现，在《静物》的文本中镶嵌有许多含义丰富的符号，造成了文本的多义性，所以被不少人感叹为难解的作品。因此在这一节中，笔者将运用结构主义符号学的分析方法，对在上一节中得出的"常住不灭"和"诸行无常"这一深层结构的二元对立提供旁证。

（1）符号的分析

为了方便表述，在本节中把语素的普通的所指称为表层意义，把语素在文本中生成的第二所指和内涵统称为深层意义。如下所示，在语素的层面，我们可以在每个章节中都发现具有深刻含义的符号。通过它们，不难探寻到它们编织起来的深层意义。

1）金鱼（第一、四、十章）

"金鱼"是第一、四、十章的话题核心，也是全文最引人注目的符号。

第一章中，父亲原本没有出门的打算，但是在子女的带动下，决定陪他们去钓鱼。虽然这只是一件不起眼的日常小事，但是从文中可以窥探见父亲重建家庭的决心。换言之，父亲并不是为了作为"用来观赏的鲫鱼的变种"①的金鱼而去钓鱼的，而是为了家庭的幸福。虽然不知道能否成功获得家庭的幸福，最重要的是要有获取这种幸福的决心和态度。因此，"金鱼"这个符号在《静物》的文本中获得了它的深层意义，即"家庭的幸福"。在以下的分析中我们可以证实"金鱼"的更深层意义。

在第一章的最后，金鱼上钩了，被钓上来的金鱼"简直就像从未

---

① "金鱼"这一符号最普通的所指。

被钓钩伤害过似的”①在水桶中游弋着。这里可以看作是对十几年前妻子的自杀未遂事件的暗喻。尽管发生过那样令人毛骨悚然的事件，但是现在的家庭看起来是如此幸福，原来的事件就像从未发生过一样。

第四章中，钓来的金鱼开始生活在孩子们学习用的房间里。父亲认为这是偶然获得的金鱼，必须好好地饲养下去。我们不妨把妻子自杀未遂后出现的"家庭的幸福"也看成是父亲出于运气好而偶然获得的，如果父亲运气坏，妻子自杀成功了的话，也绝不会有现在幸福。正是因为如此，父亲才会如此重视眼前这得来不易的幸福。

第十章中，父亲和女儿，还有儿子共三人又一次去钓金鱼，但是那天什么也没有钓到。于是父亲就觉得那单独的一条金鱼更加地难能可贵。那单独的一条金鱼和初来家中时相比，已经长大了一些，肚子逐渐圆实起来，鳞片也有了微微的红色。父亲看着在水中"既不前进，也不后退，轻轻地扇动着胸鳍，悠然地摆着尾巴的金鱼"②，觉得十分赏心悦目。在这里，我们可以把"既不前进，也不后退"解读为父亲对永远不会流逝的幸福时光的憧憬，即期望家庭幸福的"常住不灭"。但是，好不容易钓来的金鱼却被放在孩子们的书房里，没准哪天鱼缸就会被嬉戏的孩子们打翻，金鱼暴露在危险之中。这样我们更加容易看出，"金鱼"的深层意义其实就是"家庭的幸福"。在父亲的心中，一直十分害怕这象征着家庭幸福的金鱼在哪一天会突然消失。

2）脚（第二、十二章）

在第二章中，妻子自杀未遂事件之后，老医生和男人（之后的父亲）谈过一次话。这是作品中唯一一次在登场人物的口中直接出现关于自杀未遂事件的感想，所以显得十分特别。而"脚"这个符号是第二章和第十二章中的代表符号，也具有重要的意义。

男人在和老医生对话时，突然想起了自己小学三年级时在原野上脚底被钉子刺伤的事情，其后两人又回到了对妻子脚底烫伤（试图自杀陷入昏迷时被取暖设施所烫）的讨论。之所以父亲能联想起自己幼年时的刺伤，这两件事情究竟有什么联系呢，我们可以从父亲幼年时

---

① ［日］庄野润三：《静物》，载于《庄野润三初期作品集》，讲谈社 2007 年版，第 169 页。

② ［日］庄野润三：《静物》，载于《庄野润三初期作品集》，讲谈社 2007 年版，第 201 页。

代的经历开始分析。

> 某日，在附近的原野上与朋友一起玩耍。（年幼时的父亲）赤着脚在草上奔跑着，一不小心踏在了一块钉着钉子的木板上。
>
> 朋友吓得赶紧跑回家告诉大人。在朋友离开的期间，（年幼时的父亲）一直哭着。终于母亲出现在了原野的入口处。
>
> 记忆就在此中断了。①

不难想象，独自一人被留在空旷原野上的受伤的少年，当时心中会有多大的恐惧。对于突然受伤后手足无措的孩子来说，比起钉子带来的刺痛本身，更加痛感的应该是被独自留在原野上的孤立无援，因此"一直哭着"。

这个记忆是父亲不安和恐怖的记忆，但是一旦"母亲出现在了原野的入口处"，父亲不安和恐惧的"记忆就在此中断了"。可以理解为少年时代的父亲通过自己母亲的出现从恐怖和孤立无援的感觉中解放了出来。

日本文学评论家江藤淳在对《静物》的评价中，关于父亲的心理做了如下分析：

> 支撑父亲的是他对自己母亲的依赖。（中略）正是因为他依赖于妻子＝母亲这个不允许动摇的心理假设，并且坚信母性是永恒存在，无限包容的，所以在《静物》中，当父亲在事件当天的早上没有唤醒妻子时，还想"抱怨"几句。②

不妨说在对沉睡的妻子喊出"喂！怎么还没起床！？"之前，父亲完全沉浸在自己幼时从自己母亲那获得的信赖感中。但是，毫不犹豫地对妻子喊出之后，妻子居然全无回应，只是继续沉睡，身体逐渐变得冰冷，可以说这令父亲丧失了像孩子被母亲抱在怀里的安心感，

---

① ［日］庄野润三：《静物》，载于《庄野润三初期作品集》，讲谈社 2007 年版，171 页。
② ［日］江藤淳：《成熟与丧失》，载于《现代文学 27》，讲谈社 1978 年版，第 117 页。

从幼年建立起的安心感在瞬间土崩瓦解。因此，直面妻子的自杀时，父亲无疑受到了莫大的打击，内心也留下了极深的伤痕。

老医生对妻子的烫伤评价道："睡得很沉的话，即使被烫伤了也不会醒过来呢。这是最麻烦的，和普通的烫伤不一样，会伤到很深的地方，而且很难治疗。"[1] 父亲听了老医生的这番话，眼前就浮想起"独自一人在家中拖着跛足行走的妻子的身影"[2]。就这样，妻子的身影和父亲少年时代在原野脚被刺伤的回忆重叠到了一起。

"脚"的表层含义是人类、动物和物体支撑躯干的部分，而对于父亲来说，"脚"这个符号与受伤时的生理的痛楚以及无法治愈的恐怖和不安等一系列的心理的痛楚联系在一起。所以，"脚"在深层含义上成为唤起恐怖和不安的事物，而且在父亲的潜意识里扎下了根。

正是因为如此，在第十二章中，父亲给女儿画素描的时候，只有脚部不停地被他反复修改。另外，女儿刚出生时留下的脚印也被父亲弄丢了。这些都是十分意味深长的暗示。尤其是父亲弄丢了女儿的脚印，可以说是他潜意识里十分想逃离这种不安和恐怖。

3）通讯（第三章）

有一则通讯上记载了一个被认为已经死去的小女孩自己打开棺材爬了起来，并喊着想喝牛奶的新闻。妻子听见这样的新闻后，不由得面露惧色。父亲则默默地看着妻子的脸。可见经过了十余年，当年妻子的事件依然在这个家庭中留有阴影。

4）蛋（第六章）

"蛋"是可以孕育新生命的事物。一个少年发现了一枚鸭蛋，于是不管睡觉还是上学，都把鸭蛋带在身上温着，想把蛋孵化出来，过了二十几天，他终于把蛋孵化了出来。儿子回家把这个故事说给父亲听，父亲马上就十分感兴趣地提了各种问题。不妨理解成"蛋"所具有的"生的希望"这一深层含义是引发父亲的兴趣的原因。

5）电影（第七章）

在女儿一年级的时候，曾被父亲带去看过一部电影。电影讲述的

---

① ［日］庄野润三：《静物》，载于《庄野润三初期作品集》，讲谈社 2007 年版，第 173 页。

② ［日］庄野润三：《静物》，载于《庄野润三初期作品集》，讲谈社 2007 年版，第 173 页。

是一对贫穷的夫妻攒钱买自己房子的故事。最后男主人公落入水泥坑中死去。女儿一看见这样恐怖的场景就马上用图书挡在面前，并低下头。父亲看见女儿有这样的反应，就联想起女儿能够不知道家里过去发生的事件，全得益于她年纪尚幼。于是，我们可以把"电影"的深层含义设定为是对妻子自杀未遂事件的影射。

6）野猪（第八章）

父亲带着羡慕的口吻和儿子们说野猪建造自己的家的故事，能在父亲描述的野猪的家中发现理想的人类家庭的影子。那是没有必要害怕任何事物的、无忧无虑的家庭。"野猪"的深层含义就是"幸福家庭的营造者"。

7）核桃（第九章）

"这东西是自己出钱也买不到的，给有孩子的家里最好了，也可以让汲汲忙碌着的人们定定神。"[①]父亲从伯父那儿收下核桃后这样想到。从他的思考中，可以窥见"核桃"的深层含义，不妨可以理解为是一个家庭的幸福。家庭的幸福也是拿钱买不来的，可以让在外汲汲忙碌着的人们安心的事物。

8）丁香（第十一章）

家里的院子里有一株丁香，父亲希望丁香能够长得茂密高大，这样孩子在院子里玩捉迷藏的时候就有地方可以躲藏。虽然现在丁香没有如愿长得茂密高大，但是一直是父亲憧憬家庭幸福的一个载体。

9）蝼蛄（第十三章）

学生们在学校的运动场发现有蝼蛄在默默地努力挖掘着自己居住的地洞。在蝼蛄的身上，投射出了努力再建家庭的父亲的形象。

10）帽子 布偶（第十四章）

帽子和布偶是妻子在自杀前留给丈夫和女儿的圣诞节礼物。但是父亲（同丈夫）在妻子自杀未遂事件后的不久，有一天去看电影时，把帽子放在了膝盖上，一不小心就弄丢了。这样的丢失可以说十分异常，一般人应该都不会弄丢放在自己膝盖上的东西。

---

① ［日］庄野润三：《静物》，载于《庄野润三初期作品集》，讲谈社 2007 年版，第 197 页。

关于布偶，父亲这样想着，"接下来诞生的小儿子也骑在这个布偶上玩耍，居然仍没有破损"①。在父亲的思维里，可以窥视见他希望布偶能够早点坏掉，但是，这个布偶十分"经久耐用"，"即使孩子们骑在它身上玩耍，也丝毫没有会破损的迹象"②。

在深层含义中，我们可以把"帽子"和"布偶"共同理解为妻子的自杀未遂事件留下的阴影，因为它们毕竟是妻子在自杀前送的礼物。于是父亲潜意识里想逃出这种阴影，很不自然地弄丢了帽子，但是这种阴影偏偏就像结实的布偶一样，一点也没有会破损的迹象。

11）狐狸（第十五章）

在父亲对孩子讲述的故事中，狐狸为了生存下去，一心想叼走装满鱼的篓子，即使被扔了石头也不放弃。在深层含义上，"狐狸"就象征着"对生的执着"。

12）哭声（第十六章）

父亲听着和孩子们一起在楼下做着面包圈的妻子的说话声，突然想到了很久以前听见过的抽泣声。我们可以从父亲的回忆中了解到，在妻子试图自杀之前，就经常独自哭泣。回忆结束后，父亲听见妻子的说话声变成了悲伤的抽泣声，时断时续，于是忍不住下楼向妻子确认她刚才是否哭过，可是妻子脸上丝毫没有泪痕，被证实为是父亲的幻听。

哭声一旦被证实为是父亲的幻听，那么"哭声"也就获得了它的深层含义。医学上，幻听和幻视是在人的精神十分虚弱的时候才会有的现象。可见妻子自杀未遂事件在父亲心中留下了多么深厚的阴影。断断续续的哭声就正是潜伏在父亲心中的恐怖和不安。

13）蓑虫（第十八章）

"蓑虫"和前面的"野猪""蝼蛄""狐狸"一样，作为努力营造自己的住居的建造者，引起父亲深深的共鸣。

（2）小结

庄野润三的好友阪田宽夫认为"《静物》就像一部优秀的绘画

---

① ［日］庄野润三：《静物》，载于《庄野润三初期作品集》，讲谈社 2007 年版，第 218 页。

② ［日］庄野润三：《静物》，载于《庄野润三初期作品集》，讲谈社 2007 年版，第 217 页。

集,（中略）阅读时,一个个文字就像绘画一样浮现在眼前"①。如果不能从这些一个个的文字,或者是一个个符号中领略到深层含义的话,想必阪田宽夫也不会发出如此感叹。

这些符号通过作者的编排,就像一面面镜子,一一映射出父亲的心境。因此在《静物》中,对话、思想、人物都显得更加可视,于是读者仿佛能够感觉到在一个个文字上又浮现出了一个个可以摸得着的场景。

乍一看这些符号显得十分杂乱,但是进行分类的话,大体可以分成以下两类:一,与自然相关的符号（金鱼、鸡蛋、野猪、核桃、木兰、蝼蛄、狐狸、蓑虫）;二,与人类有关的符号（脚、通信、电影、帽子、布偶、哭声）。在这样分类的基础上,对之前分析的各个符号的深层含义进行归纳整理的话,可以得到以下表格。

	与自然相关的符号	与人类有关的符号
深层含义	幸福·安定	不幸·不安
	生存	死亡
	建造	崩坏
	期望	逃脱

可以发现,与自然有关的符号的深层含义大多体现了生存下去的信念、对幸福安定的期望以及家庭的建设。与此相对,与人类有关的符号的深层含义则背负了对死亡的恐惧、逃离不幸与不安的意欲、家庭的分崩离析。

通过这些符号在深层含义上的二元对立,《静物》获得了自己的象征领域（symbolic area）,编织出了富有张力的意义之网,并呈现出若隐若现的图案,帮助我们了解整个文本的深层含义。

在《静物》的文本中,充满了与自然相关的符号,人类的日常生活仿佛是被放置在自然的运行中。虽然在《静物》中使用的"金鱼""蛋""蝼蛄""蓑虫"之类的看起来是十分脆弱的事物,但是因为

---

① [日]阪田宽夫:《庄野润三笔记》,冬树社 1975 年版,第 101 页。

自然的时间和空间是浩瀚无垠的，所以这些与自然相关的符号能够给予读者永恒的时空感。文中家庭的日常生活就以以"金鱼"为代表的"自然"为轴心，合着自然的节拍缓缓进行着。在小说的结尾对鱼缸中金鱼悠然神态的描写被评价为"在小说的时空内投下了永恒的倒影"①。与所分析出的正面深层含义放在一起考虑的话，不难得出"对永恒的生命的憧憬"这一主题。

相对于浩瀚无涯的自然界的永恒时空，人类的寿命十分短暂，每个个体都是沧海一粟。一旦被放到庞大的大自然之中，人类的意识中往往就会出现对生命的不确定性的思考。《静物》中与人类有关的符号正是在深层含义上表现出了这种生命的不确定性，即"生的无常"。父亲十分害怕"生的无常"，抱有深刻的不安，想从中逃脱。

总而言之，与自然相关的符号和与人类有关的符号的对立在深层上来说依然是"常住不灭"和"诸行无常"的对立。庄野润三就这样发掘出了日常生活中的"作为普遍概念的'自然'，让它去中和被死亡的恐惧所萦绕的人们的意识，确立生命的永远的连续性"②。《静物》的文本就是这样，在叙事面和符号面让读者感到了多层次、多音响的世界。

二、《静物》深层构造形成的原因

在此，我们将把在前面章节中分析得出的《静物》深层构造——"常住不灭"和"诸行无常"这项二元对立看成是对象语言，通过元语言对它们的形成原因进行探究，元语言的范围被限定为：作家的文学课题、时代环境、日本古典文学的传统。

1. 庄野润三的文学课题

每位成功的作家都必须拥有独具特色的文学课题，一位作家创作什么内容的作品，表现什么样的主题都与他们各自的文学课题密切

---

① ［日］助川德是等编：《鉴赏日本现代文学29》，角川书店1983年版，第377页。

② ［日］响庭孝男：《对现在的遥远怀念》，载于《现代文学18》，讲谈社1978年版，第413页。

相关。

1949 年 7 月，庄野润三在发表处女作《爱抚》后不久，应《新大阪晚报》之邀写过一篇名为《我的文学课题》的随笔，他把自己的文学课题比喻为珍惜短暂易逝的盛夏时光之心。

> 外出归来，我会马上脱去衣服，走到院子里的水龙头边淋浴。水浇在身上的瞬间，我会"啊！"的一声喊出来。并不是因为过于冰凉，而是自己感到十分愉快。
>
> 我就这样毫无保留地爱着自己最喜欢的季节。但是这个季节十分短暂，当在灿烂的夏空中发现一丝疲惫时，这个季节也就走到了末尾。一想到这，我就觉得十分寂寞。
>
> 但是，我有时也会想到，从今往后我还能享受到多少次迎接盛夏的喜悦呢？在我死后，夏天依旧会来临，那时的我已经不存在于这个强烈阳光普照的季节。那时谁会站在柏树下透过叶子仰望天空呢？谁会久久地伫立在路旁入迷地看着积雨云呢？谁又会"啊！"的一声享受冷水浴呢？那时我已经不存在于这个世界上。（中略）想到此，我开始感到稍稍的伤感。
>
> 于是，我想用自己的文字来表现这样的伤感。在这样的伤感流淌在作品的内部，读者在阅读完作品之后，能够感叹"活着这件事真是令人无比的眷恋！"——我想创作这样的小说。[1]

第二次世界大战刚结束不久，文学家，尤其是年轻的作家如果被问及自己的文学课题，大抵会很理所当然地从社会的视点出发。所以我们不难想象，在战后第四年的报纸上，突然回答自己十分喜欢夏天的作家，是何等的奇特。

一提到夏天，我们马上就会想起这是一个拥有旺盛的生命力的季节。庄野润三正是毫无保留地爱着这个强烈的太阳光普照世界的季节。在这样的季节里，没有一丝一毫的阴郁，庄野润三高唱着生命的

---

[1]《新大阪晚刊》1949 年 7 月 25 日，载于阪田宽夫：《庄野润三笔记》，冬树社 1975 年版，第 30 页。

赞歌。这和我们之前指出的《静物》深层的二元对立之一——"对常住不灭的憧憬"十分契合。

但是，夏天一结束，庄野润三就会感到十分孤寂，并且会感叹在余生中还能享受几回迎接夏天的喜悦，不禁觉到伤感。我们不妨把这样的伤感理解为对人生无常的感叹。在生物学意义上来说，对每个人而言，时间的尽头都是不可动摇的"死亡"。如果把夏天看成是生命的顶点的话，人们通常都是会在生命最旺盛、人生最幸福的时候，最是害怕死亡和不幸的到来。

因此，在庄野润三乍看起来十分乐观向上的背后，实际上存在着他对人生无常的伤感。于是他阐明了自己的文学课题，就是想把这种来源于人生无常的伤感用文字表现出来，让读者体会到对生命的眷恋。简而言之，潜伏在庄野润三文学课题的深处的正是"常住不灭"和"诸行无常"这组对立。因为《静物》是庄野润三在升华自己的文学课题的过程中创作的代表作，其深层结构的由来不难从庄野润三的文学课题中获取解释。

2. 时代环境和当时的文学

《静物》发表于1960年，正好处于日本经济高速增长期的开始阶段。朝鲜战争于1953年结束后，日本的经济逐渐复苏，1960年池田内阁发表了经济收入倍增计划，明确地提出了高度成长政策。

从朝鲜战争结束（1953）到安保条约缔结（1960）之间的时期在日本被称为"相对安定期"。在这段时期，日本的经济逐渐走上了高速成长的轨道。1960年池田新内阁发表了国民所得倍增计划，明确地制定出了一系列有利于经济快速增长的政策。于是，因为战败而变得贫穷的小国日本一举实现了复兴，很快获得了经济大国的地位。通过1964年的东京奥运会，日本更是向世人展示了其繁荣的经济面貌。

但是，在经济高度增长的背后，大众的心态情绪却不一定安稳。战后社会形态的确立和经济的高度增长在改变日本人的生活方式和传统意识的同时，在信仰、人际关系、自然环境等方面出现了新的问题和危机。在经济高速增长开始时，日本社会学家加藤俊秀把日本称作

"无目标社会"。

> 没有目标感的社会将走向何方呢？可谓前途漆黑一片。既然不知道走向何方，那就是看不见前景。我们的社会就是这样无目标社会。
>
> 纵观人类文明史，不得不说这是一大奇观。九千万的人们没有任何一个整体的目标，每天自得其乐地持续着无规则的布朗运动。如此奇怪的时代是空前的。于是我想感叹，或许社会就是这样运作的吧。但我们到底会走向何方呢？我们社会的目标到底在哪呢？谁也无法回答。[①]

20 世纪五六十年代日本的表面上的"快乐浮华"与内部的"混沌漆黑"这一二元对立，深刻反映出高速迈入摩登社会的日本人所遭遇的精神困境。

包括庄野润三在内的"第三新人"们接二连三地获得芥川奖，在文坛崭露头角的时期正值朝鲜战争结束，日本在经济复兴的轨道上起跑之时。对于从战争年代走出来的"第三新人"们而言，身心无法立即习惯这迅速涌现的繁荣景象，深刻感到无助与虚幻。执着于日常性的他们在 1955 年到 1965 年间发表的作品中，书写进了种种潜伏在日常生活中的阴影。通过登场人物聚焦于日常生活细节的视点，表现出当下生活中的种种困顿，如战争与美军占领所带来的阴影（安冈章太郎的《阴郁的欢快》、小岛信夫的《美国子弟学校》等）、家庭意识和男女关系的转变（小岛信夫的《拥抱家族》等）、经济高速增长带来的繁荣下的不安（庄野润三的《游泳池边小景》等）、突发的日常危机（庄野润三的《静物》等）。

在日本的战后文坛，他们的作品无疑是反映出了那个时代的二元对立。概括而言，他们的作品往往讲述的是战争体验者对平稳安详生活的向往以及无法忘却的过去在现实生活中投射的困惑，其中还混杂

---

① ［日］加藤秀俊：《无目标社会理论》，中央公论社 1963 年版，第 68 页。

着新诞生的危机感。如果用结构主义对第三新人的作品进行深层构造的分析的话，能够从许多作品中汲取到"对常住不灭的憧憬"和"对诸行无常的恐惧"这一二元对立。

此外，作品中的叙事者通常对登场人物使用第三人称，把视线焦点集中于主人公内部等表现方法也是第三新人的共通之处。叙事者一面向读者展示着主人公的内心世界，一面又不放弃对主人公外部世界的客观描写。这种方法十分有利于凸显出主人公的精神世界与急剧变化着的日本战后社会这一外部世界之间的裂痕，进而言之，这种方法有利于象征性地展现那个年代日本的表面上的"快乐浮华"与内部的"混沌漆黑"这一二元对立。庄野润三在那个年代创作的作品也都毫无例外地使用了这一手法。

因此，无论从题材来看，还是从写作方式来看，作为第三新人一员的庄野润三的作品无疑是被打上了那个时代的烙印，《静物》中所见的"常住不灭"和"诸行无常"的对立与那个时代整体展现出的二元对立之间有着深厚的因果关系。

3. 来自日本古典文学的解释

文学评论家山室静在其《庄野润三》论的开头，对庄野润三的作品做出了如下评价：

> 他以悠然安静之心和时明时暗的具有丰富意境的笔触，接二连三地创作出具有古典风格的佳品，得到了越来越多的人的关注。他的作品世界远离了浓厚绚丽的油彩，更接近于东洋的水墨画，但是让人吃惊的是，在他看似简单清净的风格中，却又有饱满的光泽和意境。①

这一评价在很大程度上暗示了庄野文学与日本古典文学的相近。而《静物》的深层结构"常住不灭"与"诸行无常"这一二元对立更

---

① ［日］山室静：《庄野润三论》，载于《现代日本文学大系 88》，筑摩书房 1973 年版，第 416 页。

是日本古典文学不可或缺的主题。

神话是古典文学的重要范畴之一，其内容多含有对世界的起源以及人类命运的思考，从其精髓本质上可以看出创造它的民族的精神世界。

远古的日本人对可以使农作物成熟的太阳抱有极高的崇拜之情，因此如在记纪神话 ① 中所出现的"高天原"神话，日本人把太阳神——天照大御神作为祖神。"高天原"是充满着阳光的天上净土，诸神所居住的"常世"。"高天原"神话的基调则是"对生命的赞叹和憧憬"②，这种基调与在庄野润三《我的文学课题》中所见的对"强烈的太阳光照射着的世界"的眷恋十分相近。而与"高天原"对立存在的是亡者之国"黄泉"，那是完全没有光明的地下之国，充满着死者的污秽。为了追寻亡妻伊邪那美命的男神伊邪那岐命从黄泉回来之后，立即在河水里拼命地洗去从黄泉之国带来的污秽。从他的这一举动中无疑可以看出人类对"无常"的象征——"死亡"的恐惧。

由此可见，虽然在日本的远古神话中不存在"常住不灭"和"诸行无常"的说法，但是在日本先民的精神世界中，已经可以窥探到这个二元对立的原型。这一潜藏在精神世界中的二元对立的原型对日本后世的文学也有了深远影响。

随着时代的变迁，佛教从公元 6 世纪中叶开始在日本传播开来，愁叹生命与自然的无常的作品逐渐占了主流。这一倾向到了充满着天灾与动乱的日本中世时代，迎来了它的最盛期。《方丈记》《徒然草》等日本草庵文学作品均是用"诸行无常"的视线来凝视人生，它们与感叹"盛者必衰"的《平家物语》一同成为无常观文学的代表作。

到了天下一统的日本近世，虽然社会风貌已经与被称为"黑暗时代"中世有了很大不同，但是中世的文学传统却在很大程度上得到了保留。如被那个时代的广大民众所追捧的净琉璃名家近松门左卫门的杰作《曾根崎心中》《心中天之网岛》等，均是相爱的男女无法忍受人世中的种种不能随愿的无常，希望以死来抵达永不分离的美好净土的

---

① 　一半以上的日本神话被收入于《古事记》与《日本书纪》。

② 〔日〕西田正好：《无常的文学》，塙书房 1975 年版，第 10 页。

殉情悲剧。

有日本学者指出，"对于诸行无常的发现是一个震撼日本人灵魂的巨大课题"①，诸行无常的世界观"毫无疑问地给予了日本文艺最大的影响"②。我们可以这样理解，人们越是从"诸行无常"的世理中感觉到悲切和恐惧，也就越是对"常住不灭"抱有强烈的关心。可以说日本古典文学的主流一直都是在表现着"常住不灭"与"诸行无常"这对主题。正是因为《静物》中也存在着这对主题，所以它才会具有"时明时暗"的丰富意境吧。

正如"文学作品的深层结构不仅仅是文本形式上的深层结构，也是潜藏在文本里的该民族的深层精神结构"③所解释的一样，曾经以东洋史为专业的庄野润三就这样有意识无意识地把日本古典文学的传统主题，进一步而言，把潜藏在日本民族精神世界中的二元对立不动声色地融入到了自己的作品中。

三、结　论

本文尝试运用结构主义的方法对奠定了庄野润三文坛地位的名作——《静物》进行了如上分析。首先从叙事层面和符号层面的表层对立中提取出了文本中的深层对立，然后对深层对立的由来进行了分析。换而言之，就是把从孤立的文本分析中得出的"深层结构"这一"对象语言"放入到了历时性的"元语言"中，尝试进行了更高层次的解释，形成了"文本的表层结构→深层结构→用元语言解释深层结构"这一解读链，在运用结构主义方法的同时，又没有耽溺于单纯的文本分析。

围绕"常住不灭"和"诸行无常"这对《静物》的深层结构，根据聚焦点的不同，评论家们往往也能得出两种不同的结论。例如，日本文学评论家伊藤整认为，虽然《静物》中家庭能够拥有当前的幸

---

① ［日］永井义宪：《古典文学与佛教》，岩波书店1995年版，第7页。
② ［日］永井义宪：《古典文学与佛教》，岩波书店1995年版，第7页。
③　李广仓：《结构主义文学批评方法研究》，湖南大学出版社2006年版，第124页。

福具有很大的偶然性，但是无疑这篇小说的主题还是描写家庭的幸福的①。与此同时，文学评论家奥野健男则认为，这部小说描写的是"犹如被宣判死刑缓期执行的犯人般的人生"②。围绕《静物》展开的类似的截然相反的评论，我们还能发现不少。这样截然相反的评论正好证明了《静物》文本的多义性。在叙事和符号的层面，"常住不灭"和"诸行无常"两股势力难分伯仲，这一对深层结构在赋予了文本趣味性的同时，也给理解作品增添了难度。

1961年日本《群像》杂志3月号的名为"私小说已经灭亡了吗？"这一座谈会上，庄野润三做了如下发言：

> 我觉得，从根本上来看，所有的文学都是"人类记录"，虽然按照体裁分为了诗歌、散文、小说、戏剧，还有传记、日记、书信等，它们均可以被看作是"人类记录"。不管一部作品被用什么形式书写出来，读者通过阅读这部作品都能感受到它里面包含着作者鲜活的灵魂，如果没有这样感受的话，它并不属于文学范畴。③

庄野润三把文学的本质看成是"人类记录"，而人类本身是"安定"与"不安"交错在一起的复杂体，因此，如果把文学看成是"人类记录"的话，文学的内容中必然就会同时包括"安定"与"不安"。

人类的每个个体都在以自己的力量孜孜不倦地营造着属于自己的"日常"，并且守卫着这份"日常"，并且憧憬着安稳的"日常"的"常住不灭"。对于大多数人来说，自己的一生就是在这样的营造、守卫、憧憬中度过的。

但是，在人生中，就如"诸行无常"所表示的意思一样，有许多无法预测的、会带来不安的、令人恐惧的因素。就如《静物》所展示的一样，家庭越是和睦美满，越是其乐融融，被笼罩在"诸行无常"

---

① 转引自［日］阪田宽夫：《庄野润三笔记》，冬树社1975年版，第97页。

②［日］奥野健男：《日本文学75 庄野潤三》，中央公论社1969年版，第524—525页。

③［日］阪田宽夫：《庄野润三笔记》，冬树社1975年版，第10页。

这一阴影下的生活乃至生命的不安就越是明显。

因此，只要人活着，就不得不面对"常住不灭"和"诸行无常"的对立。对于庄野润三而言，文学作品如果怠慢了其中的任何一方，都不能被称作是真正的文学。讴歌夏天的同时又感怀人生短暂的庄野润三的文学课题无疑正好符合这样的定义。为什么他一直以家庭为自己作品的唯一舞台，这也是因为家庭是人类最基本的生活单元吧。

世界上既有通过跌宕起伏的笔触描写宏大的深刻的社会政治问题的作家，也有驱使想象力，华丽地展开故事情节的作家。比起这些作家，擅长不动声色地描写平凡百姓的淡淡哀愁与喜悦的庄野润三的作品世界，无疑显得狭小温和，缺乏野心，缺乏气量。

但是，用元语言来解释的话，在这样狭小温和的世界中，庄野润三的作品不仅展示了作家自身的文学课题，还映照出了那个时代的社会环境，进一步而言，甚至表现出了日本古典文学的传统和日本民族的深层精神世界。更为重要的是，人类永恒的话题能被巧妙地融入到这样平凡微小的世界中，《静物》的文本具备了"一花一世界，一沙一天堂，掌中握无限，刹那即永恒"的妙趣，或许庄野润三的作品世界能够吸引读者的魅力正是在此处，这也是《静物》能够被称为"昭和文学的最高名作之一"的原因所在。

井上靖的《苍狼》

　　井上靖（1907—1991）是日本极负盛名的小说家、评论家和诗人，在世界都享有盛誉，拥有众多的读者群。其文学作品因大都表现出抒情性与故事性强、时间和空间跨度大等特点，而成就其不同于其他日本作家的魅力之所在。同时，他作为战后让日本文学重新恢复趣味性的先驱者，其作品中以"西域"题材为代表的史诗再现、规模宏大的行动文学及沉默思考、发人深思的哲理文学成为深受世人瞩目的封侯之作。

　　井上靖的作品体裁多样、内容丰富，但最具有文学价值也为世人特别是中国读者所熟知的当属以中国历史题材尤其是西域题材为内容的历史性体裁小说。虽然该类小说在其全部创作中所占比重不大，但都颇具特色，在题材创新与开拓方面也扮演了先驱者的角色。无论其对中国历史题材小说的创作本身，还是小说中他所塑造的人物形象，无不彰显着他对异域文化的理解和尊重。

　　《苍狼》讲述了世界史上的传奇人物、蒙古国帝王成吉思汗的壮烈一生。井上靖通过其独特的视角和文化赋予，为世人勾勒出了一幅草原帝国征服世界的壮美画卷——骁勇善战的成吉思汗带领着一支来自草原的无往而不胜的剽悍铁骑，先后征服了从太平洋到欧洲的广袤疆土，建立了一个北到波斯湾，东到中国的庞大帝国。他一生所控制的疆土面积，远超过亚历山大大帝和拿破仑等历史上的伟大征服者。这支草原铁骑在短短的 25 年内所征服的土地和人民，远超过古罗马人在 400 年内所征服的纪录！他和他的子孙们所缔造的横跨欧亚大陆的蒙古帝国，冲破了诸多文明的隔阂，以"入侵"、贸易、整合和人口迁徙等多种方式，最终创建了一套新的统治世界的秩序和规则，对世界文明进程产生了重大的影响……井上靖以一种尊重和客观的态度，在向我们展示出一幅幅史诗般的、宏伟的战争画卷的同时，也向我们传达了民族、地域和历史在文化交流融合中的自然规律。

一、文化的变革与"溶解"

《苍狼》是一部远征史，不仅是成吉思汗心理世界的探险史，而且也是以成吉思汗为中心的蒙古民族的崛起史，更是各民族的融合史，蒙古铁骑踏出了民族和地区之间文化的相互"溶解"与新的人类文明。

1. 草原社会生活的繁荣与生产方式的变革

成吉思汗的远征毫无疑问地带来了蒙古草原的繁荣和蒙古民族的崛起。无论是在物质文化上，还是在观念、心理层面上，以成吉思汗为中心的蒙古兵团的远征都给蒙古草原和蒙古人带来了巨大变革。

随着成吉思汗的铁骑军团横扫欧亚大陆步伐的不断推进，蒙古文明也在与蒙古铁骑所掠过的异域文明发生着激烈的碰撞与冲突。因为蒙古族与周边诸民族的交往与杂居，蒙古草原开始出现了由牧业向农业转化的现象，而在此后蒙古的生产方式历史上，农牧业文化也因为与周边民族的交流与整合，促使其农牧业两种生产方式不断发生着代际的转换。"蒙古人的生活发生了翻天覆地的变化，他们依靠从金国引进的农耕技术，一批又一批地开垦着草原，东南部一带变成了半农半牧区。还应用从金国学来的挖井技术在各处打井，牧场获得了很大的改良。"[①]蒙古人民依靠这种暴力文明所取得的各种先进技术反哺了本民族生产技术和生产方式的发展和发达。外域文明在遭受到蒙古军团沉重战争灾难创伤的另一面，却是蒙古文明在这种多元文明的冲突与"溶解"下逐渐形成新的文明，并逐步开始了走向亚细亚生产方式的变革。

无论在蒙古武将的帐篷里还是在武士的日常生活中，这种多元文明冲突后形成的新的文明的生活方式也在悄然地改变着蒙古人的生活

---

① ［日］井上靖:《井上靖西域小说选》，耿金声、王庆江译，新疆人民出版社1984年版，第491页。

方式。各民族文化存在中的高势能优势因子开始互补互冲，从而使得各民族的传统文化发生了深刻的变化，"从表面看来他们住的全都是帐幕、而帐幕内部当是用砖石建筑的固定不动的公馆……"而这种风气"不仅在主要的武将们中间盛行起来，就是在普普通通的战士们身上也有所反映，他们的服装和身上携带的物品全都在变化着。在战士们中间用奇形怪状的乐器演奏着奇妙的歌曲的事也盛行起来了。"①在今天流行于沃野千里的河套平原中的短调民歌就是这种交流所产生的文化痕迹，这种短调民歌主要在蒙汉杂居的半农半牧区流行，像《锡巴喇嘛》《成吉思汗的两匹青马》《美酒醇如香蜜》和《拉骆驼的哥哥十二属相》等代表作，深受蒙古族人民和汉族人民的喜爱。

2. 蒙古文化与文明理念的嬗变

地域文明在这种武力的暴力推动下，形成了空间上的冲突嬗变。"溶解"后的新的文明不仅让蒙古草原得以繁荣，让蒙古军队的生活方式得以改变，更为重要的是，这种"溶解"后的文明也在潜移默化地改变着成吉思汗的思考方式和执政理念，并不断完善着蒙古文化的内涵与外延。远征过程中会不断接触异族文化，"两种文化接触时，首先容易被接受的便是物质文明或者说是文化的最表层的东西。"②而随着成吉思汗所率领的蒙古军团的不断远征、不断与异文化接触，也带来了蒙古人观念、心理这一深层文化的变革。

首先，是蒙古草原社会阶级观念的形成。"蒙古人过去是逐水草而居的牧民，现在则是有阶级区别的蒙古帝国的国民。"③蒙古社会制度自10世纪后经过了早期奴隶制，在奴隶制度尚未得到充分发展的情况下，便跃进式进入了封建领主制阶段，而在成吉思汗时代，它表现出了奴隶制到封建制过渡时期的典型特点，这也是马克思未及充分论证的关于农村公社存在复杂的次生形态在东方游牧社会中的典型表现形式之一。

---

① 〔日〕井上靖:《井上靖西域小说选》，耿金声、王庆江译，新疆人民出版社1984年版，第542页。

② 庞朴:《文化的民族性与时代性》，中国和平出版社1988年版，第38页。

③ 〔日〕井上靖:《井上靖西域小说选》，耿金声、王庆江译，新疆人民出版社1984年版，第487页。

　　其次，是蒙古草原刑罚理念对待的改变。刑罚的观念在成吉思汗祖辈时候即已有之，即"祖宗的成法"和军队等维持阶级社会政权的暴力手段，但这种刑罚的理念更多地反映出一种奴隶制所特有的残暴和野蛮的特点，随着蒙古文明与周边地域文明的"溶解"，这种刑罚的理念对待也发生了极大的改变。如以前蒙古人对偷盗羊只的事是极力反对和避免的，因为一旦出现对偷盗羊者来说就意味着面临死亡的严厉惩罚；而现在他们则在理念上进行了逻辑性的进化，认识到偷盗羊只的行为对彼此都不是一件好事，所以应该竭力避免该行为。这与我们现在所使用的由"假定条件、行为模式、法律后果"三要件构成的法律规则逻辑结构极为相似。

　　再次，是以成吉思汗为代表的蒙古领导阶层对待异域文明和文化的宽容态度的改变。金国守城武将福兴自杀事件深深触动了成吉思汗，成吉思汗认为在攻打金国的过程中他所得到的最大收获，也许是懂得了这样的武将立身处世的方法。而这种认识是蒙古人从前不曾具有过，现在也不具有的东西。成吉思汗由此改变了对待俘虏的方式，不再只是掠夺财宝、女人，而是优待那些有着良好教育和一技之长的男性俘虏。"不管其他任何国家的信仰，成吉思汗都欣然允许自由地传入自己的聚落，并禁止对其进行迫害。"①从成吉思汗对传入蒙古草原的宗教采取开放态度这一转变可以看出，这种对待外域人、财、物和文化的态度改变了"苍狼"的原始形象，也说明文化"溶解"对人思想的极大影响。

3.异文化的同化

　　远征不仅带来了蒙古草原和蒙古人生产生活方式、观念习俗等的改变，而且被蒙古军铁蹄践踏过的那些地区的人们也因为蒙古文化的强行进驻而产生了同化的效果。"原来分散居住在中亚一带广大地域之中的许许多多异民族的战士们大都喝得酩酊大醉，狂呼乱叫着，高腔大嗓地唱着，得意忘形地跳着。""数十人分为一群的混血儿们和附

---

　　①［日］井上靖：《井上靖西域小说选》，耿金声、王庆江译，新疆人民出版社1984年版，第493页。

属于部队的他们的母亲们一起尽情地跳着舞唱着歌，进行着精彩的表演。"甚至有一个康里女人，"在明月的银辉下，她愉快地跳着舞，舞动着身腰，移动着脚步。"[①]这种欢快与融洽的民间场景似乎让人们将战争带给每一个人的灾难和仇恨都抛却九霄云外，在这种文明具象的片段中看不到任何的血腥与暴力，只有文化与文化之间的交流、"溶解"与同化。

而成吉思汗的蒙古兵团的人种也发生了很大的变化。"成吉思汗看到了一支又一支的由以前没有见到过的杂多的异民族人组成的部队。有的部队的战士脸色全都白皙，有的部队的战士面色又全都熏黑。部队的号令种类纷繁，列队的方式也形形色色，各不相同。成吉思汗第一次看到了以那种方式进行列队的部队。"[②]在这里，我们再一次看到了高势能优势文化所具有的吸引力和凝聚力，蒙古周边民族在这种被征服的战争洗礼后，一同加入了"苍狼"战队，形成了一种新的更加强大的征服力量。

显然，蒙古军队的对外战争不比历史上任何一场血腥屠戮文明，他使几乎所有被蒙古人征服的国家饱受被野蛮部落征服而造成的破坏和创伤。但因为这种武力的横冲直撞却无意中打破了在它之前存在的此疆彼界的无形阻隔，使得亚欧其他民族的文化同样得到了冲击和洗礼，让历史呈现出了民族、地域之间加快融合、促进交流的积极一面。

二、文化"溶解"的理论解读

1. 苍狼的文化追逐之"箭"

苍狼身为蒙古民族祖先的伟大精灵，蒙古民族的每一个人都继承了苍狼的血统。井上靖把《苍狼》的主人公成吉思汗描述为蒙古民族

---

① ［日］井上靖：《井上靖西域小说选》，耿金声、王庆江译，新疆人民出版社1984年版，第543页。

② ［日］井上靖：《井上靖西域小说选》，耿金声、王庆江译，新疆人民出版社1984年版，第547页。

的苍狼代表，设置了一个虽然备受争议却极富魅力的"狼原理"：成吉思汗因为出身之谜，为了证明自己是苍狼和白鹿的后裔的出身，开始了无止境的远征——苍狼之箭能射多远，成吉思汗大军的铁骑就会走多远。然而，小说也借忽兰等人之口说出了促使成吉思汗不断远征的其他原因，而且是更现实的原因。

对外域良好的地理与生态环境的渴望是苍狼远征的重要动因，成吉思汗从小就喜欢听老人们讲一些美丽的苍狼神话，也经常听到人们谈论外域水草丰盛、牛羊肥美甚至还有许许多多蒙古人所未曾见过的美丽存在。加之成吉思汗因为自己的身世之谜所带有的自卑感、因为青少年成长环境产生的特有孤独特质，使得长大后的成吉思汗为了证明自己身上流淌着的是"苍狼"之血，为了通过改变蒙古部落落后的生活和生产方式证明"苍狼"之伟大，更为了去追逐他小时候曾听到过优秀的外域文明，成吉思汗走上了一条通过这种宿命般无休止的战争来完成自我"苍狼"后裔责无旁贷的使命之路。

从文化角度进行分析，我们也可以得到另外一种答案。正如《井上靖西域小说选》中《苍狼》篇所写的，尽管成吉思汗向耶律楚材询问过许许多多的问题，但归结起来只有一个问题，那就是问他蒙古怎样才能变得强大起来。对此耶律楚材的回答也只有一个。那就是"对于高度的文化的关心，始终要持之以恒地保持着像烧红的铁一样的炽热的热度。"[1] 也正是这种对外域文化尤其是先进文化的高度向往，使得成吉思汗带领他的蒙古军团誓要翻越高耸入云的喜马拉雅山脉，踏过在数百年间严峻、无情地把游牧民族和农耕民族截然分割开来的万里长城，无论付出多么艰苦的代价也在所不惜。显然，从文化发展的积极一面我们可以找到成吉思汗远征的目的，这是一种为使蒙古更为强大而做出的努力，更是那些未知文化对成吉思汗的吸引，是成吉思汗永远保持了对"先进文化"的强烈痴求，一种纯粹是人类对先进物质生产文化、对美好生活的追求，是人类共同的向往。

---

① ［日］井上靖：《井上靖西域小说选》，耿金声、王庆江译，新疆人民出版社1984年版，第492页。

2. 文化"溶解"的解读与剖析

（1）文化优势不属于任何一个人或民族。《苍狼》中，当蒙古大军长时间由南向北通过曾被他们烧毁的不花剌城时，由包括汉人、契丹人、唐兀惕人、土耳其人、伊朗人、阿拉伯人，还有少数驻扎在城内的蒙古兵在内组成的杂居居民，他们"脸上既无害怕的表情，也没有欢迎的神色，绝大部分人的神态都是漠不关心。"成吉思汗甚至还发现，"那些应该是他的部下的蒙古兵，只要是身在众多的异族百姓中间，似乎也同样流露无动于衷的神情。从他们脸上，看不出迎接自己的喜悦之色。"① 这种描述与蒙古大军与异族进行横冲直撞、暴力杀戮的战争画面形成了截然对比，从文化的层面上，我们可以用"臣服""驾驭"与"屈从"来形容这种以强大铁骑文明为代表的高势能优势文化在强行进驻以当地人所代表的地域文化进行的自然"溶解"。

这种文明的冲突与碰撞不仅让弱势文明成为强势文明的奴婢，同时也让相对的强势文明产生了积极的补充影响。当班师回朝途经撒马尔罕城时，成吉思汗发现在蒙古军队中，虽然士兵们身穿着的不同民族服饰仍然传达着他们的民族身份，但"穿上这样的靴子，不就变得不是蒙古兵了嘛"② 的直觉感受带给了成吉思汗不小的冲击和感叹。而从者别和速别额台那儿来的两个使者，"毫无疑问，使者是地地道道的蒙古兵，然而他们装束打扮却迥然不同。他们身上穿着把两条腿裹得紧紧的瘦西服裤，头上围着方头巾。马上驮着皮口袋，皮口袋里面装着葡萄酒和用玻璃制作的精美的器皿。马鞍上拴着他们在战场上得到的战利品十字架。几十个十字架拴在一起，叮当作响。"③ 这种描述不同民族之间服饰互通和交融的片段在一定程度上忘记了对残酷战争的批判而感叹民间文化交流的自然和发达。

① ［日］井上靖：《中国古代历史小说选 苍狼·井上靖》，冯朝阳、赖育芳译，人民文学出版社2002年版，第220页。
② ［日］井上靖：《井上靖西域小说选》，耿金声、王庆江译，新疆人民出版社1984年版，第544页。
③ ［日］井上靖：《井上靖西域小说选》，耿金声、王庆江译，新疆人民出版社1984年版，第533页。

　　事实上，在民族、国家与政权中也同样存在这种文化的同化与异化现象。井上靖在他的《西域物语》中写道："蒙古帝国也必将灭亡。而且，这四个蒙古政权也确实是以那种难以说明确切年代的暧昧方式灭亡了。元朝在14世纪中期灭亡，汉民族在时隔约240年后从蒙古人手里夺回了政权。取代元朝的是明朝。历经十七代天子的明朝开始了。这时，另外三个蒙古政权是三个各自独立的国家，然而，随着'本家'元朝的灭亡，也必将迎来灭亡的命运。而且，这三个蒙古政权在成立之初本就薄弱的'蒙古国家'色彩，不知不觉中已被其他民族同化、吸收。"[①]想必成吉思汗生前从未想到自己的民族会在某一天臣服于非"苍狼"之师，"苍狼"之族的高势能优势文化的地位会在一夜之间消失在历史的长河中。这也说明，在人类的不同方式的交流中，任何企图万世永恒的民族主义观点都是无法实现的，"时间是最伟大的设计师，文化是最公正的记录者"这样一个基本的原理将带领着不同时空点的文化进行着一次又一次的同化或异化的生存轨迹。

　　（2）正视多元文化存在的个体价值。那些蒙古士兵和后来的蒙古国家一样，都在不知不觉中被异国的风土和文化同化。就连曾经崇尚武力至上的成吉思汗也改变了一开始对战争功能的某些看法，通过对无数战争之后的所见所闻，成吉思汗认为"尽管自己使用了大屠杀征服、镇压的手段，然而也不能改变任何东西。自己只不过是徒劳无益地屠杀了不计其数的无辜的人民，毁坏了无数座和平的城市，播下了不幸和悲痛的种子。"[②]这种态度的转变，除了成吉思汗自我主体性思想的主动变化外，外域文化中对待战争的态度带给他的影响也应是不容否认的。

　　在不同的地理环境和自然条件下，人们采取了不同的人化自然的方式，创造出了不同的人化自然的成果，从而也就创造出了不同的文化特质，并进一步发展和衍化出了不同的文化族团，形成了不同的文化类型。且一种文化一经产生，就形成了自己的个性，它对外来文化

---

　　① ［日］井上靖：《西域物语》，新潮社1977年版，第121页。
　　② ［日］井上靖：《井上靖西域小说选》，耿金声、王庆江译，新疆人民出版社1984年版，第540页。

会有一种潜在的、必然的"溶解"作用。所以那些离开蒙古草原、在外征战多年的蒙古兵被异国的风土、文化所改变。我们不能简单地去评判这是不是他们的罪过，或是不是他们的失败，我们需要承认的，就是正视这种"自然"的改变。因为，固有的地域环境与文明，会将强行闯入其中的异域之人在不知不觉之中慢慢改变。

三、历史的流淌与文化的超越

1. 文化的相互尊重和应然对待

《苍狼》中着重塑造了耶律楚材作为"文化使者"的形象。耶律楚材备受成吉思汗重用，他在成吉思汗的远征和蒙古草原的变革中起了举足轻重的作用。

耶律楚材与成吉思汗的观点总是对立的，他们一个主张崇尚文化，一个穷兵黩武。当耶律楚材劝说成吉思汗：尽管金国被蒙古的军队打败了，但它一直保持着高度的文化。蒙古一定要向金国学习，学习更多更好的东西。对金国人必须实行善政，他们才会把自己所具有的一切东西自觉自愿地奉献出来。成吉思汗却自恃拥有重兵，认为尽管金国有着高度的文化，但由于它的武力不如蒙古军队，最终也难逃战败的命运。耶律楚材接着开导说："可汗，你说说你现在支配了金国什么？依靠武力只能把对方压服，而根本不能支配它。只要自己的国家不具有高度的文化，蒙古兵将就无法完全支配金国。与之相反，迟早总要有一天会被金国吸收、吞没，变成在金国的支配之下了。"[1]最终，耶律楚材以其过人的智慧驯服了这支翱翔于蒙古草原的雄鹰。成吉思汗作为一个开明的君王，也遵从了耶律楚材的建议，欣然允许不同的宗教信仰传入蒙古草原的同时，"在自己国家的蒙古人中，提倡奖励对自古以来这个民族所具有的天神的信仰。"[2]同时，成吉思汗也

---

[1] ［日］井上靖：《井上靖西域小说选》，耿金声、王庆江译，新疆人民出版社1984年版，第492页。

[2] ［日］井上靖：《井上靖西域小说选》，耿金声、王庆江译，新疆人民出版社1984年版，第493页。

采纳耶律楚材关于对从事放牧的牧民进行不能偷盗、杀人的道德教育的意见，这也反映出成吉思汗从一开始的"野蛮苍狼"慢慢转化成了"文明苍狼"的形象转变，由一开始的自高自大、目空一切到为了更好地维护蒙古对其他地域的统治地位而采取了对不同民族、地域的文化的宽容和尊重态度转型，折射出应对多文化存在保持一种相对自然和超然对待的心态。

对待不同文化态度的转变，也深深地影响到了成吉思汗的日常思维考量。在班师回朝经过已经复兴的撒马尔罕城时，成吉思汗总感到"内心深处有一种抵触，反对进入撒马尔罕城的情绪在阻拦着他，羁绊着他。"[①]而当成吉思汗巡视已经西化了的亲人们的帐幕的那天夜里，返回自己的蒙古式样的古老昏暗的帐幕里时，成吉思汗"在内心深处总感到有些想不通理解不了的东西存在。"[②]这种"内心深处的抵触"和"内心深处的想不通理解不了的东西"我们是否也可以理解为一个草原苍狼对异文化接触中不断丧失的"蒙古性"的恐惧。"舶来的文化观念，一般说来只有被本民族的观念文化所'溶解'、同化，才能被融合或建构到本民族文化的整体之中去，才能真正转化为扎根于本社会、本民族所有成员内心深处的活的东西。"[③]不同的地理环境和不同国家、地域的文明历史，是造成文化民族差异性的最初根源和直接原因，而只有深深扎根于各民族尤其是人类共同的人性文化中，才不会因为民族文化在异文化接触中随波逐流，失去自我认同而恐惧或害怕。蒙古军队要想作为"仁义之师"在不断地征讨、不断地异文化接触中成为真正的胜利者，就必须将本民族和其他民族的文化以更加宽容的心态和人类普适性的眼光予以平等对待，这样才可以使得"自我民族文化"在这种彼此尊重与相得益彰中得以传承和升华。

①　[日] 井上靖：《井上靖西域小说选》，耿金声、王庆江译，新疆人民出版社1984年版，第526页。

②　[日] 井上靖：《井上靖西域小说选》，耿金声、王庆江译，新疆人民出版社1984年版，第543页。

③　丁恒杰：《文化与人》，时事出版社1994年版，第262页。

2. 文化的"救赎"与超越

《苍狼》整部小说以成吉思汗的远征年月和路线为主线、以编年体的形式来写成的。就像在不花剌及撒马尔罕城等战斗中一样，作品中描绘了许多惨无人道的屠城场景，对许多战争场面都进行了史诗般的直观描写，成吉思汗也一以贯之其征战理念：沿途诸城降者免之，抵抗者都将毫不留情地毁灭。但让人惊叹的是，井上靖同样花费了大量的笔墨，描绘了战火过后各城的复兴场景。

曾经，撒马尔罕"这里的大街小巷曾经堆满了尸体，城内一切建筑物全被黄色的地狱之火烧得精光，变成了一片废墟。"[①]然而，仅仅相隔两年左右的岁月，这座城市却得以迅速地复兴，在这一带地方杂居着各个民族的人民继续过着和平的生活，呈现着一派繁荣昌盛的景象。而经过三年零几个月的时间的不花剌城，也像撒马尔罕城一样，同样形成一座新的城市，并呈现出繁荣热闹的景象。"新的城市与以前没有什么变化，城中房屋鳞次栉比，店铺林立，人群熙来攘往，川流不息，无数的男男女女叫买叫卖，十分繁华热闹。只有城市四周残留下来的残垣断壁如同经历了一场噩梦给人们遗留下来的难忘的纪念品。"[②]对不花剌及撒马尔罕城战后的描述，并非突出赞扬当地居民的生命力顽强，也没有对战争前后的社会繁荣进行明晰的对比，让我们感受到的只有一种自然的延续，一种对待文化不偏不倚的具象呈现。在这种自然流淌的文化维度中，听不到抱怨，看不见仇恨，但存在与延续就是一种最有力的"救赎"与"超越"的观点表达，已经在无声无息中深深地留在了每一个读者的脑海中。

在井上靖的笔下，他没有用正邪与是非的主观标准来倾向战争的任何一方，虽然成吉思汗带领的蒙古军相对于其他诸民族只是侵略者的角色，也确实给异族的人民带来了苦难，但作家井上靖并没有站在一个批判的角度来写它，当然也没有赞颂。他对这一切都站在一个

---

① ［日］井上靖：《井上靖西域小说选》，耿金声、王庆江译，新疆人民出版社1984年版，第526页。

② ［日］井上靖：《井上靖西域小说选》，耿金声、王庆江译，新疆人民出版社1984年版，第540页。

旁观者的立场上，没有加以任何道德乃至文明论的批判，而是带着感叹、审美的目光来描写这一段段的历史。描写在这历史中生活过、奋斗过的人们的形象和性格特征，包括他们的不成熟与野蛮，也包括他们对文明的向往与追求，在描写战争的背后更加突出了历史长河中各种文化的绵延与发展。

生逢战乱之世的人们是身不由己的，无法左右自己的命运，但是文化的保存与流传才是超越时代与种族而属于人类共有的宝藏。人的一生，只有投入比自己的生命更长远的价值的东西中，生命才能超越其本身的存在价值。所以，成吉思汗建立横跨欧亚帝国的远征过程中的血腥屠城，最终都将被历史长河所湮没。但是远征与屠戮给蒙古草原带来的繁荣和多少年以后后人仍然对成吉思汗的褒贬评价似乎都在这份传承下的文化奇迹中得到延续与补偿。

3. "西域"的历史再现与文化昭示

井上靖在他的《西域物语》的序章中写道："西域这个词，含义原本就非常模糊。……在西域这个词里面充满了未知、梦、谜、冒险之类的东西。后来所谓西域不再包括印度和波斯，而是特指中亚地区，直至今日。民族之间争战的历史事件以这片广袤的土地为舞台而不断上演着。未知、梦、谜、冒险等诸要素都集中于此。"[①] 正是这个"充满了未知、梦、谜、冒险"诸要素的西域引起了井上靖的无限遐想，激起了他对古代西域地区浩瀚无际的大漠戈壁、各民族交融的相遇与交汇形成的奇特文化的向往，才创作出了这一系列以西域为舞台背景的、极具特色的"西域小说"。这种独特的题材选择和文化诠释，已经成为当代中日文化乃至世界文化交流中的航海明灯。

虽然井上靖在写《苍狼》等作品的时候没有到过中国西域，但是，他在那种无法亲历这些地区进行体验观察的情况下，却凭借对历史资料的解读与挖掘，利用自己丰富的想象力，写出了这一系列惊鸿之作。"在不同的文化系统中成长起来的人总是带着他所属的文化的特质，这些影响内化和凝注到人的感觉、知觉、情绪等心理状态中，构

---

① ［日］井上靖：《西域物语》，新潮社 1977 年版，第 8 页。

成他个性的一个方面。"① 而文化当然不仅仅存在于这个或那个作家的强烈的个性之中，那些作家就是借助文明成就了自己，文明塑造了他们，而文明本身也是由很多人创造的。在善于开放自我、积极吸收优秀的外来文化的日本民族性格下养成的井上靖，以其独特的民族文化思维模式，在中国特别是中国西域这片"异域"的土地上倾注了大量的心血，创作出了《苍狼》等大量的关于中国西域的小说，以一种超乎民族与地域的创作理念全新诠释了不同地域和不同民族乃至不同历史片段之间的文化交流与传承，这种超然于世的文化思维模式更向世人昭示了这样一个简单而深刻的道理：文化是需要学习、印证和传播的，一种文明不会轻易被另一种文明所替代，相反，不同的文明之间可以相互补充、完善、继承和发展。

四、结　语

在以《苍狼》为代表的远征作品中，井上靖都力图保持语言简洁、尊重历史、平铺直述的文学创作风格，以这种娓娓道来的方式，让人从普世与超然的视角，产生出一种对文化的尊重，对交流的渴望和对彼此一视同仁的文化价值观。井上靖正是怀有这样一种开放的文化襟怀，超脱民族道义与正统的标准，坚持"文化作为一种集体行为是超越各国边界的"② 的观点，以其恢宏之作向世人展示了一种更接近引起共鸣的文化真实与回归。

井上靖通过一种对自然与人性的超然参悟与解读，铸就了其一代大师的基业。文化作为一种集体行为是超越各国国界的，无论历史是和平延续还是战争屠戮，历史都将毫无保留地承载着文化的自然流淌，并最终让各种文化回归为人类共通的现实享有，这才是《苍狼》之箭所真正想赐予人类的礼物吧。

---

① 钱谷融、鲁枢元：《文学心理学》，华东师范大学出版社 2008 年版，第 100 页。

② ［英］弗雷格·英格利斯：《文化》，韩启群等译，南京大学出版社 2008 年版，第 86 页。

宫崎骏的《千与千寻的神隐》

宫崎骏（1941— ）是日本动画界颇具传奇色彩、艺术成就很高、在日本和世界都享有盛誉的编导。经他之手创作的作品如《银河铁道之夜》《风之谷》《龙猫》《红猪》《幽灵公主》《魔女宅急送》《千与千寻的神隐》《哈尔的移动城堡》《悬崖上的金鱼公主》等都表现了一种对日本传统文化的继承和突破。他继承了日本民族崇尚自然、富有感性的文化特征，汲取了日本传统文学唯美、感伤、浪漫的情调，表达了对人类文明的深度思考。

在宫崎骏的作品《千与千寻的神隐》里，各种先进的思想相互交融给动漫电影以及当代文学带来了深远的影响。这部作品以浪漫主义的表达方式，鼓吹环境保护主义、博爱精神[①]等各种思想，思想和文学形式交辉相容创造了动漫电影发展史上令人神往的辉煌业绩。在《千与千寻的神隐》中，作者从容、自然地把他所追求的各种艺术美融入作品当中，探究哲理挖掘人性的手法丰富多彩又魅力无穷[②]。其中，最不容忽视的就是语言特征，即语言风格。

《千与千寻的神隐》的思想艺术大厦之所以特别引人注目，除了思想性、艺术性本身的特点之外，还有一个重要的因素是它具有非常独特的语言风格[③]。在作品的语言风格当中最为大放光彩的就是叹词的巧妙使用。根据故事情节的发展以及人物心理变化，在《千与千寻的神隐》中，叹词的使用呈现出色彩富丽、变化多端、引人入胜、节奏强烈的鲜明特点，从而形成了一种特殊的艺术魅力。要了解作品《千与千寻的神隐》的立体结构特点以及文学美，必须研究《千与千寻的神隐》的语言特征。

---

① 杨晓林：《动画大师宫崎骏》，复旦大学出版社 2010 年版，第 2 页。
② 杨晓林：《动画大师宫崎骏》，复旦大学出版社 2010 年版，第 2 页。
③ 杨晓林：《动画大师宫崎骏》，复旦大学出版社 2010 年版，第 118 页。

一、听觉语言的艺术性

《千与千寻的神隐》这一部作品之所以深受欢迎，就是因为作者追求作品的整体艺术美，而不仅仅局限在某一些局部层面的精雕细刻①。《千与千寻的神隐》抛弃一般的动漫形式而采用成本高的电影动漫，这来自作者的唯美主义思想②。

文学语言必须准确，但是更要求生动、鲜明。众所周知，动漫电影属于影视艺术，不像小说那样依靠作者的一些描述性语言烘托气氛或展示主人公的心理变化。在动漫电影《千与千寻的神隐》的主人公语言中，叹词是最富有表情的、声情并茂的听觉语言。《千与千寻的神隐》成功地使用了叹词，使作品凸显动感、表情浓郁。

迄今为止的关于《千与千寻的神隐》研究包括多方面内容。这是动漫电影《千与千寻的神隐》的特点所决定的。无论是其思想，还是文学美，《千与千寻的神隐》所凸显的特征绝不是单一的。其中包括"和样折中"倾向在内，作品深刻地揭示了这个时代的断层面。通过作品《千与千寻的神隐》我们可以看到这个时代日本各个方面的脸貌，包括作品所展示的这个时代的动漫语言的特点在内。《千与千寻的神隐》所追求的文学美是听觉语言的声情并茂以及整个作品的"气韵生动"。

由于动漫这一艺术形式具有比较特殊的条件限制，在影片中，听觉语言的艺术作用显得尤为重要。与日本漫画艺术形式相比，动漫电影《千与千寻的神隐》有它自己的显著特点。在日本漫画艺术中，拟声拟态词起着展开故事情节、烘托气氛的巨大作用，而在动漫电影《千与千寻的神隐》中，起着这一巨大作用的恰恰是叹词。日本漫画艺术与动漫艺术历史有着千丝万缕的必然联系。今天日本动漫艺术的骄人战绩绝非空穴而来，它是在漫画艺术不断发展基础上获得的历史性成果。

漫画艺术风靡日本时，金田一春彦曾经指出，"近来漫画、连环

① 杨晓林：《动画大师宫崎骏》，复旦大学出版社 2010 年版，第 118 页。
② 杨晓林：《动画大师宫崎骏》，复旦大学出版社 2010 年版，第 118 页。

画、滑稽电视剧里，出现许多刺激性的新拟声词，使一些人不胜慨叹，这已经是众所周知的了。"①

有些动漫属于电影艺术，在这一艺术形式中，"镜头"这一视觉语言也许是最为重要的。动漫《千与千寻的神隐》不属于无声电影，而属于有声电影，因此在动漫中，听觉语言的作用是极其重要的一个组成部分。

艺术内容决定了艺术形式，艺术形式通过作者的不懈努力和刻意追求，促成了其独特的艺术风格。

在观赏或分析《千与千寻的神隐》时，不难发现，听觉语言的艺术性自始至终贯穿于这一作品中，而且最典型的特点就是叹词的巧妙使用。

1.《千与千寻的神隐》追求全方位的艺术美

《千与千寻的神隐》采用了传统意义上主要以儿童为对象的特殊艺术表现形式。因此，作品中的一些具体艺术表现手段就身不由己地受一些限制和制约。仅从听觉语言角度看，比如，台词不宜采用过于复杂过于冗长的句子等。在这种条件制约下，《千与千寻的神隐》却从容不迫地使用了各种技巧。尤其是叹词这一听觉语言的使用是别具一格的。

另外，从采用铅笔画却很少采用现代电脑技术处理上能看出作品对影视艺术的"逼真性"的不懈追求。作品的视觉语言中所使用的铅笔画也是这部作品的一大特点。听觉语言与视觉语言融汇在一起，构成了赏心悦目的完美艺术品。

考察分析《千与千寻的神隐》的听觉语言，有助于我们更全面地理解和欣赏这一部作品。《千与千寻的神隐》为何倾心于非主流词类叹词？为何经常交替使用叹词这一听觉语言与镜头（场面）？

《千与千寻的神隐》倾心于非主流词类叹词，这说明作者独具慧眼，认识到叹词在动漫电影艺术中起着不可替代的作用。

---

① ［日］金田一春彦：《解说》，载于浅野鹤子编：《拟声词拟态词辞典》，角川书店1978年版，第6页。

《千与千寻的神隐》经常交替使用叹词这一听觉语言与镜头（场面），这是作者所追求的文学艺术美所决定的。因为，在作品中，叹词这一听觉语言与镜头（场面）这两者之间也有不可分割的必然的联系，如互补性等。

总之，《千与千寻的神隐》追求整体美，追求视觉语言与听觉语言的完美结合。包括听觉语言和视觉语言在内，作品追求的是全方位的艺术美，听觉语言是作品中不可忽视的重要组成部分。

另外，在《千与千寻的神隐》中，为何使用数量极其庞大的叹词，而且把它作为重要的一种听觉语言手段？概而言之，那是由日语叹词所具有的形象、简练、抒情等表达功能特征所决定的。《千与千寻的神隐》科学合理地使用叹词这一特殊词类刻画出主人公的心理变化，又能把主人公的心理变化作为一个故事链引导整个故事情节的进一步向前发展，同时进而烘托出各个场面的特殊氛围。在《千与千寻的神隐》中，位于句子前部的叹词具有逼真、亲切、生动的特殊效果，因此经常能把观众带入富于变化和想象力的故事情节中去。

2. 叹词的特点

叹词的作用就是表示强烈的感情或呼唤应答[1]。一般认为，在结构上，叹词独立于句子之外，不与句子中的任何成分发生关系，也不充当任何句子成分，但是每一个叹词都表示一定的意思，因此，在意义上，叹词与所在的句子是有联系的。[2]

所谓"结构上，独立于句子之外"指的是，它的形式特征，至于语义，绝对不能否认，叹词与后面的句子或话语有着必然联系。这种语义上的联系，有的时候靠其他词类或句型的呼应关系来体现。

下面回顾一下《千与千寻的神隐》中的相关情节。

当"千寻"无法阻止父母狼吞虎咽时，遇见了白龙。白龙叫"千寻"尽快离开此地，主人公"千寻"觉得不可思议：

---

[1] 刘月华、潘文娱、故韡：《实用现代汉语语法》，商务印书馆2005年版，第439页。
[2] 刘月华、潘文娱、故韡：《实用现代汉语语法》，商务印书馆2005年版，第439页。

千寻：啊？（えっ？）。（镜头：天变暗。）什么呀。你这家伙。（なによ。あいつ。）

第一个叹词"啊？（えっ？）"与后续疑问代词"什么呀（なによ）"之间存在语义上的联系，第一个叹词中出现的不解和疑问的语义能在后面的疑问代词当中找到两者之间相呼应的语义要素。

从句法角度看，叹词独立性比较强，尽管在比较特殊的场合，叹词出现在句子尾部，但是一般情况下，叹词位于句子前面。从语义角度看，叹词与句子以及其他词类有联系，因此叹词被认为是比较特殊的词类。

这就是对叹词的一般的说法。然而，从《千与千寻的神隐》的语言运用上看，叹词除了上述一般性特点之外，叹词还具有表示强烈感情的抒情手段，同时又拥有推动故事情节发展、刻画人物性格等特殊功能。换言之，在《千与千寻的神隐》中，叹词是一种重要的叙述手段。

当千寻看到父母变成猪的恐怖场面时，千寻的台词中只出现了叹词和人称代词两种词类，而且叹词在句尾出现。仅靠镜头和这一叹词足以告诉观众，故事情节将发生巨变，但是何去何从，还很难预料，这就是叹词给故事带来的魅力。例如：

千寻：爸，爸。回去吧。回去吧，爸。啊！（おとうさーん、おとうさーん、帰ろうよ。帰ろうよ、おとうさーん、うっ！）①

叹词一般出现在句子的前部，即句首，但是，在一些具体的话语中它可以出现在句尾，把这一现象看作是整个句子的倒装，还是叹词的移位现象，这是有必要去探讨的一项重要内容。

在作品的分析中，对叹词以及整个话语进行深入探讨是十分必要

---

① ［日］宫崎骏：《千与千寻的神隐》，东京制作发行，首映 2001 年 7 月 20 日。

的。因为话语中的各个部分构成了一个完美艺术的组合体。

如果对《千与千寻的神隐》的叹词使用以及它所演绎的巨大作用没有正确的理解，就无从理解《千与千寻的神隐》中体现的文学艺术美。

在影剧性艺术中，"对话是最基本的也是最主要的表现手段"①。对话也叫作"话语"，毫无疑问，在影视艺术作品分析中，对"话语"的分析是非常重要的内容，因为有的时候作品不能仅靠"场面"来推动故事情节的发展。然而在"话语"分析中，不能只重视名词、动词、形容词的主流词类，而应该对叹词这一非主流词类给予足够的重视，否则很难把握作品的真正意图以及它所展现的艺术布局。在以往的听觉语言分析中，往往聚焦于一般性的词类，在很大程度上忽略了叹词的特殊作用，这是一个很大的缺憾。

3. 叹词的艺术性

《千与千寻的神隐》尽量不重复使用形态完全相同的叹词。在《千与千寻的神隐》中，叹词形式丰富多彩、多种多样，有时还使用复合型叹词，而且叹词与情节发展紧密相连，预示着情节的变化，使观众紧随主人公的一举一动进入想象世界。在影视作品中听觉语言也是一个基本的表现形式②。

《千与千寻的神隐》追求艺术美是多方位多层次的。除了通过视觉艺术形式之外，还通过听觉艺术形式，来表达思想以及文学美。作品不仅追求整体结构美，还调动一切行之有效的手段刻意追求叙述美。"叙述美"包括视觉语言，即场景，也包含听觉语言中隐含的艺术感染力。毫无疑问，视觉语言也是《千与千寻的神隐》下很大功夫的一个地方，如，铅笔画就是一个佐证。与铅笔画遥相呼应的是，叹词的巧妙使用。

在《千与千寻的神隐》中，叹词并不仅仅展示语义功能，与此同时作为叙事手段，起到了极其重要的作用。

---

① 李荣启：《文学语言学》，人民出版社 2005 年版，第 204 页。

② 张维青、高毅：《中外艺术史要略》，山东人民出版社 2006 年版，第 26 页。

叹词一般独立于句子之外，然而，从语义角度看叹词与后面的句子所叙述的内容有不可分割的内在联系。在句首，一旦出现叹词，读者一般能预测到故事情节变化方向。这一类叹词，有时是表示"惊讶"，有时是表示"疑问"。但是至于具体的故事情节的变化，必须看到叹词后面出现的句子内容或"镜头（场面）"才能得到准确的把握。换言之，叹词体现大致走向，却不能告诉读者完整的全部信息。因此，叹词后面所出现的句子或"镜头"，对把握整个内容至关重要，根据后面句子的内容读者才能对整个信息有一个准确的理解。

《千与千寻的神隐》的成功之处在于，把叹词作为叙事的重要手段来使用，增强了其立体美。作为一个听觉语言中极其特殊的语言符号，叹词所充当的角色是非常重要的。

叹词作为一个提示故事情节发展的重要符号手段，在作品《千与千寻的神隐》中主要演绎着以下三个内容：

第一，叹词后面的情节发展，靠视觉语言，即"镜头"来提示。

下面回顾一下《千与千寻的神隐》中的相关情节。

在小镇街道，双亲抵挡不住食物的诱惑，拿着食物就狼吞虎咽。当千寻惊叫的时候，作品只用叹词预示情节发展，然后立刻展现在我们眼前的竟然是让人意想不到的恐怖场面，即穿着父母衣服的猪。

第二，叹词一般不单独使用，在叹词后面，经常出现与之相对的句子。

当千寻跟着父母从一个城市搬迁到另一个城市的途中，来到空无一人的小镇街道上，这时的父母的对话中又使用了叹词，而且叹词后面出现句子。母亲的台词还用了与叹词呼应的终助词。如：

　　　父亲：喂，好香啊。（ほら、うまそうな匂いがする。）
　　　母亲：哎呀，真香啊。（あら、ほんとね。）

第三，在叹词后面，交叉使用"镜头"和句子。

在小镇街道上看到美味佳肴时，母亲感叹，父亲向店内打招呼。如：

母亲：哇，好丰盛啊。（わぁー、すごいわねー。）

父亲：对不起，有人吗？（すみませーん、どなたかいませんかー？）

此后，紧接着出现空无一人的"镜头"。

叹词"哇"后面的句子与空无一人的店内的景象就是一个完美的听觉语言与视觉语言的结合体。母亲的台词与后面的镜头之间出现的反差给故事情节的发展起着极其特殊的作用，即，它的突然性，吸引我们注视下一个故事链。

这种富于变化的叙事手段可以使我们更为客观地去理解和把握《千与千寻的神隐》对听觉语言的艺术追求铺平道路。

从叹词类型分布以及语义倾向看，在《千与千寻的神隐》的听觉语言艺术中，叹词充当故事链——展示故事情节，刻画人物心理，叹词已经成为一项重要的叙事手段。在叹词后面有的时候出现句子，但有时候不出现句子，只通过镜头进行叙事。

下面我们主要从叹词的语义、音位以及形态特点分析其主要特征。

二、听觉语言叹词的巧夺天工

叹词的巧妙使用是《千与千寻的神隐》的一大特色。在《千与千寻的神隐》中，成功地使用听觉语言，巧妙使用叹词，推动情节的发展又刻画出人物心理。《千与千寻的神隐》通过镜头提供视觉语言之外，还努力展现巧妙构思的听觉语言。叹词富于形象性、逼真性，表现力极强，同时在作品中，叙事与叹词的融合又构成了一个它所特有的纵深结构，这种视觉语言与听觉语言相得益彰的特点就是《千与千寻的神隐》的成功之处。

《千与千寻的神隐》对艺术美的追求不是固定在某一个方面，而是一种全方位的追求，作品构筑一个趋于完美的立体结构，不断给人们带来新的审美愉悦。

1.叹词语义丰富多彩

《千与千寻的神隐》（2001 年上映）共使用约 210 例叹词，其语义种类有"惊讶""醒悟""领会""请求""高兴""欢乐""不满""催促""招呼""应答""嘲笑""呻吟"等三十多种（此数据来自作者个人的调查）。主人公"千寻"所使用的叹词为约120 例，其中表示"惊讶"的叹词为 60 余例。这说明，在整个故事情节的发展过程中，各种场景和故事情节的发展均与叹词发生关系，叹词的作用就是加强紧张感、增强悬念，因此作品更加引人入胜。

除了《千与千寻的神隐》之外，叹词的这一特征也在作者的其他作品中得到了充分体现。如，《风之谷》（1984）以及《魔女宅急便》（1989）等作品中，作者宫崎骏使用了数量庞大的叹词。而且叹词主要集中在主人公的台词中，同时主人公所使用的叹词的种类有"惊讶""醒悟""领会""高兴""欢乐""不满""追问""呼唤""应答"等多种类型。其中表示吃惊的叹词占绝大多数，而且音节形式类型重复率极低，叹词的语音形态多种多样。

在《千与千寻的神隐》中所设计的主人公形象以及主人公所使用的语言特征中，观察得到作者的唯美细腻的审美趣味以及整体艺术美。这充分说明作者深谙电影艺术中语言所起的重要作用，因此语言使用的表达技巧在作品中的叙事方式和整体结构中占据着极其重要的位置。

无论是父母变成猪的第一个故事情节的转变高潮还是主人公得到白龙保护的那一个故事链，叹词始终预示故事发展，又与情节变化俱进。

叹词是贯穿于《千与千寻的神隐》这一部整个动漫电影的惯用手法。叹词不仅使人物形象显得丰满，而且它对剧情的发展起着极其重要的作用。因为《千与千寻的神隐》充分利用影视艺术的长处，而且作者崇尚艺术电影，把动漫当作艺术电影作品来拍摄，用纯艺术的眼光审视处理这一部作品，因此视觉形象和听觉形象结合得自然完美。

在《千与千寻的神隐》中，叹词的使用并不是一种孤立的艺术手段，它与《千与千寻的神隐》所追求的文学美有着密不可分的关系。

熟练使用口语性强、感情色彩强烈的叹词，有意识地选用特定的叹词，这一点与他惯用铅笔画也有着密切相关。《千与千寻的神隐》采用铅笔画，一方面说明了恪守传统，另一方面证明作者追求着电影艺术的"逼真性"。《千与千寻的神隐》的叹词使用并不是偶然的一种文学现象，而是作者追寻文学艺术美的一个具体体现。

在电影艺术中，视觉语言是电影艺术形式的主要表现手段，但是听觉语言也是一个最基本的表现形式[①]。《千与千寻的神隐》的叹词使用有以下几个特征。

（1）尽量不重复使用

即使是表示同样语义的叹词其形态是多种多这样的。如：

1）ワッ、ワッ、ワッ（哇、哇、哇）；2）アアーッ（啊啊）

在表示"惊讶"的语义时，使用多种形态的叹词，尽量不使用完全相同的形式。

（2）情节发展与叹词关系

在这里回顾一下《千与千寻的神隐》的相关故事梗概。瘦小的十岁小女孩千寻跟着父母从这个城市搬迁到另一个城市，在途中，他们误闯鬼怪神灵休息的世界。等他们穿过那条神秘的隧道之后，出现在眼前的是空无一人的小镇街道。这时千寻想阻止父亲向前走。如：

　　千寻：啊啊啊啊，还走啊？爸，我们回去吧，好不好？（ええーっ、まだいくの！？おとうさん、もう帰ろうよう！ねえーーーっ！）

这是故事情节即将发生变化的一个转折点，在这里通过千寻的叹词不仅增加不安和恐怖感，而且预示故事将进入另一个世界。

（3）复合型叹词比较多

表示"惊讶"的叹词，最常用的音节是"ア"，但是不仅经常出现其变体，而且还出现几个叹词一起使用的复合型。如，1）アア、ア

---

① 张维青、高毅：《中外艺术史要略》，山东人民出版社 2006 年版，第 26 页。

アア（啊啊、啊啊啊）；2）アア、ウン、ア（啊啊、哦哦、啊）

可见叹词不仅是只表示一个语义，在很多场合表示多层语义。这就是动漫电影《千与千寻的神隐》使用叹词时出现的最显著的特点。

《千与千寻的神隐》中的电影语言包括两个方面内容，一个是听觉语言，即追求听觉语言，另外一个是，视觉语言，这也包括叹词与"镜头（场面）"交替使用。

这一方法的采用使《千与千寻的神隐》有了更强的艺术性[①]。

2. 叹词语音形态的倾向性

日本漫画艺术中，最为常用的语言形式是拟声拟态词。因为漫画艺术属于视觉艺术，根据这一艺术特点，漫画作家充分调动日语词汇体系中占有特殊地位的拟声拟态词使艺术感染力有了更大的提升。

而在动漫这一艺术形式中语言表达发生变化，尤其是为艺术形式服务的语言形式也发生了变化。因此，在《千与千寻的神隐》中大量使用了适合动漫艺术的语言形式，即叹词。

在日语词汇体系中，从文体角度看，叹词属于口语词汇，除了引用等特殊场合外，书面语中其使用范围很窄。而且其所占位置无法与主要词类，如名词、动词以及形容词所比拟的。然而，作为这样一种边缘词类，即叹词，它却在《千与千寻的神隐》的作品中发挥了极其重要的作用。

（1）叹词音节形态特征

从音节形态特征的角度看，其形态类型比较多。在《千与千寻的神隐》中，叹词使用次数多，其量又特别庞大。使用次数达210多次。在这里按照 type different woerds 计算。

看其音节拍数，出现以下分布。

1）一拍 28 例；2）二拍 135 例；3）三拍 41 例；4）四拍 6 例

从音节拍数看，共有四种类型。其中二拍数量最多。其次是三拍、一拍，四拍最少。在日语词汇体系中，三、四拍为最基本的形式，因此日语其他词类中，三拍、四拍词语最多。但是，叹词则不

---

① 张维青、高毅：《中外艺术史要略》，山东人民出版社 2006 年版，第 509 页。

同，它的主要形态特征就是比其他词类音拍数量少。

在《千与千寻的神隐》所使用的叹词中，可以发现音节数短小的二拍叹词使用率最高。这种繁多的类型丰富了作品的表现手段，也同时刻画了主人公的细微的心理变化。

（2）叹词元音音节特征

叹词的巧妙使用体现了对文学美的追求。以下主要从响度理论出发，探讨元音和辅音的主要倾向[①]。

在此主要探讨《千与千寻的神隐》中哪一种响度的主要元音最多？是多使用响度高的音位，还是响度低的音位？

从响度理论看，低元音 /–a/ 响度最高，其次是前半高元音 /–e/ 与后半高元音 /–o/，前高元音 /–i/ 与后高元音 /–u/ 响度最低。

从元音特征看，开口度大、响度高的低元音使用率最高。作者反复确认了作品中的叹词，最后统计结果是，作品共使用达 210 多次。其中，其主要元音为低元音 /–a/ 的叹词为 119 例，约占总数的 57%。这是在叹词的元音中出现的最显著的特点。参照焦点理论，在计算叹词的主要元音时，对于二拍以上的叹词，本文只取第一拍的主要元音。按照焦点理论的观点，信息的重点一般出现在前部，因此在一个叹词中出现多个元音的时候，本文把第一个音节的元音看作这一叹词的主要元音[②]。

这些开口度大的低元音 /–a/ 与叹词的语义对应呈现以下分布。

首先，以低元音 /–a/ 为主要元音的叹词共有 119 例。占总数的 57%。从语义角度看，主要集中在"吃惊"上，共 48 例。

其次，响度为中的前半高元音 /–e/ 与后半高元音 /–o/ 的数量分布如下。

以前半高元音 /–e/ 为主要元音的叹词共有 18 例，占总数的 9%。从语义角度看，主要元音为前半高元音 /–e/ 的叹词，主要集中在表示"疑问""确认""招呼""吃惊""不满"、等上，其具体分布如下。

---

① ［日］窪园晴夫、本间猛：《音节与节拍》，研究社 2002 年版，第 10 页、第 13 页、第 120 页。

② 张和友：《从焦点理论看汉语分裂式判断句的生成》，《语言学论丛》，商务印书馆 2004 年版，第 93 页。张和友指出：焦点表现为从常规的位置上移到凸显的位置上（语序标识）。

"疑问（4 例）"，"确认（3 例）"，"招呼""吃惊""不满"等各 2 例。

以后半高元音 /-o/ 为主要元音的叹词共有 13 例，占总数的 6%。从语义角度看，主要元音为后半高元音 /-o/ 的叹词，主要集中在表示"招呼（7 例）"。

最后，响度低的前高元音 /-i/ 与后高元音 /-u/ 的数量分布如下。以前高元音 /-i/ 为主要元音的叹词共有 15 例，占总数的 7%。从语义角度看，主要元音为前高元音 /-i/ 的叹词，主要集中在表示"吃惊（9 例）"上。

以中高元音 /-u/ 为主要元音的叹词共有 36 例，占总数的 17%。从语义角度看，主要元音为中高元音 /-u/ 的叹词，主要集中在表示"应答（7 例）""吃惊（6 例）""叹气（6 例）"上。

从总的分布情况看，响度高的低元音 /-a/ 主要集中在表示"吃惊"上。响度居中的前半高元音 /-e/、后半高元音 /-o/ 主要与"疑问""确认""招呼"相对应。响度低的前高元音 /-i/、中高元音 /-u/ 主要用于表示"吃惊""应答""叹气"。

从响度角度看，在《千与千寻的神隐》中叹词的主要元音或第一元音多是响度高的低元音。其具体分布如下，低元音 /-a/ 居于第一位，其次是前高元音 /-i/、中高元音 /-u/ 居于第二，第三位是前半高元音 /-e/、后半高元音 /-o/。很有趣的现象是，这一点与日语拟声词拟态词有相似之处。金田一春彦（1991）在谈到"拟声词、拟态词的声与义的联系"时指出，"首先在 a、i、u、e、o 中，e 的音特别少。这或许与日语里 e 音发展迟缓这一日本国语史有关也未可知①。"日语拟态词拟声词与叹词的共项事实说明，在《千与千寻的神隐》中，叹词前半高元音 /-e/、后半高元音 /-o/ 居于末席并非偶然。

可见，在《千与千寻的神隐》中多用其主要元音响度比较高的叹词，以便更加细致地刻画主人公的心理变化、更加凸显剧情的变化发展。

（3）叹词辅音音节特征

根据响度理论，可以把整个音位分成以下顺序。塞音→摩擦音→鼻

---

① ［日］金田一春彦：《解说》，载于浅野鹤子：《拟声词拟态词辞典》，角川书店 1978 年版，第 13 页。

音→流音→半元音→元音。其中"塞音"响度最低,"元音"响度最高。

从辅音的角度看,φ-记号辅音最多。其总数为 137 例,占总数的 65%。除了半元音 "/y–/""/w–/"。

从响度理论看,φ-记号辅音,响度最高。在《千与千寻的神隐》中使用最多的辅音是 φ 记号。φ-记号辅音主要用表示"吃惊"上,共 50 例。

半元音的响度居于元音之后,位居第二。但在《千与千寻的神隐》中出现的频率最低。共有 9 例,约占总数的 4%。从语义分布上看,主要集中在"吃惊(5 例)"上。半元音一般带有粗俗的感觉,所以使用率低是属于正常。

鼻音 /m/、/–N/ 共 9 例,约占 4%。主要集中在表示"确认(3例)"上。

清辅音共有 46 例,可以发现 4 种清辅音,如 /t–/、/k–/、/h–/、/s–/。塞音 /t–/,/k–/ 较少,共 5 例。而摩擦音 /h–/,/s–/ 使用率高,共41 例,摩擦音占清辅音使用率的 89%。

其中清辅音与语义对应关系如下。

塞音 /t–/ 主要表示"愤怒(1 例)""不满(1 例)";

塞音 /k–/ 主要表示"招呼(1 例)""吃惊(2 例)";

摩擦音 /h–/ 主要表示"应答(12 例)""吃惊(9 例)";

摩擦音 /s–/ 主要表示"催促(3 例)""劝诱(2 例)"。

从《千与千寻的神隐》看,这部作品主要采用了响度最高的 φ-记号辅音,其次是摩擦音,半元音和鼻音,塞音则少。可见《千与千寻的神隐》主要采用响度清脆的音位来驾驶作品中的叹词。

(4)叹词音节结构特征

从音节结构看,叹词类型非常多,但是相对而言,复合型叹词多于单纯叹词。在《千与千寻的神隐》中,单音拍叹词使用率低,多音拍叹词使用率高,这是因为使用多音拍复合型叹词,把多层语义重叠在一起,可以使表述内容更丰富,描述更细腻,叙述更加完美。

在作品《千与千寻的神隐》中,单音节叹词为数不多。

在《千与千寻的神隐》中,除了极力扩展叹词使用类型的同时,也在精选叹词音拍类型方面下了苦功。在元音与辅音相结合的单音节叹词后面再加上特殊音节，就构成比较特殊的叹词。这一类叹词具有象征意义色彩比较浓烈的拟声拟态词的特点。"长音"表示舒缓，"促音"经常表示短促，"拨音"表示停顿，等等。

多音拍复合叹词结构有以下几种类型。如，

1）长音型——/-a/+/-R/、/-i/+/-R/、/-u/+/-R/、/-e/+/-R/、/-o/+/-R/

①/-a/+/-R/：はあ；②/-i/+/-R/：ひ一っ；③/-u/+/-R/：うう；④/-e/+/-R/：ねえ；⑤/-o/+/-R/：

2）促音型——/-a/+/-Q/、/-i/+/-Q/、/-u/+/-Q/、/-e/+/-Q/、/-o/+/-Q/

①/-a/+/-Q/：あっ；②/-i/+/-Q/：ひ一っ；③/-u/+/-Q/：うっ；④/-e/+/-Q/：ねっ；⑤/-o/+/-Q/：

3）拨音型——/-a/+/-N/、/-i/+/-N/、/-u/+/-N/、/-e/+/-N/、/-o/+/-N/

①/-a/+/-N/：；　②/-i/+/-N/：；　③/-u/+/-N/：；　ふん④/-e/+/-N/：；⑤/-o/+/-N/：

在《千与千寻的神隐》中，这种叹词与其他语言表达手法交叉使用，展示出复杂的场景。大量使用声情并茂的叹词，用特殊的叹词表现出人物的心理变化、心理活动、各种情绪以及情节发展过程。通过各种叹词使观众感受到人物心理变化以及故事情节的变化动向，感受和领略得到人物的喜怒哀乐各种情绪。同时大量使用声情并茂的叹词体现细致微妙的精神世界、色彩和情调。《千与千寻的神隐》作品之所以刻意使用叹词，与作者的艺术风格有密切关系。《千与千寻的神隐》追求气势宏伟的交响乐。作品行文铺陈，不仅仅依靠影响场面的色彩情调，作品所追寻的是影像与音响融为一体的立体结构。

三、结　语

《千与千寻的神隐》全方位追求完美境界的文学美，假如《千与千寻的神隐》没有那种美学追求以及艺术手段，那么作品也逃脱不了沦为市井小说的命运，更不能在动漫历史上拥有像今天这样不可动摇的地位。

一部成功的作品，既要有观赏性又要有思想性，仅靠单调的情节和冒险等刺激性主题是不能达到文学美的最高境界。每一个时代都有一个适应时代潮流的艺术形式或艺术体裁。现代科学技术的发展给动漫注入新的生命力，也给予了一个新的使命。《千与千寻的神隐》之所以大获成功也要归功于新的科技手段，这是作品获得成功的一个重要因素，但是还不容忽视的一点是，除了与视觉欣赏紧密相连的色彩感之外，还有一个唯美细致的听觉色彩感。

长期以来，很少有人将《千与千寻的神隐》的语言风格放在一个从整体的宏大结构框架中进行研究。不难看出对作者的思想艺术特点进行深入探讨固然十分重要，但是其结果往往忽视了语言使用特征与作品的文学审美意识之间的纽带。

《千与千寻的神隐》的研究不能局限于某一个局部或某些层面。因为只有从整体结构中去观察分析《千与千寻的神隐》，才能对《千与千寻的神隐》所具备的文学美，有一个客观公正的评判。

动漫属于影视艺术，除了"场面"这一视觉艺术手段之外，另外一个极其重要的表现手段之一就是听觉语言。《千与千寻的神隐》充分利用听觉语言这一手段，展示了文学美。因此如果不对作品的语言特征进行深入分析，那么我们对作品的认识就会不完整，甚至是片面的。

在《千与千寻的神隐》的动画电影作品里，语言艺术是作者一直以来渴求尽善尽美的一个神圣领域。而且观其语言使用特征，淋漓尽致地映现了日语所特有的一种特殊的表达效果。《千与千寻的神隐》的作品有其恪守传统的基本思路，而且在追求作品的文学美时也有作者自己的尺度和标准。不管是古老的表现模式还是新型的表达手法，都是围绕着作者的文学美以及他的美学观点展开的。作品俨然是一个严密的系统，包括情节、色彩、语言在内。在他的其他作品中，每一个领域处处开花，筑成一个绚丽多彩的大厦。语言艺术是其作品中不容忽视的最重要的内容。

参 考 文 献

一、日文文献

1.著作类

伊藤正雄、足立卷一:『日本文学史要説』，東京：社会思想社 1984
　　年版。

小学館編集:『万有大百科事典』（第一卷），東京：小学館 1977 年版。

鈴木修次:『中国文学と日本文学』，東京：東京書籍株式会社 1991
　　年版。

加藤周一:『日本文学史序説』（上、下卷），東京：ちくま学芸文庫
　　1999 年版。

風間喜代三、上野善道、松村一登、町田健:『言語学』，東京：東京
　　大学出版会 1993 年版。

新村出編:『広辞苑』，東京：岩波書店 1955 年版。

大野晋:『仮名遣と上代語』，東京：岩波書店 1982 年版。

鶴久、森山隆:『万葉集』，東京：桜楓社 1974 年版。

大島正二:『中国言語学史』，東京：汲古書院 1997 年版。

ソシュール:『一般言語学講義』，小松英輔訳，東京：岩波書店 1999
　　年版。

佐藤謙三:『校本日本霊異記』（解説），東京：明世堂 1943 年版。

松浦貞俊:『日本国現報善悪霊異記註釈』（中卷十縁付録），東京：大
　　東文化大学東洋研究所 1973 年版。

遠藤嘉基、春日和男校注:『日本霊異記』（日本古典文学大系），東
　　京：岩波書店 1967 年版。

中田祝夫校注・訳:『日本霊異記』（日本古典文学全集），東京：小学

　　館1975年版。

出雲路修：『日本霊異記』（新日本古典文学大系：中巻10縁注），東
　　京：岩波書店1996年版。

小泉道：『日本霊異記諸本の研究』，東京：清文堂1989年版。

内藤湖南：『冥報記』，名古屋：油屋博文堂1910年版。

説話研究会編：『冥報記の研究』，東京：勉誠出版1999年版。

多田伊織：『日本霊異記と仏教東漸』，京都：法蔵館2001年版。

中田祝夫解説：『東大寺諷誦文稿』，東京：勉誠社文庫1976年版。

丸山顕徳：『日本霊異記説話の研究』，東京：桜楓社1992年版。

藤原時平、正宗敦夫ほか編纂校訂：『延喜式』，現代思潮社1978年版。

『日本古典文学全集　源氏物語1～6』，東京：小学館1981年版。

藤岡作太郎：『国文学史・平安朝篇』，東京：岩波書店1986年版。

本居宣長：『源氏物語玉小櫛』（第二巻），大阪：鈴屋書房1799年版。

梅原猛：『古典的発見』，東京：講談社1984年版。

中村真一郎：『源氏物語の世界』，東京：新潮選書2007年版。

吉海直人：『源氏物語の新考察』，東京：おうふう出版2003年版。

小谷野純一：『平安日記の表象』，東京：笠間書院2003年版。

高田裕彦：『源氏物語の文学史』，東京：東京大学出版会2003年版。

原岡文子：『源氏物語の人物と表現』，東京：翰林書房2003年版。

新間一美：『源氏物語と白居易の文学』，大阪：和泉書院2003年版。

宮崎荘平：『王朝女流日記文学の形象』，東京：おうふう出版2003
　　年版。

鈴木日出男：『源氏物語虚構論』，東京：東京大学出版会，2003年版。

中本征利：『源氏物語の精神分析学』，東京：蝸牛新社2002年版。

王朝物語研究会編：『源氏物語　文本と表現』，東京：新典社2002
　　年版。

吉海直人：『源氏物語の視角』，東京：翰林書房1995年版。

和漢比較文学会：『源氏物語と漢文学　和漢比較文学叢書』，東京：
　　汲古書院1993年版。

小町谷照彦：『源氏物語の歌ことば表現』，東京：東京大学出版会

1993 年版。

清水好子：『源氏物語の文体と方法』，東京：東京大学出版会 1993
　　年版。

篠原昭二：『源氏物語の論理』，東京：東京大学出版会 1992 年版。

J・モリス：『光源氏の世界』，斎藤和明訳，東京：筑摩書房 1969
　　年版。

坂本昻：『源氏物語構想論』，東京：明治書院 1981 年版。

古沢未知男：『漢詩文引用より見た源氏物語の研究』，東京：桜楓社
　　1975 年版。

仲田庸幸：『源氏物語の文芸学』，東京：風間書房 1972 年版。

田村俊子：『田村俊子作品集』（第一、二巻），東京：オリジン出版セ
　　ンター 1987 年版。

田村俊子：『田村俊子作品集』（第三巻），東京：オリジン出版センタ
　　ー 1988 年版。

富山太佳夫：『文化と精読』，名古屋：名古屋大学出版会 2003 年版。

渡辺澄子編集：『俊子新論：今という時代の田村俊子』，東京：至文
　　堂 2005 年版。

平塚らいてう：『元始、女性は太陽であった』（下巻），東京：大月
　　書店 1971 年版。

新・フェミニズム批評の会：『〈青鞜〉を読む』，東京：学芸書林
　　1998 年版。

野山嘉正、安藤宏編著：『近代の日本文学』，東京：放送大学教育振
　　興会 2005 年版。

瀬戸内晴美：『田村俊子』，東京：講談社 1993 年版。

工藤美代子、S・フィリップス：『晩香坡の愛——田村俊子と鈴木
　　悦』，東京：ドメス出版 1982 年版。

飯田祐子編：『「青鞜」という場：文学・ジェンダー・「新しい女」』，
　　東京：森話社 2002 年版。

今井泰子、渡辺澄子等編：『短編女性文学近代』，東京：桜楓社 1987
　　年版。

脇田晴子、S・B・ハンレー編:『ジェンダーの日本史』(下巻),東京:東京大学出版会1995年版。

青木保、川本三郎等編:『女の文化』(近代日本文化論8),東京:岩波書店2000年版。

井上輝子、上野千鶴子等編:『性役割』(日本のフェミニズム3),東京:岩波書店1995年版。

山崎真紀子:『田村俊子の世界——作品と言説空間の変容』,東京:彩流社2005年版。

関根英二編:『うたの響き・ものがたりの欲望——アメリカから読む日本文学』,東京:星雲社1996年版。

岩淵宏子等編:『フェミニズム批評への招待——近代女性文学を読む』,東京:学芸書林1995年版。

田村俊子『木乃伊の口紅』,東京:不二出版1986年版。

島崎藤村:『島崎藤村集』(現代日本文学全集),東京:筑摩書房1954年版。

遠藤嘉基、池垣武郎:『注解日本文学史』(九定版),東京:中央図書1999年版。

矶田光一等編:『新潮日本文学辞典』(増補),東京:新潮社1991年版。

夏目漱石:『門』,東京:新潮社2008年版。

中村光夫:『文明開花の性格』,東京:有精堂1982年版。

夏目漱石:『夏目漱石全集』(第十巻),東京:筑摩書房1988年版。

夏目漱石:『こころ』,東京:新潮社1986年版。

日本文学研究資料刊行会編:『夏目漱石Ⅰ』(日本文学研究資料叢書),東京:有精堂1989年版。

日本文学研究資料刊行会編:『夏目漱石Ⅱ』(日本文学研究資料叢書),東京:有精堂1989年版。

日本文学研究資料刊行会編:『夏目漱石Ⅲ』(日本文学研究資料叢書),東京:有精堂1989年版。

古川久編:『夏目漱石辞典』,東京:東京堂出版社1985年版。

江藤淳：『漱石极其时代』，東京：新潮社 1976 年版。

前田愛編集：『日本文学新史　近代』，東京：至文堂 1986 年版。

志賀直哉：『志賀直哉集』（現代文学全集 20），東京：筑摩書房 1954
　　年版。

志賀直哉：『志賀直哉集』（現代日本文学大系 34），東京：筑摩書房
　　1973 年版。

須藤松雄：『志賀直哉研究』，東京：明治書院 1977 年版。

小林秀雄：『文芸評論』（上巻），東京：筑摩書房 1979 年版。

阿川弘之：『志賀直哉』（上、下巻），東京：岩波書店 1994 年版。

本多秋五：『志賀直哉』（上、下巻），東京：岩波書店 1990 年版。

荒井均：『志賀直哉論』，徳島：教育出版センター 1985 年版。

紅野敏郎：『近代小説研究　作品・資料』，秀英出版 1982 年版。

水谷幸正：『仏教・共生・福祉』，京都：思文閣出版 1999 年版。

伊藤整：『日本文壇史Ⅱ自然主義の勃興期』，東京：講談社 1978 年版。

日本文学研究資料刊行会編：『志賀直哉Ⅰ』（日本文学研究資料業
　　書），東京：有精堂 1981 年版。

石本隆一編纂：『日本文芸鑑賞事典——近代名作 1017 選への招待』
　　（第 7 巻），東京：株式会社ぎょうせい 1987 年版。

芥川龍之介：『現代文学大系 25 芥川龍之介集』，東京：筑摩書房
　　1963 年版。

関口安義：『芥川龍之介』，東京：岩波新書 1995 年版。

関口安義：『アプローチ　芥川龍之介』，東京：明治書院 1992 年版。

関口安義、庄司達也編：『芥川龍之介全作品事典』，東京：勉誠出版
　　2000 年版。

菊池弘、久保田芳太郎、関口安義編：『芥川龍之介研究』，東京：明
　　治書院 1981 年版。

海老井英次編：『芥川龍之介』（鑑賞日本現代文学⑪），東京：角川
　　書店 1981 年版。

竹内真：『芥川龍之介の研究』（近代作家研究叢書 47），東京：日本
　　図書センター 1987 年版。

浅野洋、芹澤光雄、三島譲編：『芥川龍之介を学ぶ人のために』，京
　都：世界思想社 2000 年版。

日本文学研究資料刊行会編：『芥川龍之介Ⅰ』（日本文学研究資料叢
　書），東京：有精堂 1970 年版。

日本文学研究資料刊行会編：『芥川龍之介Ⅱ』（日本文学研究資料叢
　書），東京：有精堂 1977 年版。

吉田精一：『芥川龍之介之研究』（近代作家研究叢書），東京：日本図
　書センター 1983 年版。

三好行雄編：『芥川龍之介必携』，東京：学燈社 1979 年版。

三好行雄：『芥川龍之介論』，東京：筑摩書房 1976 年版。

石割透：『芥川龍之介——初期作品の展望』（新鋭研究叢書4），東
　京：有精堂 1985 年版。

大里恭三郎：『谷崎潤一郎——「春琴抄」考』，東京：審美社 1993
　年版。

塚谷晃弘：『谷崎潤一郎——その妖術とミステリー性』，東京：株式
　会社沖漬舎 1991 年版。

ドナルドキーン：『日本人の美意識』金関寿夫訳，東京：中央公論社
　1999 年版。

土居健郎：『「甘え」の構造』，東京：弘文堂 1996 年版。

ルース・ベネディクト：『菊と刀』，長谷川松治訳，東京：教養文庫
　1967 年版。

日本文学研究資料刊行会編：『川端康成』（日本文学研究資料叢書），
　東京：有精堂 1985 年版。

部落問題研究所編：『近代日本の社会史的分析——天皇制下の部落問
　題』，京都：部落問題研究所出版社 1989 年版。

井伏鱒二：『山椒魚』，稲賀敬二、市川孝等編著：『新国語二』，第一
　学習社 1983 年版。

福田清人、松本武夫編著：『井伏鱒二　人と作品』，東京：清水書院
　1981 年版。

相馬正一：『井伏鱒二の軌跡』，弘前：津軽書房 1995 年版。

東郷克美編：『井伏鱒二の風貌姿勢』，東京：至文堂 1998 年版。

伊藤整編：『文学と人生』，東京：新潮文庫 1967 年版。

熊谷孝：『井伏鱒二——講演と対談』，東京：鳩の森書房 1978 年版。

井伏鱒二：『井伏鱒二』（現代日本文学全集 41），東京：筑摩書房 1953 年版。

上林暁、井伏鱒二：『上林暁・井伏鱒二集』（現代日本文学大系 65），東京：筑摩書房 1970 年版。

鶴田欣野：『日本文学における「他者」』，東京：新曜社 1994 年版。

浅井清、佐藤勝編：『小説・劇曲Ⅰ』（研究資料現代日本文学 1），東京：明治書院 1990 年版。

兵蔵正之助：『野間宏論』，東京：新潮社 1982 年版。

野間宏：『暗い絵・顔の中の赤い月』，東京：講談社文芸文庫 1989 年版。

小田切秀雄：『戦後文学作品鑑賞』，東京：読売選書 1975 年版。

平野謙：『現代の作家』，東京：角川文庫 1957 年版。

小松伸六：『日本文学鑑賞辞典近代編』，東京：東京堂出版 1967 年版。

石本隆一ほか編纂：『日本文芸鑑賞事典 15——近代名作 1017 選への招待（昭和 23—26 年）』，東京：株式会社ぎょうせい 1988 年版。

谷山茂等：『新訂国語総覧』，京都：京都書房 1999 年版。

大岡昇平・野間宏・埴谷雄高・大江健三郎：『大岡昇平・野間宏・埴谷雄高・大江健三郎』（昭和文学全集 16），東京：小学館 1987 年版。

丸谷才一：『大岡昇平　その人と文学』，東京：新潮社 1989 年版。

立尾真士：『日本近代文学』，東京：日本近代文学会 2007 年版。

三島由紀夫：『春の雪』（『豊饒の海』第一巻），東京：新潮文庫 1977 年版。

三島由紀夫：『奔馬』（『豊饒の海』第二巻），東京：新潮文庫 1977 年版。

三島由紀夫：『天人五衰』（『豊饒の海』第四巻），東京：新潮文庫 1977 年版。

三島由紀夫：『金閣寺』，東京：河出書房 1953 年版。

三島由紀夫：『反貞女大学』，東京：河出書房 1953 年版。

村松剛：『三島由紀夫の世界』，東京：新潮文庫 1990 年版。

橋本治：『三島由紀夫・幸福な烏』，東京：株式会社国書刊行会 1993
年版。

佐伯彰一：『作家の自伝・三島由紀夫』，東京：日本図書センター
1995 年版。

三好行雄編：『三島由紀夫必携』，東京：学燈社 1989 年版。

安部公房：『砂の女』，東京：新潮社 1978 年版。

石川淳：『安部公房「壁」序』，東京：新潮文庫 1952 年版。

高野斗志美：『安部公房論』，東京：サンリオ山梨シルクセンター出
版部 1971 年版。

渡辺広士：『安部公房』，東京：審美社 1976 年版。

ホセ・オルテガ・イ・ガセト：『大衆の叛逆』，寺田和夫訳，東京：
ちくま学芸文庫 1998 年版。

金田一京助主編：『新明解国語辞典』（第五版），東京：三省堂 1998
年版。

安部公房：『死に急ぐ鯨たち』，東京：新潮社 1986 年版。

江藤淳：『成熟と喪失』（現代の文学 27），東京：講談社 1978 年。

庄野潤三：『庄野潤三初期作品集』，東京：講談社 2007 年版。

庄野潤三：『夕べの雲』，東京：講談社 2007 年版。

阪田寛夫：『庄野潤三ノート』，東京：冬樹社 1975 年版。

加藤秀俊：『無目標社会の論理』，東京：中央公論社 1963 年版。

中村明：『作家の文体』，東京：筑摩書房 1977 年版。

石本隆一ほか編纂：『日本文芸鑑賞事典 20——近代名作 1017 選への
招待（昭和 42～50 年）』，東京：株式会社ぎょうせい 1988 年版。

西田正好：『無常の文学』，東京：塙書房 1975 年版。

永井義憲：『古典文学と仏教』，東京：岩波書店 1995 年版。

饗庭孝男：『現在へのはるかな懐かしさ』（現代の文学 18），東京：
講談社 1978 年版。

井上靖：『西域小説集』，東京：講談社 1965 年版。

長谷川泉編：『井上靖研究』，東京：南窓社 1974 年版。

福田宏年：『井上靖の世界』，東京：講談社 1972 年版。

田村嘉勝：『井上靖——人と文学』（日本の作家 100 人），東京：勉誠出版 2007 年版。

井上靖：『西域物語』，東京：新潮社 1977 年版。

宮崎駿：『千と千尋の神隠し』，東京制作：スタジオジブリ，発行：ブエナビスタホームエンターティメント，首映 2001 年 7 月。

窪園晴夫、本間猛：『音節とモーラ』，東京：研究社 2002 年版。

浅野鶴子編：『擬音語・擬態語辞典』（金田一春彦解説），東京：角川書店 1978 年版。

2. 论文类

鶴久：「万葉仮名」，『岩波講座 文字』（日本語 8 ），東京：岩波書店 1977 年版。

鶴島俊一郎：「冥報記小考」，『駒沢大学外国語部論集』1983 年 18 巻。

三田明弘：「解題『冥報記』と作者唐臨について」，説話研究会編：『冥報記の研究』，東京：勉誠出版 1999 年版。

師蛮：「和州薬師寺の沙門景戒伝」，『本朝高僧伝』（上巻第 6 ），長井真琴校訂，東京：寛永寺 1916 年版。

芳賀矢一：「攷証今昔物語集序論」，『芳賀矢一集』，東京：筑摩書房 1968 年版。

藤森賢一：「霊異記と冥報記」，『高野山大学論叢』1971 年 6 巻。

後藤良雄：「冥報記の唱導性と霊異記」，『国文学研究』，1962 年 3 月第 25 集。

曽田文雄：「霊異記に辿る先蹤説話の跡」，『訓点語と訓点資料』1966 年 12 月 34 巻。

原田行造：「霊異記説話の成立をめぐる諸問題—類話の発生と伝承・伝播についての研究—」，『金沢大学教育学部紀要』1969 年 18 巻。

黒沢幸三:『「霊異記」の編者景戒』,『日本古代の伝承文学の研究』,
　　東京：塙書房 1976 年版。

鹿苑大慈:「日本霊異記の成立過程」,『竜谷史壇』1957 年 42 号。

志田諄一:「日本霊異記と景戒」,『茨城キリスト教短期大学研究紀
　　要』1966 年 6 巻。

植松茂:「日本霊異記における伝承者の問題」,『国語と国文学』1956
　　年 33 巻。

徐志紅:「『日本霊異記』爓火考——中巻十縁を中心に」,『奈良女子
　　大学人間文化研究科年報』2005 年 3 月第 20 号。

内田道夫:「日本の説話と中国の説話」,『東北大学日本文化研究所研
　　究報告』1971 年 3 月 5、6 巻。

渡辺澄子:「佐藤（田村）俊子新論」,『大東文化大学紀要』2006 年 3
　　月号。

水野盈太郎:「田村俊子女史に送る書」,『文章世界』1914 年 7 月号。

平塚らいてう:「田村俊子さん」,『中央公論』1914 年 8 月号。

平塚らいてう:「処女の真価」,『平塚らいてう著作集』（第二巻）,
　　東京：大月書店 1983 年版。

与謝野晶子:「私の貞操観」,『定本与謝野晶子全集』（第十四巻）,
　　東京：講談社 1980 年版。

与謝野晶子:「貞操は道徳以上に尊貴なものである」,『定本与謝野晶
　　子全集』（第 15 巻）,東京：講談社 1980 年版。

根岸泰子:「〈青鞜〉における〈私的領域〉の意味」,『国語と国文
　　学』,東京大学国語国文学会 2003 年 11 月号。

宮本百合子:「婦人作家」,『宮本百合子全集』（第十一巻）,東京：
　　河出書房 1952 年版。

宮本百合子:「婦人と文学」,『宮本百合子全集』（第八巻）,東京：
　　河出書房 1952 年版。

片岡良一:「田村俊子の生涯」,『日本文学全集 70』,東京：筑摩書房
　　1957 年版。

鈴木正和:「彷徨する〈愛〉の行方——田村俊子『生血』を読む」,

『近代文学研究』1996 年 2 月号。

菅原健介：「メーキャップとアイデンティティー」，『化粧心理学——化粧と心のサイエンス』，東京：フレグランスジャーナル社 2001 年版。

水野盈太郎：「田村俊子女史に送る書」，『文章世界』1914 年 7 月号。

光石亜由美：「田村俊子『女作者』論——描く女と描かれる女」，『山口国文』1998 年 3 月号。

小栗風葉等：「女流作家論」，『新潮』1908 年 5 月号。

光石亜由美：「〈女作者〉が性を描くとき——田村俊子の場合」，『名古屋近代文学研究』1996 年 12 月号。

中村孤月：「大正四年日本文壇の創作」，『文章世界』1915 年 12 月号。

黒澤亜里子：「田村俊子と女弟子——新発見の湯浅芳子日記・書簡をめぐって」，『沖縄国際大学文学部紀要・国文学篇』1991 年 3 月号。

志賀直哉：「内村鑑三先生の思い出」，『婦人公論』1941 年 9 月号。

内藤遠翁：「賤者考」，『日本蔗民生活史料集成』（第十四巻），東京：三一书房 1971 年版。

木村幸雄：「顔の中の赤い月について」，『福島大学教育論集第 21 号』1969 年 11 月。

田坂昂：「その死の場合——三島由紀夫のニヒリズム」，『展望』1971 年 4 月号。

三木卓：「非現実小説の陥穽」，『新日本文学』1962 年 11 月号。

佐々木基一：「脱出と超克」，『新日本文学』1962 年 9 月号。

村松定考：「安部公房『砂の女』『他人の顔』について」，『国文学解釈と教材の研究』1967 年 2 月号。

熊谷淑樹：「安部公房における疎外と再生『砂の女』をめぐって」，『福島大学教育学部国語国文学会』1992 年 1 月刊。

磯貝英夫：「砂の女」，『国文学解釈と鑑賞』（臨時増刊）1972 年 9 月号。

武石和志：「『砂の女』試論」，『法政大学日本文学論叢』1981 年 3 月刊。

平山城児:「安部公房『砂の女』の砂の女」,『国文学解釈と教材の研究』1980 年 3 月号。

田中裕之:「『砂の女』論」,『日本文学』1986 年 12 月号。

谷田昌平:「『砂の女』の頃」,『新潮』1993 年 4 月号。

小林正明:「物語論から『砂の女』を解剖する」,『国文学解釈と教材の研究』1997 年 8 月号。

小泉浩一郎:「『砂の女』再論　研究史の一隅から」,『国文学解釈と教材の研究』1997 年 8 月。

阪田寛夫:「庄野潤三　人と作品」,『小島信夫、遠藤周作、庄野潤三、阿川弘之集』(昭和文学全集 21),東京:小学館 1987 年版。

奥野健男:「庄野潤三」,『阿川弘之、庄野潤三、有吉佐和子』(日本の文学 75),東京:中央公論社 1969 年版。

山室静:「庄野潤三論」,『阿川弘之、庄野潤三、曽野綾子、北杜夫集』(現代日本文学大系 88),東京:筑摩書房 1973 年版。

助川徳是:「庄野潤三研究案内」,『鑑賞日本現代文学 29』,東京:角川書店 1982 年版。

山崎一穎:「庄野潤三『静物』」,『国文学解釈と鑑賞』1976 年版 41 巻。

後藤聡子:「庄野潤三論―見せけちと防衛」,『国文学解釈と鑑賞』2006 年 2 月号。

呉順瑛:「庄野潤三『静物』試論」,『文学・語学』2007 年第 186 号。

田中実:「静物」,『日本文芸鑑賞事典 18』,東京:株式会社ぎょうせい 1988 年版。

高橋龍夫:「第三の新人たちの描く日常感覚」,『国文学解釈と鑑賞』2006 年 2 月号。

大杉重男ほか:「21 世紀からの照射」,『国文学解釈と鑑賞』2006 年 2 月号。

山中秀樹:「作家の姿勢について」,『法政大学日本文學誌要 Vol.49』1994 年刊。

高橋英夫:「人間的情熱について」,『庄野潤三初期作品集』,東京:

講談社 2007 年版。

岡庭昇：「死の発見」，『鑑賞日本現代文学 29』，東京：角川書店
　　1982 年版。

3. 期 刊

『新潮　作家論集』（上巻），東京：日本近代文学館 1971 年版。

『新潮　作家論集』（中巻），東京：日本近代文学館 1971 年版。

『国文学解釈と鑑賞　志賀直哉を再評価する』（特集），東京：至文
　　堂 1987 年版。

『国文学解釈と鑑賞　井伏鱒二の世界』（特集），東京：至文堂 1985
　　年 4 月号。

『群像　井伏鱒二』（日本的作家 16），東京：小学館 1994 年版。

『文学界　大岡昇平と戦争』，東京：文芸春秋 1995 年 11 月号。

『国文学解釈と鑑賞　戦後文学の三名旗手』（特集），東京：至文堂
　　1976 年 7 月号。

『群像　大岡昇平』（日本の作家 19），東京：小学館 1992 年版。

『国文学解釈と鑑賞　大岡昇平』（特集），東京：至文堂 1979 年 4
　　月号。

『国文学解釈と教材の研究　大岡昇平』（特集），東京：学燈社 1977
　　年 3 月号。

『新大阪夕刊』（新聞）1949 年 7 月 25 日。

『新潮　井上靖』（日本文学アルバム），東京：新潮社 1993 年版。

4. 学术网站

興福寺本『日本霊異記』，奈良女子大学図書館，

http：//mahoroba.lib.nara‒wu.ac.jp/y14/y14/index.html（2012 年 1 月 20 日）

二、中文文献

1. 著作类

李芒:《采玉集》,南京:译林出版社 2000 年版。

浙江大学日本文化研究所编著:《日本历史》,北京:高等教育出版社 2003 年版。

王长新主编:《日本文学史》,长春:吉林大学出版社 1990 年版。

[日]品田悦一:《万叶集的发明》,邓庆真译,香港:香港教育出版社 2004 年版。

[日]内藤湖南:《日本文化史研究》,储元熹、卞铁坚译,北京:商务印书馆 1997 年版。

[日]佚名:《万叶集》,赵乐甡译,南京:译林出版社 2009 年版。

[英]特里·伊格尔顿:《二十世纪西方文学理论》,伍晓明译,北京:北京大学出版社 2007 年版。

赵蓉晖编:《索绪尔研究在中国》,北京:商务印书馆 2005 年版。

[瑞士]费尔迪南·德·索绪尔:《普通语言学教程》,高明凯译,北京:商务印书馆 2004 年版。

任裕海:《能指与所指:诗歌语言的符号学特性初探》,载于吴国华主编:《符号语言学》,上海:上海外语教育出版社 2005 年版。

皮鸿鸣:《索绪尔语言学的根本原则》,载于《索绪尔研究在中国》,北京:商务印书馆 2005 年版。

申小龙:《普通语言学教程》,上海:复旦大学出版社 2005 年版。

胡裕树:《现代汉语》重订本,上海:上海教育出版社 2004 年版。

王铭玉、宋尧编:《符号语言学》,上海:上海外语教育出版社 2005 年版。

方诗铭校:《冥报记》,北京:中华书局 1992 年版。

周叔迦校注:《法苑珠林校注》,北京:中华书局 2003 年版。

刘昫:《旧唐书》,北京:中华书局 1975 年版。

欧阳修:《新唐书》,北京:中华书局 1975 年版。

陈振孙：《直斋书录解题》，北京：中华书局 1985 年版。

［日］藤原佐世：《日本国見在書目録》（第二十卷），北京：中华书局
　　1991 年版。

杨守敬：《日本访书志》，沈阳：辽宁教育出版社 2003 年版。

李复言：《续玄怪录》，北京：中华书局 2006 年版。

大正新修大藏经刊行会：《佛说罪业应报教化地狱经》（大正新修大藏
　　经第十七卷收录），后汉安息三藏安世高译，1988—1989 年版。

［日］紫式部：《源氏物语》，姚继中译，南京：江苏人民出版社 2011
　　年版。

姚继中：《源氏物语与中国传统文化》，北京：中央编译出版社 2004
　　年版。

［英］L. 比恩尼：《亚洲艺术中人的精神》，孙乃修译，沈阳：辽宁人
　　民出版社 1988 年版。

［日］丸山清子：《源氏物语与白氏文集》，申非译，北京：国际文化
　　出版公司 1985 年版。

朱光潜：《悲剧心理学》，北京：人民文学出版社 1985 年版。

［美］苏珊·朗格：《艺术问题》，滕守尧译，北京：中国社会科学出
　　版社 1983 年版。

谭晶华：《川端康成传》，上海：外语教育出版社 1996 年版。

［德］黑格尔：《美学》（第一卷），朱光潜译，北京：商务印书馆 1979
　　年版。

叶渭渠：《日本文明》，北京：中国社会科学出版社 1999 年版。

叶渭渠、唐月梅：《日本文学史》（近代卷），北京：经济日报出版社
　　2000 年版。

陈德文：《日本现代文学史》，南京：南京大学出版社 1991 年版。

张京媛主编：《当代女性主义文学批评》，北京：北京大学出版社 1992
　　年版。

林幸谦：《女性主体的祭奠Ⅱ：张爱玲女性主义批评》，桂林：广西师
　　范大学出版社 2003 年版。

陈德文：《岛崎藤村研究》，北京：人民日报出版社 1999 年版。

刘振瀛：《日本文学论集》，北京：北京大学出版社 1991 年版。

雷石榆编著：《日本文学简史》，石家庄：河北教育出版社 1992 年版。

叶渭渠、唐月梅：《20 世纪日本文学史》，青岛：青岛出版社 1999
　　年版。

叶琳主编：《近现代日本文学作家作品研究》，南京：江苏文艺出版社
　　2002 年版。

杨宁一：《了解日本人——日本人的自我认识》，天津：天津人民出版
　　社 2001 年版。

李光贞：《夏目漱石小说研究》，北京：外国语教学与研究出版社 2007
　　年版。

王乾坤：《鲁迅的生命哲学》，北京：人民文学出版社 1999 年版。

[俄] 车尔尼雪夫斯基：《艺术与现实的美学关系》，周扬译，北京：人
　　民文学出版社 1979 年版。

张龙妹、曲莉：《日本文学》（下卷），北京：高等教育出版社 2008
　　年版。

周宪：《20 世纪西方美学》，南京：南京大学出版社 1999 年版。

金开诚：《文艺心理学论稿》，北京：北京大学出版社 2002 年版。

叶渭渠、唐月梅：《日本文学史》，北京：昆仑出版社 2004 年版。

刘立善：《日本文学的伦理意识》，沈阳：春风文艺出版社 2002 年版。

刘立善：《日本白桦派与中国作家》，沈阳：辽宁大学出版社 1995
　　年版。

[日] 芥川龙之介：《罗生门》，楼适夷、吕元明、文洁若译，南京：译
　　林出版社 1998 年版。

[日] 西原大辅：《谷崎润一郎与东方主义——大正日本的中国幻想》，
　　赵怡译，北京：中华书局 2005 年版。

叶渭渠、唐月梅：《物哀与幽玄——日本人的美意识》，南宁：广西师
　　范大学出版社 2002 年版。

姜文清：《东方古典美：中日传统审美意识比较》，北京：中国社会科
　　学出版社 2002 年版。

叶谓渠主编：《谷崎润一郎作品集》，北京：中国文联出版社 2000 年版。

［日］谷崎润一郎：《饶舌录》，汪正球译，北京：中国文联出版社 2000 年版。

叶渭渠主编：《日本现代女性文学集研究卷》，北京：中国文联出版社 2000 年版。

［日］川端康成：《伊豆的舞女》，侍桁译，北京：青年出版社 1995 年版。

赵毅衡：《重访新批评》，天津：百花文艺出版社 2009 年版。

［日］井伏鳟二：《井伏鳟二小说选》，柯毅文译，北京：外国文学出版社 1982 年版。

钱锺书：《钱锺书集·写在人生边上·人生边上的边上·石语》，北京：三联书店 2002 年版。

王述坤编著：《日本经现代文学名家名作集萃》，合肥：中国科技大学出版社 2007 年版。

叶渭渠、唐月梅：《日本文学史》（现代卷），北京：经济日报出版社 2000 年版。

叶琳等：《现代日本文学批评史》，上海：上海外语教育出版社 2008 年版。

于荣胜编著：《日本现代文学选读》，北京：北京大学出版社 1997 年版。

［日］大冈升平：《大冈升平小说集》，尚侠等译，北京：作家出版社 1998 年版。

［捷克］米兰·昆德拉：《生命中不能承受之轻》，洪涛、孟湄译，贵阳：贵州人民出版社 2001 年版。

［英］亨利·斯各特·斯托克斯：《美与暴烈——三岛由纪夫的生与死》，于是译，上海：上海书店出版社 2007 年版。

［日］三岛由纪夫：《假面自白》，唐月梅译，北京：北京出版社 2003 年版。

朱琳：《经典印象译丛》，杭州：浙江文艺出版社 2003 年版。

林林：《安部公房文集·前言》，珠海：珠海出版社 1997 年版。

［美］苏珊·朗格：《感情与形式》，北京：中国社会科学出版社 1986

年版。

李广仓：《结构主义文学批评方法研究》，长沙：湖南大学出版社2006年版。

王阳：《小说艺术形式分析——叙事学研究》，北京：华夏出版社2002年版。

张玉能：《西方文论思潮》，武汉：武汉出版社1999年版。

朱立元：《当代西方文艺理论》，上海：华东师范大学出版社1997年版。

［英］特伦斯·霍克斯：《结构主义和符号学》，瞿铁鹏译，上海：上海译文出版社1987年版。

［英］特里·伊格尔顿：《当代西方文艺理论》，王逢振译，北京：中国社会科学出版社1988年版。

［法］A.J.格雷马斯：《结构语义学》，吴鸿渺译，生活·读书·新知三联书店1999年版。

［美］勒内·韦勒克、奥斯汀·沃伦：《文学理论》，刘象愚等译，生活·读书·新知三联书店1984年版。

［南非］罗里·赖安：《当代西方文学理论导引》，李敏儒等译，成都：四川文艺出版社1986年版。

[日]井上靖：《井上靖西域小说选》，耿金声、王庆江译，乌鲁木齐：新疆人民出版社1984年版。

庞朴：《文化的民族性与时代性》，北京：中国和平出版社1988年版。

[日]井上靖：《中国古代历史小说选 苍狼·井上靖》，冯朝阳、赖育芳译，北京：人民文学出版社2002年版。

丁恒杰：《文化与人》，北京：时事出版社1994年版。

钱谷融、鲁枢元：《文学心理学》，上海：华东师范大学出版社2008年版。

［英］弗雷格·英格利斯：《文化》，韩启群等译，南京：南京大学出版社2008年版。

杨晓林：《动画大师宫崎骏》，上海：复旦大学出版社2010年版。

刘月华、潘文娱、故韡：《实用现代汉语语法》，北京：商务印书馆

2005 年版。

李荣启:《文学语言学》,北京:人民出版社 2005 年版。

张维青、高毅:《中外艺术史要略》,济南:山东人民出版社 2006 年版。

2. 论文类

[日]吉田精一:《日本文学的特点》,《日语学习与研究》1985 年第 2 期。

卞崇道:《关于岛国日本文化论的思考》,《浙江海洋学院学报》2005 年第 4 期。

杨薇:《日本文化模式论》,《南开学报》2002 年第 4 期。

郭海红:《坪井洋文"民俗文化多元论"思想研究》,《云南民族大学学报》2012 年第 1 期。

李均祥:《日本文学的发生和起点——日本文学史研究序说》,《外国文学评论》1999 年第 1 期。

岑仲勉:《唐唐临冥报记之复原》,《历史语言研究集刊》(第十七册)1948 年刊。

李铭敬:《冥报记的古抄本与传承》,《文献》2000 年 7 月第 3 期。

文德培:《艺术的虚像、幻象和抽象三维结构》,《南京大学学报》(哲学人文科学社会科学版)1987 年第 4 期。

[日]大野晋:《如何读〈源氏物语〉——对尚未认识的武田学说的再评价》,《朝日周刊》1984 年 10 月 5 日。

刘振瀛:《日本文学介绍(二)近代部分》,《国外文学》1983 年第 4 期。

吴佩珍:《家国意识形态的逃亡者:由田村俊子初期作品看明治期"女作家"及"女优"的定位》,《中外文学》2005 年 10 月第 34 卷第 5 期。

李光贞:《试析夏目漱石的文明批判》,《山东外语教学》2005 年 6 月号。

何乃英:《夏目漱石——日本近代文学的杰出代表》,《国外文学》1987 年 4 月。

李光贞:《20 世纪中日两国夏目漱石研究述评》,《山东外语教学》

2007 年 3 月号。

李光贞:《试析夏目漱石小说中的"明治精神"》,《解放军外国语学院学报》2007 年 9 月第 5 期。

杨宁一:《当代日本人的自我认识历程》,《学术界》2001 年第 2 期。

王述坤:《谈野间宏的早期创作》,《日本文学》1984 年第 3 期。

蓝泰凯:《对战争的反思和控诉》,《贵州师专学报》,2002 第 1 期。

薛瑞丽:《从〈野火〉看大冈升平的战争观》,《齐鲁学刊》2005 第 5 期。

尚侠、徐冰:《大冈文学对话录》,《外国问题研究》1990 年第 1 期。

叶琳:《"死亡"、"自然"与美的统一——三岛美学观刍议》,《洛阳外国语学院学报》2001 年第 1 期。

竺家荣:《评安部公房文学创作的寓意表现》,《国际关系学院学报》1999 年第 2 期。

李德纯:《内部精神的深层开掘——简评日本现代派文学》,《日语学习与研究》1987 年第 26 期。

3. 报刊类

《联合报》(文学版)1996 年 11 月 8 日。

4. 网站类

鲁迅:《古小説鈎、沈冥祥記》

http：//www.guoxue123.com/new/0001/gxsgs/034.htm(2011 年 12 月 29 日)

[日]谷崎润一郎:《文章读本》

http：//222.192.60.10/kns50/detail.aspx?QueryID=178&CurRec=1(2013 年 1 月 20 日)

李杰非:"安部公房散谈"

http：//home.njenet.net.cn/yinghuaxia/comment/ab01.xml(2013 年 1 月 20 日)

三岛由纪夫:《春雪·天人五衰》(译本序),中国友谊出版公司 1990 年版,http：//book.douban.com/review/4925760/(2014 年 7 月 28 日)

人名索引

后　记

　　时光匆匆，蓦然回首，往事历历在目。当初，南京大学英语系江宁康教授希望我能参与他申报的南京大学"985"三期课题"外国文学经典与民族文化研究"项目，并负责子项目"日本文学经典与民族文化研究"。说心里话，我当时一方面担心自己的能力不足，不能很好地完成任务；另一方面又感到万分高兴，可以借此机会好好梳理一下自己长期从事的近现代日本文学经典作品研究的内容。如今，我在兄弟院校日语专业同人的大力协助下，历时3年终于完成了这本书的撰写。

　　很多事想起来容易，做起来难。在课题的设计中首先遇到的问题就是自己平时并没有对古典文学经典文本进行深入的探讨和研究，古典文学与文化在日本整个文学史和文化上都占有十分重要的地位，不能避而远之。经过同江老师的商量，只选取了最具有代表性的三部作品。其次，遇到的第二个问题是单靠一个人去完成近现代部分的撰写也是无法在规定时间内完成交稿的。于是，就想到了一些曾毕业于南京大学日语系文学专业、自己指导的研究生。绝大多数的毕业论文都是近现代经典文本解读，且研究的视角广泛，还有不少是被评为当年校优秀论文。像朗叙和王胜群两位毕业生的论文是分别获得2009年度和2010年度全国日语高校优秀研究生毕业论文"卡西欧杯"文学组二等奖。尽管他们已经毕业多年，在高校或在外事部门从事日语方面的基础教学或翻译接待工作，但引导他们把研究生毕业论文用中文写出来也是一种再补充学习的过程。对文本的再分析，就是对文化的最好解读。

　　选好了作品，就要落实这方面颇有研究视角或深度的撰写者。很快就确定了每一位人选，接下来就是要一一联系，得到大家的应允。当时，还考虑到万一对方婉言谢绝再继续寻找合适人选，于是列出了一个个长名单。没想到的是，所联系的所有第一方阵的老师们都很快答应了我的请求。他们从自己日常所承担的繁重教学任务和科研工作中挤出时间，全力支持我，并在规定的时间里顺利完成了撰写任务。在此，我要感谢所有的撰写者对我的信任和鼎力合作，没有大家的共同努力，就没有今天的成果。

在此，请允许我向这些老师表示感谢。他们是四川外国语大学姚继忠教授，沈阳航空航天大学全昌焕副教授和权海顺副教授，苏州科技大学马岩副教授和徐志红博士，南京航空航天大学魏高修老师，我的同事雷国山副教授和沈琳老师，还有我所指导的研究生们（常州大学刘腾老师，三江学院沈俊副教授，南通大学缪霞副教授，南京信息工程大学杨波老师，夏小珍老师，南京工业大学杨洪俊老师，兰州大学刘素桂老师，南京市外事办朗叙先生，名古屋大学在读博士王胜群同学）。其中，上篇由叶琳、全昌焕、徐志红、姚继忠撰写；中篇由叶琳、王胜群、雷国山、马岩、杨波、夏小珍、缪霞撰写；下篇由叶琳、雷国山、刘腾、沈琳、杨洪俊、魏高修、沈俊、朗叙、刘素桂、权海顺撰写。

本子课题从选题到申报都是由负责人叶琳确定并完成的。最后的统稿任务也由叶琳承担。为了让读者更好地了解日本现代文化的新貌，特意选取了一篇有别于文学小说作品的动漫作品宫崎骏的《千与千寻的神隐》以飨读者。因为他的作品带有浓郁的日本文化的时代背景，富有日本文学的浪漫、唯美、感伤的情愫，体现了日本民族热爱自然、保护人类文明的强烈意识。在这样的艺术作品中，读者同样可以体会到日本文学和民族文化特有的精神。同时，为了在格式上达到相对的统一，又不完全等同于论文集的形式，由统稿人在撰写人同意的情况下对题目和文字等都作了大量的补充和部分删减，在此特别说明。

本书的出版最终得到南京大学 985 工程三期项目、江苏省高校优势学科建设工程一期项目等资助，得到人民出版社李惠老师的大力支持，在此一并表示感谢！

叶　琳

2014 月 2 月 26 日

于南京半山园

责任编辑:李 惠
装帧设计:雅思雅特

图书在版编目(CIP)数据

日本文学经典与民族文化研究/叶琳 等著. -北京:人民出版社,2015.3
(外国文学经典与民族文化研究丛书/江宁康主编)
ISBN 978－7－01－014188－6

Ⅰ.①日…　Ⅱ.①叶…　Ⅲ.①日本文学-文学研究②民族文化-研究-
日本　Ⅳ.①I313.06②131.3

中国版本图书馆 CIP 数据核字(2014)第 271055 号

日本文学经典与民族文化研究
RIBEN WENXUE JINGDIAN YU MINZU WENHUA YANJIU

叶琳　等著

人民出版社 出版发行
(100706　北京市东城区隆福寺街 99 号)

北京市文林印务有限公司印刷　新华书店经销

2015 年 3 月第 1 版　2015 年 3 月北京第 1 次印刷
开本:710 毫米×1000 毫米 1/16　印张:27
字数:385 千字

ISBN 978－7－01－014188－6　定价:59.00 元

邮购地址 100706　北京市东城区隆福寺街 99 号
人民东方图书销售中心　电话 (010)65250042　65289539